KB187585

쉽게 읽는

카라마조프 가의 형제들

쉽게 읽는

카라마조프 가의 형제들

초판 1쇄 발행 | 2023년 7월 10일

지은이 | 도스토옙스키
편   역 | 이길주
펴낸이 | 김형호
펴낸곳 | 아름다운날
편집 책임 | 조종순
디자인 | 디자인 표현

출판 등록 | 1999년 11월 22일
주소 | (05220) 서울시 강동구 아리수로 72길 66-19
전화 | 02) 3142-8420
팩스 | 02) 3143-4154
E-메일 | arumbooks@gmail.com

ISBN 979-11-6709-022-5 (03890)

쉽게 읽는

카라마조프 가의 형제들

도스토옙스키 지음 | 이길주 편역

아름다운날

인류 최고의 고전, 흠결 없이 빚어냈다

윤후명(소설가, 국민대 문창대학원 겸임교수)

러시아가 낳은 악마적인 천재 도스토옙스키의 『카라마조프 가의 형제들』은 작가의 전 생애를 고뇌에 빠뜨린 사상적·종교적 문제, 인간의 본질에 관한 사색을 장대하고 긴밀한 구성으로 집대성한 걸작이다.

이 책은 부분적으로 삭제를 했다. 매혹적인 문체와 숨 가쁘게 전개되는 내용을 최대한 살리기 위해서는 지루한 인물묘사와 장황한 상황 전개가 오히려 방해가 될 수 있었기 때문이다. 실은 나 역시 고전의 방대한 양을 모두 소화할 수 없어 이런 방식의 독서를 자연스레 택할 수밖에 없었다.

한 가족의 몰락을 통하여 '신은 있는가, 없는가' 라는 주제를 끈질기게 추구한 작품의 진가를 흠결 없이 다듬은 편역자에게 경의를 표하고 싶다. 역시 인류 최고의 고전임을 재확인하면서, 19세기 후반의 러시아뿐 아니라 21세기를 살아가는 현대인들에게도 여전히 유효하고 절실한 문제를 다룬 작품으로서 많은 독자들의 공감을 이끌기에 충분하다고 믿는다.

안나 그리고리예브나 도스토옙스카야에게 바친다.

정말 잘 들어두어라. 밀알 하나가 땅에 떨어져 죽지 않으면
한 알 그대로 남아 있고, 죽으면 많은 열매를 맺는다.
요한 복음 12장 24절

차   례

작가의 말

카라마조프 가의 형제들 등장인물

표도르 파블로비치 카라마조프   가장

드미트리(미탸, 미텐카, 미티카, 미트리)   큰아들

이반(바냐, 바네치카, 반카)   둘째 아들

알료샤(알렉세이, 알료쉬카)   셋째 아들

아젤라이다 이바노브나 미우소바   표도르의 첫 아내

소피야 이바노브나   둘째 아내

그리고리 바실리예비치 쿠투조프   표도르의 하인

마르파 이그나티예브나   그리고리의 아내

스메르댜코프(파벨 표도로비치)   요리사

리자베타 스메르댜쉬차야   스메르댜코프의 어머니

카테리나 이바노브나 베르호프체바(카탸, 카텐카, 카티카)   드미트리
의 약혼자

호흘라코바 부인(카테리나 오시포브나)   과부

리자(리즈)   호흘라코바의 딸

8

그루셴카(아그라페나 알렉산드로브나 스베틀로바, 그루샤, 그루쉬카, 아그리피나)

라키틴(미하일 오시포비치, 미샤, 라키트카, 라카투쉬카)   신학생, 그루셴카의 사촌

삼소노프(쿠지마 쿠지미치)   그루셴카의 보호자

조시마   수도원 장로

이폴리트 키릴로비치   검사

니콜라이 파르페노비치 넬류도프   예심판사

표도르 일리치 페르호틴   관리

스녜기료프(니콜라이 일리치)   퇴역 대위

아리나 페트로브나   스녜기료프의 병든 아내

바랴(바르바라), 니나(니노츠카) 일류샤(일류셰츠카)   스녜기료프의 아이들

다르다넬로프   일류샤의 학교 선생님

콜랴, 크라소트킨, 스무로프, 카르타셰프   일류샤의 학교 친구들

9

작가의 말

　나의 주인공 알렉세이 표도로비치 카라마조프의 전기에 착수하려
는 지금 망설여지는 것은 그를 주인공이라고 할 수도 있지만, 그는 결
코 위대한 인물이 아니라는 것을 잘 알고 있기 때문이다. 따라서 독자
들은, '당신이 알렉세이를 주인공으로 택한 것은 그에게 어떤 훌륭한
점이 있어서인가? 무엇 때문에 우리는 그의 전 생애를 연구하느라 시
간을 허비해야 하는가? 라는 질문을 던질 것이다.
　여기에 한 가지 확실하게 대답할 수 있는 것은 그가 주목할 만한 활
동가이면서 기묘한 괴짜라는 사실이다. 게다가 그는 모호하고 고립
된 상황에 있다. 그렇다. 대부분의 괴짜들은 고립되고 특수한 존재들

이다.

그러나 여러분 가운데는 나의 주인공 알렉세이 표도로비치를 가치 있는 인물이라고 생각할 수도 있다. 왜냐하면 괴짜야말로 때로는 보통 사람의 핵심을 온전히 지니는 법이며, 나머지 동시대인들은 세찬 돌풍으로 그런 괴짜적 기질이 떨어져 나갔기 때문이다.

나는 그의 전기를 두 편의 소설로 쓸 것이다. 중요한 이야기는 그의 활약에 관한 두 번째 소설에 있다. 첫 번째 소설은 13년 전에 일어났던 사건의 이야기로, 소설이라기보다는 나의 주인공의 청년 시절의 짧은 한순간이다. 그렇지만 첫 번째 소설을 빼놓고 넘어갈 수는 없다. 그렇게 되면 두 번째 소설 속의 많은 부분을 이해할 수가 없기 때문이다.

물론 날카로운 통찰력을 가진 독자라면 무엇 때문에 이런 쓸데없는 넋두리를 늘어놓아 소중한 시간을 허비하게 하느냐며 떨떠름하게 생각할지도 모른다.

물론 그 누구도 속박받을 필요는 없으므로 첫 번째 이야기를 두어페이지쯤 읽다가 내던져 버려도 상관없다. 나는 이 머리말을 쓰는 게 전혀 쓸모없는 짓이라고 생각하지만 이미 다 써버렸으니 그대로 두기로 하겠다.

그럼 이제부터 본문으로 들어가기로 한다.

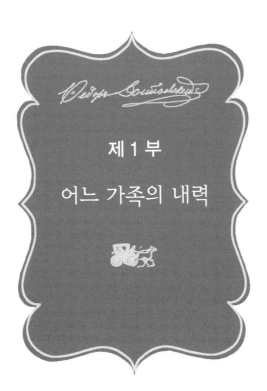

제1부

어느 가족의 내력

1. 표도르 파블로비치 카라마조프

알렉세이 표도로비치 카라마조프는 우리 고을의 지주 표도르 파블로비치 카라마조프의 셋째 아들이었다. 표도르는 지금으로부터 13년 전에 비극적이고도 기괴하게 죽어서, 그 소문이 한동안 사람들의 입에 오르내린 적이 있다. 그런데 이 '지주'는 아주 괴팍하고 비굴하고 음탕한 인간이었다. 하지만 자기 영지 관리만은 훌륭하게 해냈다.

표도르 파블로비치는 거의 무일푼으로 인생을 출발했다. 지주라고는 했지만 번듯한 지주답게 살지는 못했는데, 정작 죽은 다음에 보니 현금 10만 루블이 남겨져 있었다. 그런데도 그는 우리 고을에서 병적인 짠돌이로 살아왔던 것이다. 이런 유의 인간은 나름대로 영리한 구석도 있고 교활하기까지 하다. 그는 두 번 결혼해서 아들 셋을 두었는데, 맏아들 드미트리 표도로비치는 전처 소생이고, 다른 두 아들, 즉 이반과 알렉세이는 후처의 소생이었다. 표도르 파블로비치의 전처는 우리 고을 지주인 미우소프라는, 꽤 부유한 명문 귀족 가문에서 출생했다.

지참금을 지닌 미인인데다 활달하고 영리하기까지 한 이 아가씨가 어쩌다가 그런 보잘것없는 '멍충이' 한테 시집을 오게 되었는지에 대해서는 더 이상 설명하지 않기로 하겠다.

그 당시 내가 아는 어느 아가씨는 몇 년 동안이나 한 남자에게 수수께끼 같은 사랑을 바쳐온 터라 마음만 먹으면 순탄한 방법으로 그와 결혼할 수 있었는데도, 결국 자기 스스로 그것을 극복하기 어려운 장애라고 생각해 폭풍우가 휘몰아치는 어느 날, 급류 속으로 몸을 던져 죽고 말았다. 셰익스피어의 오필리아 흉내를 낸 것이다. 만일 그녀가 오래 전부터 눈여겨 봐두었던 그 절벽이 그림처럼 아름답지만 않았다면, 자살 같은 사건은 일어나지도 않았을지 모른다.

아젤라이다 미우소바의 행동은 그러한 외래 풍의 영향을 받아 독립성을 잃은 사상의 반영이라고 할 수 있었다. 이런 특유의 성격 덕분에, 그녀는 표도르 파블로비치가 당시에는 비록 남의 식객의 위치에 있었지만 도전적인 면이 강하다고 순간적으로 확신했는지 모른다. 그러나 실제로는 심술궂은 어릿광대였을 뿐이다. 게다가 정말이지 우스꽝스러운 것은 '사랑의 도피' 라는 수단을 쓴 점이다. 그런데 바로 이것이 아젤라이다 미우소바의 마음을 완전히 사로잡았다.

표도르 파블로비치는 출세를 열망하고 있었기 때문에 이런 절호의 기회는 오히려 자기 쪽에서 기다리고 있었을 정도였다. 사실 좋은 가문에 장가를 들어 지참금까지 받는다는 것은 일생일대의 찬스라고 할 수 있었다. 하지만 두 사람 상호간에 애정이라는 것은 전혀 없었다.

여자 쪽에서 살짝 추파를 던지기만 해도 상대가 누구든 금세 들러붙는 음탕한 사내로 일생을 살아온 그였지만 이 아젤라이다에게만은 별다른 흥미를 발견하지 못했다.

아젤라이다는 '사랑의 도피' 후 자신이 남편을 경멸하고 있을 뿐 어떤 감정도 없다는 것을 이내 깨달았다. 당시 처가 쪽에서는 집을 나간 딸에게 지참금을 주었는데, 표도르 파블로비치는 아내의 지참금을 받기가 무섭게 송두리째 가로채 버렸다. 그녀의 지참금에는 조그만 영지와 꽤 훌륭한 집 한 채가 포함되어 있었는데, 그는 뭔가 증서를 만들어 그것까지도 자기 명의로 바꾸어놓으려고 했다. 그러나 다행히 아젤라이다의 본가에서 개입하여 이 강탈을 저지했다.

그녀는 안색이 거무스름하고 짜증을 잘 냈으며, 남달리 팔 힘이 좋았다. 마침내 그녀는 세 살짜리 미탸(드미트리의 애칭)를 남편의 손에 맡겨놓고, 가난에 찌든 어느 신학교 출신의 교사와 함께 집을 나가버렸다.

표도르 파블로비치는 금세 자기 집을 창녀들의 소굴로 만들어놓고는 사람들을 붙잡고 자기를 버린 아젤라이다에 대하여 눈물을 흘리며 하소연했다. 그러고는 도저히 입에 담기조차 부끄러운 결혼 생활의 내막을 거리낌없이 쏟아내는 것이었다.

어느 정도 세월이 흐른 뒤 마침내 그는 도망간 아내의 행방을 알아냈다. 그녀는 그 교사와 함께 페테르부르크로 가서 완전히 자유로운 생활을 만끽했다. 표도르 파블로비치는 곧 수선을 떨며 페테르부르크로 떠날 채비를 했다. 그러나 그는 여행을 떠나기에 앞서 원기를 돋우기 위해 진탕 취해보는 것은 당연한 권리라고 생각했다. 그런데 바로 그때, 그의 처가에서는 그녀가 페테르부르크에서 사망했다는 통지를 받았다. 그녀는 어느 집의 다락방에서 갑자기 죽었다고 했다.

표도르 파블로비치는 취중에 아내의 사망 소식을 전해 듣고는 갑자기 한길로 달려나가 두 손을 높이 쳐들고 기쁨에 겨운 목소리로, "주여, 이제야말로 저에게 해방의 기쁨을 주셨나이다." 하고 외쳤다는 일설도 있으나, 어린애처럼 목을 놓아 우는 꼴은 보기에도 민망스러울 지경이었다고 한다. 그는 해방을 기뻐함과 동시에 해방시켜준 아내의 죽음을 서러워하며 운 것이다.

2. 맏아들을 내쫓다

물론 이런 유형의 인간이 아버지로서나 양육자로서 어떠했는지는 쉽게 상상할 수 있을 것이다. 아내가 죽자 그는 아젤라이다의 소생인 자기 자식을 금세 내팽개쳐버렸다.

그가 눈물을 머금은 채 하소연을 하며 주변 사람들을 귀찮게 하면서 실제로는 자기 집을 음탕한 소굴로 만들고 있을 동안, 세 살짜리 미탸를 맡아서 돌봐준 사람은 그의 집 하인 그리고리였다. 만일 그가 아이를 돌봐주지 않았다면, 속옷 한 벌 갈아입혀줄 사람도 없었을 것이다. 미탸는 거의 1년 동안을 그리고리에게 맡겨져 머슴방에서 지내야 했다.

그런데 우연히 죽은 아젤라이다의 사촌오빠 미우소프가 파리에서 돌아왔다. 외국과 수도에서 교육을 받은 그는 미우소프 가문에서는 특이한 존재로, 한평생 유럽인으로 자처해 오다가 만년에 이르러서야 자유주의자가 되었다.

그는 우리 마을 어귀의 비옥한 토지를 소유하고 있었는데, 유명한 수도원의 땅과 인접해 있던 그 땅은 분쟁의 소지로 남아 있었다. 표도르 알렉산드로비치 미우소프는 아직 한창 젊은 나이에 유산을 상속받자마자 이 수도원을 상대로 지루한 소송을 제기했다. 그는 성직자들을 상대로 소송을 제기하는 것을 문화인으로서의 의무라고 생각하고 있었다.

미우소프는 자기가 한때 관심을 가졌던 아젤라이다에 대한 얘기를 듣고, 미탸라는 아이가 남겨졌음을 알았다. 그는 표도르 파블로비치를 경멸했지만 이 문제에는 직접 개입하기로 했다. 그는 표도르 파블로비치에게 아이를 맡아 기르고 싶다고 제의했다. 그가 미탸의 이야기를 끄집어냈을 때, 표도르는 어떤 아이를 두고 하는 말인지 영문을 모르겠다는 표정을 지었다. 사실 표도르는 늘 사람들을 놀라게 해줄 연극을 꾸며 보이기를 좋아했다.

미우소프는 결국 아이의 후견인이 되기로 했다. 미탸에게는 약간의 영지와 집 한 채가 있었기 때문이다. 그리하여 미탸는 어머니의 사촌뻘인 그 남자한테로 옮겨갔으나, 그 남자에게는 가정이라는 것이 없었다. 아이는 모스크바에 사는 미우소프의 누이에게 맡겨졌다. 이후 모스크바의 부인이 세상을 떠나 그 후 미탸는 네 번이나 거처를 옮겼다는 말이 있다.

앞으로 표도르 파블로비치의 맏아들에 관해서는 계속 이야기를 하게 될 것이므로 지금은 꼭 필요한 사실만 기록하기로 하겠다.

이 드미트리 표도르비치는 표도르의 세 아들 중 유독 혼자만이 약간의 재산을 가지고 있었으므로, 성인이 되면 독립할 수 있다는 믿음을 가지고 자라났다. 그는 소년기와 청년기를 무질서한 생활 속에 흘려보냈다. 중학교를 중퇴한 후 어느 육군 학교에 들어갔고, 나중에 카프카스로 가서 장교로 임관되었으나 결투를 해서 강등되었다가 그 후 다시 복관됐는데, 방탕한 생활에 젖어 꽤 많은 돈을 낭비했다. 아버지한테서 돈을 송금 받게 된 것은 성년이 된 후였는데, 그때까지 그는 상당히 많은 부채를 지고 있었다. 아버지 표도르를 다시 만난 것은 그가 성년이 된 후였는데, 그는 아버지가 마음에 들지 않았던지 황급히 집을 떠나버렸다. 표도르 파블로비치는 미탸를 단 한 번 만났지만 자기 재산에 관해 과대망상을 품고 있음을 알아챘다.

표도르는 자기 아들이 경솔하고 난폭하고 욕정이 강하고 성미가 급한 난봉꾼이라는 걸 금세 알아챘다. 그래서 돈을 좀 쥐어주면 곧 얌전해질 것이라는 생각으로 푼돈을 부쳐주었다. 그러나 4년 후, 미탸는 아버지와의 재산 문제를 깨끗이 청산해 버리려고 다시 이 고장을 찾아왔다. 그런데 놀랍게도 자기에게는 재산이 한푼도 없다는 사실을 알게 되었다. 게다가 미탸 자신의 그때그때의 사정에 의해 맺은 여러 가지 약속 때문에 이제 한 푼도 요구할 권리조차 없었다.

청년은 제정신이 아닐 정도로 화가 났다. 바로 이러한 상황이 나의 소설의 도입부를 이루는 첫번째 이야기의 주제, 아니, 그 외적 부분을 형성하게 될 대사건의 도화선이다.

3. 재혼과 그 자식들

표도르 파블로비치는 네 살짜리 미탸를 내쫓고 곧 재혼을 했다. 이 두 번째의 결혼 생활은 8년가량 지속되었다. 그가 매우 젊은 두 번째 처 소피야 이바노브나란 부인을 얻게 된 것은 어떤 유대인과 함께 사소한 청부 업무 문제로 다른 현에 갔을 때의 일이었다.

그는 행동은 야비했지만 사업은 성공적으로 해냈다. 소피야 이바노브나는 어떤 가난한 보제(補祭)의 딸이었는데, 어린 시절 고아가 되어, 자기 은인이면서도 양육자이자 동시에 박해자이기도 한 유명한 보로호프 장군의 늙고 부유한 미망인의 집에서 자라났다. 자세히는 모르지만 그녀가 광 속의 못에다 새끼를 걸어 목을 매려는 것을 사람들이 구해 주었다는 소문이 들렸다.

표도르 파블로비치는 처녀에게 구혼을 했지만, 여러 가지 뒷조사를 당한 끝에 퇴짜를 맞고 말았다. 그러자 그는 첫 번째 결혼 때와 마찬가지로 이 처녀에게도 '사랑의 도피'를 제안했다. 이때 만일 그녀가 사전에 그의 행적을 조금이라도 알았더라면 결코 그와 결혼하려 들지는 않았을 것이다. 그러나 이 가련한 처녀는 실수로 여자 은인을 남자 은인으로 바꾸고 말았다. 하기야 표도르도 이번은 재산을 노린 것이 아니라 처녀의 청순한 미모에 매혹되었던 것이다.

요컨대 음탕한 호색한이었던 그가 티없이 아름다운 그녀의 용모에 반해버렸다는 것이다. "그때 그 순수한 눈매를 보니, 마치 면도날로 내 마음을 싹 도려내는 것 같더군." 하고 그는 특유의 징그러운 웃음소리를 내며 말했다. 표도르는 아무런 수익도 얻을 수 없었던 이 두 번째 처에 대해 부부간의 가장 기본적인 예의까지도 무시해버렸다. 아내가 집 안에 있는데도 그는 난잡한 여자들을 불러들여 부어라 마셔라 난장판을 벌이곤 했다.

여기서 알아둬야 할 것은 침울하고 우직하며 따지고 들기를 좋아하는 하인 그리고리에 관한 이야기이다. 그는 예전의 주인마님 아델라이다는 증오했지만 이번에는 새 마님의 편을 들어 하인의 신분에 맞지 않는 말투로 표도르와 싸움까지 하며 그녀를 옹호했다.

이후 어릴 때부터 한 번도 기를 펴고 살아보지 못한 이 불행한 젊은 부인은 일종의 신경질환에 걸리고 말았다. 그런 와중에서도 그녀는 표도르에게 두 아들 이반과 알렉세이를 낳아주었다.

어머니가 죽자 두 아이는 그들의 형 미탸가 겪은 것과 똑같은 운명을 겪게 되었다. 그들은 곧바로 하인 그리고리의 손에 맡겨져 머슴방으로 옮겨졌다. 어머니의 은인이며 양육자인 고집쟁이 장군 부인이 그들을 처음 본 것도 이 머슴방에서였다. 소피야가 죽은 지 석 달 후, 장군 부인은 갑자기 이 고장에 나타나 곧장 표도르의 집으로 향했다. 부인이 이 읍에 머무른 것은 고작 30분에 지나지 않았지만, 그동안 그녀는 엄청난 일을 해치웠다.

8년 동안 한 번도 만난 일이 없는 표도르는 잔뜩 취한 얼굴로 부인을 맞으러 나왔다. 그녀는 그를 보자마자 다짜고짜 뺨을 두어 번 철썩철썩 후려갈긴 다음 머리털을 움켜쥐고는 아래위로 서너 번 흔들어댔다. 그리고 나서 곧장 머슴방으로 가서 아이들을 보자마자 그리고리의 뺨을 한 대 갈기고는 두 아이를 자기 집으로 데리고 가겠노라고 선언했다.

그리고리는 충직하기 그지없는 노예처럼 모든 봉변을 꾹 참고 불손한 말 한마디 내뱉지 않았고 오히려 감사해했다.

그런데 아이들을 데리고 간 이 장군 부인도 얼마 후 세상을 떠나고 말았다. 유언장에는 두 아이에게 각각 1천 루블씩을 지급한다고 적혀 있었다. 거기에는 「이것은 두 아이들의 교육비임. 반드시 두 아이를 위해 사용하되, 그들이 성년이 될 때까지 부족함이 없도록 할 것. 단, 돈을 보태줄 독지가가 있다면 굳이 말리고 싶지는 않음」 등의 내용이 적혀 있었다.

노부인의 주요 상속자는 그 현의 귀족회장으로 있는 예픔 플레노프라는 정직한 사람이었다. 그는 표도르와 편지로 교섭한 결과 이 사람한테서는 아이들의 양육비를 도저히 받아낼 수 없다는 것을 알아채고 이 고아들을 직접 맡아 돌보기로 했다. 그는 두 아이 중에서도 특히 아우인 알렉세이를 귀여워했다.

그는 장군의 부인이 남긴 돈을 아이들을 위해 고스란히 예금했기 때문에 그들이 성년이 될 무렵에는 이자까지 합쳐 돈이 1인당 2천 루블씩으로 불어나 있었다.

형인 이반은 결코 겁쟁이는 아니었지만 성장할수록 우울하고 말수가 적은 소년이 되었다. 열 살이 되자 자신의 형제가 남의 도움으로 살고 있으며, 자기들의 아버지는 말하기조차 부끄러운 인간이라는 것 등을 분명히 알게 되었다.

그는 겨우 열세 살의 나이에 예픔의 집을 떠나 모스크바의 어느 중학교에 입학하여, 예픔의 어릴 적 친구이며 경험 많은 유명한 교육자의 기숙학교에 들어갔다. 예픔은 천재성을 가진 이 소년이 천재적인 교육자에게 교육받지 않으면 안 된다는 믿음을 갖고 있었다. 그러나 이반이 중학교를 졸업하고 대학에 입학했을 때는, 예핌도 천재적인 교육자도 이미 이 세상 사람이 아니었다.

고집쟁이 장군 부인이 아이들을 위해 물려준 돈은 이자가 쌓여서 이젠 2천 루블로 불어났지만, 예핌이 처리를 잘못한 탓으로, 그 돈을 찾는 데는 무척 오랜 시일이 걸렸다. 그래서 그는 대학에서의 첫 2년 동안 스스로 밥벌이를 하면서 공부를 했다. 처음에는 20코페이카짜리 과외 지도를 하다가 나중에는 각 신문의 편집국을 찾아다니며 '목격자'라는 서명으로 사회문제에 관한 10행짜리 칼럼을 썼다. 이 칼럼은 재미있고 신랄했기 때문에 곧 인기 칼럼이 되었다. 편집인들과 사귀게 된 이반은 그 후에도 계속 관계를 끊지 않아 대학 생활의 후반기에는 각종 전문 분야의 서적에 관한 매우 기발한 비평을 발표하기 시작하여 문단에까지 그 이름이 알려지게 되었다.

그러나 많은 사람들로부터 인정을 받게 된 것은 극히 최근의 일이었다. 이미 대학을 마치고 앞에서 말한 2천 루블로 외국 여행을 떠날 준비를 하고 있던 시기에 이반은 어느 큰 신문사에 특이한 논문 한 편을 발표했는데, 그로 인해 그 방면의 전문가들뿐 아니라 일반 독자들의 주의도 끌게 되었다.

그가 발표한 논문은 당시 도처에서 문제가 되고 있던 교회 재판에 관한 것이었다. 눈길을 끌었던 것은 특유의 논조와 기발한 결론 때문이었다. 교회 관계자 중 많은 사람들이 논문의 집필가가 자기네 편을 옹호하는 것으로 인정했다. 그와 동시에 시민권론자들은 물론 심지어 무신론자들까지도 서로 뒤질세라 갈채를 보내기 시작했다. 그러다 결국 몇몇 통찰력을 지닌 사람들이 이 논문은 단순히 악의적인 냉소에 지나지 않는다고 단정해 버렸다.

이 사건을 강조하는 것은 그 필자가 이 고장 출신인데다가 '저 유명한 표도르 파블로비치의 아들'이라는 것이 이곳 사람들에게 크나큰 흥미를 불러일으켰기 때문이다.

바로 이런 시기에 그가 홀연히 이 마을에 나타났다. 그토록 학식이 높고, 자존심이 강하고, 모든 일에 신중한 청년이, 그토록 무정하고 난잡스런 아버지의 집에 나타났다는 것은 참으로 경이로운 일이었다.

그런데 이 청년은 아버지 집에 와서 두 달이나 머무는 동안 아버지와도 더할 나위 없이 사이좋게 지냈다. 이러한 사실에 가장 놀라워했던 사람은 다름 아닌 미우소프였다.

사실 이반 표도로비치가 이 고장에 온 것은 형 드미트리의 요청 때문이었다. 그는 드미트리와 매우 깊은 관련이 있는 어떤 중대한 사건을 계기로 귀향하기 전부터 서로 편지 연락을 하고 있었지만 형과 직접 대면하기는 이번이 처음이었다.

한 가지 덧붙이자면 이반은 당시 아버지와 큰 싸움을 하여 정식 재판까지 계획하고 있던 드미트리와 아버지 사이의 중재자 역할을 하고 있었다.

되풀이해서 말하지만 이 일가는 이번에 처음으로 한자리에 모였기 때문에 그 중 어떤 식구는 난생 처음으로 서로의 얼굴을 보게 되었다. 다만 막내아들 알렉세이만은 1년쯤 전부터 이 고장에 와 있었으므로 형제들 중 가장 먼저 이곳에 살고 있었다.

여기서 미리 예고해 둘 점은 이 미래의 주인공에게 수도복을 입혀서 이 소설의 첫 무대에 등장시키려 한다는 사실이다. 사실 그가 우리 고장 수도원에서 살기 시작한 지도 어느덧 1년이 되었지만 그는 속세를 떠나 한평생 수도원에 묻혀 있을 각오가 되어 있는 것 같았다.

4. 셋째아들 알료샤

그는 그때 스무 살이었다(형 이반은 스물넷, 맏형 드미트리는 스물여덟이었다). 알료샤(알렉세이의 애칭)는 광신자도 아니고, 신비주의자도 아니고, 다만 젊은 박애주의자였다.

수도사의 길을 택하게 된 것은 그것이 그의 마음을 감동시켰기 때문이었고, 어둠에 갇힌 속세의 악으로부터 탈출하려고 몸부림치는 자신의 영혼을 위한 이상적인 출구 같았기 때문이다. 그는 당시 유달리 훌륭한 인물이라 생각하고 있던 유명한 조시마 장로를 거기서 만났고 마치 뜨거운 첫사랑 같은 열정으로 이 장로에게 매혹되었다.

그는 고작 네 살 때 어머니를 잃었는데도 일생 동안 살아 있는 것처럼 어머니를 기억하고 있었다. 어느 고요한 여름날 저녁, 열어젖힌 창문으로 석양빛이 비스듬히 흘러들고, 방 한구석에 성상이 걸려 있었다. 그리고 성상 앞에서 어머니가 히스테릭하게 흐느껴 울면서 두 팔로 으스러지도록 그를 껴안고는 성상 앞에 내미는 것이었다. 이때 유모가 달려 들어와 허겁지겁 그를 어머니의 팔에서 빼앗아갔다. 이것이 그의 머릿속에 남겨진 어머니의 전부였다.

그는 유년 시절과 소년 시절을 통틀어 자신의 감정을 토로하는 일이 별로 없었고, 말수도 적은 편이었다. 그는 주변 사람들을 믿고 사랑했지만 누구한테서도 얼뜨기라거나 순해 빠진 사람이라는 말은 듣지 않았다. 게다가 그는 남을 심판하지도, 비난하거나 핀잔하지도 않으려고 했다.

스무 살의 그가 음탕한 아버지의 집으로 돌아와 순결무구한 그의 눈으로는 차마 볼 수 없는 광경을 목격했을 때도 그는 그저 말없이 그 자리를 피했다. 결국 두 주일도 채 지나기 전에 아버지는 아들을 껴안고 눈물까지 흘리며 키스를 퍼붓는 것이었다.

이 청년은 어디엘 가나 모든 사람이 좋아했는데, 그것은 그가 어려서부터 그랬다. 이처럼 누구한테나 사랑과 호감을 살 수 있었던 것은 무슨 기교나 잔꾀 때문이 아니라 선천적으로 타고난 그의 본성 때문이었다. 그는 다른 사람의 모욕에 앙심을 품은 일이 한 번도 없었다. 모욕을 당하고 한 시간만 지나면 아무것도 아니라는 듯한 소탈한 표정이 되었기 때문에, 이 점이 사람들의 마음을 완전히 사로잡았다. 그러나 그에게는 단 한 가지 남다른 특성이 있었는데, 그것은 중학교 하급반에서 상급반에 이르는 모든 클래스의 학생들로 하여금 그를 한번 놀려주고 싶다는 욕망을 불러일으키는 것이었다. 그러나 그것은 악의에서가 아니고 다만 즐거웠기 때문이었다.

그의 남다른 특성이란 병적인 수치심과 결벽증이었다. 그는 여자에 대한 어떤 종류의 말이나 이야기를 듣고 있을 수가 없어 귀를 막기까지 하였다. 그러나 불행하게도, 이 '어떤 종류'의 말이나 이야기는 어느 학교에서도 근절시킬 수 없는 성질의 것이었다.

그는 자기 반에서 늘 우등생이긴 했으나 1등을 한 적은 없었다. 예핌이 죽자 그의 부인은 슬픔을 누를 길이 없어, 남편이 죽은 후에 곧 여자들뿐인 전 가족을 이끌고 이탈리아로 장기 여행을 떠나버렸다.

그러자 알료샤는 예핌의 먼 친척뻘이 되는 생면부지의 두 여인의 집으로 옮겨가게 되었지만, 어떤 조건으로 그 집에 가게 되었는지에 대해서는 그 자신도 몰랐고, 알려 하지도 않았다. 그의 형 이반이 대학에 들어간 후 2년 동안을 제 힘으로 밥벌이를 하면서 가난한 생활을 하고, 또한 아주 어릴 때부터 은인의 집에서 신세를 지며 살아가는 자신의 처지를 쓰라리게 느낀 것과 정반대였다.

사실 알료샤는 돈의 가치를 전혀 몰랐다. 이런 유형의 인간은 뜻하지 않은 거액의 돈이 굴러 들어온다 해도 누가 달라고 손을 내밀기만 하면 당장 미련 없이 내줘버리든가, 그렇지 않으면 자선 사업에 기부하는가 할 유형이었다.

그는 중학 과정을 다 마치진 못했다. 졸업을 만 1년 앞두고 자신의 은인인 두 부인에게 아버지에게 가봐야겠다고 말했다.

고향에 도착했을 때, "학교도 마치기 전에 왜 돌아왔느냐"고 아버지에게서 추궁을 당했지만 그는 그 물음에는 아무 대답도 하지 않고 그저 언제나와 같이 깊은 생각에 잠겨 있었다. 얼마 후 그가 어머니의 무덤을 찾는다는 사실이 밝혀졌다. 그가 그때 고향에 온 이유가 오직 그것뿐이라고는 할 수 없었다. 그러나 표도르는 자기의 두 번째 아내를 어디에 묻었는지 아들에게 가르쳐줄 수가 없었다. 그도 그럴 것이 관에다 흙을 뿌리고 난 후 한 번도 무덤에 가본 일이 없어서 까맣게 잊어버리고 말았기 때문이다.

두 번째 아내가 죽고 표도르 파블로비치는 오랫동안 이 고장을 떠나 이곳저곳에서 살다가 오데사로 가서 그곳에서 몇 해를 살았다. 그의 표현을 빌리자면, 처음에 그는 '남녀노소 수많은 유대인들'과 사귀었는데, 나중엔 유대인들뿐 아니라 '헤브루 인의 집까지 출입'하게 되었다고 한다. 그가 돈을 긁어모으는 데 특별한 수완을 발휘한 것은 이 시기였다. 그가 다시 이 고장에 돌아와서 정착하게 된 것은 알료샤가 돌아오기 불과 3년 전의 일이었다. 옛 친지들은 그가 무척 늙었다고 생각했지만 실은 그렇게 늙은 것은 아니었다. 그의 몸가짐은 전보다 더 뻔뻔스러워졌고, 여자를 대하는 추잡한 태도는 예전보다 더 징그러워져 있었다. 그는 곧 이 고장 여러 곳에 새로 술집들을 차렸다. 아마도 그의 재산은 약 10만 루블, 아니면 그보다 약간 적은 것 같았다. 이 마을과 현 내의 많은 사람들은 이내 그에게 빚을 지게 되었다. 물론 확실한 담보를 필요로 했던 것은 말할 필요도 없다. 그러나 최근엔 살가죽이 축 늘어지기 시작하고, 어쩐지 모든 일에 균형과 자제심을 잃고 경솔하게 일을 처리하거나 술에 취해 있을 때가 많았다.

만일 늘 붙어 다니며 돌봐주는 그의 하인 그리고리가 없었다면 표도르는 밤낮 시끄러운 소동을 벌였을 것이다. 알료샤의 귀향은 그의 정신세계에 크나큰 영향을 미쳤다. 나이보다도 더 늙어버린 표도르의 영혼 속에, 이미 까마득한 옛날에 시들어버린 그 무엇이 갑자기 눈을 뜬 것만 같았다. "얘, 너는," 그는 알료샤의 얼굴을 빤히 들여다보며 곧잘 이렇게 말하곤 했다. "어쩌면 그렇게도 닮았니. 그 미치광이년을." 그는 자기의 후처를 그렇게 부르곤 했다.

결국 그 '미치광이년'의 무덤을 알료샤에게 가르쳐준 사람은 하인 그리고리였다. 놀랍게도 이 묘비는 그리고리의 정성으로 세워진 것이었다. 알료샤는 어머니의 무덤 앞에서 아무런 감정도 내보이지 않았다. 그는 그저 묘비 건립에 관해 그리고리가 엄숙한 어조로 차분히 설명하는 이야기에 귀를 기울이면서 잠시 머리를 숙이고 서 있다가 말 한 마디 없이 그 자리를 떠났다. 그러고 나서 1년이 지나도록 그는 묘지를 다시는 찾지 않았다.

그러나 이 조그만 에피소드는 표도르에게 뭔가 영향을 주었다. 이후 그는 별안간 1천 루블이나 되는 돈을 갖고 이 고장의 수도원을 찾아가서 죽은 아내의 추도 미사를 부탁했다. 그러나 그것은 두 번째 아내인 '미치광이년', 즉 알료샤의 어머니를 위해서가 아니라 자신을 구박하던 첫 번째 아내 아젤라이다를 위한 것이었다. 그리고 그날 밤 곤드레만드레 술에 취해서 알료샤에게 수도사들의 욕을 퍼부었다.

그의 용모는 근래에 와서 그가 여태까지 살아온 전 인생의 특징과 본질을 여실히 대변해 주고 있었다. 언제나 뻔뻔스럽고 의심 많고 냉소적인 듯한 두 눈 밑에는 살주머니가 늘어져 있었고, 탐욕스러워 보이는 기다란 입, 부풀어 오른 듯한 입술, 그리고 그 사이로는 썩어빠진 조그만 이빨들이 꺼멓게 보였다.

알료샤는 어머니의 무덤을 찾고 나서 아버지에게 수도원에 들어가고 싶다며 수도사들도 자신을 예비 수도사로서 받아줄 것을 허락했다는 말을 꺼냈다. 표도르는 수도원의 암자에서 정진하고 있는 장로 조시마가 자신의 '조용한 아이'에게 깊은 감명을 주었다는 것을 벌써부터 알고 있었다.

"그 장로는 물론 거기서 가장 성실한 수도사지."

말없이 생각에 잠긴 얼굴로 알료샤의 말을 듣고 나서 이렇게 말문을 연 그는 아들의 부탁에 놀라는 빛은 없었다.

"하지만 알료샤야, 난 네가 불쌍해 죽겠구나. 그러나 어쨌든 이건 좋은 기회다. 제발 우리같이 죄 많은 사람들을 위해 기도를 해다오. 우린 여기서 사는 동안 너무나 많은 죄를 지었으니까. 애야, 넌 곧이 듣지 않을는지 모르겠지만 나는 그 방면에 관해선 전혀 바보나 다름 없다. 그러나 아무리 바보라도 이런 생각은 한단다. 내가 죽었을 때, 악마들이 나를 갈고리로 꿰어 지옥으로 끌고 가는 걸 좀 잊어버릴 수는 없을까 하고 말이야. 늘 마음에 걸리는 건 이 갈고리란다. 도대체 그 악마들은 어디서 그걸 가져오는 걸까? 공장도 없는데. 그런데 수도원의 수도사들은 지옥에도 천장이 있다고 생각하는 모양이다. 나는 지옥이 있다는 것은 믿을 수가 있지만 천장만은 없는 게 좋을 것 같아. 그 편이 좀 더 점잖고 문화적이고 루터교식이 될 테니까. 하지만 천장이 있건 없건 결국은 마찬가지지. 만일에 천장이 없다면 갈고리도 없다고 봐야겠지. 그리고 갈고리가 없다면 모든 것이 뒤죽박죽이 돼서 결국 거짓말이 되지 않겠느냔 말이다. 나 같은 놈을 지옥으로 끌고 가지 않는다면 도대체 이 세상 어느 곳에 진리가 있겠니?"

"하지만 거기엔 갈고리 같은 건 없어요."

알료샤는 아버지를 바라보며 진지한 표정으로 말했다.

"그렇지, 갈고리의 그림자가 있을 뿐이지. 어느 프랑스 사람이 지옥에 대해 '나는 솔의 그림자로 마차의 그림자를 닦는 마부의 그림자를 보았노라' 고 쓰고 있는데, 바로 그대로야. 그런데 애야, 넌 어떻게 갈고리가 없다는 걸 알고 있지? 이제 수도사들과 같이 지내게 되면 그런 말은 하지 않게 될 거다. 아무튼 가도록 해라. 그리고 진리를 붙잡는 거야. 이 주정뱅이 애비와 타락한 계집들의 소굴을 떠나거라. 아직 너의 지혜는 악마한테 먹혀버리지는 않았어. 나는 너를 기다리겠다. 정말이지 이 세상에서 나를 비난하지 않는 사람은 오직 너 하나뿐이로구나."

이렇게 말하고 그는 흐느껴 울기 시작했다. 그는 심술궂으면서도 감상적인 면이 있었다.

5. 장로

아마 독자들 중에는 이 청년이 몹시 허약한 얼굴의 공상가라고 상상할 사람도 있을지 모른다. 그러나 알료샤는 그와는 반대로 균형 잡힌 체구에 불그스레한 뺨, 시원한 눈동자를 가진 건강미가 넘쳐흐르는 열아홉 살의 청년이었다. 그리고 필자는 알료샤가 다른 누구보다도 현실주의자였다고 생각한다.

사람들은 알료샤가 중학교도 제대로 마치지 못했기 때문에 교양이 부족한 부분이 있을 것이라고 생각했을지 모른다. 그러나 그를 가리켜 우둔하다거나 바보라는 것은 편견이다. 태어날 때부터 성실한 마음의 소유자였던 그는 진리를 추구하던 끝에 마침내 믿음을 갖게 되었고, 일단 믿음을 갖게 되자 자기의 모든 정신력을 진리를 추구하는 데 집중했다.

그는 결국 '영생을 위해 살고 싶다. 어중간한 타협은 받아들이지 않겠다'고 결심했다. 그의 어린 날의 기억 속에는 어머니가 가끔 미사에 데리고 갔던 교외의 수도원에 관한 기억이 생생하게 남아 있었다. 그리고 이 수도원에서 그 장로를 만났던 것이다. 그 장로는 바로 앞에서 말한 바 있는 조시마 장로였다.

그런데 조시마도 이젠 노쇠하고 병들어 임종이 가까웠음에도 불구하고 아직 후계자가 정해지지 않은 상태였다. 그것은 이 수도원으로선 중대한 문제가 아닐 수 없었다. 왜냐하면 이 수도원은 그때까지 내세울 만한 것이라곤 아무것도 없었기 때문이다. 그럼에도 불구하고 이 수도원이 러시아에 유명세를 떨치게 된 것은 다름 아닌 이들 장로의 덕분이었다.

그를 보고, 그의 말을 듣기 위해 러시아 방방곡곡에서 수많은 순례자들이 이 고장으로 모여들었다. 대체 장로란 무엇인가? 장로는 다른 사람의 영혼과 의지를 자신의 영혼과 의지 속에 동화시키는 사람이었다.

장로의 의무는 러시아 수도원에 항상 존재해 왔던 일반적인 '복종'과는 그 성격이 판이하게 다르다. 여기서 인정되는 것은 장로에 귀의하는 모든 사람들의 영원한 참회, 명령자와 복종자 간에 맺어진 끊을 수 없는 관계였다.

조시마 장로는 예순다섯가량의 노인으로 지주 출신이었는데, 아주 젊었을 때는 군대에 들어가서 카프카스 지방에서 장교로 근무한 적이 있었다. 그가 그만의 고귀한 품성으로 알료샤의 마음을 사로잡았다는 것은 의심할 여지도 없다.

알료샤는 장로의 암자에서 생활하고 있었다. 장로는 알료샤를 매우 사랑하여 암자에서 살기를 허락했다. 여기서 한 가지 말해두고 싶은 것은, 그때 알료샤는 수도원에서 살고 있었지만 아직 아무 속박도 없이 어디든 마음대로 나다닐 수 있었다. 그가 수도복을 입었던 것은 수도원 안에서 다른 사람들과 다르게 보이기 싫어 자진해서 한 행동이었다.

조시마 장로는 여러 해 동안 수없이 많은 사람들을 만났는데, 그들은 장로에게 자기 심중을 고백하면서 그에게서 충고와 위안의 말을 듣고 싶어 했다. 장로는 사람들의 번뇌와 하소연을 너무 많이 들어왔기 때문에 어느덧 자신을 찾아오는 사람의 얼굴만 보아도 한눈에 그 사람이 무슨 일로 왔는지, 무엇이 필요한지, 어떤 종류의 고민이 그 사람의 양심을 괴롭히고 있는지를 꿰뚫어보았다. 그래서 본인이 미처 입을 열기도 전에 그의 비밀을 정확히 알아맞혀 찾아온 사람을 놀라게 하기도 하고, 당황하게 하기도 하고, 때로는 공포에 가까운 감정을 불러일으키기도 했다.

그러나 알료샤가 느끼기에 장로와 이야기하려고 처음 찾아오는 사람들은 대부분 공포와 불안을 품고 장로의 방으로 들어가지만 장로를 만나고 나올 때는 거의 예외 없이 행복한 얼굴로 변했다. 알료샤는 장로가 조금도 엄격하지 않을 뿐더러 늘 즐겁게 사람을 대한다는 사실에 감동했다. 수도사들에 의하면 장로는 죄가 많은 사람일수록 더욱 사랑한다는 것이었다. 수도사들 중에는 장로의 생애가 끝나가는 최근까지도 그를 미워하거나 시샘하는 자들도 있었다. 그러나 이제는 그 수가 적어져서 모두 침묵을 지키고 있었다. 반대파들 중에는 수도원 내에서 상당히 이름이 알려진 인물도 더러 있었다. 그 중의 한 사람은 상당한 고참으로 위대한 침묵의 수도사이며 보기 드문 단식주의자였다. 그러나 역시 절대 다수는 조시마 장로의 편이었다.

조시마 장로를 사랑하는 사람들은 분명히 그가 성인이며, 그 점에 대해서는 의심할 여지가 없다고 단정적으로 말했다. 알료샤도 장로의 기적적인 힘을 믿어 의심치 않았다. 그것은 마치 순교자의 관이 교회에서 뛰쳐나갔다는 얘기를 굳게 믿는 것과 같았다.

그는 앓고 있는 아이들과 친척들을 데리고 와서는, 장로가 그들의 몸 위에 손을 얹고 기도해 주기를 간청하는 사람들을 수없이 보았다. 그들은 얼마 후, 더러는 바로 이튿날 장로를 다시 찾아와서 눈물을 흘리며 환자의 병을 고쳐준 것을 감사하는 것이었다. '그건 정말 장로가 고친 것일까, 아니면 병이 자연적으로 낫게 된 것일까?' 하는 의문은 전혀 생기지 않았다. 왜냐하면 알료샤는 이미 자기 스승의 정신력을 믿고, 스승의 명성을 마치 자기 자신의 승리처럼 생각하고 있었기 때문이다. 특히 장로를 만나 축복을 받기 위해 러시아 방방곡곡에서 모여든 서민층 순례자들이 암자 문 앞에 기다리고 있는 곳으로 장로가 모습을 나타낼 때면, 알료샤의 가슴은 고동치고 얼굴은 환하게 빛났다. 그들은 장로 앞에 엎드려 눈물을 흘리며 그 발에 입을 맞추고, 그가 서 있는 땅에 입을 맞추면서 소리 내어 울기도 했다.

'왜 그들은 그토록 장로를 사랑하는 것일까? 왜 그들은 장로의 얼굴을 보자마자 그 앞에 엎드려 감격의 눈물을 흘리는 것일까?' 그런 것은 알료샤에게 전혀 의문을 일으키지 않았다. 오, 그는 잘 알고 있었다. 개인의 노동과 슬픔으로, 아니 더욱 중요한 것은 개인적인 차원은 물론 범세계적인 차원에서 벌어지는 불평등과 일상적인 죄악으로 고통을 받는 러시아의 겸허한 영혼들에게 성물과 성자를 찾아 엎드려

경배를 드리는 것보다 더 강한 소망과 위안은 있을 수 없다는 것을. 그리고 민중들은 '우리가 죄악과 불의와 유혹의 고통을 겪고 있지만, 그어느 곳엔가는 성스럽고 고결한 분이 계실 것이다. 그분은 세상의 진리를 알고 계신다. 다시 말하면 진리는 이 세상에서 죽어 가고 있는 것이 아니라 약속의 말씀대로 언젠가 우리 곁에 찾아와 전 세계를 지배할 것'이라고 생각하고 있다는 것을 알료샤는 믿고 있었다. 그리고 조시마 장로야말로 바로 그들이 생각하는 그 성인이요, 진리의 수호자라는 것을 믿어 의심치 않았다.

그때까지 전혀 만나본 적이 없었던 두 형의 귀향은 알료샤에게 매우 강렬한 인상을 주었다. 그는 친형인 이반보다 배다른 형 드미트리와 더 빨리 친해졌다. 작은형이 돌아온 지 벌써 두 달이나 지났고, 그동안 꽤 자주 만났는데도 두 사람은 좀처럼 친해지지 못했다. 알료샤는 말수가 적은데다가 숫기가 없었고, 이반은 그런 동생을 오랫동안호기심에 찬 눈으로 바라보다가 이내 더 이상 흥미를 보이지 않았다.

하지만 형의 그런 행동에 대해 알료샤로서는 화를 낼 수가 없었다. 다만 그는 알 수 없는 불안한 마음의 동요를 느끼면서 형이 좀 더 가까이 다가와주기만을 기다리고 있었다.

맏형 드미트리는 이반에게 깊은 존경심을 갖고, 감동이 섞인 어조로 얘기를 했다. 최근 그들 두 사람을 가깝게 만든 중대한 사건의 상세한 경위를 알료샤에게 말해준 것도 실은 맏형 드미트리였다. 사실드미트리와 이반은 지적 수준이나 인격 등등에서 너무나 뚜렷한 대조를 이루었다.

이 무렵, 이들 가족 모임이 조시마 장로의 허술한 암자에서 이루어졌다. 그리고 이 모임은 알료샤에게 엄청난 영향을 미쳤다. 그 당시 상속 문제와 재산 분배를 둘러싸고 드미트리와 아버지 표도르 사이의 불화는 이미 막다른 골목에까지 와 있었다. 그래서 표도르 파블로비치가 먼저 농담 삼아 조시마 장로의 암자에서 다 함께 모이면 어떻겠느냐는 제안을 한 것이었다. 장로의 지위와 인격이 문제의 돌파구를 마련해 줄지도 모른다는 생각에서였다. 지금까지 한 번도 장로를 찾아가 본 일도 없고 얼굴을 본 일조차 없는 드미트리는 아버지가 장로를 내세워 자신에게 위협을 주려는 속셈이 틀림없다고 생각했다. 그러나 최근 자신이 아버지와의 싸움에서 지나치게 난폭한 행동을 보인 데 대해 스스로 양심의 가책을 느낀 그는 결국 아버지의 제의를 받아들이기로 했던 것이다.

여기서 한 가지 유념해야 할 것은 드미트리는 이반처럼 아버지의 집에서 살지 않고 읍내의 변두리에서 따로 살고 있었다는 사실이다. 그런데 당시 이 고장에 체류하고 있던 미우소프도 표도르의 이 아이디어를 매우 만족스럽게 생각했다. 4, 50년대의 자유주의자요 자유사상가이며 무신론자인 그는 지루함을 달래기 위해서였는지 아니면 단순한 심심풀이 때문이었는지, 어쨌든 이 일에 비상한 관심을 표시했다.

알료샤는 이 모임에 대한 소식을 듣고 몹시 당황했다. 이렇게 소송을 벌이며 다투고 있는 사람들 중에서 이번 모임을 진지하게 생각하는 사람은 사실 드미트리 한 사람뿐이었다. 작은형 이반과 미우소프는 무례하고 경박한 호기심에서 이 회합에 참석할 것이고, 아버지는 아버지대로 무슨 해괴한 어릿광대짓을 생각하고 있는지도 모를 일이었다. 알료샤는 누구에게도 말은 하지 않았지만 자기 아버지의 됨됨이를 잘 알고 있었다.

그는 괴로운 마음으로 그날이 오기를 기다렸다. 그렇지만 그가 다른 무엇보다도 염려했던 것은 장로의 신상이었다. 그는 이번 일로 장로의 명예가 손상될까봐 걱정스러웠다. 장로에게 가해질 모욕, 특히 미우소프의 미묘하고도 은근한 조소, 학자인 이반의 사람을 깔보는 듯한 암시적인 말투 같은 것들이 두려웠다. 그는 가까운 시일 내에 찾아올 이 사람들에 대해서 장로에게 미리 어떤 예비 지식이라도 주려고 생각하다가 결국 그냥 입을 다물기로 했다. 그리고 회합 전날, 아는 사람을 통해서 드미트리에게 자기는 형을 사랑하고 있으며, 약속을 이행해줄 것을 기대한다는 뜻을 전했을 뿐이다.

드미트리는 자기가 무슨 약속을 했는지 전혀 기억이 나지 않았다. 그는 단지 자기는 '아무리 비열한 언동'을 보고 듣게 되더라도 전력을 다하여 스스로를 억제하겠노라고 답장을 썼다. 그리고 자기는 장로와 이반을 깊이 존경하고는 있지만 아무래도 이 회합은 자기를 겨냥한 함정이거나 허접스런 희극임에 틀림없음을 확신하고 있다고 썼다. '그러나 어쨌든 혀를 깨무는 한이 있더라도 네가 그토록 존경하는 그 성인에 대해 결례가 될 만한 짓은 하지 않겠다.' 고 드미트리는 짧은 편지를 마무리했다. 그러나 그것도 알료샤의 마음에 확실한 위안을 주지는 못했다.

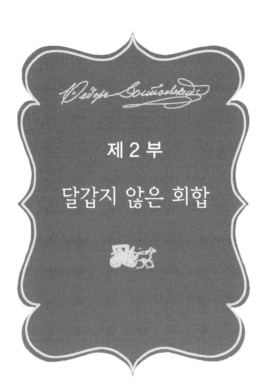

제 2 부

달갑지 않은 회합

1. 수도원에 모이다

　때는 8월 말로, 그날은 아주 맑게 갠 따스한 날이었다. 카라마조프 일가는 두 대의 마차에 나누어 타고 왔다. 선두 마차인 한 쌍의 값진 말이 끄는 화려한 반 포장마차에는 미우소프와 그의 먼 친척뻘이 되는 칼가노프라는 스무 살가량의 아주 젊은 청년이 함께 타고 있었다. 이 청년은 대학에 들어갈 준비를 하고 있었는데, 무슨 이유인지 현재는 미우소프의 집에서 살고 있었다. 칼가노프는 사색적이고 어딘지 모르게 좀 방심한 듯한 데가 있어 보였다. 정신이 산만한 사람들이 대부분 그렇듯이 그도 상대방의 얼굴을 오랫동안 바라볼 때가 있었는데, 실은 상대방의 얼굴 같은 것에는 전혀 관심이 없었다. 앞으로 많은 재산을 상속받게 되어 있었던 그는 알료샤와는 친구 사이였다.

　미우소프가 탄 마차보다 훨씬 처져서 한 쌍의 적갈색 말이 끄는 낡아빠진 삯마차를 타고 표도르 파블로비치가 아들 이반과 함께 뒤를 따랐다. 그 전날 미리 날짜와 시간을 알려주었는데도 드미트리는 그때까지 나타나지 않았다. 방문객 일행은 수도원 밖에 있는 여관 앞에 마차를 세워놓고, 걸어서 수도원의 정문을 통과했다.

표도르를 제외한 나머지 세 사람은 지금까지 한 번도 수도원이라는 곳을 구경해본 적이 없었다. 게다가 미우소프는 30년간이나 교회에 발을 들여놓은 적이 없었다. 그는 대범한 체하면서도 호기심 어린 눈으로 이리저리 주위를 둘러보았다.

그런데 한 가지 납득이 가지 않는 점이 있었다. 일반적으로 수도원에서는 신도의 도착을 기다리는 것이 마땅하고, 더욱이 어느 정도 영향력이 있는 신도일 경우 존경하는 마음으로 맞는 것이 마땅하다. 이들 중 한 사람은 얼마 전에 1천 루블이란 대금을 기부했고, 또 한 사람은 부유하고 교양 있는 지주로, 소송의 결과 여하에 따라서는 하천의 어로권 문제와 관련하여 수도원 내의 모든 사람들에게 영향을 줄 수 있는 인물이었다. 그런데도 수도원에서 공식적으로 그들을 맞아준 사람은 아무도 없었다. 미우소프는 물끄러미 교회당 근처의 묘비들을 바라보고는, 이런 '성스러운' 곳에 묻힐 권리를 얻기 위해서는 아마 돈이 꽤 많이 들 것이라고 말하려다가 입을 다물고 말았다. 그의 악의 없는 자유주의적인 풍자가 어느새 분노로 변해가고 있었기 때문이다.

"제기랄! 이런 이상한 곳에서는 도대체 누구한테 물어봐야 할지 알 수가 있어야지……. 빨리 무슨 수를 내야겠군. 시간은 자꾸 가는데." 그는 느닷없이 혼잣말로 중얼거렸다.

그때 갑자기 헐렁한 여름 외투를 입은 나이 지긋한 대머리 신사 한 사람이 아첨하는 듯 눈을 반짝이며 그들 쪽으로 다가왔다. 그는 모자를 조금 쳐들더니, 소곤대듯 어린애 같은 말투로 자기는 툴라 현에서 온 지주 막시모프라고 소개를 했다.

"장로님께서는 암자에 기거하고 계십니다. 수도원에서 4백 발짝 떨어진 암자에서 살고 계시지요. 저 숲 너머에……"

"숲 저쪽이라는 건 나도 압니다." 표도르 파블로비치가 대답했다. "그런데 그 길이 전혀 생각이 나지 않는군요. 와 본 지가 하도 오래돼서."

"자, 제가 안내해드리지요. 이리 오세요. 이리!"

일행은 문을 지나 숲 속 길을 걷기 시작했다. 막시모프는 예순 안팎의 사내였는데, 그는 거의 노골적인 호기심으로 일행을 흘끔흘끔 바라보면서, 거의 뛰다시피 그들 곁을 따라오고 있었다. 그 눈은 호기심 때문에 당장이라도 튀어나올 것만 같았다.

"사실 우리는 특별한 용무가 있어 장로한테 가는 길입니다." 하고 미우소프가 근엄한 어조로 말했다. "그러니 길 안내를 해주시는 것은 고맙습니다만 우리하고 함께 들어가실 수는 없습니다."

"전 벌써 뵈었습니다. 그야말로 훌륭한 기사더군요!"

"누가 기사란 말입니까?" 미우소프가 물었다.

"그 훌륭하신 장로님 말씀이에요."

그러나 그의 두서없는 이야기는 그때 일행을 뒤쫓아 달려온 한 수도사에 의해 중단되었다. 두건 달린 수도복을 입은, 작은 키에 몹시 여윈 창백한 얼굴의 수도사였다.

"수도원장님께서 암자에서 용무를 마치고 나오면 여러분을 점심에 초대하시겠답니다. 늦어도 한 시까지는 와주십시오. 그리고 당신도 함께 와주십시오." 하고 그는 막시모프한테 말했다.

"물론 가고말고요!" 초대를 무척 기뻐하며 표도르 파블로비치가 소리쳤다. "그건 그렇고, 미우소프 씨! 당신도 가시겠소?"

"물론이지요. 단 한 가지 난처한 것은 당신 같은 사람과 함께 간다는 것입니다, 표도르 파블로비치……."

"그런데 드미트리가 아직도 보이지 않는군요."

"그가 이 자리에 나타나지 않는다면 일은 썩 잘되는 건데. 한데 당신의 연출과 밑그림이 얼마나 엉망인지 아십니까? 자업자득이지요.. 아무튼 점심식사는 하러 갈 테니 수도원장님께 감사하다고 전해 주시오." 하고 미우소프가 수도사에게 말했다.

"아니, 저는 여러분을 장로님께 안내해 드리려고 합니다." 수도사가 대답했다.

"그렇다면 나도 수도원장님한테 가기로 하지요." 막시모프가 재잘댔다.

"정말 끈덕진 늙은이군." 막시모프가 수도원 쪽으로 급히 돌아가자 미우소프가 중얼댔다.

"폰 존(그 당시 세상을 떠들썩하게 한 살인 사건의 희생자. 여자의 유혹으로 사창가에 끌려가 살해됨–역주) 같은 사람이군요." 하고 표도르가 불쑥 말을 받았다.

"당신은 그런 것밖에 모르는 사람이지요. 그건 그렇고, 저 사람의 어디가 폰 존 같다는 겁니까? 직접 폰 존을 본 일이 있소?"

"사진을 봤지요. 말로는 형용할 수 없지만 어딘가 닮은 데가 있어요. 영락없는 제2의 폰 존입니다."

"하긴 그렇겠지요. 당신은 그 방면의 전문가니까. 하지만 표도르 파블로비치, 당신은 이미 우리들과 함께 점잖게 행동하기로 약속했던 점을 기억하시오? 제발 그 점을 명심해주시오." 그리고 수도사를 향해 덧붙였다. "정말이지 나는 이 사람과 함께 점잖은 사람들 앞에 나가는 것이 두려워요."

수도사의 핏기 없는 창백한 입술에 교활한 미소가 떠올랐다. 그러나 그는 아무 대꾸도 하지 않았다. 그러자 미우소프는 화가 치밀어오름을 느꼈다.

"아, 드디어 암자에 다 왔군요." 표도르 파블로비치가 소리쳤다. "울타리가 잘 쳐져 있고, 문이 닫혀 있는걸." 그는 문 위와 그 양옆에 그려져 있는 성상을 향해 과장된 동작으로 성호를 긋기 시작했다. "남의 집에 가면 그 집 습관을 따라야 하는 법이지. 이 암자에서는 영혼의 구제를 희구하는 스물다섯 명의 성인들이 서로의 얼굴을 바라보며 양배추를 먹고 산다더군요. 하지만 내가 듣기로는 장로님은 부인들의 면회를 허락하신다던데 대체 그건 어찌 된 영문입니까?" 표도르는 갑자기 수도사를 향해 물었다.

"일반 부인들은 지금도 여기에 와 있습니다. 바로 저 복도 옆에 누워서 기다리고들 있지요. 그리고 상류 계층의 부인들을 위해서는 암자 구역 밖 회랑 안에 조그만 방을 두 개 마련해 놓았습니다. 장로님께서는 건강이 좋으실 때 내부 통로를 통해 부인들을 만나러 구역 밖으로 나가십니다. 지금도 하리코프의 여주인 호흘라코바 부인이 병

약한 따님을 데리고 와 기다리고 있습니다."

"그러니까 암자에는 부인들이 있는 곳으로 통하는 비밀 통로가 있다 그 말이군요. 하지만 이봐요, 내가 무슨 엉뚱한 생각을 하고 이런 말을 한다고는 생각지 마십시오. 그런데 당신도 들으셨는지 모르지만 아토스에서는 여자라는 이름이 붙은 자는 암자에 얼씬도 못한다더군요. 그러니까 암탉이라든가 암송아지라든가⋯⋯."

"표도르 파블로비치! 나는 당신을 여기 혼자 남겨두고 돌아가겠소. 미리 말해 두지만 내가 없으면 당신은 여기서 팔이 붙들려 당장 쫓겨나고 말 거요."

"아니, 미우소프 씨! 내가 무슨 방해를 했다는 겁니까? 아, 저길 좀 보시오." 그는 암자의 울타리 안으로 들어서며 이렇게 소리쳤다. "저걸 봐요. 이곳 사람들은 그야말로 장미꽃밭 속에서 살고 있군요."

과연 그곳에는 장미는 아니지만 수많은 진기한 가을꽃이 빼곡이 심어져 있었다.

"장로 바르소노피가 계실 때에도 이런 꽃밭이 있었나요? 소문에 그분은 화려한 것을 무척 싫어해서 귀부인한테 달려들어 지팡이로 마구 후려갈겼다던데요." 입구의 층계를 오르면서 표도르가 말했다.

"사실 바르소노피 장로님께선 이따금 기이한 행동을 보일 때가 있었습니다만, 소문이 좀 과장된 것이지요. 결코 매를 든 적은 없답니다." 수도사가 대답했다. "그럼, 여러분! 잠깐만 기다려주십시오."

"표도르 파블로비치 씨, 제발 언행을 좀 삼가주십시오. 그러지 않으면 나중에 후회할 거요." 미우소프가 다시 한 번 경고했다.

"무엇 때문에 그렇게까지 신경을 쓰는지 알 수가 없군요." 표도르는 빈정대듯이 말했다. "혹시 죄가 많아서 겁이 나는 건 아닙니까? 하긴 장로님은 첫눈에 어떤 사람이 무슨 용무로 찾아왔다는 걸 꿰뚫어 보신다더군요. 그런데 당신 같은 프랑스 물을 먹은 진보적인 신사가 어째서 그들의 견해를 그토록 존중하는지 도저히 알 수가 없군요."

그러나 미우소프가 표도르의 조롱에 미처 대꾸할 겨를도 없이 일동은 암자 안으로 들어오라는 전갈을 받았다.

2. 늙은 어릿광대

그들이 방으로 들어간 시점은 장로가 그의 침실에서 나온 것과 거의 동시였다. 암자에는 이미 두 사람의 수사 신부가 그들보다 먼저 와서 장로가 나오기를 기다리고 있었다. 한 사람은 도서담당 신부였고, 또 한 사람은 박식하다고 평판이 난 병든 파이시라는 신부였다. 그 밖에 또 한 사람의 젊은 남자가 한쪽 구석에 서서 기다리고 있었다.

조시마 장로는 한 사람의 예비 수도사와 알료샤를 거느리고 나왔다. 두 수사 신부는 일어나서 손 끝이 마루에 닿을 정도로 정중히 인사를 하였다. 그러고는 장로의 축복을 받자 그 손에 입을 맞췄다. 그러나 미우소프에게는 이 모든 것이 억지로 꾸며낸 장면처럼 보였다. 그는 함께 방 안으로 들어간 일행 중 맨 앞에 서 있었다. 따라서 비록 자신의 사상이야 어떻든 단순한 예의로 봐서도 미우소프는 장로 곁으로 다가가서 축복을 청했어야 옳았다. 그러나 그는 짐짓 심각한 표정을 짓고는 그냥 의자 있는 데로 물러섰다. 표도르는 원숭이처럼 미우소프를 흉내내었다. 이반도 매우 정중하고 공손하게 절을 했지만 역시 양손을 바지 옆 솔기에다 붙인 어색한 자세였고, 칼가노프는 어찌나 당황했던지 인사조차 제대로 하지 못했다. 장로는 축복을 위해 처들었던 손을 내리고 다시 한 번 그들에게 절을 하더니 의자에 앉으라고 권했다. 알료샤의 두 볼이 빨갛게 상기되었다. 부끄러워 견딜 수가 없었다. 그의 불길한 예감이 들어맞기 시작한 것이다.

조시마 장로는 아주 낡은 마호가니 소파에 앉고, 두 수사 신부를 제외한 나머지 손님들은 맞은편에 있는 낡아빠진 검은 가죽을 씌운 네 개의 마호가니 의자에 나란히 앉게 했다.

암자 전체가 매우 비좁고 누추하게 느껴졌다. 미우소프는 '판에 박은 듯한' 이 모든 양식들을 재빨리 훑어보고는 장로를 뚫어질 듯이 응시했다. 그는 자신의 관찰력을 과신하는 결점이 있었다. 그러나 그의 나이가 이미 50이라는 점을 고려한다면 좀 너그러이 봐줄 수도 있을 것이다. 그만한 연령이 되면 때로는 무의식중에 스스로를 과대 평가하게 마련인 것이다.

첫 순간부터 미우소프는 장로가 마음에 들지 않았다. 장로는 키가 작고 허리가 굽은 데다 다리가 매우 허약했으며, 이제 겨우 예순다섯 살밖에 안됐는데도 병 때문에 10년은 더 늙어 보였다. 작지만 맑은 두 눈동자만이 두 개의 빛나는 점처럼 반짝반짝 빛을 내었다. '어느 모로 보나 거만하고 심술궂은 영감쟁이에 틀림없군.' 라는 생각이 미우소프의 머리를 스쳐갔다. 시계소리가 이야기의 실마리를 풀어주었다. 추가 달린 값싼 괘종시계가 12시를 알린 것이다.

"약속하신 시간입니다." 표도르가 소리치듯 말했다. "그런데도 제 아들 드미트리는 아직 안 오는군요. 그 애를 대신해서 사과드립니다. 거룩하신 장로님! 저는 정확히 1분 1초도 어겨본 적이 없습니다. 정확함은 왕자의 예의라고 하는 말을 잘 기억하고 있으니까요."

"하지만 당신은 왕자도 무엇도 아니잖소." 참다못한 미우소프가 이렇게 말했다.

"네, 옳은 말씀입니다. 왕자는 아니지요. 나는 언제나 이렇게 실없는 소릴 지껄이는 버릇이 있어서 탈이거든. 그런데 장로님!" 그는 갑자기 감동에 사로잡혀 외쳤다. "보시다시피 당신 앞에 있는 저는 진짜 어릿광대올시다. 저는 늘 이렇게 자기소개를 합니다. 한심하게도 이젠 아주 습관이 되어버렸지요. 하지만 이렇게 실없는 소릴 지껄이는 것은 뚜렷한 목적이 있기 때문입니다. 사람을 웃겨서 저 자신도 유쾌해지려는 목적 말입니다. 7년쯤 전에 볼일이 있어 어느 지방 도시에 갔던 적이 있습니다. 우리는 그곳 경찰서장을 찾아갔습니다. 경찰서장이란 자를 보니 키가 크고 우울한 표정의 금발 머리 사내였는데, 아무래도 그런 일엔 위험천만한 존재 같았어요. 그런 자들은 아주 심통이 사납지요. 그래서 저는 세상 물정을 잘 아는 사람처럼 허물없는 태도로 그에게 다가가 '서장님, 어떻습니까? 어디 우리들의 나프라브니크(19세기 초엽에 활약한 러시아의 작곡가이자 지휘자 – 역주)가 되어주시지 않겠습니까?'라고 말했지요. '나프라브니크라니, 대체 그게 무슨 말이오?' 하고 묻더군요. 저는 그 순간, 이건 틀렸구나 생각했습니다. 그자는 정색을 하고 뚫어질 듯이 이쪽을 쏘아보는 것이었습니다. 그래서 저는 '흥 좀 돋우려고 농담했습니다. 나프라브니크는 러시아의 유명한 지휘자 아닙니까? 그런데 우리들의 조화로운 사업을 위해서라도 그런 지휘자가 필요해서요' 라고 그럴듯한 비유로 설명했지요. 그랬더니 그는 '미안하지만 본인은 어디까지나 이스프라브니크(경찰서장 – 역주)요. 본인의 관직을 가지고 말장난을 하는 것은 허용할 수 없소.' 라고 하고는 홱 돌아서서 나가버리더군요. 나는 등 뒤에서 '맞습니다. 당신은 나프라브니크가 아니라 이스프라브니크입니다.' 라고 소리쳤죠. 그러자 그는 '아니, 일단 그런 말이 나온 이상 나는 나프라브니크요.' 라는 것입니다. 그러니 어떻게 됐겠습니까? 결국 우리 일은 다 틀어져 버렸지요. 저는 언제나 이런 식으로 손해만 보고 살고 있답니다."

"당신은 지금도 그런 짓을 하고 있잖소." 미우소프가 못마땅하다는 듯한 표정으로 투덜거렸다.

장로는 아무 말 없이 두 사람의 얼굴을 번갈아 보고 있었다.

"하지만 미우소프 씨, 나도 그건 잘 알고 있습니다. 말을 시작하면서 벌써 내가 또 그런 짓을 하고 있구나 하고 느꼈습니다. 뿐만 아니라 당신이 제일 먼저 그런 참견을 하리라는 것도 이미 예상했지요. 그런데 장로님, 제 농담이 제대로 먹혀들지 않으면 저는 경련이 일어난답니다. 이것은 제가 젊어서 귀족 집의 식객 노릇을 하며 밥을 얻어먹고 있을 때부터 생긴 버릇입니다. 저는 세상에 태어날 때부터 본성이 어릿광대란 말입니다. 미치광이 행자일 수도 있고요. 틀림없이 저의 내부에는 악마란 놈이 살고 있을 겁니다. 하기야 그다지 대단한 놈은 아닌 모양입니다. 정말 대단한 놈이라면 딴 거처를 택했을 테니까요. 그렇지만 미우소프 씨, 당신이 그 거처는 아닙니다. 그러나 저는 하느님을 믿습니다. 장로님, 저는 철학자 디드로(18세기 프랑스 계몽 철학가 -역주) 같은 놈입니다. 장로님, 당신은 예카테리나 여왕 시대에 그 철학자가 플라톤 대주교를 만나러 갔던 일을 알고 계시겠지요? 그는 들어오자마자 '신은 없소' 라고 딱 잘라서 말했지요. 그러자 위대하신 대주교께서는 손가락을 들고 '정신이 나간 이가 자기 마음에 이르기를 신이 없다고 하도다!' 라고 대답하셨습니다. 그러자 디드로는 대주교의 발밑에 엎드려 '믿습니다, 그리고 세례도 받겠습니다.' 하고 외쳤습니다. 당장 그 자리에서 세례를 받았지요. 다슈코바 공작부인이 대모가 되고 포톰킨이 대부가 된 거지요."

"표도르 파블로비치, 정말이지 더는 못 듣겠소. 그런데 왜 그런 엉터리 같은 말을 하는 겁니까?' 미우소프는 더 이상 참지 못하고 떨리는 목소리로 이렇게 말했다.

"그게 거짓말이라는 건 나도 잘 알고 있어요." 표도르는 흥분해서 외쳤다. "위대하신 장로님! 용서해 주시기 바랍니다. 제가 끝머리에 말씀드린 무신론자 디드로의 세례 이야기는 지금 막 생각해 낸 창작입니다. 그런데 디드로의 얘기, 그 '정신 나간 자가 자기 마음에⋯⋯' 에 관한 이야기는 제가 젊어서 식객 노릇을 하고 다닐 때 고장 지주들한테서 스무 번가량은 들었을 겁니다. 미우소프 씨, 당신의 고모한테서도 여러 번 들었어요."

미우소프는 자리에서 일어났다. 더 이상 참을 수 없어서 분별력을 잃어버린 것이다. 사실 이 암자에는 이미 4, 50년 동안 방문객들이 드나들었지만, 모두가 예외 없이 사제들에 대해 깊은 존경심을 품은 사람들뿐이었다.

게다가 여기서는 돈 같은 것이 문제가 되는 것이 아니라 한쪽에서는 사랑과 자비, 그리고 또 다른 한쪽에서는 참회와 소망 같은 것이 있을 뿐이었다. 그러므로 뜻밖에 표도르 파블로비치의 앞가림도 못하는 무례한 어릿광대짓은 사람들을 매우 놀라게 했다.

두 수사 신부는 조금도 얼굴색을 바꾸지 않은 채 과연 장로 입에서 무슨 말이 나올 것인지 진지한 태도로 주시하고 있었으나, 역시 미우소프와 마찬가지로 당장이라도 자리를 박차고 일어나고 싶은 표정이었다. 알료샤는 울음을 터뜨릴 것 같은 표정으로 머리를 숙이고 있었다. 그는 특히 자기 형 이반의 태도가 이상하게 여겨졌다. 이반은 아버지에 대해 영향력을 갖고 있는 유일한 인물이었으므로, 그가 아버지의 언동을 제지해 줄 것을 기대하고 있었다. 그러나 이반은 눈을 내리깐 채 꼼짝도 않고 의자에 앉아서 완전한 방관자처럼 사건의 결말을 기다리고 있었다. 알료샤는 자기와 꽤 친한 사이인 라키틴(신학생)조차도 제대로 바라볼 수가 없었다. 그의 마음을 잘 알고 있었기 때문이다.

"용서해 주십시오." 미우소프가 장로를 향해 입을 열었다. "아마 장로님께선 이 우스꽝스런 장난에 저도 한몫 끼었다고 생각하실지 모르겠습니다만 이 표도르 같은 인간도 이렇게 존귀한 분을 방문할 때만은 적어도 기본적인 의무를 지키리라고 믿었던 것이 제 잘못이었습니다."

미우소프는 미처 말끝을 맺기도 전에 완전히 당황해서 그대로 방에서 나가려고 했다.

"제발 그런 걱정은 하지 마십시오." 장로는 갑자기 허약한 다리에 힘을 주어 의자에서 일어나더니 미우소프의 양손을 잡아 다시 의자에 앉혔다. "마음을 편히 가지시오. 특히 당신이 나를 찾아온 것을 진심으로 환영합니다."

"위대하신 장로님, 제가 너무 떠들어 혹시 기분이 상하시진 않으셨는지요?" 표도르는 의자의 팔걸이를 움켜쥐고는 대답 여하에 따라서 거기서 벌떡 뛰어오르기라도 할 것 같은 자세로 소리쳤다.

"제발 당신도 집이라고 생각하고 마음을 편히 가지십시오. 그리고 중요한 것은 스스로에 대한 수치심을 버리는 겁니다. 모든 문제의 근원은 바로 거기에 있으니까요."

"집이라고 생각하라고요? 즉 본연의 모습으로 돌아가란 말씀이군요? 그런데 거룩하신 장로님, 본연의 모습으로 돌아가라고 저를 부추기지 마십시오. 그건 위험천만한 일입니다. 저로서는 본연의 모습으로 돌아갈 수가 없습니다. 이건 장로님을 보호해 드리기 위해서 미리 말씀드리는 겁니다. 그러나 그 밖의 것은 미지의 어둠 속에 묻혀 있습니다. 하기야 더러는 저를 우스꽝스런 존재로 만들고 싶어 하는 사람도 있습니다만. 미우소프 씨, 이건 바로 당신을 두고 하는 말입니다. 그렇지만 거룩하신 장로님, 당신께는 환희의 마음을 토로하고 싶습니다!" 그는 엉거주춤 일어서서 두 손을 높이 쳐들며 말했다. "'그대를 밴 모태는 복이 있도다. 그대에게 젖을 먹인 유두 또한 복이 있도다.' 특히 그 유두가 그렇지요. 장로님께서는 방금 '스스로에 대한 수치심을 버려야 한다. 모든 문제의 근원이 거기에 있다'고 주의를 주셨는데, 그 말씀이야말로 저의 뱃속을 훤히 꿰뚫어보시는 말씀입니다. 사실 저는 사람들 사이에 끼어들면 저 자신을 그 누구보다도 비열한 놈이라 느끼게 되고, 또 모두들 저를 어릿광대 취급을 한다는 생각이 들곤 합니다. 그래서 저는, '그럼 정말 어릿광대가 되어 보이겠다. 네까짓 것들이 무슨 말을 하든 두려울 게 뭐냐. 네놈들은 모두 나보다 비열한 놈들이니까!' 라는 생각에서 더욱 어릿광대가 되는 겁니다. 저는 수치심 때문에 미쳐 날뛰는 겁니다. 만일 사람들 앞에 나섰을 때 모두가 저를 호감이 가는 영리한 사람으로 여겨준다는 자신감만 있다면…… 아아, 저는 그 얼마나 선량한 인간이 됐을까요, 스승님!' 그는 느닷없이 무릎을 꿇었다. "영생을 얻으려면 어떻게 해야 하는 겁니까?"

그가 농담을 하는 것인지 진짜 감동을 느낀 것인지 이번에는 분간하기가 어려웠다. 장로가 그를 바라보며 미소 지은 얼굴로 말했다.

"어떻게 해야 할지는 당신 스스로가 잘 알고 있을 거요. 당신도 그만한 분별력은 있으니까요. 술에 취하지 말고, 말을 조심하며, 육욕에 빠지지 말고, 돈을 숭배하지 마십시오. 그리고 당신이 경영하는 술집 모두 닫을 수 없다면 우선 두서너 곳만이라도 닫으십시오. 그러나 무엇보다 중요한 것은 거짓말을 하지 않는 것입니다."

"그건 디드로를 두고 하시는 말씀입니까?"

"아니, 디드로 얘기가 아닙니다. 중요한 것은 자기 자신에게 거짓말을 하지 않는 것입니다. 자신을 속이고, 스스로의 거짓말에 귀를 기울이는 사람은 자신은 물론 주변 사람에게서도 절대 신임을 받지 못합니다. 누구의 존경도 받지 않게 되면 사랑이라는 것을 모르게 되고, 또 사랑 자체도 없어지므로 시간을 보내고 기분을 풀기 위해 정욕이나 비천한 쾌락에 빠져 짐승이나 다를 바 없는 악행을 저지르게 됩니다. 그런데 이 모든 것은 남은 물론 자기 자신에 대한 끊임없는 거짓말에 기인하는 것입니다. 자기 자신을 기만하는 자는 쉽게 화를 내게 되지요. 화를 내고 나면 때로는 유쾌한 기분에 젖게 됩니다. 더군다나 그런 유형의 사람들은 누군가가 자신을 모욕하지 않는데도 스스로 모욕을 생각해 내어, 그것을 위장하기 위해 거짓말을 하고, 그림을 완성시키기 위해 과장을 하고, 말꼬리를 잡고 늘어지며 콩알 만한 것을 산처럼 부풀리지요. ……자, 일어나 자리에 앉으십시오. 제발 부탁드립니다. 그 몸짓도 거짓입니다."

"오, 거룩하신 장로님!" 표도르는 벌떡 몸을 일으키더니 장로의 여윈 손등에 재빨리 입을 맞췄다. "사실 저는 화를 내면 기분이 좋습니다. 저는 지금까지 그런 말을 누구한테서도 들어본 적이 없습니다. 확실히 이놈은 한평생을 기분이 좋아질 때까지, 즉 미학적 견지에서 화를 내고 모욕을 받아왔습니다. 위대하신 장로님! 제 말을 수첩에 적어 넣어두겠습니다. 저는 거짓말을 해왔습니다. 쉴 새 없이 거짓말을 해왔습니다. 그야말로 거짓 그 자체이자 거짓의 아버지입니다. 위대하신 장로님, 『순교자전』의 어딘가에 어떤 성인이 신앙심 때문에 박해를 받다가 마침내 목이 잘렸을 때, 그 사람은 벌떡 일어나서 자기 머리를 집어 들고 '정중하게 입을 맞춘' 다음 두 손으로 받들고 걸어 다녔다는 거요. 과연 그것이 사실입니까, 아닙니까, 순결하신 장로님?"

"그것은 사실이 아닙니다." 장로가 말했다.

"『순교자전』엔 그런 이야기가 없습니다. 당신이 말씀하시는 성인이란 누구를 가리키는 겁니까?' 하고 도서계 수사 신부가 물었다.

"어느 성인인지는 저도 모릅니다. 그런데 누가 그런 이야기를 했는지 아십니까? 바로 저기 미우소프 씨입니다. 지금 막 디드로 얘기로 그렇게도 격분했던 그 장본인이 그런 이야기를 했단 말입니다."

"아니, 나는 당신하고 한번도 그런 이야기를 나눈 적이 없습니다."

"나눴어요. 당신이 어떤 자리에서 이런 얘기를 하고 있을 때 나도 우연히 그 자리에 있었단 말입니다. 내가 이런 말을 끄집어낸 건 당신의 그 우스꽝스런 이야기가 내 신앙에 큰 충격을 주었기 때문입니다. 미우소프 씨, 당신은 모르셨겠지만 나는 그때 뒤흔들린 신앙을 안고 집으로 돌아온 뒤 계속 동요하고 있습니다. 미우소프 씨! 당신이야말로 내가 타락한 원인을 제공한 사람입니다."

표도르는 비장하리만큼 흥분해 있었지만, 그가 또다시 광대짓을 하고 있다는 것은 누가 봐도 너무나 명백했으므로, 미우소프가 동요한 것은 사실이었다.

'바보 같은 소리!' 하고 그는 중얼거렸다. "어쨌든 내가 언젠가 그런 이야기를 했는지도 모릅니다. 하지만 당신한테 한 건 아니오. 실은 프랑스 사람에게 들은 말입니다. 파리에서입니다. 그때 듣기로 러시아에서는 『순교자전』의 내용을 미사 때 독송한다고 하더군요. 그분은 러시아의 통계를 전문적으로 연구하고 러시아에도 오래 살았던 학자였습니다. 나 자신은 『순교자전』 같은 건 읽어보지도 못했고, 또 앞으로도 읽을 생각이 없습니다. 게다가 식사 때에는 여러 가지 실없는 얘기도 하게 마련 아닙니까? 그때 우리는 마침 식사 때라서……."

"네, 당신은 그때 식사를 하고 계셨겠지만, 저는 보시다시피 신앙심을 잃고 말았습니다." 표도르가 빈정댔다.

"나 때문에 신앙심을 잃다니요?" 미우소프는 경멸적인 어조로 말했다. "당신은 문자 그대로 닥치는 대로 사람에게 먹칠을 하려 드는 군요."

장로가 갑자기 자리에서 일어났다.

"미안합니다, 여러분! 몇 분간만 좀 다녀와야겠습니다." 그는 방문객 일동을 향해 말했다. "여러분들보다 먼저 온 손님들이 기다리고 있어서요. 그런데 당신은 역시 거짓말을 하지 않는 게 좋겠군요." 그는 표도르를 향해 밝은 얼굴로 이렇게 덧붙였다.

장로는 암자에서 나갔다. 그러자 표도르가 암자 입구에서 장로를 붙잡아 세웠다.

"거룩하신 장로님!" 그는 감격스러운 목소리로 외쳤다. "제발 다시 한 번 손에 입을 맞추게 해주십시오. 장로님께서는 왜 저를 늘 거짓말만 하고 어릿광대짓만 하는 사내로 생각하십니까? 사실 저는 당신을 시험해보기 위해 그런 짓을 한 것뿐입니다. 당신과 사귈 수 있는지 알아보기 위해 맥을 짚어본 것뿐이지요. 당신의 자존심으로 가득 찬 마음속에 저의 겸손한 마음이 깃들 자리가 있을까요? 이제 당신에게 상장을 드려야겠습니다. 누구라도 당신과는 사이좋게 지낼 수 있습니다. 자, 이젠 입을 다물겠습니다. 자, 미우소프 씨! 이번엔 당신이 말할 차례입니다. 이젠 당신이 주역이 되었습니다만……. 단 10분 동안입니다."

3. 믿음이 깊은 아낙네들

울타리 바깥담에 붙여 지은 목조 회랑 옆에는 이미 시골 아낙네들 스무 명가량이 몰려와 있었다. 장로를 기다리고 있던 사람 중에는 여지주 호흘라코바 부인도 있었는데, 그들은 상류층 방문객을 위해 마련해 놓은 별실에서 기다리고 있었다. 그녀의 딸도 함께 와 있었다. 호흘라코바는 아직 젊은 나이의 부유한 귀부인으로, 언제나 고급 옷차림을 하고 있었다. 안색은 약간 창백했지만 생기가 넘쳐흐르는 까만 눈동자를 가진 매우 아름다운 여성이었다. 나이는 서른서넛 살가량 되어 보였지만 과부가 된 지도 그럭저럭 5, 6년째였다. 열네 살 된 그녀의 딸은 소아마비를 앓아 다리를 못 쓰고 있었다. 불행한 소녀는 반 년 전부터 걸어 다닐 수가 없게 되어, 바퀴가 달린 길쭉한 안락의자를 타고 다녔다. 소녀의 얼굴은 병 때문에 좀 여위기는 했지만 명랑하고 아름다웠다. 그들은 사흘 전에 장로를 한 번 방문한 적이 있었다. 장로가 이제는 거의 아무도 만나볼 수 없다는 것을 잘 알면서도, 이 모녀는 또다시 찾아와서 제발 다시 한 번 '위대한 치료자를 뵈올 수 있는 행운'을 베풀어달라고 간청한 것이다.

귀신 들린 한 여자가 양손을 붙잡힌 채 장로 앞으로 끌려 나왔다. 여자는 장로를 보자마자 비명을 지르면서 딸꾹질을 시작하더니, 마치 경풍이라도 일으킨 듯 온몸을 떨기 시작했다. 장로는 여인의 머리에 영대를 얹고 짤막한 기도문을 외어주었다. 그러자 그녀는 곧 평정을 되찾았다. 지금은 어떤지 모르지만 필자가 어렸을 때는 마을이나 수도원에서 곧잘 이런 유의 귀신 들린 여자를 보기도 하고 소문을 들기도 했었다. 그들은 교회당이 떠나갈 정도로 비명을 지르다가 성체가 운반되어 그 앞으로 끌려나가면 당장에 그 '광증'이 가라앉아서 얌전해지는 것이었다. 고함을 지르며 몸부림치는 여인을 성체 앞으로 데리고 가기가 무섭게 씻은 듯이 나아버리는 기이한 사실을 두고 유치한 연극으로 보거나 혹은 성직자들이 꾸며낸 속임수에 지나지 않는다고 설명하는 사람들도 있기는 했지만, 그것은 극히 자연스러운 현상이었다. 즉, 환자 자신이 굳건한 믿음을 갖고 성체 앞으로 나가 머리를 숙이기만 하면 신경과민인 여성은 저도 모르게 전율을 느끼게 된다. 비록 순간적이기는 하지만 기적이 실현되는 것이었다.

그 같은 치유의 기적이 장로가 병자의 머리를 영대로 덮자마자 일어났던 것이다. 장로 옆에 몰려든 여성들은 놀라운 기적을 체험하고는 감동과 환희의 눈물에 젖었다. 장로는 모든 사람에게 축복을 주고, 그중 몇몇 사람과 이야기를 주고받았다. 장로는 그 귀신 들린 여자를 전부터 알고 있었다.

"아, 저기 멀리서 온 사람이 있군." 장로는 아직 노인이라고까지 할 수 없지만 이상할 정도로 까맣게 탄 얼굴의 여인을 가리켰다. 그 여인의 시선에는 광기 같은 것이 느껴졌다.

민중의 얼굴에는 오랜 인고를 겪는 동안 생긴 무언의 비애가 배어 있다. 그것은 마음속 깊은 곳에 박혀 밖으로 드러나지 않는 비애다. 일시에 폭발해 버리는 비애도 있다. 그것은 일단 눈물과 함께 터져 나오면 그 순간부터 통곡으로 변한다. 이런 일은 특히 여자들에게 많다. 그러나 이 또한 무언의 비애보다 결코 견디기 쉬운 것은 아니다. 통곡이란 것은 자기 마음을 한층 더 자극하여 찢어놓고야 비로소 위안을 가져다준다. 이런 종류의 비애는 그 어떤 위안을 바라는 것이 아니라 달랠 길 없는 절망감을 먹이로 삼아 커져간다. 통곡은 끊임없이 상처를 자극하려는 욕구에 불과하다.

"소시민 같아 보이는데?" 장로는 호기심 어린 눈으로 여인을 바라보며 물었다.

"그렇습니다, 장로님. 어린 아들놈을 잃고 나서 순례를 떠났지요. 수도원을 세 군데나 다닌 끝에 이곳으로 오게 되었어요."

"무엇 때문에 그리 웁니까?"

"아들놈이 불쌍해서 그럽니다, 장로님. 세 살짜리 사내아이지요. 석 달 후면 만 세 살이 될 아이였습니다. 단 하나 남았던 아이였어요. 저와 니키투시카 사이에는 아이가 넷이 있었습니다만 무슨 일인지 저희 집에서는 애들이 제대로 자라지를 못하는군요. 위의 세 아이를 잃었을 때만 해도 이렇게까지 서러워하지 않았는데, 이번 애만은 정말이지 가슴에 사무칩니다. 그 애가 입었던 조그만 속옷만 봐도 목을 놓아 울게 되는군요. 그래서 제 남편에게 순례를 떠나게 해달라고 했지요. 제 남편은 마부지만 그다지 어렵지는 않습니다. 남편은 제가 없는 동안 술을 마시고 있을 거예요. 집을 떠난 지도 벌써 석 달째로 접어듭니다. 이젠 모든 걸 다 잃어버렸어요. 게다가 남편과의 인연도 끝난 것 같습니다. 집도 재산도 아무 의미가 없습니다."

"이것 보십시오, 아주머니." 장로가 입을 열었다. "옛날 어느 위대하신 성인이 당신처럼 성당에 와서 울고 있는 여인을 본 적이 있소. 그분 역시 하느님께서 데려가신 어린 외아들을 생각하며 울고 있었지요. 그러자 그 성인은 여인에게 '어린 아기들이 하느님의 제단 앞에서 얼마나 버릇없이 행동하는가를 그대는 모르는가? 천국에서는 어린 아기들이 하느님께, 〈하느님, 당신은 우리에게 생명을 주셨지만 세상 구경 한 번 시켜주지 않고 생명을 거두어들였으니 우리에게 즉시 천사의 지위를 주시옵소서!〉 하고 대담하게 응석을 부리며 졸라댔느니라' 고 말하고는 계속해서 '그러니 그대도 울음을 그치고 기뻐할지어다. 그대의 어린 아들은 지금 하느님 곁에서 천사들과 함께 있느니라' 하고 말했지요. 그분은 위대한 성인이니 거짓말을 하셨을 리가 없어요. 그러므로 아주머니, 당신의 아들은 당신을 위해 하느님께 기도하고 있다고 생각하십시오. 그러니 울지 말고 기뻐하시오."

여인은 한쪽 손을 볼에 대고 눈을 내리뜬 채 장로의 말을 듣고 있었다. 이윽고 그녀는 깊은 한숨을 내쉬었다.

"제 남편도 똑같은 말을 하며 저를 위로했습니다. '바보 같으니라고! 울 게 뭐람. 지금쯤 우리 애는 하느님 곁에서 천사들이랑 노래를 부르고 있을 텐데.' 하지만 남편도 저와 똑같이 울고 있더군요. '여보, 니키투시카, 나도 그건 알고 있어요. 하느님 곁이 아니라면 어디 갈 데가 있겠어요? 하지만 그 애는 지금 여기 우리 곁에 없잖아요. 그전처럼 여기 앉아 있지 않잖아요!' 하고 저는 말했습니다. 그저 한 번만이라도 좋으니 그 애의 얼굴을 보고 싶어요. 밖에서 놀다가 돌아오면 아이는 귀여운 목소리로 '엄마, 어딨어?' 하고 외치곤 했어요. 그저 한 번만이라도 그 조그맣고 귀여운 발로 방 안을 콩콩 뛰어다니는 소리를 듣고 싶어요. 그런데 장로님, 그 애는 없습니다. 이제 다시는 그 애의 얼굴을 볼 수도 없고, 목소리를 들을 수도 없습니다."

여인은 품에서 아들의 조그만 허리띠를 끄집어냈다. 그녀는 그것을 보자마자 두 손으로 눈을 가리고 온몸을 떨면서 흐느껴 울기 시작했다. 손가락 사이로 눈물이 냇물처럼 흘러내렸다.

"그런데 말이지요." 하고 장로는 입을 열었다. "옛날에 라헬이 자식을 생각하며 눈물을 흘렸으나 위안을 얻지 못했으니, 그 자식들이 죽고 없었기 때문이다'라고 했는데, 아주머니는 지상에서 그 같은 운명에 처한 것입니다. 그러니 위안을 구하려 하지 말고 그냥 우시오. 그저 눈물을 흘릴 때마다 당신의 아들이 하느님의 천사가 되어 천국에서 당신을 내려다보고 있다, 그리고 당신이 눈물을 흘리는 것을 보고 기쁘게 생각하며 그것을 하느님께 알리고 있다고 생각하도록 하시오. 자, 그럼 당신의 아들을 위해 기도를 드리도록 하겠소. 아들의 이름은 무엇입니까?"

"알렉세이입니다, 장로님."

"참 좋은 이름이군. 하느님의 사자 알렉세이의 이름을 따왔군요?"

"그렇습니다, 장로님. 하느님의 사람 알렉세이입니다."

"참으로 거룩한 이름이군. 기도를 해드리겠소. 그리고 당신 남편의 건강을 위해서도 기도드리겠소. 하지만 남편을 버려두는 것은 죄받을 일이오. 빨리 남편에게 돌아가서 소중히 보살펴드리시오. 어머니가 자기 아버지를 버린 것을 천국에서 본다면 아들은 눈물을 흘릴 거요. 어째서 당신은 아들의 행복을 방해하려는 거요? 그 애는 살아 있소. 영혼이란 것은 영원히 사는 법이오. 비록 눈에는 보이지 않지만 그 애는 늘 당신 곁에 있소. 당신은 지금 아들의 꿈을 꾸고 괴로워하지만 남편과 함께 살게 되면 그 애가 평화로운 꿈을 보내줄 거요. 자, 남편한테 돌아가시오. 오늘이라도 당장 떠나도록 하시오."

"가겠습니다, 장로님. 당신은 제 마음을 속속들이 꿰뚫어보셨습니다." 하고 그녀는 다시 입을 열기 시작했으나 이미 장로는 다른 노파한테 얼굴을 돌리고 있었다.

그녀는 어느 하사관의 미망인이라고 했다. 그녀의 아들 바센카는 어느 병참부에 근무하다가 시베리아의 이르쿠츠크로 간 후 두 번인가 편지를 보내왔지만 이후 벌써 1년 동안이나 소식이 없다는 것이었다.

"며칠 전에 한 상인의 부인이 저한테 말하기를, '프로호로브나, 아들 이름을 적어 가지고 성당에 가서 기도를 드려봐요. 그러면 아들의 영혼이 어머니를 그리워하며 반드시 편지를 써 보낼 테니'라고 했어요. '벌써 여러 번 경험해본 일이니까 틀림없어요'라고 덧붙이더군요. 하지만 아무래도 믿어지지가 않아서요. 장로님, 그게 사실일까요? 당치도 않겠죠?'

"그런 일은 생각할 수도 없어요. 현재 살아 있는 영혼을 위해 어머니가 어떻게 기도를 할 수 있겠소? 마법을 믿는 큰 죄악이지만 당신의 무지에서 비롯된 일이니 용서를 받을 수는 있을 거요. 그보다는 지금 우리를 감싸주시고 도와주시는 성모님께 기도를 드려서 아들의 건강과 당신의 불찰을 용서해 달라고 청하는 게 좋을 거요. 당신 아들은 틀림없이 돌아올 것이오. 아니면 편지라도 보내올 테니 그렇게 아시오. 자, 안심하고 집으로 돌아가도록 하시오. 당신의 아들은 살아 있소."

"자비로우신 장로님! 당신은 우리들을 위해, 우리들의 죄를 씻기 위해 기도해 주시는 은인이십니다."

그때 장로는 또다시 군중 속에서 타는 듯한 두 눈이 자기를 주시하고 있다는 것을 느꼈다. 몹시 여위어 폐병이라도 앓고 있는 사람 같아 보이는 한 젊은 아낙네였다.

"무슨 일로 왔소, 당신은?"

"제 영혼을 구해 주십시오, 장로님." 그녀는 낮은 소리로 천천히 말하고는 무릎을 꿇고 장로의 발치에 엎드렸다. "도리에 어긋난 짓을 저질렀습니다, 장로님. 저의 죄가 두려워 견딜 수 없습니다. 저는 과부가 된 지 3년이 됩니다." 그녀는 몸을 떨다시피 하며 말하기 시작했다. "늙은 남편은 저를 마구 두들겨 패곤 해서 시집살이가 정말 괴로웠습니다. 남편이 병들어 눕게 되자, 저는 그의 얼굴을 보며 생각했습니다. '저 사람이 병이 나아 다시 일어나면 어쩌지' 하고요. 그러자 그때 무서운 생각이 퍼뜩 제 마음 속에 떠오른 것입니다."

"잠깐만!" 하고 장로는 자신의 한쪽 귀를 여인의 입 가까이 가져갔다. 여인은 속삭이는 듯한 목소리로 계속 말을 했다. 여인은 곧 말을 끝냈다.

"3년이 된다고?" 장로가 물었다.

"네, 3년입니다. 처음 한동안은 아무렇지도 않게 생각했지만 요즘은 답답해서 병이 날 정도입니다."

"고해 때 그 말을 했소?"

"했습니다. 두 번이나 말했습니다."

"성체성사는 받게 하던가요?"

"허락해 주시더군요. 하지만 저는 죽는 것이 두렵습니다."

"절대로 두려워할 것도 없고 상심할 것도 없어요. 진정 자기의 죄를 뉘우치는 마음만 가지고 있다면 하느님께서는 모든 것을 용서해주실 것이오. 게다가 하느님의 사랑도 미치지 못할 죄란 없는 법이오. 옛날부터 '열 사람의 경건한 신도보다 한 사람의 회개하는 사람을 천국에서는 더 기뻐하신다'는 말이 있습니다. 딴 사람들이 하는 말 같은 건 신경 쓰지 말고, 모욕당하더라도 화를 내지 마시오. 고인이 당신을 학대한 일은 모두 용서하고, 남편과 진심으로 화해를 하시오. 진정 회개한다면 그것은 곧 사랑한다는 증거요. 사랑은 모든 것을 보상하고 모든 것을 구해 준다오. 당신과 다를 바 없는 나 같은 죄인도 당신을 동정하여 불쌍히 여기는데, 하물며 하느님께서는 어떠하시겠소? 사랑은 그지없이 귀중한 것, 그것만 있으면 이 세상 전부를 살 수도 있소."

장로는 그녀를 향해 성호를 세 번 긋고, 자신의 목에서 성상을 끌러 여인의 목에 걸어주었다. 그녀는 이마가 땅에 닿을 정도로 절을 했다. 장로는 일어나서 젖먹이 갓난아이를 안고 있는 건강한 시골 여인을 기쁜 얼굴로 바라보았다.

"장로님을 뵈러 왔습니다. 장로님께서 앓고 계시다는 소문이 나서 온 겁니다. 그런데 이렇게 만나 뵈니 병을 앓으시기는커녕 아직도 20년은 더 사시겠습니다. 제발 오래 살아주세요."

"여러 가지로 염려해 주어 고맙소, 아주머니."

"여기 온 김에 부탁 좀 드리겠습니다. 제가 드리는 60코페이카를 저보다 가난한 여자한테 전해 주세요. 여기 와서 저는 생각했어요. 장로님께 부탁드리는 것이 좋겠다고. 장로님께서는 누구한테 줘야 할지를 아실 거라고 생각한 거예요."

"고맙소, 아주머니. 틀림없이 그렇게 해드리지요. 안고 있는 아이는 딸이오?"

"네, 딸입니다, 장로님. 리자베타라고 해요."

"당신 모녀에게, 당신과 어린 딸 리자베타에게 하느님의 은총이 가득하기를! 당신은 내 마음을 기쁘게 해주었소. 그럼, 사랑하는 여러분! 잘들 가시오."

장로는 일동에게 축복을 주고, 머리 숙여 인사했다.

4. 신앙심이 얕은 귀부인

여지주는 장로와 시골 아낙네들 사이의 대화와 축복의 광경을 눈여겨보면서 하염없이 흘러내리는 눈물을 손수건으로 닦고 있었다. 그녀는 참으로 선량한 성품을 지닌 상류 사회의 귀부인이었다. 이윽고 장로가 귀부인 쪽으로 다가가자, 그녀는 환희에 넘치는 표정으로 그를 맞이했다.

"저는 이 모든 광경을 보고 너무나 감격해서⋯⋯." 그녀는 흥분에 겨워 마지막 말을 잇지 못했다. "오오! 저는 잘 압니다. 민중은 당신을 사랑합니다. 이토록 위대하면서도 소박한 러시아의 민중을 어찌 사랑하지 않을 수 있겠습니까!"

"따님의 건강은 어떻습니까? 무슨 할 말이 있으신가본데⋯⋯."

"네, 무리하게 또 청을 드리겠습니다. 저는 장로님께서 허락해 주실 때까지 사흘이고 나흘이고 창문 밖에서 무릎을 꿇고 기다릴 각오로 있었습니다. 장로님께서는 제 딸 리자의 병을 고쳐주셨을 뿐 아니라 목요일에는 우리 애를 위해 기도까지 해주셨습니다. 우리는 장로님의 손에 입맞춤을 하여 존경하는 마음을 전해 드리려고 왔습니다."

"아니, 병이 완쾌되었다는 건 무슨 말이오? 따님은 여전히 안락의자에 앉아 있지 않소?"

"그렇지만 밤마다 오르던 열이 지난 목요일부터 완전히 가라앉았습니다. 뿐만 아니라 다리도 튼튼해졌습니다. 저 불그레한 혈색 좀 보세요. 오늘은 아무것도 붙잡지 않고 1분간을 혼자 서 있기까지 했답니다. 애 리즈(리자의 프랑스식 호칭)야, 고맙다고 인사를 드려야지, 어서!"

귀엽게 웃고 있던 리자의 얼굴이 갑자기 진지한 표정으로 변했다. 그녀는 안락의자에서 몸을 일으키고는 장로를 바라보면서 두 손을 모았다. 그러나 아무래도 더 이상 참을 수가 없었던지 갑자기 웃음을 터뜨리고 말았다.

"저 사람 때문에 웃는 거예요, 저 사람 때문에!" 그녀는 알료샤를 가리켰다. 누군가 장로의 바로 등 뒤에 서 있는 알료샤를 본 사람이 있었다면, 그의 두 볼이 확 달아오른 것을 알아차렸을 것이다. 그의 눈은 순간적으로 빛나더니 곧 눈을 내리깔았다.

"알렉세이 표도로비치, 저 앤 당신에게 전해 드릴 편지를 갖고 왔어요." 부인은 알료샤 쪽으로 몸을 돌리고, 아름다운 장갑을 낀 손을 내밀면서 말을 이었다.

"카테리나 이바노브나가 당신한테 이 편지를 전해 달랬어요." 하고 그녀는 조그만 편지를 그에게 내주었다. "그리고 될 수 있는 대로 빨리 들러달라고 신신 당부를 하더군요."

"그녀가 대체 무슨 일일까?" 알료샤는 몹시 놀란 얼굴로 중얼거렸다. 그의 얼굴에는 근심스런 빛이 떠올랐다.

"그건 아마 드미트리 표도로비치에 관한 일일 거예요." 부인이 급히 설명하기 시작했다. "카테리나는 뭔가 결심을 굳힌 모양이에요. 그런데 그전에 당신과 의논할 일이 있는 것 같아요."

"나는 그 사람을 단 한 번 보았을 뿐입니다." 알료샤는 납득이 가지 않는다는 표정으로 말을 이었다.

"그분은 비길 데 없이 고상한 인격의 소유자예요. 그분이 어떤 고통을 참아왔는지, 또 앞으로 어떤 고통이 기다리고 있을지, 그것을 생각해 보세요. 그건 정말 무서운 일이에요."

"좋습니다. 그럼 가보기로 하지요." 알료샤는 마음을 정했다. 수수께끼 같은 짤막한 편지를 한눈에 훑어보았지만 꼭 와달라는 부탁 외에는 특별한 내용이 없었다.

"아아, 정말로 친절하시군요." 리자는 이렇게 외쳤다. "아아, 당신은 정말 훌륭하시네요. 이렇게 말씀드리게 되어 기뻐요."

"리즈!" 하고 그녀의 어머니는 타이르듯이 말했지만, 이내 생긋 미소를 지어보이며 알료샤에게 말했다. "당신은 우리를 완전히 잊으셨군요. 그런데 리즈는 벌써 두 번이나 말하더군요. 당신하고 함께 있을 때만 기분이 좋다고."

알료샤가 내리깔았던 눈을 들었지만, 또다시 얼굴이 홍당무가 되어 까닭 모를 미소를 머금었다. 그러나 장로는 이미 그를 지켜보고 있지 않았다. 앞에서 말한 바 있지만, 리자의 안락의자 곁에서 그를 기다리고 있던 딴 고장의 수도사와 이야기를 시작한 것이다. 장로는 그에게 축복을 주고, 언제라도 좋으니 틈 나는 대로 암자를 찾아달라고 당부했다.

"당신은 어떻게 그런 일을 하실 수 있습니까?" 수도사는 몹시 인상적인 어조로 리자를 가리키며 물었다. 그것은 리자의 '치료'를 암시하는 말이었다.

"그 문제라면 아직 말씀드리기 이른 것 같습니다. 병이 완전히 치료된 것도 아니고, 게다가 뭔가 다른 원인으로 나았을 수도 있으니까요. 병이 호전되었다면 그것은 오직 하느님의 뜻입니다. 이제 제 명도 얼마 남지 않은 듯 합니다."

"아, 아닙니다. 아니에요. 하느님께서 당신을 우리로부터 빼앗아 가지 않을 거예요. 더구나 그렇게 건강하고, 명랑해 보이시는데요." 하며 소녀의 어머니가 소리쳤다.

"나는 오늘 유달리 기분이 좋지만 이건 그저 한순간에 지나지 않는다는 걸 잘 알고 있습니다. 나는 지금 나 자신의 병을 속속들이 잘 알고 있습니다. 부인께선 아주 밝아 보인다고 말씀하셨는데 그 말처럼 나를 기쁘게 해주는 것은 없답니다. 왜냐하면 인간이란 행복하게 살기 위해 창조된 존재로, 진정 행복한 사람은 스스로에게 '나는 이 세상에서 하느님의 계율을 지켰다'고 말할 자격을 갖춘 사람들이니까요. 정직한 삶을 산 성인과 순교자들은 모두 행복했습니다."

"장로님의 말씀은 제 가슴을 찌르는 것 같습니다. 하지만 행복…… 그것은 대체 어디 있는 걸까요? 스스로를 행복하다고 말할 사람이 과연 있을까요? 오오, 장로님! 오늘 우리에게 두 번째 대면을 허락해 주실 정도로 친절한 분이시라면, 지난번에 만나 뵈었을 때 말씀드리지 못한 것을 들어주십시오. 저의 고통은……." 부인은 말을 하면서 격렬한 감정의 발작을 일으키더니 장로를 향해 두 손을 모았다.

"무엇이 그토록 당신을 괴롭히는 겁니까?"

"저의 고통은 불신입니다."

"하느님의 존재를 믿을 수 없다는 건가요?"

"오, 아닙니다. 내세…… 그것이 수수께끼란 말씀입니다. 이 수수께끼에 대해서는 아무도, 정말 아무도 해답을 주는 사람이 없습니다. 내세에 대한 생각이 저의 마음을 뒤흔들어놓고 있습니다. 오오, 장로님은 저를 어떤 여자로 생각하지요?" 그녀는 두 손을 깍지 끼듯 모아 쥐었다.

"내가 어떻게 생각하는지에 대해서는 마음 쓸 필요가 없습니다." 장로가 대답했다. "나는 당신의 고민이 진심에서 우러나온 것임을 믿고 있소."

"오오, 참으로 감사합니다. 결국 신앙이란 자연계의 무서운 현상에 대한 공포심에서 생겨났을 뿐 신이니 내세니 하는 것은 없다는 생각이 듭니다. 신앙도 아무런 의미가 없어지고, 무덤 위엔 잡초만 우거질 거라고 생각하면 정말 무서워요. 도대체 어떻게 하면 신앙을 다시 불러들일 수 있을까요? 저는 이 문제에 대한 해답을 얻으려고 왔습니다. 만일 지금 기회를 놓친다면 평생 저의 물음에 대답해 줄 사람은 없을 거예요. 그런데 왜 저 혼자만 그 의문을 참지 못하는 걸까요? 정말 죽을 지경으로 괴롭습니다."

"그야 물론 죽도록 괴로울 것입니다. 이 문제를 증명할 수는 없지만 신념을 얻을 수는 있지요."

"어떤 방법으로요?"

"그것은 사랑을 실천하는 것입니다. 당신의 주변 사람들을 사랑하도록 애써보십시오. 만일 이웃에 대한 사랑이 완전한 자기희생의 경지에까지 도달한다면 그때야말로 이미 확고한 신앙을 얻게 되어 그 어떠한 의혹도 당신의 마음속에 숨어들 수 없을 것입니다."

"사랑의 실천이라고요? 그것이 또 문제란 말입니다. 이만저만한 문제가 아니더군요. 장로님, 저는 가끔 제가 가진 모든 것, 리즈까지도 버리고 간호사라도 되고 싶을 정도로 인류를 사랑하고 있습니다. 가만히 눈을 감고 그런 생각을 하거나 공상을 하고 있노라면 순간적으로 억제할 수 없는 힘을 느낍니다."

"그런 공상을 하는 것만으로도 훌륭한 일을 했다고 할 수 있습니다. 그러다보면 정말로 착한 일을 하게 될 때가 올 겁니다."

"아, 그래요. 그러나 어느 순간, 그 누군가가 나의 사랑의 '실천'을 배신하는 순간 저는 견디기 힘들 것 같아요. 저는 즉석에서 보수를, 즉 칭찬과 사랑을 요구하게 됩니다. 그것 없이는 어떤 사람도 사랑할 수가 없습니다."

"그건 어느 의사가 들려준 것과 똑같은 얘기군요. 그는 나이가 지긋한 매우 현명한 사람이었는데, 그 사람이 당신과 똑같은 얘기를 털어놓은 적이 있습니다. 그 사람이 말하기를, 나는 인류를 사랑하지만 스스로에게 놀랄 때가 있다. 온 인류를 사랑하면 할수록 독립된 인격체로서의 개개인을 사랑하는 것이 어렵다는 사실이다. 공상 속에서는 인류를 위해 십자가라도 짊어질 듯한 심정이 되지만, 현실적으로는 단 이틀도 타인과 한 방에서 지낼 수가 없다. 누구든지 내 옆으로 다가오기만 하면 금세 그 사람의 개성이 나의 자존심과 자유를 압박한다. 따라서 상대방이 아무리 훌륭한 인간일지라도 단 하루만 함께 있으면 증오심을 품게 된다. 어떤 사람은 식사를 너무 오래 해서, 또 어떤 사람은 감기에 걸려 연방 코를 풀고 있어서 증오심을 느낀다. 그러나 인간에 대한 증오심이 심해질수록 인류 전체에 대한 사랑은 더욱더 열렬해진다' 고 했습니다."

"그럴 경우 어떻게 하면 좋을까요? 그렇다면 절망 이외에는 방법이 없는 게 아닐까요?"

"아니, 그렇지는 않습니다. 당신이 그것에 대해 그토록 상심하고 있다는 것만으로도 이미 많은 것을 행한 셈입니다. 그러나 만일 당신이 지금 그토록 진지하게 한 말도, 단지 나의 칭찬을 받기 위한 것이었다면 당신은 실천적인 사랑이란 측면에서 아무런 성과도 얻을 수 없을 것입니다. 모든 것은 오직 공상 속에만 머물러서, 당신의 일생에 환영처럼 어른거리다 지나갈 뿐입니다. 그러노라면 내세라는 것도 잊고, 마침내 안일한 생활에 젖어버리겠지요."

"장로님께서는 저를 산산이 짓부수고 말았습니다. 저는 당신의 말을 듣는 순간 비로소 깨달았습니다. 사실은 배신 행위를 참아낼 수 없다는 말씀을 드렸을 때 저는 성실성에 대한 칭찬을 바랐던 것입니다. 당신은 저의 정체를 포착하시어 저에게 보여주셨어요. 저에게 저라는 인간을 설명해 주신 것입니다."

"그건 진심에서 나온 말이오? 그런 고백을 듣고 보니 나도 당신이 성실하고 선량한 마음을 가진 분이라고 믿겠습니다. 비록 행복감을 느끼지 못한다 하더라도 당신은 늘 좋은 길에 서 있다는 걸 잊지 마시고, 그 길에서 벗어나지 않도록 하시오. 무엇보다도 중요한 것은 거짓을 피해야 한다는 사실이오. 특히 자신이 거짓말을 하는지 한 시간마다, 아니 1분마다 감시하도록 하시오. 그리고 타인에 대한 것이건 자기 자신에 대한 것이건 간에 혐오감이 생기는 것을 피해야 합니다. 마음속으로 더럽다고 여겨진다면 당신이 그것을 깨달았다는 것만으로도 이미 깨끗이 씻어버린 거나 다름이 없소. 공포도 역시 피해야 하오. 당신이 기뻐할 만한 이야기를 더 이상 들려주지 못하는 것이 유감스럽소만 아무튼 실천적인 사랑이란 공상적인 사랑에 비해 매우 냉혹하고 힘겨운 일입니다. 공상적인 사랑은 마치 무대 위에서처럼 모든 사람의 주목을 받고 칭찬을 받을 수만 있다면 생명을 내버려도 아깝지 않을 지경에까지 이릅니다. 그렇지만 실천적인 사랑은 노력과 인내를 필요로 합니다. 그럼 실례하겠습니다. 더 이상 시간이 없군요. 기다리고 있는 사람이 있어서요."

부인은 울고 있었다.

"리즈를, 리즈를 축복해 주세요. 이 애를 축복해 주세요!"

"이 아가씨는 사랑을 받을 자격도 없어요. 내가 보고 있으려니 계속 장난만 치고 있는걸요." 장로가 농담조로 말했다. "왜 아까부터 자꾸 알렉세이를 놀려대는 거요, 아가씨?"

사실 리즈는 계속 장난에만 정신이 팔려 있었다. 그녀는 알료샤가 지난번에 만났을 때부터 얼굴을 마주치면 당황해하며 자기 쪽을 보지 않으려는 걸 눈치채고 있었다. 그녀는 그것을 재미있어했다.

"말괄량이 아가씨! 왜 이 사람한테 자꾸 무안을 주는 거요?"

리즈는 갑자기 얼굴을 확 붉혔다. 그러고는 열띤 어조로 지껄여대기 시작했다.

"저 사람은 왜 모든 걸 다 잊어버렸을까요? 어릴 때 나를 안고 다니기도 하고 함께 놀기도 했으면서. 그리고 우리 집에 와서 나한테 글을 가르쳐주기도 했어요. 2년 전 헤어질 때도 절대 나를 잊지 않겠다며 우린 영원히 친구라고 말했어요! 그런데 지금은 왜 나를 두려워하는 거지요? 게다가 어째서 당신은 저 사람한테 저렇게 기다란 수도복을 입히셨죠? 급히 달려가다가는 넘어지겠는걸요."

그런 후 그녀는 도저히 참을 수 없다는 듯 한 손으로 얼굴을 가리고는 웃기 시작했다. 장로는 미소를 지으면서 그녀의 말을 다 듣고는 친절하게 축복해 주었다. 리자는 장로의 손에 입을 맞추게 되자 갑자기 그 손을 자기 눈에 눌러대고 울기 시작했다.

"장로님, 제발 화내지 마세요. 저는 아무 짝에도 쓸모없는 어리석은 바보예요. 그러니 알료샤가 이런 우스꽝스러운 계집애한테 오고 싶어 하지 않는 것도 무리가 아닐 테죠."

"내가 꼭 보내주도록 하겠소." 하고 장로가 다짐했다.

5. 아멘, 아멘!

조시마 장로가 암자를 비운 것은 약 25분간이었다. 벌써 12시 반이 지났지만 사람들을 이 자리에 모이게 한 장본인인 드미트리 표도로비치는 나타나지 않았다. 그러나 그곳에 모인 사람들은 드미트리에 관해서는 거의 잊어버리기라도 한 듯이, 장로가 다시 암자에 들어왔을 때 그들 사이에는 매우 활기찬 대화들이 오갔다. 그 대화를 주도하고 있는 사람은 이반 표도로비치와 두 수도사였다.

의자에 조용히 앉아서 다시는 말을 하지 않겠다고 공표한 표도르 파블로비치는 정말로 얼마 동안은 침묵을 지키고 있었다. 그러나 그는 계속 조소를 띤 채 옆에 앉아 있는 미우소프를 지켜보며 그의 안절부절 못하는 표정을 보고 은근히 기뻐하는 눈치였다. 그는 어떻게 해서든지 복수를 할 생각이었으므로 지금의 이 좋은 기회를 놓치고 싶지 않았다. 드디어 그는 더 이상 참지 못하고 미우소프의 어깨 쪽으로 몸을 구부리며 속삭이듯 다시 한 번 놀려댔다.

"당신은 왜 아까 그 '정중한 입맞춤' 후에 돌아가지 않고 이 무뢰한들이랑 남아 있는 겁니까? 그건 당신이 무시당하고 모욕 받은 걸 앙갚음함으로써 자신의 지식을 과시해야겠다고 생각했기 때문이겠지요. 그렇게 마음을 먹은 이상 당신은 자신의 지식을 과시하기 전에는 전혀 돌아갈 생각이 없는 거지요."

"아니, 무슨 말을 하는 거요? 나는 곧 돌아갈 겁니다."

"당신은 아마 맨 나중에 돌아가겠지요." 표도르 파블로비치는 다시 한 번 따끔하게 일러주었다.

이때 장로가 돌아왔다. 그 순간 논쟁이 끊겼다. 장로의 몸 상태를 알고 있는 알료샤는 장로가 몹시 피곤하여 간신히 몸을 가누고 있다는 것을 알아차렸다. 그러나 그는 분명히 이 모임을 해산시키고 싶지는 않은 것 같았다. 대체 어떤 목적일까? 알료샤는 장로의 모습을 면밀히 지켜보고 있었다.

"이분의 흥미진진한 논문에 대해 얘기하던 중입니다." 도서계 수사 신부 이오세프가 이반을 가리키며 장로에게 말했다. "여러 가지 새로운 학설을 논하기는 하지만 그 근본 사상은 애매합니다. 이분은 교회적 사회재판과 그 권리의 범위에 관하여 책을 저술한 어느 성직자에 답하여 논문을 잡지에 발표했는데……"

"유감스럽게도 당신의 논문을 읽지는 못했지만, 그 논문에 대한 얘기는 들었소이다." 장로는 뚫어질 듯이 이반의 얼굴을 응시하며 대답했다.

"이분은 매우 흥미 있는 관점을 갖고 있습니다." 도서계 수사 신부가 말을 이었다. "교회의 사회 재판 문제에서 국가로부터의 교회 분리를 완전히 부정하고 있는 것 같습니다."

"그건 참으로 흥미롭군요. 그러나 어떤 의미에서 그런 주장을 하시는지?" 하고 장로가 이반에게 물었다.

이반은 그 질문에 대답했다. 그의 어조는 겸손하고 절제 있고 예의 발랐다.

'나는 이 두 가지 요소의 결합, 즉 교회와 국가라는 별개의 결합이 영구히 계속되리라는 가정에서 생각해 보았습니다. 그러나 국가와 교회의 타협은 본질적으로 불가능한 것입니다. 저는 교회야말로 자체 속에 국가가 포함되어야지 국가 속에 조그만 한 구석을 차지해서는 안 된다고 생각합니다."

"철저한 교황 전권론이로군요!" 미우소프가 안절부절 못하며 소리쳤다.

"교회는 신이 제정한 종교적 목적을 위한 사람들의 단체로, 그 성질상 어떠한 권력과도 양립할 수 없다는 것이 제 의견입니다." 이오세프 신부가 이렇게 말을 이었다.

이반은 공손한 태도로 주의 깊게 그의 말을 다 듣고 나서, 매우 침착하면서도 열의 있는 어조로 장로를 향해 하던 말을 계속했다.

"저의 논문의 요지는 다음과 같습니다. 고대에 그리소도교가 발생한 후 3세기 동안 그리스도교는 단지 교회로서 이 지상에 등장했을 뿐, 교회 이외의 아무것도 아니었습니다. 그런데 로마 제국이 기독교 국가가 되려는 야망을 품은 것과 동시에 다음과 같은 일은 필연적으로 발생할 수밖에 없었습니다. 즉, 로마 제국은 기독교 국가가 되기는 했으나 단지 국가 속에 교회가 포함되었을 뿐이고, 많은 시정 끝에 나타난 본질은 여전히 이교국으로 계속 남게 되었습니다. ……그러나 교회는 국가라는 조직 속에 들어간 후에도 그것이 서 있는 초석에서 한 걸음도 양보할 수 없었던 것은 의심할 여지가 없는 사실입니다. ……이것이 저의 논문의 요지입니다."

"간단히 말하면 이런 거군요." 하고 파이시 신부가 한 마디 한 마디에 힘을 주며 입을 열었다. "우리 19세기에 분명해진 이론에 따르면 교회는 훗날 과학, 즉 시대와 문명의 정신에 자리를 양보한 채 사라져 가기 위해서 하급 유형에서 상급 유형의 국가로 다시 태어나야 한다는 주장이시군요. ……그러나 러시아 인의 해석과 희망에 의하면 하급에서 상급으로 진화하듯이 교회가 국가에 동화되는 것이 아니라 국가가 교회와 하나가 되어야 한다는 것입니다. 신이여! 그대로 이루어지이다. 아멘! 아멘!"

"그 말씀을 들으니 저도 원기가 좀 나는 것 같군요." 미우소프는 다리를 다시 포개며 미소를 지었다. "하지만 그것은 그리스도 재림 때

나 실현될 멀고 먼 앞날의 희망에 지나지 않는다고 할 수 있습니다. 전쟁, 외교관, 은행 따위의 소멸을 동경하는 부분은 오히려 사회주의와 흡사한 것 같군요."

"만일 교회가 사회적인 재판을 주관한다면 사람들을 유형 보내거나 사형을 선고하는 일은 없을 것입니다. 그때는 범죄나 그에 대한 견해도 반드시 변할 것입니다. 물론 이것은 지금 당장 그렇게 된다는 것이 아니라 점차 변해나갈 테지요. 그러나 그 시기는 꽤 빨리 다가올 겁니다." 이반은 눈 하나 깜짝하지 않고 침착하게 말했다.

"그건 진담으로 하는 말이오?" 미우소프는 그를 뚫어지게 바라보며 반문했다.

"만일 모든 것이 교회에 수용된다 해도 교회는 범죄자나 반항자를 파문하는 데 그칠 뿐 결코 그들의 목을 자르지는 못할 겁니다." 하고 이반은 말을 이었다. "그런데 당신에게 질문하겠습니다. 파문된 사람은 어디로 가야 할까요? ……그리고 현재 사회 치안을 위해 강구되고 있는 방법, 즉 오늘날의 병균에 감염된 사지를 기계적으로 잘라버리는 식의 이교적 견해를 과연 교회가 개선할 수 있을까요?"

"무슨 소린지 도무지 알 수가 없군요." 하고 미우소프가 말을 가로챘다. "뭐, 뜬구름을 잡는 이야기 같아서요. 도대체 파문이란 뭡니까? 아무래도 당신은 그저 장난삼아 이런 말을 하고 있는 것만 같군요, 선생."

"아니, 실은 지금도 마찬가지입니다." 갑자기 장로가 입을 여는 바람에 일동은 일제히 그에게로 시선을 돌렸다. "사실 지금도 기독교가 없다면 범죄자의 악행을 전혀 저지할 수 없을 것이고, 그 악행에 대해

가해질 징벌조차 없어지고 말 것입니다."

"그건 왜 그렇지요?" 미우소프는 강한 호기심을 느끼며 물었다.

"그건," 장로는 설명하기 시작했다. "……대부분의 죄인은 국법에 의해 너무나 가혹한 벌을 받고 있습니다. 어느 한 사람만이라도 죄인에게 동정을 베풀어주는 자가 있어야 하지 않겠소? 교회가 처벌을 피하는 주요 이유는 교회의 재판은 진리를 내포한 유일무이한 것이어서, 일반적인 재판과는 일시적 타협을 할지 모르지만 진정한 타협은 실제적으로나 정신적으로나 불가능하기 때문이오. ……그리고 교회도 미래의 죄인 내지는 범죄에 대해서 대개의 경우 지금과는 전혀 다른 눈으로 바라보게 될 것이 틀림없습니다. 그렇게 해서 추방된 자를 다시 불러들이고, 악행을 꾸미는 자를 미연에 방지하고, 타락한 자를 갱생시킬 수 있을 것입니다."

알료샤는 흥분한 상태에서 이 모든 광경을 지켜보고 있었다. 순간 문득 라키틴에게로 눈을 돌렸다. 그는 여전히 문 옆에 꼼짝 않고 서서 눈을 아래로 내리깐 채 주변을 관찰하고 있었다. 그러나 그 볼에 선명하게 떠오른 홍조로 보아, 그도 알료샤 못지않게 흥분해 있다는 것을 알 수 있었다.

미우소프가 사회주의와 관련된 에피소드 하나를 설명한 직후 갑자기 방문이 열리고 드미트리 표도로비치가 방 안으로 들어왔다. 일동은 그를 까맣게 잊고 있었으므로, 급작스런 그의 출현은 처음 한순간 그들을 놀라게 했다.

6. 어떻게 이런 사람이 살아 있을까!

드미트리 표도로비치는 28세로, 중키에 유쾌한 용모를 지닌 청년이었으나 나이보다는 훨씬 늙어 보였다. 근육이 발달한 것으로 보아 힘깨나 쓸 것 같았으나 얼굴에는 병색이 완연했다. 그의 두 눈에는 뭔가 생각에 잠긴 듯한 까다로운 빛이 떠오르는 듯하다가 느닷없이 웃어대는 바람에 사람들을 깜짝 놀라게 하곤 했다. 이럴 때의 그의 머릿속에는 장난스럽고도 유쾌한 생각이 깃들어 있는 듯했다. 그가 최근 몹시 불안정한 '방탕 생활'에 빠져 있다는 것도, 그리고 문제의 돈 때문에 아버지와 싸움을 해서 무척 신경이 곤두서 있다는 것도 일동은 잘 알고 있었다.

사실 그는 천성적으로 화를 잘 내는 사람으로, '즉흥적이며 비이성적인 성격'을 지니고 있었다. 그는 단정하게 단추를 채운 프록코트에 검은 장갑을 끼고 실크해트를 손에 든, 그야말로 나무랄 데 없이 멋진 옷차림을 하고 있었다. 그는 잠시 문지방에서 걸음을 멈춘 뒤 일동을 둘러보고는 곧 장로 쪽으로 다가갔다. 대번에 주인이 누구라는 것을 알아본 것이다. 그는 장로에게 허리를 굽혀 인사를 하고 축복을 청했다. 장로는 일어나서 그에게 축복을 해주었다. 드미트리는 공손하게 그의 손에 입을 맞추고는 매우 신경질적인 어조로 입을 열었다.

"오래 기다리게 해서 죄송합니다. 아버지의 심부름으로 온 하인 스메르댜코프에게 약속 시간을 따져 물었더니, 두 번이나 단호하게 한 시 정각이라고 대답하더군요. 여기 와서야 비로소 알았습니다만……."

"괜찮습니다." 하고 장로는 그의 말을 제지했다. "좀 늦었을 뿐 별 지장은 없습니다."

"정말로 감사합니다. 인자하신 분이라는 건 들어 알고 있습니다."

드미트리는 무뚝뚝하게 잘라 말하고는 다시 한 번 허리를 굽혔다. 그러고는 자신의 아버지 쪽으로 몸을 돌리더니, 역시 정중하게 허리를 굽혀 인사했다. 표도르 파블로비치는 아들의 뜻밖의 행동에 잠시 어리둥절했으나 곧 자기 나름대로의 출구를 발견했다. 그 역시 벌떡 일어나더니 아들에게 정중한 인사를 했다. 그의 얼굴은 갑자기 거만하고 점잖은 체하는 표정으로 변했는데, 그것이 오히려 악의에 찬 인상을 더욱 강렬하게 해주었다. 드미트리는 머리를 숙여 모여 있는 사람들에게 두루 인사를 하고는 성큼성큼 창가로 걸어가서 파이시 신부 옆의 빈 의자에 앉았다.

이때 파이시 신부의 집요하고도 짜증스러운 질문에 미우소프는 더 이상 답변할 필요를 느끼지 않았다. 그는 대수롭지 않다는 듯한 표정을 지으면서 말했다. "저것 보세요. 이반 표도로비치가 우릴 보고 있는 걸 보니 뭔가 이 문제에 대해서 재미있는 의견이 있나 봅니다. 저 사람한테 한 번 물어보시지요."

"뭐 특별한 것이라곤 없습니다." 하고 이반이 대답했다. "대체로 유럽식 자유주의뿐만 아니라 러시아의 자유주의적 딜레탕티슴조차도 이미 오래 전부터 사회주의의 최종적 결과와 기독교도들을 혼동하고 있습니다. 물론 이렇게 투박한 결론이 그 본연의 특징이기도 합니다만. 그건 그렇고 당신의 파리 이야기는 정말 독특하군요."

"제발 이 문제는 그만하고," 하고 미우소프가 되풀이했다. "이반 표도로비치에 관한 재미있는 일화 하나를 이야기하겠습니다. 닷새 전의 일입니다만, 주로 이 고장의 부인들이 모인 어떤 자리에서 이반 표도로비치가 다음과 같은 말을 했습니다. '지상에는 인간이 인간을 사랑하게끔 강요하는 것이라곤 아무것도 없다'라고 말입니다. 그리고 이반은 괄호 속에 집어넣는 형식으로 다음과 같이 덧붙였습니다. '인류에게서 영혼 불멸에 대한 신앙을 근절해 버린다면 인류의 사랑은 당장에 고갈될 뿐만 아니라 이 세상에서의 생활을 영위해 나가기 위하여 필요한 생명력을 잃고 말 것이다. 뿐만 아니라 그때에는 부도덕이란 개념이 없어져서 모든 것이 허용된다. 심지어는 인육기식까지도 허용된다'는 것입니다. 여러분! 이러한 역설로 미루어 보건대 우리의 사랑스럽고 기괴한 변설가 이반 표도로비치가 고창하시는, 또 앞으로 고창하려 하는 모든 주장도 상상하기가 어렵지 않을 것입니다."

"실례입니다만," 갑자기 드미트리가 외쳤다. "혹시 오해한 것 같아 묻겠습니다만 '모든 무신론자의 입장에서 본다면 악행은 허용될 뿐만 아니라 정말 필요하고 현명한 행위로 인정된다!' 이런 말인가요?"

"그렇습니다." 하고 파이시 신부가 말했다.

"명심해 두겠습니다." 이렇게 말한 다음 드미트리는 갑자기 입을 다물었다. 그것은 아까 이야기에 끼어들었을 때와 마찬가지로 갑작스런 일이었다.

"인간이 영혼 불멸에 관한 신앙을 갖지 않으면 그런 결과가 생긴다고 당신은 확신하십니까?" 느닷없이 장로가 이반에게 물었다.

"네, 그렇게 생각합니다. 불멸이 없다면 선행도 없을 거라고요."

"만일 그렇게 믿고 계시다면, 당신은 아주 행복한 사람이든가 매우 불행한 사람이오. 그 사상은 아직 당신의 마음속에서 해결되지 못한 채 당신의 마음을 괴롭히고 있을 거요. 그렇지만 고민하는 사람도 때로는 절망한 나머지 스스로의 절망을 위로로 삼을 때가 있는 법이오. 당신도 절망에 사로잡힌 나머지 잡지에다 논문을 발표하기도 하고, 사교계에서 토론을 하기도 하며 스스로를 위로했을 겁니다. 아무튼 이 문제는 당신의 마음속에서 아직 해결을 보지 못하고 있소. 바로 여기에 당신의 비애가 있는 거요."

"이 문제가 마음속에서 해결될 수 있을까요?" 이반은 장로를 바라보며 질문했다.

"만일 긍정적인 해결을 보지 못한다면 부정적으로도 결코 해결을 볼 수 없을 것이오. 그것이 당신 마음의 특징이라는 것을 스스로도 잘 알고 있을 거요. 그리고 바로 이 문제로 당신은 고뇌하고 있소. 그러나 이러한 고통으로 괴로워할 수 있는 고귀한 마음을 당신에게 주신 창조주에게 감사를 드리시오. '높은 것에 뜻을 두고, 높은 것을 구하라! 이는 우리의 살 곳이 하늘에 있음이니라.' 하느님의 은총으로 이 지상에 있는 동안 당신의 마음속에서 그 해결을 보십시오. 그리고 당신이 가는 길을 축복해 주시기를!"

장로는 손을 들어 앉아 있는 이반에게 성호를 그으려 했다. 그러자 이반은 의자에서 벌떡 일어나더니 장로 곁으로 다가가서 그의 축복을 받고 그 손에 입을 맞추고는 말없이 제자리로 돌아왔다. 이때 미우소프가 어깨를 으쓱하자, 바로 그 순간 표도르 파블로비치가 의자를 박차고 일어났다.

"거룩하신 장로님!" 그는 이반을 가리키면서 소리쳤다. "이 앤 나의 아들, 나의 육체의 소산, 내가 가장 사랑하는 육체올시다! 이 앤 내가 존경해 마지않는, 말하자면 카를 모어라 할 수 있지요. 그런데 지금 막 들어온 드미트리, 즉 장로님께 심판을 구하게 된 장본인인데요, 이 앤 존경할 수 없는 프란츠 모어입니다. 양쪽 다 실러의 『군도』에 나오는 인물들이지요. 결국 이렇게 되고 보면 나는 아무래도 영주인 폰 모어 백작이 될 수밖에 없군요. 제발 잘 판단하셔서 구원해 주십시오. 우리는 장로님의 기도는 물론이고 예언까지 바랍니다."

 "집안 식구를 모욕하는 말은 꺼내지 마시오." 장로는 피로한 목소리로 대답했다.

 "어리석기 짝이 없는 어릿광대짓입니다. 나는 여기 오기 전부터 이미 그걸 예감했습니다." 드미트리도 자리를 박차고 일어나 격분한 목소리로 외쳤다. "용서하십시오, 장로님." 그는 장로 쪽으로 몸을 돌렸다. "저는 교육을 받지 못한 놈이라서 당신을 뭐라고 불러야 좋을지 모를 지경입니다만, 당신은 속고 계십니다. 우리가 여기에 모이는 것을 허락해 주시다니 당신은 정말이지 선한 분입니다. 여기 모인 목적이 무엇인지는 아버지만이 아는 겁니다. 나름대로의 계산이 있으니까요. 그러나 지금 와서 보니, 저도 그 목적을 알 것 같습니다."

 "모두들 나만을 비난한답니다." 표도르도 지지 않고 외쳐댔다. "여기 미우소프 씨만 해도 나를 비난하고 있습니다." 그는 갑자기 미우소프를 바라보며 소리쳤다. "내가 자식들의 돈을 장화 속에 감추고 시치미를 떼고 있다고 말이 많은 건 알고 있어요. 그럼 재판소에 가서 미탸 네가 쓴 영수증이랑 편지 등을 근거로 네게 돈이 얼마나 있었고,

얼마나 썼으며, 그리고 지금 얼마가 남아 있는지 계산해 주겠다. 다 계산을 끝내면 너는 오히려 나한테 몇천 루블이나 되는 빚이 있다는 걸 알게 될 거다. 이 녀석의 방탕한 소문으로 온 읍내가 시끄럽지 않습니까? 그리고 전에 복무하던 고장에서는 양가의 처녀를 유혹하느라고 쓴 돈이 1, 2천 루블은 됩니다. 이봐 드미트리야, 난 네 비밀을 속속들이 다 알고 있단 말이다. 거룩하신 장로님, 곧이듣지 않으실지 모르지만 저 녀석은 아주 지체 높은 양갓집 아가씨를 유혹했습니다. 그런 아가씨에게 결혼을 신청하여 명예를 더럽혔기 때문에 지금 그 아가씨는 오갈 데 없는 처지가 되었습니다. 그리고 이미 약혼 언약을 한 사이인데도 저 녀석은 그 아가씨가 보는 앞에서 딴 여자의 꽁무니를 쫓아다니고 있답니다. 저 녀석이 쫓아다니고 있는 여자는 어엿한 인사하고 내연의 관계이긴 하지만 천성이 깐깐하여 그 누구도 범접할 수 없는 난공불락의 요새를 쌓아놓고 있어 정식 아내와 다를 바 없습니다. 워낙 정숙한 여자니까요. 그런데 저 녀석은 그 요새를 황금의 열쇠로 열려고 내 돈을 털려는 겁니다. 지금까지 그 여자한테 뿌린 돈만 해도 수천은 될 겁니다. 그런데 그 돈을 누구한테 빌리는지 아십니까? 어때 미탸야, 솔직하게 말할까?"

"제 앞에서 그 순결한 아가씨의 명예를 손상시키는 말은 말아주십시오. 철면피한 위선자!" 드미트리가 거칠게 소리쳤다.

"저것이 애비한테 하는 짓 좀 보십시오. 여러분! 제가 한 퇴역 대위 이야길 하지요. 가난하지만 존경할 만한 인물입니다. 지금은 가족 때문에 고생을 하고 있습니다. 그런데 3주일 전에 저 녀석이 어느 선술집에서 그 사람의 턱수염을 움켜잡고 길거리로 끌어내어 마구 두들겨 팼단 말입니다. 이유는 그 사람이 비밀리에 내 대리인 노릇을 했기 때문입니다."

"그건 모두 거짓말입니다." 드미트리는 분노에 온몸을 떨고 있었다. "제가 그 대위에게 짐승 같은 짓을 한 것은 분명합니다. 그러나 아버지의 대리인인가 뭔가 하는 그 대위는 방금 아버지가 남자를 호리는 여자라고 말한 그 부인을 찾아가서, 만약 내가 자꾸 귀찮게 재산권 청구를 강요한다면, 지금 아버지가 보관중인 저의 차용증서를 인계받아서 그걸 가지고 소송을 걸어 저를 감옥에 집어넣어 달라고 간청했단 말입니다. 아버지는 제가 그 여자한테 약점이 있어 그런다고 비난했지만, 사실은 아버지가 그 여자를 꼬드겨서 저를 유혹하게 하지 않았습니까? 그 여자가 직접 저한테 말했습니다. 솔직히 모든 것을 털어놓으면서 아버지를 비웃더군요. 그건 그렇고, 아버지가 저를 감옥에 집어넣고 싶어 하는 이유는 그 여자 일로 저를 질투하고 있기 때문입니다. 이것 역시 그 여자가 웃으면서 말해 주었기 때문에 알게 되었지요. 여러분! 방탕한 아들을 나무라는 아버지가 바로 이런 인간입니다. 저는 처음부터 이 교활한 노인네가 추태를 부리기 위해 여러분을 이 자리에 불러 모았다는 것을 잘 알고 있었습니다."

그는 더 이상 말을 계속할 수가 없었다. 두 눈은 번득였고, 숨을 쉬는 것조차 괴로운 듯했다. 암자 안의 사람들도 모두 흥분해 있었다. 마침내 미우소프도 자신이 모욕을 받고 멸시를 당했다고 깨닫게 되었다.

"이런 추태는 우리 모두의 책임입니다." 하고 미우소프는 열띤 어조로 말했다. "나는 이곳으로 오면서도 이런 상황을 맞을 줄은 생각지도 못했습니다. 물론 상대방이 어떤 인간이라는 건 잘 알고 있었습니다만……. 이런 일은 당장에 결판을 봐야 합니다. 장로님, 제발 믿어주십시오. 저는 지금 이 자리에서 폭로된 자세한 내막은 전혀 모르고 있습니다. 그리고 알고 싶지도 않습니다. 아버지란 작자가 그따위 잡년이랑 한패가 되어 자기 아들을 집어넣으려 하다니! 그리고 이런 패거리들 속에 내가 끌려오다니! 나는 속았습니다."

"드미트리!" 갑자기 표도르가 달라진 목소리로 외쳤다. "만일 네가 내 자식만 아니라면 지금 당장 결투를 신청했을 거다. 무기는 권총, 거리는 3보…… 손수건을 씌우고 말이다!" 하고 그는 발을 동동 구르며 말을 맺었다.

한평생을 광대짓만 하면서 살아온 이 늙은 거짓말쟁이에게도 몸을 떨며 눈물을 흘릴 정도로 진실된 순간이 있는 법이다.

드미트리는 얼굴을 잔뜩 찌푸리며 경멸스런 눈초리로 아버지를 바라보았다. "저는 미래의 아내와 함께 고향으로 돌아오면 아버지의 노후를 보살펴드릴 생각이었습니다. 그런데 아버지는 방탕한 호색한인데다가 비열하기 짝이 없는 어릿광대였습니다."

그러자 미우소프가 그루센카를 가리켜 '음탕한 잡년'이라고 한마디 했다.

"결투다!" 노인은 또다시 숨을 헐떡이며 외쳐대기 시작했다. "그런데 여보시오, 미우소프씨! 당신이 방금 '잡년'이라고 부른 그 여자보다 고상하고 순결한 여성은 당신의 가문을 모조리 뒤져봐도 한 사람도 없을 거요. 그리고 드미트리야, 네가 너의 약혼녀를 그 '잡년'하고 바꾼 것을 보면, 네가 그 여자의 구두 바닥만큼의 값어치도 없다는 것을 간파했기 때문이야. 이쯤 되면 그 '잡년'의 값어치도 대단한 게 아니겠소?"

"수치스런 일이오." 갑자기 이오세프 신부가 얼굴을 홍당무처럼 붉히며 외쳤다.

"어떻게 이런 사람이 살아 있을까!" 드미트리는 격분한 나머지 울부짖듯 말했다. 그는 어깨를 높이 추켜올리고 있어서 마치 곱사등이처럼 보였다. "이젠 틀렸어요. 이 사람에게 더 이상 대지를 더럽히는 행동을 하게 할 수는 없습니다."

"들으셨습니까, 수사님? 제 아비 죽일 놈의 소리를!" 표도르는 갑자기 이오세프 신부에게 대들었다. "저것이 당신이 '수치스러운 일'이라고 한 말에 대한 답변입니다. 도대체 무엇이 수치스럽다는 겁니까? 그 '잡년', 즉 '더러운 계집'은 어쩌면 여기서 도를 닦고 계시는 당신네 수사님들보다 훨씬 거룩할지도 모릅니다. 젊을 때는 주위 환경 문제로 타락했을지 모르지만 그 여자는 '많은 것을 사랑'했습니다. 많은 것을 사랑한 자는 그리스도께서도 용서해 주셨잖습니까?"

"그리스도께서 용서해 주신 것은 그런 사랑이 아닙니다."

온화한 성격의 이오세프 신부도 참을 수가 없었던지 무심코 이렇게 내뱉었다.

"천만에요, 수사님들! 바로 그런 사랑 때문입니다. 당신네들은 여기서 양배춧국이나 먹고 구원의 길을 걸으면서 참된 신앙인이란 무엇인가를 생각하고 계시겠지요? 꽁치를 하루에 한 마리씩 잡수시는데, 꽁치 따위로 하느님을 매수할 수 있다고 생각하십니까?"

"너무하군, 정말 너무해!" 하는 소리가 암자 곳곳에서 들렸다.

그러나 극단에 이르렀던 추악한 장면은 뜻밖의 일로 끝나버리고 말았다. 장로가 갑자기 자리에서 일어난 것이다. 스승과 일동에 대한 불안감 때문에 어찌할 바를 모르고 있던 알료샤는 가까스로 장로의 한쪽 팔을 부축할 수 있었다.

장로는 드미트리 쪽을 향해 걸음을 옮겼다. 그리고 느닷없이 무릎을 꿇었다. 알료샤는 장로가 기운이 없어 쓰러지는 줄 알았는데 그것이 아니었다. 장로는 무릎을 꿇더니 드미트리의 발을 향해, 땅바닥에 이마가 닿도록 정중하게 절을 하는 것이었다. 알료샤는 어찌나 놀랐던지 장로가 일어날 때에 부축하는 것조차 잊었을 정도였다. 장로의 입가에는 가냘픈 미소가 감돌고 있었다.

"용서하시오! 용서하시오!" 그는 사방을 둘러보고 일동에게 인사를 하며 이렇게 말했다.

드미트리는 무엇에 호되게 얻어맞기라도 한 듯 장승처럼 서 있었다. 나한테 절을 하다니, 이게 무슨 일인가? 마침내 그는 "오오, 맙소사!" 하고 소리를 지르더니, 두 손으로 얼굴을 가리고는 밖으로 달려 나가버렸다. 그 뒤를 따라 사람들은 주인에게 작별 인사도 하지 않고 우르르 밖으로 나왔다.

'장로가 발에다 절을 한 건 무얼 뜻하는 것일까?' 갑자기 얌전해진 표도르가 대화의 실마리를 찾으려고 시도했다. 그러나 특별히 누구에게 말을 걸 용기가 나지는 않는 모양이었다. 때마침 일행은 암자의 울타리를 나서고 있었다.

"나는 정신병원이나 정신병자들에 대해서는 아무런 책임이 없소." 미우소프가 성난 목소리로 말했다. "하지만 당신네들하곤 자리를 같

이 하지 않겠소. 표도르 파블로비치, 앞으로 영원히 말입니다. 그런데 아까 그 수도사는 어디 갔을까?'

그러나 앞서 수도원장이 베푸는 오찬에 그들을 초청한 '그 수도사' 는 일행이 암자 계단을 내려서자마자 기다리고 있었다는 듯이 재빨리 그들을 맞아주었다.

"저, 죄송합니다만 신부님! 저의 깊은 존경의 뜻을 원장님께 전해주시고, 갑자기 사정이 생겨서 함께 식사를 할 영광을 가질 수 없게 되었다고, 이 미우소프를 대신하여 잘 말씀해 주셨으면 좋겠습니다." 미우소프는 곤혹스런 어조로 수도사에게 말했다.

"그 뜻하지 않은 사정이라는 건 바로 나를 두고 하는 말입니다!" 표도르가 얼른 그의 말을 받았다. "아시겠어요, 신부님? 미우소프 씨는 저와 함께 남기가 싫어서 그런 소릴 한 겁니다. 저도 집으로 가겠습니다. 당신도 그렇지요, 나의 친척 미우소프 씨?'

'나는 당신의 친척도 아니고, 또 지금까지 친척이었던 적도 없소. 당신은 비열하기 그지없는 인간이야."

'당신이 성내는 걸 보려고 일부러 말해본 거요. 당신은 친척이란 말을 제일 싫어하니까. 그건 그렇고 이반, 네가 남고 싶다면 이따가 마차를 보내주마. 그런데 미우소프 씨, 당신은 예의상으로라도 원장한테 가서, 나하고 당신이 한바탕 소동을 벌인 데 대해 사과를 해야 하지 않겠소?'

"당신 정말 가는 겁니까? 거짓말 아니오?"

'미우소프 씨, 이런 소동을 벌인 뒤에 내가 어떻게 거길 참석할 수 있겠소! 부끄러운 일입니다. 하지만 여러분! 사람에 따라서는 마케도

니아 왕 알렉산더와 같은 마음을 가진 사람이 있는가 하면, 피델코 경과 같은 마음을 가진 이도 있는 법입니다. 내 마음은 피델코 경 쪽이지요. 나도 겁에 질리고 말았어요. 그런 난폭한 짓을 하고 무슨 낯짝으로 식사 초대에 나가 수도원의 소스를 축내겠습니까? 정말 부끄러운 일이지요. 그럼 실례하겠습니다."

'저 인간의 속을 알 수가 있어야지. 뭔가 속이는 건 아닐까?' 미우소프는 점점 멀어져가는 어릿광대를 미심쩍은 눈으로 바라보며 걸음을 멈추었다. 표도르는 미우소프가 자신의 뒷모습을 바라보고 있는 것을 보자 손으로 키스를 보냈다.

"당신은 원장한테 가겠소?" 미우소프가 이반에게 퉁명스럽게 물었다.

"왜 안 갑니까? 어제부터 원장의 특별 초청을 받은 몸인데."

"유감스럽게도 나 역시 그 지긋지긋한 오찬에 참석해야 될 것 같군요." 옆에서 수도사가 듣고 있는데도 불구하고 미우소프는 입맛이 쓰다는 듯 짜증스런 어조로 말을 이었다. "여기서 우리가 추태를 부린 걸 사과한 뒤에, 그것이 우리 탓이 아니라는 걸 밝히기 위해서라도⋯⋯. 당신은 어떻게 생각하시오?"

"그야 우리 때문이 아니라는 것을 밝혀둘 필요가 있겠지요." 이반이 대답했다.

일행은 걸음을 옮겼다. 수도사는 잠자코 그들의 이야기를 듣고만 있었다. 조그만 숲을 빠져나가고 있을 때 입을 열어 '원장님이 아까부터 일행을 기다리고 계시는데 벌써 30분 이상이나 늦었다'고 귀띔해주었을 뿐이다. 아무도 그 말에 대답을 하지 않았다. 미우소프는 증오스런 눈으로 이반을 바라보았다.

'마치 아무 일도 없었다는 듯한 얼굴을 하고 오찬에 나가는 꼴이란!' 하고 미우소프는 생각했다. '저런 철면피가 바로 카라마조프의 양심이라는 거군.'

7. 출세주의자 신학생

알료샤는 장로를 침실로 안내한 후 침대에 앉도록 도왔다. 그의 눈빛은 빛났으나 숨쉬기가 고통스러운 듯 보였다. 그는 생각에 잠긴 듯한 표정으로 물끄러미 알료샤의 얼굴을 바라보았다.

"어서 가보아라. 내 곁엔 포르피리만 있으면 충분하니까. 거기서는 네가 필요하다. 원장님한테 가서 식사 시중을 들도록 해라."

"여기 남아 있게 해주십시오." 알료샤가 애원하듯 말했다.

"너는 그곳에서 더 필요한 사람이야. 거기엔 평화라는 것이 없으니까. 내가 하느님의 부르심을 받으면 너는 이 수도원을 떠나거라. 아주 떠나버려야 한다."

알료샤는 흠칫 몸을 떨었다.

"왜 그러느냐? 당분간 여긴 네가 있을 곳이 못돼. 네가 속세에 나가서 위대한 고행을 극복할 수 있도록 내가 축복해주마. 너는 한동안 방랑해야 할 운명이야. 그러나 너를 믿기 때문에 속세로 보내는 거다. 그리스도께서도 너를 지켜주실 거다. 세상에 나가면 슬픔을 맛보게 되겠지만 바로 그 슬픔 속에서 행복해질 수가 있느니라. 이것이 네게 주는 나의 유언이다. 너와 이야기할 기회가 또 있긴 하겠지만 내 명은 며칠은커녕 몇 시간도 남지 않았으니 하는 말이다."

알료샤의 얼굴에 격심한 동요의 빛이 떠오르면서 입술 끝이 경련을 일으킨 듯 바르르 떨렸다.

"속세 사람들은 눈물을 흘리며 죽은 자를 보내지만, 알고 보면 이 세상을 떠나는 신부를 기쁜 마음으로 보내야 하느니라. 자, 이젠 나를 혼자 있게 해다오."

장로는 손을 들어 축복해 주었다. 알료샤는 그대로 남아 있고 싶었지만 장로의 분부를 거역할 수는 없었다. 그리고 또, '드미트리 형에게 이마가 땅에 닿도록 절을 한 것은 무슨 뜻입니까?' 하고 묻고 싶어 견딜 수가 없었다. 장로의 그 절은 알료샤에게 무서운 충격을 주었기 때문이다. 그 절 속에는 무언가 신비로우면서도 소름 끼치도록 무서운 의미가 깃들어 있는 것 같았기 때문이다.

눈앞에 다가온 자신의 죽음을 예언한 조시마 장로의 말이 또다시 귓전에 울려오는 것 같았다. 그분이 돌아가시면 자신은 어떻게 된단 말인가! 그분을 보지 않고, 음성을 듣지 않고 어떻게 살아갈 수 있단 말인가! 아아! 알료샤는 이렇듯 고통스런 번민을 느껴본 적이 없었다. 그는 암자와 수도원을 가로지른 숲 속을 총총걸음으로 걸어가면서 자신을 짓누르고 있는 상념을 떨쳐버리려고 양쪽 길섶에 늘어서 있는 수백 년 묵은 노송들을 바라보았다. 그가 첫 모퉁이를 돌아서자마자 난데없이 라키틴이 나타났다. 그는 누군가를 기다리고 있었던 것이다.

"나를 기다리고 있었나?"

"그래! 맞네." 라키틴이 히죽 웃었다. "자네, 수도원장한테 서둘러 가는 길이지? 알고 있어. 거기서 손님 접대가 있으니까. 대주교가 파하토프 장군과 다녀간 이래 저렇게 성대한 오찬은 본 적이 없으니 말이야. 나는 거기에 가지 않겠지만 자넨 가서 소스라도 날라줘야지. 한데 알렉세이, 아까 그 꿈은 무슨 의미를 지니고 있는 거지?"

"꿈이라니?"

"자네 형 드미트리한테 이마가 땅에 닿도록 절을 한 사건 말이야. 이마가 마룻바닥에 쿵 하고 부딪쳤으니 말이야!"

"이마가 쿵 했다고?"

"아, 표현이 좀 거칠었군. 아니 뭐, 좀 거칠면 어떤가! 하여간 그건 뭘 뜻하는 거지?"

"그건 나도 모르겠어, 미샤(라키틴의 이름인 미하일의 애칭)."

"나도 그럴 줄 알았어. 하지만 아까 그 사건은 뭔가 목적이 있어서 일부러 꾸민 연극임에 틀림없어. 내가 보기에 그 노인은 정말 날카로운 눈을 가졌어. 범죄의 냄새를 맡았으니 말이야. 자네 집안에서는 냄새가 난다니까."

"범죄라니?"

라키틴은 무슨 말인가를 하고 싶어 하는 눈치였다.

"그건 자네 형들과 돈 많은 아버지 사이에서 일어날걸. 그래서 조시마 장로도 만일의 경우에 대비해서 마룻바닥에다 이마를 쿵 한 거야. 나중에 무슨 일이 일어나면, '아, 과연 거룩한 장로님께서 예언하신 대로구나.' 라는 말이 나오게 하려고 말이야. 너희 장로는 정직한 자는 지팡이로 내쫓지만 살인자에겐 그 발에다 절까지 한다니까."

"범죄라니? 그리고 살인자라는 건 누굴 두고 하는 말이지?" 알료샤는 그 자리에 못 박힌 듯 우뚝 멈춰 섰다. 라키틴도 걸음을 멈췄다.

"누굴 두고 하는 말이냐고? 모르는 척하기는! 알료샤, 자넨 언제나 분명한 태도를 밝히기를 꺼리는 버릇이 있지만, 솔직히 물어보니까 묻겠는데, 자넨 그걸 생각해본 적이 있나, 없나?"

"생각은 해보았어." 알료샤는 나직이 대답했다.

이 말을 듣자 라키틴도 당황하지 않을 수 없었다. "뭐라고? 자네도 그런 걸 생각한 적이 있단 말이지?"

"지금 자네가 그런 이상한 말을 하니까 나도 그런 걸 생각해본 것 같은 느낌이 들었을 뿐이야."

"그것 봐! 오늘 자네 아버지와 형 미탸를 바라보는 동안 범죄라는 그림이 떠오르지 않던가?"

"아니, 잠깐만! 자넨 어떤 점에서 그런 걸 느꼈나? 그건 중대한 문제야."

"그 두 개의 질문에 대해 따로따로 대답할까? 나는 자네 형 드미트리의 정체를 순식간에 꿰뚫어보았네. 그 사람처럼 지극히 정직하면서도 정욕이 강한 사람에겐 넘어서는 안 될 한계가 있어. 정말이지 자네 형은 언제 어디서 아버지를 칼로 푹 찔러 죽일지 몰라. 게다가 자네 아버지는 술주정뱅이인데다가 방종한 도락가여서 무슨 일이나 한 게라는 걸 모르거든. 두 사람이 다 양보라는 걸 모르니까 결국 도랑 속에 첨벙……"

"아니야, 그 지경까진 이르지 않아."

"왜 그렇게 부들부들 떨고 있나? 자네가 이런 걸 이해할 수 있을지 모르겠지만 내가 보기에 미탸 형은 정직하긴 하지만 호색한이야. 그건 자네 아버지가 그에게 야비한 육욕을 물려주었기 때문이야. 그런데 알료샤, 자네한테 정말 놀랐어. 어떻게 그토록 순결할 수 있나? 자네 집안은 육욕이 곪아터질 지경에까지 이르렀어. 그래서 지금 그 세 사람의 호색한은 서로 상대방을 뒤쫓고 있는 거야. 장화 속에 비수를 감추고 말이야. 드디어 세 사람이 박치기를 한 셈이지. 어쩌면 자네도 제4의 호색한인지도 모르지."

"자넨 그 여자 일에 대해 잘못 생각하고 있어. 드미트리 형은 그 여자를 경멸하고 있어."

"그루센카 말인가? 천만에! 경멸하고 있는 게 아니야. 약혼녀를 그녀로 교체한 이상 거기엔 지금의 자네로선 이해할 수 없는 사정이 있을 거야. 만일 어떤 사내가 여자의 아름다움, 즉 육체나 육체의 한 부분에 빠져들게 되면 그것을 위해 자기 자식도 팔아버리고, 부모님도 조국도 다 팔아버리게 되는 거야. 그래서 정직한 인간이 도둑질을 하게 되고, 온순한 인간이 살인을 하게 되고, 충실한 인간이 모반을 하게 되는 거지. 그러니 드미트리가 그루센카를 경멸하고 있다 해도 이런 경우 경멸이 무슨 소용이 있냐고. 경멸하면서도 그 여자 곁을 떠날 수 없는걸."

"그런 건 나도 알고 있어." 알료샤가 불쑥 뇌까렸다.

"자네도 그것을, 즉 육욕이란 것을 생각한 적이 있단 말이지! 야아, 이거 대단히 순결무구한 소년이군그래! 숫총각이 벌써 그런 깊은 데까지 들어갔다니. 자네도 별 수 없는 카라마조프군. 혈통이란 건 어쩔 수 없는 거야. 아버지한테서 호색적인 성질을, 어머니한테선 광신

적인 기질을 물려받은 셈이군. 아니, 왜 그렇게 떨고 있나?'

"인사말이나 전해주게. 난 가지 않을 테니." 알료샤는 쓴웃음을 지었다. "그보다도 미샤, 하던 말이나 끝까지 해줘. 나중에 내 의견도 말할 테니까."

"끝내고 말고 할 것도 없어. 모든 것이 명백해질걸. 만일 자네한테도 색마의 피가 흐르고 있다면, 자네와 한 뱃속에서 나온 이반은 어떨까! 그 사람 역시 카라마조프거든. 호색과 탐욕과 광신, 바로 여기에 자네 집안의 모든 문제가 감춰져 있는 거야. 자네 형 이반은 무신론자이면서도 뭐가 뭔지 알 수 없는 지극히 어리석은 동기에서 장난삼아 신학적인 논문을 잡지에 싣고 있거든. 뿐만 아니라 자네 형 드미트리의 약혼녀를 뺏는데 아마 성공할 거야. 그리고 또 드미트리 형이 스스로 그걸 승낙해 주었으니 놀랄 수밖에. 드미트리는 어떻게 해서든 약혼녀와 손을 끊고 한시바삐 그루셴카에게 달려가고 싶어 자진해서 그 여자를 이반한테 양보하려는 거야. 정말 하나같이 모두가 숙명적인 인간들이야. 이쯤 되면 도대체 뭐가 뭔지 알 길이 없어. 스스로 자신의 비열함을 자각하면서 그 속으로 뛰어드는 거야! 자, 들어봐. 지금 드미트리의 앞길을 가로막고 있는 건 저 늙은이, 자네 아버지야. 그 영감은 요즘 갑자기 그루셴카에게 미쳐서 그녀의 얼굴을 보기만 해도 군침을 질질 흘릴 정도야. 자네 아버지가 아까 조시마 장로 암자에서 그런 추태를 부린 것도 실은 미우소프가 주책없이 그 여자를 가리켜 '음탕한 잡년'이라고 불렀기 때문이야. 그루셴카는 전에 술집과 관계있는 일로 급료를 받으며 영감의 일을 도와주었는데, 영감이 요즘 와서 갑자기 그 여자의 용모에 홀딱 반해 미치광이처럼 여자를 설득하기 시작한 거야. 물론 그 설득 방법 역시 정당한 건 아니지만 말이야. 그러니까 그 두 사람, 즉 아버지와 아들은 아무래도 이 일로 충돌하지 않을 수 없지. 더구나 그루셴카는 애매모호한 태도를 취하면서 그들을 조롱하고 있어. 어느 쪽이 더 유리할지 기회만 엿보고 있지. 왜냐하면 영감님한테선 돈은 좀 뺏어낼 수 있지만, 그 대신 결혼은 해줄 것 같지 않고, 또 나중에는 유대인처럼 구두쇠가 되어 주머니 끈을 졸라멜지도 모르니까. 게다가 드미트리에게도 나름대로 유리한 점이 없는 것은 아니지. 돈은 없지만 결혼은 할 수 있으니까. 돈 많은 귀족에, 대령의 딸인 데다가 보기 드문 미인인 약혼녀 카테리나를 버리고, 무식하고 방탕한 늙은 장사꾼인 삼소노프의 정부 노릇을 하는 그루셴카와 결혼할 거야. 이 모든 사정을 종합해 보면, 정말로 끔찍한 범죄가 일어날 가능성이 없지 않거든. 그리고 자네 형 이반은 바로 그걸 기다리는 거야. 그야말로 꿩 먹고 알 먹는 거나 다름없으니까. 그토록 사모하는 카테리나를 자기 것으로 만들 수 있는 것은 물론 6만 루블이나 되는 그 아가씨의 지참금까지 손에 넣을 수 있으니 말이야. 달랑 몸뚱이 하나밖에 없는 자기로선 그 거금에 유혹당하지 않을 수 없을 테지. 게다가 중요한 점은, 그것이 자기 형 드미트리를 배반하는 것이 아니라 굉장한 은혜를 베풀게 된다는 사실이야. 이건 내가 들은 얘긴데, 드미트리가 지난주에 어느 술집에서 집시 계집들과 한잔 마시고는, 자기는 카테리나를 아내로 맞을 자격이 없는 놈이지만, 동생 이반이라면 그녀를 사랑할 자격이 충분하다고 큰 소리로 지껄이더라는 거야. 물론 카테리나도 이반처럼 매력적인 남자를 거절할 수는 없겠지. 그런데 이반은 대체 어떻게 했길래 자네들 모두를 그렇게 꼼짝달싹 못하게 만들었지? 자네 식구들은 하나같이 그를 숭배하고 있으니 말이야. 더구나 이반은 온 식구들을 비웃고 있어. 잘됐다, 너희들은 굿이나 해라, 난 앉아서 떡이나 먹겠다는 식이란 말이야."

"자넨 어떻게 그 모든 걸 알고 있지?" 알료샤는 미간을 찌푸리며 물었다.

"그럼 자넨 왜 내 대답을 두려워하나?"

"이반 형은 돈 같은 것에 현혹되진 않아. 형은 아마 고뇌에 빠져 있을 거야."

"그건 또 무슨 꿈같은 소리지? 정말 자네 가족은 굉장하다니까!"

"이것 봐, 미샤! 이반 형은 폭풍우와 같은 영혼의 소유자야. 그는 지금 어떤 사상에 사로잡혀 있어. 아직은 해결의 실마리를 찾지 못하고 있지만 그의 사상은 위대해."

"알료샤, 자네는 조시마 장로의 말씀을 흉내내고 있어. 아무튼 이반은 자네들한테 굉장한 수수께끼를 던져주었군." 라키틴은 적의를 숨기려 들지도 않은 채 이렇게 말했다. "이반의 논문 역시 우습고 어리석기 그지없어. 아까 그 사람의 엉터리 이론, '영혼의 불멸이 없다면 선행도 없어질 것이고, 따라서 무슨 짓을 해도 상관없다'는 이론은 나도 들었지만, 그건 철부지 같은 떠버리들에게나 매력을 주는 이론이야." 라키틴은 열을 올려 말을 하더니 덧붙였다. "이만해 두지." 그는 아까보다 더 일그러진 입술로 히죽 웃었다. "그런데 자넨 내가 저속하다고 생각하나?"

"천만에! 자넨 카테리나에게 마음이 있군. 난 오래 전부터 그런 생각을 했었어. 그래서 자넨 이반 형을 좋아하지 않는 거야."

"그리고 그 여자의 돈도 탐낸다고 덧붙이지그래?"

"나는 좋은 말이건 나쁜 말이건 형이 자네 얘길 하는 걸 들어보질 못했어. 자네 얘기는 전혀 입 밖에 내지도 않아."

"그렇지만 그 사람은 그저께 카테리나의 집에서 나를 마구 헐뜯더라는 거야. 그 정도로 자네 형은 '이 충실한 하인' 한테 관심을 갖고 있어. 만약 내가 극히 가까운 장래에 수도원장이 되려는 꿈을 접는다면, 그때는 반드시 페테르부르크로 가서 일류 잡지사에 들어가서 비평란을 맡아 한 10년 정도 글을 쓰다가 나중에는 그 잡지사를 내 것으로 만들어버릴 거라는 거야. 그리하여 나중에는 페테르부르크에 거대한 빌딩을 세워 편집부를 그쪽으로 옮기고, 나머지 방들은 세를 놓는다는 거야. 심지어 그 빌딩의 위치까지 지적하더라는군. 현재 페테르부르크에 계획 중이라는 새 다리, 즉 네바 강을 건너 리체이나야가와 비보르그스카야가를 연결하는 노비 카멘니 다리 바로 옆이라고 했어."

"아니야, 미샤! 그건 어쩌면 그대로 실현될지도 몰라." 참다못해 알료샤가 외쳤다."

"아니, 자네까지도 빈정대긴가, 알렉세이?"

"농담이야. 그건 그렇고, 도대체 누가 자네한테 그렇게 자세히 알려주었나? 형이 그 얘기를 할 때 자네가 카테리나의 집에 있었을 리는 만무하고!"

"실은 그루셴카의 집에 가 있는데, 그때 드미트리가 왔기 때문에 그 사람이 옆방을 떠날 때까지 그 여자의 침실에서 나올 수 없어서 들었지."

"아 참, 잊고 있었는데, 그 여자는 자네 친척이라면서?"

"자네 정신이 나갔나? 내게도 명예라는 게 있어, 알렉세이. 내가 그 갈보 같은 그루셴카하고 친척이라니?" 라키틴은 몹시 화가 나 있었다.

알료샤는 갑자기 낯을 붉혔다. "다시 말하지만 난 정말 들었어. 자네 친척이라고. 자네까지도 그 여자를 그렇게 경멸할 줄은 몰랐어!"

"내가 그 여자를 찾아가는 데는 그럴 만한 이유가 있어서야. 하지만 그런 얘기는 더 이상 하고 싶지 않네. 친척이란 말이 나왔으니 하는 말이지만 오히려 자네 형이나 아버지가 자넬 그 여자의 친척이 되게 해줄 걸세. 저기 자네 아버지 아닌가? 그 뒤로 이반 형이 따라 나오는군. 수도원장한테서 도망쳐 나오는 거야. 저기 계단에서 이오세프 신부가 두 사람한테 뭐라고 소리치고 있군. 자네 아버지도 손을 내저으며 고함을 지르고 있어. 틀림없이 욕설을 퍼붓고 있는 거야. 저런! 미우소프도 마차를 타고 돌아가는군. 저기 보게, 저기! 막시모프인가 하는 지주도 달려가고……. 틀림없이 소동이 벌어졌어. 그러니 식사를 했을 리 있나. 설마 수도원장을 두들겨팬 건 아니겠지? 아니면 저 사람들이 얻어맞았나?"

라키틴이 떠들어대는 것도 무리는 아니었다. 정말 전대미문의 스캔들이 벌어졌던 것이다. 그 모든 것은 '영감' 때문에 일어났다.

8. 스캔들

미우소프가 이반과 함께 수도원장이 있는 곳으로 들어가려는 순간, 갑자기 미묘한 심경의 변화가 일어나 조금 전 장로의 암자에서 화를 낸 것이 부끄럽게 생각되었다. 그는 속으로 생각했다. '표도르 같은 비열한 인간이랑 같이 있으니 조시마 장로의 암자에서 나가지 냉정을 잃고 말았어. 적어도 그 일에 있어서는 수도사들에겐 아무 잘못이 없어.' 그는 계단을 올라가며 결심했다. '만일 이곳 수도사들이 점잖은 분들이라면 그들한테 다정하고 상냥하고 정중하게 대해서 나쁠게 없지 않은가? 논쟁은 그만두고 맞장구나 쳐주면서 호감을 사도록 하자. 나중에 내가 이솝 영감의 어릿광대인 그 피에로와 한패가 아니라 그들과 똑같이 곤경에 처했다는 사실을 그들에게 입증해야지.'

문제가 되고 있는 삼림 벌목권과 어로권은 대단한 가치가 있는 것도 아니었으므로, 당장이라도 그 소송을 취하하여 깨끗이 양보해 버리기로 결심했다. 이 결심은 그들이 수도원장의 식당에 들어섰을 때 더욱 굳어졌다. 그런데 수도원장의 거처에는 방이 두 개밖에 없었으므로, 식당이라고 할 만한 것은 못 되었다.

라키틴은 신분이 낮아 이 오찬에 초대받을 수 없었으며, 이오세프 신부와 파이시 신부, 그리고 또 한 사람의 수도 신부가 초대되었다. 미우소프와 칼가노프와 이반이 들어왔을 때, 이들은 이미 수도원장의 식당에서 그들을 기다리고 있었다. 또 한 사람 막시모프는 한쪽 구석에서 기다리고 있었다. 수도원장은 손님들을 맞기 위해 방 한가운데로 걸어나왔다. 얼굴은 여위었지만 키가 크고 아직 정정한 노인이었다. 검은 머리에는 백발이 여기저기 보였고, 기름기 없는 기다란 얼굴은 근엄해 보였다. 그는 말없이 손님들에게 인사를 했다. 일행은 그의 축복을 받으려고 다가갔다. 미우소프는 그의 손에 입까지 맞추려 했지만, 원장이 웬일인지 손을 거두어버리는 바람에 입을 맞출 수가 없었다. 그러나 이반과 칼가노프는 제대로 축복을 받았다. 그들은 소박한 서민들처럼 쪽 소리를 내며 원장의 손에 입을 맞추었다.

"원장님, 먼저 깊은 사과의 말씀을 드려야겠습니다." 미우소프가 상냥하게 흰 이를 드러내 보이며 말하기 시작했다. "원장님께서 초대해 주신 우리 일행 중의 한 사람인 표도르 파블로비치 씨와 자리를 같이 하지 못하는 것을 사과드리는 바입니다. 실은 조금 전에 조시마 장로님의 암자에서 부자지간에 유치한 집안싸움이 벌어졌습니다. 그것에 대해서는 이미 원장님께서도 들으셨을 줄 압니다. 이렇게 되어 당사자는 여기에 오지 못했습니다. 그 사람은 나중에 이 모든 것을 속죄할 겁니다만, 우선 원장님의 축복을 바람과 동시에 아까 일어난 사건은 잊어주시기 바랍니다."

미우소프는 입을 다물었다. 이 장황한 인사말을 끝낼 무렵, 그는 스스로에 대해 너무나 큰 만족감을 갖는 바람에 조금 전의 울분은 자취도 없이 사라지고 말았다. 수도원장은 근엄한 얼굴로 그의 말을 듣고 나서 가볍게 고개를 숙이며 이렇게 대답했다.

"그분이 이 자리에 참석치 못한 것에 대해서는 진심으로 유감스럽게 생각합니다. 자, 그럼 어서 앉으십시오."

그는 성상 앞에 서서 소리를 내어 기도를 드리기 시작했다. 지주 막시모프는 유난히 경건하게 손을 모으면서 몸을 앞으로 내밀기까지 했다.

그런데 바로 이때, 표도르 파블로비치가 최후의 추태를 연출하기 시작했다. 여기서 한 가지 밝혀두겠지만, 그는 정말로 집에 돌아갈 작정이었다. 그의 고물 마차가 여관 현관 앞에 나타나서 막 올라타려고 할 때, 그는 갑자기 발을 멈추었다. 조시마 장로의 암자에서 자기가 한 말이 불현듯 생각났기 때문이다. "저는 사람들 사이에 섞여들면 저 자신을 누구보다도 비열한 인간이라고 느끼게 되고, 또 모두들 저를 어릿광대로 취급한다는 생각이 듭니다……" 그리고 이어서 언젠가 "어째서 당신은 아무개를 그렇게 증오하시오?"라는 질문을 받았던 일이 머릿속에 떠올랐다. 그때 그는 어릿광대 특유의 파렴치한 감정에 지배되어 이렇게 대답했다. "그 사람은 나한테 아무것도 언짢게 한 거라곤 없습니다. 오히려 내가 그 사람에게 비열하고 철면피한 짓을 했지요. 그런데 그런 짓을 하자마자 곧 그 사람이 미워지더군요." 그는 그것을 상기하고는 심술궂은 미소를 지었다. 그의 눈은 번쩍번쩍 빛났고, 입술은 부르르 떨렸다.

그가 원장의 식당에 나타난 것은 일동이 기도를 마치고 식탁으로 다가가려던 바로 그 순간이었다. 그는 문지방에 선 채 좌중을 한 번 둘러보고는 뻔뻔스럽고도 징글맞은 소리로 길게 웃어젖혔다.

"모두들 내가 돌아가 버린 줄 알았겠지만, 보시다시피 난 이렇게 돌아왔소이다. 그는 온 방 안이 울릴 만큼 큰 소리로 외쳤다.

일동은 뚫어지게 그의 얼굴을 바라보면서 침묵을 지키고 있었다. 그들은 곧 이어 참을 수 없을 정도로 비열하고 추악한 사태가 벌어지리라는 것을 직감했다. 더없이 좋던 미우소프의 기분도 극도로 험악하게 변해 버렸다.

"아니, 더 이상 참을 수 없어!" 하고 미우소프가 소리쳤다. "절대로 참을 수 없어…… 절대로!" 온몸의 피가 머리로 치솟아 올랐다. 그는 말까지 더듬었으나 이미 말투 같은 건 염두에도 없었다.

"대체 무얼 참을 수 없다는 거요?" 표도르가 외쳤다. "원장님, 들어가도 괜찮겠습니까? 초대 받은 사람 중의 하나입니다만!"

"충심으로 환영합니다." 원장이 대답했다. "여러분! 나쁜 기억은 잊어버리고 이 평화로운 식사 시간에 혈연의 화락과 사랑 속에 하나로 융합해 주시기를 하느님께 기도 드립시다."

"아니, 그건 안 됩니다, 불가능합니다!" 미우소프는 자제력을 잃고 소리쳤다.

"미우소프 씨가 불가능하다고 하면 저 역시 불가능합니다. 원장님, 당신이 혈연의 화락이라고 말씀하신 것이 저 사람의 가슴을 쿡 찌른 것입니다. 저 사람은 나를 자기의 친척으로 인정하지 않으니까요! 안 그렇소, 폰 존?"

"그건…… 나더러 하시는 말씀인가요?" 지주 막시모프는 놀라서 더듬거렸다.

"물론, 자네지!" 하고 표도르가 외쳤다. "자네가 아니면 누구겠나? 설마 원장님께서 폰 존이실 리는 없잖나!"

"그렇지만 나는 폰 존이 아니오. 막시모프요."

"아니, 자네는 폰 존이야. 원장님, 폰 존이 어떤 사람인지 아십니까? 이건 어떤 범죄 사건에 관련된 얘기죠. 그 사람이 살해된 것은 어느 '탕아의 집' 이었습니다. 당신들 성직자들은 그런 곳을 이렇게 부르는 모양이더군요. 아무튼 나이도 꽤 지긋한 사람이 그런 곳에서 살해된 다음 돈까지 빼앗기고, 상자 속에 밀봉되어 화물차로 페테르부르크에서 모스크바까지 운송되었습니다. 제대로 꼬리표까지 달고 말입니다. 그런데 상자 속에 밀봉될 때 창녀들이 노래도 부르고, 연주까지 했다고 하더군요. 바로 그 자가 폰 존이올시다. 그 폰 존이 무덤에서 다시 살아나온 모양이군요. 그렇잖소, 폰 존?"

"그게 무슨 소리요?" 수도 신부가 이렇게 물었다.

"아니, 잠깐만 기다리시오." 표도르는 찢어지는 듯한 목소리로 그의 말을 가로챘다. "저쪽 암자에서는 모두들 나에게 무례한 놈이라고 악담을 퍼부었지만, 그건 내가 물고기 얘기를 했기 때문이었습니다. 나의 친척 미우소프 씨는 정직하게 말하기보다는 품위 있게 표현하기를 좋아하지만, 나는 그 반대로 품위보다는 성실하게 표현하기를 좋아했단 말입니다. 품위가 무슨 소용입니까! 그렇잖소, 폰 존? 실례지만 원장님! 저는 어릿광대짓만 하고 있습니다만, 명예를 존중하는 기사올시다. 그런데 미우소프 씨의 가슴 속에는 상처 입은 자존심 이외엔 아무것도 없습니다. 제가 여기 온 것도 실은 제 아들 알렉세이의 일이 염려되어서입니다. 저는 여태껏 광대짓을 하면서도 모든 것을 보고 들었습니다. 이제 여기서 최후의 1막을 보여드릴 생각입니다. 도대체 이 세상은 어떤 상태에 있습니까? 쓰러져 가던 사람은 이미 다 쓰러져 넘어지고, 또 한번 쓰러진 자는 일어나지 못하고 있습니다. 고해는 귀엣말로 하라고 옛날 성인들이 말씀하셨습니다. 그런데 암자에서는 큰 소리로 고해성사를 하고 있습니다. 그런데 어떻게 여러 사람이 있는 자리에서 '나는 이러저러한 짓을 했습니다.' 하고 말할 수 있겠느냔 말입니다. 게다가 때로는 차마 입에 담기도 부끄러운 말을 해야 할 때도 있으니까요. 정말이지 당신들하고 함께 있다가는 틀림없이 홀리스트(17세기에 성행한, 금욕과 고행에 의해서 그리스도가 될 수 있다고 믿는 광신적인 그리스도교의 일파)가 되고 말 것입니다. 저는 곧 종무원에 상신서를 써 보낼 생각입니다. 그리고 제 아들 알렉세이는 집으로 데려가겠습니다."

표도르는 세상에 떠도는 소문에 민감한 편이었다. 언젠가 악의에 찬 헛소문이 떠돌다가 마침내 대주교의 귀에까지 들어간 적이 있었다. 그것은 장로가 지나칠 정도로 존경을 받아서 수도원장의 위엄이 손상될 지경에까지 이르렀다는 것이었다. 게다가 장로가 성스러운 고해 성사를 남용하고 있다는 소문까지 돌았다. 이 소문은 터무니없다는 것이 밝혀졌으므로, 자연스럽게 소멸되고 말았다. 그런데 바로 그때 어리석은 악마가 이 케케묵은 소문을 표도르의 귀에 속삭여주었다. 그러나 표도르 자신은 이 소문의 뜻을 제대로 이해하지 못하고 있었으므로, 그것을 설득력 있게 표현할 재간도 없었다. 게다가 조시마 장로의 암자에서는 누구 하나 무릎을 꿇은 사람도 없었거니와 큰 소리로 고해를 한 사람도 없었다. 따라서 표도르 역시 그런 장면을 목격했을 리도 없으므로, 그저 어쩌다가 기억에 떠오른 낡은 헛소문이나 중상모략을 뇌까리게 된 것이었다. 그러나 그런 어리석은 소리를 늘어놓고 나자 스스로가 헛소리를 지껄였다는 기분이 들었던 그는 얼마 후 자기가 한 말이 결코 헛소리가 아니라는 것을 상대방, 아니 자기 자신에게 증명해 보이고 싶었다. 그는 앞으로 한 마디라도 더 지껄이면 지껄일수록 이미 입 밖에 내놓은 허튼소리에 한층 더 어리석음이 가중될 뿐이라는 것을 알고 있었으나, 이제는 이미 급경사의 내리막길을 구르기 시작한 마차처럼 스스로를 억제할 수가 없었다.

"저렇게 비열하다니!" 미우소프가 소리쳤다.

"실례되는 말씀이오만," 수도원장이 입을 열었다. "예부터 이런 말이 있소이다. '처음에는 많은 이야기로 시작하다가 마침내 추악한 것에까지 이르게 되도다. 내가 그 말씀에 귀를 기울이노라면 이는 그리스도의 치료약이니 나의 허영심을 고치려 보내신 것일지니.' 그러므로 우리는 귀중한 손님이신 당신께 진심으로 감사드립니다."

　이렇게 말하고 그는 표도르에게 공손히 절했다.

　"쯧쯧! 위선에다 케케묵은 말씨로군. 케케묵은 말씨에 케케묵은 몸짓이며, 낡아빠진 거짓말에 이마가 땅에 닿도록 절을 하는 형식주의! 그런 인사는 우리도 익히 알고 있소! 실러의 『군도』에서처럼 '입술에는 키스, 심장에는 비수' 식이군요. 신부님들, 제가 원하는 것은 진실입니다. 하지만 진실은 꽁치 같은 것에 있는 게 아닙니다. 이건 제가 언명한 대롭니다. 신부님들! 왜 당신들은 정진을 하고 계십니까? 어째서 당신들은 거기에 대한 보상을 천국에서 기대하고 계십니까? 정말 그런 보상을 받을 수 있다면 나도 정진을 하겠습니다. 자, 거룩하신 신부님들. 수도원에 틀어박혀 남이 주는 빵을 드시며 천국의 보상을 기다리기보다는 인간 세계에 나가서 사회에 도움이 되도록 덕행을 쌓는 게 어떻겠습니까? 그건 그렇고, 여긴 어떤 음식이 준비되어 있소?" 그는 식탁으로 다가갔다. "곽토리의 오래 묵은 포도주에다 옐리세예프 형제상회의 벌꿀주라…… 아니, 이거 신부님들도 대단하시군. 신부님들이 술병을 다 늘어놓다니, 헤헤헤! 도대체 이런 걸 누가 가져왔습니까? 바로 러시아의 농민이지요. 근면한 농민이 물집투성이의 손으로 피땀 흘려 번 한두 푼의 돈을 자기 가족이나 국가의 요구는 제쳐두고 이리로 가져온 겁니다. 거룩하신 신부님들, 당신네들은 백성들의 피를 빨아먹고 계시는 겁니다."

"이건 정말 지나치군." 이오세프 신부가 엉겁결에 말했다. 파이시 신부는 끈기 있게 침묵을 지키고 있었다. 미우소프는 밖으로 달려 나갔다. 칼가노프도 그 뒤를 따랐다.

"그럼 신부님들, 저도 미우소프 씨를 따라가겠습니다. 앞으로 두 번 다시 여긴 오지 않겠습니다. 무릎을 꿇고 빌어도 오지 않겠어요. 내가 1천 루블이나 기부했으니까 당신들은 목을 길게 빼고 기다리고 있겠지만 헤헤헤! 천만에요, 이제 더 이상 기부하지 않겠습니다. 나는 흘러가 버린 내 청춘의 복수를 하고 있는 겁니다. 그때 받은 모욕에 대한 복수를!" 그는 스스로 꾸며낸 감정의 발작에 못이겨 주먹으로 식탁을 쾅 내리쳤다. "이 초라한 수도원도 내 생애에는 나름대로 뜻 깊은 곳이었소. 이 수도원 때문에 나는 쓰라린 눈물도 많이 흘렸소. 내 미치광이 여편네가 나한테 반항하게 된 것도 모두 당신네들 때문이었소. 종교 회의에서 나를 저주하고, 이 근처에 나쁜 소문을 퍼뜨린 것도 당신네들이었소. 신부님들! 지금은 자유주의 시대, 기차와 기선의 시대란 말이오. 앞으로는 1천 루블은 고사하고 1백 루블, 아니, 단돈 1백 코페이카도 나한테서 나오지 않을 테니 그리 아시오."

수도원장은 타이르는 어조로 입을 열었다. "이런 말씀도 있습니다. '너희들에게 떨어지는 모욕을 기쁜 마음으로 참아내고, 너희를 모욕하는 자를 미워하지 말며, 분노에 사로잡히지 말지어다.' 그래서 우리는 그 말씀대로 행하고 있소이다."

"쯧쯧쯧! 무슨 말을 하는 건지. 신부님들 마음대로 지껄이시오. 난 가겠습니다. 내 아들 알렉세이는 애비의 권한으로 여기서 영원히 데려가겠습니다. 내 존경하는 아들 이반아, 너한테 나를 따라오라고 명령해도 괜찮겠지? 폰 존, 자네도 여기 남아 있을 필요는 없을 걸세! 우리 집으로 오게나. 기름기 없는 수도원 식사 대신에 카샤(러시아 고유의 보리죽)를 채운 통돼지 구이를 내놓을 테니 함께 들도록 하세. 코냐크도 나오고, 리큐어도 나올 테니 행운을 놓치지 말게."

그는 큰 소리로 떠들어대며, 요란한 몸짓으로 밖으로 나갔다. 바로 이 순간에 라키틴은 밖으로 나오는 그의 모습을 발견하고 알료샤에게 가리켜준 것이다.

"알렉세이! 오늘 중으로 아주 집에 돌아오너라. 베개랑 이불이랑 다 가지고. 흔적 하나 여기에 남겨서는 안 돼!"

어느덧 표도르는 벌써 마차에 올라 있었고, 뒤따라 이반이 시무룩한 얼굴로 마차에 오르려 하였다. 이때 마차의 발판 옆에 지주 막시모프가 나타났다. 그는 일행을 따라잡으려고 숨을 헐떡이며 달려왔다. 그는 너무 바삐 서두른 나머지 아직도 이반의 왼쪽 발이 얹혀 있는 발판에다 잽싸게 자신의 한쪽 발을 올려놓고는 차체를 붙잡고, 마차 속으로 뛰어들려고 했다.

"나도 함께 갑시다." 흥분해서 방정맞게 웃고 있는 그의 얼굴은 행복감에 젖어 있었는데, 뭐든 사양치 않겠다는 표정이었다. "나도 데려가 주시오."

"그것 봐! 내가 말한 대로지 뭔가." 표도르는 의기양양하게 소리쳤다. "이게 폰 존이야. 무덤에서 살아나온 진짜 폰 존이라니까! 그런데 자넨 어떻게 거길 빠져나왔지? 자네도 꽤 낯가죽이 두껍군그래! 자, 뛰어 들어오게! 얘 바냐(이반의 애칭), 태워주어라. 재미있을 게다. 차라리 마부와 함께 마부석에 올라 타게나."

그러나 마부석에 앉아 있던 이반이 갑자기 막시모프의 가슴팍을 힘껏 떠밀었다. 막시모프는 2미터가량 뒤로 나가떨어졌다.

"가자!" 이반은 화난 목소리로 마부에게 외쳤다.

"아니, 너 왜 그러니?" 표도르가 호통을 쳤으나 마차는 이미 달리고 있었다. 이반은 아무 대꾸도 하지 않았다.

"너 참 이상하구나." 2분가량 잠자코 있다가 표도르는 곁눈질로 아들을 흘겨보며 다시 입을 열었다. "이 수도원의 모임을 꾸민 건 너 아니냐? 계획한 것도 너고, 다른 사람들을 선동해서 찬성하게 한 것도 넌데, 왜 이제 와서 화를 내는 거야?"

"실없는 소린 그만 하시고 이젠 좀 쉬세요." 이반이 쏘아 붙였다.

"아무래도 알료샤를 수도원에서 데려와야겠다. 너한텐 몹시 불쾌할 것 같지만 말이다. 존경하는 카를 폰 모어."

이반은 상대방을 경멸하듯이 어깨를 흠칫해 보이고는 한길을 바라보기 시작했다. 그 후 집에 도착할 때까지 두 사람은 입을 꼭 다물고 있었다.

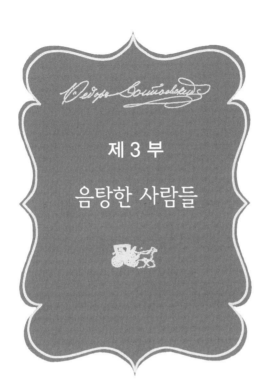

제 3 부

음탕한 사람들

1. 하인의 방에서

표도르 카라마조프의 집은 읍내의 중심지에서 꽤 떨어져 있었다. 낡은 집이긴 했지만 외관은 그럴싸했다. 다락방이 붙은 단층 건물은 잿빛으로 칠해져 있었고, 지붕은 빨간 양철로 씌워져 있었다. 널찍하고 아늑한 이곳은 쥐가 들끓고 있었지만 표도르는 그다지 신경을 쓰지 않았다. "밤에 혼자 있을 때 적적하지 않아 좋거든." 하는 식이었다. 사실 그는 밤이 되면 하인들을 바깥채로 물리고 밤새도록 혼자 안채에 틀어박혀 있곤 했다. 바깥채는 뜰 안에 있었는데, 넓고 건고했다. 표도르는 거기서 음식을 만들게 하고 있었다. 안채에도 부엌이 없는 것은 아니었지만, 그는 음식 냄새를 싫어했으므로, 음식은 뜰을 거쳐 안채로 날라 오게 하고 있었다. 지금 이 집에는 표도르와 이반, 그리고 바깥채에 세 사람의 하인이 살고 있었다. 세 사람의 하인이란 그리고리 노인과 그의 아내인 마르파 노파, 그리고 스메르댜코프라는 젊은 하인이었다. 이 세 사람의 하인들에 대해서는 좀 더 자세히 설명해 둘 필요가 있을 것 같다.

늙은 하인 그리고리는 뭐든 의심할 여지가 없는 진리라고 믿기 시작하면 목적을 향해 줄기차게 돌진하는 고집불통의 인물이었다. 그의 아내 마르파는 한평생 남편의 뜻에 무조건 복종해왔지만, 그러면서도 종종 남편한테 들러붙어 귀찮게 굴 때가 있었다. 이를테면 농노 해방(1861년) 직후, 표도르의 그늘을 벗어나 모스크바로 가서 조그만 장사라도 시작하자고 남편을 조른 적이 있었다. 그러나 그리고리는 딱 잘라 거절했다. '여자는 누구를 막론하고 비열하기 때문에' 허튼 소리만 한다는 것이었고, 하인은 그 주인이 어떤 사람이든 간에 절대 주인의 집을 떠나서는 안 되며, 또 그것이 '자신들의 의무'라는 것이었다.

"당신, 의무라는 게 뭔지나 아오?" 그는 마르파에게 물었다.

"의무가 뭔지는 저도 알아요, 여보. 그렇지만 어째서 우리가 이 집에서 참고 견뎌야 하는지 그 이유를 모르겠어요." 마르파는 당당하게 대꾸했다.

"모르겠거든 그대로 있는 게 좋아. 앞으론 절대 군소리 말아요."

표도르는 그들에게 소액의 임금을 규칙적으로 지불했다. 그러나 그리고리는 주인에 대해 나름의 영향력을 가지고 있었다. 고집 세고 교활한 어릿광대인 표도르는, '세상의 어떤 일'에 대해서는 매우 확고한 의지력을 갖고 있었으나 '세상의 또 다른 어떤 일'에 대해서는 자기 자신도 놀랄 만큼 겁쟁이였다. 그래서 늘 충실한 하인이 곁에 없으면 마음이 놓이지 않았다. 바로 이 점에서 그리고리는 더할 나위 없이 안성맞춤의 하인이었다. 표도르는 그의 인생 항로를 항해해 오는 동안 여러 번 남한테 얻어맞을 뻔하기도 하고, 또 어떤 때는 호되게 얻어맞은 적도 있었지만 그럴 때마다 그리고리가 구해 주곤 했다. 더할 나위 없이 음탕하고, 때로는 자기의 색정을 만족시키기 위해 징그러운 벌레처럼 잔인해지는 표도르도, 술에 취했을 때는 순간적으로 정신적인 공포와 도덕적인 불안을 느끼는 것이었다. 그것이 육체적인 반응까지 일으켰을 때면 이렇게 말했다. "그럴 때는 내 영혼이 목구멍에서 바르르 떨고 있는 것 같다니까!" 바로 이런 순간에 그는 자신이 믿을 수 있는 충실하고 바위처럼 굳건한 사나이가 옆에 있어주기를 바랐다. 그 사나이는 자기하고는 전혀 종류가 다른, 방탕이란 것을 모르는 사람이지만 눈앞에서 행해지는 모든 방탕에 대해 눈감아주는 사람! 그리고 필요할 경우 무섭고 위험한 것으로부터 자기를 보호해 주는 사람! 요컨대 사려 깊고 믿음직한 '자기 이외'의 한 인간이 꼭 필요했던 것이다. 표도르는 한밤중에 바깥채로 나가서 그리고리를 깨우고는 잠깐 자기한테 왔다 가라고 했다. 그리고리 노인이 들어오면 표도르는 어리석기 짝이 없는 말을 지껄이고는 곧 노인을 되돌려보냈다. 그러고는 퉤 하고 침을 뱉고는 자리에 누워 곧 천사처럼 고요히 잠들었다.

알료샤가 돌아왔을 때도 이와 비슷한 현상이 표도르의 마음속에서 일어났다. '함께 살며 속속들이 다 보고 있으면서도 비난하지 않는다'는 점에서 알료샤는 그의 마음에 '깊은 감명'을 주었다. 그뿐 아니라 알료샤는 그가 지금까지 한 번도 경험해 보지 못한 것을 경험하게 해주었다. 즉 자신에게 전혀 경멸의 빛을 보이지 않았을 뿐더러 언제나 상냥하고 자연스럽고 소박한 애정을 표시하였다. 지금까지 '사악한 것'만을 사랑해온, 가정의 따뜻함을 몰랐던 늙은 호색한에게는 이 모든 것이 뜻밖의 선물이 아닐 수 없었다.

나는 이 이야기의 서두에서 그리고리가 표도르의 첫 번째 아내, 즉 장남 드미트리의 생모인 아젤라이다를 증오했지만, 그와는 반대로 후처인 '미치광이' 여인 소피아를 자기 주인 표도르한테 대들면서까지 감싸주었다고 밝혔다.

그리고리는 냉정하고 의젓하며 말수가 적은 사람이었다. 언뜻 보기에는 유순하고 말없는 아내를 그가 사랑하고 있는지 어떤지 정확히 분간할 수 없었지만, 사실은 그녀를 사랑하고 있었고, 아내도 물론 그것을 잘 알고 있었다.

이들 부부에게는 자식이 없었다. 그리고리는 아이들을 좋아하는 것 같지는 않았지만 아젤라이다가 집을 나갔을 때, 그는 세 살 난 드미트리를 맡아 손수 머리를 빗겨주기도 하고 목욕도 시켜주면서 1년 가까이나 돌봐주었다. 그 후에도 이반과 알료샤를 맡아 길렀으며, 그 때문에 따귀를 얻어맞은 일도 있었다.

자기 자신의 아이가 그에게 희망과 기쁨을 준 것은 마르파가 아이를 임신하고 있는 동안뿐이었다. 아이가 태어났을 때 그의 가슴은 슬픔과 공포로 크나큰 충격을 받았다. 그 사내아이는 육손이었던 것이다. 그리고리는 그것을 보는 순간 너무 낙심하여 아이가 세례를 받는 날까지 끝내 입을 봉하고 있었다. 아이는 사흘째 되던 날 세례를 받게 되었는데, 그리고리는 그때 이미 무언가를 결심하고 있었던 것이다.

신부도 오고 손님들도 모이고 대부가 되어줄 표도르까지 몸소 와 있는 집에 들어서자마자 그는 밑도 끝도 없이 "이 애는 세례를 받을 필요가 없습니다." 하고 말했다. 그것도 큰 소리로 말한 것이 아니라 한두 마디를 이빨 사이로 내뱉듯이 말하면서 신부의 얼굴을 몽롱한 눈으로 바라보는 것이었다.

"그건 왜지요?" 하고 신부가 물었다.

"저놈은 하느님의 실수로 생겨났으니까요." 분명치는 않았으나 매우 단호한 어조였다.

모두들 웃었다. 그러나 불행한 아기의 세례는 예정대로 진행되었다. 그는 이 병신 아이가 살아 있던 2주일 동안 거의 한 번도 얼굴을 들여다보지 않았다. 그러나 두 주일 후 아이가 아구창으로 죽자, 깊은 비애에 잠겨 물끄러미 아이를 들여다보았다.

그 후 오랜 세월이 흘렀지만 한 번도 자기 아이 얘기를 한 적이 없었다. 마르파의 말에 의하면, 그리고리는 무덤에서 돌아온 후부터 주로 '신앙적인 것'에 열중하여 『순교자전』을 탐독하게 되었다고 한다. 그는 〈욥기〉를 즐겨 읽었고, 또 어디선가 '거룩한 아버지 시리아의 이사악'의 잠언과 설교집의 발췌문을 구해가지고, 거의 아무것도 이해하지 못하면서도 여러 해 동안 끈기 있게 읽고 있었다.

그리고리는 신비주의적 경향을 가지고 있었는지도 모른다. 그런데 육손이의 출생과 사망에 뒤이어 마치 일부러 꾸며놓기라도 한 듯이 또 하나의 해괴하기 짝이 없는 사건이 일어나서, 후에 그 자신이 말한 것처럼 그의 마음에 깊은 '낙인'을 찍어놓았다. 그것은 다름이 아니라 육손이를 매장한 바로 그날 밤 마르파가 갓난아이의 울음소리

같은 것을 듣고 갑자기 잠에서 깨어났다. 그는 자리에서 일어나 옷을 입었다. 제법 따스한 5월의 깊은 밤이었다. 바깥 층계로 나와 보니 정원 쪽에서 들려오고 있었다. 잠시 후 그는 소리가 정원의 샛문 가까이에 있는 목욕탕에서 들려온다는 것과 그것이 틀림없는 여자의 소리라는 것을 알았다.

목욕탕의 문을 여는 순간, 그는 눈앞에 벌어진 광경을 보고 돌기둥처럼 그 자리에 얼어붙고 말았다. 늘 거리를 방황하고 있어서 읍내 사람이라면 누구나 다 알고 있는 리자베타 스메르댜쉬차야(악취를 풍기는 여자라는 뜻)라는 신들린 여자 거지가 이 집 목욕탕에 기어들어 지금 막 어린애를 낳은 것이었다. 갓난애는 여자 옆에 누워 있었고, 산모는 죽어가고 있었다. 그녀는 아무 말이 없었다. 그녀는 원래 벙어리였기 때문이다. 그러나 이 사건에 대해서는 특별히 설명해둘 필요가 있다.

2. 리자베타 스메르댜쉬차야

거기에는 그리고리가 얼마 전부터 가슴 속에 품어온 불쾌하고 혐오스러운 의문점을 결정적으로 확신시켜 줌으로써 그를 깊은 충격에 빠지게 만든 특별한 상황이 있었다.

리자베타 스메르댜쉬차야는 유달리 키가 작은 처녀였다. 그녀는 평생을 맨발로 삼베 속옷만 걸친 채 돌아다녔다. 그녀의 아버지 일리야는 음주로 가산을 탕진한 끝에, 병든 몸을 이끌고 벌써 여러 해 동안이 고장의 부유한 상인의 집을 전전하며 품팔이꾼으로 살아가고 있었다. 리자베타의 어머니는 이미 오래 전에 세상을 떠났다. 언제나 몸이 불편해 짜증만 부리던 그녀는 딸이 집에 돌아오기만 하면 사정없이 두들겨 패주곤 했다. 그녀는 신들린 미치광이가 되어 읍내 사람들의 도움을 받아 살고 있었기 때문에 아버지에게 들를 때라곤 거의 없었다. 일리야의 주인 부부를 비롯하여 거리의 동정심 많은 사람들은 속옷 한 장만 걸치고 다니는 리자베타에게 조금 더 나은 옷을 입혀주려고 시도한 적이 한두 번이 아니었다. 그들은 겨울이 다가오면 털외투를 입히고 장화를 신겨주기도 했다. 그럴 때면 리자베타는 별로 반항하지 않고 옷을 입게 내버려두었지만 그 장소를 떠나기만 하면 머릿수건부터 시작해서 치마, 외투, 장화 할 것 없이 죄다 벗어서 그자리에 남겨놓고는 그전처럼 맨발에 속옷 바람으로 어디론가 떠나버리는 것이었다.

마침내 리자베타의 아버지도 세상을 떠나자 읍내의 신자들은 고아가 된 그녀를 더욱 측은히 여겼다. 사실 그녀는 모든 사람들한테서 사랑을 받고 있었다고 해도 과언이 아니었다. 그녀가 낯선 집에 들어가도 아무도 내쫓으려 하지 않았을 뿐 아니라 오히려 다정하게 대해주고 푼돈까지 쥐어주었다. 그러나 그녀는 돈을 받으면 교회나 감옥의 자선함 속에 갖다 넣는 것이었다. 하지만 그녀 자신은 흑빵과 물 이외에는 아무것도 먹지 않았다.

그녀가 교회에 가는 일은 거의 없었다. 밤에는 교회의 현관이나 어느 집 나무 울타리를 넘어, 그 집 채소밭에서 잠을 잤다. 자신의 집에는 일주일에 한 번씩 들르곤 했다.

보름달이 밝게 비치는 따스한 9월의 어느 날 밤이었다. 이 거리의 관습으로 봐서 꽤 늦었다고 할 시각에, 잔뜩 술에 취한 거리의 난봉꾼 5,6명이 클럽에서 '뒷길'을 통해 집으로 돌아가고 있었다. 일행은 나무 울타리 옆 쐐기풀과 우엉이 무성한 곳에서 리자베타가 잠자고 있는 것을 발견했다. 술에 취한 신사들은 걸음을 멈추고 그녀를 내려다보며 큰 소리로 웃어대면서 온갖 상스러운 말을 내뱉기 시작했다. 이때 한 젊은 귀공자가 입에 담을 수도 없는 해괴망측한 생각을 해냈다. "누구라도 좋으니 이 짐승을 여자로 다룰 자신이 있나? 그렇다면 지금 당장이라도 좋으니⋯⋯" 이 물음에 대해서 일행은 대단히 추잡스럽다는 듯 오만한 태도를 보이며, 그것은 절대 불가능하다고 대답했다. 이들 일행 중에는 표도르가 끼어 있었는데 불현듯 그가 성큼 앞으로 달려나와, '여자로서 다룰 수 있다, 얼마든지 다룰 수 있을 뿐만 아니라 일종의 색다르고 짜릿한 쾌감까지 맛볼 수 있다'고 단언했다. 사실 그 당시의 표도르는 일부러 광대역을 도맡고 있는 실정이었다.

그때는 마침 페테르부르크로부터 자기의 전처 아젤라이다의 사망 통지를 받았을 때였다. 그럼에도 불구하고 그는 모자에 상장을 단 채 온갖 방탕을 일삼고 있었다. 표도르의 이런 반응에 누군가는 그렇게 한번 해보라고 부추기기까지 했으나 나머지 사람들은 더욱 요란하게 퉤퉤 침을 뱉었다.

나중에 표도르는 자기도 일행과 함께 그 자리를 떠났다고 주장했지만, 과연 그 말이 옳은지 그른지 누구 하나 아는 사람이 없었고, 또 알 수도 없는 일이었다. 그러나 5,6개월이 지나자, 마을 사람들은 리자베타가 임신을 했다고 흥분해서 수군거리기 시작했다. 사람들은 도대체 누구의 죄냐, 그런 짓을 한 무법자는 누구냐고 여기저기 탐문을 하며 조사했다. 그런데 갑자기 그 무법자는 다름 아닌 표도르라는 무서운 소문이 온 마을에 좍 퍼졌다.

바로 이 무렵, 그리고리는 있는 힘을 다해 주인을 보호했다. "그 난쟁이 년이 몸 간수를 잘못한 거야." 하고 그는 말했다. 그리고 그 장본인은 '나사못 카르프'가 아니면 누구겠느냐는 것이었다('나사못 카르프'는 그 당시 이 고장에서는 모르는 사람이 없는 무서운 죄수로, 현의 감옥을 탈옥하여 이 고장에 숨어 살고 있었다). 이 억측은 정말처럼 생각되었다. 그 해 초가을, 바로 그날 밤을 전후하여 카르프가 밤거리를 배회하며 세 사람이나 습격했던 일을 사람들은 분명히 기억하고 있었던 것이다. 그러나 이러한 사건이나 소문도 가련한 백치 처녀한테서 마을 사람들의 연민의 정을 앗아가지는 못했다. 마을 사람들은 전보다 더 그녀를 불쌍히 여기고 보호해 주었다. 어느 부유한 상인의 미망인인 콘드라티예바 같은 여자는 4월 말경부터 리자베타를 자기 집에 데려다놓고는 해산이 끝날 때까지 밖에 나다니지 못하게 했을 정도였다. 그 집 사람들은 밤잠도 자지 않고 그녀를 감시했으나, 결국 애쓴 보람도 없이 리자베타는 해산하기 전날 저녁에 콘드라티예바의 집을 빠져나와 표도르의 집 정원에 나타난 것이다. 만삭이 된 몸으로 어떻게 그 높고 견고한 울타리를 넘을 수 있었는지는 아직도 수수께끼로 남아 있다.

그리고리는 마르파한테 달려가 그녀를 리자베타에게 보내어 돌봐주게 하고, 자신은 근처에 살고 있던 늙은 산파를 부르러 뛰어갔다. 갓난애의 목숨은 건질 수 있었으나 리자베타는 새벽녘에 숨을 거두고 말았다.

그리고리는 아기를 안고 집으로 돌아와서, 아내를 앉히고는 무릎 위에 아기를 얹어주었다. "고아는 하느님의 자식이라서 누구에게나 친척이라고 할 수 있는 거요. 우리 부부에겐 더욱 그렇지. 이건 우리의 죽은 애가 자기 대신 보내준 거요. 하지만 이 애는 악마와 천사 사이에서 태어났다고 할 수 있소. 당신이 맡아서 기르도록 하고 앞으론 절대 울지 말도록 하시오."

그리하여 마르파가 그 아이를 기르기로 했다. 그 아이는 세례를 받고 파벨이라는 이름이 붙여졌지만, 부칭은 누가 그렇게 하자고 한 것도 아닌데 자연히 표도로비치라고 불리게 되었다. 표도르는 오히려 그것을 재미있게 받아들이고 있었지만, 자기는 아무 책임도 없다고 극구 부인하는 것이었다. 후에 표도르는 이 아이의 성까지 지어주었다. 어머니의 별명 스메르댜쉬차야에서 따서 스메르댜코프라고 지어준 것이다. 바로 이 스메르댜코프가 표도르의 제2의 하인이 되어 이 이야기가 시작될 무렵 그리고리 영감 내외와 함께 바깥채에서 살고 있었던 것이다.

3. 열렬한 마음의 참회 – 시를 빌려서

알료샤는 아버지가 수도원을 떠날 때 마차 속에서 큰 소리로 명령하는 말을 듣고는 얼빠진 사람처럼 그 자리에 서 있었다. 하지만 알료샤는 아버지가 내일이면 자기를 도로 수도원으로 돌려보내 주거나 아니면 그날 중으로라도 다시 돌려보내 줄지 모른다고 생각했다.

그러나 한편으로는 전혀 감을 잡을 수 없는 막연한 불안감에 사로잡혀 있었다. 그건 다름 아닌 여성에 대한 공포였다. 아까 호흘라코바 부인 편에 보내온 편지 속에서 뭔가 할 말이 있으니 꼭 와달라고 신신 당부한 바로 그 카테리나가 공포의 대상이었다. 그녀의 이러한 요구와 반드시 그가 가지 않으면 안 된다는 생각이 그의 마음속에 참을 수 없는 괴로움을 불러일으켰던 것이다.

그는 카테리나를 여자로서 두려워한 것은 아니었다. 그가 두려워한 것은 카테리나라는 존재 그 자체였다. 그는 처음 만났을 때부터 그녀가 두려웠다. 그녀는 아름답고 오만하며 강한 의지력을 가진 아가씨였다. 그러나 그를 괴롭힌 정체는 그녀의 미모가 아니라 무언가 다른 것이었다. 그리고 이 공포의 정체를 파악할 수 없다는 사실이 그를 더욱 공포스럽게 했다. 이 아가씨의 의도는 더할 나위 없이 고결한 것이었다. 그것은 알료샤도 잘 알고 있었다. 그녀는 자기한테 이미 몹쓸 짓을 한 그의 형 드미트리를 도와주려고 노력하고 있었다. 그는 아름답고 관대한 마음씨를 가진 아가씨에 대해 긍정적으로 생각하면서도 그녀의 집이 가까워지자 등골이 오싹해짐을 느꼈다.

카테리나의 집은 잘 알고 있었다. 그는 아버지의 집과 경계를 이룬 이웃 집 정원을 사이에 두고 있었다. 이 정원은 창문이 네 개 달린 찌그러진 조그만 고옥에 딸려 있었다. 이 집 주인은 이 고을의 평범한 시민으로 딸과 단둘이 살고 있는 다리병신 노파였는데, 이들 모녀는 말할 수 없이 궁핍한 상태여서 이웃인 카라마조프네 부엌으로 날마다 수프며 빵을 구걸하러 다니고 있었다. 그러나 이 집 딸은 남의 집에 수프를 얻어먹으러 다니는 주제에 옷 한 벌 팔려고 하지 않았다. 그녀의 옷 중에는 치맛자락이 터무니없이 기다란 것도 있었다. 이것은 물론, 이 고장 일이라면 무엇이든 모르는 것이 없는 라키틴한테서 우연한 기회에 들은 말이었다. 그러나 알료샤는 그 말을 듣자마자 곧 잊어버리고 말았었다. 그러나 이 집 정원 가까이 다다랐을 때, 문득 그 기다란 치맛자락이 생각나서 깊은 상념에 잠겨 떨구고 있던 고개를 번쩍 쳐드는 순간, 그는 전혀 예기치도 못했던 사람하고 마주치게 되었다.

울타리 너머 옆집 정원에서 맏형 드미트리가 무엇인가를 딛고 올라서서 이쪽을 보고 열심히 손짓을 하며 오라는 시늉을 하고 있었다. 알료샤는 재빨리 울타리 옆으로 달려갔다.

"네가 올려다보았기에 망정이지 하마터면 소리를 지를 뻔했구나." 하고 드미트리는 기쁜 듯이 속삭였다. "이리 넘어 오너라. 아아, 너를 만나 정말 잘됐다." 알료샤는 기다란 수도복 자락을 걷어올리고, 거리의 개구쟁이들처럼 날쌘 동작으로 울타리를 뛰어넘었다.

"그럼 가자!" 미탸의 입에서 기쁨에 들뜬 속삭임이 새어나왔다.

"어디로요?" 알료샤는 주위를 둘러보며 속삭였다. 황량한 정원에는 그들 이외엔 아무도 없었다. 자그마한 정원이었으나, 그들이 서 있는 곳으로부터 주인 노파의 집까지는 적어도 50보 이상은 될 것 같다. "여긴 아무도 없는데 왜 그렇게 소곤소곤 말하죠?"

"왜 소곤소곤 말하느냐고?" 드미트리는 갑자기 큰 소리로 외쳤다. "인간의 본성이란 이따금 영문도 모를 일을 할 때가 있는 거야. 나는 지금 몰래 숨어서 누굴 감시하고 있단다. 자, 가자. 저쪽으로! 그때까진 아무 말도 하지 마라. 너한테 키스를 해주고 싶구나! '이 세상의 하느님께 영광, 내 가슴 속의 하느님께 영광……' 네가 올 때까지 여기 앉아서 이걸 되풀이하고 있었단다."

정원에는 사과나무, 단풍나무, 보리수, 자작나무 등의 수목이 사면의 울타리를 따라 정원 가장자리에만 심어져 있었을 뿐 가운데는 텅 빈 풀밭이었다. 여름이면 노파는 몇 루블씩 받고 이 정원을 남에게 빌려주고 있었다. 그 밖에 딸기며 살구, 자두나무도 있었다. 집 바로 옆에는 채소밭도 있었으나 이것은 아주 최근에 만들어진 것이었다.

드미트리는 주인집에서 가장 멀리 떨어진 정원 한구석으로 동생을 데리고 갔다. 그러자 오래된 관목 사이로 고색창연한 녹색의 폐허 같은 정자가 나타났다.

정자 안에는 녹색 나무 탁자가 바닥에 고정되어 있었고, 그 주변에는 사람이 앉을 만한 녹색의 벤치들이 놓여 있었다. 알료샤는 자기 형이 기쁨에 들떠 있는 것을 알아차렸다. 정자에 들어가 보니 탁자 위에 코냐크 병과 술잔이 놓여 있었다.

"이건 코냐크야!" 미탸가 큰 소리로 웃어댔다. '네 얼굴에 이렇게 씌어 있군. '또 술에 취했군!' 하고. 난 말이다, 알료샤! 너를 가슴이 으스러지도록 꼭 껴안고 싶구나. 세상에서 내가 정말 사랑하는 사람은 너 하나밖에 없기 때문이야."

이 마지막 말을 했을 때, 그는 앞뒤를 가릴 수 없을 정도로 흥분해 있었다.

"너 하나밖에 없어. 아니, 또 하나 있군, '더러운 계집' 한테 나는 반했지. 그리고 그 때문에 난 신세를 망쳤어. 그러나 반했다는 건 사랑한다는 뜻은 아니야. 미워하면서도 반할 수는 있는 거니까. 잘 들어둬라. 아직은 명랑한 기분으로 말할 수 있으니. 자, 이 탁자 앞에 앉거라. 모든 걸 죄다 얘기하마. 내일이면 구름 위에서 뛰어내릴 테니까. 내일이면 내 인생은 종말을 고하고 동시에 새로운 인생이 시작되는 거야. 너는 산꼭대기에서 낭떠러지로 떨어지는 듯한 기분을 느껴본 적이 있니? 꿈속에서라도 말이야. 나는 지금 꿈속이 아니라 실제로 그걸 경험하고 있는 거야. 그렇지만 두려워하지는 않는다. 아니, 사실 두렵기는 하지만 기분이 좋아. 기분이 좋다기보다는 아주 황홀할 지경이지. 제기랄, 어차피 마찬가지야. 강한 마음이건 약한 마음이건, 여자의 마음이건, 무엇이건 간에. 아무튼 자연을 찬미해야지. 아, 저 햇빛! 하늘은 더없이 맑고, 나뭇잎은 푸르기만 하고, 그야말로 완전한 여름이구나. 오후 세 시가 지난 이 고요함! 그래, 너는 어디로 가는 길이었니?"

"아버지한테요. 하지만 지금은 카테리나의 집에 가려고요."

"카테리나와 아버지한테? 아, 이건 정말 우연의 일치로구나! 내가 왜 너를 애타게 기다렸는지 아니? 내 마음속 구석구석, 아니, 갈빗대 하나하나에까지 사무치게 너를 갈망하고 그리워한 건 무엇 때문이었는지 아니? 그건 바로 아버지한테, 그리고 카테리나한테 나 대신 너를 보내 양쪽 다 끝장을 내고 싶었기 때문이야. 나는 천사를 보내고 싶었어. 다른 사람을 보낼 수도 있었지만 천사를 보내고 싶었던 거야. 그런데 네가 자진해서 그 여자와 아버지한테 가는 길이라니……."

"형은 나를 보낼 생각이었나요?"

"가만있어. 넌 그걸 알고 있었구나."

드미트리는 일어서서 손가락을 이마에 얹고 무언가를 생각했다.

"그 여자 쪽에서 너를 불렀구나. 너한테 편지 같은 걸 보내왔겠지.

그래서 여자한테 가려는 거지?'

"여기 편지가 있어요." 알료샤가 주머니에서 편지를 꺼냈다.

"아니, 네가 뒷길로 가다니! 오오, 하느님. 동생을 뒷길로 가게 하여 저와 만나게 해주신 걸 감사드립니다. 알료샤. 가령 어떤 두 인간이 갑자기 지상의 모든 것과 관계를 끊고 어딘가 불가사의한 세계로 날아간다고 하자. 아니면 적어도 그 중 한 사람이 영영 날아가 버리거나 멸망해 버리기 직전에 다른 한 사람한테 가서, 자기를 위해 이러이러한 것을 해달라고, 임종 시가 아니고서는 누구한테도 부탁할 수 없는 청을 한다면, 그 사람은 그걸 들어줄까? 만일 그들이 친구지간보다 더 가까운 형제 사이라고 한다면?'

"저 같으면 들어주겠습니다. 그러니 그게 뭔지 말해보세요."

"말하라고? 흠, 이젠 서두를 필요는 없어. 이제는 세계가 새로운 길로 들어섰으니까. 아, 알료샤! 네 생각이 황홀한 경지에까지 미치지 못한 것이 유감스럽구나. '인간이여! 고결할지어다' 이건 누구의 시였지?'

드미트리는 탁자에 팔꿈치를 올려놓고 손바닥으로 턱을 괸 채 잠시 생각에 잠겼다. 두 사람은 말이 없었다.

"알료샤," 미탸가 다시 입을 열었다. "너는 나를 비웃지 않겠지? 나는…… 실러의 환희의 찬가로 시작하고 싶다. 〈환희에 부쳐서〉로 말이야. 나는 독일어를 몰라. 하지만 내가 술에 취해 지껄이고 있다고 생각해서는 안 된다. 내 말장난을 용서해라. 너는 오늘 내 말장난은 물론 다른 것도 용서해 줘야 한다. 그렇다고 염려할 건 없어. 나는 쓸데없는 소린 안하니까. 이제 곧 본론으로 들어가겠다. 질질 끌지는

않겠어. 가만 있자, 어떻게 시작하더라……?'

그는 고개를 쳐들고 잠시 생각에 잠기더니, 갑자기 환희에 찬 목소리로 읊기 시작했다.

겁에 질린 벌거숭이 야만인은
동굴 속 깊숙이 몸을 숨기고,
방랑자가 광야를 헤매는 동안
벌판을 황폐하게 했도다
……………………………

이때 갑자기 미탸의 가슴 속에서 흐느낌이 터져 나왔다. 그는 알료샤의 손을 덥석 움켜잡았다.

"이봐 알료샤! 나는 타락의 심연 속에 빠져 있는 거야. 인간은 사는 동안 엄청나게 많은 것을 참아내야 해. 엄청나게 많은 불행을! 그러나 제발 나를, 코냐크나 마시며 방탕을 일삼는 장교 계급장을 단 너절한 인간이라고 생각지는 말아다오. 사실 나는 거짓말을 하거나 자만에 빠지는 일이 없게 해달라고 빌고 있단다. '타락의 구렁텅이에서, 스스로의 영혼으로 일어서려면, 태곳적 어머니인 대지와 영원히 하나로 결합할지니.' 하지만 문제는 어떻게 대지와 영원히 결합하느냐는 거야. 나는 대지에 입 맞추지도, 대지의 가슴을 파헤치지도 않았어. 이런 내가 어떻게 농부나 목동이 될 수 있겠니? 내가 끝없이 타락의 구렁텅이로 빠져 들어갈 때면, 언제나 케레스와 인간을 노래한 시를 읊곤 했지. 한데 그 시가 나를 바로잡아주었을까? 천만에! 절대 그런 적이 없었어. 왜냐하면 나는 카라마조프니까. 어차피 끝없는 심연 속으로 뛰어들 바에야 차라리 곤두박질쳐서 뛰어드는 편이 좋다고 생각했기 때문이지. '아, 비록 저주받은 더러운 인간이긴 하지만 하느님이 입고 계신 그 옷자락에 입맞춤할 수 있게 해주십시오.' 내가 눈물을 흘렸구나. 그래, 날 좀 울게 내버려 다오. 내가 지금 너한테 하려는 말은 하느님한테서 정욕이라는 것을 부여받은 '벌레'에 관한 얘기야. '벌레에게 정욕을!' 알겠니, 알료샤! 내가 바로 그 벌레란 말이다. 우리 카라마조프 일가는 모두 벌레 같은 인간들이지. 그래서 천사 같은 너의 내부에도 이런 벌레가 살고 있고, 네 피 속에서 폭풍을 일으키는 거야. 암, 폭풍이고말고! 정욕은 폭풍이니까. 아니, 폭풍보다 더하지! 아름다움이란 끔찍할 정도로 무시무시하지. 아름다움이란 어떤 것으로도 규정되지 않았으며, 결코 규정할 수도 없는, 하느님이 우리에게 던진 유일한 수수께끼야. 아름다움 속에는 양극단의 모순이 함께 존재하지. 나는 원래 무식한 놈이지만 이것에 대해서는 많은 것을 생각해 보았어. 정말이지 신비롭기 그지없어! 너무나 많은 수수께끼가 지상에 사는 인간을 괴롭히고 있어. 이 수수께끼를 풀라는 건 몸을 적시지 말고 물속에서 나오라는 것과 다를 게 없어. 게다가 내가 도저히 참을 수 없는 건 고상한 마음과 지혜를 지닌 인간이 마돈나의 이상을 품고 출발했다가도, 결국 소돔의 굴 속에서 그걸 끝내고 만다는 사실이야. 아니, 더 무서운 것은, 가슴 속에 소돔의 이상을 품고 있는 인간이 마돈나의 이상을 부정하지 않고, 마치 순결무구한 청년처럼 그것을 동경하며 진심으로 가슴을 불태우고 있다는 사실이야. 정말이지 인간의 마음은 너무나 광활해. 나는 그걸 좀 좁히고 싶어. 이성의 눈에는 오욕으로 보이는 것이 감정의 눈에는 완벽한 아름다움으로 보이니 말이야. 도대체 소돔 속에 미가 존재할까? 너는 믿지 않을지 모르지만 아름다움은 바로 소돔 속에 깃들어 있는 거야. 너 그 비밀을 알고 있니? 아름다움이라는 건 무서울 뿐만 아니라 신비로운 거라는걸. 거기서는 악마와 신이 싸우고 있는데, 그 싸움터가 바로 인간의 마음이야. 그야 어쨌든 인간은 자기 자신의 고통만을 얘기하고 싶어 해. 자, 그럼 이제부터 본론으로 들어가도록 하자."

4. 열렬한 마음의 고백−일화의 형식으로

"나는 거기 있을 때 꽤 방탕한 생활을 했지. 아까 아버지는 내가 양가의 처녀를 유혹하기 위해 한꺼번에 몇천 루블씩이나 썼다고 했지만 그건 말도 안 되는 잠꼬대야. 그런 일은 한 번도 없었어. 설령 있었다 하더라도, '그런 짓' 때문에 돈이 필요했던 건 아니야. 돈은 나에게 하나의 액세서리, 영혼의 열기, 소도구에 불과해. 그래서 오늘은 귀부인이 나의 연인이 되는가 하면, 내일이면 거리의 여자가 그 자리를 차지하기도 하지. 나는 양쪽을 다 즐겁게 해주었어. 필요하다면 여자에게 돈을 주기도 하지. 어떤 여자도 돈에는 오금을 못 펴니까. 그건 그렇고, 나는 언제나 좁다란 뒷골목을 좋아했어. 거기에는 진짜 모험이 있고, 뜻하지 않은 사건이 있고, 진흙에 묻힌 천연광이 있어. 알료샤, 이건 어디까지나 비유적으로 하는 말이야. 내가 살았던 그 지저분하고 조그만 마을에는 실제로 그런 뒷골목 같은 건 없었어. 그건 정신적인 의미야. 네가 나 같은 인간이라면 그 뒷골목의 의미를 이해할 수 있으련만. 아무튼 나는 방탕을 사랑했고, 그 방탕이 주는 치욕까지도 사랑했지. 잔인한 짓도 좋아했어. 한번은 온 읍내 사람들이 피크닉을 떠났는데, 일곱 대의 삼륜마차를 몰고 나갔지. 어두컴컴한 마차 속에서 나는 처녀의 손을 만지다가 마침내 키스까지 하고 말았어. 그녀는 내게 키스를 허락해 주었을 뿐만 아니라 어둠 속에서 온갖 짓을 하도록 내버려뒀어. 가엾게도 그 처녀는 내가 내일이라도 당장 찾아와서 청혼을 해줄 줄 알았던 모양이야. 그런데 나는 그 후 그 처녀한테 한마디도 건네지 않았어. 이런 장난은 나 자신 속에 기르고 있는 벌레의 욕정을 달래준 데 지나지 않았던 거야. 5개월 후 그 처녀는 어느 관리와 결혼해서 그 고장을 떠났지. 나는 더러운 욕망에 사로잡혀 추잡한 행위를 하지만 결코 비겁한 짓은 하지 않아. 네 얼굴이 달아올랐구나."

"제가 얼굴을 붉힌 건 저도 형님과 똑같은 인간이라고 생각했기 때문입니다."

"네가? 아니야, 그건 좀 지나친 생각인걸."

"아니, 그렇지 않습니다." 알료샤는 진정이 담긴 목소리로 말했다. "같은 계단에 서 있는 거예요. 다만 제가 제일 아랫단에 서 있고, 형님은 열서너 번째 계단에 서 있을 뿐입니다."

"이제 더 이상 말하지 마라, 알료샤! 난 네 손에 키스를 하고 싶구나. 그런데 그 그루셴카라는 악녀는 사람을 볼 줄 알거든. 그 계집은 언젠가 너를 꼭 잡아먹고야 말겠다고 말한 적이 있어. 그래, 그만두자. 파리똥으로 더럽혀진 그런 지저분한 무대에서 나의 비극으로 넘어가기로 하자. 아까 아버지가 순결한 처녀를 유혹했다는 등 헛소리를 했지만, 사실 내 비극 속에 그런 일이 아주 없었던 것은 아니야. 아버지는 헛소리를 늘어놓으며 나를 비난했지만 이 비밀은 모르고 있는 거야. 나는 지금까지 아무한테도 이야기한 적이 없어. 지금 너한테 처음 얘기하는 거야. 물론 이반은 제외하고 말이야. 이반은 죄다 알고 있어. 너보다 훨씬 전부터. 그렇지만 이반은 무덤처럼 말이 없지."

알료샤는 극도로 긴장된 표정으로 주의 깊게 형의 이야기를 듣고 있었다.

"나는 그곳 국경 수비대대에서 견습사관으로 근무하고 있었지만, 마치 유형수처럼 감시를 받고 있었어. 그렇지만 그 고장 사람들은 나를 무척 잘 대우해 주었지. 내가 돈을 척척 뿌리고 다니니까 모두들 나를 부자라고 생각했고, 나 자신도 그런 자부심을 갖고 있었어. 그러던 어느 날, 우리 대대장으로 있던 늙은 중령이 나를 미워하게 되었어. 그래서 곧잘 잔소리를 퍼붓곤 했지만, 그 고장 사람들은 모두 내 편이었기 때문에 그다지 세게 나올 수도 없었던 거야. 이 노인은 고집불통이긴 했지만 호인다운 데가 있었는데, 두 번 장가 들어 두 번 다 상처를 한 홀아비였어. 평민 출신의 전처는 딸 하나를 두고 가버렸는데, 그 딸도 역시 소박한 처녀였어. 이름은 아가피아였지. 글쎄, 내가 그곳에 도착하여 대대에 배속된 지 얼마 후 중령의 둘째 딸이 수도에서 돌아온다고 온 마을 소문이 자자하더군. 미인 중의 미인으로, 이번에 수도의 어느 귀족들이 다니는 전문학교를 졸업했다는 거야. 이 둘째딸이 바로 카테리나 이바노브나로, 중령의 후처 소생이지. 그 전문

학교 출신의 아가씨가 돌아오자, 마을 전체가 다시 살아난 것 같았어. 그 여자는 순식간에 무도회와 피크닉의 여왕이 되었지. 그리고 무슨 불우 여자 가정교사들을 돕는답시고 활인화 전시회까지 열며 야단이더군. 내가 이 아가씨에게 접근한 건 어느 야외석상이었는데, 이쪽에서 말을 걸었더니 멸시하는 듯한 표정으로 입술을 꼭 다물고 있는 거야. '음, 두고 보자. 꼭 복수하고 말 테니!' 나는 생각했지. 그 당시만 해도 나는 대단한 촌뜨기였어. 그러나 무엇보다도 중요한 건 이 카텐카(카테리나의 애칭)라는 처녀가 그저 순진한 여학생이라기보다는 뚜렷한 개성과 긍지를 가진 참으로 정결한 여자인데다가 지혜와 학식을 겸비한 숙녀인 데 반해 나는 어느 것도 가진 것이 없다는 것이었지. 그래서 나는 나 같은 쾌남을 몰라보는 그 여자에게 복수를 하고 싶었지. 당시 아버지에게 공식적인 유상 권리증을 포기하는 대신 6천 루블을 받았지. 어떤 신뢰할 만한 친구가 보내온 편지 속에서 나로서는 무척 흥미로운 한 가지 사실을 알게 되었어. 다름이 아니라 대대장인 중령이 군기문란 혐의로 조사대상이라는 거야. 한마디로 반대파 녀석들이 함정을 파놓은 거지. 그래서 사단장이 한바탕 야단을 쳤다더군. 그리고 얼마 후, 사직서를 내라는 명령이 떨어졌어. 그러자 순식간에 중령과 그 가족에 대한 그 고장 사람들의 태도가 차가워지고, 모든 사람이 그에게서 멀어져갔어. 마치 밀물이 밀려나가듯이 말이야. 바로 이때였어, 내가 장난을 치기 시작한 것은. 나는 늘 친하게 지내던 아가피아를 만나 이렇게 말했지. '부친의 공금 중 4천5백 루블이 공백이 생겼어요.' 아가피아는 무척 놀라는 표정이더군. '부친께서 그 4천5백 루블을 반납해야 하는데, 돈이 없으면 당장 군법재판에 회부되어 노쇠한 몸으로 병졸 근무를 하지 않을 수 없을 겁니다. 그러니 댁의 그 여학생을 나한테 몰래 보내주십시오. 마침 집에서 송금 받은 것이 있으니 4천 루블쯤은 드릴 수 있습니다. 맹세코 비밀은 지키겠습니다.' '정말 당신은 비열한 인간이군요! 비열하기 짝이 없는 악당! 감히 어떻게 그런 소릴 할 수 있어요!' 그러고는 무섭게 화를 내며 돌아가 버리더군. 그러는 사이에 신임 소령이 대대를 인수하러 와서 사무 인계가 시작되었어. 그러자 늙은 중령은 갑자기 병이 들어서 꼼짝달싹할 수 없다면서, 이틀간이나 자기 집에 틀어박힌 채 공금을 인계하려 하지 않는 거야. 그러나 나는 이 사건의 비밀을 이미 오래 전부터 속속들이 알고 있었어. 그 돈은 이미 4년 전부터 사령관의 심사가 끝나기만 하면 그때마다 얼마 동안 자취를 감추곤 했거든. 중령은 매우 믿을 만하다고 생각되는 어떤 사람에게 돈을 빌려주고 있었던 거야. 그런데 이번에는 그 사람이 딱 잡아떼더라는 거야. 상심한 중령은 총으로 자살을 기도했지만 첫째딸에게 발견되어 다행히 생명은 건졌지. 그날 해질 무렵 외출하려고 옷을 갈아입을 때, 별안간 방문이 열리더니 카테리나가 나타난 거야. 아가씨는 방 안에 들어서자 뚫어질 듯이 내 얼굴을 바라보았지. 그 검은 눈에는 굳은 결의가 넘쳐흘러서 오히려 대담하게까지 보였지만 입술과 입가에는 망설이는 빛이 엿보이더군. '언니한테 들었는데요, 내가 여기에 혼자 오면, 4천5백 루블을 주실 거라고 하더군요. 그래서 왔어요. 자, 돈을 주세요.' 간신히 이렇게 말하고는 겁먹은 듯이 말을 끊어버리고 말았어. 입술 주변의 근육이 파르르 떨리더군. 얘, 알료샤! 너 듣고 있는 거니?"

"난 알고 있어요. 형님이 사실을 모두 말해 주리라는 것을." 알료샤는 흥분해서 말했다.

"그때 머리에 떠오른 것은 역시 카라마조프적인 생각이었어. 언젠가 한 번 지네한테 물려 2주일가량이나 열이 나서 앓아누운 적이 있었지. 그런데 그 순간 지네가 갑자기 내 심장을 물어뜯은 거야. 알겠니? 그 독충이 말이다. 나는 찬찬히 아가씨를 훑어보았지. 너 그 여잘 본 적이 있니? 정말 미인이야. 그러나 그때의 아름다움은 좀 특이한 것이었어. 그 순간의 아름다움은 그녀가 고결한 여자인 데 비해 나는 비열한 사내라는 사실을 확인시켜주는 것이었어. 그 여자가 아버지의 희생물로서 관용의 절정에 서 있었던 반면 나는 빈대나 다름없는 비열한 인간이었기 때문이야. 그런데 갑자기 그 순간, 누군가가 내 귀에 대고 이렇게 속삭이는 거야. '내일 결혼을 신청하러 간다 해도, 그 아가씨는 너한테 얼굴도 안 내밀고 마부에게 일러 내쫓아버릴지도 모르지 않아? 마음대로 거리를 떠돌아다니며 소문을 퍼뜨려. 너 같은 건 하나도 무섭지 않다'라고. 나는 흘끗 아가씨의 얼굴을 쳐다보았지. 목덜미가 잡혀 쫓겨나리라는 건 그 얼굴만 보아도 뻔히 알 수 있었어. 그러자 갑자기 증오심이 끓어올라 비열한 장난을 치고 싶어지더군. 나는 깔보는 듯한 눈초리로 아가씨를 바라보면서, 바로 그 면전에서 더러운 장사치가 아니면 쓰지도 못할 그런 말투로 느닷없이 아가씨의 얼을 빼주고 싶은 충동을 느낀 거야. '뭐, 4천 루블이라고요? 난 그저 농담으로 한 말인데 당신은 그걸? 아가씨, 너무 경솔하시군요. 1, 2백 루블이라면 기꺼이 내줄 수도 있겠지만 4천 루블이란 돈을 어떻게 내던질 수 있겠습니까? 공연히 헛걸음을 하셨군요.' 아무튼 그때 이런 장난을 하고 싶어 죽을 지경이었어. 그러면서 나는 그 여자를 무서운 증오심을 갖고 바라본 거야. 정말이야. 맹세해도 좋아. 그런데 그 증오심은 사랑, 미칠 듯이 격렬한 사랑과 종이 한 장의 차이밖엔 없는 것이었어. 나는 창문으로 다가가서 얼어붙은 유리창에 이마를 댔지. 유리창의 얼음이 마치 불덩이처럼 이마를 태웠던 것을 지금도 기억하고 있어. 나는 몸을 돌려 책상으로 다가가서 서랍을 열고 5부 이자가 딸린 5천 루블짜리 무기명수표를 꺼냈지. 그러고는 말없이 수표를 보여주고 나서 그걸 집어 아가씨한테 내준 다음, 내 손으로 직접 현관으로 통하는 문을 열었지. 그러고는 한 걸음 뒤로 물러서서 공손하게 머리를 숙여 아가씨에게 절을 했어. 그러자 아가씨는 부르르 몸을 떨더니, 잠시 동안 내 얼굴을 뚫어지게 바라보더군. 그 얼굴은 백지장처럼 창백했어. 그러더니 아무 말 않고 무릎이 내 발에 닿을 정도로 공손히 절을 하는 거야. 발작적인 것이 아니라 지극히 부드러운 몸짓으로 말이야. 그러고는 벌떡 일어나 달아나버리더군. 나는 그때 군도를 차고 있었는데, 아가씨가 달려가 버리자 나는 칼을 뽑아들고 당장 그 자리에서 자살이 하고 싶어졌어. 무엇 때문인지는 나도 몰라. 물론 지극히 어리석은 짓이기는 하지만 아마 극도의 감격 때문이었을 거야. 그걸 네가 이해할 수 있을까? 그러나 나는 자살은 하지 않았어."

드미트리는 자리에서 일어나 흥분한 표정으로 한두 걸음 옮기면서, 손수건을 꺼내 이마의 땀을 닦았다. 그래서 알료샤는 형과 마주 보기 위해 다시 방향을 바꾸지 않으면 안 되었다.

5. 마음의 참회 – '곤두박질'

"그 사건이 있은 지 3개월 후였어. 그 사건 바로 다음날, 나는 나 자신에게 이렇게 말했어. 이 사건은 이것으로 완전히 끝났다고. 따라서 구혼을 하러 간다는 건 아무래도 비열한 느낌이 들었어. 한편 그 아가씨는 그 후 6주일이나 그 고장에 머물러 있으면서도 아무 소식도 전해 주지 않았어. 하긴 단 한번의 예외가 있기는 했지. 나한테 왔다 간 다음날, 중령 집 하녀가 슬그머니 꾸러미를 하나 내놓고 갔어. 그 꾸러미를 열어보니 5천 루블짜리 수표의 거스름돈이 있었어. 실제로 필요했던 것은 4천 5백 루블이었지만, 수표를 바꿀 때 2백 루블 이상을 지불했으므로 내 수중에 돌아온 것은 아마 2백60루블 정도 되었을 거야. 그런데 그 속에 들어 있는 것은 돈뿐이고, 편지는 없었어. 그건 그렇고, 중령이 무사히 공금을 채워놓자 모두들 깜짝 놀라더군. 그 돈이 중령의 수중에 고스란히 있으리라고는 상상도 못했기 때문이지. 그러나 돈을 내놓자마자 그는 병이 나서 3주일쯤 누워 있더니 그만 세상을 떠나고 말았어. 아직 예편 발령이 나지 않았기 때문에 장례식은 군장으로 거행되었지. 카테리나와 그 언니, 그리고 이모 되는 사람은 장례식이 끝나고 열흘 후 모스크바로 떠나버렸어. 그런데 떠나기 직전, 그러니까 출발 당일 나는 조그만 쪽지 하나를 받았어. 하늘빛 얇은 종이쪽지에 연필로 단 한 줄, '편지 드릴 테니 기다려주세요, K'라고 씌어 있더군. 그저 그것뿐이었어. 자, 이제부턴 간단히 설명하기로 하지. 모스크바에서는 그들의 사정이 번개 같은 속도로, 마치 아라비안 나이트처럼 뜻밖의 양상으로 변해버리고 말았어. 그 여자의 가까운 친척뻘`되는 장군 부인이 졸지에 아주 가까운 친척인 상속인 둘을 한꺼번에 잃고 말았어. 비탄에 젖어 있던 이 노파는 카탸(카테리나의 애칭)를 구세주라도 만난 듯이 반가이 맞았다는 거야. 그래서 곧 카탸를 위해 유언장을 고쳐 쓰게 된 거지. 그렇지만 그건 앞으로 유산을 상속받을 때의 일이고, 먼저 8만 루블을 내주면서 이건 너의 지참금이니 맘대로 써도 좋다고 말했다는 거야. 나도 그 후 모스크바에 가서 그 부인을 만나 보았는데, 아주 히스테리컬한 노파였어. 그런데 그 무렵, 나는 뜻밖에 4천5백 루블을 우편으로 송금 받았어. 하도 놀랍고 어리둥절해서 입이 딱 벌어지더군. 사흘 후엔 약속했던 편지도 왔어. 그 편지는 지금도 내게 있어. 죽는 날까지 몸에 지니고 다닐 거야. 결혼을 신청해온 거야. 글쎄, 자기 쪽에서 먼저 신청해 왔다니까! '저는 미칠 듯이 당신을 사랑하고 있습니다. 당신이 저를 사랑하지 않는다 해도 상관없습니다. 제발 저의 남편이 되어주세요. 그렇지만 두려워하진 마세요. 나는 결코 당신을 속박하지는 않을 테니까요. 당신이 밟고 다닐 양탄자가 되렵니다. 당신을 당신 자신으로부터 구원해 드리고 싶습니다.' 알료샤, 그 편지는 지금까지도 내 가슴을 찌르고 있어. 넌 지금 내 마음이 편할 거라고 생각하니? 그때 나는 눈물을 섞어 편지를 썼어. 다만 한 가지 부끄럽게 여기는 것은 내가 그 편지에, 당신은 이젠 지참금까지 가진 돈 많은 신붓감인 데 비해 나는 한낱 가난뱅이 장교에 지나지 않는다느니 하면서 지저분하게 돈 얘기를 썼다는 거야. 그와 동시에 나는 모스크바에 있는 이반한테도 편지를 써서 모든 사정을 자세히 설명해주었어. 여섯 장이나 되는 긴 편지였지. 그러고는 이반을 그 여자한테 보냈어. 아니, 넌 왜 그런 눈으로 나를 보고 있니? 결국 그렇게 돼서 이반은 그 여자한테 반하고 말았지. 그리고 지금도 그 상태는 마찬가지야. 물론 너나 세상 사람들의 눈에는 내가 바보짓을 한 것처럼 보일 테지. 그건 나도 알고 있어. 그러나 이 시점에선 그 바보짓만이 우리 모두를 구해 줄는지도 몰라. 아아, 카탸가 얼마나 이반을 존경하는지 넌 정말 모른다는 거냐? 우리 둘을 비교해 볼 때, 그 여자가 어떻게 나 같은 놈을 사랑할 수 있겠니? 더욱이 그런 일이 있고 난 후인데."

"그렇지만 나는 확신해요. 그 여자가 사랑하는 건 형님이지, 결코 이반 형이 아니라는 것을."

"맹세한다, 알료샤. 나는 그 여자의 고결한 감정을 냉소하기는 했지만, 정신적인 면에서 내가 그 여자보다 백만 배나 저열하다는 건 나 자신도 잘 알고 있어. 그 여자는 천사처럼 진실하지. 그리고 바로 거기에 비극이 있는 거야. 그러나 지금 내가 단언한 것은 반드시 실현될 거야. 나는 뒷골목에 파묻히고, 그 여자는 이반과 결혼하게 될 거야."

"아직도 형님은 저한테 분명히 밝히지 않은 것이 한 가지 있습니다. 형님은 약혼하셨죠? 약혼자임에 틀림없지요? 그렇다면 상대방이 원하지도 않는데 이쪽에서 약혼을 파기한단 말입니까?"

"분명히 나는 그녀의 정식 약혼자지. 약혼식은 내가 모스크바에 갔을 때, 성상 앞에서 의식을 갖추어 성대하게 거행되었지. 장군 부인도 우리를 축복해 주었고, 카탸에게는 찬사까지 들려주었지. '너는 참 좋은 짝을 골랐어. 나는 이 사람의 마음속까지도 꿰뚫어 볼 수가 있다.' 하고 말이야. 그런데 이상하게도 이반은 부인의 마음에 들지 않아서 인사말도 받지 못했지. 나는 모스크바에서 카탸와 많은 얘기를 했어. 나라는 인간에 대해서 솔직하게 설명해 주었지. 그 여자는 가만히 듣고만 있더군. 사랑의 망설임이 있었고, 감미로운 말이 오갔지. 그런데 그녀의 말은 오만했어. 그녀는 내가 개심해야 한다는 엄청난 약속을 강요했지. 나는 약속을 받아들였어. 그런데 지금……."

"그런데 지금이라뇨?"

"그런데 지금 나는 너를 불러서 이곳으로 데리고 왔어. 다름 아닌 바로 오늘…… 오늘이라는 날을 기억해다오! 너를 오늘 카테리나한테 보내서……."

"뭣 때문에요?"

"앞으론 두 번 다시 찾아가지 않을 테니 그리 알라는 말을 전하려고. 내 대신 그녀에게 마지막 인사를 하게 할 생각이야."

"어떻게 그런 말을 할 수 있어요? 그럼 형님은 어디로 가는 거죠?"

"뒷골목으로."

"그루센카한테요?" 알료샤는 양손을 꽉 움켜쥐며 비통하게 외쳤다.

"약혼한 남자가 어떻게 그런 곳엘 찾아다닐 수 있겠니? 하물며 나는 수치심이라는 걸 알고 있는데 말이야. 그러나 그루센카를 찾아다니기 시작한 순간부터 나는 이미 약혼자도 아니고, 수치를 아는 인간도 아니었다. 사실 처음엔 그저 그 여자를 두들겨 패주려고 갔었지. 아버지의 대리인인 그 이등 퇴역 대위가 내 명의로 된 어음을 그루센카한테 주면서, 내가 항복하여 손을 떼도록 고소해 달라고 부탁했다는 소문이 내 귀에 들어왔기 때문이었지. 그 소문이 사실이라는 것은 이제 분명해졌지만, 나는 그 소문을 듣고 아버지를 괴롭히기로 결심했지. 그들의 위협에 대항해 그루센카를 패주려고 간 거지. 그전에도 나는 그 여자를 본 적이 몇 번 있긴 했지만, 그때는 별로 흥미를 느끼지 못했어. 그 늙은 상인의 얘기도 알고 있었지. 요즘은 병에 걸려 누워 있지만, 어쨌든 그 여자한테 꽤 많은 돈을 남겨주고 갈 모양이더라. 그리고 또 그 여자는 돈에 관한 한 인정사정도 없다는 말까지 다 들어서 알고 있었지. 그런데 결국 나는 그 여자 집에 그냥 주저앉아버리고 말았어. 벼락을 맞은 거지. 아무튼 그때 걸린 병이 아직도 떨어지지 않고 있다니까. 이젠 이것으로 만사는 끝났다. 바로 그게 내 사정이었어. 그런데 바로 그때, 공교롭게도 거지나 다름없는 내 호주머니에 3천 루블이라는 돈이 생겼지. 나는 그 여자와 함께 모크로예로 가서, 집시들을 부르고 샴페인을 가져오게 해서 몇천 루블을 뿌린 거야. 그렇게 사흘이 지나자 빈털터리가 되고 말았지만, 그래도 기분만은 하늘의 매라도 된 것처럼 최고였어. 너는 그 매가 무슨 목적이라도 달성했을 거라고 생각하겠지? 희망이라고는 없었어. 그루센카는 자기 가까이에 오지도 못하게 했어. 내가 너에게 말하려고 하는 것은 그녀의 기막힌 곡선미야. 그 그루센카라는 악녀에겐 기막힌 곡선미라는 게 있거든. 그것이 발에도, 심지어는 왼발의 새끼발가락에까지도 나타나 있단 말이야. 난 그걸 보고 거기에 키스를 했지. 그것뿐이야. 맹세해도 좋아! 그녀는 '당신은 거지지만, 원한다면 결혼해 드릴게요. 나를 절대로 때리지도 않고, 또 내가 하고 싶은 짓은 무엇이든다 하게 허락해준다면 당신과 결혼해드릴게요.' 하고 웃더군. 그녀는 지금도 여전히 웃고 있어!"

드미트리는 분연히 자리를 차고 일어섰다. 술에 취한 사람처럼 갑자기 그의 두 눈에 핏발이 섰다.

"형님은 정말 그 여자와 결혼할 생각인가요?"

"저쪽에서 원한다면 당장에라도 하겠지만, 싫다면 그냥 이대로 있을 거야. 이 드미트리가 결코 도둑이나 소매치기나 날치기로 전락할수는 없어. 그런데 이제 와서 털어놓지만, 나는 도둑놈이고, 소매치기고, 날치기야! 내가 그루셴카를 패주러 가기 직전, 그러니까 바로그날 아침에 카테리나가 나를 부르더니, 당분간 아무도 모르게 비밀을 지켜달라면서, 지금 곧 현청 소재지로 가서 모스크바에 있는 자기언니 아가피아에게 우편으로 3천 루블을 부쳐달라고 부탁하질 않겠니? 일부러 현청 소재지까지 가서 부쳐달라고 부탁한 것은 이 고장사람들이 모르게 하기 위해서였을 거야. 그때 나는 그 3천 루블을 호주머니에 넣고 그루셴카를 찾아간 거야. 그리고 그 돈으로 모크로예에 간 거지. 그 후 나는 현청 소재지에 갔다 온 척했지만, 송금한 영수증은 나중에 갖다 주겠다고 하고는 여태껏 갖다 주지 않았어. 깜빡 잊었다고 핑계를 대면서. 그러니 네가 오늘 그 여자한테 가서, '형님이 안부를 전하더군요.' 라고 말하면, 그 여자는 '그런데 돈은 어떻게 됐죠?' 하고 물을 거야. 그럼 너는 이렇게 말해도 괜찮아. '형님은 욕정을 억누를 줄 모르는 하찮은 동물입니다. 형은 당신의 돈을 부치지 않고 죄다 써버렸습니다. 하등 동물이기 때문에 스스로를 억제할 수 없었던 거예요.' 그리고 거기에 이렇게 덧붙여도 괜찮아. '그러나 형은 도둑놈이 아니니까 보시다시피 이렇게 3천 루블을 돌려보내더군요. 당신이 직접 아가피아한테 보내십시오. 형이 작별 인사를 전해달라고 하더군요.' 그러면 그 여자는 대뜸 '돈은 어디 있죠?' 하고 묻겠지."

"형님, 형님은 정말 불행한 사람이군요! 그렇지만 형님 자신이 생각하는 것만큼 불행한 건 아니에요. 지나친 절망감으로 스스로를 괴롭히지는 마세요, 너무 상심하지 마세요."

"너는 내가 3천 루블을 구하지 못하면 권총 자살이라도 할 것처럼 생각하는가보구나. 나는 자살 같은 건 하지 않아. 지금은 그루셴카한테 가야 해. 뭐 어떻게 되겠지."

"거기 가서 뭘 한다는 겁니까?"

"그 여자의 남편이 되는 거지. 남편 노릇을 할 영광을 누리는 거야. 정부가 찾아오면 다른 방으로 비켜주고……."

"카테리나는 모든 걸 이해해줄 겁니다." 알료샤는 엄숙히 말했다.

"그 여자는 모든 걸 다 용서하진 않을 거야." 미챠는 이를 드러내며 웃었다. "이 사건 속에는 아무리 관대한 여자라도 절대 용납할 수 없는 무언가가 있어. 가장 좋은 방법은 3천 루블을 갚아버리는 거야."

"하지만 어디서 그 돈을 장만하죠? 아 참, 나한테 2천 루블은 있고, 이반 형님도 1천 루블쯤은 내놓을 테니, 3천 루블을 만들 수 있겠군요. 그걸 갖고 가서 갚아주세요."

"글쎄, 너희들의 그 3천 루블이 언제쯤 손에 들어오니? 게다가 너는 아직 성년이 되지 않았어. 아무튼 너는 오늘 꼭 그 여자한테 가서 작별 인사를 해주어야 해. 돈을 갖고 가든 빈손으로 가든 간에 어쨌든 더 이상 질질 끌 수는 없으니까. 문제는 이 정도로 급박해진 거야. 내 일이면 늦어. 그래서 너를 아버지한테 보낼 생각이다."

"아버지한테요?"

"그래, 먼저 아버지한테 들러 3천 루블을 달라고 부탁해 봐라."

"하지만 형님, 아버지는 안 주실 거예요."

"내 얘길 들어봐. 법적으로 말한다면, 아버지는 나한테 재산상속 의무는 조금도 없어. 그러나 아버지는 어머니의 2만8천 루블을 밑천으로 10만 루블을 만들었어. 그 중에서 3천 루블만 나한테 주면 그것으로 내 영혼을 지옥에서 구하고, 아버지 자신도 많은 죄악을 용서받을 수 있는 거야. 제발 아버지한테 이렇게 말해다오, 이 기회는 하느님께서 직접 주신 거라고."

"형님, 아버진 절대 주지 않을 거예요."

"주지 않으리라는 건 나도 알아. 더구나 지금은 그럴 수밖에. 그리고 바로 2, 3일 전, 아니 어쩌면 언제인지도 모르지만, 아버지는 그루셴카가 정말로 나하고 결혼할지도 모른다는 걸 '명확하게' 알아챈 거야. 아버지 자신이 그 여자 때문에 넋을 잃고 있는 판인데, 그 위기를 조장시키기 위해 일부러 나한테 돈을 줄 리가 있겠니? 그리고 좀 더 굉장한 얘기를 너한테 들려줄 수도 있어. 아버지는 닷새 전에 은행에서 3천 루블을 찾아가지고 그걸 1백 루블짜리 지폐로 바꿔 봉투에 싸서 봉인을 다섯 군데나 찍은 다음, 빨간 끈으로 열십자로 묶어두었다는 거야. 봉투 위에는 이렇게 씌어 있대. '나의 천사 그루셴카에게! 만약 나에게 올 결심을 한다면' 이건 조용할 때 몰래 써둔 거야. 그런 돈이 아버지한테 준비되어 있다는 건 스메르댜코프 이외엔 아무도 모르지. 아버진 그 녀석의 정직성을 자기 자신만큼이나 믿고 있으니까. 그런데 아버진 벌써 사흘쨌가 나흘째 그루셴카가 봉투를 받으러 올 것이라고 애타게 기다리고 있다는 거야. 내가 왜 이런 데 몰래 앉아 있는지, 그리고 무얼 감시하고 있는지 너도 이젠 알겠지?"

"그 여자군요."

"그래, 맞아. 그런데 포마란 사나이가 불결한 이 모녀의 집에서 조그만 방 하나를 빌려 쓰고 있어. 포마는 이 고장 출신인데 전에 우리 부대에서 병졸로 근무한 적이 있었지. 그는 이 집에서 밤에는 보초를 서고 낮에는 산새 사냥이나 하며 살아가고 있는데 나는 그 친구 방에 들어 있어. 하지만 그 친구나 집 주인 모녀는 내 비밀을 모르고 있어. 즉, 내가 여기서 무얼 지키고 있는지 몰라."

"알고 있는 건 스메르댜코프뿐이겠군요?"

"물론 그 녀석뿐이지."

"돈 봉투 이야기를 한 것도 역시 그 친구였나요?"

"그래. 하지만 이건 절대 비밀이야. 그런데 지금 영감탱이는 이반을 2, 3일 예정으로 체르마시냐에 보내려 하고 있어. 8천 루블로 숲의 나무를 벌채하겠다는 작자가 나타났기 때문이야. 그래서 영감탱이는, '날 도와주는 셈치고 2, 3일 동안 좀 다녀와 다오.' 하고 설득하는 중이지. 이반이 없는 사이에 그루셴카를 끌어들일 속셈이야."

"그럼 아버지는 오늘도 그루셴카를 기다리고 있겠군요?"

"아니야, 오늘은 오지 않을 거야." 미탸가 소리쳤다. "스메르댜코프도 그렇게 생각하고 있으니까. 아버진 지금 식탁에 앉아서 이반과 함께 술을 마시고 있는 중이야. 그러니까 알렉세이, 지금 그리로 가서 3천 루블만 좀 부탁해다오."

"아니, 형님! 어떻게 되신 것 아닙니까?" 알료샤는 자리에서 벌떡 일어나 흥분한 형의 얼굴을 바라보며 외쳤다.

"이것만은 명심해라. 반드시 오늘 중으로 카테리나한테 가야 한다는걸. 돈을 갖고 가든 빈손으로 가든 찾아가서 내가 그녀에게 작별인사를 전하더라고 말해."

"형님! 오늘이라도 그루셴카가 찾아오면 어떡하죠."

"만일의 경우엔 죽이는 거야."

"누굴 죽인다는 겁니까?"

"영감이지. 여자는 죽이지 않아. 나는 아버지의 목덜미, 그 코, 눈, 파렴치한 조소가 싫어 죽겠어."

"그럼 가겠습니다, 형님. 하느님께서 그런 무서운 일이 일어나지 않도록 잘 보살펴주시리라 믿습니다."

"나는 여기서 기적을 기다리고 있겠다. 만약 기적이 이루어지지 않으면……."

알료샤는 생각에 잠겨 아버지의 집으로 걸음을 옮겼다.

6. 스메르댜코프

언제나처럼 그날도 객실에 식탁이 마련되어 있었다. 표도르 파블로비치는 새벽 3시나 4시 경에야 잠자리에 들곤 했는데, 그때까지는 방 안을 거닐거나, 안락의자에 앉아서 생각에 잠기곤 했다.

대개는 젊은 하인 스메르댜코프가 그와 함께 남아서 문간방에 있는 궤짝 위에서 자곤 했다. 알료샤가 들어갔을 때는 이미 식사가 다 끝나고 잼과 커피가 나와 있었다. 표도르는 후식으로 코냐크를 마시는 걸 즐겼다. 이반도 식탁에 앉아서 커피를 마시고 있었다. 두 하인인 그리고리와 스메르자코프가 식탁 옆에 서 있었다. 주인도 하인도 모두 무척 기분이 좋아 보였다. 알료샤는 현관에 들어서자마자 귀에 익은 아버지의 높은 웃음소리를 들었다.

"드디어 왔군, 왔어!" 표도르는 알료샤를 보자 무척 기뻐하며 이렇게 외쳤다. "자, 여기 앉아 커피라도 마셔라. 아주 따끈하고 좋아. 코냐크는 권하지 않겠다. 아니, 너한테는 리큐어가 좋겠구나."

알료샤는 리큐어를 거절했다.

"좋아, 귀여운 녀석! 이 앤 커피를 마시겠다는군. 참 맛있는 커피야. 스메르자코프식 커피지. 커피와 생선 파이에 관한 한 스메르자코프는 최고의 요리사야. 가만 있자, 내가 너한테 이불이건 베개건 죄다 꾸려가지고 집으로 돌아오라고 한 것 같은데. 너 정말 이불을 짊어지고 온 거냐? 헤헤헤……."

"아니오, 가져오지 않았습니다." 알료샤가 싱긋 웃었다.

"그런데 깜짝 놀랐지? 얘 알료샤야, 내가 어떻게 너를 모욕할 수 있겠니. 이반아! 이 녀석이 내 눈을 들여다보며 생글생글 웃으면 난 도저히 가만히 보고 있을 수가 없구나. 정말 귀여워! 알료샤야, 내가 너한테 아버지로서의 축복을 해주마."

알료샤가 일어섰다. 그러나 표도르는 벌써 그 사이에 생각을 바꾸고 말았다. "아니, 그러지 말고 지금은 그저 성호만 긋는 것으로 해두자. 그건 그렇고, 할 얘기가 있다. 글쎄, 우리 발라암의 나귀가 말을 시작하지 않았겠니! 게다가 그 나귀가 어쩌나 말을 잘하는지."

발라암의 나귀라는 것은 하인 스메르자코프를 두고 하는 말이었다. 그는 이제 겨우 스물네댓 살밖에 되지 않은 청년이었지만 원래 붙임성이 없고 말수가 적었다. 그것도 사람을 싫어한다거나 수줍어서 그러는 것이 아니라 오히려 그 반대로 사람을 깔보는 오만한 성격 때문이었다. 그는 그리고리와 마르파의 손에서 양육되었으나, 그리고리의 말을 빌린다면, 은혜라는 걸 조금도 모르는 사나운 짐승 새끼처럼 한구석에서 세상을 노려보는 거친 소년으로 자라났다. 어릴 때 그는 고양이를 목매달아 죽이고는 그 장례식 놀이를 하는 것을 즐겼다. 어느 날 한번은 그리고리가 이런 장난을 하고 있는 것을 발견하고 채찍으로 호되게 때려준 적이 있었다. 그러자 소년은 방구석에 틀어박혀 일주일가량이나 눈을 흘기고 있었다.

"저 짐승 같은 녀석은 당신이나 나를 좋아하지 않아." 그리고리는 마르파한테 말하곤 했다. 또 직접 스메르댜코프에게 이렇게 말하기도 했다. "아니, 너도 사람이냐? 넌 사람이 아니라 목욕탕 수증기에서 생겨난 놈이야. 그저 그뿐이란 말이다." 훨씬 후에 안 일이지만 스메르댜코프는 이 말이 가슴에 사무쳐 평생 잊을 수가 없었다고 했다. 그리고리는 그에게 글을 가르쳤는데, 소년이 열두 살이 되면서부터는 성경을 가르치기 시작했다. 그러나 그것은 곧 실패로 끝나고 말았다. 겨우 두세 번 성경 공부를 했을 때 소년은 갑자기 피식 웃었다.

"아니, 너 왜 웃는 거냐?" 그리고리는 안경 너머로 그를 무섭게 노려보며 물었다.

"아무것도 아녜요. 하느님께서 세상을 만드신 건 첫째 날이고 넷째 날에야 해와 달과 별들을 만드셨다는데, 그렇다면 첫째 날엔 어디서 빛이 비쳤을까요?"

그리고리는 장승처럼 굳어져버렸다. 그리고리는 더 이상 참지 못하고, "여기서 비쳤다!" 하고 고함을 지르며 미친 듯이 소년의 뺨을 후려갈겼다. 그리고 그로부터 1주일 후, 그의 일생 동안 불치의 병이 되고 만 간질의 발작이 처음으로 나타나게 되었다.

이 소식을 듣자 표도르는 갑자기 소년에 대한 태도가 일변했다. 그때까지 표도르는 소년에게 욕을 한 적이라곤 한 번도 없었고, 눈에 띌 때마다 1코페이카짜리 동전을 쥐어주기도 하고, 또 기분이 좋을 때면 가끔 식탁에서 단것을 집어주기도 했지만 대체로 무관심한 눈으로 그를 바라보았다. 그러나 간질병 얘기를 듣자 갑자기 소년의 일을 걱정하며 의사를 불러 병을 치료하게 했다. 그러나 그 병은 불치의 병이라는 것이 판명되었다. 발작은 평균 한 달에 한 번씩 일어났으나 그 기간은 일정치 않았다. 표도르는 그리고리에게 소년을 때리지 말라며 엄중히 명령하고, 소년에겐 자기 방에 드나드는 것을 허용했다. 그리고 당분간은 아무것도 가르치지 말라고 분부했다. 소년이 열다섯 살이 되었을 때인 어느 날, 표도르는 그가 책장 앞을 서성거리며 유리문 너머로 책 제목을 읽고 있는 것을 발견했다. 그는 곧 스메르댜코프에게 책장 열쇠를 내주고는, "자, 마음껏 읽어라. 그리고 이제 우리 집 도서 일을 맡아 보거라. 정원을 어슬렁거리기보다는 앉아서 책을 읽는 게 좋을 게다. 우선 이걸 읽어보렴." 하고 표도르는 『지카니카 부근 농가에서의 밤』(고골의 초기 단편집)을 뽑아주었다.

소년은 그 책을 읽었지만 뭐가 불만인지 한 번도 웃지 않은 것은 물론 책을 다 읽고 나서는 오히려 얼굴을 찌푸리기까지 했다.

"어때? 재미있지 않니?" 하고 표도르가 물었다.

"온통 허황된 것만 씌어 있는걸요."

"에잇, 망할 자식 같으니! 그게 바로 하인 근성이라는 거야. 가만있자, 그럼 이걸 줄까? 스마라그도프의 『만국사』다."

그러나 스메르댜코프는 그 책을 10페이지도 읽지 않았다. 내용이 따분했기 때문이다. 그리하여 결국 책장 문은 다시 닫히고 말았다. 얼마 후 마르파와 그리고리는 스메르댜코프가 점점 다루기 힘들어져 간다고 표도르에게 보고했다. 수프를 먹을 때도 숟가락으로 국그릇을 휘젓기도 하고, 구부리고 한참을 들여다보는가 하면, 한 술 떠서 빛에 비춰보기도 한다는 것이었다.

'바퀴라도 빠졌니?' 하고 그리고리가 물으면, "파리라도 빠졌나보죠." 하고 마르파가 대답하는 것이었다.

결벽증에 걸린 소년은 한 번도 말대꾸를 한 적은 없었지만 모든 음식에 대해 같은 짓을 되풀이했다. "흥, 이건 마치 귀족 집 도련님 같군." 그리고리는 이렇게 중얼거리곤 했다. 표도르는 스메르댜코프의 새로운 습벽을 알고는 곧 그를 요리사로 만들기로 결심하고 요리 공부를 시키러 모스크바로 보냈다.

그는 몇 해 동안 모스크바에서 요리 공부를 했지만 돌아왔을 때는 딴사람이 되어 있었다. 갑자기 겉늙어 보였고, 주름살투성이의 누런 얼굴은 마치 거세당한 사내처럼 보였다. 그러나 성질만은 모스크바에 가기 전과 거의 다를 것이 없었다. 여전히 사람을 싫어해서 그 누구와도 사귀려 들지 않았다. 모스크바 자체도 그의 흥미를 끌지 못했다. 그리고 이 고장으로 돌아온 이후 깨끗한 프록코트에 새하얀 셔츠를 입고 하루에 두 번씩은 반드시 정성껏 옷에 손질을 했을 뿐 아니라,

송아지 가죽으로 만든 멋진 구두를 영국제 고급 구두약으로 거울처럼 닦곤 했다. 요리사로서의 솜씨는 나무랄 데가 없었다. 표도르는 그에게 일정한 급료를 주고 있었는데, 그는 급료의 대부분을 옷이며 포마드며 향수 따위를 구입하는데 써버렸다. 그를 대하는 표도르의 태도는 이젠 많이 달라져 있었다. 간질병 발작이 심해지는 날에는 마르파가 식사 준비를 했는데, 그 음식이 전혀 표도르의 입에 맞지 않았기 때문이다.

"왜 네 발작은 점점 심해질까?" 그는 새 요리사의 얼굴을 곁눈질하며 이렇게 말하곤 했다. "결혼이라도 하면 어떻겠니? 네가 원한다면 장가보내 줄게."

그러나 스메르댜코프는 안색이 창백하게 변하며 말대꾸도 하려 들지 않았다. 표도르는 손을 한 번 내젓고는 저쪽으로 가버리는 것이었다. 그러나 무엇보다 중요한 것은 표도르가 이 청년의 정직한 마음씨를 믿고 있다는 사실이었다. 언젠가 한번은 표도르가 술에 취한 나머지 방금 받은 무지갯빛 지폐 석 장을 정원에 떨어뜨린 적이 있었다. 그러나 다음 날 그 지폐는 고스란히 테이블 위에 놓여 있었다. 스메르댜코프가 전날 주워서 갖다 놓았던 것이다. "난 정말이지 너 같은 놈을 본 적이 없어." 표도르는 이렇게 말하고 그에게 10루블을 주었다. 그러나 여기서 한 가지 덧붙여둘 것은 표도르가 이 청년의 정직성을 믿는 것은 물론 그를 사랑하기까지 했다는 사실이다. 그는 우두커니 서서 무슨 생각에 잠겨 있는 것 같기도 했지만 실은 아무것도 생각하지 않았으며, 그저 '명상'에 잠겨 있을 뿐이었다.

우리 민중들 중에는 이러한 명상자들이 많다. 스메르댜코프도 이런 명상자 중의 한 사람임에 틀림없었다. 스스로도 그 이유를 모른 채 자신의 인상을 하나하나 쌓아가고 있는 게 분명했다.

7. 논쟁

문제는 이 발라암의 나귀가 갑자기 입을 열기 시작했다는 사실이다. 게다가 그 화제라는 것이 또한 기묘한 것이었다. 그날 아침 루키야노프의 가게에 물건을 사러 갔던 그리고리가 그 집 상인한테서 어느 러시아 병사의 얘기를 듣고 왔는데, 그 말에 의하면 이 병사는 어딘가 먼 변경에서 아시아인의 포로가 되어 그리스도교를 버리고 회교로 개종하지 않으면 당장 참혹한 사형에 처하겠다는 협박을 받았음에도 불구하고, 그는 끝까지 자신의 신앙을 버리지 않았고, 가죽을 벗기는 고통을 당하면서도 그리스도를 찬미하며 죽어갔다는 것이다.

이 영웅적인 행동은 그날 도착한 신문에도 실려 있었다. 그리고리는 이 이야기를 식사 때 꺼냈다. 그런데 바로 그때, 문 옆에 서 있던 스메르댜코프가 갑자기 히죽히죽 웃었다. 스메르댜코프는 전에도 종종 식사가 끝날 무렵 식탁 가까이에서 시중 드는 것이 허용되었으나 이반이 이 고장에 온 후로는 거의 식사 때마다 이 자리에 나타나곤 했다.

"넌 뭐가 우습냐?" 표도르가 물었다. 물론 그 웃음은 그리고리를 향한 것임을 그는 알고 있었다.

"지금 그 말씀 말인데요," 스메르댜코프는 뜻밖에도 큰 소리로 말을 시작했다. "그 감탄할 만한 병사의 행동은 위대한 것이기는 하지만, 저는 그렇게 위급한 상황에 그리스도의 이름과 자기의 세례를 부인한다고 해서 죄가 된다고는 생각지 않습니다. 어떻게든 자기의 목숨을 구한 다음, 최선을 다해 좋은 일을 함으로써 비겁한 행동에 대한 보상을 받을 수도 있으니까요."

"그것이 어떻게 죄가 되지 않는다는 거냐?" 하고 표도르가 말했다.

바로 이때 알료샤가 들어왔다.

"너하고도 관계가 있는 얘기야! 너하고도." 표도르는 알료샤를 자리에 앉히면서 낄낄거리며 웃었다.

"아주 공정하게 말하면 절대 양고기 신세가 될 리는 없습니다. 그런 말을 했다 해서 그렇게 될 리도 없고, 그렇게 될 수도 없습니다. 아주 공평하게 말씀드린다면 그렇다는 거지요." 스메르댜코프는 이렇게 자신의 견해를 피력했다.

"아주 공평하게라는 건 또 뭐냐?" 표도르는 무릎으로 알료샤를 쿡 찌르면서 큰 소리로 말했다.

"비열한 놈이라 할 수 없군." 갑자기 이런 욕설이 그리고리의 입에서 터져 나왔다.

"비열하다는 말은 좀 삼가주십시오, 그리고리 바실리예비치." 스메르댜코프는 침착하게 대꾸했다. "그런 말을 하기 전에 잘 생각해보십시오. 가령 제가 그리스도교의 박해자들한테 붙잡혀 그리스도의 이름을 저주하고 자신의 세례를 부정하라고 강요당했을 경우 저는 저 자신의 이성에 따라 행동할 수 있는 권리를 가지고 있습니다. 그러니까 저의 행동은 어떠한 죄도 될 수 없습니다."

"그건 벌써 한 말이야. 쓸데없는 말은 그만두고 빨리 입증이나 해봐." 표도르가 외쳤다.

"부엌데기 주제에!" 하고 그리고리는 경멸스럽게 중얼거렸다.

"부엌데기란 말도 좀 삼가주십시오. 그리고리 바실리예비치! 제가 박해자들에게, '나는 기독교도가 아닙니다. 나는 나의 신을 저주합니다.' 라고 말하면 당장 나는 하느님의 재판에 의해 저주받을 파문자가 되어 이교도와 마찬가지로 신성한 교회로부터 추방되고 맙니다. 그러니까 그런 말을 입 밖에 내는 그 순간 나는 파문이 되는 겁니다. 그렇지 않습니까, 그리고리 바실리예비치?" 그는 아주 만족스런 표정으로 그리고리를 향해 말했다.

"이반!" 표도르가 외쳤다. "저 녀석은 너 때문에 저런 말을 하는 거야. 너한테 칭찬을 듣고 싶어서. 칭찬 좀 해줘라."

이반은 아주 진지한 표정으로 아버지한테로 몸을 굽혔다.

'나는 너나 알료샤나 똑같이 좋아한다. 내가 너를 싫어한다고는 생각지 마라. 코냐크를 들겠니?'

"주십시오."

'벌써 어지간히 취했군.' 하고 이반은 속으로 생각하며 아버지의 얼굴을 뚫어지게 바라보았다. 그러나 동시에 그는 이상한 호기심을 가지고 스메르댜코프도 관찰하고 있었다.

"너는 지금도 저주받을 파문자야!" 느닷없이 그리고리가 고함을 질렀다. "그런 주제에 감히 어떻게 그런 말을 한단 말이냐?"

"욕하지 말게. 그리고리!" 표도르가 말을 가로챘다.

"그리고리 바실리예비치. 아직 말이 끝나지 않았으니 끝까지 들어주세요. 그러니까 제가 하느님께 저주를 받은 그 순간에 저는 이미 이

교도와 같아져서 저의 세례도 무효가 되고 맙니다. 따라서 저는 아무런 의무도 없어지는 것이지요. 이건 맞는 말이지요?'

"얘, 빨리 결론을 내려라, 결론을!" 기분 좋게 술잔을 비우며 표도르가 재촉했다.

"그러니까 제가 이미 그리스도 교도가 아니라고 한다면, 그들이 '너는 그리스도 교도냐, 아니냐?' 고 물었을 때, 저는 거짓말을 했다고 말할 수 없는 겁니다. 왜냐하면 제가 그들에게 미처 말하기도 전에, 그저 말하려고 했다는 것만으로 이미 하느님한테서 그리스도 교도의 자격을 박탈당하기 때문입니다."

그리고리는 눈을 휘둥그렇게 뜨고 이 웅변가의 얼굴을 바라보고 있었다. 표도르는 술잔을 비우더니 한바탕 큰 소리로 웃어댔다.

"알료샤, 어떠냐! 저 녀석 정말 굉장한 궤변가다. 이반, 아무래도 저 녀석은 예수회 놈들하고 어울린 적이 있나봐. 얘, 나귀야, 어디 대답해봐라. 가령 네가 박해자들 앞에서 공명정대했다 치더라도 어쨌든 네 마음속에서 자신의 신앙을 부정한 것만은 사실 아니냐. 우선 너 자신도 그 순간에 파문자가 된다고 말하지 않았니? 그러나 일단 파문자가 되어 지옥에 갔을 때는 네가 파문을 당했다고 해서 머리를 쓰다듬어줄 놈은 아무도 없어. 이 점을 넌 어떻게 생각하니, 위대한 예수회원 나으리?"

"제가 마음속으로 부정한 것은 의심할 여지가 없습니다. 그러나 어쨌든 그것이 특별한 죄가 되는 것은 아닙니다. 만약 죄가 된다 하더라도 지극히 평범한 죄에 불과합니다."

"거짓말 마라, 이 저주받을 놈아!" 그리고리가 씨근거리며 외쳤다.

"그리고리 바실리예비치, 좀 잘 생각해보십시오." 스메르댜코프는 차근차근 말을 이었다. "우리가 만일 겨자씨 한 알만한 신앙이라도 가지고 있다면 산을 보고 바다로 들어가라고 명령했을 때 산은 그 명령이 떨어지기가 무섭게 조금도 주저 않고 바다 속으로 들어갈 것이라고 말입니다. 어떻습니까, 그리고리 바실리예비치, 나는 신앙심이 없는 인간이지만 당신은 쉴 새 없이 나를 책망할 만큼 신앙심이 두터우니 어디 한번 저 산을 향해 바다로 들어가라고 명령해 보십시오. 아니, 바다는 고사하고 하다못해 이 집 정원 뒤를 흐르는 저 구린내 나는 개천이라도 좋습니다. 당신이 아무리 호령을 해도 무엇 하나 움직이지 않고 그 자리에 있을 테니까요. 상식이 있다면 이집트 사막의 어딘가에 두 사람 정도가 숨어서 구원의 길을 걷고 있으나 절대 찾지 못할 겁니다. 따라서 저는 하느님을 의심하는 잘못을 저질렀다 하더라도 회오의 눈물만 흘린다면 용서해 주실 거라고 믿습니다."

"잠깐만!" 표도르가 외쳤다. "그러니까 너는 역시 산을 움직일 수 있는 사람이 둘은 있다고 생각하는 거냐? 그건 정말 러시아 인다운 생각이구나."

"네, 이건 러시아 국민의 종교적인 특징입니다." 이반은 미소를 띠며 말했다.

"너도 찬성하는구나! 네가 찬성한다면 틀림없다! 알료샤, 그렇지? 이건 정말 러시아적인 종교관이지?"

"아닙니다, 스메르댜코프의 종교관은 전혀 러시아적인 게 아닙니다." 알료샤는 정색을 하고 잘라 말했다.

"나는 그 두 사람의 은둔자에 대해 말하는 거야. 어때, 러시아적이지 않니?"

"네, 그 점은 순전히 러시아적입니다."

"얘, 나귀야! 이 세상에서 신앙을 갖지 못하는 건 우리가 모두 너무 경솔하기 때문이야. 첫째, 해야 할 일이 너무나 많아. 둘째로, 하느님 께서 시간을 너무 적게 주셨기 때문에 겨우 하루 스물네 시간 가지고 는 회개는커녕 충분히 잠을 잘 시간도 없으니 말이야. 그렇지만 네가 박해자들 앞에서 하느님을 부정한 얘기는, 신앙 이외엔 아무것도 생 각할 수 없는 상황 아니냐. 어떠냐, 내 말에도 일리가 있다고 생각하 는데?"

"일리가 있을지도 모르지만 만약 그때 제가 정말로 참된 신앙을 가지고 있었다면, 자기 신앙에 대한 고통을 감수하지 않고 더러운 마 호메트교로 전향한다는 것은 분명 죄가 될 겁니다. 그러나 실은 고통 을 당할 필요가 없는 겁니다. 왜냐하면 바로 그 순간에 눈앞의 태산을 향해, '일어나 박해자들을 무찔러 다오' 하고 말하기만 하면, 산은 지 체 없이 움직여 마치 바퀴벌레라도 짓밟듯 적을 무찔러버릴 테니까 요. 그러면 저는 아무 일도 없었다는 듯이 하느님의 영광을 이용해서 눈앞의 자리를 떠날 겁니다. 그러나 만일 그 순간에 온갖 방법을 다 쓴 뒤 태산을 향해 '저 박해자들을 무찔러 다오' 라고 외쳤는데도 태 산이 움직이지 않는다면 어쩌겠습니까. 산이 움직일 리는 만무하니 까요. 그런 상황에 직면하면 의심을 일으킬 정도가 아니라 무서운 나 머지 분별력조차 없어질지도 모릅니다. 아니, 이성의 판단은 완전히 불가능해질 겁니다. 그렇다면 이승에서나 저승에서나 자기에게 별로 이득도 없고 보상도 없다는 걸 알고 있다면, 자기 살가죽이라도 소중히 간직해 둔다는 생각이 어째서 그토록 대단한 죄가 될 수 있겠습니까? 그래서 저는 하느님의 자비를 믿고 완전히 용서받을 수 있다는 희망을 가지고 있는 겁니다."

8. 코냐크를 마시며

논쟁은 끝났다. 그러나 그토록 날뛰던 표도르는 논쟁이 끝날 무렵이 되자 갑자기 얼굴을 찌푸렸다.

"이봐, 너희들은 다 꺼져버려, 예수회 놈들 같으니라고!" 그는 하인들에게 소리쳤다. "나가봐. 스메르댜코프, 오늘 중으로 약속한 금화는 보내줄 테니 돌아가 있어." 분부대로 하인들이 물러나자 그는 역정을 부리며 내뱉었다. "스메르댜코프란 녀석, 요즘 식사 때마다 여기 나타나곤 하는데, 그 녀석 너한테 관심이 많은 모양이야. 넌 어떻게 했길래 그 녀석한테 호감을 샀지?" 하고 이반에게 물었다.

"그저 절 존경하고 싶어졌는가 봅니다. 뭐 천박한 하인이긴 하지만 때가 되면 맨 선두에 나설 놈이지요."

"때가 되면 맨 선두에 나설 놈이라니?"

"더 훌륭한 사람도 나오겠지만 저런 놈도 나오게 마련이지요. 먼저 저런 놈들이 나온 뒤에 좀 더 훌륭한 사람들이 나오는 법입니다."

"그래, 그 때라는 건 언제 온다는 거냐!"

"봉화가 오를 때지요. 지금 현재의 민중은 저런 천박한 자들의 말을 그다지 좋아하지 않으니까요."

"그야 그렇겠지. 하지만 저 발라암의 나귀는 늘 골똘히 생각에만 잠겨 있는데 도대체 어디까지 생각이 미칠지 통 알 수가 있어야지."

"사상을 축적하는 거겠죠." 이반이 빙긋 웃었다.

"또 한 잔 드셨군요. 이젠 그만해 두세요." 알료샤가 아버지에게 말했다.

"좀 기다려. 나는 또 한 잔, 그리고 나서 한 잔만 더 하고 그만두겠다. 넌 가만 있거라. 나는 언젠가 지나는 길에 모크로예 마을에서 어느 노인과 얘기를 나누었는데 그 노인의 말이, '우린 마을의 결정에 따라 계집애들을 두들겨 패서 잡도리하는 걸 아주 좋아합니다. 때리는 일은 언제나 청년들한테 맡기지요. 그런데 오늘 때려준 계집애한테 그 다음날이면 그 젊은 놈이 장가를 드니 말입니다. 그래서 계집애들도 이젠 그걸 대단히 좋아하게 되었답니다.' 하는 거야. 어떠냐, 이것이야말로 사드 후작 뺨칠 일이지 뭐냐? 알료샤, 아까 네 수도원장에게 마구 모욕적인 말을 퍼부었다만 너무 화를 내지 마. 알료샤, 너도 내가 어릿광대에 지나지 않는다고 생각하니?"

"아니오. 전 그렇게 생각지 않습니다."

"네가 그렇게 생각하고 있다는 걸 나도 안다. 나를 보는 눈이 진지하고 말하는 태도가 성실하니까. 그런데 이반은 너무 거만해. 그건 그렇고, 그 수도원과는 손을 끊어주었으면 좋겠다. 러시아 전국의 신비주의 소굴들을 소탕하여 모든 어리석은 족속들을 각성시킬 수 있다면 얼마나 좋겠니? 그렇게 하면 정말 많은 금과 은이 조폐국으로 쏟아져 들어갈지 몰라."

"그렇지만 그 진리가 빛을 발할 경우에는 무엇보다 먼저 아버지는 재산을 몰수당하고 그 다음에…… 수도원도 없어지겠죠."

"아니, 뭐! 어쩌면 네 말이 옳을는지도 모르지. 아, 결국 나도 나귀에 지나지 않는구나." 표도르는 가볍게 이마를 툭 치고는 갑자기 큰소리로 외쳤다. "그렇다면 알료샤! 너희 수도원도 그대로 내버려 두라고 하자. 그리고 우리 같이 영리한 사람들은 따스한 방 안에 앉아서 코냐크나 마시면 되는 거야. 얘, 이반! 하느님은 있는 거냐, 없는 거냐? 진지하게 말해봐! 뭐가 우스워서 또 웃는 거냐?"

"제가 웃는 건 아까 아버지가 산을 움직일 수 있는 은둔자가 두 사람은 있을 거라는 스메르댜코프의 종교관에 대해 제법 재치 있게 비판을 가했기 때문입니다."

"그리고 보면 나 역시 러시아적인 인간이고, 러시아적인 특징을 가지고 있는 셈이군. 그건 그렇고, 어서 말해봐. 하느님은 있는 거냐 없는 거냐? 진지하게 대답해야 해!"

"없습니다. 하느님은 없습니다."

"알료샤, 하느님은 있니?"

"하느님은 계십니다."

"이반, 그렇다면 불멸은 존재하는 거냐?"

"존재하지 않습니다."

"알료샤, 너는?"

"존재합니다."

"음, 아무래도 이반 쪽이 옳은 것 같군. 아아, 생각만 해도 몸서리가 쳐지는구나. 인간이 이런 공상에 얼마나 많은 신앙을 바쳐왔고, 또얼마나 많은 정력을 헛되이 소비했는지! 도대체 누가 인간을 이처럼 우롱하는 걸까? 이반, 다시 한 번 말해다오. 하느님은 있는 거냐, 없는 거냐?"

"없습니다."

"그렇다면, 누가 인간을 우롱하는 거냐, 이반?"

"악마겠죠." 이반은 피식 웃었다.

"거 참 유감이군. 제기랄! 그렇다면 하느님을 맨 처음 생각해낸 놈을 어떻게 하면 좋지? 백양나무에 목을 매달아 죽여도 시원치 않을 놈을 말이야."

"하느님이라는 걸 생각해 내지 않았다면 문명이란 것도 존재하지 않았을 겁니다."

"문명이 존재하지 않았을 거라고. 하느님이 없었다면?"

"코냐크도 없었을 테죠. 그건 그렇고 코냐크는 그만하실 때가 된 것 같습니다."

"내가 알료샤를 모욕했구나. 하지만 알렉세이, 너 화난 건 아니겠지? 내 귀여운 알렉세이치크!"

"아니오, 화낼 리가 있겠어요? 저는 아버지의 마음을 잘 알아요. 아버지는 머리보다 마음이 더 좋은걸요."

"머리보다 마음이 더 좋다고? 아아, 너 말고 누가 또 그런 말을 해주겠니? 이반, 알료샤를 좋아하니?"

"좋아합니다."

"그런데 이반, 그 장로에겐 기지라는 것이 있는 것 같으냐?"

"있는지도 모르죠."

"아니, 있어. 그자는 성인 흉내를 내면서 마음에도 없는 연극을 해야 하니 남모르는 분노가 끓어오르고 있을 게다. 왜냐하면 그자는 고상한 사람이거든.”

“하지만 장로님은 하느님을 믿고 계십니다.”

“그렇지 않아. 넌 모르고 있었니? 그 사람은 자기 입으로 그곳을 찾아가는 현명한 사람들 모두에게 그렇게 말하고 있어. 현지사 슐츠에게 ‘믿는다. 하지만 나 자신도 모르겠다’ 고 솔직히 털어놨다는 거야.”

“정말입니까?”

“정말이라니까. 그러나 나는 그자를 존경해. 그 자한텐 뭔가 메피스토펠레스다운 데가 있거든. 아니, 그보다는 ‘현대의 영웅’ 이라고나 할까, 뭐 그런 데가 있어. 아무튼 그자는 호색한이야. 말하자면 내 딸이나 마누라가 그자한테 고해를 하러 간다면 내가 근심스러워 못 견딜 정도로 호색한이란 말이야. 재작년인가 그자가 우릴 술을 곁들인 다과회에 초대한 적이 있었단다. 그때 그자가 옛날 얘기를 시작했는데, 우리는 모두 창자가 끊어져라고 웃어댔어. 특히 재미있었던 것은 그 자가 중풍에 걸린 어떤 부인을 고쳐준 얘기야. ‘내가 다리만 아프지 않다면 당신들한테 춤을 한 번 추어 보일 텐데.’ 라고 말하질 않겠니? 자, 어떠냐? ‘나도 젊었을 때는 상당히 장난을 즐겼답니다.’ 라고 했다니까. 그자는 데미토프라는 상인한테서 6만 루블을 슬쩍 가로챈 적도 있지.”

“아니, 훔쳤단 말입니까?”

“그 상인이 그자를 정직한 사람이라 믿고, ‘제발 좀 맡아주십시오, 내일 가택 수색이 있어요.’ 라고 부탁했지. 그런데 나중에 ‘당신은 돈을 희사하셨잖아.' 라고 했다니까." 그러고 나서 표도르는 한참을 더 떠들어댔다. 그러고는 이반에게 말했다. "이반, 넌 어째서 내가 거짓말만 하고 있다고 말해 주지 않았니?"

"아버지 스스로 그만둘 줄 알고 있었어요."

"거짓말 마라. 너는 내 집에 살면서도 나를 경멸하고 있어."

"그러니까 곧 떠날 생각입니다."

"너한테 체르마시냐에 한 이틀 다녀와 달라고 그렇게 간청하는데도 떠날 생각도 않고 있으니!"

"정 그러시다면 내일이라도 떠나겠습니다."

"가긴 뭘 가. 너는 여기서 나를 감시하고 싶겠지?"

표도르는 이제 완전히 취해버려서, 이제까지 얌전히 마시고 있던 술꾼이 별안간 간이 커져서 한바탕 기염을 토하지 않고는 못 배기는 그런 지경에까지 이르렀다. "넌 왜 그런 눈초리로 나를 노려보니? 네 눈은 나를 노려보며, '저 주정뱅이 상판 좀 보라니까.' 하고 말하고 있어. 네 눈은 사람을 깔보는 눈이야. 하지만 체르마시냐엔 좀 다녀와 다오. 나도 나중에 갈 테니. 거기서 멋진 계집애를 하나 보여주마. 전부터 점찍어둔 애가 하나 있어. 아직은 맨발로 돌아다니고 있지만. 우습게 볼 건 아니야. 그야말로 진주와 다름없으니까."

이렇게 말하고 그는 자기 손에 쪽 하고 키스를 했다.

"나한테는," 하고 그는 자기가 좋아하는 화제로 넘어가기가 무섭게 대번에 술이 깨기라도 한 것처럼 갑자기 활기를 띠기 시작했다. "이런 말을 해도, 너희들 돼지 새끼 같은 풋내기들은 잘 알아듣지 못하겠지만 난 한평생 싫은 여자라고는 한 명도 없었다. 이게 바로 내

알맹이야! 아니, 너희들은 알 리가 없지, 너희 몸속에는 피 대신에 젖이 흐르고 있으니까. 여자라는 건 그 자체만으로도 벌써 매력의 반은 먹고 들어간다니까. 노처녀라 불리는 여자들 중에도, 세상 놈팡이들이 얼마나 바보면 저런 여자를 여태까지 몰라보고 저렇게 늙도록 내버려두었을까, 놀라지 않을 수 없는 멋진 계집을 찾아낼 수 있지. 얘, 알료샤! 나는 죽은 네 어미의 혼을 빼놓곤 했단다, 좀 색다른 방법이긴 했지만. 여느 때는 다정한 말 한마디 건네지 않다가도 때가 되면 갑자기 있는 애정을 다 쏟곤 했지. 무릎을 꿇고 기어 다니기도 하고, 발에 키스를 하기도 해서 언제나 네 어미가 웃음을 터뜨리도록 했어. 그 웃음소리는 아주 신경질적인 방울 소리 같았어. 그러나 그럴 때엔 언제나 병이 고개를 쳐들어서, 이튿날엔 완전히 히스테리 발작을 일으켜 외쳐대는 거야. 그때 벨랴브스키라는 자가 우리 집엘 자주 드나들곤 했는데, 그놈이 느닷없이 내 뺨을 후려갈기질 않겠니? 네 어미가 보는 앞에서 말이다. 그러자 양처럼 온순하던 네 어미가 나를 때리기라도 할 것처럼 대드는 거야. '당신은 지금 얻어맞았어요. 저런 사내한테 뺨을 얻어맞지 않았느냐 말예요. 당신은 저 사내한테 나를 팔아버린 거나 다름없어요. 더구나 내가 보는 데서 감히 어떻게 당신한테 손을 댈 수 있어요? 이젠 내 곁에 얼씬도 하지 마세요. 자, 지금 빨리 쫓아가서 그 사람한테 결투를 신청해요.' 그래서 나는 네 어미의 마음을 진정시키려고 수도원으로 데리고 가서 성스러운 신부들한테 기도를 청했지. 나는 네 어미한테서 광신적인 무엇을 내쫓아버리리라 생각하고, '자, 여길 봐! 여기 당신의 성상이 있어. 난 지금 이걸 끌어내리려는 거야. 당신은 이것이 기적을 만들어낸다고 생각하지만 나는 당신이 보는 앞에서 여기다 침을 뱉을 테니 두고 보라고! 그래도 나한텐 아무 일도 없을 테니!' 이 소리를 듣자마자 네 어미는 당장에라도 나를 죽일 것 같더구나. 그런 뒤 네 어미는 벌떡 일어나 손을 위로 쭉 뻗쳐 두 손으로 얼굴을 가리고는 후들후들 떨며 마룻바닥에 쓰러져 그대로 기절하고 말았어. 아니, 알료샤! 왜 그러니?'

표도르는 놀라 튀어 일어났다. 알료샤는 아버지가 그의 어머니 얘기를 시작했을 때부터 얼굴빛이 변하기 시작했다. 얼굴은 상기되고, 두 눈은 이글이글 탔으며, 입술은 경련을 일으킨 듯 떨기 시작했다. 지금 막 아버지가 얘기한 '미치광이 여자'와 똑같은 현상이 알료샤에게서 재현되었다.

"이반, 이반! 빨리 물을 가져와라. 제 어미와 똑같구나. 정말 똑같아. 그때도 저랬다니까! 애, 입으로 물을 뿜어줘라." 표도르가 이반에게 중얼거렸다.

"하지만 제 어머니와 알료샤의 어머니는 같은 분이라고 생각하는데요. 안 그렇습니까?"

알료샤의 어머니가 이반의 어머니라는 사실을 표도르는 순간적으로 잊고 있었던 모양이다.

"넌 무슨 소릴 하는 거냐? 넌 누구 어미 얘길 하는 거야? 제기랄! 용서해라, 이반. 나는 그저…… 헤헤!"

바로 그 순간, 현관 쪽에서 퉁탕거리는 요란한 소리와 함께 사나운 외침 소리가 들리더니 방문이 확 열리며 객실 안으로 드미트리가 뛰어 들어왔다. 표도르는 공포에 질려 이반 쪽으로 달려갔다.

"날 살려다오, 날 살려줘!" 그는 이반의 옷자락에 매달리며 이렇게 외쳐댔다.

9. 음탕한 사람들

드미트리를 따라 그리고리 노인과 스메르댜코프도 객실 안으로 들어왔다. 두 하인은 드미트리를 들여보내지 않으려고 현관에서 한바탕 승강이를 벌였다. 드미트리가 방 안에 뛰어들어 잠시 머뭇거리는 사이에 그리고리는 날쌔게 식탁을 돌아 달려가 안으로 통하는 입구 맞은편 방문을 닫아버렸다. 그러고는 마지막 피 한 방울까지 바쳐서라도 문을 지키겠다는 비장한 자세로 두 팔을 벌리고 그 앞을 막아섰다. 이것을 본 드미트리는 절규에 가까운 소리를 지르면서 그리고리에게 달려들었다.

"그년을 거기 감춰두었지? 비켜, 이 악당 같으니!" 격분한 나머지 평정심을 잃어버린 드미트리는 손을 번쩍 쳐들어 표도르를 내리쳤다. 표도르는 짚단처럼 맥없이 쓰러져버렸다.

"그년은 여기 있어." 드미트리는 외쳐댔다.

'그년은 여기 있어!'라는 고함은 그토록 억누르던 표도르의 공포심을 순식간에 사라져버리게 했다.

"저놈을 잡아라!" 노인은 비명을 질렀다. "누구 없느냐?"

이반과 알료샤는 간신히 표도르를 따라잡아 억지로 객실로 끌고 들어왔다.

"어쩌자고 형 뒤를 쫓아가는 거예요? 정말 죽이면 어떡하려고요!"
이반은 화를 내며 아버지에게 소리쳤다.

"이반, 알료샤! 그루셴카는 여기 와 있지? 여기 와 있는 게 틀림없어. 그 녀석이 제 눈으로 틀림없이 보았다잖니."

그는 실성한 사람처럼 온몸을 덜덜 떨고 있었다.

"저놈을 잡아라!" 드미트리를 보자 표도르가 다시 소리쳤다. "저놈은 내 침실에서 돈을 훔쳤어." 그는 이반의 손을 뿌리치고 다시 드미트리한테 달려들었다. 그러자 드미트리는 두 손을 쳐들어 표도르의 관자놀이 주변에 남아 있던 터럭을 덥석 움켜쥐고는 쿵 하는 소리와 함께 그를 방바닥에 쓰러뜨렸다. 그리고 나서도 그는 마루에 쓰러져 있는 아버지의 얼굴을 구두 뒤축으로 두세 번 정도 걷어찼다. 표도르는 째지는 듯한 비명을 질렀다. 이반은 자기 형처럼 완력은 없었으나 두 손으로 형을 껴안고 있는 힘을 다해 아버지를 떼어놓았다.

"정신 나갔어요? 정말 아버질 죽이겠군요!" 이반이 소리쳤다.

"이 영감탱이는 이런 맛을 봐야 해!" 드미트리는 숨을 헐떡이며 외쳤다.

"형님, 당장 여기서 나가주세요!" 알료샤가 위엄 있게 고함을 쳤다.

"알렉세이! 말 좀 해봐라, 믿을 사람이라곤 너밖에 없으니. 지금 그년이 여기 왔니, 안 왔니? 그년이 골목길에서 울타리 옆을 빠져 이쪽으로 살그머니 들어오는 걸 봤어. 내가 소리를 질렀더니 도망을 치고 말았어."

"여긴 절대로 오지 않았어요."

"하지만 나는 분명히 그년을 봤는걸. 카테리나한테 당장 가서 '형

님이 작별 인사를 전합니다!' 라고 말해다오! 알겠니?'

그러는 사이에 이반과 그리고리가 표도르를 안아 일으켜 안락의자에 앉혔다. 그의 얼굴에는 피가 낭자했지만 정신만은 말똥말똥해서 드미트리의 고함 소리에 열심히 귀를 기울이고 있었다. 그는 아직도 그루센카가 정말 이 집 어딘가에 있는 것처럼 생각했던 것이다. 드미트리는 밖으로 나가면서 증오에 찬 눈초리로 그를 노려보았다.

"영감탱이가 피를 흘렸다고 해도 난 조금도 후회하지 않아!" 하고 소리쳤다. "영감, 꿈을 잘 간직하시오. 나한테도 역시 꿈이 있으니까! 난 영감을 저주하오. 내 쪽에서 먼저 부자의 연을 끊어버릴 테니 그리 아시오."

그는 방에서 달려나갔다.

"그 여자는 틀림없이 여기 와 있어. 스메르댜코프, 스메르댜코프!" 표도르는 손가락으로 스메르댜코프를 부르며 들릴 듯 말 듯한 쉰 목소리로 말했다.

"여기 없다니까요. 오지 않았어요! 정말 정신 나간 영감이군." 이반이 화를 내며 소리쳤다. "아니, 기절했어. 빨리 물을, 수건도! 빨리 빨리, 스메르댜코프!"

스메르댜코프는 물을 가지러 달려 나갔다. 드디어 표도르의 옷이 벗겨지고 침실로 운반되었다.

"영감도 머리에 젖은 수건을 얹는 게 좋을 것 같군. 침대에 가서 눕도록 하시오." 알료샤는 그리고리에게 말했다.

"나한테 어떻게 그럴 수가 있지요?" 그리고리는 어두운 얼굴로 한 마디 한 마디 자르듯 말했다.

"그 사람은 아버지한테도 '그런 짓'을 했는데. 영감은 안중에도 없어." 이반이 입을 일그러뜨리며 말을 받았다.

"어릴 때 내가 목욕까지 시켜드렸는데…… 그런 나한테 그렇게까지 하다니!" 그리고리는 되풀이했다.

"빌어먹을! 내가 형을 떼어놓지 않았더라면 정말 죽여버렸을지도 몰라. 그까짓 이숍 노인 하나쯤 해치우는 건 아무것도 아니지." 이반이 알료샤에게 속삭였다.

"아니, 무슨 말을 하는 거예요!" 알료샤가 외쳤다.

"무슨 말이라니?" 이반은 징글맞게 얼굴을 찡그리며 속삭이는 소리로 말을 이었다. "독사가 독사를 물어 죽이는 것뿐이야. 결국 둘 다 가는 길은 마찬가지니까!"

알료샤는 흠칫 몸을 떨었다.

"물론 나는 절대로 살인이 나도록 내버려두진 않을 거야. 알료샤, 넌 여기 남아 있거라. 난 찬바람 좀 쐬고 올 테니."

"알료샤, 거울 좀 다오. 저기 있는 저 거울을."

알료샤는 장롱 위에 세워져 있는 접는 거울을 집어주었다.

"이반이 뭐라고 하더냐? 알료샤야, 난 이반이 무섭구나. 난 그놈보다 이반이 더 무섭다. 무섭지 않은 건 너뿐이야."

"이반 형을 무서워하실 건 없어요. 형은 화를 내고 있긴 하지만 아버지를 지켜드릴 겁니다."

"알료샤, 그런데 그놈은 어떻게 됐니? 그루셴카한테 달려갔겠지. 내 귀여운 아들아, 바른대로 말해다오."

"그 여자를 본 사람은 없어요."

"그렇지만 드미트리 녀석은 그루셴카하고 결혼할 생각을 하고 있어, 결혼!"

"그 여자는 형님하고 결혼하지 않을 겁니다."

"암, 그렇고말고! 그 여자가 결혼할 리가 없지." 지금 이 순간 이보다 더 기쁜 말을 들을 수 없다는 듯 노인은 온몸을 떨며 외쳤다.

"아까 너한테 말한 성모 마리아상을 돌려줄 테니 갖고 가거라. 수도원에 돌아가는 걸 허락해 주마. 아, 머리가 아프구나. 알료샤, 내 마음이 좀 풀리게 진실을 말해다오."

"또 그걸 물으시는 겁니까? 그 여자가 왔느냐, 안 왔느냐를?" 알료샤는 서글픈 듯이 말했다. "그 여자를 만나면 물어보지요."

"오늘밤 자면서 잘 생각해볼 테니, 너는 이제 돌아가도 좋다. 하지만 내일 아침에 다시 와다오. 와주겠지?"

"오겠습니다."

"그럼 잘 가거라."

알료샤는 뜰을 지나다가 문 옆 벤치에 앉아 있는 이반을 만났다. 이반은 수첩에다 무언가를 적어 넣고 있었다. 알료샤는 이반에게 아버지가 의식을 회복했으며, 자기에게도 수도원에 돌아가도록 허락해 주었다는 말을 전했다.

"알료샤, 내일 아침에 널 좀 만났으면 좋겠다." 이반은 일어서며 상냥하게 말했다.

"내일 호흘라코바 부인한테도 가봐야 하고……." 알료샤가 대답했다. "그리고 오늘 카테리나를 만나지 못하면 내일이라도 거길 가봐야 할지 몰라요."

"그럼 지금 카테리나한테 가는 길이구나? '작별 인사'를 전하기 위해서?" 갑자기 이반이 히죽거리며 웃었다.

"나도 이젠 형이 고함을 지른 이유와 지금까지의 일도 어느 정도 알 수 있을 것 같아. 드미트리 형이 너를 거기에 보내는 것은 '마지막 인사'를 전하기 위한 건가?"

"형님! 아버지와 큰형님 사이의 이 끔찍한 사건은 도대체 어떻게 결말이 날까요?" 알료샤가 큰 소리로 물었다.

"확실히 말하기는 어렵다만 어쨌든 그 여자는 사나운 짐승이야."

"형님, 한 인간이 다른 사람에 대해, 누구누구는 살 자격이 있고 누구누구는 그럴 자격이 없다고 결정할 권리가 있는 걸까요? 하지만 딴 사람의 죽음을 희망할 권리는 없겠죠?"

"딴 사람의 죽음을 희망한대도 할 수 없는 일이지. 그렇다면 나도 한 가지 물어볼 말이 있다. 너는 나 역시 드미트리 형처럼 저 이솝 노인의 피를 흘리게 할 수 있는, 다시 말해 노인을 죽일 수 있는 인간이라고 보는 거냐?"

"무슨 말씀을 하시는 거예요, 형님! 그런 건 꿈에도 생각해본 적이 없어요. 그리고 드미트리 형도 그런 짓은……."

"그래, 그것만으로도 고맙다." 이반은 미소를 지었다. "알겠니? 나는 언제까지나 아버지를 지켜드릴 거다. 다만 이런 경우 희망이라는 점에서는 나는 완전히 자유로워." 그는 싱글싱글 웃으며 이렇게 덧붙였다.

두 형제는 전에없이 굳은 악수를 나누었다. 알료샤는 형 쪽에서 먼저 자기에게 한 걸음 다가오는 것을 느꼈다. 그리고 거기에는 반드시 뭔가 속셈이 있으리라는 것도 직감했다.

10. 두 여인이 한 자리에

알료샤는 아버지의 집에 들어갈 때보다 더 풀이 죽어서 그 집을 나왔다. 그의 이성 역시 산산이 부서져 버린 것 같았으며, 동시에 그 산산조각이 난 이성을 다시 결합하여 그날 하루 동안 경험한 고통스러운 모순 속에서 하나의 보편적인 개념을 끌어내는 것조차 두렵다는 생각이 들었다.

그것은 절망의 경계선에 다다른 듯한 느낌이었는데, 알료샤로서는 지금까지 한 번도 경험한 적이 없는 것이었다. 이 모든 문제 위에 산처럼 우뚝 솟아 있는 것은, 그 무서운 여인을 둘러싼 아버지와 드미트리 형 사이의 싸움이 도대체 언제 끝장을 볼 것인지에 대한 숙명적인 의문이었다. 그는 현장에서 맞붙어 싸우는 두 사람을 보았다. 그렇지만 정말 불행한 사람은 형 드미트리라고 할 수 있었다. 무서운 재난이 그를 기다리고 있다는 것은 의심할 여지도 없었다.

이상하게도 알료샤가 카테리나의 집을 향할 때까지만 해도 그는 마음의 혼란을 느끼고 있었지만, 이젠 그렇지가 않았다. 오히려 그녀한테 무슨 지시라도 받아야 할 것처럼 발걸음을 재촉하고 있었다. 그렇지만 부탁받은 말을 그녀에게 전한다는 것은 정말이지 힘들 것 같은 느낌이 들었다. 3천 루블 건은 완전히 끝장이 나버렸기 때문에 드미트리는 자기 자신을 수치스러운 인간으로 낙인을 찍고 절망한 나머지 어떠한 타락 앞에서도 주저하지 않을 것임에 틀림없었다. 더욱이 그는 방금 일어난 사건을 카테리나에게 전해달라고 부탁하지 않았던가!

알료샤가 카테리나의 집에 도착했을 때는 저녁 7시여서 황혼이 깃들기 시작하고 있었다. 알료샤는 그녀가 두 이모와 함께 살고 있다는 것도 알고 있었다. 들리는 말에 의하면 두 사람 다 카테리나의 말이라면 무엇이든지 순순히 따르고 있어서, 그저 보호자로서 조카딸 옆에 붙어 있는 것에 지나지 않았다.

알료샤가 현관에 들어서서 문을 열어준 하녀에게 자신의 방문을 알려달라고 부탁했을 때, 벌써 안에서는 그의 내방을 알고 있는 것 같았다. 갑자기 소란스러운 소리가 들리고, 여자가 달려가는 발소리, 그리고 옷자락이 스치는 소리가 들려왔다. 두세 명의 여자가 서로 다른 방으로 달려가는 것 같았다.

그는 곧 객실로 안내되었다. 조금 전까지 사람이 앉아 있었던 것으로 보이는 소파 위에 부인용 비단 숄이 던져진 채로 있는 것으로 보아 누군가를 접대하고 있었던 것 같았다. 알료샤는 손님 접대 중에 들어온 것을 알아차리고는 미간을 찌푸렸다. 그러나 바로 그 순간 문의 커튼이 위로 들리고 카테리나가 기쁨에 넘친 미소를 띠고 두 손을 알료샤에게 내밀며 나타났다.

"드디어 와주셨군요, 고마워요."

카테리나의 아름다운 용모는 전에 만났을 때에도 알료샤에게 심한 충격을 주었었다. 그것은 약 3주일 전 그녀의 간청에 따라 드미트리가 처음으로 동생을 데리고 와서 그녀에게 소개해 주었을 때의 일이었다. 그러나 처음 만났을 때는 두 사람 사이에 대화가 이루어지지 않았었다. 알료샤가 몹시 수줍어하는 것을 본 카테리나는 그를 봐주기라도 한다는 듯이 줄곧 드미트리하고만 이야기를 했다. 그때 그는 그 여자의 오만해 보이는 자신만만한 태도를 보고 놀라지 않을 수 없었다. 그녀의 크고 빛나는 검은 눈은 약간 누르스름한 빛을 띠고 있는 갸름한 얼굴에 특히 잘 어울린다고 생각했다. 이 방문이 있은 후 드미트리가 자신의 약혼녀를 보고 어떤 인상을 받았느냐고 끈덕지게 물어왔을 때, 알료샤는 자신의 생각을 솔직히 말해 주었다.

"형님은 그 아가씨를 만나 행복하겠지만 그러나 그 행복은 평온하지는 않을 겁니다."

"그래, 바로 그거야. 그런 여자는 언제나 제멋대로 하고 싶어 하니까. 운명에 순종할 줄 모르거든. 그러니까 너는 내가 그 여자를 영원히 사랑할 수 없다고 생각하는 거지?"

"글쎄요, 형님은 영원히 사랑할지 모르지만, 아마 그 아가씨와 함께 언제나 행복할 수는 없다고 생각해요."

알료샤는 얼굴을 붉히면서 자기의 의견을 말하긴 했지만 형의 간청에 못 이겨 이런 '어리석은 생각'을 입 밖에 낸 자신이 원망스러웠다. 그런 일이 있었으므로 지금 자신한테로 달려온 카테리나를 보는 순간 그의 놀라움은 더욱 컸으며, 그때의 판단이 완전히 틀렸다는 생각까지 들었다.

"내가 그토록 당신을 기다린 것은, 모든 진실을 나한테 말해줄 사람이라곤 당신밖엔 없기 때문이에요.."

"내가 온 것은…… 형의 심부름으로……."

"아, 그이가 보냈군요. 나도 그럴 거라고 짐작했어요." 카테리나는 눈을 반짝이며 외쳤다. "당신이 오시길 기다린 것은 당신한테서 그이의 근황을 듣고 싶었기 때문이에요. 제발 솔직하게 그분의 근황을 말씀해 주세요. 추잡한 얘기라도 괜찮아요. 그이는 나한테 오고 싶어 하지 않죠? 제가 당신한테 무얼 바라는지는 이제 아셨죠? 그럼 우선 그분이 무슨 일로 당신을 이리로 보냈는지 요점을 말씀해 주세요."

"당신한테…… 작별인사를 전해달라고 하더군요. 이젠 다시 오지 않겠다고."

"작별 인사라고요? 그분이 그렇게 말했나요?"

"네."

"알렉세이, 제발 저를 도와주세요. 당신의 도움이 필요해요. 제 생각을 들으시고 판단해 주세요. 만일 그분이 그저 지나가는 말로 작별 인사를 전해 달라고 당신한테 부탁했다면, 만사는 그것으로 끝나는 거예요. 그러나 만일 그분이 특히 그 말을 강조하며 '작별인사'를 꼭 전해 달라고 당부했다면, 그분은 흥분해 있었을지도 모르는 일이죠. 그렇게 결심을 하고도 자기의 결심을 두려워하고 있는 거예요. 확고한 걸음걸이로 제 곁을 떠난 게 아니라, 곤두박질치듯 뛰어넘어간 겁니다. 그 말에 힘을 주었다는 사실은 허세를 부렸다는 거예요!"

"맞습니다, 맞아요! 저도 지금 생각해 보니 그런 것 같습니다."

"만일 그렇다면 그분은 아직도 가망이 없는 건 아닙니다! 그저 자포자기하고 있을 뿐이니까 아직은 그분을 구할 수가 있어요. 그건 그렇고, 그분은 당신한테 3천 루블에 관한 얘기는 하지 않던가요?"

"말하지 않았을 리가 있겠습니까. 형을 가장 괴롭히고 있는 것이 바로 그 문제인데. 형은 명예까지 상실한 이상 이젠 어떻게 되든 상관없다고 하더군요. 그렇다면 당신은 그 돈에 대해서 알고 있습니까?" 그는 이렇게 덧붙였으나 갑자기 입을 다물어버렸다.

"벌써부터 알고 있었어요. 모스크바에 전보로 조회해서 돈이 도착하지 않았다는 걸 알았지요. 그래서 저는 한 가지 목표를 세웠어요. 즉, 그분으로 하여금 자신이 누구한테로 돌아가야 하는가, 그리고 누가 자신의 가장 성실한 친구인가를 깨닫게 하자는 거죠. 그런데 그분은 제가 그의 가장 충실한 친구라는 걸 믿어주지 않고 있어요. 그분이 3천 루블을 써버린 것에 대해 수치심을 느끼지 않게 하려면 어떻게 하면 좋을지, 저는 계속 고민했어요. 그런데 어째서 제가 그이를 위해서라면 어떤 일도 감수할 수 있다는 걸 몰라주는 걸까요? 그런데도 그분은 제 앞에서 자신의 명예가 어떠니 하며 저를 두려워하고 있으니! 알렉세이, 그분은 당신한텐 모든 걸 솔직히 고백했을 테죠? 그런데 왜 저는 지금까지 그만한 대우를 받지 못하는 걸까요?" 그녀는 눈물을 글썽이며 말했다.

"저도 당신한테 할 말이 있습니다." 알료샤는 떨리는 목소리로 말했다. "조금 전에 형님과 아버지 사이에 있었던 사건입니다만,"

그는 모든 일을 죄다 얘기했다. 돈 때문에 아버지한테 갔던 일이며, 거기에 형이 뛰어 들어와 아버지를 구타한 일은 물론 그 다음에 형이 자기한테 '인사를 전하러' 가달라고 다시 한 번 강조했던 일 등을.

"형은 그 여자한테 갔습니다." 알료샤는 나직한 음성으로 말했다.

"한데 당신은 내가 그 여자를 미워한다고 생각하세요? 형님도 그렇게 생각하시나요. 하지만 결국 그는 그 여자하곤 결혼하지 않을 거예요." 갑자기 그녀는 신경질적으로 웃어댔다. "정욕이란 건 영원히 불탈 수는 없으니까요. 형님은 결혼하지 못해요. 왜냐하면 여자 쪽에서 결혼하려 들지 않을 테니까요."

"하지만 형님은 결혼할지 모릅니다." 알료샤는 눈을 내리깔고 슬픈 듯이 말했다.

"결혼하지 않는다니까요. 그건 제가 보증해요. 그 여자는 천사와 같은 사람이에요. 그걸 아세요?" 카테리나는 이상할 정도로 열을 내며 외쳤다. "나는 그 여자가 선량하고 의지가 굳고 고상한 사람이라는 것을 알고 있어요. 아그라페나 알렉산드로브나(그루셴카의 정식 이름)!" 그녀는 느닷없이 옆방을 바라보며 커다란 소리로 불렀다. "이리 나오세요, 멋진 분이 오셨어요, 알료샤예요."

"난 커튼 뒤에서 당신이 불러주시기만 고대하고 있었어요." 상냥하면서도 감미로운 여자의 목소리가 들렸다.

커튼이 들리고 그루셴카가 웃으며 탁자 앞으로 다가왔다. 순간 알료샤는 자기 몸속의 무엇이 뒤틀리는 것만 같았다. 그의 눈은 그루셴카한테 못 박힌 채 움직일 줄을 몰랐다. 이 사람이 바로 그 여자구나. 그 무서운 여자! 30분 전에 이반이 '사나운 짐승'이라고 말한 바로 그 여자였다.

그러나 지금 알료샤 앞에 서 있는 사람은 지극히 평범하고 사랑스러운 여성이었다. 물론 아름답기는 하지만 세상에서 '흔히 볼 수 있는' 여성과 특별히 다를 것이 없는 그런 미인이었다. 그러나 많은 사내들로부터 미칠 듯한 사랑을 받을 수 있는 러시아적인 아름다움이 있었다. 통통하고 키가 큰 그녀에겐 독특한 우아함이 있었다.

나이는 스물둘이었으며, 얼굴은 말할 수 없이 하얗지만 볼에는 연

분홍빛이 감돌고 있었다. 그녀는 '기쁜 얼굴로' 탁자 앞으로 다가왔지만 그 표정은 마치 호기심에 가득 찬 어린애가 무슨 재미있는 일이 있는지 초조한 마음으로 기다리고 있는 것 같은 표정이었다. 그녀의 눈초리에는 무언가 사람의 마음을 들뜨게 하는 것이 있었다. 알료샤가 그녀에게서 매력을 느낀 것은 사실이지만, 속으로는 어쩐지 불쾌하고도 유감스런 기분을 느끼며, '어째서 이 여자는 자연스럽게 말을 하지 못하고 자꾸만 말을 길게 끄는 걸까' 하고 생각했다. 그러나 그것은 그녀의 낮은 교육 수준과 어릴 때부터 몸에 밴 저속한 예의 관념을 입증해 주는 나쁜 습관에 지나지 않았다.

카테리나는 그녀를 알료샤 맞은편의 안락의자에 앉히고는 그 입술에 여러 번 열렬한 키스를 퍼부었다.

"알렉세이 표도로비치! 우린 오늘 처음으로 만났답니다." 카테리나는 기쁨에 들떠서 말했다. "나는 이분이 어떤 사람인지 알고 싶었어요. 그래서 내가 이분을 만나고 싶다고 했더니 즉시 찾아와준 거예요. 이분과 함께라면 무슨 일이든지 다 해결될 거라는 믿음이 생겼어요. 결국 제 생각은 틀리지 않았어요. 그루셴카는 나한테 설명해 주었어요. 자신의 앞으로의 계획까지도."

"당신은 나 같은 계집을 경멸하지 않으셨어요. 정말 친절하고 훌륭한 아가씨세요." 그루셴카는 노래라도 부르듯 말끝을 길게 끌었다.

"내 앞에서 그런 말은 하지도 마세요, 당신처럼 아름답고 매혹적인 분을 어떻게 경멸할 수 있겠어요! 자, 당신의 그 아랫입술에 한번 더 키스하게 해주세요. 알렉세이 표도로비치, 저 웃는 얼굴 좀 보세요. 저 천사 같은 얼굴을 보고 있으면 정말 즐거워진다니까요."

알료샤는 얼굴을 붉힌 채 눈에 띄지 않을 정도로 몸을 떨고 있었다.

"아가씨는 저토록 친절하게 대해 주시지만 어쩌면 나는 그런 귀여움을 받을 자격이 없는 여자인지도 몰라요."

"자격이 없다고요? 이분에게 그럴 자격이 없다니!" 카테리나는 여전히 열띤 어조로 외쳤다. "알렉세이, 이분은 좀 변덕쟁이지만 나름대로 긍지 높은 자유분방함을 가진 분이셔요. 이분은 하잘것없는 경박한 남자 때문에 너무나 어린 나이에 희생을 치러야만 했어요. 5년 전, 이분에게 한 남자가 있었답니다. 그는 장교였는데 이분은 그 남자를 사랑하게 되어 모든 것을 그 장교에게 바쳤어요. 그런데 그 남자는 이분을 버리고 다른 사람과 결혼했지요. 하지만 최근 이혼을 하고 이리로 오겠다는 소식을 보내왔답니다. 그런데 이분은 여태까지 그 사람만을 사랑해 왔던 거예요. 그 사람이 돌아오면 이분도 다시 행복을 찾을 수 있겠지만 지난 5년 동안 불행한 나날을 보냈어요. 도대체 누가 이분을 나무랄 수 있겠어요? 하물며 누가 이분의 애정을 손에 넣을 수 있다고 자만할 수 있겠어요? 다만 한 사람, 저 다리가 불편한 늙은 상인 삼소노프가 있습니다만 그 사람은 이분의 보호자라고 하는 편이 어울릴 거예요. 그 노인은 애인으로부터 버림받고 절망과 고뇌에 빠져 있던 이분을 우연히 만났던 것입니다. 이분은 투신자살까지 하려고 했습니다만 노인이 나타나서 이분을 구해준 거예요."

"아가씨, 나를 두둔해 주시느라 무척 애쓰시는군요." 그루센카는 또다시 말을 끌며 말했다.

"천사 같은 그루센카! 손을 이리 주세요. 알렉세이 표도로비치, 이 토실토실하고 매력적인 조그만 손을 보세요. 자, 지금 이 손에 키스할 테니 보세요. 손등에도, 손바닥에도. 자, 이렇게! 그리고 또 이렇게!"
카테리나는 기쁨에 들뜬 듯 통통하고 매력적인 그루셴카의 손에 세 번이나 입을 맞추었다.

"아가씨, 알렉세이 앞에서 이렇게 키스를 하시면 부끄러워요."

"아아, 당신은 나를 이해하지 못하시는군요."

"아니에요. 당신이야말로 나라는 인간을 전혀 이해하지 못하고 계세요. 나는 당신이 생각하는 것보다 훨씬 나쁜 여자일지도 모르니까요. 나는 심술 사나운 고집쟁이예요. 저 가엾은 드미트리만 해도 그저 장난삼아 유혹해 봤을 뿐이니까요."

"하지만 지금 당신은 그분을 구하려 하지 않습니까! 당신이 그렇게 약속하셨죠? 당신은 오래 전부터 다른 사람을 사랑해 왔는데, 지금 그 사람이 당신에게 청혼하고 있다는 사실을 알려서 그의 눈을 바로 뜨게 해주겠다고요."

"어머나, 그건 당신이 하신 말씀이지 내가 한 건 아니에요."

"그럼 내가 잘못 알았단 말인가요?" 카테리나는 약간 창백해지면서 나직이 말했다. "당신이 약속하시고선……."

"아네요, 나는 아가씨한테 아무것도 약속한 것이 없어요. 이젠 아셨죠, 내가 얼마나 비열한 심술쟁이인가를. 나는 마음만 내키면 무엇이든 거침없이 해치우는 성미예요. 아까는 정말 무슨 약속을 했는지 모르지만, 지금 다시 생각해 보니 갑자기 그이가 좋아질 것만 같군요. 나는 원래가 이런 변덕쟁이예요."

"아까 당신이 한 말은 전혀 다른데……." 카테리나는 간신히 이렇게 중얼거렸다.

"아, 아까는 정말! 그렇지만 저는 마음이 약한 여자예요. 그분이 저 때문에 얼마나 괴로웠을까 생각하기만 해도……. 집에 돌아가서 그분이 가엾어지면 그때는 어떡하죠?"

　"정말 뜻밖이군요."

　"아가씨는 나 같은 것하곤 비교도 할 수 없을 만큼 착하고 고상하셔요. 당신의 그 아름다운 손을 이리 좀 주세요." 그녀는 상냥하게 말하고는 공손히 카테리나의 손을 잡았다. "자, 당신이 해주신 것처럼 나도 당신 손에 키스를 하겠어요. 당신은 세 번 해주셨지만, 당신의 그 키스에 보답하기 위해서는 나는 3백 번은 해야 할 거예요. 그런 다음엔 하느님의 은총에 따라 당신의 노예가 되어 무슨 일이든 원하시는 대로 할지도 모르죠. 우리가 협약이니 약속이니 하는 걸 하지 않아도 하느님께서 정해 주신 대로 되어나갈 테니까요. 어머나! 이 손, 어쩌면 이렇게도 예쁠까!"

　키스에 '보답한다'는 기묘한 목적을 갖고 그루셴카는 그녀의 손을 살그머니 자기 입술로 가져갔다. 매우 기묘한 표현이긴 했지만 '노예처럼' 봉사하겠다는 그루셴카의 말을 듣고 아직도 그녀는 한 가닥 희망을 놓지 않았던 것이다. 한데 그루셴카는 '아가씨의 예쁜 손'에 반하기라도 한 듯 천천히 자기 입술로 가져갔다. 그러나 바로 입술 가까이까지 가져간 순간 갑자기 무언가를 망설이는 듯 그 예쁜 손을 2, 3초 동안 그대로 붙잡고 있었다.

　"그런데 아가씨! 이렇게 당신 손을 잡기는 했습니다만, 키스는 그만두기로 하겠어요." 그러고는 키득거리며 웃어댔다.

　"좋도록 하세요. 그런데 왜 그러죠?" 카테리나는 흠칫 몸을 떨었다.

"이것만은 잘 기억해 두세요. 당신은 내 손에 키스하셨지만 나는 하지 않았다는 걸 말예요."

"건방진 것 같으니!" 문득 뭔가를 깨달은 카테리나가 이렇게 뇌까리고는 빨갛게 얼굴이 상기되어 자리에서 벌떡 일어났다. 그루센카도 천천히 따라 일어났다.

"당장 미탸한테 얘기해야겠군요. 당신은 내 손에 키스하셨지만 나는 하지 않았다고요. 아마 큰 소리로 웃어댈 거예요."

"더러운 계집 같으니. 당장 나가버려!"

"어머나! 부끄럽지도 않으세요, 아가씨?"

"빨리 나가, 갈보년 같으니!" 카테리나가 악을 썼다.

"네, 갈보라도 좋아요. 하지만 당신 역시 처녀의 몸으로 밤을 틈타 돈을 벌러 젊은 사내한테 찾아가지 않았어요? 그 예쁜 얼굴을 팔려고 말이에요! 난 다 알고 있어요."

카테리나는 악을 쓰면서 그녀에게 달려들었으나 알료샤가 있는 힘을 다하여 그녀를 만류했다.

"가만 계세요. 아무 대꾸도 하지 마세요. 저 사람은 곧 갈 겁니다."

바로 그 순간 카테리나의 이모들과 하녀가 그녀의 비명을 듣고 방 안으로 달려왔다.

"귀여운 알료샤, 좀 데려다 줘요. 가는 길에 아주 재미있는 얘길 하나 들려줄게요! 지금은 그저 당신을 위해 연극을 해보인 것뿐이에요. 자, 데려다 줘요. 나중에 반드시 잘했다고 생각할 거예요."

알료샤는 두 손을 문지르며 옆으로 얼굴을 돌려버렸다. 그루센카는 깔깔거리며 집에서 뛰쳐나갔다. 그러자 카테리나가 히스테리컬하게 흐느껴 울었다.

"그래, 내가 뭐라던!" 나이 많은 이모가 말했다. "그래선 안 된다고 내가 말렸는데도……. 사람들이 그 여자를 개만도 못하다고 했어."

"그년은 범이에요!" 카테리나는 큰 소리로 외쳤다. "알렉세이 표도로비치, 왜 당신은 나를 말렸어요? 그년을 때려주는 건데!"

알료샤는 방문 쪽으로 몇 발짝 뒷걸음질쳤다.

"그렇지만, 아아!" 카테리나는 손바닥을 치며 외쳐댔다. "그이가, 그이가 그렇게까지 하실 수가 있을까요? 그렇게 몰인정할 수 있느냔 말예요! 글쎄, 그이가 그년한테 말했잖아요. 그 저주할, 영원히 저주할 숙명적인 그날의 일을! '아가씨, 당신도 그 예쁜 얼굴을 팔러 가지 않았나요!' 라고요. 그년은 다 알고 있어요! 알렉세이 표도로비치, 그이는 정말 비열한 인간이에요!"

알료샤는 비틀거리며 거리로 나왔다. 카테리나와 마찬가지로 그역시 울고 싶었다. 이때 하녀가 뒤쫓아왔다.

"이건 호흘라코바 부인의 편진데, 아가씨가 이걸 전하는 걸 잊으셨다는군요. 점심때부터 맡겨두었던 거예요."

알료샤는 조그만 장밋빛 봉투를 기계적으로 받아 호주머니 속에 쑤셔 넣었다.

11. 또 하나의 파멸된 명예

마을에서 수도원까지는 1베르스타 남짓한 거리였다. 길의 중간쯤 되는 곳에 사거리가 있었다. 그 사거리에 버드나무 한 그루가 외로이 서 있었다. 그 나무 밑에서 사람의 그림자 같은 것이 어른거렸다. 알료샤가 사거리에 들어서자마자 그림자는 그 자리에서 떠나 알료샤에게 덤벼들며 소리를 질렀다.

"목숨이 아깝거든 돈을 내놔라!"

"아니, 형님 아니세요?" 알료샤는 소스라치게 놀라 부르르 몸을 떨면서 말했다.

"하하하! 놀랐니? 자, 사실대로 얘기해다오. 나를 바퀴벌레처럼 짓밟아도 좋으니. 아니, 너 왜 그러니?"

"아무것도 아녜요. 형님! 아까 하마터면 아버지를 죽일 뻔하고서도…… 목숨이 아깝거든 돈을 내놓으라고 장난을 치고 계시다니!"

"그래, 그게 어쨌다는 거냐? 내 처지에 어울리지 않는 일이란 말이지? 이렇게 된 이상 뭘 우물쭈물하며 기다리느냐? 여기 버드나무도 있고, 손수건도, 셔츠도, 게다가 바지엔 멜빵까지 있으니 밧줄은 그걸 꼬아서 당장에라도 만들 수 있다. '더 이상 대지에 짐스런 존재가 되어 구차하게 살아서 무엇하랴!' 그때 네 발소리가 들린 거야. 그렇다, 아직도 나에게는 사랑하는 사람이 있다. 바로 저 사람이다! 내가 이 세상에서 가장 사랑하는 사람, 이 세상에 단 하나밖에 없는 사랑하는 동생이 있지 않느냐! 그러자 문득 바보 같은 생각이 떠올랐어. '저 녀석을 놀라게 해줘야지. 그것도 재미있을 거야.' 그래서 장난을 친 거야. 바보 같은 짓을 해서 미안하다. 하지만 이건 어디까지나 농담이고, 내 마음은 심각해. 하지만 그런 건 아무래도 좋아. 그보다는 거기 갔던 얘기나 들려다오. 그 여자는 놀라 자빠질 정도로 화를 냈겠지?"

"아니, 그렇지 않습니다. 거기서 두 여자를 다 만났어요."

"두 여자라니?"

"카테리나 집에 그루셴카가 와 있더군요."

드미트리 표도로비치는 장승처럼 얼어붙었다.

"그럴 리가 있나? 너 꿈을 꾸고 있구나! 그루셴카가 그 집엘 가다
니?"

알료샤는 카테리나의 집에 들어선 순간부터 자기가 보고 들은 것
을 죄다 이야기했다. 이야기가 진행됨에 따라 드미트리의 얼굴은 점
점 침울해졌을 뿐만 아니라 나중에는 험상궂은 형상으로 변해갔다.
그는 눈살을 찌푸리고 이를 악물고 있었는데, 움직일 줄 모르는 그 눈
은 못 박힌 듯 응고되어 무서운 느낌을 주었다. 그런데 뜻밖에도 그처
럼 분노에 타오르던 무서운 얼굴에서 웃음이 터져 나왔다. 그것은 더
이상 참을 수가 없어서 터져 나오는 꾸밈없는 웃음이었다. 그는 문자
그대로 배꼽을 쥐고 웃어댔다.

"그래, 그 손에 키스를 하지 않았단 말이지?" 그는 병적인 쾌감을
느끼면서 소리쳤다. "그러니까 그 여자가 범이라고 외쳤단 말이야?
사실 틀림없는 범이지! 교수대에 올려놓아야 한다고? 암, 그래야지.
나도 동감이야. 그년은 악녀야. 이 세상 악녀 중에서도 가장 극악한
악녀야! 그래, 그년은 곧장 제 집으로 돌아갔니? 그럼 나도…… 그년
한테 가봐야겠다! 알료샤, 제발 나를 욕하지 마라. 그년은 목을 졸라
죽여도 시원치 않을 년이야."

"그럼 카테리나는?" 알료샤는 슬픈 얼굴로 외쳤다.

"그 여자도 잘 알았어. 속속들이 다 알았어. 이렇게 제대로 안 건

이번이 처음이야! 이건 세계 4대주의 발견과 같은 거야. 아니, 4대주가 아니라 5대주로군! 그것은 다름 아닌 바로 그때의 카테리나 그대로야. 아버지를 구하려는 갸륵한 마음에서 끔찍한 모욕의 위험까지 무릅쓰고 추잡한 난봉꾼 장교한테 태연히 찾아왔던 그때의 여학생 그대로야! 아, 그 무서운 자존심, 모험에 대한 욕구, 운명에의 지칠 줄 모르는 도전! 한마디로 그녀는 배짱이 있는 여자지. 넌 그 여자가 그루셴카의 손에 먼저 키스한 것을 무슨 속셈이 있어서라고 생각하니? 천만에! 그 여자는 정말 마음 속 깊이 반해 버린 거야. 그런데 알료샤, 넌 어떻게 그 여자들한테서 도망쳐 나왔니? 하하하!"

"형님, 형님이 얼마나 카테리나 아가씨를 모욕했는지 그건 조금도 생각지 못하는군요. 형님은 그날 얘기를 그루셴카한테 다 했죠? 형님, 이보다 더 큰 모욕이 어디 있어요?"

알료샤가 무엇보다 가슴 아프게 생각한 것은 형이 카테리나가 받은 모욕을 오히려 기뻐하는 것같이 보였기 때문이다.

"그런 일이!" 드미트리는 무섭게 얼굴을 찌푸리고 손바닥으로 자신의 이마를 툭 쳤다. 그는 조금 전에 알료샤한테서 이 모욕과 관련된 얘기를 죄다 들었음에도 불구하고 이제야 비로소 그것을 깨달았던 것이다. "그래, 어쩌면 정말 카탸가 말하는 그 '저주받을 운명의 날'의 일을 내가 그루셴카한테 얘기했을지도 몰라. 아, 이제야 생각나는군. 그건 바로 모크로예 마을에서의 일이야. 그러나 나는 그때 울고 있었어. 그때 나는 흐느껴 울면서 무릎을 꿇고 카탸의 모습을 떠올리며 기도를 드렸지. 그루셴카도 내 마음을 이해해 주더군. 지금도 생각나지만 그때 그녀도 눈물을 흘렸지. 에잇, 제기랄! 이제 와서 이런 말을 한

들 무슨 소용이 있겠니? 그때는 눈물을 흘리더니 오늘은 가슴에 비수 라니! 계집이란 늘 이런 거야."

그는 눈을 내리깔고 잠시 생각에 잠겼다.

"그래, 난 비열한 인간이야." 그는 갑자기 침울한 목소리로 말했다. "내가 울었건 울지 않았건 어쨌든 마찬가지야. 거기 가서 이렇게 전해다오. 만일 그걸로 화가 풀린다면 나는 기꺼이 비열한 놈이란 걸 받아들이겠어. 자, 이젠 헤어지자. 더 이상 말해 봐야 아무 재미도 없을 테니까. 그럼 잘 가거라 알렉세이!"

그는 알료샤의 손을 꼭 쥐더니 여전히 눈을 내리깔고 고개를 수그린 채 억지로 뿌리치기라도 하듯이 홱 몸을 돌려 읍내 쪽으로 급히 발걸음을 옮겼다.

"알렉세이! 한 가지 더 고백할 것이 있다. 너한테만!" 드미트리는 갑자기 되돌아와서 말했다. "나를 잘 봐. 바로 여기서 비열한 범죄가 행해지고 있는 거야. 너도 알다시피 나는 인간이야. 그러나 이것만은 기억해다오. 내가 과거에 무슨 짓을 했건, 그리고 현재와 미래에 무슨 짓을 하건, 지금 이 순간 가슴 속에 품고 있는 비열함과 비교한다면 그까짓 건 아무것도 아니라는 거다. 아까 나는 모든 걸 너한테 얘기했지만 이것만은 말하지 않았어. 나도 그렇게까지 철면피인 건 아니니까. 물론 지금이라도 그것을 그만둘 수는 있어. 그러면 당장 내일이라도 상실한 명예의 반은 되찾을 수 있겠지. 그러나 나는 절대 멈추지 않을 거야. 그리고 그 비열한 계획을 끝까지 결행하고야 말 거야. 자, 네가 증인이 되어다오. 나는 그걸 미리 알고 너한테 이런 말을 하는 거야. 파멸과 암흑! 뭐 설명할 것까지도 없다. 때가 되면 자연히 알게 될 테니까. 악취 풍기는 뒷골목과 악녀라! 그럼, 잘 가거라. 나를 위해 기도할 건 없다. 난 그만한 가치도 없는 놈이니까."

이렇게 말하고 그는 자리를 떠났다. 알료샤는 수도원을 향해 걷기 시작했다. '어째서 앞으론 다시는 형을 만날 수 없다는 걸까? 도대체 형은 무슨 말을 하고 있는 걸까?'

그는 수도원 옆을 돌아 솔밭을 빠져나와 곧장 암자로 걸어갔다. 이렇게 늦은 시각에는 아무도 암자에 들이지 못하게 되어 있었으나 그에게만은 문을 열어주었다. 장로의 방에 들어서자 그의 가슴이 떨리기 시작했다. '무엇 때문에 나는 여기서 나갔던 걸까? 그리고 또 무엇 때문에 장로는 나를 속세에 내보냈을까? 여기는 정적과 거룩함이 있는데, 거기에는 혼란과 암흑만 있어 발을 들여놓기만 하면 곧 길을 잃고 방황할 수밖에 없어.'

장로의 방에는 예비 수도사 포르피리와 파이시 신부가 와 있었다. 파이시 신부는 매시간 조시마 장로의 용태를 알아보려고 드나들었지만 장로의 병세는 점점 더 악화되어갈 뿐이었다.

소문에 의하면 수사들 중에는 고해에 출석하기 전에 미리 짜고, "나는 오늘 아침에 자네한테 화를 냈다고 할 테니, 자네도 적당히 맞장구를 치게." 하는 식으로 이야깃거리를 만들어 고해성사를 하는 자들도 있다고 했다. 사실 이런 일이 가끔 있다는 것은 알료샤도 알고 있었다. 또한 수사들이 자기 가족한테서 온 편지를 장로가 먼저 뜯어보는 관습에 대해 몹시 불만을 품고 있다는 것도 잘 알고 있었다.

그렇지만 나이 많고 경험이 풍부한 수사들은, '진심으로 영혼을 구제하기 위해 이 수도원 벽 속에 들어온 사람들이라면 이러한 복종과 고행이 구제의 힘을 갖고 있다는 것을 확신하게 되어 틀림없이 위대한 은총을 받게 될 것이다.

"너무 쇠약해지셔서 혼수상태에 빠지신 거다." 파이시 신부가 알료샤를 축복하며 이렇게 말했다. "깨워드리기조차 곤란할 정도야. 하긴 그럴 필요도 없긴 하지만. 5분가량 눈을 뜨시고, 이 축복을 모두에게 전해 달라고 당부한 뒤 내일 한 번 더 성찬을 받고 싶다고 말씀하시더구나. 그리고 알렉세이, 네 얘기도 하시면서 이젠 아주 이곳을 떠났느냐고 물으셨어. 그래서 벌써 읍내로 갔다고 했더니, '그래서 그에게 축복을 주었던 거야. 알료샤가 있을 곳은 바로 거기니까, 당분간은 거기 머물러 있는 편이 좋을 게다.' 하고 말씀하시더라. 네가 받은 영광이 어떤 건지 너는 알겠니? 하지만 알렉세이, 네가 속세에 돌아간다 하더라도 그것은 어디까지나 장로님께서 너에게 내린 복종의 의무지 공허한 향락이나 경박한 행동을 하라는 뜻은 아니었을게다. 이 점을 명심해 둬라."

말을 마치고 파이시 신부는 나갔다. 장로가 비록 하루, 이틀 더 산다 해도 이제 곧 이 세상을 떠나리라는 것은 의심할 여지가 없는 사실이었다. 내일 아버지를 비롯하여 호흘라코바 모녀와 카테리나와 형을 만나기로 약속은 했지만 수도원 밖으로 한 걸음도 나가지 않고 장로가 세상을 떠날 때까지 그를 지키기로 결심했다. 그는 장로의 침실로 들어가 잠들어 있는 장로를 향해 이마가 마루에 닿도록 절을 했다. 장로의 얼굴은 말할 수 없이 평온했다.

옆방으로 물러나자 알료샤는 딱딱하고 좁은 가죽 소파 위에 누웠다. 잠자리에 들기 전의 기도는 언제나 하느님에 대한 찬미만으로 충만되어 있었다. 그리고 이러한 환희의 감동은 언제나 상쾌하고도 평온한 잠을 가져다주었다. 이때 문득 호주머니 속에서 무언가 손에 잡히는 것이 있었다. 그것은 아까 카테리나의 하녀가 뒤쫓아 와서 그에게 전해준 조그만 장밋빛 봉투였다. 그 속에는 '리즈' 라고 서명한 편지가 들어 있었다. 리즈란 바로 오늘 아침 장로 앞에서 그토록 알료샤를 조롱하던 호흘라코바 부인의 어린 딸이다.

알렉세이 표도로비치, 저는 아무도 모르게 이 편지를 쓰고 있어요. 이것이 얼마나 나쁜 짓이라는 것도 저는 잘 알아요. 그렇지만 제 가슴 속에 싹튼 이 마음을 당신한테 말하지 않고는 못 살 것 같아요. 제가 말하고 싶은 것을 당신에게 어떻게 전해야 좋을까요? 종이는 얼굴을 붉히지 않는다고들 하지만 그건 거짓말이에요. 종이도 지금 저처럼 새빨개져 있는걸요. 그리운 알료샤, 저는 당신을 사랑하고 있어요. 당신이 지금과는 전혀 달랐던 모스크바 시절부터 저는 당신을 사랑해 왔어요. 우리들의 나이가 문제가 된다면 법률로 정한 나이가 될 때까지 기다리기로 해요. 아아, 알렉세이 표도로비치. 내가 만약 당신의 얼굴을 보고 또다시 바보같이 웃어버리면 어떡하죠?

제가 드디어 연애편지를 쓰고 말았군요. 아아, 제가 무슨 짓을 한 걸까요? 알료샤, 제발 저를 경멸하지는 말아주세요. 어쩌면 저의 명예는 영원히 파멸해 버렸는지도 모르지만 그 비밀은 지금 당신의 손에 들어 있습니다.

저는 오늘 울고 말 거예요. 그럼 '두려운' 재회까지 안녕!

리 즈

추신—알료샤, 무슨 일이 있어도 꼭 와주셔야 해요.

알료샤는 놀라서 편지를 읽고는 감미로운 미소를 지었다. 그러나 동시에 흠칫 몸을 떨었다. 지금의 미소가 죄악처럼 느껴졌던 기 때문이다. 그는 천천히 편지를 봉투 속에 넣고는 성호를 긋고 자리에 누웠다. 그러고는 포근히 잠 속으로 빠져들었다.

제 4 부

발 작

1. 페라폰트 신부

　아직 날이 밝기도 전에 알료샤는 자리에서 일어나야 했다. 장로가 눈을 뜬 것이다. 장로는 기력이 쇠진한 상태임에도 자리에서 일어나 안락의자에 앉고 싶다고 했다. 그러고 나서 그는 곧 고해를 하고 성찬을 받고 싶다고 했다. 그러는 사이 날이 밝았다. 수도원에 사람들이 모여들기 시작했다. 의식이 끝나자 장로는 사람들에게 작별을 고하고 싶다면서 한 사람 한 사람에게 입을 맞춰주었다. 장로는 있는 힘을 다해 설교를 했다. 그 음성은 가냘팠으나 발음은 정확했다.

　"나는 오랫동안 여러분에게 설교를 해왔기 때문에 지금처럼 기운이 없을 때에도 말을 하는 것보다 말을 안 하는 편이 오히려 힘들 지경입니다." 그는 주변에 모여든 사람들을 정다운 눈으로 둘러보면서 농담조로 말했다.

"여러분! 서로 사랑하십시오. 하느님의 자식인 민중을 사랑하십시오. 우리가 여기, 이 울타리 속에 틀어박혀 있다고 해서, 속세에 있는 사람들보다 더 깨끗하다고 할 수는 없습니다. 그러니까 이 안에 있는 사람들은, 이 울타리 속에서 오래 살면 살수록 그것을 뼈저리게 자각해야 하는 것입니다. 인류의 죄, 전 세계의 죄, 개인의 죄, 이 일체의 죄에 대하여 책임이 있다는 것을 자각했을 때 비로소 우리의 수도 생활은 그 목적을 달성하는 것입니다. 그것도 단순히 만인 공통의 죄가 아니라 우리들 개개인이 이 지상에 사는 모든 사람에 대해서 죄가 있는 것입니다. 이 자각은 수도사의 월계관이자 모든 사람들의 월계관이기도 합니다. 수도사란 특수한 인간이 아니라 지상의 모든 사람이 당연히 그래야만 하는 인간의 모습입니다. 우리는 항상 자신의 마음을 감시하고, 참회하기를 게을리 해서는 안 됩니다. 또한 자기의 죄를 두려워해서도 안 되고, 오만한 태도를 취해서도 안 됩니다. 그리고 이렇게 기도하십시오. '주여! 아무도 기도해줄 사람이 없는 이를 구해 주시옵소서.' 그리고 또 이렇게 덧붙이십시오. '주여, 제가 이런 기도를 드리는 것은 결코 오만해서가 아닙니다. 저는 이 세상의 누구보다도 더러운 자입니다' 하고 말입니다. 하느님의 자식인 민중을 사랑하십시오. 나태와 오만과 탐욕의 늪에 빠져 있다가는 사방에서 이리떼가 몰려와 양떼를 노략질할 것입니다. 아무쪼록 게으름 피우지 말고 하느님의 복음을 민중에게 전하십시오. 결코 민중의 고혈을 짜내서는 안 됩니다."

그러나 장로의 말은 여기 적은 것, 즉 알료샤가 나중에 기록한 것보다는 훨씬 단편적인 것이었다.

알료샤가 볼일이 있어 잠깐 암자 밖으로 나왔을 때, 그는 암자와 그 주변에 모여 있는 수사들 모두가 흥분과 기대에 부풀어 있는 것을 보고 깜짝 놀랐다. 모두들 장로가 죽으면 곧 뭔가 위대한 기적이 일어나리라고 기대하고 있었다. 이런 기대는 어느 면으로 보면 거의 경솔함에 가까운 것이었다. 그럼에도 가장 엄격한 늙은 수도사까지도 그런 기대를 갖고 있었다. 이들 중에서도 가장 엄숙한 얼굴을 하고 있는 사람은 파이시 신부였다.

　알료샤가 암자에서 나온 것은 방금 시내에서 돌아온 라키틴이 한 수도사를 통해 그를 불러냈기 때문이었다. 라키틴은 알료샤 앞으로 보내는 호흘라코바 부인의 이상한 편지를 갖고 왔다. 부인은 지금 상황에 꼭 어울리는 흥미진진한 소식을 전해왔다. 다름이 아니라 어제 장로한테 축복을 받으러 왔던 평민 여자들 중에 이 고을에 사는 프로호로브나라는 늙은 하사관 미망인이 있었다. 그 노파는 장로에게 자기 아들 바셴카가 멀리 시베리아의 이르쿠츠크로 전속되어간 뒤 벌써 1년 동안이나 아무 소식이 없으니 죽었다고 생각하고 교회에서 그 명복을 빌면 어떻겠느냐고 물었다. 그러자 장로는 엄격한 어조로 그런 건 미신과 같은 짓이니 절대 해선 안 된다고 말하고, '마치 미래를 점치는 책이라도 읽는 것처럼', 다음과 같이 위로의 말을 덧붙였다. "당신의 아들 바셴카는 틀림없이 살아 있소. 이제 곧 어머니한테 돌아오든가, 아니면 편지라도 써 보낼 테니 아무 걱정 말고 집에 돌아가 기다리시오."

　'그런데 어떻게 됐는지 아세요?' 호흘라코바 부인은 감격적인 투로 적고 있었다. '예언은 그대로 들어맞았단 말이에요!' 그녀는 절규라도 하듯 편지를 끝맺고 있었다.

　굉장히 서둘러 쓴 편지 같아서 그녀가 얼마나 흥분했는지 알 수 있었다. 라키틴은 알료샤를 불러내 달라고 부탁한 수도사에게 이런 부탁을 했다. '파이시 신부님에게 제가 볼일이 있다고 전해 주십시오.' 그 수도사는 알료샤를 불러내기 전에 먼저 파이시 신부한테 라키틴의 말을 전했다. 다시 방으로 돌아온 알료샤에게는 파이시 신부에게 그 온 편지를 읽어 주고 이런 편지가 왔노라고 형식적으로 보고하는 일만 남게 되었다. 그러나 좀처럼 남의 말을 믿지 않는 이 근엄한 신부도 미간을 찌푸린 채 그 '기적'의 보고를 읽고는 자기 마음속에 일어난 감흥을 진정시킬 수가 없었다. 두 눈은 번쩍이고, 입술에는 엄숙하고 의미심장한 미소가 떠올랐다.

　"우리가 볼 기적이 어디 이뿐이겠소?" 갑자기 이런 말이 파이시 신부의 입에서 터져 나왔다.

　"그렇습니다. 더 큰 기적을 봐야지요." 주변의 수도사들도 맞장구를 쳤다. 그러자 파이시 신부는 다시 미간을 찌푸리며 좀 더 확인될 때까지 아무에게도 이 사실을 말하지 말라고 당부했다.

　그러나 이 '기적'은 삽시간에 온 수도원에 퍼졌고, 미사에 참여하려고 수도원에 온 많은 사람들에게도 알려졌다. 그런데 이 기적의 실현에 누구보다도 놀란 사람은 어제 먼 북방 오브도르스키의 '성 실베스테르 수도원'에서 온 수도사였다. 이 사람은 전날 호흘라코바 부인 옆에서 장로에게 인사를 드리고는, 장로가 '병을 고쳐준' 부인의 딸을 가리키며, "어떻게 그런 놀라운 일을 하십니까?"라고 장로한테 따지듯이 물었던 바로 그 수도사였다.

요컨대 이 수도사는 미궁에 빠져서 도대체 무엇을 믿어야 할지를 모르고 있었다. 바로 그날 저녁, 그는 양봉장 뒤에 외따로 떨어져 있는 암자로 페라폰트 신부를 방문하여 심각한 충격을 받았던 것이다. 사실 회견은 그의 가슴에 더할 나위 없이 무서운 인상을 주었다. 페라폰트 신부는 이 수도원에서 가장 늙은 수도사였고, 금욕과 침묵의 위대한 고행자였다. 이 사람은 앞에서도 말한 바와 같이 조시마 장로의 반대자였는데, 그는 장로 제도가 불편하고 경박한 제도라는 견해를 고집하고 있었다.

그는 침묵의 고행자였으므로, 거의 누구와도 하지 않았지만 지극히 위험한 인물이었다. 사람들은 그가 '광신자' 임에 틀림없다는 것을 인정하면서도 한편으로는 계율을 엄격히 지키는 위대한 고행자로서 깊이 존경하고 있었다. 그는 사흘에 2푼트 정도의 빵 이외에는 아무 것도 먹지 않았다. 그 빵은 가까운 양봉장에 살고 있는 꿀벌지기가 사흘에 한 번씩 날라다 주었지만 페라폰트 신부는 자기를 위해 그런 수고를 해주는 이 사나이한테도 여간해선 말을 거는 일이 없었다.

그가 미사에 참석할 때라곤 거의 없었다. 극히 무식한 사람들 사이에서는 그에 관한 참으로 기괴한 소문이 나돌고 있었다. 페라폰트는 하늘의 성령과 소통하고 있어, 언제나 이들 성령하고만 이야기하기 때문에 지상의 인간하고는 말을 하지 않는다는 것이었다.

오브도르스키에서 온 수도사는 양봉장에 도착하여, 페라폰트 신부의 암자가 있는 담 모퉁이로 걸음을 옮겼다. "어쩌면 먼 곳에서 온 분이니 말을 하실지도 모르지만, 한 마디도 안하실지도 모릅니다." 꿀벌지기가 그에게 미리 일러주었다. 후에 본인의 말에 의하면, 이 수도사는 대단한 두려움을 갖고 암자로 다가갔었다고 한다.

해거름의 서늘한 미풍이 잔잔히 일고 있었다. 오브도르스키에서 온 수도사는 고행자 앞에 엎드려 축복을 빌었다.

"나도 자네 앞에 부복하기를 바라는가?" 페라폰트 신부가 말했다. "일어나게!"

수도사는 일어났다.

"먼저 나한테 축복을 해주고 내 축복을 받은 다음 이리 와 앉게. 그래, 어디서 왔는가?"

그런데 무엇보다 이 가련한 수도사를 놀라게 한 것은 페라폰트 신부가 무척 고령인데다가 엄격한 금식 생활을 하고 있었음에도 불구하고 원기 왕성해 보였다는 점이었다. 그는 모음 O를 강하게 발음하는 버릇이 있었다.

"오브도르스키의 실베스테르라는 조그만 수도원에서 찾아왔습니다." 수도사는 겁먹은 듯하면서도 호기심 어린 조그만 눈을 재빨리 굴려 은둔자의 모습을 관찰하면서 이렇게 대답했다.

"나도 실베스테르의 수도원에 가본 적이 있지. 얼마 동안 거기서 살기도 했으니까. 그래, 실베스테르는 별 일 없나?"

수도사는 머뭇거렸다.

"내 말을 알아듣지 못하겠나! 금식은 어떻게들 지키고 있지?"

"저희들의 식사는 옛날 수도원의 관습을 따르고 있습니다."

"그럼 그루즈지(버섯)는?" 페라폰트 신부가 물었다. "그래, 그 버섯 말일세. 나한테는 빵 같은 건 전혀 필요 없어. 그런 건 멀리하고, 숲속에 들어가서 버섯이랑 산딸기를 먹고 연명할 작정이지. 요즘은 더러운 녀석들이 나타나서, 그렇게까지 금식을 할 필요는 없다고 말하고 있지만, 그자들의 그런 생각이야말로 오만불손하다고 할 수 있지."

"네, 옳은 말씀이십니다." 수도사는 맞장구를 치며 탄식했다.

"그자들한테서 악마를 보았나?" 페라폰트 신부가 물었다.

"그자들이라니! 누구 말씀이신지요?" 수도사는 겁에 질린 어조로 되물었다.

"나는 작년 성금요일에 수도원장한테 가보고는, 그후 한 번도 가본 적이 없네. 그때 나는 악마를 보았지. 어떤 놈은 가슴팍에 들러붙어 수도복 속에 숨어서 뿔만 내밀고 있는가 하면, 또 어떤 놈은 목을 휘어감고 대롱대롱 매달려 있는데, 본인은 전혀 그것을 모르고 있더란 말일세."

"당신한테는 그것이 보입니까?" 수도사가 물었다.

"보인다지 않나! 나도 생각이 있어서 느닷없이 방문을 쾅 닫아 그놈의 꼬리를 문틈에 끼워버렸네. 그러자 캥캥 비명을 지르며 버둥거렸는데, 내가 십자가로 세 번 성호를 그으니까 당장 그 자리에서 거미처럼 죽어버리더군."

"정말 무서운 말씀이시군요. 그건 그렇고, 위대하신 신부님!" 수도사는 점점 대담해졌다. "당신은 언제나 성령과 소통하고 계시다던데. 그건 사실입니까?"

"날아온다네, 이따금. 새의 모습으로."

"무슨 말을 합니까?"

"오늘은 이런 소식을 전해 주더군. 어리석은 자가 찾아와서 어리석은 질문을 할 거라고 말이야."

"거룩하신 신부님, 실로 무서운 말씀이십니다."

오브도르스키의 수도사는 이런 대화를 나눈 후 자기에게 지정된 방으로 돌아왔다. 그는 적지 않은 의혹을 느끼고는 있었지만 그래도 그의 마음은 조시마 장로에게보다는 그 고행자한테 더 끌리고 있었다. 오브도르스키의 수도사는 무엇보다도 금식이라는 것을 가장 중시하고 있었으므로, 페라폰트 신부와 같이 위대한 고행자야말로 '기적 같은 안목을 가진 사람'이라는 점을 조금도 이상하게 여기지 않았다. 신부의 말이 물론 터무니없는 소리같이 생각되기는 했지만 그 속에 깊은 의미가 숨어 있는지도 모르고, 게다가 또 광신자들이란 모두 그보다 훨씬 괴상한 언행을 주저하지 않는 일이 자주 있었다.

게다가 그는 무슨 일에나 호기심이 강하여, 곧잘 참견하는 성격의 소유자였다. 조시마 장로가 새로운 '기적'을 행했다는 소식에 그가 의혹을 품은 것도 이런 이유에서였다. 후에 알료샤는 호기심 많은 오브도르스키의 수도사가 장로와 암자 주위에 모여든 군중들 속을 왔다 갔다 하며, 여기저기 얼굴을 들이밀고는 사람들 이야기에 귀를 기울이는가 하면 아무한테나 꼬치꼬치 질문을 던지기도 하던 일이 생각났다.

조시마 장로는 다시 피로감을 느껴 침대에 누웠으나 문득 알료샤가 생각나서 그를 불러달라고 했다. 알료샤는 급히 달려갔다. 이때 장로 옆에는 파이시 신부와 이오세프 신부, 그리고 예비 수도사인 포르피리, 세 사람밖에 없었다. 장로는 알료샤의 얼굴을 물끄러미 바라보다가 불쑥 물었다.

"알료샤, 집안 사람들이 널 기다리고 있겠지? 넌 가봐야 할 데가 있지? 오늘 간다고 약속하지 않았나?"

"약속했습니다."

"슬퍼하지 마라. 나는 죽더라도 네가 있는 자리에서 유언을 하고 죽을 테니까. 유언 말이다. 그러니 지금은 어서 약속한 사람들한테 갔다 오너라."

그런데 바로 그때 파이시 신부가 그에게 작별의 말을 해주었는데, 그의 말은 알료샤에게 뜻하지 않은 강렬한 감명을 주었다. 두 사람이 장로의 방을 나왔을 때의 일이었다.

"알료샤, 네가 명심해둬야 할 일이 있다." 파이시 신부는 다짜고짜 이렇게 말을 꺼냈다. "강력한 힘으로 결집한 속세의 과학은 특히 성서 속에서 약속한 모든 것을 연구하기 시작했고, 엄격한 분석 이후 지난날의 신성한 모든 것은 깡그리 사라져버렸다. 그러나 우리는 부분적인 검토에만 골똘했기 때문에 전체의 모습을 놓쳐버리고 만 거야. 그런데 이 전체로서의 완전한 모습은 종전과 마찬가지로 현재 엄연히 그들의 눈앞에 버티고 서 있어서 지옥의 문도 그걸 정복할 수는 없네. 알료샤, 자네는 아직 어린데 세상의 유혹은 너무나 강해서, 자네 힘으로는 감당해 내기 어렵지 않을까 근심이 되네. 자, 그럼 알료샤, 가보게."

알료샤는 수도원 문을 나서며 이 뜻하지 않은 축복의 의미를 곰곰이 되새기면서, 지금까지 자기에게 그처럼 냉정하고 엄격했던 이 신부가 실은 자기를 열렬히 사랑해 주는 새로운 친구이자 지도자라는 사실을 불현듯 깨달았다.

2. 아버지의 집에서

알료샤는 아버지의 집으로 향했다. 집 근처까지 왔을 때, 아버지가 이반의 눈에 띄지 않도록 살그머니 들어오라고 신신 당부하던 말이 생각났다. '도대체 왜 그랬을까?' 알료샤는 그제야 아버지의 말이 떠올랐다. 이때 마르파가 그에게 쪽문을 열어주며, 이반이 벌써 두 시간 전에 외출했다고 말하자 정말 다행이라는 생각이 들었다.

"그럼 아버지는?"

"일어나서 커피를 드시고 계십니다." 마르파는 퉁명스럽게 대답했다.

알료샤는 안으로 들어갔다. 표르도는 낡은 코트에 슬리퍼를 신고 혼자 식탁에 앉아 건성으로 장부를 뒤적거리고 있었다. 그 넓은 집에는 표도르 혼자 있었다. 이마에는 밤 사이 커다란 자줏빛 멍이 생겼기 때문인지 붉은 천이 동여매어져 있었다.

"커피가 식어서," 노인은 짜증스럽다는 듯 말했다. "너한테 굳이 권하진 않겠다. 그래, 무슨 일로 왔니?"

"아버지께서 좀 어떠신가 해서요."

"그래, 참! 어제 너더러 와달라고 그랬지. 공연히 마음을 쓰게 했구나."

그는 몹시 못마땅하다는 듯한 표정으로 거울에 비친 자기 코를 들여다보았다. 그러고는 이마에 두른 붉은 천을 보기 좋게 고쳤다.

"붉은 게 좋지. 흰 건 병원 냄새가 나거든. 그래, 장로는 어떠냐?"

"매우 위독하세요. 어쩌면 오늘 운명하실지도 몰라요." 알료샤는 이렇게 대답했으나 아버지는 귀담아 들으려고도 하지 않았다.

"이반은 나가버렸어. 그 녀석은 드미트리의 색시를 가로채려고 온 힘을 다 쏟고 있어. 여기에 사는 것도 실은 그 때문이지."

"이반 형이 그런 말을 하던가요?"

"암, 벌써 오래 전에 그렇게 말했지. 그는 틀림없이 뭔가 목적이 있어서 온 거야!"

"아니, 무슨 말씀을 그렇게 하세요?" 알료샤는 몹시 낭패스런 얼굴이었다.

"그 녀석은 나한테 돈을 달라고는 하지 않아. 어차피 나한테선 동전 한 닢 받아내지 못한다는 걸 아니까. 나는 오래 살고 싶은데, 그러려면 단돈 한 푼이라도 소중한 거야. 나는 이제 쉰다섯밖에 안되었으니, 아직은 사내로 통해. 앞으로 적어도 20년은 더 사내 구실을 하고 싶어. 하지만 나이를 먹어가니 꾀죄죄해져서 계집들이 자진해서 들러붙지를 않아. 얘, 알료샤! 나는 천국 같은 건 바라지도 않는다. 설사 천국이 있다 하더라도 우리 같은 버젓한 신사가 그런 데 간다는 건 격에 맞지도 않는 일이야. 나는 일단 눈을 감으면 영원히 깨어나지 못할 거라고 생각해. 이반은 그저 허풍선이일 뿐이지, 뭐 이렇다 할 학식이 있는 건 아니야. 그 녀석의 수법이란 바로 그런 거야."

알료샤는 말없이 듣고만 있었다.

"어째서 그 녀석은 나하곤 말하려 들지 않을까? 어쩌다 말을 한다 해도 공연히 거드름만 피우거든. 나는 마음만 먹으면 지금 당장에라도 그루셴카하고 결혼할 수 있어. 이반 녀석은 그게 두려워서 내가 결혼하지 못하도록 망을 보는 한편 드미트리를 부추겨 그루셴카랑 결혼시키려는 거야. 그루셴카가 나한테 오는 걸 방해하려는 거지. 그리고 또 드미트리가 그루셴카와 결혼하면 돈 많은 형의 약혼녀를 차지할 수도 있으니까."

"아버지는 좀 흥분해 계신 것 같습니다."

"네가 그런 말을 하는 것은 화가 나지 않지만, 만일 이반이 그런 말을 했다면 틀림없이 화를 냈을 게다. 나에게도 선량해지는 한순간이 있단다. 다른 때는 언제나 사악하지만 너하고 있을 때는 달라."

"아버지는 사악한 인간이라기보다 그저 좀 비뚤어졌을 뿐이에요." 알료샤가 빙긋 웃었다.

"그런데 알료샤, 나는 오늘 드미트리 녀석을 감옥에 처넣어 버릴까 생각했지만, 아직도 결정을 내리지 못하고 있다. 요즘 세상은 존경해야 할 부모를 편견을 가진 고집덩어리로 받아들이는 게 일반적인 경향이지만, 아무리 그래도 마루에 쓰러진 아비의 얼굴을 구둣발로 걸어차다니 말이 되냐?"

"그럼 형을 고소하실 생각은 없다 그 말씀이시죠?"

"이반이 말리더구나."

그는 알료샤에게 몸을 굽혀 속삭이듯이 말했다.

"만일 내가 그 악당을 감옥에 처넣었다는 소식을 들으면 틀림없이 그 계집은 곧장 그놈한테로 달려갈 거야. 나는 그년 속마음을 다 꿰뚫어보고 있어."

그는 열쇠로 찬장을 열고 유리잔에 술을 따라 들이켜고는, 다시 찬장 문을 잠근 뒤 열쇠를 호주머니 속에 집어넣었다. "이거면 됐어. 한 잔쯤 했다 해서 뻗지는 않을 테니까."

"아버진 전보다 상냥해지셨군요." 알료샤가 미소를 지었다.

"음! 나는 코냐크를 안 마셔도 너를 좋아해. 그렇지만 상대방이 악당일 때는 나도 악당이 되는 거야. 이반은 체르마시냐에 가려 하질 않는데, 그 이유가 뭔지 아니? 내가 그루셴카에게 돈이라도 주면 어떡하나 싶어 그런 거야. 도대체 어디서 그런 악당이 나왔을까? 네 형 드미트리 같은 놈은 바퀴새끼처럼 짓밟아버려려 해! 내가 지금 네 형 드미트리라고 한 건 네가 그놈을 사랑하기 때문이야. 그러나 이반은 정떨어지는 놈이야. 이반은 사람이 달라. 공중에 떠도는 먼지 같아. 어제 내가 너더러 오늘 꼭 와달라고 말한 건 너를 통해 드미트리의 생각을 정탐하려 했던 거야. 만약에 내가 그놈한테 1천 루블이나 2천 루블쯤 준다면, 그 염치없는 녀석은 여기서 완전히 자취를 감춰버리겠다고 하지 않을까?"

"글쎄요, 형한테 한번 물어보죠." 알료샤가 더듬거렸다. "아버지께서 3천 루블을 다 주신다면 아마 형도……."

"집어치워라. 이젠 나도 생각이 달라졌어. 그놈한텐 한 푼도 줄 수 없어. 돈은 내가 더 필요해." 그는 손을 내저었다. "그런데 그놈의 약혼녀 카테리나 말이다, 도대체 그 여자는 드미트리의 색시가 되는 거니, 안 되는 거니?"

"그 여자는 형을 절대로 포기하지 않을 겁니다."

"그렇게 얌전한 아가씨들은 바람둥이나 악당을 좋아하게 마련이야. 너한테 말해두지만, 얼굴이 창백한 그런 종류의 아가씨들이란 조금 멍청하지. 망할 자식 같으니라고! 아무튼 그루셴카에겐 절대로 손을 못 대게 할 테야. 어림도 없고말고." 이 마지막 말과 함께 그는 또

다시 격분하기 시작했다.

그러자 알료샤가 작별 인사를 하려고 아버지한테로 다가가서 그의 어깨에 입을 맞췄다.

"왜 이런 짓을 하니?" 노인은 다소 놀라는 기색이었다. "이제 다신 못 만날 것 같아서 그러느냐? 나도 별다른 뜻이 있어서 한 말은 아니다."

알료샤가 밖으로 나가자마자 그는 다시 찬장으로 다가가서 술을 반쯤 따라 마셨다. 그는 찬장을 잠그고 열쇠를 호주머니에 집어넣었다. 그는 침실로 가서 맥없이 침대에 몸을 던지고는 그대로 잠들어버렸다.

3. 아이들과 함께

'아버지가 그루셴카 얘기를 꺼내지 않으신 건 정말 다행이야.' 알료샤는 아버지의 집에서 나와 호흘라코바 부인의 집으로 걸어가며 생각했다. '물으셨다면 어제 그루셴카와 만났던 일을 얘기하지 않을 수 없었을 텐데.'

그러나 알료샤는 그 생각에 오래 골몰하고 있을 수가 없었다. 가는 도중에 뜻하지 않은 사건이 일어났던 것이다. 그것은 겉보기엔 별로 대수롭지 않은 일이었지만 그에게는 크나큰 충격을 주었다.

개천 하나를 사이에 두고 큰 거리와 평행하는 미하일로프스키 거리로 나가려고 광장을 지나 골목길로 접어들었을 때, 그는 한 무리의 초등학생들을 발견하였다. 대부분 아홉 살에서 열두 살 정도의 어린 아이들이었다. 그중에는 부유한 가정에서 응석받이로 자라 무릎께까지 오는 긴 장화를 신은 아이도 있었다. 이 한 떼의 소년들은 뭔가를 열심히 재잘거리고 있었다. 알료샤는 여러 가지 걱정거리가 많았음에도 불구하고 그들의 대화에 끼어들고 싶어졌다. 그는 옆으로 다가가서, 생기발랄한 장밋빛 소년을 바라보다가, 아이들이 모두 돌멩이를 들고 있는 것을 발견했다. 개천 건너편에는 또 한 명의 사내아이가 서 있었다. 키로 보아 열 살이 될까 말까 한 소년이었는데, 병적으로 창백한 얼굴에 까만 눈만이 이상하게 반짝거리고 있었다. 그들 여섯 명은 모두 같은 반 학생들로, 방금 학교에서 함께 나왔지만, 평소부터 저쪽 아이와는 사이가 좋지 않은 것 같았다. 알료샤는 검은 재킷을 입은 혈색이 좋은 아이한테 다가가서 말을 걸었다.

"내가 학교에 다닐 때는 가방을 왼쪽 어깨에 메고 다녔다. 오른손으로 쉽게 책을 꺼낼 수 있게 말이야. 그런데 너는 오른쪽에 가방을 메고 있구나?"

"저 앤 왼손잡인걸요." 활발하고 건강해 보이는 열한 살쯤 된 다른 아이가 얼른 대답했다. 나머지 다섯 아이들은 뚫어지게 알료샤를 바라보고 있었다.

"저 앤 돌을 던질 때도 왼손으로 던져요." 또 다른 소년이 덧붙였다. 바로 그때, 돌멩이 하나가 이쪽으로 날아와서 왼손잡이 소년을 살짝 스치고 지나갔다. 그 솜씨는 제법 능숙하고 힘이 있었다. 그것은 개천 저쪽에 있는 소년이 던진 돌이었다.

"애 스무로프, 한 대 맞혀라! 한 대 먹여!" 소년들이 외쳤다. 그러나 스무로프(왼손잡이 소년)는 그런 말을 들을 사이도 없이 곧 응수했다. 그러나 그가 던진 돌은 빗나가서 땅에 떨어졌다. 건너편 소년은 다시 이쪽을 향해 돌을 던졌다. 이번에는 알료샤를 명중하여 꽤 아프게 그의 어깨를 쳤다. 개천 건너편 소년의 호주머니는 준비해둔 돌로 가득 차 있었다. 30보가량 떨어진 이쪽에서도 호주머니가 볼록하다는 걸 알 수 있었다.

"저 자식은 일부러 아저씨를 겨누고 던진 거예요. 아저씨는 카라마조프니까요, 카라마조프!" 아이들은 깔깔대면서 소리쳤다. "자, 이번에는 일제 사격이다. 던져!"

여섯 개의 돌멩이가 일시에 이쪽에서 날아갔다. 쌍방 간에 쉴 새 없이 돌팔매질이 계속되었다.

"이게 무슨 짓이냐? 여섯이서 한 명과 싸우다니!" 알료샤가 고함쳤다. 서너 명의 아이는 잠시 손을 멈췄다.

"저 자식이 먼저 던진걸요." 빨간 셔츠를 입은 소년이 어린애답게 애가 달아오른 목소리로 외쳤다. "저 자식은 비겁해요. 아까 교실에서 크라소트킨을 칼로 찔러 피까지 나게 했어요. 크라소트킨은 선생님한테 고자질하기가 싫어서 그냥 뒀지만, 저런 놈은 혼내줘야 해요."

"그건 무엇 때문이었니? 너희들이 먼저 저 애를 놀려주었겠지?"

"저것 봐요, 또 아저씨 등에 돌을 던지네요. 저 자식은 아저씨가 누구라는 걸 알고 있어요. 저 자식은 우리가 아니라 아저씨한테 돌을 던지고 있는 거예요. 자, 스무로프, 명중시켜야 해!"

그러는 사이에 이쪽에서 날아간 돌 한 개가 저쪽 소년의 가슴팍에 명중했다. 소년은 비명을 지르며 미하일로프스키 거리 쪽의 언덕으로 도망쳐갔다. 이쪽 아이들이 욕설을 퍼부어댔다. "아아, 병신 같은 자식아! 겁나지? 카라마조프 아저씨, 저 자식이 얼마나 비겁한 놈인지 당신은 모를 거예요. 저런 놈은 죽어도 시원찮아요." 재킷을 입은 소년이 눈을 번득이며 말했다. 그 아이가 가장 나이가 많아 보였다.

"도대체 왜 그러니?" 알료샤가 물어보았다. "고자질이라도 했냐?" 소년들은 어이가 없다는 듯이 서로의 얼굴을 쳐다보았다.

"아저씨도 미하일로프스키 거리 쪽으로 가는 길이죠?" 그 소년이 다시 말을 이었다. "그럼 어서 저 자식을 따라가 보세요. 저기 서서 아저씨를 기다리고 있네요."

아이들 사이에 폭소가 터졌다.

"가지 마세요, 얻어맞을 테니." 스무로프가 경고하듯이 말했다.

"얘들아, 나는 수세미 이야기는 묻지 않겠다. 너희들이 그걸 가지고 그 애를 놀려주는 모양이니까. 그러나 왜 너희들이 저 애를 그렇게 싫어하는지 그건 저 애한테 알아 봐야겠다."

알료샤는 외톨이 소년을 향해 걸어 올라갔다.

"조심하세요." 등 뒤에서 아이들이 경고했다. "그 자식이 당신이라고 무서워할 줄 아세요? 몰래 칼을 꺼내 푹 찌르는지도 몰라요. 크라소트킨처럼 말예요."

소년은 그 자리에 꼼짝 않고 서서 알료샤가 오기를 기다리고 있었다. 가까이 가서 보니 그 아이는 고작 아홉 살 정도밖에 안된, 키가 작고 허약한 소년이었다. 다 헐어빠진 낡은 외투를 입고 있었는데, 그 외투는 작아서 아주 불편해 보였다.

"저 자식들은 여섯이고 나는 혼자지만…… 나는 다 해치울 수 있어." 소년은 눈을 번쩍이며 말했다.

"그렇지만 심하게 한 대 얻어맞지 않았니?" 알료샤가 말했다.

"나도 스무로프의 대가리를 명중시켰는걸요!" 소년이 외쳤다.

"저 애들이 말하기를 네가 일부러 나한테 돌을 던졌다더구나."

소년은 험상궂은 눈길로 알료샤의 얼굴을 쳐다보았다.

"나는 너를 모르는데, 너는 나를 알고 있니?"

"귀찮게 굴지 말아요." 소년은 갑자기 화를 내며 소리쳤다.

"좋아. 난 가겠다." 알료샤가 말했다. "하지만 나는 네가 누군지도 모르고, 또 너를 놀릴 생각도 없다."

"수도사가 비싼 바지를 다 입다니!" 소년은 증오에 찬 도전적인 눈초리로 알료샤를 지켜보며 이렇게 외쳤고, 이번엔 틀림없이 알료샤가 달려들 줄 알았던지 얼른 방어 태세를 취했다. 그러나 알료샤는 몸을 돌려 소년을 한 번 바라보고는 그냥 앞으로 걸음을 옮겼다. 그러나 그가 세 발짝도 채 내디디기 전에 소년이 던진 돌이 그의 등을 세차게 때렸다.

"아니, 뒤에서 이러는 법이 어딨니? 그러고 보니 저쪽 애들이 너를 보고 언제나 몰래 달려든다고 하더니, 그 말이 사실인가 보구나?"

그러자 소년이 악에 받쳐 또다시 돌을 던졌다. 이번에는 알료샤가 재빨리 몸을 피했기 때문에 돌은 그의 팔꿈치에 맞았다.

"내가 너한테 무슨 잘못을 했다고 이러는 거지?"

소년은 이번에야말로 알료샤가 달려들 거라 생각하고 응전할 태세를 갖추고 기다리고 있었다. 그러나 알료샤가 달려들지 않는 것을 보자 소년은 야수처럼 울분을 터뜨리며 자기 쪽에서 먼저 알료샤에게 달려들었다. 난폭해진 소년은 알료샤가 미처 피할 사이도 없이 다짜고짜 두 손으로 그의 왼손을 붙잡더니 가운뎃손가락을 으스러지게 깨문 채 10초가량이나 놓아주지 않았다. 손가락은 이가 뼈에 거의 닿을 만큼 깊이 물려 피가 줄줄 흘러내렸다. 알료샤는 손수건을 꺼내 상처를 동여맸다. 이윽고 알료샤는 온화한 눈길로 소년을 바라보았다.

"나는 네가 누군지도 모르고, 너를 만난 것도 오늘이 처음이지만, 내가 너에게 뭔가 잘못을 저질렀는가보구나. 그렇지 않다면야 네가 이렇게까지 할 리가 없지 않니?"

그러자 소년은 대답 대신 큰 소리로 울음을 터뜨렸다. 그러고는 갑자기 알료샤로부터 도망쳐 달아났다. 알료샤는 그 뒤를 쫓아 미하일 로프스키 거리 쪽으로 천천히 걸음을 옮겼다. 알료샤는 시간이 나는 대로 소년을 찾아내어 이 수수께끼를 풀어야겠다고 결심했다. 그러나 지금은 그럴 시간이 없었다.

4. 호흘라코바 부인의 집에서

얼마 후 알료샤는 호흘라코바 부인의 집에 도착했다. 그 집은 부인의 소유로 되어 있는 2층짜리 석조 건물로, 이 지방에서 유명했다. 호흘라코바 부인은 다른 현에 있는 자기 영지와 모스코바의 본가에서 주로 지냈지만 이 지방에도 대대로 내려오는 집을 가지고 있었다. 그녀는 객실까지 달려나와 그를 맞았다.

"받으셨지요? 새로운 기적에 대해 적어 보낸 제 편지 말이에요."
부인은 호들갑스럽게 말했다.

"네, 받아보았습니다. 장로님께선 오늘 중으로 운명하실 겁니다."
알료샤가 말했다.

"다시는 장로님을 뵈올 길이 없다니 정말 유감이군요. 한데 지금
카테리나가 여기 와 있는 걸 아세요?"

"아, 마침 잘됐군요!" 알료샤가 외쳤다. "그럼 댁에서 그분을 만나
뵙도록 하겠습니다. 오늘 꼭 와달라고 어제 제게 신신 당부를 했으니
까요."

"나도 다 알고 있어요. 어제 그 집에서 일어난 일에 대해서도 자세
히 들었어요. 하지만 당신 형 드미트리는 정말 너무했어요. 어머나!
알렉세이 표도로비치, 지금 저 방에 당신의 둘째 형 이반이 그 아가씨
와 함께 무척 심각한 대화를 나누고 있어요. 당신은 믿지 않으실지도
모르지만, 두 사람 사이에는 지금 굉장한 일이 일어나고 있답니다. 정
말로 무서운 일이에요. 그야말로 파멸이라니까요. 그건 그렇고, 도대
체 뭣 때문에 우리 리즈는 히스테리를 일으키는 걸까요? 당신이 오셨
다는 말을 듣기가 무섭게 히스테리부터 일으키니 말예요!"

"엄마, 지금 히스테리를 일으키고 있는 건 엄마지, 내가 아니에
요." 그때 옆방으로 통하는 문틈으로 리즈의 목소리가 들려왔다.

"리즈야, 네가 그렇게 변덕을 부리는데 난들 히스테리를 안 일으킬
수 있겠니? 알렉세이 표도로비치, 당신이 우리 집으로 가까이 다가오
자, 저 애는 고함을 지르며 발작을 일으키더군요. 그러고는 전에 자기
가 쓰던 방으로 의자를 밀어달라고 하는 거예요."

"엄마, 제가 이 방에 오고 싶다고 한 건 그것과는 전혀 관계 없는 일이에요."

"너 또 거짓말을 하는구나, 리즈야. 율리야가 달려와서 이분이 이리 오고 있다고 너한테 알리지 않았니! 그 앤 네 파수병이니까."

"엄만 왜 그런 실없는 소리만 하세요. 지금이라도 명예를 회복하기 위해 뭔가 좀 현명한 말을 하시고 싶다면, 여기 찾아오신 알렉세이 표도로비치한테 이렇게 말하세요. '어제 그런 일이 있고, 모든 이의 조롱거리가 되었음에도 불구하고 다시 우리 집을 방문하기로 결심하신 한 가지 사실만 보더라도 당신이 얼마나 모자라는 사람인지 입증하고도 남음이 있어요.' 라고요."

"리즈야, 그러다가는 정말 나한테 혼날 줄 알아라."

"엄마, 그건 또 무슨 말씀이세요?"

"아아, 리즈야! 너의 들떠 있는 변덕, 그리고 밤새도록 계속된 무서운 열…… 중요한 것은 언제까지나 끝이 없다는 거야. 게다가 마지막으로 그런 기적까지 일어났으니 말이야! 알렉세이 표도로비치, 그 기적이 나를 얼마나 감동시켰는지 모른답니다."

"저, 한 가지 청이 있는데요." 알료샤가 부인의 말을 가로막으며 말했다. "손가락을 싸맬 깨끗한 헝겊 좀 주셨으면 합니다'."

알료샤는 소년한테 물린 손가락에 감은 손수건을 끌러 보였다. 호흘라코바 부인은 비명을 지르며 눈을 감았다.

문틈으로 보고 있던 리즈는 알료샤의 손가락을 보자마자 홱 문을 열어젖혔다.

"이리 들어오세요." 리즈는 명령조로 외쳤다. "어머나! 이렇게 다

치고도 왜 아무 소리 않고 서 계셨어요? 빨리 물을 가져와요." 리즈는 신경질적으로 외쳤다. 율리야가 물을 들고 달려왔다. 알료샤는 그 물에 손가락을 담갔다.

"어디서 이렇게 다치셨는지, 그것부터 말해 주세요. 그러고 나서 다른 얘기를 해요. 자, 어서!"

알료샤는 부인이 되돌아올 때까지의 시간이 리즈에게 얼마나 귀중한 것인가를 본능적으로 알아차렸다. 그래서 서둘러 아까 소년과 만났던 그 수수께끼 같은 경위를 얘기했다. 다 듣고 나자 리즈는 손뼉을 탁 쳤다.

"아니, 그런 옷을 입고 코흘리개 아이들과 어울리다니요. 그런데 손가락이 아프셔도 나하고 얘기하는 거야 상관이 없죠?"

"상관없고 말고요."

"그건 손가락을 물에 담그고 있기 때문이에요. 율리야, 빨리 지하실에 가서 얼음을 가져와. 알렉세이, 어제 제가 당신한테 보낸 그 편지, 지금 돌려주세요. 빨리요, 엄마가 돌아오기 전에. 난……."

"지금은 없는데요."

"거짓말 마세요. 자, 돌려주세요. 돌려달라니까요!"

"그 편지는 수도원에 두고 왔습니다."

"당신은 편지를 읽고 나를 철없는 계집애라고 생각했을 테죠. 하지만 편지만은 꼭 돌려주셔야 해요. 만약 지금 가지고 계시지 않으면 오늘중으로 꼭 갖다 주셔야 해요. 꼭!"

"오늘 중으론 안 되겠는데요. 이제 수도원에 돌아가면 앞으로 2, 3일, 아니 나흘은 여기 올 수 없을 겁니다. 조시마 장로님께서 운명하시면 저는 곧 수도원에서 나오기로 되어 있으니까요. 거기서 나오면 다시 공부를 계속해서 시험을 치를 생각입니다. 그리고 법정 연령에 달하면 우린 결혼하는 겁니다. 나는 당신을 사랑할 거예요. 아직 충분히 생각해 보지는 않았지만, 나는 당신보다 좋은 아내를 얻을 수 있을 거라고는 생각지 않습니다. 그리고 조시마 장로님께서도 결혼하라고 분부하셨고."

"하지만 난 불구자예요. 안락의자로 끌려다니는 불구자란 말예요." 리즈는 두 볼을 붉히면서 웃기 시작했다.

"내가 당신을 끌고 다니겠어요. 그러나 그전에 완쾌될 겁니다."

"하지만 당신은 지금 제정신이 아니에요." 리즈는 신경질적으로 말했다. "그런 농담을 진담으로 알고 바보 같은 소릴 하고 계시니 말예요. 엄마, 글쎄 이분이 지금 결혼하고 싶다는군요. 이분이 결혼한 모습을 생각하면 우습잖아요?"

"아니, 결혼이라니! 리즈야, 왜 그런 뚱딴지 같은 소릴 하는 거냐? 그런 말은 이 자리에 어울리지도 않아. 알렉세이, 우리 리즈가 붕대 감는 솜씨가 제법이군요. 아직도 아프세요?"

"이젠 그리 심하지 않습니다. 한데 저는 지금 당장 카테리나를 만나야 합니다. 하여튼 오늘은 되도록 빨리 수도원에 돌아가야 하니까요."

"엄마, 빨리 이분을 데리고 가세요. 카테리나를 만난 뒤 저한테 들를 생각은 하지 마세요. 곧바로 수도원으로 돌아가세요. 그것이 당신이 가야 할 길이니까요."

"그럼 3분만 있겠습니다. 아니, 5분도 괜찮습니다." 알료샤가 중얼거렸다.

"5분이라고요? 엄마, 빨리 이분을 데리고 가세요, 이분은 도깨비예요!"

"리즈, 너 미쳤니? 자, 가요! 알렉세이 표도로비치. 한데 저 애는 당신하고 함께 있는 사이에 정말로 졸고 있군요. 아무튼 그렇게 빨리 저 애를 졸리게 해주어 정말 다행이군요."

"엄마도 제법 재치 있는 말을 하시네요. 그 대가로 엄마한테 키스를 해드릴게요."

"그럼 나도 너한테 키스해 주마, 리즈야. 그런데 알렉세이, 나는 당신한테 아무런 암시도 하지 않겠어요. 그리고 그 비밀의 막을 올려주고 싶지도 않고요. 하지만 저곳으로 들어가시면 무슨 일이 벌어지고 있는지 직접 보실 수 있을 거예요. 그야말로 어처구니없는 희극이 벌어지고 있어요. 그 여자는 당신의 둘째 형 이반을 사랑하고 있으면서도 맏형 드미트리를 사랑하고 있다고 열심히 우기고 있으니 말예요. 정말 무서운 일이에요. 나도 당신과 함께 들어가겠어요. 그리고 쫓겨나지만 않으면 끝까지 남아 있겠어요."

5. 객실에서의 파국

그러나 객실에서의 대화는 이미 끝나가고 있었다. 카테리나는 단호한 표정이었지만 몹시 흥분한 상태였다. 알료샤와 호흘라코바 부인이 들어갔을 때, 이반은 돌아가려고 자리에서 일어서고 있었다. 형의 얼굴이 다소 창백했으므로 알료샤는 불안감을 느끼며 그를 바라보았다. 알료샤는 벌써 달포 전부터 둘째 형 이반이 카테리나에게 반하여, 정말로 그녀를 드미트리한테서 '가로채려 한다'는 소문을 여러 번 들은 적이 있었다. 알료샤는 두 형을 모두 사랑하고 있었으므로, 두 사람 사이의 이런 대립은 생각할 수도 없었다.

게다가 카테리나 같은 여성이 이반 같은 인물을 사랑할 리가 없었다. 그녀가 사랑하는 사람은 드미트리였다. 그 사랑이 아무리 이상하게 보일지라도, 있는 그대로의 드미트리를 사랑하고 있는 것만은 틀림없는 것 같은 생각이 들었다. 그러나 어제 그루셴카와의 장면을 보고 나서자 갑자기 다른 생각이 그의 머리에 떠올랐다. 방금 호흘라코바 부인의 입에서 나온 '파국'이란 말은 그를 전율시키고도 남았다. 그날 새벽녘에 그는 반쯤 잠이 깨어, 자기 꿈에 대답이라도 하는 듯이, "파국이다, 파국!" 하고 소리를 질렀던 것이다. 카테리나의 집에서 벌어졌던 그 무서운 장면이 계속 꿈속에서 이어졌던 것이다.

알료샤가 본능적으로 직감한 것은 카테리나와 같은 성격의 여성은 누군가를 지배하지 않고는 못 배기는 것이었다. 그러나 그녀가 지배할 수 있는 인물은 드미트리와 같은 사람이지 이반과 같은 인물은 아니었다. 왜냐하면 드미트리 같으면 결국 '자신의 행복을 위해서' 그 여자에게 굴복해서 그걸 행복이라 느끼게 되겠지만, 이반은 결코 그녀 앞에 굴복하지도 않으려니와, 설사 굴복한다 할지라도 행복해질 리가 없었다. 그리고 또다른 생각이 불현듯 그의 머리에 떠올랐다. 그것은 '만일 이 여자가 두 형 중 어느 쪽도 사랑하지 않는다면 어떻게 되는 걸까?'라는 것이었다.

여기서 한 가지 지적해 두지만, 알료샤는 자신의 이런 생각을 부끄럽게 여겨, 지난 한 달 동안 이런 상념이 떠오를 때마다 자기 자신을 꾸짖어왔다. '도대체 나 같은 사람이 사랑이니 여성이니 하는 걸 어떻게 안다는 걸까? 어떻게 내가 감히 이런 결론을 내릴 수 있단 말인가?' 그와 유사한 생각이나 추론을 하고 난 후에는 언제나 스스로를 책망하곤 했다. 그렇지만 그 문제를 생각하지 않을 수도 없는 것이 지금의 심정이었다. "한 마리의 독사가 또 한 마리를 물어 죽이려는 거야." 어제 이반은 아버지와 드미트리를 두고 홧김에 이렇게 말했다. 그러고 보면 이반의 눈으로 볼 때, 드미트리는 한 마리의 독사였다. 어쩌면 벌써 오래 전부터 독사였는지도 모른다.

알료샤는 두 형을 모두 사랑하고 있었기 때문에 이 모호한 상황을 그냥 참고 견딜 수가 없었다. 그의 사랑은 항상 적극성을 띠고 있었기 때문이다. 일단 누군가를 사랑하게 되면 그는 지체 없이 구원의 손길을 뻗치곤 했다. 그러기 위해서는 확고부동한 목적을 세우고, 상대방에게 어떻게 하는 것이 바람직한지 정확하게 알아야만 했다. 그러나 지금은 어떤가? 확고한 목적은 고사하고, 불확실함과 혼돈밖에 없었다. 방금 '파국'이란 말이 나왔지만 대체 이 '파국'이란 말조차도 어떻게 해석해야 좋단 말인가? 이 혼돈의 미궁 속에서 그 첫 번째의 낱말조차도 이해할 수가 없었던 것이다.

알료샤가 들어오는 것을 보자 카테리나는 돌아갈 채비를 하고 자리에서 일어선 이반에게 기쁜 듯이 말을 걸었다.

"잠깐만 기다려주세요! 제가 진심으로 신뢰하고 있는 이분의 의견을 듣고 싶어요. 부인께서도 여기 그냥 계셔요." 그녀는 호흘라코바 부인을 향해 덧붙였다. 그러고는 알료샤를 옆에 앉혔다.

"이 자리에 계시는 분들은 이 세상에서 둘도 없이 친한 친구들뿐이 랍니다." 카테리나는 열정적으로 말을 이었다. 그 음성에는 진실한 고뇌의 눈물이 서려 있었다. 알료샤의 마음은 또다시 그녀 쪽으로 확 쏠렸다. "알렉세이 표도로비치, 당신은 어제 그 무서운 장면을 직접 목격하셨습니다. 그리고 그때의 저의 처지도 잘 알고 계십니다. 이분 이 어제의 저를 어떻게 생각하셨는지는 모르지만 다만 한 가지 분명 한 것은 만약 지금 이 자리에서 그런 일이 다시 되풀이된다 해도 저는 역시 어제와 똑같은 행동을 취하리라는 것입니다. 알렉세이 표도로 비치! 이제 저는 그이를 사랑하는지 어떤지 그것조차 알 수가 없어요. 아, 그이가 가엾어요. 제가 진정 그이를 사랑하고 있다면, 계속 사랑 해 왔다면, 그이를 가엾게 생각할 것이 아니라 오히려 증오해야 마땅 할 테니까요."

그녀의 음성은 떨리기 시작하고, 속눈썹에는 눈물방울이 반짝이 기 시작했다. 알료샤는 가슴이 떨렸다. '이 아가씨는 정직하고 성실 해. 그러나 이젠 드미트리 형을 사랑하지 않는구나!' 하고 생각했다.

"옳은 말이에요." 호흘라코바 부인이 큰 소리로 외쳤다.

"잠깐만 기다려주세요. 나는 아직 중요한 것은 말하지 않았어요. 어쩌면 저의 결심은 무서운 것인지도 모르겠습니다. 그러나 어떤 일 이 있어도 결심을 바꿀 것 같지는 않아요. 한평생 그대로 밀고 나갈 거예요. 언제나 남의 마음을 잘 헤아려주시는 이반 표도로비치 씨도 전적으로 저의 결심에 동의해 주셨어요.."

"그렇습니다, 나는 찬성합니다." 낮으면서도 확고한 어조로 이반이 말했다.

그녀는 뜨겁게 달아오른 손으로 알료샤의 싸늘한 손을 잡고 감격에 겨운 어조로 말했다. "나는 이렇게 고통스럽지만 당신의 동의만 있다면 평안을 찾을 수 것 같아요. 당신이 동의해 준다면 제 마음도 가라앉아서 그대로 따르게 될 것 같아요."

"제가 무슨 말을 하길 바라시는지는 잘 모르겠습니다만," 알료샤는 얼굴을 붉히며 말했다. "저는 당신을 좋아하고 있으며, 저 자신의 행복보다 당신의 행복을 더 열망하고 있습니다. 그렇지만 이 사건에 대해서는 아무것도 모르기 때문에……." 그는 무엇 때문인지 황급히 이렇게 덧붙였다.

"알렉세이 표도로비치! 이 문제에서 무엇보다 중요한 것은 명예와 의무예요. 어쩌면 의무 자체보다도 좀 더 중대한 무엇이 있어요. 저는 이미 결심했어요. 비록 그이가 그 더러운 계집과 결혼한다 하더라도," 그녀는 엄숙하게 말했다. "나는 절대 그이를 버리지 않을 거예요. 절대로!" 어쩐지 억지로 짜낸 듯한, 감격을 폭발시키듯 어설픈 어조로 이렇게 말했다. "그렇다고 해서 그이의 뒤를 쫓아다니면서 그이를 괴롭히겠다는 건 아니에요. 단지 그이가 나의 진심을 깨닫고 모든 것을 고백하도록 만들 생각이에요." 그녀는 극도로 흥분하여 외쳐댔다. "나는 그이의 신이 될 것이고, 그이는 나한테 기도를 드리게 될 거예요. 이건 나에 대한 그이의 최소한의 의무예요. 그이가 나를 배반했기 때문에 나는 어제 같은 일을 겪어야 했으니까. 나는 한평생 봉사하겠다는 마음가짐으로 살고 있는데도 그이는 신의를 저버린 겁니다. 하지만 저는 그이의 행복의 도구가 될 것입니다. 이것은 죽을 때까지 변하지 않을 거예요. 이반 표도로비치도 나의 이 결심을 극구 찬성해 주셨어요."

그녀는 좀 더 품위 있고 자연스럽게 자신의 생각을 표현하려 했으나 결과는 너무나 성급하고 노골적인 것이 되어버리고 말았다. 그녀 자신도 그 점을 알아차렸는지 얼굴이 갑자기 어두워지고, 눈빛도 험악해졌다. 알료샤는 이 모든 것을 곧 알아차렸다. 그러자 마음속에 그녀에 대한 연민의 감정이 마구 솟구쳐 올랐다. 바로 이때, 이반이 말문을 열었다.

"나는 다만 내 생각을 토로했을 뿐입니다." 그는 말했다. "다른 여자의 입에서 그런 말이 나왔다면 억지로 짜낸 부자연스러운 것이 되고 말았겠지만 당신의 경우는 진실입니다. 그걸 어떻게 설명해야 할지 나도 잘 모르겠습니다만, 아무튼 당신이 진실하다는 것만은 나도 잘 알고 있습니다."

"그렇지만 그것은 순간의 감정이 아닐까요? 모든 것은 어제의 모욕과 연관이 있어요. 지금의 모든 이야기는 그것과 연관된 거예요." 참다못한 호흘라코바 부인이 입을 열었다. 그녀는 될 수 있는 대로 이 대화에 끼어들지 않기로 결심하고 있었던 모양이지만, 끝내 입을 열고 말았다.

"그렇습니다." 이반은 자신의 말을 가로채어 기분이 상했는지 갑자기 짜증스런 어조로 부인의 말을 막았다. "물론 다른 여자였다면, 이 순간은 어제의 인상의 연장에 지나지 않을지도 모릅니다. 문자 그대로 한순간에 지나지 않을지도 모르지요. 그러나 카테리나 같은 성격의 여성에게는 한 순간의 인상이 평생토록 계속되는 것입니다. 다른 사람에게는 단순한 약속에 지나지 않는 것도, 카테리나에게는 영원불변의 의무가 되는 것입니다. 카테리나! 요즘 당신은 자신의 감정과 헌신적인 행동을 수난자의 눈으로 응시하실 테지만 종국에 가서는 그 괴로움도 가벼워지고, 높은 긍지와 확고한 목적을 달성했다는 감미로운 자각으로 바뀔 것입니다. 사실 이것은 어떤 의미에서는 오만이라고도 할 수 있겠지요."

이반은 딱 잘라 말했다. 그는 조소에 찬 감정을 구태여 감추려 하지 않았다.

"오, 그렇지 않아요. 그건 틀린 생각이에요." 호흘라코바 부인이 외쳤다.

"알렉세이 표도로비치! 당신이 무슨 말씀을 하실지 듣고 싶어요." 카테리나는 이렇게 외치더니 눈물을 흘리기 시작했다. 알료샤는 소파에서 벌떡 일어섰다. "아니, 아무것도 아네요, 아무것도 아네요." 울음 섞인 음성으로 그녀는 말을 계속했다. "어젯밤의 일 때문에 머리가 좀 이상해졌나봐요. 그렇지만 당신과 당신 형님의 따뜻한 배려 덕분에 마음이 든든해요. 당신들 두 분은 결코 나를 버리지 않으시리라는 걸 잘 알고 있으니까요."

"내일이라도 모스크바로 떠나야 할 것 같습니다. 그래서 한동안 뵙지 못할 것 같군요. 그리고 유감스럽게도 이것은 변경할 수 없기 때문에……." 이반이 말했다.

"아니, 내일 모스크바로요?" 별안간 카테리나의 얼굴이 일그러졌다. "그것 참 다행이군요!" 그녀가 순식간에 어조를 바꾸며 말했다. 그리고 어느새 눈물도 사라져 있었다. "아아, 당신을 잃는다는 것이

다행이라는 건 아녜요. 물론 그런 뜻이 아니고말고요." 그녀는 자신의 실언을 만회하려는 듯 사교적인 미소를 지었다. "당신 같은 따스한 분이 그렇게 생각하실 리는 없지요. 그와는 반대로 당신을 잃는다는 건 나한테는 정말이지 불행한 일이에요. 내가 다행이라고 말한 것은 당신이 모스크바에 가시면 지금의 나의 끔찍한 처지를 우리 이모와 아가피아 언니에게 직접 전해 주실 것 같아서 한 말입니다. 지금의 끔찍한 상황을 어떻게 쓸까 하고 어젯밤부터 얼마나 괴로워했는지 당신은 상상도 못하실 거예요. 이런 상황은 편지로는 전할 수 없는 일이니까요." 그녀는 말을 맺자마자 방에서 나가려고 걸음을 내디뎠다.

"그럼 알료샤는? 당신이 꼭 듣고 싶다던 알렉세이 표도로비치의 의견은 어떻게 하고요?" 호흘라코바 부인이 큰 소리로 말했다. 그녀의 말투에는 가시가 돋쳐 있었다.

"그걸 잊은 게 아니에요." 이렇게 대답하며 카테리나는 걸음을 멈추었다. "그런데 부인께선 무엇 때문에 이런 시기에 제게 시비를 거는 거죠?" 카테리나는 비통한 어조로 말했다. "저는 이분의 의견을 들어야 해요. 아니, 그뿐만 아니라 이분의 결정이 필요해요! 저는 이분이 말하는 대로 실행하겠어요. 알렉세이, 저는 이토록 당신의 한마디를 갈망하고 있어요. 그런데 당신은 왜 그러시죠?"

"저는 이런 일은 생각지도 못했습니다. 상상도 할 수 없는 일이에요." 갑자기 알료샤가 비통한 목소리로 외쳤다.

"뭐가요? 아니, 뭐가요?"

"형님이 모스크바로 간다고 하니까 당신은 큰 소리로 다행한 일이라고 말씀하셨어요. 그런데 얼마 후 다행이라고 한 것은 특별한 의미가 있는 것이 아니라 오히려 불행한 일이라고 변명을 하신 겁니다. 즉 당신은 일부러 연극을 꾸미신 거예요. 연극을!"

"연극이라고요? 어째서죠? 도대체 그건 무슨 뜻이죠?" 카테리나는 얼굴이 벌겋게 달아올라 소리쳤다.

"형님 같은 친구를 잃는 것은 참으로 유감스러운 일이라고 형님을 설득시키면서도, 다른 한편으로는 여전히 형님이 떠나는 것이 기쁘다고 본인한테 맞대놓고 말씀을 하고 계시니 말입니다." 알료샤는 숨을 헐떡이다시피 하며 이렇게 말했다.

"도대체 무슨 말씀을 하시는지 도무지 이해가 안 가는군요."

"물론 이런 말을 하는 건 옳은 일이 아니라는 걸 저 자신도 잘 알지만 어쨌든 죄다 말해 버리겠습니다." 알료샤는 떨리는 목소리로 띄엄띄엄 말을 이었다. "저는 지금 문득 머리에 떠오른 생각이 있다고 말씀드렸습니다. 그건 다름이 아니라 당신이 드미트리 형님을 처음부터 전혀 사랑하지 않았는지도 모르고, 또 형님 역시 당신을 사랑하지 않았는지도 모른다는 겁니다. 하지만 누구든 한 사람은 진실을 말해야 한다고 생각합니다."

"진실이라니! 어떤 진실을 말하라는 거죠?" 카테리나가 소리쳤다. 그녀의 목소리는 다분히 신경질적이었다.

"말씀 드리죠." 알료샤는 마치 지붕 위에서 뛰어내리는 듯한 심정으로 중얼거렸다. "지금 드미트리 형님을 만나십시오. 제가 찾아드릴 테니……. 그리고 큰형님이 여기 오거든 당신의 한쪽 손을 잡고, 한쪽 손은 이반 형의 손을 잡고, 서로를 굳게 결합시키는 겁니다. 왜냐하면 당신이 이반 형님을 사랑하는 것 자체가 오히려 형을 괴롭히기 때문입니다. 당신은 거의 발작적으로 드미트리 형에게 사랑을 쏟고 있습니다. 그래서 이반 형이 괴로워하는 겁니다."

알료샤는 잠시 말을 끊고 입을 다물었다.

"당신은 철없는 광신자로군요." 그녀는 파랗게 질린 얼굴로 내뱉듯이 말했다. 이때 이반이 큰 소리로 웃으며 자리에서 일어났다. "애, 알료샤, 너는 잘못 생각하고 있어." 이반은 이상야릇한 표정으로 이렇게 말했다. 그것은 젊은이다운 성실성과 억제할 수 없는 솔직한 감정의 발로에서 나온 말이었다.

"카테리나는 한 번도 나를 사랑한 적이 없어. 자존심이 강한 여성에겐 나의 우정 같은 건 필요가 없기 때문이지. 사실 이분은 드미트리 형을 처음 만난 날부터 받아온 모욕의 분풀이를 나한테 하고 있었던 거야. 나는 지금까지 형에 대한 이분의 사랑 얘기만 들어온 셈이지. 저는 이제 이곳을 떠나겠습니다. 카테리나, 당신이 정말 사랑하고 있는 사람은 드미트리 형입니다. 문제는 형의 모욕이 심하면 심할수록 당신의 사랑은 더욱 뜨거워질 겁니다. 그것이 바로 당신의 특징이니까요. 그리고 그것은 당신의 오만한 자존심에서 기인한다고 볼 수 있습니다. 저는 지나칠 정도로 열렬히 당신을 사랑했습니다. 이런 말은 할 필요도 없고, 그저 말없이 당신 곁을 떠나는 편이 저의 품위도 보존할 수 있고, 또 당신에게도 모욕을 주지 않는다는 것도 잘 알고 있습니다. 그러나 나는 다시는 이곳으로 돌아오지 않을 것이기 때문에 하는 말입니다. 카테리나! 당신은 저한테 성을 내서는 안 됩니다. 저는 당신보다 백 배나 심한 벌을 받았으니까요. 앞으로 영원히 당신을 만날 수 없다는 것만으로도 저한테는 가혹한 형벌입니다. '여인이여, 나는 감사를 바라지 않노라." 그는 쓰디쓴 미소를 지으며 이렇게 말을 맺었다.

그리고 이반은 집 주인에게 인사도 않고 방에서 나가버렸다. 알료샤는 놀란 듯 두 손을 탁 쳤다.

"돌아와요, 형님! 아아, 이젠 틀렸어. 형은 절대로 돌아오지 않을 거야!" 그는 비통하게 소리쳤다. "모두가 제 잘못입니다." 알료샤는 반미치광이처럼 외쳤다.

카테리나는 옆방으로 나가버렸다.

"당신은 아무 잘못도 없어요. 당신은 천사처럼 훌륭한 행동을 하셨을 뿐이에요." 호흘라코바 부인이 슬픔에 잠긴 알료샤에게 속삭였다. "이반이 모스크바로 떠나지 않도록 내가 말리겠어요."

부인의 얼굴에 기쁜 표정이 넘치는 것을 보자 알료샤는 더욱 슬퍼졌다. 바로 그때 카테리나가 황급히 돌아왔다. 그녀의 손에 무지갯빛 1백 루블짜리 지폐가 쥐어져 있었다.

"실은 당신한테 좀 어려운 부탁을 하겠어요, 알렉세이." 그녀는 알료샤를 바라보며 말했다. 마치 아무 일도 없었던 것처럼 침착하고 조용한 목소리였다. "1주일쯤 전에, 그래요, 1주일쯤 전에 드미트리 표도로비치가 흥분하여 아주 추악한 짓을 저질렀답니다. 이 읍내엔 형편없는 선술집이 한 군데 있는데, 거기서 그이가 한 퇴역 장교를 만났지요. 언젠가 당신의 아버님께서 어떤 사건과 관련하여 대리인으로 세웠던 그 이등 퇴역 대위 말예요. 그런데 무슨 이유 때문인지는 몰라도 그이는 많은 사람들이 보는 앞에서 그 사람의 턱수염을 움켜쥐고 한길로 끌고 나와 갖은 모욕을 가하며 끌고 다녔다지 뭐예요. 그 퇴역 대위에게는 이곳 초등학교에 다니는 조그만 아들이 있는데, 그 애가 그 소동을 보고는 아버지 곁에 바짝 붙어 엉엉 울면서 용서해달라고 빌기도 하고, 주위 사람들에게 아버지를 도와달라고 애걸도 했지만, 모두들 보고만 있었다는 거예요. 알렉세이 표도로비치! 저는 그이가 저지른 추악한 짓을 생각할 때마다 몸서리가 쳐져요. 그래서 봉변을 당한 그분에 대해 알아봤더니, 스네기료프라는 분이었어요. 군대에서 뭔가 잘못을 저질러 파면된 모양이었어요. 어쨌든 그 사람은 지금 병든 가족을 거느리고 말할 수 없는 빈곤 속에서 허덕이고 있어요. 알렉세이 표도로비치, 제발 부탁이니 그 퇴역 대위를 찾아가서, 적당한 구실을 붙여 이 돈을 전해주시면 고맙겠어요. 여기 2백 루블이 있습니다. 꼭 이 돈을 받도록 설득해 주셔야 해요. 이 돈은 어디까지나 제가 보내준 걸로 해주세요. 드미트리의 약혼녀인 나한테서 온 걸로요. 아무튼 당신이라면 이 일을 잘 해내실 수 있을 거예요."

순간 그는 가슴이 벅차서 뭔가를 말하지 않고는 못 배길 것만 같았다. 그는 그대로 방에서 나가기는 싫었으나, 호흘라코바 부인이 그의 손을 잡고 문 밖으로 끌어냈다. 현관으로 나오자 부인은 또다시 그를 멈춰 세우고는, "자존심이 강한 여자라 지금 자기 자신과 싸우고 있는 거예요. 그렇지만 친절하고 아름답고 관대한 여자예요." 당신은 모르시겠지만 나와 저 아가씨의 두 이모와 우리 리즈가 지난 한 달 동안 오직 한 가지만을 빌어 왔어요. 저 아가씨가 당신 형 드미트리와 헤어지고, 교양 있는 신사인 이반하고 결혼해 주십사고요."

"그렇지만 그 아가씨는 모욕을 느끼고 울기까지 했는데요."

"여자의 눈물 같은 건 믿지도 마세요. 이런 때는 난 언제나 여자의 적이에요, 남자 편이라니까요."

"오늘은 문득 이런 생각이 들더군요." 알료샤가 말했다. "그 아가씨는 이반형을 사랑하고 있다고 말입니다."

이때 하녀가 달려왔다.

"카테리나가 불편한가봐요. 히스테리컬하게 몸부림을 치고 있어요."

호흘라코바 부인은 카테리나한테로 달려갔다. 알료샤는 떠나기에 앞서 리즈의 방문을 열려고 했다. 그러자 리즈가 소리쳤다. "어떻게 했길래 당신은 천사가 됐지요? 내가 알고 싶은 건 그것뿐이에요."

"지독히 어리석은 짓을 했기 때문이죠. 그럼 리즈, 갈게요."

"그렇게 가시는 법이 어디 있어요!" 하고 리즈가 외쳤다.

"리즈, 제게는 정말 속상한 일이 있어요."

그러고는 밖으로 달려 나갔다.

6. 오막살이집에서의 파국

사실 알료샤는 지금까지 느껴보지 못한 크나큰 비애를 느끼고 있었다. 공연히 말을 꺼내어 '어리석은 짓'을 하고 만 것이다. 게다가 그것은 사랑에 대한 문제가 아니었던가! '도대체 내가 무얼 이해할 수 있단 말인가?' 알료샤는 낯을 붉히며 수없이 되풀이했다. '나는 이 모든 일을 성심껏 해결해 주려 했지만, 앞으로는 좀 더 지혜로워지지 않으면 안 되겠어.' 알료샤는 다짐했다.

카테리나한테 부탁받은 곳은 오제르나야 거리였는데, 큰형 드미트리의 집도 바로 그 길목에 있었다. 알료샤는 퇴역 대위의 집에 가기 전에 형한테 들러봐야겠다고 생각했으나 형은 집에 없을 것 같은 예감이 들었다. 게다가 임종을 눈앞에 둔 장로에 대한 생각은 수도원을 나섰을 때부터 한시도 그의 머리에서 떠나지 않았다.

카테리나의 말에서 무척 그의 흥미를 끄는 점이 한 가지 있었다. 다름이 아니라 '내가 너한테 무슨 잘못을 했다는 거냐?'고 따져 물었을 때 자기의 손가락을 깨문 아이가 바로 퇴역 대위의 아들이 아닐까 하는 생각이었다. 지금 알료샤에게는 그것이 거의 틀림없는 사실처럼 생각되었다.

마침내 그는 오제르나야 거리에 있는 칼므이코바의 집을 찾아냈다. 그것은 다 쓰러져가는 낡아빠진 집으로, 창문 세 개가 한길 쪽으로 나 있었다. 그는 그 집 문을 두드렸다. 한참만에야 대답하는 소리가 들렸다.

"거 누구요!" 몹시 화난 듯한 목소리가 외쳤다. 그가 들어간 오막살이는 제법 넓긴 했지만 지저분한 가재도구며 가족들로 어수선하기 짝이 없었다. 식탁 위에는 먹다 남은 달걀부침이 있는 프라이팬이며 빵조각, '지상의 행복(보드카)'이 남아 있는 술병이 널브러져 있었다.

왼쪽 침대 옆의 의자에는 포플린 옷을 입은, 귀부인처럼 의젓해 보이는 부인이 앉아 있었다. 그 얼굴은 매우 여위고 누르스름했으며, 두 볼이 움푹 패어 첫눈에 환자라는 것을 알 수 있었다. 그러나 무엇보다도 알료샤를 놀라게 한 것은 이 가련한 부인의 눈초리였다. 그것은 무언가를 묻고 싶어 하면서도 거만하기 짝이 없는 오만한 눈빛이었다. 이 부인의 왼쪽 창가에는 머리털이 불그죽죽하고 얼굴이 못생긴 젊은 처녀가 서 있었다. 그녀는 방 안에 들어온 알료샤에게 무뚝뚝한 시선을 던졌다. 오른쪽 침대 옆에 또 한 여자가 앉아 있었다. 이 여자 역시 스무 살 안팎의 젊은 처녀였지만, 보기에도 가엾은 병신이었다. 그 불쌍한 처녀는 아름답고 선량해 보이는 눈으로 알료샤를 바라보았다. 그리고 마흔댓가량 되어보이는 남자 하나가 식탁에 앉아서 달걀부침을 먹고 있었다.

조그만 키에 허약한 체격의 사나이였다. 머리털도 붉고 턱수염도 붉은 색이었으나 특히 숱이 적은 턱수염은 닳아빠진 수세미와 꼭 같았다(어째선지 알료샤는 그 사나이를 보자마자 별명인, '수세미' 라는 말이 퍼뜩 머리에 떠올랐다. 알료샤는 나중에야 이것을 상기했다). 방 안에는 이 사람 외엔 남자라곤 없었으므로, "거 누구요!" 하고 소리 지른 사람은 바로 그였다.

"수도사가 동냥하러 왔군요. 하지만 번지수를 잘못 찾았어요." 왼쪽 구석에 서 있던 처녀가 큰 소리로 말했다.

그러나 알료샤한테 달려온 남자는 그녀 쪽으로 돌아서며 말했다.

"아니다, 바르바라! 그건 네가 잘못 생각한 거야. 저 죄송합니다만," 그는 알료샤한테 몸을 돌렸다. "무슨 일로 오셨습니까? 이렇게 누추한 곳에?"

알료샤가 주의 깊게 그를 바라보았다. 그는 방금 술을 마신 것은 분명했으나 그렇다고 취해 있지는 않았다. 그 얼굴에는 지독히 뻔뻔스러우면서도 동시에 겁먹은 듯한 표정이 서려 있었다. 이를테면 오랫동안 고통스런 현실을 참고 견디며 복종만 해오다가, 마침내 분연히 일어서서 자기의 기백을 과시하려는 사람 특유의 그것 말이다. 아니, 좀 더 적절히 표현하자면 상대방을 때려눕히고 싶어 죽을 지경이면서도, 도리어 얻어맞지나 않을까 몹시 겁내고 있는 사람과도 같았다. "저는 알렉세이 카라마조프라고 합니다." 알료샤가 대답했다.

"그건 잘 알고 있습니다. 저는 니콜라이 일리치 스네기료프올시다. 러시아 보병 이등 대위였죠. 비록 처신을 잘못해서 이름을 더럽히기는 했지만, 어쨌든 이등 대위였던 것만은 확실합니다."

"저는 그 일 때문에 찾아왔습니다."

"그 일 때문이라니요?" 이등 대위는 성급히 말을 가로챘다.

"저의 형 드미트리와 당신이 부딪혔던 일 말입니다."

"목욕탕의 수세미 사건 말인가요?"

"아니, 무슨 수세미 말입니까?" 알료샤는 더듬거리며 물었다.

"아빠, 저 사람은 나를 일러바치려고 온 거예요!" 알료샤에게는 이미 귀에 익은 소년의 목소리가 커튼 뒤에서 들려왔다. "아까 내가 저 사람의 손가락을 물었거든요." 커튼이 걷히자 방 한쪽 구석에 벤치와 의자를 맞붙여서 만든 침대 위에 소년이 누워 있었다. 아까와는 달리 소년은 두려워하는 기색도 없이 알료샤를 노려보고 있었다. '여긴 우리 집이니 아무것도 무섭지 않다'는 듯한 태도였다.

"저 애가 당신의 손가락을 깨물었단 말씀인가요?"

"네, 그렇습니다. 아까 저 애가 한길에서 다른 아이들을 상대로 돌팔매질을 하고 있더군요. 상대방은 여섯이고 저 애는 혼자였습니다. 그래서 제가 가까이 다가갔더니, 글쎄 저 애가 나한테까지 돌을 던지지 않겠습니까. 두 번째 돌은 제 머리에 명중했습니다. 그래서 내가 무슨 잘못을 했냐고 물어보았지요. 그랬더니 느닷없이 달려들어 손가락을 깨물더군요. 저는 아직도 그 이유를 모르겠습니다."

"혼을 내주겠습니다. 지금 당장." 퇴역 대위는 자리에서 벌떡 일어났다.

"저는 그걸 일러바치려고 온 게 아닙니다. 그저 그런 일이 있었다는 걸 얘기하고 싶었을 뿐 절대로 저 애한테 벌을 받게 하고 싶지는 않습니다. 게다가 저 애는 지금 몸이 좋지 않은 것 같은데……."

"아니, 당신은 정말로 내가 저 애를 패줄 줄 아셨습니까? 그야 물론 당신의 손가락에 대해서는 유감스럽게 생각합니다만 우리 일류샤를 패주기 전에 지금 당신의 눈앞에서, 당신이 충분히 만족하실 수 있도록 제 손가락 네 개를 몽땅 잘라버릴까요?"

"이제야 모든 것을 알 것 같습니다. 댁의 아드님은 아버지를 진정 사랑했기 때문에 아버지를 모욕한 원수의 동생인 나한테 달려들었던 거군요. 그러나 우리 형 드미트리는 자신이 한 일을 후회하고 있습니다. 형은 모든 사람들이 보는 앞에서 당신에게 용서를 빌 겁니다. 만일 당신이 그것을 원하신다면 말입니다."

"아니, 남의 수염을 잡아 마구 끌고 다닌 다음 용서만 빌면 그것으로 모든 것이 끝나고, 상대방의 마음도 풀어질 줄 알았단 말씀인가요?"

"오, 아닙니다. 그와는 반대로 형님은 당신이 원하신다면 무슨 일이든 다 할 겁니다."

"그렇다면 그 사람한테, 바로 그 '수도'라는 술집에서든지 아니면 광장에서 내 앞에 무릎을 꿇으라고 한다면 그렇게 할까요?"

"네, 무릎을 꿇을 겁니다."

"오오, 감격했습니다. 눈물이 나올 만큼 감격했습니다. 이젠 형님의 관대하신 마음을 알 수 있을 것 같습니다. 그러면 가족을 소개해 드리겠습니다. 제겐 딸이 둘, 아들이 하나 있지요. 제가 죽으면 누가 이 애들을 사랑해 주겠습니까? 제가 살아 있는 동안 이 애들 말고 대체 누가 저 같은 너절한 인간을 사랑해 주겠습니까? 사실 이 임무는 저 같은 사람을 위해 하느님께서 정해 주신 위대한 사업입니다. 사실 저 같은 인간도 누구한테든 사랑을 받아야 하니까요."

"그렇습니다. 그야말로 옳은 말씀입니다!" 알료샤가 외쳤다.

"이젠 제발 어릿광대짓은 그만하세요." 그때 창가에 서 있던 처녀가 아버지한테 얼굴을 찡그리며 멸시하는 표정으로 소리쳤다.

"잠깐만 기다려다오, 바르바라!" 아버지가 소리쳤다. 그것은 명령조이기는 했으나 그 눈빛은 딸의 말이 옳다는 것을 시인하고 있었다. "그건 그렇고, 이번엔 저의 아내를 소개하지요. 제 아내는 올해 마흔세 살인데 다리가 없는 병신입니다. 평민 출신이지요. 아리나 페트로브나, 자 얼굴 좀 펴요. 이분은 알렉세이 표도로비치." 그는 알료샤의 팔을 잡더니 놀랄 정도로 세차게 그를 일으켜 세웠다. "당신은 지금 남의 부인을 소개받고 계시니까 일어서는 게 당연합니다. 이분은 나한테 그런 짓을 한 자의 동생 되는 분인데 아주 훌륭한 분이오. 아리나, 우선 당신의 손에 입맞춤을 하게 해주구려."

이렇게 말하고 그는 정중하고 다정스럽게 아내의 손에 입을 맞춰 보였다. 미심쩍어하던 오만한 부인의 얼굴에 갑자기 상냥한 표정이 떠올랐다.

"잘 오셨어요, 앉으세요." 그녀가 말했다.

"여보, 카라마조프야, 카라마조프래도! 우린 원래가 평민 출신이라서!" 하고 그는 또다시 속삭였다.

"카라마조프건 뭐건 아무래도 좋아요. 한데 저 사람은 뭣 때문에 당신을 일으켜 세웠을까요? 저보고 다리 없는 병신이라고 했지만, 다리는 분명히 있습니다. 저도 전에는 꽤 살이 쪘었는데 지금은 보시다시피 부지깽이처럼 말라버렸답니다."

"아이고, 저 어릿광대!" 창가의 처녀가 내뱉듯 말했다.

"자, 보세요. 우리 집의 꼬락서니를!" 어머니는 두 손을 벌려 두 처녀를 가리키며 말했다. "마치 먹구름이 낮게 떠돌고 있는 거나 다름이 없지요. 먹구름이 지나가 버리면 또다시 입씨름이 시작되니까요. 전에 저이가 군인 생활을 할 때는 훌륭한 분들이 찾아와주셨지요. 그렇다고 해서 뭐 지금과 비교하려는 건 아닙니다만. 남한테서 사랑을 받으면 이쪽도 남을 사랑하게 마련이지요."

그리고 나서 이런저런 하소연을 한 부인은 갑자기 소리를 내어 울기 시작했다. 눈물이 시냇물처럼 쏟아져 내렸다. 퇴역 대위는 황급히 아내 쪽으로 달려갔다. "여보, 그만해줘요, 그만해줘! 당신은 혼자가 아니야. 우리 모두가 당신을 사랑해." 그는 또다시 아내의 두 손에 입을 맞추고 손으로 부드럽게 아내의 얼굴을 쓰다듬었다. "자, 어떻습니까, 보셨지요? 들으셨지요?" 그는 가엾은 정신병 환자를 가리키며 알료샤에게 홱 몸을 돌렸다. 몹시 격분한 얼굴이었다.

"보았습니다. 그리고 들었습니다." 알료샤가 중얼거렸다.

"아빠, 아빠! 저런 사람하곤 상대하지도 마세요." 소년이 침대 위에 벌떡 일어나 앉아 아버지를 쏘아보며 소리쳤다.

"아빠, 광대 짓은 그만하시라니까요!" 화가 머리끝까지 치민 바르바라는 한쪽 구석에서 외쳐대며 발을 구르기 시작했다.

"이 애, 방금 발을 구르며 나더러 어릿광대라고 한 저 애도 역시 육신을 지닌 천사올시다. 그러니 나더러 어릿광대라 부르는 것도 무리는 아니지요. 자, 알렉세이 표도로비치! 나갑시다. 어쨌든 용무를 마쳐야 하니까요."

그러고는 알료샤의 손을 잡더니 한길로 그를 데리고 나왔다.

7. 맑은 공기를 마시며

"공기가 신선하군요, 저희 집보다는. 좀 천천히 걸읍시다. 한 가지 재미있는 이야기를 들려드리고 싶군요."

"저도 한 가지 중요한 용건이 있습니다만……." 알료샤는 이렇게 대답했다.

"저한테 뭔가 용건이 있다는 것은 잘 알고 있습니다. 이 수세미는 1주일 전만 해도 제법 술이 많았습니다. 제 턱수염 말입니다. 제 수염엔 수세미란 별명이 붙어 있습니다. 주로 초등학교 학생들이 그렇게 부르지요. 그런데 당신의 형인 드미트리 표도로비치가 다짜고짜 이 수염을 움켜쥐고 끌고 다닌 겁니다. 제 잘못이 있다면 당신 형님이 격분해 있는 순간에 재수 없게 나타났다는 것뿐이지요. 제가 수염이 잡혀 술집에서 광장으로 끌려 나갔을 때, 마침 학생들이 학교에서 돌아가고 있었지요. 그 속에 우리 일류샤가 끼여 있었습니다. 제가 그런 꼴을 당하고 있는 것을 보고, 그 애가 저한테 달려와서 '아빠! 아빠!' 하고 울부짖으면서 저를 부둥켜안고는 어떻게 해서든 저를 떼어놓으려고 버둥거리더군요. 그러면서 제 수염을 붙잡고 있는 형님에게 '놓아주세요! 이분은 제 아버지예요!' 라며 외쳤습니다. 그러고는 조그만 손으로 당신 형님 팔에 매달려 그 손에다 입을 맞추지 않겠습니까? 그때 그 애가 어떤 얼굴을 하고 있었는지 지금도 눈에 선합니다. 앞으로도 영원히 잊지 못할 겁니다."

"저는 맹세합니다." 알료샤가 외쳤다. "형님은 자신의 모든 것을 걸고 진심으로 당신한테 잘못을 뉘우칠 겁니다. 바로 그 광장에서 무릎을 꿇는 일도 마다하지 않을 겁니다. 제가 꼭 그렇게 시키고야 말겠습니다."

"아하, 그렇다면 그것은 아직 제안에 지나지 않는 거군요. 그때 당신 형님은 내 수염을 실컷 끌고 다닌 끝에 놓아주면서, '자네도 장교고 나도 장교니 적당한 증인을 구해 곧 결투를 신청하게. 비천한 계급이긴 하지만 흔쾌히 상대해줄 테니!' 라고 말씀하시더군요. 이것이야말로 기사도적인 정신이 아니고 무엇이겠습니까! 저는 일류샤를 데리고 그 자리에서 물러났습니다만 저희 집 족보에 기록될 만한 그 광경은 영원히 일류샤의 가슴 속에 새겨지게 될 겁니다. 일류샤에 대해서는 말하지 않겠습니다. 이제 겨우 아홉 살밖에 안 된 철없는 아이니까요. 만일 제가 당신 형님한테 결투를 신청했다가 그 자리에서 죽어버린다면 어떻게 되겠습니까? 마누라와 아이들은 누가 먹여 살리겠습니까? 일류샤는 학교에도 가지 못하고 매일 구걸이나 할 수밖에 없겠지요."

"형님은 당신한테 사과를 드릴 겁니다. 광장 한가운데서 당신의 발밑에 머리를 숙이고 말입니다."

"그 사람을 검찰에 고소할까도 생각해 보았습니다만," 이등 대위는 말을 이었다. "그러나 우리나라의 법전을 한 번 펼쳐보십시오. 제가 받은 개인적인 모욕에 대하여 가해자로부터 어느 만큼 만족할 만한 보상을 받게 되어 있는지를. 게다가 그때 갑자기 아그라페나 알렉산드로브나(그루셴카)가 저를 부르더니, '아예 그런 생각은 하지도 말아요. 만약 그 사람을 고발하면 당신이 사기를 쳤기 때문에 그 사람한테 얻어맞았다고 세상 사람들한테 알려질 테니 말이에요.'라고 호통을 치는 겁니다. 그 여자는 또 이런 말까지 덧붙이더군요. '그랬다가는 당신을 다시는 돌아올 수 없는 곳으로 쫓아 버려서, 나한테서 한 푼도 벌지 못하게 할 거예요. 그리고 우리 상인한테도 그렇게 말해서(그 여자는 삼소노프 노인을 우리 상인이라 부르더군요), 당신을 고용하지 않도록 하겠어요.' 그래서 저도 생각해 보았지요. '만일 그 노인조차도 나를 써주지 않는다면 대체 누구한테 가서 벌어먹나' 하고 말입니다. 이런 사정을 알고 저는 그만 풀이 죽고 말았지요. 한데 우리 일류샤놈이 아까 당신의 손가락을 심하게 물어뜯던가요?"

"네, 굉장히 아프게 물더군요. 같은 카라마조프라고 해서 나한테 복수를 한 셈입니다. 그러나 그 애가 학교 동무들하고 돌멩이질을 하고 있는 걸 당신이 보셨다면 정말 위험하다는 생각을 했을 겁니다."

"아니, 우리 애도 하나 맞았습니다. 심장 바로 위를 한 대 맞았다며 시퍼렇게 멍이 들어 와서는 앓는 소리를 내며 울다가 누워 있답니다."

"아이들이 말하기를 그 애가 크라소트킨인가 하는 아이의 옆구리를 칼로 찔렀다는군요."

"그 말도 들었습니다. 정말 위험한 짓이지요. 그 크라소트킨이라는 아이의 아버지는 이곳 관리니까 어쩌면 또 시끄러운 일이 일어날지도 모르겠습니다."

"당신한테 충고해 드리지만," 알료샤는 열심히 말을 이었다. "당분간 학교엔 보내지 않는 편이 좋을 것 같습니다. 그러다 보면 분노도 사그라들 테니까요."

"분노라고요!" 퇴역 대위는 알료샤의 말을 되뇌었다. "맞습니다, 분노지요. 조그만 애의 가슴에도 엄청난 분노가 끓어오르는 법입니다. 우리 아이는 외부의 끊임없는 멸시를 받으면서도 고귀한 기백을 잃지 않았지요. 겨우 아홉 살밖에 안 된 나이에 벌써 이 세상의 진실을 알게 된 겁니다. 돈 많은 사람들은 말 그대로 일생이 걸려도 그렇게 깊은 삶의 진실을 알 도리가 없을 겁니다. 그렇지만 우리 일류샤는 그 광장에서 당신 형님의 손에 입을 맞추는 바로 그 순간 진리가 무엇인지 깨달았던 겁니다. 바로 그날, 그 애는 무섭게 열이 나서 밤새껏 헛소리를 하더군요. 이튿날은 한 잔 들이켰기 때문에 기억이 잘 나지 않습니다. 슬픔을 잊으려고 마시긴 했지만, 생각해 보면 저도 죄 많은 놈입니다. 그런데 바로 그날 아침부터 학교 아이들이 그 애를 놀려대기 시작한 겁니다. '야, 수세미 자식아, 너희 아버지는 수세미를 잡혀 술집에서 끌려 나왔지?' 이렇게 놀려댄 겁니다. 며칠이 지나고, 그 애가 학교에서 돌아오는 걸 보니 심상치가 않더군요. 얼굴이 백지장처럼 질려 있는 겁니다. 그날 저녁, 저는 그 애를 데리고 산책을 나갔습니다. 산책길에서 우리 애가 '아빠, 아빠! 그놈이 어떻게 그럴 수 있어요.' 그래서 '할 수 없잖니, 일류샤야.' 하고 저는 말했습니다. '그놈하고 절대로 화해해선 안돼요! 학교 애들이 그러는데, 그 일 때문에 아빠가 10루블을 받았다던데요.' 그래서, '아니다, 일류샤야. 그런 상황에서 절대로 그놈한테서 돈을 받지는 않지.' 그랬더니 그 애는 온몸을 떨며 조그만 손으로 제 손을 꼭 잡더니 입을 맞추더군요. '아빠, 그놈한테 결투를 신청해요. 학교에선 아빠가 겁쟁이라서 결투도 신청하지 못하고 오히려 그놈한테 10루블을 받았다고 놀려대니까 말이에요.' 그래서, '일류샤야, 나는 그놈한테 결투를 신청할 입장이 못돼.' 저는 이렇게 대답하고, 지금 당신한테 말씀드린 것과 같은 사정을 대략 이야기해 주었습니다. 그 애는 유심히 듣고 나더니, '아빠, 하지만 그놈하고는 절대로 화해해서는 안 돼요. 내가 어른이 되면 그놈한테 결투를 신청해서 죽여버릴 테야!' 라고 하더군요. 그래서 제가 말했지요. '아무리 결투라 해도 사람을 죽인다는 건 죄가 되는 거야.' 그랬더니, '아빠, 난 어른이 되면 그놈을 때려눕힐 테야. 내 칼로 그놈의 칼을 쳐서 떨어뜨린 다음, 그놈의 머리 위에 칼을 높이 쳐들고 이렇게 말하겠어. 당장 네놈을 죽일 수도 있지만 목숨만은 살려줄 테니 고맙게 생각하라!' 고요. 그런데 그 애가 학교에서 호되게 얻어맞고 집에 돌아왔다는 걸 저는 그저께야 비로소 알았습니다. 그 후 우리는 다시 산책을 나갔습니다. 그러자 이번엔 이렇게 묻더군요. '아빠, 부자가 이 세상에서 제일 힘이 센 거야?' 그래서, '그렇단다, 일류샤야. 세상에서 제일 힘이 센 건 부자지.' 그랬더니 아이가 '아빠, 그럼 부자가 될 테야. 장교가 되어 적을 쳐부수면 황제께서 많은 상금을 주실 테니까, 그걸 가지고 돌아오면 그땐 아무도 우릴 깔보지 못할 거야.' 그러고는 잠시 입을 다물고 있더니 이렇게 말하더군요. '아빠, 여기는 정말 좋지 않은 곳이야. 우리 다른 데로 이사가! 아무도 우릴 모르는 딴 데로 말이야!' '그래, 우리 이사 가자. 하지만 돈을 좀 벌 때까진 기다려야 해.' 저는 괴로운 생각으로부터 그 애의 마음을 돌리게 된 것을 기뻐하면서 말이며 마차를 사가지고 다른 곳으로 이사 가는 광경을 그 애와 함께 공상하기 시작했습니다. '엄마와 누나는 마차에 태우고 그 위에다 지붕을 씌우자꾸나. 너하고 아빠는 마차와 나란히 걸어가는 거야. 이따금 너도 태워 줄게. 그렇지만 아빠는 끝까지 걸어가겠다. 말을 아껴야 하니까. 어차피 우리 식구가 다 탈 수는 없거든.' 이 말을 듣자 일류샤는 미칠 듯이 좋아했습니다. 무엇보다도 우리 집에 말이 있어서 그걸 타고 간다는 사실 때문이었을 겁니다. 그런데 어젯밤부터는 완전히 형세가 달라졌습니다. 여느 날처럼 아침에 학교에 갔습니다만 돌아오는 걸 보니 얼굴이 침울하더군요. 저녁에 그 애 손을 잡고 산책하러 나갔지만 입을 꽉 다문 채 전혀 말을 하지 않는 겁니다. 걸어가면서도 마냥 처량한 생각만 들더군요. '얘, 일류샤야, 길 떠날 준비는 어떻게 하면 좋을까?' 하고 저는 말했습니다. 전날의 화제를 다시 끄집어내려는 생각에서였지요. 그러나 여전히 대답이 없었습니다. 그때 그 애가 갑자기 저한테 달려들어 조그만 손으로 제 목을 꼭 껴안지 않겠습니까! 자존심이 강한 아이들은 말없이 꾹 참고 있지만, 그 슬픔이 쌓이고 쌓여서 울음이 터지면 그때는 눈물이 흐른다기보다는 그야말로 폭포처럼 콸콸 쏟아져 내리는 법입니다. 알렉세이 표도로비치, 형님한테 감사의 말씀을 전해 주십시오. 그렇지만 당신의 마음이 풀리도록 그 애를 패줄 수는 없습니다.

"아아, 어떻게 해서든지 댁의 아이와 화해를 하고 싶군요." 알료샤가 외쳤다. "그런데 실은 한 가지 부탁을 받고 당신을 찾아뵈었습니다. 형 드미트리는 약혼녀한테까지도 모욕을 주었습니다. 당신도 들었을 줄 믿습니다만 그분은 말할 수 없이 고결한 마음씨를 가진 아가씨지요. 그분은 당신이 약혼자한테 모욕당했다는 사실을 알고, 이 돈을 당신에게 전해 달라고 부탁했습니다. 2백 루블입니다. 제발 받아주십시오."

이렇게 말한 다음 알료샤는 무지갯빛 1백 루블짜리 지폐 두 장을 그에게 내주었다. 그는 돈을 보고 흠칫 몸을 떨었다.

"이걸 저한테 주시는 겁니까! 이런 큰 돈을? 2백 루블이나?"

"맹세합니다. 제가 말한 것은 모두 사실입니다."

"제가 이걸 받아도 비열한 놈이 되지 않는 게 확실한가요?" 그는 두 손으로 알료샤의 몸을 건드리며 급히 말을 이었다. "당신은 지금 형의 약혼녀의 돈이라고 하면서 저를 설복시키려고 하지만 사실 마음속으로는 저를 비굴한 놈이라고 생각하는 것 아닙니까?"

"천만에요, 절대로 그렇지 않습니다."

불행한 대위는 갈수록 평정을 잃어가면서 거의 환희에 들떠서 말을 이었다. "이 돈으로 당장 마누라와 곱추 천사인 니나치카를 치료해줄 수 있다는 걸 당신은 아십니까? 쇠고기를 살 수도 있고, 식생활을 개선할 수도 있습니다. 아아, 이건 정말 꿈같은 얘깁니다."

알료샤는 퇴역 대위에게 이런 행복을 줄 수 있었고, 또 이 불행한 남자도 그 행복을 받아들이기로 승낙했기 때문에 한없이 기뻤다.

"저와 일류샤의 꿈은 지금 당장 실현될 수 있을지 모릅니다. 조그만 말 한 필과 포장마차를 사자고 했으니까요."

"문제없습니다, 문제없어요!" 알료샤가 소리쳤다. "카테리나 아가씨가 필요한 만큼 보내줄 겁니다. 당신은 부자가 된 겁니다. 자, 되도록 빨리, 추위가 오기 전에 떠나도록 하십시오." 알료샤는 그를 끌어안고 싶었다. 그 정도로 그는 마음이 흡족했던 것이다. 그러나 퇴역 대위의 얼굴을 보는 순간 그는 갑자기 멈칫 하지 않을 수 없었다. 퇴역 대위는 목을 길게 뽑고 입술을 비죽 내민 채 몹시 창백한 얼굴을 하고 서 있었다. 그는 무언가 말하고 싶은 듯 입술을 움직거리고 있었으나 소리는 나오지 않았다. 그러면서도 연방 입술을 움직거리는 품이 어쩐지 심상치 않았다.

"아니, 왜 그러십니까?" 알료샤는 저도 모르게 이렇게 물었다.

"알렉세이 표도로비치…… 당신은……." 그는 마치 절벽에서 몸을 던지려고 결심한 사람처럼 괴이한 눈초리로 알료샤를 쏘아보면서 중얼거렸다. "저는 여기서 요술 한 가지를 보여드리고 싶습니다." 갑자기 그는 속삭이듯 말했다.

"대체 어떤 요술을 한다는 거지요?" 알료샤는 몹시 놀라서 외쳤다.

그는 오른쪽 엄지손가락과 집게손가락으로 한쪽 끝을 쥐고 있던 두 장의 무지갯빛 지폐를 알료샤에게 보이더니, 난폭하게 구겨가지고 오른쪽 주먹에 꽉 움켜쥐었다.

"자, 보셨지요?" 그는 창백한 얼굴로 미친 듯이 소리치더니 주먹을 높이 쳐들어 구겨진 두 장의 지폐를 힘껏 땅바닥에 내동댕이쳤다. "자, 보셨지요?" 그는 지폐를 가리키며 또다시 외쳤다. "자, 바로 이겁니다!"

이렇게 말하고는 오른발을 번쩍 들어 구두 뒤축으로 지폐를 짓밟기 시작했다.

"이게 바로 당신의 돈입니다!" 그러다가 그는 갑자기 뒤로 물러서더니 알료샤 앞에 떡 버티고 섰다. 그의 모습에는 뭐라고 형용할 수 없는 오만한 자부심이 넘쳐나고 있었다.

"당신을 보낸 사람한테 가서 말해 주시오. 수세미는 자기 명예를 팔지는 않더라고요. 그런 모욕의 대가로 당신네들한테 돈을 받는다면 아들놈한테 뭐라고 하겠습니까?" 이렇게 말하고는 뒤도 돌아보지 않고 쏜살같이 달려갔다.

알료샤는 형용할 수 없는 슬픔에 싸인 채 그의 뒷모습을 바라보고 있었다. 퇴역 대위가 마지막 순간에 지폐를 구겨 땅바닥에 동댕이치리라고는 꿈에도 생각지 못했으리라.

퇴역 대위의 모습이 사라지자 알료샤는 두 장의 지폐를 집어 들었다. 지폐는 몹시 구겨진 채 모래 속에 묻혀 있었을 뿐 조금도 파손된 곳은 없었다. 알료샤는 지폐를 펴가지고 곱게 접어 호주머니에 집어 넣고는 부탁받은 일의 결과를 보고하기 위해 카테리나의 집으로 발걸음을 옮겼다.

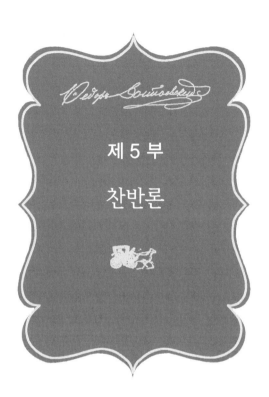

제 5 부

찬반론

1. 공모

알료샤를 제일 먼저 맞아준 사람은 이번에도 역시 호흘라코바 부인이었다. 부인이 허둥지둥 덤비는 걸 보니 무언가 심상치 않은 사건이 일어난 모양이었다. 카테리나의 히스테리는 결국 졸도로 끝났지만, 그 다음이 더 문제였다.

"많이 쇠약해졌나 봐요. 자리에 눕더니 눈을 뒤집고 헛소리만 하는 거예요. 아가씨는 의식불명이에요. 뇌염이라고 하면 어떡하죠?"

이렇게 큰 소리로 떠들어대는 호흘라코바 부인의 표정은 정말 겁에 질려 있는 것 같았다.

"저, 리즈가 말이에요, 알렉세이 표도로비치!" 부인은 알료샤의 귀에다 대고 속삭였다. "나를 깜짝 놀라게 하질 않겠어요? 아까 당신이 나가자마자 당신을 놀려준 것에 대해 진심으로 후회를 하더군요. 그야 어쨌든 리즈한테 좀 가봐주세요. 그리고 그 애의 원기를 북돋워주세요. 애, 리즈!" 부인은 방문으로 다가가며 소리쳤다. "알렉세이 표도로비치를 모셔 왔다. 그러나 화가 나지 않았으니 안심해라."

"들어오서요, 알렉세이 표도로비치!"

알료샤는 방 안으로 들어갔다. 리즈는 조금 당황한 표정으로 그를 바라보다가 갑자기 얼굴을 확 붉혔다. 무언가 몹시 부끄러워하는 눈치였다. 그리고 이럴 땐 언제나 그렇듯이 그녀는 전혀 엉뚱한 얘기를 재빨리 지껄이기 시작했다.

"알렉세이 표도로비치! 방금 당신이 그 가난한 장교한테 심부름을 가셨다는 얘기를 들었어요. 그 돈은 전해 주셨나요?"

"글쎄, 그 돈을 전해 주지 못했어요. 얘기를 하자면 길어지지요."

"결국 돈을 주지 못했군요. 재빨리 뒤쫓아가서 붙잡지 않으시고!"

"아니, 리즈. 쫓아가지 않길 잘했습니다." 알료샤는 이렇게 대답하고 의자에서 일어나더니 무언가 마음에 걸린다는 듯 방 안을 한 바퀴 돌았다.

"왜 잘하셨다는 거죠? 그 사람은 지금 빵이 없어서 죽을 지경일 텐데요!"

"죽지는 않을 겁니다. 어쨌든 2백 루블은 결국 그 사람의 손에 들어갈 테니까요. 내일이면 틀림없이 받을 거예요." 알료샤는 생각에 잠긴 얼굴로 방 안을 거닐면서 말했다. "이봐요, 리즈!" 그는 리즈 앞에 걸음을 멈추며 말을 이었다. "나는 아까 한 가지 실수를 저질렀어요. 그러나 그 실수 때문에 오히려 일이 더 잘 풀렸어요."

"어떤 실수 말예요? 그리고 그것 때문에 무슨 일이 잘 풀렸다는 거죠?"

"그 사람은 아주 겁이 많고 마음이 약한 사람이오. 온갖 고초를 다 겪은 선량한 사람이지요. 나는 지금 그 사람이 무엇 때문에 그 돈을 짓밟았는지 그 이유를 생각해 보았습니다. 그건 최후의 순간까지 자신이 그런 짓을 하리라고는 꿈에도 생각지 못했기 때문입니다. 요컨대 그는 부끄럼을 잘 타는 가난뱅이였습니다. 그러나 그가 화를 낸 중요한 원인은 나를 빨리 친구로 받아들임으로써 지나치게 빨리 굴복했다는 점입니다. 처음엔 나한테 덤벼들며 위협을 하다가 돈을 보자마자 나를 껴안으려고까지 했으니 말입니다."

"오히려 일이 더 잘 풀렸다는 건 무슨 뜻이죠?"

리즈는 놀란 눈으로 알료샤를 쳐다보며 이렇게 외쳤다.

"왜냐하면 그 사람은 돈을 내동댕이치고 발로 짓밟아버림으로써 자신의 체면을 세웠기 때문입니다. 그렇지만 그 돈이야말로 그 사람에겐 절대적으로 필요한 것입니다. 따라서 밤이 되면 더욱더 돈 생각이 간절해져서 꿈까지 꾸겠지요. 그리고 내일 아침엔 아마 나한테 달려와서 용서라도 빌고 싶은 심정이 될 겁니다. 바로 그때 내가 찾아가서 '당신은 훌륭한 분이십니다. 그것을 충분히 입증하셨으니까요. 자, 이젠 받아주십시오. 그리고 우리를 용서해 주십시오.' 하고 말한단 말입니다. 그러면 그 사람도 돈을 받지 않을 수 없겠지요!" 알료샤가 기쁨에 들뜬 어조로 말을 맺자, 리즈는 손뼉을 쳤다.

"아, 정말 그렇군요. 이젠 나도 그걸 알았어요. 그렇게 남의 속까지 훤히 꿰고 계시다니…… 나 같은 사람은 생각지도 못할 일이에요. 알료샤, 지금까지 저는 당신을 별로 존경하지 않았어요. 그러나 오늘부터는 정말 존경하고 싶어지는군요."

"리즈, 당신은 어떤지 모르지만 나는 천박한 마음의 소유자임이 분명합니다. 어느 날 장로님께서 이런 말씀을 하셨습니다. '인간이란 어린애처럼 늘 돌봐주어야 한다. 그리고 어떤 사람의 경우 병원에서 환자를 돌보듯 돌봐줄 필요가 있다'고 말입니다."

"아아, 알렉세이 표도로비치! 정말 그래요. 우리도 환자들을 돌보듯이 세상 사람들을 돌봐주도록 해요."

"그럽시다, 리즈! 나도 그럴 생각입니다. 다만 나 자신이 아직은 그런 마음의 자세가 되어 있지 않습니다. 나는 때로는 대단히 성미가 급하고, 사리 판단이 미숙할 때가 있으니까요. 그러나 당신은 그렇지가 않습니다."

"오, 그런 말씀 마세요, 알렉세이 표도로비치! 저는 얼마나 행복한지 모르겠어요. 이리 오세요, 알렉세이 표도로비치!" 리즈는 점점 더 얼굴을 붉히면서 말을 이었다. "손을 주세요, 당신한테 진실을 고백하겠어요. 어제 드린 편지, 그건 진심으로……."

이렇게 말하면서 리즈는 한 손으로 눈을 가렸다. 고백하는 것이 무척 부끄러운 모양이었다. 리즈는 느닷없이 알료샤의 손을 잡더니 재빠르게 세 번 입을 맞췄다.

"아아, 리즈! 나도 당신이 그걸 진심으로 썼다는 걸 압니다."

"어머나! 알고 있었다고요? 내가 손에다 입을 맞추니까 겨우 하시는 말씀이 '아아, 리즈!'라고 하시니……."

"당신 마음에 들고 싶지만 어떻게 해야 좋을지를 모르겠어요." 알료샤는 얼굴을 붉히며 이렇게 더듬거렸다.

"알료샤, 당신은 정말 냉정하고 대담한 분이시군요. 제멋대로 나를 자기의 아내로 정해놓고는 마음을 놓고 있으니 말예요!"

알료샤는 여전히 그녀에게 손을 내맡긴 채 그 자리에 서 있었다. 그러다가 갑자기 몸을 굽혀 그녀의 입술에 키스했다.

"어머나! 이게 무슨 짓이에요." 리즈가 외쳤다.

"당신이 나보고 냉정하다고 하는 바람에 그만 키스를 해버린 겁니다. 어쨌든 멍청한 짓을 했군요."

리즈는 웃음을 터뜨리며 두 손으로 얼굴을 가렸다.

"리즈, 저는 수일 내로 수도원에서 아주 나올 작정입니다. 세상에서 당신보다 더 나은 여자를 구할 수도 없을 것이고…… 또 당신 말고는 저를 남편으로 택해줄 여자도 없을 테니까요. 당신은 겉으로는 어린애처럼 웃고 계시지만 속으로는 순교자 같은 생각을 하고 있거든요."

"순교자라뇨? 그건 무슨 뜻이죠?"

"리즈, 당신은 아까 이렇게 물으셨지요? 우리가 그 사람의 마음속을 그런 식으로 해부하는 것은 그 사람을 멸시하는 것이 아니냐고요. 그것이 바로 순교자다운 질문입니다. 당신은 늘 안락의자에 앉아 있으면서도 많은 일들을 생각하고 또 생각했을 것이 틀림없습니다."

"알료샤, 왜 손을 움츠리세요?" 너무나 행복에 겨워 힘이 빠져나간 듯 묘하게 소리를 낮추며 리즈가 말했다. "그건 그렇고, 알료샤! 수도원을 나오시면 어떤 옷을 입으시겠어요?"

"옷에 대해선 아직 생각해 보지 않았지만 당신이 좋다면 무엇이든 입겠습니다."

"감색 비로드 웃옷에 하얀 조끼, 부드러운 회색 펠트 모자를 쓰시면 좋겠어요. 그건 그렇고, 아까 당신을 사랑하지 않는다고 말했을 때, 당신은 정말로 그렇게 믿었나요?"

"당신이 나를 사랑한다는 것을 눈치 채고는 있었지만, 나를 사랑하지 않는다는 당신의 말을 그대로 믿는 체했던 거죠. 그러는 편이 당신한테도 좋을 것 같아서요."

"그건 더 나빠요. 알료샤, 나는 당신이 너무 좋아요. 당신은 내가 편지를 돌려달라고 할 줄 알고 일부러 그걸 암자에 두고 오셨죠?"

"아니, 그렇지 않아요, 리즈. 그 편지는 지금도 가지고 있습니다. 이 호주머니 속에 들어 있어요. 자, 봐요."

알료샤는 웃으며 편지를 꺼내 그녀에게 보여주었다.

"하지만 돌려주진 않을 테니 거기서 구경만 해요. 사실 어제 당신한테 편지를 내주기 싫었어요. 이건 나한테 아주 소중한 편지니까. 이건 누구한테도 내줄 수 없습니다."

리즈는 환희에 찬 표정으로 그를 바라보았다.

"알료샤! 당신은 내게 복종하시겠어요, 안하시겠어요?"

"기꺼이 복종하겠습니다, 리즈. 맹세합니다!"

"그건 그렇고, 어째서 당신은 요 며칠 동안 그렇게 우울한 얼굴을 하고 계시죠?"

"리즈, 말 못할 슬픔이 있답니다." 알료샤가 침울하게 대답했다. "그런 걸 알아맞히는 걸 보니 당신은 정말 나를 사랑하는가보군요."

"대체 어떤 슬픔이죠? 무슨 일이에요? 말해 주실 수 없나요?"

"나중에 말하겠어요, 리즈⋯⋯." 알료샤는 당황해서 그렇게 대답했다. "지금 말한다 해도 이해하지 못할 겁니다."

"나도 알아요. 아버지와 형님들이 당신을 괴롭히는 거죠?"

"네, 형님들까지도……" 알료샤는 생각에 잠긴 듯 중얼거렸다.

"알료샤, 나는 당신 형님 이반 표도로비치가 마음에 안 들어요." 리즈가 말했다.

알료샤는 이 말에 다소 놀랐으나 거기에 대해선 아무런 대꾸도 하지 않았다.

"우리 형님들과 아버지는 스스로를 망치고 있답니다. 내가 아는 건 나 자신도 카라마조프 가의 한 사람이란 것입니다. 리즈, 내가 과연 수도사라고 할 수 있을까요?"

"무슨 말씀을 하세요?" 리즈는 조심스럽게 말했다.

알료샤는 그녀에게 키스했다.

"그럼 이제 돌아가요. 주님이 당신과 함께 하시길! 그분이 살아 계실 동안 어서 가보세요."

리즈의 방을 나선 알료샤는 호흘라코바 부인한테는 들르지 않는 편이 낫겠다고 생각했으므로, 작별 인사도 없이 나가려고 했다. 그러나 문을 열고 층계에 나서자 어디서 나타났는지 호흘라코바 부인이 그의 앞을 막아섰다. 부인의 첫마디를 듣자 알료샤는 그녀가 일부러 자기를 기다리고 있었다는 것을 알았다.

"정말 큰일이군요. 설마 당신은 그런 허망한 꿈을 꾸시진 않으시겠죠!" 부인이 알료샤에게 대들었다.

"아닙니다, 저는 어디까지나 진지한 마음으로 리즈와 얘기한 겁니다." 알료샤가 딱 잘라 말했다.

"진지하다니, 있을 수 없는 일이에요. 나는 우리 애를 데리고 이곳을 떠날 테니 그리 아세요."

"아니, 왜 그러시죠?" 알료샤가 말했다. "그건 아직도 먼 앞일입니다. 아직도 1년 반은 더 기다려야 할지도 모르는데."

"알렉세이 표도로비치, 그건 옳은 말이에요. 그 1년 반 동안 몇천 번이나 싸우고 헤어지겠지요. 그 애가 당신한테 써 보냈다는 편지라는 건 대체 어떤 내용입니까? 당장 보여주세요. 당장!"

"그보다 카테리나는 좀 어떻습니까? 그걸 알고 싶군요."

"여전히 헛소리를 하며 누워 있어요. 아직도 정신이 들지 않는 모양이에요. 이모님들은 여기 와 계시지만 그저 한숨만 내쉬며 나한테 코웃음만 치고 있어요. 모든 위대하고 성스러운 이름 앞에 맹세할 테니, 제발 그 편지를 보여주세요. 알렉세이 표도로비치, 나는 그 애의 어머니예요. 원하신다면 손가락으로 잡고 계셔도 좋아요. 나는 그저 읽기만 할 테니."

"아니, 보여드리지 않겠습니다. 리즈가 허락한다 해도 보여드릴 수 없습니다. 내일 다시 올 테니 원하신다면 그때 다시 얘기하기로 하지요. 오늘은 이만 실례하겠습니다."

알료샤는 층계에서 한길로 달려 나갔다.

2. 기타를 든 스메르댜코프

사실 알료샤에게는 시간이 없었다. 리즈와 작별 인사를 하고 있을 때부터 이미 그의 머릿속에는 한 가지 생각만이 자리잡고 있었다. 지금 수도원에서 숨을 거두려는 '위대하신 장로' 옆으로 달려가고 있었지만 드미트리 형을 만나야겠다는 욕구가 다른 모든 것을 압도해 버렸다. 도저히 피할 길이 없는 무서운 재난이 곧 일어날 것이라는 확신이 커져가고 있었다.

알료샤는 불시에 드미트리 형을 습격하여 그를 붙잡을 계획이었다. '만약에 형이 거기 없으면,' 알료샤는 생각했다. '포마에게나 집주인 노파한테 아무 말 않고 몰래 숨어서 기다리기로 하자. 날이 저물어도 괜찮다. 형이 여전히 그루셴카가 오는 것을 감시하고 있다면 반드시 그 정자에 나타날 테니……' 그러나 알료샤는 그 모든 계획을 자세히 생각해 보지도 않고, 오늘 중으로 수도원에 돌아가지 못해도 좋으니 이 계획을 실행에 옮기기로 결심했다.

모든 일이 제대로 되어 갔다. 알료샤는 어제와 거의 같은 지점에서 울타리를 넘어 살그머니 정자로 갔다.

그가 정자에 자리 잡은 지 15분도 되기 전에 가까운 곳에서 기타를 치는 소리가 들렸다. 수풀 속에 누군가 있는 것이 분명했다. 알료샤는 문득 생각나는 것이 있었다. 어제 드미트리 형과 헤어져 이 정자에서 나갈 때, 왼쪽 울타리 옆 수풀 속에 초록색의 낡은 벤치가 어른거리던 것이. 이때 갑자기 남자의 목소리가 기타 반주에 맞춰 달콤한 가성으로 유행가를 부르기 시작했다.

어누를 수 없는 힘으로 / 나는 사랑스런 여인을 따르나니 / 주여,
불쌍히 여기소서! / 그녀와 나를 / 그녀와 나를 / 그녀와 나를

노랫소리가 멎었다. 테너 음성이나 노래, 이 모두가 저속했다. 그런데 이번에는 여자의 목소리가 새침을 떠는 듯하면서도 달콤한 어조로 말했다.

"파벨 표도로비치, 왜 그토록 오랫동안 저희 집에 오시지 않으셨죠? 저희들을 멀리 하려고 그러는 거죠?"

"천만에요." 남자의 목소리는 어디까지나 자기의 위엄을 지키려는 듯한 어조였다. 짐작건대 남자가 우위에 있고, 여자가 비위를 맞추고 있는 것이 분명했다.

'남자는 스메르쟈코프 같군.' 알료샤는 생각했다. '목소리만 들어도 알 수 있어. 그리고 여자는 이 집 딸이 틀림없군. 긴 옷자락을 끌고 다니면서 마르파한테 수프를 얻으러 다니는, 모스크바에서 온 여자야.'

"저는 시라면 무조건 다 좋아요."

"시라는 건 헛소리에 지나지 않아요." 스메르쟈코프는 난폭하게 말했다. "생각해 보세요, 운에 맞춰 말을 하는 사람이 어디 있습니까? 만일 정부에서 그런 명령을 내려 우리가 모두 운에 맞춰 말을 한다면 우린 하고 싶은 말도 제대로 할 수 없을 겁니다."

"모든 면에서 어쩌면 그처럼 현명하세요. 정말 당신은 모르는 게 없군요." 여자의 목소리는 점점 더 아양이 심해졌다.

"어릴 때부터 그런 운명을 타고나지만 않았더라면 좀 더 많은 것을 할 수 있었을 겁니다. 스메르쟈쉬차야의 뱃속에서 애비 없는 자식으로 태어났기 때문에 근성이 삐뚤어진 악당이라고 험담하는 놈에겐 당장 결투를 신청해서 권총으로 쏘아 죽여버리고 싶은 심정입니다. 그리고리 노인은 나의 출생을 저주한다고 비난하면서, '너는 그 여자의 자궁을 찢은 장본인이야.'라고 합니다. 시장에 나가면 사람들이 나를 보고, 너희 어머니는 머리를 새둥지같이 하고 돌아다녔다느니, 키는 넉 자 '남짓' 했다느니, 하는 소릴 합니다. 나는 어릴 적부터 그 '남짓' 하다는 말을 들을 때마다 벽에다 이마를 들이박고 싶은 심정이었어요. 나는 온 러시아를 증오합니다, 마리아 콘드라티예브나!"

"그렇지만 당신이 육군 사관후보생이라거나 젊은 경기병이었다면 그렇게 말하지는 않을 거예요. 장검을 빼들고 러시아 전체를 지키려 하실 테죠."

"마리아 콘드라티예브나! 나는 육군 경기병 따위는 원하지도 않을 뿐더러 군인이라는 걸 모두 없애고 싶은 심정입니다."

"그럼 적이 쳐들어오면 누가 우리를 지켜주지요?"

"지킬 필요가 없습니다. 1812년 프랑스 황제 나폴레옹 1세가 러시아로 대군을 이끌고 쳐들어왔습니다만, 차라리 그때 프랑스군한테 정복되었더라면 좋았을 겁니다. 현명한 국민이 우매한 국민을 정복해서 병합해 버렸어야 하는 거예요. 그렇게 했더라면 지금쯤은 사정이 전혀 달라졌을 겁니다."

"그럼 외국인들이 우리 러시아 인보다 훌륭하다는 건가요? 나는 우리 러시아의 멋쟁이 한 사람과 영국 청년 세 사람을 바꾸라고 해도 절대로 바꾸지 않겠어요." 마리아는 상냥하게 말했다.

"그야 사람마다 취향이 다르니까요."

"하지만 당신은 외국 사람과 똑같아요. 부끄러움을 무릅쓰고 말씀 드리는 거예요."

"원하시니 말씀드리지만 방탕이란 점에선 러시아 사람이나 외국 사람이나 다를 것이 없습니다. 어제 표도르 파블로비치가 말한 것처럼 러시아 놈들은 그저 두들겨 패야 해요."

"그래도 이반은 존경한다고 당신이 말씀하셨잖아요?"

"하지만 그 사람은 나를 더러운 하인 취급을 하고 있어요. 나는 주머니에 어느 정도의 돈만 있었다면 벌써 옛날에 이곳을 뜨고 말았을 겁니다. 드미트리로 말하자면 머슴놈보다 나을 것이 없는 인간임에도 불구하고 모든 사람들한테서 존경을 받고 있습니다. 나야 한낱 요리사에 지나지 않지만 운이 좋으면 모스크바의 페트로프카 거리에 카페를 겸한 레스토랑을 열 수도 있습니다. 그런데 드미트리가 나보다 무엇이 낫다는 겁니까?"

두 사람의 대화가 얼마간 더 이어진 뒤 다시 기타가 울리고 남자가 아까처럼 가성으로 마지막 절을 부르기 시작했다.

아무리 말리셔도 / 나는 떠나리 / 환락의 수도에서 / 삶을 즐기리! / 슬픔도 근심도 다 잊고 / 다시는 슬픔에 젖지 않으리.

이때 뜻밖의 일이 일어났다. 알료샤가 갑자기 재채기를 한 것이다. 벤치에서 들려오던 노랫소리가 뚝 끊겼다. 알료샤가 일어나 그쪽으로 걸어갔다. 과연 그는 스메르댜코프였는데 한껏 멋을 부리며 성장하고 있었다. 여자는 생각했던 대로 이 집 딸 마리아였다. 아직 앳된, 주근깨투성이의 얼굴은 예쁘장한 편이었다.

"드미트리 형님은 돌아오실까?" 알료샤가 침착하게 말했다.

"제가 도련님의 일을 어떻게 알겠습니까? 저는 그분이 어디 계신지 전혀 알지도 못하거니와 또 알고 싶지도 않습니다."

"그렇지만 형님이 그러시는데 자네는 집 안에서 일어나는 모든 일을 형님한테 알려주고, 또 그루셴카가 오면 알려주겠다고 약속했다면서?'

스메르댜코프는 태연하게 그를 쳐다보았다.

"그건 그렇고, 어떻게 이리로 들어오셨죠?' 그는 뚫어질 듯이 알료샤의 얼굴을 응시하며 물었다.

"골목길에서 울타리를 넘어 곧장 정자 쪽으로 왔지. 나를 용서해주겠지? 형님을 한시바삐 만나야겠기에 그만."

"아아뇨, 용서하고 말고가 어딨어요!" 알료샤가 사과하는 바람에 기분이 좋아진 마리아가 말꼬리를 길게 끌며 말했다. "드미트리 도련님도 곧잘 그런 식으로 정자 쪽으로 가시는걸요."

"나는 지금 형님을 찾고 있어. 실은 형님에게 매우 중대한 용건이어서 그래."

"그분은 언제나 주인 영감님에 대해 꼬치꼬치 캐물으시며 나를 못살게 굴어요. 집안 꼴은 어떠냐, 누가 왔다 갔느냐, 그것 말고 또 알려줄 만한 일은 없느냐고 귀찮게 물으십니다. 두 번씩이나 죽여버리겠다고 협박을 하셨다니까요."

"뭐, 죽여버리겠다고?' 알료샤는 깜짝 놀라 물었다.

"그분 성격으로 봐서 그런 일쯤은 아무것도 아닐 겁니다. 어제 직접 보시지 않으셨어요? 만약 아그라페나 알렉산드로브나를 들여보내 집에서 하룻밤 지내게 했다가는 나부터 살려두지 않겠다는 겁니다. 나는 그분이 무서워 견딜 수가 없어요."

"요전에도 이분을 보고 '맷돌에다 갈아버리겠다'고 하셨어요." 마리아가 덧붙였다.

"맷돌로 갈아버리겠다는 건 그저 말뿐입니다." 알료샤가 말했다.

"한 가지 알려 드릴 게 있긴 한데……." 스메르댜코프는 무언가를 결심한 듯 입을 열었다. "오늘 아침 이반 표도로비치의 심부름으로 오제르나야 거리에 있는 드미트리 댁에 갔었습니다. 편지는 없고, 그저 함께 식사를 하고 싶으니 광장 근처의 술집으로 나와주었으면 좋겠다고 전해달라는 분부였습니다. 제가 간 것은 아침 여덟 시 경이었는데, 드미트리는 없더군요. '조금 전까지 계셨는데 방금 나가셨습니다.' 그 집 주인이 이렇게 말하더군요. 아무리 보아도 서로 짜고 하는 듯한 말투였습니다. 그러니까 어쩌면 지금쯤 술집에서 이반과 마주 앉아 있을지도 모릅니다. 이반은 식사하러 집에 오진 않았으니까요. 영감님 혼자 한 시간 전에 점심을 드시고 지금은 누워 계십니다. 그렇지만 제가 이런 말을 하더라고 해서는 절대로 안 됩니다."

"그러니까 오늘 이반 형님이 드미트리 형님을 술집으로 초대했단 말이지? 광장에 있는 '수도'란 술집인가?"

"바로 그 집입니다."

"고맙네, 스메르댜코프! 이건 중요한 정보야. 그럼 곧 가봐야지."

이 정보는 알료샤의 마음을 크게 뒤흔들어 놓았다. 그는 곧장 술집으로 향했다. 수도사 복장으로 술집에 들어간다는 건 쑥스러운 일이었으나 현관에서 형들을 불러내는 것은 별 문제가 없을 것 같았다. 그러나 그가 술집으로 갔을 때, 갑자기 창문이 하나 열리더니 이반이 얼굴을 내밀고 소리쳤다.

"알료샤, 지금 이리 들어와 주겠니?"

"들어가고 싶지만, 이런 옷을 입고 있으니 어떻게 해야 할지 모르겠군요."

"내가 있는 곳은 별실이니, 그냥 현관으로 들어와."

1분 후 알료샤는 형과 마주 앉게 되었다. 이반은 혼자서 식사를 하고 있었다.

3. 형제의 접근

이반이 앉아 있는 곳은 별실이 아니었다. 그 방은 출입문에서 첫 번째 방인데, 옆벽에는 술병들을 늘어놓은 선반이 있었다. 보이들이 쉴 새 없이 방안을 왔다 갔다 하고 있었으나, 손님이라곤 퇴역장교처럼 보이는 한 노인이 구석진 자리에서 차를 마시고 있는 것이 전부였다.

"생선 수프든 뭐든 주문해. 너라고 차만 마시고 살 수는 없잖니?"

"생선 수프를 주세요. 배가 고파 죽을 지경입니다." 알료샤는 유쾌하게 말을 받았다.

이반은 보이를 불러 생선 수프와 차와 버찌 잼을 주문했다.

"지금 여기 앉아서 어떻게 하면 너를 만나 작별 인사를 할 수 있을까 생각하고 있었어. 그런데 마침 네가 이 옆을 지나가더군."

"그렇게 만나고 싶었어요?"

"만나고 싶었지. 한 번 만나 너라는 인간을 알고, 너한테도 나라는 인간에 대해 알려주고 싶었지. 지난 석 달 동안 네가 나를 어떤 눈으로 바라보고 있었는지 잘 알고 있어. 네 눈에는 뭔가 끊임없는 기대 같은 것이 어려 있었어. 나는 그걸 도저히 참을 수가 없어서 너한테 접근하지 않았던 거야. 그러나 그러는 사이에 널 존경하게 되었지. 젊은 녀석이 신념이 확고하게 서 있다고 생각했어. 알료샤, 지금은 웃으면서 말을 하지만 진심을 말하는 거야. 너도 어쩐지 나를 좋아하는 것 같은 생각이 드는구나, 알료샤."

"좋아하고말고요. 드미트리 형님은 이반 형님을 무덤 같다고 하지만, 저는 형님을 수수께끼 같다고 생각했어요. 그러나 오늘 아침부터는 뭔가를 좀 이해할 것 같아요."

"그게 뭔데?"

"형님도 역시 스물서너 살 먹은 보통 청년과 다를 것이 없다는 거요. 젊디젊은 싱싱하고 발랄한 청년, 아직도 젖비린내 나는 애송이에 지나지 않는다, 그 말씀이에요!"

"우연의 일치에 놀랄 지경인걸. 사실 오늘 아침, 그 여자와 헤어진 다음 난 혼자 그것만 생각하고 있었어. 즉 나는 아직도 젖비린내나는 애송이에 지나지 않는다고 말이야. 그런데 별안간 네가 내 마음 속을 꿰뚫어보기라도 한 듯이 그런 말을 하니 놀랄 수밖에! 내 비록 인생에 대한 믿음을 잃고, 사랑하는 여성에게 실망하고, 이 세상의 모든 것을 악마의 소산이라고 확신하여 인간에 대한 환멸과 공포감을 남김없이 맛본다 하더라도 나는 살아 있기를 원할 거야. 어서 들어라. 제법 맛있는 수프야. 알료샤! 내 어리석은 이야기를 조금은 이해할 수 있겠니?" 이렇게 말하고 이반은 갑자기 웃어댔다.

"형님이 그토록 강한 삶의 의욕을 지니고 있으니 정말 기쁩니다."

"삶의 의의 이상으로 삶 자체를 사랑한다는 거지."

"물론 그래야죠. 형님 말씀대로 논리보다 앞서 우선 사랑부터 하는 거예요. 그것은 반드시 논리보다 앞서야 해요."

"보아하니 넌 무슨 영감이라도 느끼고 있는 것 같구나. 나는 너 같은 예비 수도사한테서 신앙고백을 듣길 좋아해. 한데 네가 수도원을 나온다는 건 정말이냐?"

"정말입니다. 장로님께서 저를 속세로 내보내셨어요."

"그럼 다시 속세에서 만날 수 있겠구나. 그런데 아버지는 육욕 위에 서 있으면서도 스스로는 반석 위에 서 있다고 생각하고 있거든. 그런데 너 드미트리 형 못 봤니?"

"네, 못 봤어요. 스메르댜코프는 봤습니다만."

이반은 이맛살을 찌푸리고 생각에 잠겼다.

"형님은 스메르댜코프 때문에 이맛살을 찌푸리는 겁니까?" 알료샤가 물었다.

"그래, 그놈 때문이야. 하지만 그깟 놈은 아무래도 좋아. 사실 나는 드미트리 형을 만나보고 싶었는데, 이젠 그럴 필요도 없겠군." 이반은 내키지 않는 듯 이렇게 말했다.

"형님은 정말 그렇게 빨리 떠날 생각이세요?"

"그래."

"그럼 드미트리 형님이나 아버진 어떻게 되는 겁니까? 두 분 사이는 어떻게 결말이 날까요?" 알료샤는 불안한 듯이 중얼거렸다.

"또 지긋지긋한 그 얘기! 대체 내가 그 일과 무슨 관계가 있다는 거냐? 내가 드미트리 형 파수꾼이라도 된다는 거냐? 동생을 죽인 카인이 하느님한테 대답한 말이 있지? 너는 아마 지금 그걸 생각하는가 보구나. 될 대로 되라지. 나는 그 사람들의 파수꾼으로 여기 남아 있을 순 없으니까. 제기랄! 내겐 내 볼일이 있어. 이젠 일을 마쳤으니 떠나는 거야."

"그건 카테리나하고의 일을 말하는 건가요?"

"그래, 나는 깨끗이 손을 끊었어. 한데 그게 대체 어쨌다는 거냐? 나는 카테리나한테 개인적 용무가 있었을 뿐이야. 그런데 드미트리 형은 제멋대로 그 여자를 나한테 넘겨주고, 엄숙하게 축복까지 해주었으니 말이야. 이봐, 알료샤! 지금 나는 완전히 해방된 기분이야. 마음만 먹으면 이렇게 쉽사리 끝장낼 수 있다는 걸 어제까지만 해도 생각지도 못했으니!"

"그건 형님 자신의 사랑을 말씀하시는 건가요?"

"사랑? 원한다면 사랑이라고 해도 좋아. 난 그 아가씨한테 반해버렸으니까. 나는 그 여자 때문에 고민했고, 그 여자 또한 나를 무척 괴롭혔어. 그 여자한테 열을 내고 있었는데, 지금은 일시에 모든 게 무너지고 만 거야. 아까 나는 감격적인 어조로 떠들어댔지만 밖에 나와서는 껄껄 웃어버렸지. 그야 어쨌든 그 여자가 마음에 들었던 것만은 사실이야. 하지만 그 여자 옆을 떠나는 것이 정말 홀가분하단 말이야. 너는 내가 허세를 부린다고 생각하니?"

"아니오. 그렇지만 그건 사랑이 아니었는지도 모르지요."

"알료샤, 사랑에 관한 토론은 그만 두기로 하자! 사실 나는 그 아가씨 때문에 이만저만 괴로운 게 아니야! 그야말로 치유될 수 없는 마음의 병을 앓았어! 아아, 그 아가씨도 내가 자기를 사랑한다는 건 알고 있었지. 드미트리 형을 사랑한 게 아니야. 드미트리에 대한 그녀의 감정은 자학적인 것에 지나지 않아. 내가 그 아가씨한테 한 말은 모두가 거짓 없는 진실이야. 그러나 무엇보다도 중요한 것은, 그 아가씨가 형을 조금도 사랑하지 않았을 뿐만 아니라 오히려 자기 때문에 괴로움을 당하고 있는 나를 사랑한다는 사실을 깨닫게 될 때까지는 적어도 15년이나 20년은 걸릴 거라는 점이야. 아니 어쩌면 영영 깨닫지 못할는지도 모르지. 말이 나왔으니 말이지만 그 아가씨는 지금 어떡하고 있지?'

알료샤는 카테리나가 히스테리를 일으켰다고 설명했다.

"하지만 히스테리를 일으켰다고 해서 별 문제는 없을 거야. 하느님은 사랑하는 마음에서 여자에게 히스테리를 준 거니까. 알료샤, 샴페인이라도 가져오라고 할까? 나의 해방을 축하하며 건배하는 게 어떠냐?"

"그럼 내일 아침엔 기어이 떠나시는 겁니까?"

"아침이라니? 난 아침이라고는 말하지 않았어. 내가 오늘 여기서 식사를 한 건 다만 영감님과 함께 식사를 하고 싶지 않았기 때문이야. 그 정도로 나는 영감이 보기 싫다. 나는 러시아에 태어난 것을 달갑지 않게 생각할 때가 있지만, 알료샤라는 러시아 청년 하나만은 굉장히 좋아하지."

"아주 그럴듯하게 얘기를 끌고 가시는군요." 알료샤가 웃었다.

"자, 그럼 말해보아라. 무엇부터 시작해야 좋을지 네가 명령을 해라. 신에 대한 것부터 시작할까?"

"좋을 대로 하세요." 알료샤는 형의 눈치를 살피며 이렇게 말했다.

"어제 내가 아버지 집에서 식사를 하면서 그런 말을 한 것은 일부러 너를 놀려주려고 그랬던 거야. 아나나 다를까, 네 눈에서 막 불이 일더구나. 그러나 지금은 너하고 마음 놓고 얘기하고 싶다. 어쩌면 나도 신을 인정할지도 모르잖니? 이건 뜻밖이지, 그렇지?"

"그야 물론이죠. 만일 형이 농담만 안하신다면……."

"농담이라니? 어제 장로의 암자에서도 농담을 한다고 말하더니만. 너도 알겠지 18세기에 어떤 늙은 무신론자가 '만일 신이 존재하지 않는다면 만들어낼 필요가 있다'고 말했어. 결국 인간은 신이라는 걸 만들어냈지. 그러나 이상하고도 놀라운 것은 신이 실제로 존재한다는 것이 아니라 신은 반드시 필요하다는 생각이 야만적이고 질이 나쁜 인간이란 동물의 머리에서 떠올랐다는 사실이야. 하지만 나는 그 문제를 생각지 않기로 결심했어. 여기서 한 가지 명심해야 할 것이 있어. 다름이 아니라 만일 신이 존재하고, 신이 정말로 지구를 창조했다면, 우리가 이미 다 알고 있는 것처럼, 신이 유클리드의 기하학에 입각해서 지구를 창조하고, 인간의 이성은 삼차원 개념만을 지니게 되는 것이겠지. 그러나 기하학자나 철학자들 중에는 이것을 의심하는 사람들이 옛날에도 있었고, 지금 현재도 존재하고 있어. 즉 전 우주는 단지 유클리드의 기하학만으로 창조된 것이 아니라는 거지. 아주 탁월한 학자들 중에는 더러 이런 의심을 품는 사람이 있거든. 개중에는 한 걸음 더 나아가서, 유클리드에 의하면 이 지상에선 절대로 서로 만날 수 없는 두 개의 평행선도 무한 속의 어느 곳에 가서는 서로 마주칠지 모른다는 대담한 몽상을 한 학자까지 있을 지경이니까. 그래서 난 체념해버렸어. 그런 것조차도 이해하지 못한다면, 어떻게 내가 신의 문제를 이해할 수 있겠어? 알료샤, 너한테 충고하지만 그런 문제는 생각하지 않는 것이 좋아. 이런 모든 문제는 삼차원적 개념밖에 지니지 못한 인간의 두뇌로는 엄두도 낼 수 없는 것이니까. 그래서 나는 신을 인정해. 그리고 질서며 인생의 의의도 믿고, 언젠가는 우리를 하나로 결합시켜준다는 영원의 조화도 믿어. 영원이라는 것을 믿는 거지. 그렇지만 놀라지 마라. 나는 결론적으로 이 신의 세계를 인정할 수 없어. 사실 나는 어린애같이 이런 걸 믿고 있어. 언젠가 먼 앞날에는 이 고통도 아물어 흔적도 없이 사라지고, 인생의 모순이 빚어내는 온갖 굴욕적인 희극도 가련한 신기루처럼 무력하고 미미한 존재가 되어 유클리드적 지성의 원자처럼 자취도 없이 사라지고, 마침내는 세계의 종국인 영원한 조화의 순간에 말할 수 없이 고귀한 현상이 출현해서 그것이 모든 사람의 쓰라린 노여움을 풀어주고, 인간의 모든 죄와 그들이 서로 흘리게 했던 피를 속죄해줄 거라는 것을. 그것은 인간 세계에서 일어난 모든 일을 용서할 뿐만 아니라 스스로 그런 일들을 변호하기에 충분할 거라고 믿어. 그러나 설사 모든 것이 순조롭게 된다 하더라도 나는 그것을 인정할 수는 없어. 비록 두 개의 평행선이 일치하는 걸 내 눈으로 보게 된다 하더라도 마찬가지야. 네게 필요한 건 신에 관한 문제가 아니야. 너는 그저 사랑하는 형이 무엇에 의하여 살고 있는가를 알면 되는 거니까. 그래서 나도 이런 말을 한 거야." 이반은 전혀 예기치 못했던 감정에 사로잡혀 자신의 장황한 이야기에 종지부를 찍었다.

"그런데 무엇 때문에 형님은 '더할 나위 없이 어리석은 것'에 대해서 이야기를 시작하신 거죠?' 알료샤는 생각에 잠긴 눈으로 형을 바라보며 물었다.

"그건 첫째로, 러시아의 방식을 따르기 위해서였어. 러시아 인이라면 누구나 이런 종류의 대화를 할 때 매우 어리석은 방법으로 시작하게 마련이거든. 그리고 둘째, 그것이 어리석으면 어리석을수록 문제의 핵심에 접근하기가 쉬워지지. 어리석을수록 문제는 분명해지니까. 우직함은 단순해서 교활함이라는 것을 모르지만, 지성이라는 것은 속임수를 잘 써서 자기 정체를 숨기려고 들지. 지성은 비열하지만 우직함은 곧고 성실해. 나는 결국 절망 상태에까지 이르렀으니까, 어리석게 보이면 보일수록 내게 유리해지는 거야."

"형님이 무엇 때문에 '이 세계를 인정하지 않는지' 그 이유를 설명해 주시겠습니까?' 알료샤가 물었다.

"물론 설명해 주고말고! 알료샤, 내가 너를 타락시켜서 네가 선 발판으로부터 너를 끌어내리려는 건 아니야. 아니, 어쩌면 나는 너한테 치료를 받고 싶어 하는지도 모르지." 이반은 갑자기 얌전한 어린 소년처럼 생긋 웃어 보였다. 알료샤는 지금까지 형이 그런 미소를 짓는 것을 한 번도 본 일이 없었다.

4. 반역

"너한테 한 가지 고백할 일이 있어." 이반은 다시 말을 시작했다. "나는 사람이 어떻게 자기와 가까운 사람들을 사랑할 수가 있는지 도

무지 이해할 수가 없어. 난 먼 곳에 있는 사람은 사랑할 수 있어도 가까이 있는 사람은 도저히 사랑할 수가 없어. 어떤 책에서 '자비로운 요한'이라는 성서의 얘기를 읽은 적이 있는데, 어느 굶주린 나그네가 얼어 죽게 되어 성인을 찾아가서 몸을 녹이게 해달라고 간청하자, 그 성인은 나그네를 자기 침대에 눕게 한 다음 그를 꼭 껴안아주고, 썩어 문드러져 고약한 냄새를 풍기는 그의 입에다 숨을 불어넣어 주었다는 거야. 이 성인이 그런 행위를 한 것은 일시적이고 돌발적 감정, 위선적인 발작 때문이라고 생각해. 의무감에 강요된 거짓 사랑, 자신에게 부과된 고행 때문이라고 확신해. 인간을 사랑하기 위해서는 본인이 그 앞에 나타나서는 안 되는 거지."

"그 문제에 대해선 조시마 장로님도 여러 번 말씀하셨습니다." 알료샤가 말을 가로막았다. "장로님 역시 인간의 얼굴은, 사랑의 경험이 적은 사람들에게는 장애가 된다고 말씀하셨습니다. 그렇지만 실제로 인간의 마음속에는 크나큰 사랑이 깃들어 있어요. 거의 그리스도의 사랑과 같은 정도의 것도 있지요."

"그리스도의 사랑은 이 지상에 있을 수 없는 일종의 기적이야. 하긴 그리스도는 신이었고 우리는 신이 아니니까. 가령 예를 들어, 내가 깊은 고뇌에 빠져 있다 하더라도 과연 내가 어느 정도까지 고민하고 있는지 타인은 알 수 없어. 그리고 또 고뇌에는 여러 가지가 있지. 자기 자신의 인품을 떨어뜨리는 굴욕적인 고뇌, 이를테면 배고픔의 고뇌 같은 건 자선가가 해결해 줄 수 있지만, 좀 더 고상한 고뇌, 이를테면 이념과 관련된 고뇌 같은 건 극소수의 경우를 제외하고는 이해받기 힘들어. 왜냐하면 나의 얼굴은 그 자선가가 공상하고 있던 얼굴,

즉 그의 공상 속의 수난자의 얼굴과 전혀 닮지 않았다는 이유 때문이지. 결국 이런 이유로 나는 그 사람의 도움을 놓칠 수 밖에 없지. 만약 발레 무대에서 거지가 갈기갈기 찢어진 레이스를 단 누더기 옷을 걸치고 구걸을 한다면, 잠자코 앉아서 감상을 할 수도 있겠지. 그러나 그때 우리는 그들에게 찬사를 보낼 수는 있어도 결코 사랑할 수는 없어. 나는 인류 전반의 고뇌를 얘기할 생각이었는데, 그보다는 아이들의 고뇌에 대해서만 얘기하기로 하겠다. 우선 첫째로 아이들은 가까이 있어도 사랑할 수가 있어. 미운 애도 귀여운 애도 다 사랑할 수 있어. 둘째로 내가 어른들의 얘기를 하고 싶지 않다고 말한 것은 그들이 추악해서 사랑 받을 자격이 없을 뿐만 아니라, 그들에게는 천벌이라는 것이 있기 때문이야. 그들은 지혜의 과실을 따먹음으로써 선과 악을 알게 되었고, 그리하여 '하느님처럼' 되어버렸어. 그러나 아이들은 아무것도 먹지 않았기 때문에 순결한 존재들이지. 알료샤, 너는 아이들을 좋아하니? 그런데 만약 아이들도 무거운 고통을 받고 있다면, 그것은 그들의 아버지 때문일 거야. 지혜의 과실을 따먹은 자기 아버지 대신에 벌을 받는 셈이지. 알료샤, 나 역시 아이들을 좋아해. 그리고 한 가지 명심할 점은 잔인하면서도 정열적이고 정욕이 강한 카라마조프적 인간이 때로는 굉장히 아이들을 좋아할 때가 있다는 사실이야. 한데 왜 이렇게 머리가 아프지? 기분도 우울하고."

"형님, 말씀하시는 게 좀 이상해요." 알료샤가 걱정스레 말했다. "마치 머리가 이상한 사람 같아요."

이반은 동생을 바라보며 계속 말했다.

"내가 생각하기엔 만약 악마라는 것을 인간이 창조해냈다고 한다면, 인간은 자기 모습과 비슷하게 그걸 만들었을 거라고 생각해."

"그렇다면 신의 경우도 마찬가지죠."

"너는 「햄릿」에 나오는 폴로니어스처럼 말을 돌려대는 솜씨가 보통이 아니구나. 그런데 인간이 자기 모습에 따라 신을 만들어냈다면 너의 하느님은 아주 훌륭할 테지. 그런데 너는 나더러 무엇 때문에 그런 얘기를 하느냐고 물었지? 실은 나는 어떤 종류의 흥미 있는 사실을 수집하는 애호가라고 할 수 있어. 이건 얼마 전, 즉 5년쯤 전에 스위스의 제네바에서 어느 살인범의 사형에 대한 얘기야. 이 악당은 리샤르라는 스물세 살된 악당인데, 단두대에 오르기 직전에 자기 죄를 뉘우쳐 그리스도교에 입교했다는 거야. 리샤르는 본래 사생아였는데, 여섯 살 때 부모가 스위스의 어느 산 속의 양치는 사람에게 '선사' 했었다는 거야. 그 스위스 인은 부려먹으려고 그 애를 키운 셈이지. 그 애는 목동들 사이에서 마치 야수같이 자랐어. 리샤르 자신의 증언에 의하면 살면서 돼지한테 주는 사료라도 좋으니 배불리 먹어보았으면 하는 생각밖에 없었다는 거야. 그러나 그들은 그것조차 먹여주지 않고, 어느 날 돼지먹이를 훔쳐 먹었다고 사정없이 두들겨 팼다더군. 그는 이렇게 소년 시절과 청년 시절을 보냈는데, 어른이 되어 힘깨나 쓰게 되자 도둑질을 하려고 나선 거야. 이 야만인은 제네바에서 날품팔이로 돈을 벌어서 죄다 술을 마시며 불한당 같은 생활을 하다가 결국은 어떤 노인을 죽이고 강도질을 하기에 이르렀어. 그는 곧 체포되어 재판에서 사형 선고를 받았어. 그런데 감옥에 들어가자마자 주임 신부님이니, 무슨 그리스도교 단체의 회원이니, 자선가 귀부인이니 하는 사람들이 몰려와서는 감옥 속에서 그에게 글을 가르치고 성경

강의를 시작했지. 결국 그도 진심으로 자기 죄를 자각하기에 이르렀어. 그는 '나는 천하의 불한당이었지만, 하느님이 나의 마음에 빛을 비춰주시고 은총을 내려주셨습니다'라고 써서 재판소에 보냈어. 그러자 제네바의 모든 자선가와 종교인들이 법석을 떨기 시작했지. 상류 사회 사람들, 교양 있는 사람들이 모두 감옥으로 달려가 리샤르를 껴안고 키스를 하는 거야. '당신은 하느님의 은총을 받았소!' 그러면 리샤르는 감격으로 울면서 말했지. '그렇습니다. 저는 하느님의 은총을 받았습니다. 저는 그동안 돼지먹이만 받아도 기뻐했습니다만, 이제는 하느님한테서 은총을 받았으니 주님의 품안에 안겨 죽을 수가 있습니다!'라고. 드디어 최후의 날이 왔어. 지칠 대로 지쳐버린 리샤르가 눈물을 흘리면서 '오늘은 제 생애에서 가장 복된 날입니다. 나는 주님에게 갑니다!'라고 쉴 새 없이 되뇌자, 신부님, 재판관, 자선가 귀부인들도 외쳐대는 것이었어. 그들은 모두 리샤르를 태운 죄수마차의 뒤를 따라서 처형장까지 갔어. 이윽고 처형장에 도착하자마자, '자, 그럼 주님 품안에서 죽어라. 너한테는 주님의 은총이 내렸으니까!' 마침내 리샤르는 형제들의 빗발치는 키스를 받고 형장으로 끌려들어가 단두대에 앉혀졌어. 그러고는 하느님의 은총을 받았다는 이유로 지극히 인간적인 방법으로 목이 잘렸어. 이 이야기는 루터파 자선가들에 의해 러시아 어로 번역되어, 러시아 민중의 교화를 위해 신문이나 그 밖의 출판물 부록으로 무료로 배부되었어. 이 리샤르 이야기에서 흥미로운 것은 그것이 국민성을 여실히 말해주고 있다는 점이야. 러시아에서는 어떤 사람이 우리의 형제가 되고 은총을 받았다는 이유로 그 사람의 목을 잘라버린다는 건 생각도 할 수 없는 일이지.

네크라소프의 시 속에 농부가 채찍으로 말의 눈을, 그 '유순한 눈'을 후려치는 대목이 있는데 그런 광경은 누구나가 흔히 볼 수 있는 것으로 러시아적인 광경이라고 할 수 있지. 이 광경이 네크라소프의 시 속에 놀랄 만큼 잘 묘사되어 있어. 그러나 이건 어디까지나 말에 대한 얘기야. 말은 때리라고 하느님께서 주신 거다, 타타르 인들은 이렇게 우리에게 가르치며 이것을 잊지 말라고 말채찍을 준 거야. 인간 역시 채찍으로 때릴 수 있는 거야. 지식층의 부부가 겨우 일곱 살밖에 안된 자기 딸에게 나뭇가지로 매질을 한 예가 실제로 있었으니까. 나는 어른들의 고뇌에 대해선 말하지 않겠다. 어른들은 금단의 과실을 따먹었으니 될 대로 되라지. 모두 다 악마의 밥이 되어버린다 해도 좋아. 알료샤, 내가 너를 괴롭히는 건 아니냐? 너 어디 몸이 불편한 것 같구나. 뭣하면 그만 얘기할게."

"괜찮습니다. 저 역시 괴로움을 겪고 싶으니까요." 알료샤가 중얼거렸다.

"수도사님! 이 지상에는 어리석은 것이 너무나 많이 필요해."

"그럼 형님은 무얼 알고 계시죠?"

"나는 아무것도 이해하지 못해." 이반은 잠꼬대라도 하고 있는 것처럼 말을 이었다. "이젠 아무것도 이해하고 싶지 않아. 무언가를 이해하려 들면 곧 사실을 왜곡하게 되거든. 그래서 나는 사실에만 머물기로 결심한 거야."

"무엇 때문에 형님은 저를 시험하시는 겁니까? 그만하시고 이제는 말씀해주시는 게 어떨까요?"

"물론 말하고말고! 그 말을 하려고 여기까지 끌고 왔으니까. 너는 내게 대단히 소중한 존재야. 나는 너를 놓치고 싶지 않아. 나는 조시마 장로한테 너를 양보하지 않을 거야.”

이반은 잠시 말을 끊었다. 그의 얼굴은 침통한 표정으로 변했다.

“이봐, 알료샤! 나는 문제를 보다 명료하게 보여주기 위해 어린애들의 예를 든 거야. 나는 일부러 논제를 좁힌 거야. 나는 빈대 같은 존재에 지나지 않기 때문에 어째서 모든 것이 요 모양 요 꼴로 되어버렸는지를 조금도 이해할 수 없어. 그렇다면 다시 아이들 문제로 돌아가 보자고! 이봐, 알료샤! 모든 인간이 고통을 겪어야 하는 것은 고뇌로써 영원의 조화를 보상받기 위한 것이라 하더라도 어째서 어린애들까지 그 속에 끌어들여야 하지? 이제 겨우 여덟 살밖에 안 된 어린애를 개가 물게 해서 죽이냔 말이야. 오, 알료샤, 나는 결코 신을 비방하려는 건 아니다. 만약에 하늘과 지상에 있는 모든 것이 하나의 찬미가가 되어, 우리가 누리는 모든 것과 전에 누렸던 모든 것이 한 목소리로 ‘주여, 당신의 말씀은 옳았나이다. 이는 당신의 길이 열렸기 때문이옵니다!’ 라고 부르짖을 때, 우주 전체가 얼마나 진동할 것인지에 대해서도 나는 잘 알고 있어. 알료샤, 어쩌면 나는 자기 아들의 원수와 악수를 나누고 있는 어머니의 모습을 직접 내 눈으로 보고 다른 사람들과 함께 ‘주여, 당신의 말씀이 옳았나이다!’ 라고 외칠 수 있을 때까지 살 수 있을지도 몰라. 아니면 그것을 보려고 일부러 다시 소생할지도 모르지. 그러나 나는 그렇게 외치고 싶지는 않아. 나는 고상한 조화 같은 건 깨끗이 포기하겠어. 왜냐하면 그따위 조화는 구린내 나는 옥에 갇혀 조그만 주먹으로 자기 가슴을 두드리며, 보상받을 길 없는 눈물을 흘리면서 ‘하느님’ 에게 기도를 드린 그 불쌍한 어린애의 눈물

방울만한 가치도 없기 때문이지. 그 눈물은 마땅히 보상받아야만 해. 그렇지 못하면 삶의 조화라는 건 있을 수 없는 거야. 그러나 무엇으로, 무엇을 가지고 그것을 보상한다는 거냐? 그러나 나는 그따위 보상 같은 건 필요치 않아. 가학자를 위한 지옥 같은 건 소용없어. 나는 용서하고 포옹하고 싶은 거야. 나는 더 이상 인간이 고통당하는 걸 원치 않아. 대체 이 세상에 용서해줄 자격을 가진 사람이 있을까? 나는 차라리 나쁜 인간이라 하더라도 보상받을 길 없는 고뇌와 풀릴 길 없는 분노를 품은 채 남아 있겠어. 게다가 그 조화의 대가는 너무나 비싸기 때문에 내 호주머니 사정으로는 그만한 입장료를 지불할 수가 없어. 알료샤, 내가 신을 인정하지 않는 건 아니야. 그저 '조화'의 입장권을 정중히 돌려보낼 뿐이지."

"그건 반역입니다." 알료샤는 눈을 내리깔고 나직하게 말했다.

"반역이라고? 너한테 그런 말을 듣고 싶진 않았는데." 이반은 정색을 하며 말했다. "반역을 하며 살아갈 수는 없잖아? 나는 살고 싶어. 그런데 알료샤야, 웃지 마라. 난 1년쯤 전에 극시 한 편을 지은 일이 있단다. 나와 10분가량만 더 시간을 보낼 수 있다면 너한테 그걸 들려주고 싶은데 어떻겠니?"

"형님이 극시를 썼다고요?"

"아니, 실제로 썼다는 건 아니야." 이반은 웃었다. "나는 지금까지 시라곤 단 두 줄도 써본 일이 없어. 나는 극시를 머릿속에 구상해서 따로 외고 있을 뿐이야. 그러니 네가 나의 최초의 독자, 아니 경청자가 되는 셈이구나. 어때, 들어보겠니?"

"무척 듣고 싶군요." 알료샤가 대답했다.

"내 극시는 『대심문관』이라고 하지. 보잘것없는 작품이긴 하지만 너한테는 꼭 들려주고 싶다."

이반은 동생에게 자신의 극시를 들려주었다.

5. 대심문관

"내 극시의 배경은 16세기 스페인의 세비야를 무대로 하고 있어. 하느님의 영광을 위해 매일 장작더미가 불타오르던 무서운 종교 재판을 배경으로 하고 있지.

활활 타오르는 화형장에서
사악한 이단자들이 불타 죽도다

여기서 그리스도의 이번 강림은 그가 전에 약속했던 것처럼 천국의 영광에 싸여 세상이 끝나는 날에 '동쪽 끝에서 서쪽 끝까지 비추는 번갯불' 처럼 나타나는 건 결코 아니야. 그리스도는 다만 잠시 자기 자식들을 방문하고 싶었던 거지. 그리하여 그는 이단자들을 불태우는 불길이 무섭게 타오르는, 바로 그 땅을 택하신 거지. 끝없이 자비로우신 그리스도는 15세기 전에 3년간 사람들 사이를 편력하실 때와 똑같은 인간의 모습으로 다시 민중 속에 나타나신 거야. 마침 그 웅장하고 훌륭한 '타오르는 화형장' 에서 하느님의 영광을 위해 국왕을 비롯해 대신, 기사, 추기경, 아름다운 궁녀들과 세비야의 수많은 시민들이 지켜보는 가운데, 대심문관인 추기경의 지휘 아래 거의 1백 명에 가까운 이단자를 한꺼번에 처형시킨 다음날 그리스도는 이 남쪽 도시의 '뜨거운 광장'에 강림했어. 그리스도는 눈에 띄지 않게 슬며시 그곳에 모습을 나타낸 거야. 그러나 기이하게도 모두가 그분이 그리스도임을 순식간에 알아챘단 말이야. 바로 이 부분이 내 극시 중에 가장 뛰어난 백미의 하나라고 할 수 있지. 즉 민중이 어떻게 그를 알아보았을까 하는 점 말이야. 민중은 억누를 수 없는 강력한 힘에 이끌려 그리스도를 향해 다가가 순식간에 그를 에워쌌지. 그는 한없이 자비로운 미소를 머금은 채 말없이 군중 속을 걸어가고 있었어. 사랑의 태양이 그의 가슴속에 타오르고, 그의 눈에서는 광명과 교화와 권능의 빛이 흘러나와 사람들의 마음을 사랑으로 떨게 했어. 그리스도는 그들에게 두 손을 뻗어 축복을 내렸는데, 그의 몸은 말할 것도 없고 옷자락에 닿기만 해도 치유의 힘이 솟아나는 거야. 이때 어려서부터 장님이 된 한 노인이 군중 속에서 '주여, 눈을 고쳐주시옵소서. 그러면 저도 주님을 뵈올 수 있겠나이다!' 하고 외쳤어. 그러자 곧 마치 그의 눈에서 비늘이라도 떨어져 나간 듯 눈을 뜬 거야. 민중은 감격의 눈물을 흘리면서 그가 밟고 지나가는 땅에 입을 맞추는 거야. 아이들은 그의 앞에 꽃을 던지고 노래하며 '호산나!' 라고 외치고, 사람들은 '이 사람이 그분이셔, 틀림없는 그분이셔.' 하고 되풀이했어. '그분이 틀림없어, 그분이 틀림없다니까!' 하고 말이야. 그는 세비야 성당의 현관 앞에 걸음을 멈췄지. 마침 그때 뚜껑을 덮지 않은 조그맣고 하얀 관이 통곡 소리와 함께 성당으로 운반되어 들어가고 있었어. 그 관 속에는 한 유명 인사의 외동딸인 일곱 살 난 소녀가 꽃에 파묻혀 누워 있었지. '저분은 당신의 딸을 소생시켜주실 거요.' 비탄에 잠겨 있는 어머니에게 군중 속에서 이런 소리가 들렸어. 관을 맞으러 현관에 나온 신부가 미간을 찌푸린 채 어리둥절한 모습으로 바라보았지. 이때 갑자기 죽은 아이의 어머니의 통곡 소리가 울려 퍼졌어. 여인은 그의 발아래 몸을 던지고, 두 팔을 내밀어 '만약 당신이 그분이라면 제 딸을 다시 살려주십시오.' 하고 외쳤지. 행렬은 멈춰서고 관은 그의 발밑 현관 층계에 내려졌어. 그는 연민의 눈으로 바라보더니, 조용히 입을 열어 '탈리파, 쿠미.(소녀여, 일어나거라.)' 라고 반복해서 말했어. 그러자 소녀는 관 속에서 일어나 앉아서 놀란 두 눈을 뜨고 미소를 지으며 주위를 둘러보는 거야. 가슴에는 관에 누일 때 놓여졌던 백장미 꽃다발을 그대로 안고서. 군중 사이에서는 동요와 환성과 흐느낌이 터져나왔지. 바로 이 순간 성당 옆 광장을 대심문관인 추기경이 지나가고 있었어. 이 대심문관은 거의 구순에 가까운 노인이었지만 키가 크고 몸이 꼿꼿했으며, 여윈 얼굴에 눈은 움푹 패어 있었지만 아직도 두 눈에는 불꽃 같은 광채가 번쩍이고 있었지. 오, 그는 최근 로마 교회의 적들을 불태운 민중 앞에 입고 나왔던 찬란한 추기경 복장이 아니라 낡아빠진 허름한 성의를 걸치고 있었어. 그 뒤에는 우울한 표정의 보좌관들, 노예들, 그리고 '성스러운' 호위병들이 일정한 거리를 두고 따라오고 있었지. 대심문관은 군중 앞에 걸음을 멈추고 멀리서 그 광경을 바라보는 거야. 그는 모든 것을 다 보았어. 사람들이 그의 발밑에 관을 내려놓는 것도 보았고, 소녀가 다시 살아나는 것도 봤어. 그러자 예수의 얼굴이 어두워졌어. 숱 많은 흰 눈썹이 찌푸려지고 두 눈에선 분노의 불꽃이 튀었어. 그는 손가락을 들어 가리키며, 그를 체포하라고 호위병에게 명령했지. 그의 명령이라면 누구나 벌벌 떨며 복종하도록 길들여져 있었으므로, 그의 권세에 눌린 군중은 호위병들에게 즉각 길을 내주었어. 그리하여 별안간 죽음 같은 침묵 속에 호위병들이 그의 두 손을 묶어 잡아끌고 갔지. 그 순간 군중들이 마치 한 사람이 움직이듯 일제히 늙은 대심문관 앞에 이마가 땅에 닿도록 절을 하는 거야. 그러자 대심문관은 말없이 군중에게 축복을 주고 그 자리를 떠나지. 호위병은 이 죄인을 신성재판소로 사용되는 낡은 건물 안의 좁고 어두운 원형 천장의 감방으로 끌고 가 그 속에 가두어버리지. 그리고 '숨 막히고 어두운 세비야의 밤'이 찾아오자 대기는 월계수와 레몬 향기로 가득 차 있었어. 그런데 캄캄한 어둠 속에서 갑자기 감방 철문이 열리고, 늙은 대심문관이 등불을 들고 감방으로 들어왔어. 그는 혼자 들어왔는데, 들어오자마자 감방 문은 곧 닫혀버렸지. 그는 문 앞에 선 채 1, 2분 동안 그의 얼굴을 뚫어지게 바라봤어. 이윽고 조용히 다가오더니 탁자 위에 등불을 내려놓고 이렇게 말하지. '정말 당신이오? 당신이오?' 대답이 없자, 그는 곧바로 말을 이었어. '대답하지 마시오. 말하지 마시오. 하긴 무슨 말을 할 수 있겠소! 나는 당신이 하고 싶은 말을 너무나 잘 알고 있소. 게다가 당신은 이전에 말한 것 외엔 더 이상 말을 할 권리가 없소. 도대체 왜 우리를 방해하러 왔소? 당신이 우리를 방해하러 왔다는 건 당신 자신이 더 잘 알고 있을 거요. 그러나 당신에게 내일 무슨 일이 일어날지나 알고 있는 거요? 나는 당신이 누군지도 모르고, 또 알고 싶지도 않소. 당신이 진짜건 가짜건 아무래도 좋소. 어쨌든 나는 내일 당신을 재판에 회부하여 극악무도한 이단자로 화형에 처해버리고 말 것이오. 그러면 오늘 당신 발에 입을 맞춘 민중이, 내일은 내가 손가락만 움직여도 당신이 불타고 있는 모닥불 속으로 다투어 장작을 던져 넣을 거요. 그걸 당신은 아시겠소? 아마 당신은 알고 있을 테지.' 대심문관은 잠시도 죄수에게서 눈을 떼지 않고 감격적인 숙고가 담긴 목소리로 이렇게 덧붙였어."

'나는 뭐가 뭔지 모르겠어. 이반 형, 도대체 무슨 뜻이에요?' 시종 말없이 듣고만 있던 알료샤는 미소를 지으며 물었다. "그건 터무니없는 망상인가요, 아니면 그 노인의 오해인가요? 그건 도저히 있을 수 없는 모순이 아닐까요?'

"그럼 그것이 후자라고 해두자." 이반은 크게 웃었다. "네가 현대의 사실주의에 물들어 환상적인 요소는 참을 수가 없어 그걸 모순이라고 생각하고 싶다면 마음대로 하렴." 하고 말하며 그는 또 웃었다. "노인은 이미 아흔 살이 되었고, 전부터 비정상적인 사고를 지니고 있었는지도 모르지. 더욱이 그 죄수의 용모만으로도 노인은 강한 충격을 받았을 수도 있고. 어쩌면 그것은 죽음을 앞둔 아흔 노인의 망령이나 환상일지도 몰라. 그리고 또 전날 1백 명이나 되는 이단자들을 화형에 처했기 때문에 아직도 흥분이 가라앉지 않았는지도 모르고. 그러나 너나 나한테는 그것이 모순이건, 터무니없는 망상이건 결국 매한가지가 아니겠니? 요컨대 이 노인은 단지 자기 마음속에 담고 있던 것을 모두 내뱉고 싶었을 뿐이라는 거지. 90년 동안 침묵 속에 담아두고 있던 것을 입 밖에 낸 것뿐이란 말이야."

"그런데도 포로는 여전히 가만있는 겁니까? 상대방을 바라보며 한마디도 하지 않았다고요?'

"그야 물론 그랬지. 어쩔 수 없었거든." 이반은 다시 웃기 시작했다. "노인이 '이전에 말한 것 외에 더 이상 아무 말도 덧붙일 권리가 없다'고 그에게 단언하고 있으니 말이야. 내 생각으로는 바로 여기에 로마 가톨릭의 가장 근본적인 특징이 포함되어 있어. '당신은 이미 모든 것을 교황에게 넘겨주었으니, 지금은 모든 것이 교황의 수중에 있소. 그러니 이제는 제발 다시 나타나지 말았으면 좋겠소. 적어도 어느 시기가 올 때까지는 방해하지 마시오.'라고 하는 거야. 그들은 이런 말을 입으로만 뇌까리는 게 아니라 책에까지 쓰고 있어. 적어도 예수회 신자들은 말이야. 나도 예수회 책을 읽은 적이 있어. 대심문관은 '도대체 당신은 당신이 떠나온 세계의 비밀을 단 한 가지라도 우리에게 전할 권리를 가지고 있다고 생각하오?' 그에게 묻고는 상대방을 대신해서 이렇게 대답하지. '아니, 그럴 권리는 없소. 그건 당신이 옛날에 한 말에 무엇 하나 덧붙이지 않게 하기 위해서도 그렇고, 또 당신이 이 지상에 있을 때 그처럼 강력히 주장했던 자유를 민중에게서 빼앗아 가지 못하게 하기 위해서도 그렇소. 당신이 지금 새로이 전하려는 것은 민중의 신앙의 자유를 위태롭게 할 뿐이오. 왜냐하면 그것이 기적으로 나타나기 때문이지. 그런데 당신에게는 민중의 자유가 이미 1천5백 년 전부터 가장 귀중한 것이었잖소. 그때 〈나는 너희들을 자유롭게 해주었노라〉라고 입버릇처럼 말한 것은 바로 당신이잖소. 그래서 당신이 지금 그들의 자유로운 모습을 보게 된 거요.' 생각에 잠긴 듯한 미소를 띠며 노인은 이렇게 말하기 시작했지. '사실 우리는 이 사업을 위해 얼마나 비싼 대가를 치렀는지 모르오.' 준엄한 눈초리로 상대방을 노려보며 노인은 다시 말을 이었지. '결국 우리는 당신의 이름으로 마침내 이 사업을 완성했소. 지난 15세기 동안 우리는 자유를 위해 갖은 고초를 겪은 끝에 이제야 견고하게 완성했단 말이오. 당신은 온화한 눈으로 나를 바라보며 화를 낼 가치도 없다는 듯한 표정을 짓고 있소. 그렇지만 이것만은 알아두시오. 민중은 어느 때보다 자신들이 완전한 자유를 누리고 있다고 믿고 있소. 그러나 그 인간들은 자진해서 자유를 우리에게 바친 거요. 겸손하게 우리의 발밑에다 그것을 갖다 바쳤단 말이오. 그걸 완성한 건 바로 우리니다. 당신이 한 행동이 과연 그 자유였던 거요?"

"나는 무슨 말인지 모르겠군요." 알료샤가 말을 다시 가로챘다. "노인은 비꼬아 말하는 건지 비웃는 건지."

"결코 그렇지 않아. 그는 자신과 자신의 동료의 공적을 주장하는 거야. 즉 그들이 마침내 자유를 정복하고 민중을 행복하게 해주기 위하여 그렇게 했다는 거지. '그제야 비로소(그는 물론 심문에 대해서 이야기하고 있는 거야) 인간의 행복을 생각할 수 있게 되었다는 거요. 인간은 원래가 반역자로 창조되었소만, 반역자가 과연 행복할 수 있겠소? 당신은 여러 번 경고를 받았소.' 하고 노인은 그에게 말하지. '당신은 경고와 주의를 받았음에도 불구하고 그 경고에 귀를 기울이지 않고 인간을 행복하게 할 수 있는 유일한 방법을 거절했소. 그러나 다행히 당신은 세상을 떠날 때 그 사업을 우리에게 넘겨주었소. 그것을 당신 입으로 확실히 약속했고, 인간을 묶고 푸는 권리를 넘겨주었소. 그러니 이제 와서 당신이 그 권리를 우리에게서 빼앗아갈 수는 없단 말이오. 그런데 도대체 무슨 이유로 당신이 우리 일을 방해하러 온 거요?' 하고 말했지."

"경고와 주의를 받아 마땅하다는 건 도대체 무슨 뜻입니까?" 알료샤가 물었다.

'바로 거기에 노인이 말하려는 중요한 이유가 있지. '무섭고도 지혜로운 악마가,' 하고 노인은 말을 이었어. '자멸과 허무의 악마가 광야에서 당신과 말을 주고받은 적이 있었지요. 성경이 전하는 바에 의하면 그 악마가 당신을 시험했다고 하는데, 그게 사실이오? 그러나 그악마가 당신한테 던졌던 세 가지 질문, 당신한테 대답을 거절당한, 성경에서 시험이라 불리는 그 말보다 더 진실한 말이 과연 어디 있겠소? 만약에 이 땅에서 정말로 위대한 기적이 이루어진다면, 그것은 이 세가지 시험의 날인 것이오. 만약 가능하다면 예를 들어 얘기해 봅시다.' 이 세 가지 시험 속에 다름 아닌 기적이 포함돼 있기 때문이지. '가령 여기서 이 무서운 악마의 세 가지 질문이 성경 속에서 자취도 없이 사라져버려, 또다시 그것을 성서에 써 넣기 위해 새롭게 고안하여 창작하지 않으면 안 되게 되었다고 합시다. 이를 위해 세계의 모든 현자들–통치자, 정치자, 철인(哲人), 시인 –을 모두 모아놓고 〈이 세 가지 물음을 고안해 만들어주시오. 그것은 기필코 사건의 위대성에 상응해야 하며, 불과 세 마디의 인간의 말로 전 세계와 전 인류의 미래사를 포괄하여야 합니다.〉라고 과제를 제시했다고 합시다. 당신 생각에 그들이 전지전능을 총동원한다 한들, 과연 그 힘과 깊이에서 그렇게 강하고 현명한 악마가 광야에서 당신한테 던진 세 가지 질문에 필적할 만한 것을 그들이 짜낼 수 있겠소? 당신은 그런 것쯤은 알고 있을 테지요? 이 세 가지 질문만으로도, 또 그 질문의 출현의 기적만으로도 당신이 상대하고 있는 것은 변하기 쉬운 인간의 지혜가 아니라 영원하고도 절대적인 예지라는 것을 알아야 하오. 왜냐하면 이 세 가지 물음 속에 인간의 미래가 하나의 완전한 모양으로 집약되어 있으며, 지상에 있는 인간 본성의 역사적 모순이 세 가지 형태로 집약되어 나타나기 때문이지요. 물론 당시만 해도 미래를 예측할 수 없었기 때문에 이런 것들이 잘 보이지 않았겠지만, 그로부터 15세기라는 세월이 흐른 지금에 와서 이 세 가지 질문 속에 결코 그 무엇도 증감(增減)할 수 없을 만큼 모든 것이 완벽하게 예언되었고, 또 그것이 모두 증명되어 가고 있다는 것을 우리는 보고 있소. 도대체 어느 쪽 말이 옳은지를 당신 스스로가 판단해 보시오. 당신이 옳은가, 아니면 당신을 시험한 악마가 옳은가? 첫째 질문을 상기해 보시오. 말은 좀 다를지 몰라도 뜻은 이런 거니까요. 당신은 지금 세상으로 나가려 하고 있소. 그것도 자유의 약속이니 뭐니 하는 걸 가졌을 뿐 맨손으로 나가려 하고 있소. 그러나 원래가 어리석고 비천한 민중은 그 약속의 뜻을 이해하지 못하고 오히려 두려워하고 있소. 왜냐하면 인간 사회에서는 자유보다 더 견디기 어려운 것은 없으니까! 이 메마른 광야에 뒹구는 돌들을 보시오. 만일 이 돌을 빵으로 변하게 할 수가 있다면 전 인류는 유순하고 은혜를 아는 양떼처럼 당신의 뒤를 따를 것이오. 혹시 당신이 빵을 주는 것을 멈추지나 않을까 하고 끊임없이 전전긍긍하면서. 당신은 민중한테서 자유를 빼앗기를 원치 않았기 때문에 이 제의를 거부해 버렸던 거요. 당신은 만약 그 순종이 빵으로 살 수 있는 것이라면 어떻게 거기 자유가 존재할 수 있겠느냐고 했소. 그때 당신은 인간이란 빵만으론 살 수 없다고 대답했지만, 그 빵의 이름으로 지상의 악마가 당신한테 반기를 들고 당신과 싸워 승리를 거뒀고, 모든 사람들이 〈이 짐승 같은 자야말로 하늘에서 불을 훔쳐다가 우리에게 준 자다〉라고 부르짖으면서 그 악마의 뒤를 따라가고 있지 않소? 수백 년이 지난 후 인류는 자기들의 뛰어난 지혜와 학문의 입을 빌려 〈범죄라는 것은 없다. 따라서 죄악이라는 것도 없다. 다만 굶주린 인간이 있을 뿐이다.〉라고 공언하게 되었다는 걸 당신은 아셔야 하오. 〈먼저 먹을 것을 달라. 그러고 나서 선행을 요구하라!〉 이렇게 쓴 깃발을 치켜들고 사람들은 당신에게 달려들고, 그 깃발로 당신의 신전을 파괴해버린 거요. 그리하여 당신의 신전이 있던 자리엔 새로운 건물이, 다시금 그 무시무시한 바벨탑이 세워지고 있소. 물론 옛날의 그것과 마찬가지로 이 탑도 완성되지는 못할 테지만. 당신은 이 새로운 탑의 건설로 인해서 세상 사람들의 고통을 천 년 동안 줄일 수 있었던 거요. 왜냐하면 그들이 천 년 동안 그 탑을 세우느라 고생한 보람이 결국은 우리에게 되돌아올 것임이 분명하니까! 그때 그들은 또다시 땅 속 묘지 안에 숨어 있는 우리들을 찾아 낼 거요(그때는 우리가 또다시 박해를 받아 수난 중에 있을 테니까). 그들은 우리를 찾아내어 〈우리에게 먹을 것을 주시오. 우리에게 하늘의 불을 가져다주겠다고 약속한 자들이 그것을 주지 않았습니다.〉라고 외칠 테지. 그때 비로소 우리는 그들의 탑을 완성시켜줄 거요. 그 탑은 그들에게 먹을 것을 주는 자만이 완성시킬 수 있으며, 우리는 당신의 이름으로 그들에게 먹을 것을 주지요. 그러나 사실 당신의 이름으로라는 건 허튼소리요. 우리가 없으면 그들은 영원히 먹을 것을 얻지 못하지. 그들이 자유를 누리고 있는 한 그 어떤 과학도 그들에게 빵을 줄 순 없소. 그러나 결국 그들이 자기들의 자유를 우리의 발밑에 갖다 바치고, 〈우리를 노예로 삼아도 좋으니 제발 먹을 것을 주십시오.〉 하고 애원할 게 틀림없소. 즉 자유와 빵은 절대

양립할 수 없다는 것을 그들 스스로가 깨닫게 되리라는 거지. 더욱이 자기네들끼리 그것을 공평하게 분배할 수가 도저히 없으니까! 또한 그들은 자기네가 너무나 무력하고 사악한데다가 아무 쓸모도 없는 반역자이기 때문에 절대로 자유를 누릴 권리가 없다는 것도 깨달을 테지. 당신은 그들에게 하늘의 양식을 약속했지만 무력하고 비천한 인간의 눈에 과연 하늘의 빵이 지상의 빵만 하겠느냐 말이오! 만약 수천, 수만의 인간이 하늘의 빵을 얻기 위해 당신의 뒤를 따른다 해도, 하늘의 빵을 위해 지상의 빵을 무시할 수 없는 수백, 수천만의 인간은 대체 어떻게 된다는 거요? 당신은 위대하고 강력한 의지를 지닌 수만 명의 인간을 귀중하게 생각하오. 그렇다면 바닷가 모래알처럼 수없이 많은 인간들은 다만 그 위대하고 강력한 의지를 지닌 인간을 위한 재료가 되어야 한단 말이오? 아니, 우리에겐 무력한 인간도 귀중하오. 비록 그들은 죄 많은 반역자들이라고 할 수 있지만 이런 인간들이 결국엔 오히려 온순해지니까. 결국 그들은 우리를 경탄의 눈으로 바라보고, 우리를 신으로 받들 것이오. 우리는 그들 앞에 서서 그들이 두려워하는 자유를 참아내고, 그들을 통치하는 데 동의했기 때문이오. 그들은 자유로워지는 것을 가장 공포스러워 할 것이오. 그러나 우리는 그들에게 우리 역시 당신의 종이며, 군림하는 것도 당신의 이름으로 하겠다고 말할 거요. 이렇게 우리는 또다시 그들을 기만하겠지만, 이제는 어떤 경우에도 당신이 우리에게 가까이 오지 못하게 될 테니까 문제될 건 아무것도 없소. 그러나 이 기만 속에 우리의 고민이 있소. 우리는 영원히 거짓말을 하지 않으면 안 되니까. 광야에서의 첫 번째 질문은 바로 이런 뜻을 지니고 있소. 그런데 당신은 자신이 그 무엇보다도 소중하다고 여기는 것 때문에 그것을 물리쳐버렸소. 이 질문 속에는 현세의 위대한 비밀이 숨어 있을 거요. 만약에 당신이 〈지상의 빵〉을 받아들였더라면, 개개의 인간 및 전 인류의 영원하고 공통적인 고뇌에 해답을 줄 수 있었을 것을. 그것은 〈누구를 숭배할 것이냐?〉는 것이기도 하오. 자유를 누리는 인간에게 가장 괴롭고 해결하기가 어려운 문제는 자신이 숭배할 인물을 찾아내는 일이오. 인간은 틀림없이 숭배할 만한 가치를 지닌 상대를 찾고 있소. 만인이 다 그 앞에 무릎을 꿇을 수 있는, 틀림없는 대상을 찾고 있는 거요. 이 가련한 생물들은 그들 각자의 신앙심을 갖고, 다 함께 무릎을 꿇을 수 있는 그런 대상을 찾고 있소. 이러한 공통적인 숭배의 요구야말로 이 세상이 시작된 그날부터 인류의 가장 큰 고민거리였소. 공통적인 숭배의 욕구 때문에 사람들은 서로 칼을 휘두르며 싸워왔던 거요. 그들은 각기 신을 창조해서 〈너희들의 신을 버리고, 우리의 신 앞에 무릎을 꿇어라. 아니면 너희들도, 너희들의 신도 죽음에 이를 것이다〉하고 말하곤 했소. 이러한 상황은 이 세상 끝까지, 아니 이 세상에서 신이라는 신은 모조리 소멸된 뒤에도 계속될 거요. 신이 없으면 그들은 우상을 세워놓고 무릎을 꿇을 테니까. 당신은 인간 본성의 근본적인 비밀을 알고 있을 것이오. 몰랐을 리가 없어. 그런데도 당신은 모든 인간이 무조건 당신 앞에 무릎을 꿇게 하려고, 악마가 제시한 유일무이한 깃발, 즉 지상의 빵이라는 깃발을 물리쳐버렸지. 하늘의 빵과 자유의 이름으로 물리쳐버렸어. 그리고 또 당신이 무슨 일을 했는지 생각해 보시오. 당신은 걸핏하면 자유라는 이름을 내걸었지! 다시 말하지만 인간이라는 가련한 생물에게는 자유라는 하늘의 선물을 넘겨줄 대상을 당장 찾아내는 것이 정말이지 큰 고민거리였지. 당신에겐 빵이라는 절대적인 깃발이 주어졌고, 빵을 주기만 하면 사람들은 당신 발밑에 엎드릴 거요. 왜냐하면 빵보다 더 확실한 것은 없으니까. 그러나 만일 인간의 양심을 지배하는 자가 나타난다면 오오, 그때는 사람들은 당신이 주는 빵을 버리고 양심을 사로잡는 자의 뒤를 따를 것이 틀림없소. 이 점에 있어선 당신이 옳았소. 인간 삶의 궁극적인 비밀은 무엇을 위해 사느냐에 있기 때문이오. 무엇 때문에 사는지 확고한 신념이 없다면 비록 빵이 주변에 쌓여 있다 할지라도 인간은 이 지상에 남아 있기보다는 차라리 자살을 택할 것이오. 당신은 결과적으로 인간의 자유를 지배하기는커녕 오히려 더욱 큰 자유를 그들에게 주었소. 그래, 당신은 인간이 선악의 식별을 자유롭게 선택하기보다는 평안함을, 때로는 죽음을 더 귀중하게 여긴다는 것을 잊었소? 사실 인간에게 양심의 자유보다 더 매혹적인 것은 없소. 그러나 그것보다 더 괴로운 것도 없는 것이 사실이오. 그런데 당신은 인간의 양심을 영원히 편안케 할 확고한 기반을 마련해 놓지 않은 채 수수께끼처럼 애매모호하고 감당할 수 없는 것들만을 인간에게 주었소. 따라서 당신의 행위는 인간을 조금도 사랑하지 않는다는 결과를 가져온 것이오. 그런 행위를 한 것은 다름 아닌 인류를 위해 자기 목숨을 바친 당신이 아니오. 당신은 인간의 양심을 지배하는 척하면서 오히려 그 양심을 증진시켜, 그 자유의 괴로움으로 말미암아 인간의 마음에 영원히 지고 갈 수밖에 없는 무거운 짐을 주었소. 당신은 당신에게 매혹된 인간이 자유 의지로 따라올 수 있도록 자유로운 사랑을 바랐소. 그 결과 견고하고 확고한 고대의 율법 대신에 무엇이 선이고 악인가를 스스로 결정하지 않으면 안 되게 된 거지. 만일 지속적으로 선택의 자유와 같은 무서운 짐에 짓눌린다면 결국 인간들은 당신에게 등을 돌릴 거요. 결국 그들은 당신의 모습도, 당신의 진리도 배척하게 되리라는 것을 생각해 보지 않았소? 그리하여 결국 당신 안에는 진리가 없다고 외치리라는 것을! 이렇게 당신 스스로가 자기 왕국의 붕괴의 기초를 만들어놓았으니 누구를 비난할 수도, 원망할 수도 없을 거요. 그렇지만 당신이 악마로부터 권고 받은 것이 과연 그것뿐이었소? 여기 세 가지 힘이 있소. 세 가지 힘이란 기적과 신비와 교권을 말하는 거요. 그러나 당신은 이 세 가지를 모두 거부함으로써 스스로 모범을 보여주었소. 그때 그 무섭고도 지혜로운 악마가 당신을 성전 꼭대기에 세워놓고 이렇게 말했었지. 〈만약 당신이 진정 하느님의 아들인지 아닌지 알고 싶거든 여기서 뛰어내려 봐라. 왜냐하면 하느님의 아들이라면 천사들이 도중에 받아서 옮겨주어 떨어지지도 않을 것이고 상처를 입지도 않을 거라고 책에 씌어 있으니까. 그때 당신은 하느님의 아들인가를 알게 될 것이고, 하느님 아버지에 대한 당신의 믿음의 깊이도 알게 될 것이다.〉 그러나 당신은 이 제안을 물리쳤소. 술책에 빠져 밑으로 뛰어내리거나 하지 않았단 말이지. 물론 당신은 신으로서의 긍지를 지키며 훌륭하게 행동했소. 그러나 인간, 그 무력한 반역자들은 결코 신이 아니었소. 오오, 그때 만약 당신이 한 걸음이라도 앞으로 나서서 뛰어내릴 자세를 취했다면 당신은 하느님을 시험한 것이 되어 당장 신앙을 잃어버리고, 당신이 구원하러 온 대지에 온몸이 산산이 부서져, 당신을 유혹한 지혜로운 악마를 기쁘게 해주었을 거요. 당신은 그것을 알고 있었소. 그러나 다시 되풀이하지만, 유혹을 이겨낼 수 있는 힘이 어떤 인간에게도 있을 것이라고 한순간이라도 생각한 거요? 인간의 본성은 기적을 부정하도록 되어 있소. 특히 생사에 관한 결정적인 순간에 이성의 자유로운 결정만으로 절대 행동할 수 없게 되어 있지. 당신은 자신의 이 위대한 행동이 성서에 기록되어 이 땅 끝까지 영원히 전해지리라는 것을 알고, 사람들도 당신을 본받아 기적을 구하지 않고 하느님과 함께 있을 것이라고 기대했던 것이오. 그러나 당신은 기적을 부정할 때 인간은 신까지도 함께 부정한다는 사실은 몰랐소. 인간은 신보다는 기적을 원하기 때문이오. 인간이란 기적 없이는 살 수 없소. 그래서 그들은 반란자, 이교도, 무신론자가 되면서까지도 멋대로 새로운 기적을 만들어내고, 마침내는 마법의 기적, 황당무계한 기적을 숭배하게 되었지. 사람들이 〈십자가에서 내려와 보시오. 그럼 당신이 그분이라는 걸 믿겠소.〉하고 외치며 희롱했을 때에도 당신은 십자가에서 내려오지 않았지. 당신은 역시 인간을 기적의 노예로 삼기를 원치 않았고, 기적의 구속을 받지 않는 자유로운 신앙을 갈망했기 때문이오. 당신이 갈망한 것은 자유로운 사랑이지, 인간을 영원한 공포 속으로 몰아넣는 예속적인 것은 아니었소. 그러나 당신은 인간을 너무 과대평가했소. 왜냐하면 그들은 반역자로 태어났음에도 불구하고 노예로 살아왔기 때문이오. 잘 보고 판단하시오. 그때 이래 벌써 15세기나 지나는 동안 당신이 자신의 수준까지 끌어올린 사람들이 과연 얼마나 되는지 똑바로 쳐다보시오. 분명히 단언하건데, 인간이란 당신이 생각했던 것보다 훨씬 나약하고 비열한 존재요. 당신이 한 것과 같은 일을 인간이 해낼 수 있다고 생각하시오? 당신이 인간을 존경했기 때문에 오히려 그들은 당신에게 동정심을 품지 않았던 거요. 만약 당신이 그들을 존경하지 않았다면, 그들에게 그렇게까지 많은 것을 요구하지는 않았을 거요. 그것이 오히려 사랑에 가까웠을지도 모르지요. 그들의 부담이 가벼워졌을 테니까요. 인간은 원래 무력하고 비열한 족속들이지요. 지금 그들은 도처에서 우리의 권위에 반기를 들고, 또 그것을 자랑으로 삼고 있지만, 그런건 문제도 아니오. 그것은 어린 아이들이나 초등학생들이 뽐내는 것과 다를 바가 없소. 교실에서 소동을 일으켜 선생을 몰아내는 코흘리개 어린애들의 짓거리와 다를 것이 없소. 그러나 결국은 아이들의 환희도 사라질 것이고, 그들은 그 환희에 대한 값비싼 대가를 치러야 할거요. 그들은 성전을 파괴하고 대지를 피로 물들이겠지만, 나중에는자신들을 반항아로 만들었고 우롱하려 했음이 틀림없다고 눈물을 흘리며 자각할 것이 틀림없소. 그러나 그들은 절망에 빠져서 그런 말을하겠지만, 일단 입 밖에 나온 말은 그대로 신성모독이 되기 때문에 그들은 더욱더 불행해질 게 틀림없소. 왜냐하면 인간은 본래부터 신성모독을 견딜 수 없도록 되어 있기 때문에 결국에는 그것으로 인해 끊임없이 자기 자신에게 복수할 수밖에 없지. 따라서 불안과 혼란과 불행, 이것이 바로 인간이 당면한 운명이오. 당신이 그들의 자유를 위해그토록 큰 고난을 겪고 난 후에도 인간의 운명은 결국 이 모양인 거요. 당신의 위대한 예언자 요한은 환상적인 비유를 통해 〈부활의 첫날에참석한 모든 사람을 보았는데, 그 수는 종족마다 각각 1만 2천 명이었다〉고 말하고 있소. 그러나 그들의 수가 그것밖에 안된다면, 그들은인간이라기보다는 신이라고 해야 할 거요. 그들은 당신의 십자가를지고 메뚜기와 풀뿌리만으로 연명하면서, 헐벗고 굶주린 황야의 생활을 수십 년이나 참고 견디었소. 그러니까 당신은 이들 자유의 아들, 자유로운 사랑의 아들, 당신의 이름을 위하여 자발적으로 위대한 희생을 치른 아들들을 자랑스럽게 내보일 수도 있을 거요. 그러나 이들은 몇천명에 불과한, 거의 신이나 다름없는 인간들이라는 걸 알아야 하오. 그렇다면 나머지 인간들은 어떻게 된다는 겁니까? 그 위대한 인간들이 참고 견디어낸 것을 그 밖의 약한 인간들이 참아내지 못했다 해서 그들을 책망할 수는 없지 않은가 이 말이오. 그 같은 무서운 선물을 받아들이지 못했다 해서 연약한 영혼을 책망할 수는 없는 것이오. 아니면 당신은 선택된 자들을 위해서 찾아온 것이오? 만일 그렇다면 여기엔 신비만이 있을 뿐이며, 그것은 우리 인간으로서는 도저히 이해할 수 없는 것이오. 그러나 그것이 진정 신비라고 한다면, 우리도 신비를 선전해서 그들에게 〈인간에게 중요한 것은 자유로운 양심의 결정도 아니고, 사랑도 아니며 오직 신비가 있을 뿐이다. 너희들은 자신의 양심에 거스르더라도 이 신비에 맹종하지 않으면 안 된다.〉고 설득할 권리가 있는 셈이오. 실제로 우리는 그대로 해왔소. 우리는 당신의 사업을 수정하여, 그것을 기적과 신비와 교권 위에 세워놓은 거요. 그러자 민중은 다시 자기들을 양떼처럼 이끌어줄 사람, 즉 끝없는 고통의 원인인 그 무서운 선물을 제거해줄 은인이 왔다고 기뻐했소. 우리가 이렇게 가르치고 실행해온 것이 옳은 일인지 아닌지 어디 한번 말해보시오. 우리가 이다지 겸손하게 인류의 무력함을 인정하고 가련하게 여겨 그 무거운 짐을 덜어주고, 그들의 죄까지도 용서받을 수 있게 했다면 우리도 인류를 사랑했다고 할 수 있지 않겠소? 한데 도대체 당신은 무슨 이유로 우리를 방해하러 나타난 거요? 도대체 당신은 왜 말 한마디 없이 그 유순한 눈으로 나를 뚫어질 듯 바라보고 있는 거요?

화가 나면 화를 내시오. 당신의 사랑 같은 것은 원하지도 않소. 당신을 사랑하고 있지 않으니까. 게다가 당신한텐 아무것도 숨기고 싶지 않소. 당신이 어떤 인간이라는 걸 내가 모를 줄 아시오? 당신은 내가 무슨 말을 하려는지 다 알고 있소. 당신 눈에 씌어 있으니까. 나는 당신에게 우리의 비밀을 감출 생각은 없소. 하긴 어쩌면 당신은 내 입을 통해서 그걸 듣고 싶어 할지도 모르겠군. 그렇다면 들려드리지. 우리의 친구는 당신이 아니라 그 〈악마〉란 말이오. 이게 우리의 비밀이오. 우리는 이미 오래 전부터 당신을 버리고 그와 한패가 되었소. 벌써 8세기 전부터의 일이지. 옛날에 당신이 분연히 거부한 것을, 그가 이 지상의 왕국을 구석구석까지 보여주며 당신에게 권했던 그 마지막 선물을, 우리는 8세기 전에 그로부터 받았소. 우리는 그의 손에서 로마와 카이사르의 검을 받아 쥐고, 우리야말로 이 지상의 유일무이한 왕이라고 선언했소. 하지만 이 사업을 완벽하게 완성시키지는 않았소. 그러나 그건 누구의 죄도 아니오. 이 사업은 아직 초기 단계를 벗어나지 못하고 있지만 어쨌든 이미 착수된 것만은 사실이오. 완성되려면 오랜 세월을 기다려야 하고, 이 지구촌은 많은 고통을 겪어야겠지만 우리는 끝내 목적을 관철하여 카이사르가 될 것이오. 그때야 비로소 우리는 온 인류의 행복에도 관심을 가질 수 있을 거요. 그런데 당신은 그때 이미 카이사르의 검을 손에 넣을 수 있었는데 왜 그 최후의 선물을 거부했소? 그때 그 위대한 악마의 권고를 받아들였다면, 당신은 인류가 구하는 모든 것을 충족시켜줄 수 있었을 터인데 말이오. 즉 숭배할 만하고 양심을 맡길 만한 대상이 누구인가를 알고, 모든 인간이 공동의 개미집에서처럼 똘똘 뭉칠 수 있는 방법을 알게 되었겠지요.

왜냐하면 세계를 하나로 결합하려는 욕구야말로 인류의 제3의 고민거리이자 마지막 고민거리기 때문이오. 인류는 어떻게 해서든지 하나의 나라로 통합을 이룩하려고 노력해 왔소. 위대한 역사를 가진 위대한 국민은 많았으나, 이들 국민은 지위가 높아질수록 더욱더 불행해져 갔소. 왜냐하면 강한 권력을 가진 자일수록 전 세계를 지배하고 싶은 욕구를 더욱 강하게 느꼈기 때문이오. 티무르나 칭기즈 칸 같은 위대한 정복자들은 온 우주를 정복하려고 회오리바람처럼 이 지상을 휩쓸었소. 그리고 그들 역시 무의식중에 세계를 하나의 국가로 결합시키기 위해 위대한 욕망을 표출했소. 전 세계와 카이사르의 왕위를 손에 넣었을 때에야 비로소 세계적 왕국을 건설할 수도 세계적인 평화를 확립할 수도 있는 거요. 왜냐하면 인간의 양심을 지배하고, 그들의 빵을 손아귀에 쥐고 있는 사람이 아니고서는 아무도 인간을 지배할 수 없기 때문이오. 우리는 카이사르의 검을 잡았소. 그리고 그것을 잡은 우리는 당신을 버리고 그를 따라갔소. 오오, 인간의 끝없는 지혜와 과학, 그리고 약육강식의 무법 시대가 앞으로도 몇 세기는 더 계속될 것이오. 그도 그럴 것이, 그들은 우리의 힘을 빌리지 않고 바벨탑을 건설하기 시작했기 때문에 결국 그들의 세계는 약육강식으로 끝나버릴 것이 분명하기 때문이오. 그러나 그때야말로 이 야수들이 우리에게로 기어와서 우리의 발을 핥으며, 그 눈에서 피눈물을 쏟게 될 것이 분명하오. 그러면 우리는 그 야수를 타고 앉아 축배를 들게 될 것이오. 그 잔에는 〈신비〉라는 글이 씌어 있을 것이오. 그리고 그때 비로소 평화와 행복의 왕국이 인류를 찾게 될 거요. 당신은 당신의 〈선택된 사람들〉을 자랑하지만, 사실 당신에겐 그 선택된 사람들밖엔 없지 않소.

그러나 우리는 모든 사람에게 안식을 주는 거요. 당신에게 선택될 만큼 강한 정신력을 지닌 사람들 가운데 대다수의 사람들이 당신을 기다리다 지쳐 정신력과 정력을 점점 잃어 가는데, 그것은 앞으로도 계속될 것이오. 그리고 결국 그들은 당신을 향해 자유의 반기를 높이 들게 될 것이오. 하기야 당신도 그 깃발을 높이 든 적이 있었으니까. 이에 반해 우리 쪽 사람들은 더욱 강해져서 당신의 그 자유로운 세계의 도처에서 행해지고 있는 반란이나 살육 행위를 근절시키고 말 것이오. 오오, 우리는 그들을 설득할 것이오. 〈너희들이 자신에게 부여된 자유를 버리고 우리에게 복종할 때, 비로소 너희들은 완벽한 자유를 얻게 될 것〉이라고. 자, 어떻소? 우리의 말이 옳으냐, 틀리냐 이 말이오! 그들은 반드시 우리의 말이 옳다고 승복할 것이오. 당신이 부여한 자유 덕분에 사람들이 얼마나 무서운 노예 상태와 혼란 속에 빠졌던가를 상기할 테니 말이오. 자유며 지혜, 학문은 그들을 무서운 밀림으로 끌고 가 끔찍한 기적과 해결할 수 없는 신비 앞에 세움으로써 그들 가운데 반항적이고 사나운 자들은 스스로 제 목숨을 끊을 것이고, 반항적이긴 하지만 겁이 많은 자들은 서로를 죽이게 될 것이며, 나머지 제3의 부류에 속하는 무력하고 가련한 자들은 우리의 발밑으로 기어와서 이렇게 외치게 될 것이오. 〈그렇습니다. 당신들이 옳았습니다. 당신들만이 하느님의 신비를 지니고 계십니다. 그래서 우리는 당신네들한테로 돌아왔습니다. 제발 우리들을 구해주십시오.〉 우리는 그들 스스로가 얻은 빵을 그들 손에서 거둬들였다가, 어떤 기적적인 행함 없이 다시 그들에게 분배해줄 것이오. 그들은 우리가 돌을 빵으로 만들지 않는다는 사실을 잘 알고 있지만, 그들이 빵을 받을 때 기뻐하는 이유는 빵 자체보다 오히려 그것을 우리의 손에서 받는다는 사실 때문이오. 전에 우리가 없을 때는 그들 스스로가 획득한 빵이 그들의 손 안에서 돌로 변해버렸지만, 우리의 품안에 돌아왔을 때는 그 돌이 그들의 수중에서 다시 빵으로 변한 것을 그들은 결코 잊지 않을 것이기 때문이오. 영원히 복종한다는 것이 어떤 의미를 갖는지 그들은 그때에 뼈저리게 느끼게 될 테니까! 이것을 이해하지 못하는 한 인간은 언제까지나 불행의 늪에서 벗어날 수 없을 것이오. 그러나 이러한 몰이해를 조장한 건 대체 누구요? 말해보시오! 양떼를 흩어지게 하여 이리저리 낯선 길로 쫓아버린 것은 대체 누구냔 말이오! 그러나 그 양떼들은 다시 모여, 이번에는 영원히 얌전하게 있을 것이오. 그때 우리는 그들에게 타고난 천성대로 조용하면서도 소박하고, 연약한 피조물에 알맞은 행복을 줄 것이오. 그리고 우리는 그들을 설득하여 자만심을 갖지 않게 만들 것이오. 당신이 그들의 위치를 끌어올려 자만심을 가득 채워놓았기 때문이지. 우리는 그들이 무기력하고 불쌍한 어린아이에 지나지 않으며, 또한 어린아이의 행복이야말로 가장 감미롭다는 것을 그들에게 증명해 보이겠소. 그러면 그들은 겁쟁이가 되어 마치 어미 닭 품안으로 모여드는 병아리처럼 두려움에 떨며, 우리들의 곁에서 우리를 우러러보게 될 것이오. 그들은 경탄과 공포의 눈으로 우리를 쳐다보며 그처럼 날뛰던 수억의 양떼를 진압할 수 있을 만큼 강력한 힘과 뛰어난 지혜를 가진 우리를 자랑스럽게 여기게 될 것이오. 우리가 화를 내면 그들은 전전긍긍하며 아녀자들처럼 금방 눈물을 흘릴 것이고, 우리가 좋은 낯으로 손짓을 하면 그들은 기뻐 어쩔 줄 모르는 어린애처럼 행복에 거워 노래를 부르며 희희낙락할 것이오. 물론 우리는 그들에게 노동을 시키겠지만, 그들의 여가 시간에는 어린애다운 놀이와 노래와 합창, 천진난만한 춤으로 시간을 즐기게 하겠소. 그렇소! 우리는 그들의 죄까지도 용서해주겠소. 그들은 무력하고 의지가 약한 자들이므로 죄를 용서해주면 어린애처럼 우리를 따르게 될 것이오. 그리고 우리는 어떤 죄든지 우리의 허락만 받으면 모두 속죄될 것이라고 말해줄 것이오. 죄악을 용서하는 것은 우리가 그들을 사랑하기 때문이오. 그 죄에 대한 벌은 우리가 떠맡겠다고 일러주겠소. 그러면 그들은 하느님 앞에서 자신들의 죄를 대신 맡아준 은인이라 생각하고 우리를 숭배할 것이고, 우리에게는 무엇 하나 숨기려 들지 않을 거란 말이오. 그들이 아내 이외에 정부를 두고 사는 일도, 아이를 가지거나 갖게 되지 않는 것 등 모든 것을 그 복종의 정도에 따라 허가하거나 금지할 것이오. 이렇게 그들은 기쁨과 즐거움에 넘쳐 우리에게 복종을 할 것이오. 그들은 괴로운 양심의 비밀은 물론 그 밖의 문제들도 무엇 하나 숨김없이 모조리 우리에게 털어놓을 것이고, 우리는 그 모든 문제를 해결해줄 것이오. 그들은 우리의 판단을 기꺼이 믿을 것이 틀림없소. 우리 덕분에 커다란 걱정거리에서 해방될 수도 있고, 지금처럼 스스로 자유롭게 해결지어야 하는 무서운 고통에서도 벗어날 수 있기 때문이오. 그리하여 이 세상의 수억의 인간은 행복을 누리게 될 것이오. 그러나 그들을 다스리는 몇 십만의 사람들만은 여기서 제외될 거요. 왜냐하면 비밀을 간직해야 하는 우리들은 불행을 감수해야 하니까. 즉 몇 억의 행복한 어린애들과, 선악을 판별하는 불행을 떠맡은 몇 만 명의 수난자가 생겨나는 거지요. 그들은 평온하게 죽어갈 거요. 당신의 이름 안에서 평온하게 사라져갈 것이오. 그리고 무덤 저쪽에 보이는 것은 죽음뿐이지. 그러나 우리는 비밀을 간직한 채 그들을 행복하게 해주기 위해 천국의 영원한 보상을 미끼로 그들을 유혹할 것이오. 왜냐하면 비록 저 세상에 무언가가 있다 하더라도 그들과 같은 인간을 위해 존재하는 것은 아닐 테니까. 사람들의 예언에 의하면, 당신은 이 세상에 와서 다시 한 번 승리를 거둔다고 했소. 선택받은 사람들과 위대한 힘을 가진 자들을 거느리고 온다고 했소. 그렇다면 우리는 이렇게 대답하겠소. 그들은 다만 자기 자신을 구원했을 뿐이지만 우리는 모든 사람을 구원해주었다고. 또 이런 이야기도 있소. 비밀을 손에 쥐고 야수를 타고 앉은 간부(姦婦)가 창피를 당할 때가 온다고 말이오. 즉, 약한 자들이 다시 봉기하여 그녀의 옷을 찢어 〈추악한 몸뚱이〉를 사람들 앞에 발가벗겨 보일 거라고. 그러나 그때는 우리가 일어나 죄 없는 몇 억의 행복한 아이들을 당신한테 가리켜 보일 것이오. 그들의 행복을 위해 그들의 죄를 떠맡은 우리는 당신 앞을 가로막고, 〈자, 우리를 심판할 용기가 있거든 어서 심판해 보라!〉고 외칠 거요. 알겠소? 나는 당신 따윈 조금도 무섭지가 않소. 나 역시 황량한 들판에서 메뚜기와 풀뿌리로 연명해본 일이 있으니까. 당신은 자유를 주며 인류를 축복했지만, 나 역시 그 자유를 갈망한 적이 있소. 나 역시 숫자 채우기를 갈망하며 당신의 선택된 사람들, 즉 위대하고 강한 자들 사이에 한몫 끼어보려 한 적이 있단 말이오. 그러나 나는 꿈에서 깨어나 당신의 위업에 수정을 가한 사람들의 무리에 끼어든 것이오. 즉, 나는 거만한 자들의 곁을 떠나 겸손한 사람들의 행복을 위해, 그들에게로 돌아왔단 말이오. 이제 내가 말한 것이 실현되고, 우리의 왕국이 건설될 것이오. 다시 말하지만 내일이면 당신도 그 온순한 양떼를 보게 될 것이오. 내가 손을 조금 흔들기만 해도, 그들은 앞다퉈 달려 나와 당신을 불태울 장작더미에 시뻘건 숯덩이를 던져 넣을 것이오. 당신은 우리 일을 방해하러 온 죄로 화형을 당하게 된 것이오. 왜냐하면 누구보다도 먼저 화형에 처해야 할 사람이 있다면, 그건 바로 당신이기 때문이오. 나는 내일 당신을 화형에 처하겠소. 그렇게 아시오. Dixi.(내 할 말은 이제 다했소.)'"

이반은 여기서 말을 멈췄다. 열정적으로 정신없이 지껄여댔으나 말을 마치고 나자 그는 갑자기 히죽 웃어 보였다.

말없이 듣고만 있던 알료샤는 이야기가 끝날 무렵이 되자 몹시 흥분하여 몇 번이나 형의 말을 가로채려다가 억지로 참고 있는 눈치였다. 그는 마치 봇물이 터지듯 말을 하기 시작했다.

"그렇지만 그건 불합리한 얘깁니다." 그는 빨갛게 상기된 얼굴로 소리쳤다. "형님의 극시는 그리스도에 대한 찬미지 결코 비방이 아닙니다. 형님이 기대했던 결과는 아니에요. 게다가 형님의 그 자유론을 누가 믿겠습니까? 도대체 자유라는 걸 그렇게 생각해도 좋을까요? 과연 그것이 그리스 정교의 바른 해석이라고 할 수 있을까요? 그건 로마적 해석입니다. 아니, 로마적 해석의 일부에 지나지 않습니다. 그건 거짓말입니다. 그건 가톨릭의 가장 나쁜 일면입니다. 종교재판 심문관의 사상입니다. 예수회의 사상입니다. 게다가 그런 심문관 같은 황당무계한 인간은 이 세상에 존재할 리도 없어요. 자신이 떠맡았다는 인간의 죄라는 게 대체 무엇입니까? 인류의 행복을 위해 불행을 떠맡고 그 비밀을 지킨다는 건 무얼 의미하는 것입니까? 그런 사람이 도대체 있기나 합니까? 우리도 예수회에 대해서는 알고 있습니다. 예수회 사람들이 욕을 먹는 건 사실입니다만 형님이 생각하고 있는 것과는 다릅니다. 그들은 다만 로마 교황을 제왕으로 삼아서 미래의 세계적 왕국을 꿈꾸는 로마의 군대에 지나지 않습니다. 이것이 그들의 이상입니다만 거기에는 아무런 신비도 없거니와 고결한 비애도 없습니다. 권력과 더러운 지상의 행복, 그리고 민중의 예속화, 이런 것을 도모하기 위한 지극히 단순한 욕망에 지나지 않습니다. 이 예속화는 미래의 농노제 같은 것이라고 할 수 있지만 문제는 그들 스스로가 지주가 된다는 겁니다. 이것이 그들의 전부입니다. 그들은 하느님도 믿지 않습니다. 형님의 그 고민하는 심문관은 오로지 환상에 지나지 않는다는 겁니다!'

'잠깐, 잠깐만!' 이반이 웃었다. '너무 흥분하지 마라. 너는 환상이라고 말하지만, 그래도 좋다! 물론 환상이긴 하지. 그렇지만 너는 정말 최근 몇 세기 동안의 가톨릭 운동이 더러운 행복만을 추구하는 권력에의 욕망에 지나지 않는다고 생각하는 거냐? 파이시 신부가 그렇게 가르쳤니?'

'천만에요, 당치도 않아요. 파이시 신부는 오히려 형님과 비슷한 말씀을 하셨어요. 그렇지만 물론 전혀 다른 의미를 갖고 있지요." 알료샤는 황급히 고쳐 말했다.

'네가 '전혀 다른 의미'라고 말한다고 해도 어쨌든 그건 매우 귀중한 정보야. 한 가지 묻겠는데, 너는 왜 예수회 회원들이나 심문관들이 더러운 물질적 행복을 위해 단결했다는 거냐? 어째서 그들 중에는 숭고한 비애로 고뇌하고 인류를 사랑하는 수난자가 한 사람도 존재하지 않는다는 거지? 역겨운 물질적 행복만 바라고 있는 자들 가운데 적어

도 한 사람쯤은 내가 얘기한 대심문관 같은 사람이 있었다고 생각할
수도 있지 않니? 그는 황야에서 풀뿌리로 연명하면서도 자유롭고 완
벽해지기 위해 노력했지. 육욕을 정복하려고 필사적으로 노력하면서
변함없는 인류애를 가졌어. 그러나 그는 홀연히 깨달았지. 완벽한 의
지력을 갖는 정신적 행복이 그다지 위대한 것이 아니라는 것을. 동시
에 자기 이외의 수억의 인간은 그저 조소의 대상으로 창조되었고, 자
신에게 맡겨진 자유를 어떻게 감당해야 할지를 모르는 가련한 반역자
들 중에 바벨탑을 완성할 거인이 나올 리는 없다, 저 '위대한 이상가'
는 이 거위와 같은 어리석은 무리를 위해 조화의 세계를 꿈꾸었던 것
은 아니다. 그는 그것을 깨달았으므로 황야에서 돌아와 현명한 사람
들 편에 가담했던 거지. 과연 이런 일은 있을 수 없는 일일까?"

"누구 편이 되었다는 거죠? 현명한 사람들이란 누구를 말합니까?"

알료샤는 미친 듯 흥분하여 소리쳤다. "그들에겐 전혀 그런 지혜가
없습니다. 신비니 비밀이니 하는 것도 없어요. 있는 것은 단지 무신론
뿐입니다. 이것이 그들의 비밀의 전부입니다. 형님의 그 대심문관은
하느님을 믿지 않습니다. 이것이 그 노인의 비밀의 전부입니다!"

"어쨌든 좋다! 드디어 너도 알아챘구나. 사실 그의 모든 비밀은 거
기에 있어. 그러나 그런 인간은 아무런 고통이 없을까? 그는 황야의
고행으로 일생을 망쳤지만 절대 인류애를 버릴 수 없었지. 그는 생애
의 마지막에 이르러서야 그 위대하고 무서운 악마의 충고만이 연약한
반역자들, 즉 '조소의 대상으로 창조된 미완성의 시험적 생물'을 조
금은 견딜 만하게 할 수 있다고 확신한 거야. 이런 확신을 갖게 되자
그는 지혜로운 악마, 죽음과 파괴의 악마의 지시에 따라야 한다는 것

을 깨달았지. 그러기 위해서는 거짓말과 속임수를 통해 의식적으로 인간을 죽음과 파괴로 이끌어야 했어. 그러면서도 그들이 어디로 끌려가는지 알아채지 못하게 기만함으로써, 적어도 그동안만이라도 그 가련한 맹인들이 행복을 느끼도록 할 필요가 있다고 생각한 거야. 그런데 여기서 주의할 것은 이 기만이 그리스도의 이름으로 행해진다는 거야. 그가 한평생 자기 자신 이상으로 열렬히 신봉해온 그리스도의 이름으로 말이야! 자, 이것이 불행이 아니라고 단언할 수 있겠니? 만약 그 '더러운 행복을 위해 권력을 갈망하는' 군대의 우두머리로 이런 인물이 나타난다면 그 한 사람이 세상의 비극을 낳기에 충분하지. 뿐만 아니라 이런 인물이 우두머리가 된다면, 그 군대와 예수회를 포함한 전 로마 교회의 최고 이념을 뿌리 내리기에 충분하지 않을까? 너에게 솔직히 말하지만, 이 같은 '유일자'는 모든 운동의 선두에 섰던 사람들 가운데 지금까지 한 번도 그 맥이 끊어진 적이 없어. 어쩌면 로마 교황들 중에도 이런 종류의 '유일자'가 있었는지도 몰라. 아니, 이처럼 집요하게 자기 방식으로 인류를 사랑하는, 이 저주받을 노인이 지금도 유유자적하게 어른의 대집단이라는 형태로 존재하는지도 모르지. 결코 우연이 아니라 오래 전부터 일치단결하여 비밀을 지키기 위해 조직된 비밀 결사로서 존재하고 있는지도 몰라. 이러한 비밀을 나약하고 불행한 인간들로부터 감추는 것은 그들의 행복을 지켜주고 싶어서인 거지. 이것은 존재해. 존재하지 하지 않을 수 없는 거지. 나는 어쩐지 프리메이슨의 밑바닥에도 이것과 비슷한 비밀이 있을 것 같은 생각이 들어. 가톨릭교도들이 프리메이슨을 미워하는 까닭은 그것을 자기들의 이념의 단일성을 파괴하는 경쟁자로 보기 때문이야.

왜냐하면 양떼도 하나, 목자도 하나여야 하기 때문이지. ……그건 그렇고, 내가 이렇게 내 사상을 변호하다 보니, 마치 너의 비평을 감당해 내지 못하는 초라한 작가 꼴이 된 것 같구나. 자, 이젠 그만해두자."

"형님 역시 프리메이슨의 일원인지도 모르겠군요!' 알료샤가 불쑥 말했다. "형님은 하느님을 믿고 있지 않아요." 그는 이렇게 덧붙였으나 그의 음성에는 비애가 서려 있었다. 그는 형이 자신을 냉소적인 눈으로 보고 있다고 생각했다. "그런데 형님의 극시는 어떻게 끝나는 겁니까?" 눈을 내리깔고 알료샤가 물었다. "아니면 그것으로 끝난 건가요?"

'나는 이렇게 끝을 맺기로 했어. 심문관은 말을 마치고 얼마 동안 죄수의 대답을 기다렸지. 그는 상대방의 침묵이 괴로웠어. 그러나 죄수는 조용히 눈을 들여다보며 아무 말 없이 그냥 귀를 기울이고 있을 뿐이었지. 노인은 무섭고 괴로운 말이라도 좋으니 뭐라고 말해 주기를 기대했어. 이때 죄수가 말없이 노인에게 다가오더니, 구십 나이의 그 핏기 없는 노인의 입술에 조용히 입맞춤을 했지. 그것이 대답의 전부였어. 노인은 부르르 몸을 떨었지. 그의 입술 양끝이 경련이라도 일어난 듯 파르르 떨리고 있었어. 그는 곧 문 쪽으로 걸어가 문을 열어젖히고는 죄수를 향해, '자, 어서 나가시오. 그리고 다신 오지 마시오. 두 번 다시 오지 말란 말이오. 앞으로 영원히!' 이렇게 말하고 그를 '어둠의 광장'으로 내보냈어. 죄수는 조용히 떠나가는 거지."

"그래서 노인은 어떻게 됐나요?"

"그 입맞춤은 노인의 가슴속에서 불타고 있었지만, 여전히 자신의 사상에 머물렀지."

"형님도 그 노인과 한패죠?" 알료샤는 슬픈 얼굴로 외쳤다. 이반은 히죽 웃었다.

"이봐 알료샤, 이건 다 잠꼬대 같은 얘기야. 시라고는 단 두 줄도 써본 적이 없는 학생의 분별력 없는 서투른 시에 불과해. 왜 그렇게 심각하게 받아들이지? 그래, 내가 정말 예수회를 찾아가서 그리스도의 위업에 수정을 가하는 자들과 한패가 될 거라고 생각하나? 천만에! 그건 나하곤 관계없는 일이야. 너한테도 말했듯이 서른 살까지 그럭저럭 살고는, 서른 살이 되면 인생의 술잔을 마룻바닥에 내동댕이칠 거야."

"그럼 그 끈적끈적한 새 잎은 어떡하고요? 그리고 소중한 무덤은? 파란 하늘은? 사랑하는 여자는? 형님은 그런 것 없이 무엇을 발판으로 살아가겠다는 겁니까?" 알료샤는 슬픔에 젖어 소리쳤다. "가슴과 머리에 그런 지옥을 품고 어떻게 살아갈 수 있다고 생각합니까? 아니, 형님은 예수회 사람들을 찾기 위해 여길 떠날 겁니다. 만일 그렇지 않다면 자살이라도 해버릴 거예요. 도저히 견뎌낼 수 없을 겁니다."

"무엇이든 견뎌낼 자신이 있어. 나에겐 그런 힘이 있어."

이미 이반의 목소리에는 싸늘한 조소가 서려 있었다.

"어떤 힘인데요?"

"카라마조프적인 힘이지. 카라마조프적인 비열한 힘 말이다."

"그건 욕정에 빠져 타락 속에서 영혼을 질식시키는 거죠. 그렇죠, 형님?"

"그럴지도 모르지. 그러나 그건 서른 살까지야. 하지만 어쩌면 거기서 벗어날 수 있을지도 몰라. 그때는……."

"어떻게 벗어난다는 겁니까? 무엇으로요! 형님 같은 사상을 가지고는 불가능해요."

"그것 역시 카라마조프식으로 하는 거야."

"'모든 것이 허용된다.' 그겁니까? 정말 모든 것이 허용되는 걸까요? 그렇습니까, 형님?"

이반은 미간을 찌푸렸고, 그의 얼굴은 이상할 정도로 창백해졌다.

"아, 너는 어제 미우소프가 했던 말을 그대로 하는구나. 그때 드미트리 형이 순진하게 뛰어들어 그 말을 되풀이하더니만." 그는 일그러진 미소를 지었다. "그래, '모든 것이 허용된다'고 할 수도 있겠지. 일단 입 밖에 나온 이상 철회하진 않겠다. 그러고 보니 미탸 형의 표현이 나쁘진 않구나."

알료샤가 말없이 그를 바라보았다.

"알료샤, 나는 이 넓은 세상에서 그래도 너만은 내 친구라고 생각했었다." 이반은 갑자기 감정에 겨워 말했다. "그러나 이제 내 귀여운 은자(隱者), 너의 가슴 속에 내가 끼어들 자리가 없다는 걸 알았다. 그렇지만 '모든 것은 허용된다'는 정의를 부정하지는 않겠다. 하지만 너는 이 정의 때문에 나를 부정할 테지. 그렇지?"

알료샤는 자리에서 일어나 형에게로 다가가서 말없이 그에게 입맞춤을 했다.

"이건 문학적 표절이군!" 이반은 갑자기 기분이 좋아져서 이렇게 외쳤다. "너는 이 입맞춤을 내 극시에서 훔쳐낸 거지? 아무튼 고맙다. 자, 알료샤! 이만 일어나자. 이젠 갈 때가 된 것 같다. 너도 그렇고, 나도 그렇고."

그들은 밖으로 나갔으나 술집 현관에서 걸음을 멈췄다.

"알료샤." 이반은 확고한 어조로 말을 꺼냈다. "내가 만일 끈적끈적한 새 잎을 사랑할 수 있다면, 그건 널 상기함으로써만이 가능한 일이야. 네가 이 세상 어딘가에 있다는 생각만으로도 나는 흡족함을 느낄 거야. 그래, 이런 얘긴 이제 그만두기로 하자. 뭣하면 내 사랑의 고백이라고 해도 좋다. 하지만 이만 헤어지자. 너는 오른쪽으로 가고, 나는 왼쪽으로 가는 거지. 자, 이젠 다 끝났다. 끝났어. 만약 내가 내일 떠나지 않고 어쩌다 너를 만나더라도 이런 문제에 대해선 아무 말도 말아주었으면 좋겠다. 정말 이것만은 신신당부해두고 싶어. 그리고 드미트리 형에 대해서도 제발 아무 말 말아다오." 그는 짜증스런 목소리로 이렇게 덧붙였다. "이젠 할 말을 다했다. 속 시원히 다 털어놓았어. 그건 그렇고, 나도 너한테 한 가지 약속해두겠다. 내가 서른 살이 되어 '잔을 마룻바닥에 내동댕이치고 싶어졌을 때' 네가 어디 있건 다시 한 번 너와 얘기하러 오겠다. 멀리 미국에 가 있다면 거기서라도 찾아올 테니, 그때 어떤 인간이 되어 있을지 만나보는 것만으로도 매우 유쾌할 거야. 어떠냐, 제법 엄숙한 약속이지? 그러나 정말 이것이 7년이나 10년 정도의 이별이 될지도 모르는 거야. 자, 어서 너의 Pater Seraphicus(괴테의『파우스트』에 나오는 세라픽스 신부-역주)에게나 가봐라. 지금 죽어가고 있다고 하니. 네가 없을 때 죽으면 내가 말렸기 때문이라고 원망할지도 모르니. 그럼 잘 가. 다시 한 번 내게 키스해주고. 그래, 됐다. 이제 가봐라."

이반은 홱 몸을 돌리더니 뒤도 돌아보지 않고 성큼성큼 앞으로 걸어갔다. 그 모습은 어제 드미트리가 알료샤 곁에서 떠나가던 때와 너무나 흡사했다. 물론 어제와는 전혀 성질이 다른 것이기는 하지만 이

기묘한 인상은 슬프고 처량한 알료샤의 머릿속을 화살처럼 스치고 지나갔다. 그는 형의 뒷모습을 바라보며 잠시 그 자리에 서 있었다. 그는 이반이 비틀거리며 걸어가고 있는 것을 알았다. 게다가 뒤에서 보니 오른쪽 어깨가 왼쪽 어깨보다 더 처져 있기까지 했다. 전에는 한 번도 이런 느낌을 갖지 못했다. 알료샤는 몸을 돌려 거의 달리다시피 수도원으로 발길을 재촉했다.

벌써 날이 꽤 저물어 어쩐지 무서운 생각이 들었다. 뭐라고 꼭 짚어 말할 수는 없었지만 그의 마음속에는 어떤 새로운 것이 자라나고 있었다. 그가 수도원 숲에 들어섰을 때, 어젯저녁처럼 바람이 일더니 수백 년 묵은 노송이 그의 주위에서 음산하게 술렁이기 시작했다. 'Pater Seraphicus……. 형님은 도대체 이런 이름을 어디서 끌어냈을까? 대관절 어디서? 이런 생각이 알료샤의 머리에 떠올랐다. '아, 불쌍한 이반 형, 언제 또 형님을 만날 수 있을는지……. 암자다! 그렇다, 바로 여기에 Pater Seraphicus가 계시는 거다. 그래, 그분이 나를 악마로부터 영원히 구해 주시는 거야!'

그 후 알료샤는 여러 번 깊은 의혹을 느끼며 이때의 일을 회상하곤 했다. 그것은 다름이 아니라 이반 형과 헤어졌을 때, 어떻게 그처럼 드미트리 형을 완전히 잊을 수 있었는가에 대한 의문이었다. 불과 몇 시간 전까지만 해도 '무슨 일이 있어도 형을 꼭 찾아내야만 한다. 오늘 밤 수도원에 들어가지 못하는 한이 있더라도 형을 찾지 못하면 결코 시내를 떠나지 않겠다'고 굳게 결심하지 않았던가.

6. 걷잡을 수 없는 우수

『대심문관』에 대한 이야기를 들려준 이반은 동생과 헤어진 뒤 아버지의 집을 향해 걸음을 옮겼다. 그런데 참을 수 없는 불안감이 그의 마음을 휩쓸었다. 문제는 그 불안감의 정체를 규명할 수가 없다는 점이었다. '아버지의 집에 대한 혐오감 때문일까? 하긴 그 더러운 문지방을 넘는 것도 오늘이 마지막이겠지만 싫기는 매한가지야.' 그러나 그것이 원인은 아니었다. 젊은이로서의 무경험과 허영심에 대한 울분이 그 원인이었는지 모른다. 그러나 역시 그것이 원인은 아닌 것 같았다. 이반은 '생각하지 않으려고' 애썼으나, 아무런 소용이 없었다. 그러다가 대문에서 열다섯 걸음쯤 떨어진 곳에서 흘깃 문 쪽을 보았을 때 갑자기 그는 자기 마음을 괴롭히고 불안하게 한 원인이 무엇인가를 단번에 알아차렸다.

대문 옆 벤치에는 하인 스메르댜코프가 신선한 저녁 바람을 쐬고 앉아 있었다. 이반은 그를 본 순간 자기 마음속에 이 하인이 들어앉아 있어, 그것 때문에 우울했다는 것을 깨달았다.

사실 이반은 최근 그가 너무나 싫어졌다. 특히 요 2, 3일 동안은 더욱 심했다. 이반은 한때 스메르댜코프에 대해 특별한 관심을 가졌을 뿐 아니라 그를 무척 기발한 인간이라고까지 생각했었다. 두 사람은 철학적인 문제도 이야기하고, 창세 때 태양과 달과 별들이 나흘째 되는 날에 처음으로 만들어졌다면, 어떻게 해서 첫날에 빛이 있을 수 있었느냐, 그리고 이 내용을 어떻게 해석해야 할 것이냐에 대해 토론한 적도 있었다. 그러나 얼마 안 있어 이반은 스메르댜코프가 관심을 가지고 있는 문제는 전혀 다른 것이라는 사실을 발견하게 되었다. 게다가 스메르댜코프는 갈수록 모욕당한 자존심을 노골적으로 드러내기 시작했다. 이반은 그것이 몹시 거슬렀다. 그 후 집안에 내분이 일어났을 때도, 두 사람은 그 문제로 서로 이야기를 나누었다.

그러나 이런 이야기를 할 때 스메르댜코프는 몹시 흥분한 태도를 보이기는 했지만, 그가 무엇을 바라는지는 여전히 알 수가 없었다. 사실 스메르댜코프가 이반을 극도로 자극시킨 것은 그가 노골적으로 드러내 보이기 시작한 혐오스러울 정도의 친근감이었다. 게다가 그것은 날이 갈수록 더욱 심해져 갔다. 처음에 그는 언제나 매우 공손하게 이야기를 하곤 했으나, 어느 날부터 자신과 이반이 평등한 관계라고 생각하는 듯했다. 그때만 해도 이반은 자기 마음속에서 나날이 커져만 가는 이 혐오감의 진짜 원인을 깨닫지 못하고 있었으나 최근에 와서야 비로소 그 이유를 밝혀낼 수 있었다.

그날도 이반은 견딜 수 없는 혐오감을 느끼며 스메르댜코프를 거들떠보지도 않고 문 안으로 들어가려 했다. 그 때 갑자기 스메르댜코프가 벤치에서 벌떡 일어섰다. 이반은 흘끗 그쪽을 바라보고 걸음을 멈췄다. 치가 떨릴 정도로 화가 치밀어 올랐다. 그는 양쪽 관자놀이께의 머리를 깨끗이 빗어 올리고 앞머리를 닭의 볏처럼 돌돌 만, 거세당한 사내처럼 수척한 스메르댜코프의 얼굴을 노려보았다. 가늘게 뜬 그의 왼쪽 눈이 마치 '지나가다 걸음을 멈추는 걸 보니, 역시 현명한 우리끼리 대화가 필요할 것 같군요' 라고 말하는 듯했다.

'비켜라, 이놈아! 내가 너 같은 놈하고 상대할 줄아니?' 하고 호통을 치려고 했으나, 놀랍게도 그의 입에서 튀어나온 말은 전혀 다른 말이었다. "아버지는 주무시고 계신가?"

"아직 주무시고 계십니다." 그는 께느른하게 말했다. 그것은 마치 '먼저 말을 건 것은 당신이지 내가 아니에요.' 라는 듯한 태도였다. "정말 놀라워요, 도련님." 그는 잠시 말을 끊었다가 새치름하게 눈을 내리깔고 오른쪽 발을 앞으로 내밀어 에나멜 구두 코끝을 요리조리 움직이면서 덧붙였다.

"아니, 왜 놀랐다는 거냐?"

"도련님, 체르마시냐에는 왜 안 가시는 거죠?" 스메르댜코프는 눈을 들어 다정스럽게 웃었다. '내가 왜 웃는지 현명한 분이시니 잘 알 겁니다.' 가늘게 뜬 그의 왼쪽 눈은 이렇게 속삭이는 것 같았다.

'내가 왜 체르마시냐에 가야 하느냐?' 이반은 놀라서 물었다.

"주인어른께서 그토록 간청하셨는걸요." 한참 만에 그는 이렇게 대꾸했으나 이 대답을 그리 대수롭게 여기지는 않는 것 같았다.

"아니, 이 자식이! 좀 더 분명히 말해." 마침내 이반은 버럭 성을 내며 소리쳤다.

스메르댜코프는 앞으로 디밀었던 발을 끌어당겨 왼발에 갖다 붙이며 자세를 바로잡았으나 여전히 침착한 태도로 다정한 미소를 띤 채 이반을 바라보고 있었다.

"뭐 대단한 건 아닙니다. 그저 말이 나온 김에……."

다시 침묵이 흘렀다. 마침내 이반이 일어서려고 몸을 움직였다. 그러자 스메르댜코프는 이 순간을 놓칠세라 말을 걸었다.

"도련님, 저는 정말 난처한 처지에 빠져 있습니다. 도대체 어떻게 해야 좋을지 모르겠어요." 그러자 이반은 다시 벤치에 주저앉았다.

"두 분이 다 미쳐버리는 바람에 어린애들처럼 되어버렸다니까요."
스메르댜코프는 말을 이었다. "저는 지금 도련님의 아버님과 드미트
리 도련님에 대해서 말하고 있는 겁니다. 주인어른께서는 눈만 뜨면
저를 붙잡고, '그래, 그 여자는 안 왔니? 왜 안 왔지?' 하고 꼬치꼬치
물으십니다. 그건 자정이 넘을 때까지 계속됩니다. 그래도 아그라페
나 알렉산드로브나가 오지 않으면 이튿날 아침이 되기가 무섭게, '왜
안 왔지? 어째서 안 왔느냐 말이야? 대체 언제 온다는 게냐?' 하고
야단을 치십니다. 그런데 또 한편으로는 날이 저물기가 무섭게, 아니
그보다 빠를 때도 있습니다만, 드미트리 도련님께서 손에 흉기를 들
고 옆집에 나타나선, '알겠니, 이 악당아! 그 여자가 지나가는 걸 나
한테 알리지 않으면 그때는 죽는 줄 알아!' 라고 협박을 하십니다. 그
리고 아침이 되면 또다시 주인어른처럼 저를 못살게 구십니다. '왜
안 왔지? 이제 곧 올 것 같으냐?' 그분께서 안 오시는 것이 마치 제 잘
못이기라도 한 듯이 말씀하시는 겁니다. 이렇게 두 분의 역정이 갈수
록 심해지는 바람에 때로는 이렇게 들볶이며 사느니 차라리 자살이라
도 해버릴까 하는 생각이 들기까지 합니다."

"그런데 왜 드미트리 형이랑 내통하기 시작했지?" 이반은 짜증을
부리며 물었다.

"솔직히 말씀드리자면 결코 제가 끼어든 건 아닙니다. 저는 처음
부터 입을 봉하고만 있었습니다. 그저 그분께서 멋대로 저를 심부름
꾼으로 삼으신 거지요. 그때부터 그분은 저만 보면, '이 악당아, 그 여
자를 놓치면 넌 죽을 줄 알아!' 라고 하십니다. 도련님, 내일은 틀림없
이 오랜 발작이 일어날 것 같아요."

"오랜 발작이라니, 그건 또 무슨 말이지?"

"간질병 발작 말입니다. 그것이 오래 계속돼서 어떤 때는 몇 시간씩 가는데, 어쩌면 하루나 이틀쯤 계속될지도 모릅니다. 언젠가 한 번은 사흘 동안이나 계속된 적이 있으니까요. 그때는 주인어른께서 헤르젠슈투베라는 의사를 불러 머리에 얼음찜질까지 해주셨답니다."

"간질은 언제 발작이 일어날지 미리 알 수가 없다던데, 넌 무슨 근거로 내일 발작이 일어날 거라고 하는 거지?"

"당연히 미리 알 수는 없지요."

"그리고 그땐 다락방에서 떨어졌기 때문이라면서?"

"다락방에야 날마다 올라가니까 내일도 거기서 떨어질는지 모르니까요. 만약 다락방이 아니면 지하 창고에서 떨어질 것만 같습니다. 지하 창고에도 날마다 드나드니까요."

이반은 오랫동안 그의 얼굴을 응시했다.

"되는 대로 떠들고 있군. 도대체 네 말은 종잡을 수가 없어. 그러니까 너는 내일부터 사흘 동안 간질병 발작을 일으킨 척하겠다는 거지?"

스메르댜코프는 땅을 내려다보며 히죽 웃으며 말했다.

"설사 제가 그런 시늉을 한다 해도 그것은 경험이 있는 사람에겐 조금도 어려운 일이 아닙니다. 그것이 제 생명을 보존할 수 있는 방법이니까요. 제가 앓아누워 있으면 그루셴카가 주인어른을 찾아온대도 병자인 나를 붙잡고 '왜 알리지 않았느냐?'고 문책할 수는 없을 테니까요. 형님도 차마 그런 부끄러운 짓은 못하실 겁니다."

"이런 나쁜 자식! 드미트리 형은 단지 홧김에 하는 말에 지나지 않아, 형님은 너 같은 건 죽이지도 않아."

"파리처럼 때려죽일 겁니다. 그러나 제 걱정은 다른 데 있습니다. 도련님이 주인어른께 뭔가 어리석은 짓을 저지르게 되면 저도 공범으로 몰리지나 않을까 그게 두려운 겁니다."

"네가 왜 공범으로 몰린다는 거지?"

"문제의 그 신호를 극비리에 알려주었기 때문입니다."

"신호라는 건 또 뭐냐? 정말 이 자식이? 어서 말해봐!"

"이렇게 된 이상 죄다 고백하지 않을 수 없군요." 스메르댜코프는 일부러 태연자약한 태도로 말꼬리를 길게 끌면서 이렇게 말했다. "실은 저와 주인어른 사이에 한 가지 비밀이 있습니다. 주인어른께서는 요 며칠 전부터 밤만 되면 방문을 잠가버리십니다. 아무튼 굉장히 문단속을 엄중히 하고 계십니다. 그리고리 노인이 왔을 때도 음성으로 본인이라는 걸 확인하기 전에는 절대로 문을 열어주지 않습니다. 방안에서 시중을 드는 사람은 저 하나밖엔 없습니다. 이것은 소동이 있고 나서 주인어른께서 직접 지시하신 거죠. 그러다 밤이 되면 주인어른의 분부로 바깥채로 물러가 쉽니다. 그렇지만 한밤중까지는 자지 않고 망을 보아야만 합니다. 주인어른께선 요 며칠 동안 미친 사람처럼 그분이 오시기를 기다리고 계시거든요. 주인어른께서는 그분이 드미트리 형님을 무서워하고 계시니까 밤이 꽤 깊어서야 뒷길로 오실 거라는 겁니다. '그러니까 너는 자정이 지날 때까지 망을 보도록 해라. 만일 그 여자가 오거든 달려와서 방문을 두드리든가 뜰에서 창문을 두드리든가 해라. 처음 두 번은 천천히 두드리고, 그리고 그 다음 번은 보다 빠르게 세 번을 두드리는 거다. 네가 신호를 보내면 그 여자가 온 줄 알고 내가 문을 열어주마.' 이렇게 말씀하셨습니다. 그리고 뭔가 일이 생겼을 때를 대비하여 또 한 가지 신호를 가르쳐주셨습니다. 그것은 처음 두 번은 조금 빨리 두드리고, 사이를 두었다가 다시 한 번 쾅 하고 세차게 두드리는 겁니다. 그러면 뭔가 심상치 않은 일로 내가 주인어른을 뵙고 싶어 하는 걸로 아시고 역시 문을 열어주십니다. 그때 들어가서 보고를 하는 거죠. 이것은 아그라페나가 직접 못 오고 심부름꾼을 보내 소식을 전할 경우를 대비한 것이지요. 그리고 또 드미트리 형님도 오실지 모르니까, 그때는 그분이 가까이 와 계시다는 걸 주인어른께 알려드려야 합니다. 주인어른께서는 그분을 몹시 두려워하고 계시기 때문에 비록 아그라페나가 오셔서 주인어른과 함께 문을 잠그고 방 안에 들어앉아 계실 때라도 형님이 가까이 나타나시면 문을 세 번 두드려 그것을 알려드려야 합니다. 그러니까 다섯 번 두드리는 신호는 '아그라페나가 오셨습니다' 는 뜻이고, 세 번 두드리는 것은 '급히 말씀드릴 일이 있습니다' 라는 뜻이지요. 이건 주인어른께서 몇 번이나 실연을 해보이시며 설명해 주신 겁니다. 세상에서 이 암호를 알고 있는 사람은 저와 주인어른 단 둘뿐이므로, 주인어른께선 조금도 의심하지 않고 문을 열어주시는 겁니다. 그런데 이 신호가 이제는 드미트리 도련님한테도 알려졌어요."

"어떻게 알려졌어? 네가 가르쳐줬지?"

"그분한테는 도저히 숨길 수가 없었어요. 드미트리 도련님은 날마다 저를 붙잡고는, '너 뭔가 나한테 숨기고 있지? 만일 그런 짓을 하면 두 다리를 부러뜨릴 테니 그리 알아!' 하고 협박을 하시니 말입니다. 그래서 하는 수 없이 그분에게 그 신호를 가르쳐드린 거죠. 그렇게 함으로써 제가 노예처럼 순종한다는 것을 보여드리고, 그분을 속이기는커녕 오히려 뭐든지 죄다 고해바친다는 것을 믿게 하려 했던 겁니다."

"만약 드미트리 형이 그 신호를 이용하여 들어가려고 하면 네가 들어가지 못하게 해야 해."

"그야 물론 저도 도련님의 난폭한 성격을 잘 알고 있기 때문에 기를 쓰고 말릴 수도 있습니다만, 만약 제가 발작을 일으켜 쓰러져 있다면 말릴 수도 없는 일 아닙니까?"

"넌 어째서 발작이 일어날 거라고 확신하는 거냐? 날 놀리지?"

"제가 당신을 놀리다니, 감히 어떻게 그런 짓을 할 수 있겠습니까? 게다가 이런 무서운 일을 눈앞에 두고 농담이 다 뭡니까?"

"망할 자식 같으니! 네가 자빠져 있으면 그리고리 노인이 망을 볼 테지. 그리고리한테 미리 알려만 줘. 그러면 절대로 형님을 들여보내진 않을 테니까."

"주인어른의 지시 없이는 절대 그런 신호를 그리고리 노인한테 알려줄 수 없습니다. 그리고리 노인은 형님이 오는 소리를 듣고 들여보내지 않을 거라고 말을 하지만 공교롭게도 어제부터 몸이 아파서 내일은 마르파가 치료를 하게 돼 있습니다. 마르파는 늘 약술을 담가 그걸 상비해 두고 있지요. 무슨 약초를 보드카에 담가서 만든 아주 지독한 물약인데, 그 비방을 그 노파만 알고 있단 말입니다. 그리고리 노인은 해마다 세 번가량 중풍에라도 걸린 사람처럼 허리를 앓을 때가 있는데, 그런 때는 이 약으로 치료를 하지요. 치료를 할 때면 마르파는 이 물약을 수건에 적셔가지고 등이 벌겋게 부어오를 때까지 반시간 동안 등 전체를 문질러댄 다음 무슨 주문 같은 걸 외면서 병에 남아 있는 약을 영감님한테 마시게 합니다. 그렇다고 다 마시게 하는 건 아니고, 한두 방울 남겨뒀다가 자기가 마십니다. 그런데 두 분 다 술에 약한 사람들이기 때문에 그대로 자리에 쓰러져서 오랫동안 잠들어버립니다. 그리고리 노인은 잠을 깨면 언제나 병이 씻은 듯이 나아 있지만, 마르파는 잠이 깨고 나면 언제나 골치가 아프다고 합니다. 이런 형편이고 보니 만약 마르파가 내일 정말로 치료를 한다면, 그분들이 드미트리 형님의 발소리를 들을 리도 없고, 또 그분을 들여보내지 않으려야 들여보내지 않을 수도 없는 일 아닙니까? 그분들은 자고 있을 테니까요.”

“아니, 무슨 바보 같은 소릴 하는 거냐! 모든 일이 일부러 꾸미기라도 한 듯이 한꺼번에 일어나다니 말이야. 넌 지랄병 발작을 일으키고, 그리고리 내외는 정신없이 잠들고! 네가 일부러 일을 그렇게 꾸미려는 게 아니냐?” 그는 이렇게 말하고 미간을 찌푸렸다.

“제가 무엇 때문에 그런 일을 꾸미겠어요? 모든 일은 오직 드미트리 도련님에게 달려 있는데 말입니다.”

“무엇 때문에 형님이 아버지한테 온다는 거냐? 게다가 몰래 올 필요가 어디 있어? 그루센카는 절대 오지 않을 거라고 너도 말하고 있으면서?” 이반은 파랗게 질린 얼굴로 말을 이었다. “사실 아버지는 그저 꿈을 꾸고 있을 뿐이고, 그 더러운 계집은 절대로 오지 않으리라는 걸 확신했어. 그 계집이 오지도 않는데, 무엇 때문에 형님이 아버지 방에 들어간다는 거냐? 말해봐! 나는 네놈의 뱃속을 알고 싶어.”

“그 까닭은 당신이 더 잘 아실 텐데 왜 물으시는 겁니까? 그분은 그저 홧김에 오실는지도 모르고, 또 혹 내가 앓아눕는다면 그 의심 많은 성격 때문에 어제처럼 참지 못하고 집안을 뒤지러 올는지 모릅니다. 혹시 자기 몰래 그 여자가 들어오지 않았을까 해서 말입니다. 그분은 주인어른께 3천 루블의 돈을 넣어서 봉해둔 큼직한 봉투가 있다는 것도 알고 계십니다. 그 봉투를 세 겹으로 싸고, 다시 노끈으로 묶은 다음, 「나의 천사 그루셴카에게, 만일 나에게 올 결심을 한다면」이라고 직접 주인어른께서 쓰셨는데, 사흘 후에 「나의 귀여운 병아리에게」라고 덧붙여 써놓으셨습니다. 바로 그것이 마음에 걸린단 말입니다.」

"무슨 말을 하는 거야. 형님은 돈을 훔치러 올 사람이 아니야. 더욱이 그런 것 때문에 아버지를 죽이거나 할 사람이 아니란 말이야. 어제야 그루셴카 때문에 바보처럼 화가 치밀어서 아버지를 죽일 수도 있었겠지만 강도질을 하러 오다니, 그건 말도 안 돼!"

"그렇지만 도련님은 돈이 몹시 궁해 계십니다. 이만저만 고통을 받고 있는 것이 아니에요. 게다가 도련님은 아버님이 갖고 계신 3천 루블을 마치 자기 돈처럼 생각하고 계십니다. 그리고 또 한 가지 틀림없는 사실이 있습니다. 자신이 원하기만 하면 아그라페나를 설득하여 자신과 결혼하도록 만들 수 있다고 했습니다. 그러나 오고 안 오고의 문제보다도 더 큰 것을 바라고 있는지도 모르죠. 아그라페나가 정식 부인이 되고 싶다는 생각을 하고 있는지도 모른다는 겁니다. 그분의 지금 남편인 삼소노프가 그 여자한테 노골적으로 그렇게 하는 게 약은 짓이라고 하면서 웃어댔다는 걸 저도 들어 알고 있습니다. 그리고 그 여자도 영리한 사람이니까 도련님처럼 돈 한 푼 없는 빈털터리

랑 결혼할 리가 없습니다. 만일 그렇게 된다면 드미트리 도련님도, 알렉세이 표도로비치도, 주인어른이 돌아가신 후에 단 1루블도 받을 수 없게 될 겁니다. 왜냐하면 아그라페나가 주인어른과 결혼하는 목적은 모든 재산을 자기 명의로 바꾸어 전 재산을 차지하려는 데 있으니까요. 그렇지만 일이 이렇게 되기 전에 주인어른께서 돌아가신다면 당신들에겐 즉시 4만 루블이라는 돈이 돌아가게 될 겁니다. 주인어른께서 그토록 미워하시는 드미트리 도련님한테까지도. 유언장이 작성되어 있지 않으니까 같은 몫이 돌아가게 되는 거죠. 이런 건 도련님도 알고 계십니다."

이반의 얼굴이 경련을 일으켰다. 그는 갑자기 얼굴이 빨개졌다.

"도대체 뭣 때문에," 이반은 스메르댜코프의 말을 가로챘다. "그런 사정이 있는데도 나더러 체르마시냐에 가라고 했지? 내가 떠나버리고 나면 굉장한 일이 벌어질 텐데 말이야."

"네, 말씀대롭니다." 스메르댜코프는 이반을 뚫어질 듯이 바라보며 말했다.

"뭐가 말씀대로야?" 무섭게 눈을 번뜩이면서 이반이 되물었다.

"저는 도련님이 불쌍해서 그렇게 말씀드렸던 겁니다. 제가 만일 도련님 입장이라면 이런 일에 끼어드느니 차라리 모든 걸 다 버리고 떠나버리겠습니다." 스메르댜코프가 대답했다.

두 사람은 잠시 말이 없었다.

"넌 굉장한 악당임에 틀림없어." 이반이 벤치에서 벌떡 일어났다. 그리고 문 안으로 들어가려다가 갑자기 걸음을 멈추고 스메르댜코프를 돌아보았다. 그러자 이상한 일이 일어났다. 이반은 별안간 경련을 일으킨 듯 입술을 깨물고 주먹을 불끈 쥐었다. 당장이라도 스메르쟈코프에게 달려들 듯한 기세였다. 스메르쟈코프도 재빨리 그것을 눈치 채고 주춤 물러섰다. 이반은 무언가 망설이는 듯하다가 말없이 문쪽으로 몸을 돌렸다.

'나는 내일 모스크바로 떠난다. 알겠니?' 그는 증오스런 시선을 보내며 또박또박 말했다. 그가 무엇 때문에 그런 말을 스메르쟈코프에게 했는지 훗날 스스로 생각해도 이상했다.

"그게 상책입니다." 스메르쟈코프는 기다리고 있었다는 듯 얼른 말을 받았다. "혹시 여기서 무슨 일이 생기면 모스크바에 전보를 쳐서 오시게 할는지도 모르겠습니다만."

이반은 또다시 걸음을 멈추고 한 번 더 스메르쟈코프를 돌아보았다. 그러자 그의 얼굴에는 지금까지의 뻔뻔스럽고 변덕스러움은 온데간데없이 사라지고, 극도의 관심과 기대로 얼룩진 비굴한 표정이 서려 있었다. '더 말씀하실 것은 없습니까?' 이반을 응시하는 그의 눈은 이런 질문을 하는 듯했다.

"체르마시냐라면 나를 부를 수 없나? 무슨 일이 일어났을 경우에 말야." 이반은 목소리를 높여 이렇게 소리쳤다.

"체르마시냐로 알려드리겠습니다." 스메르쟈코프는 거의 속삭이는 듯한 목소리로 중얼거렸다.

"네가 체르마시냐를 권하는 걸 보면 모스크바는 멀고 체르마시냐는 가까우니 여비라도 아끼라는 모양인가 보구나. 아니면 내가 멀리 오가는 게 가엾기라도 하다는 거냐?"

"네, 말씀대롭니다." 스메르쟈코프는 온몸에 신경을 곤두세우고,

재빨리 뒤로 물러설 채비를 하며 말했다.

그러나 이반이 갑자기 웃음을 터뜨려 스메르댜코프를 놀라게 했다. 그는 계속 웃어대면서 급히 문 안으로 들어가 버렸다. 그때 누군가 그의 얼굴을 본 사람이 있다면, 그가 결코 유쾌해서 웃는 게 아니라는 것을 단번에 알아차렸을 것이다. 그리고 이반 자신도 그 순간의 자기감정을 도저히 설명할 수는 없었다. 그의 몸짓도 걸음걸이도 나사가 빠진 것처럼 보였다.

7. 현명한 사람과의 대화는 흥미롭다

이반은 객실에서 아버지와 마주치자 대뜸 두 손을 내저으며 소리쳤다. "나는 2층 제 방으로 가는 길입니다. 안녕히 주무세요." 그 순간 이반이 표도르에게 너무나 노골적인 증오감을 표시하자 그도 놀랄 수밖에 없었다. 더욱이 표도르는 급히 그에게 할 얘기가 있어서 일부러 객실까지 마중 나왔던 것이다. 표도르는 이런 퉁명스런 인사를 받고 난 후, 2층으로 올라가는 아들의 뒷모습을 적개심을 가지고 지켜보았다.

"저 녀석이 왜 저러지?" 이반을 따라 들어온 스메르댜코프에게 표도르가 재빨리 물었다.

"뭐 화나는 일이 있는 모양인데, 어디 알 수가 있어야죠."

30분이 지나자 집안의 문단속이 모두 끝났다. 이 미친 노인은 혼자 방 안을 거닐면서 지금이라도 그 약속된 다섯 번의 노크 소리가 들려오지 않을까 하고 조바심을 치며 기다리고 있었다.

이미 꽤 늦은 시간이었는데도 이반은 두 시 경에야 겨우 잠자리에 들었다. 심한 혼란을 겪고 있었기 때문이다. 전혀 뜻하지 않았던 이상한 욕망이 솟아나 그를 괴롭혔다. 이미 자정이 지났는데도 별안간 아래층으로 내려가 문을 열고 바깥채로 달려가서 스메르댜코프를 실컷 패주고 싶은 생각이 불현듯 치밀어 오르는 것이었다. 조금 전의 대화를 상기하자 알료샤까지 미워졌다. 카테리나에 대해서는 거의 잊고 있었다. 그는 전날 아침 그녀에게 '내일은 모스크바로 떠나겠다'고 큰소리로 단언했을 때에도 마음속으로는 '쓸데없는 소리 마라. 가기는 어딜 가. 넌 지금 허세를 부리고 있지만, 그렇게 쉽사리 헤어질 수는 없을걸.' 하고 스스로에게 속삭인 것을 또렷이 기억하고 있었으므로, 이때 그녀에 대한 걸 잊고 있다는 것은 정말이지 이상한 일이었다.

꽤 오랜 시일이 지난 후, 그날 밤의 일을 회상할 때면 이반의 마음속에 참을 수 없는 혐오감을 불러일으키는 사실이 한 가지 있었다. 그것은 그가 가끔씩 소파에서 벌떡 일어나 누가 몰래 엿듣지나 않나 하고 살그머니 방문을 열고 층계까지 나가서는 아래층에서 아버지가 움직이는 소리에 바싹 귀를 기울였다는 사실이다. 그 후 그는 일생 동안 이 일을 '비열한 짓'이었다고 생각했다. 아버지 표도르에 대해서는 증오심보다는 비상한 호기심을 느끼고 있었다.

두 시경이 되어 주변이 잠잠해지고, 아버지 표도르도 잠자리에 들자 이반도 곧 자리에 누웠다. 그러나 그는 아침 7시 경에 잠에서 깼다. 그는 눈을 뜨자 온몸에 이상한 정력이 샘물처럼 솟아오르는 것을 느끼고 깜짝 놀랐다. 그는 벌떡 일어나 옷을 갈아입은 다음 트렁크를 꺼내 황급히 짐을 꾸리기 시작했다. 만사가 제대로 잘 진행되어 급작스러운 출발을 방해하는 것이 하나도 없다고 생각하자 미소가 떠오를 지경이었다. 이반은 어제 카테리나와 알료샤에게, 그리고 조금 뒤 스메르댜코프에게 오늘의 출발을 말하기는 했지만, 잠자리에 들 때만 해도 출발에 대한 것은 전혀 염두에도 없었다는 사실을 또렷이 기억하고 있었다.

이반은 아버지에게 정중히 인사를 하고 건강 상태까지 물은 다음, 아버지의 대답을 듣기도 전에 한 시간 후엔 모스크바로 떠날 테니 마차를 불러달라고 말했다. 그러나 노인은 조금도 놀라는 빛을 보이지 않고 그 이야기를 들었다.

"너도 참, 이런 법이 어디 있니? 어제까지도 아무 말이 없다가……하지만 상관없다. 지금도 늦진 않았으니까. 그런데 얘, 제발 부탁이니 체르마시냐에 좀 들러다오. 볼로뱌 역에서 왼쪽으로 접어들어 12베르스타쯤 가면 바로 거기가 체르마시냐야."

"죄송하지만 안 되겠습니다. 철도까지는 80베르스타나 되는데, 모스크바 행 기차는 오후 일곱 시에 떠나니까 그 차를 잡아타기도 바쁠 지경인걸요."

"내일이나 모레 차를 타면 될 게 아니냐. 하지만 오늘은 꼭 체르마시냐에 들러다오. 그쪽 일도 그만큼 급한 일이다. 베기초프와 댜치키나에 내 임야가 있는데, 마슬로프라는 상인 부자가 벌목 비용으로 8천 루블을 내겠다는 거야. 작년엔 1만2천 루블을 내겠다는 업자가 있었는데 그만 흥정이 깨지고 말았어. 이 지방에서는 아무도 살 사람이 없었기 때문이지. 마슬로프는 진짜 부호이지만 언제나 악질적인 매점을 해서 일단 값을 정하면 자기네가 정한 값에서 흥정을 해야만 직성이 풀리는 작자들이야. 그런데 지난 목요일에 갑자기 일린스키 신부한테서 고르스킨이라는 상인이 나타났다는 편지가 왔어. 고르스킨은 나도 잘 아는 상인인데, 정말이지 다행인 것은 그 자가 이 지방 사람이 아닌 포그레보프 사람이라는 거야. 그러니까 마슬로프를 두려워하지 않는다는 뜻이지. 아무튼 그는 그 임야에 1만 1천 루블을 내겠다는 거야. 신부의 편지로는 그자가 앞으로 1주일밖에 머물지 않는다니까 네가 가서 그자와 흥정을 해주면 좋겠다."

"그럼 아버지가 신부님께 편지를 쓰세요. 신부님께서 흥정을 해주시겠죠."

"신부는 그럴 위인이 못돼. 그게 문제란 말이야. 사업에는 눈이 어둡거든. 사람은 고사하고 까마귀한테도 속아 넘어갈 위인이라니까. 그런 주제에 학자라니 놀랄 수밖에. 그런데 고르스킨은 겉보기엔 순박한 농부 같지만 실은 악당이거든. 바로 여기에 우리의 고충이 있는 거야. 재작년엔가는 마누라가 죽어서 재혼을 했다는 말을 했는데, 그게 사실은 새빨간 거짓말이니 놀랄 수밖에 없지 뭐냐. 마누라가 죽기는커녕 지금도 시퍼렇게 살아서 사흘에 한 번씩은 그자를 패주고 있다는 거야. 그러니까 이번에 1만 1천 루블로 내 임야를 사겠다는 것도 정말인지 거짓말인지 알 수가 없단 말이야."

"그렇다면 저도 자신이 없습니다. 저도 그 방면엔 초짜니까요."

"가만있어. 넌 일을 해낼 수 있을 거야. 나는 그 고르스킨이란 자하고 벌써 오래 전부터 거래를 해왔기 때문에 잘 알고 있다. 알겠니? 그자의 턱수염은 불그죽죽하고 지저분해 보이지만 수염을 떨면서 성을 낸다면 진심을 토로하는 거니까 걱정하지 마. 즉 거래하고 싶은 마음이 있다는 거지. 그러나 그 자가 왼손으로 수염을 쓰다듬으며 히죽히죽 웃으면, 그땐 이쪽을 속이려는 증거야. 무슨 간계를 꾸미려는 거지. 절대로 그 사람의 눈을 봐선 안 돼. 눈으론 아무것도 알 수 없어. 속이 시커먼 악당이니까. 내가 그자 앞으로 편지를 써줄 테니, 그걸 가지고 가거라. 그자의 이름은 고르스킨이지만 정말은 랴가비(사냥개)야. 그자하고 상담을 시작해서 일이 잘되어 가는 것 같으면 편지를 해다오. 그저 '거짓말은 아닌 것 같다' 라고만 써 보내면 돼. 처음엔 1만1천 루블로 버티다가 나중에 가서 1천 루블 정도는 양보할 수 있지만 그 이하는 절대로 안 돼. 아무튼 본심인 것 같으면 그땐 내가 달려가서 결판을 내겠다. 그렇지만 지금으로선 그 신부의 혼자 생각일는지도 모르니까 내가 거기까지 갈 필요는 없지 않겠니? 가주겠니?'

"시간이 없어요. 죄송합니다."

"그러지 말고 애비 좀 도와다오. 알료샤를 보내도 좋지만, 알료샤가 이런 일을 어떻게 할 수 있겠니? 내가 너한테 부탁하는 건 네가 똑똑하기 때문이야. 그자의 말이 정말인지 아닌지 그것만 확인하면 되는 거야. 다시 말하지만 그자의 턱수염을 봐야 해."

"아버지는 왜 저를 저주받을 체르마시냐로 강제로 내쫓으시려는 겁니까, 네?' 이반은 적의에 찬 미소를 지으며 소리쳤다.

"그럼 가는 거지?'

"저도 모르겠습니다."

"어서 결정해. 거기서 상담이 이루어지면 한두 줄 써서 그 신부님한테 맡겨라. 그러면 그 신부가 즉시 편지를 나한테 보내줄 테니까.

그 다음부턴 방해하지 않을 테니 베니스건 어디건 마음대로 가려무나. 신부가 자기 마차로 볼로뱌 역까지 태워다 줄 거다."

표도르는 기뻐서 어쩔 줄 모르며 편지를 쓴 뒤 마차를 부르고는 코냐크와 안주를 권했다. 그는 아들과의 이별을 서운해하는 기색이라고는 조금도 없었을뿐더러 무슨 말을 해야 할지 쩔쩔 매는 눈치였다. 이반은 곧 그것을 알아차렸다. '무리도 아니지. 아버지도 나한테 진절머리가 났을 테니까.' 하고 생각했다. 아들을 전송하러 현관 층계까지 나왔을 때, 표도르는 약간 흥분한 것 같았다. 그는 작별의 키스를 하려고 했으나 이반은 키스를 피하려는 듯 얼른 손을 내밀어 악수를 청했다.

이반은 마차에 올라탔다.

"잘 가거라, 이반! 이 애비를 너무 나쁘게 생각지 마라!" 마지막으로 표도르는 이렇게 외쳤다.

집안 식구들 모두 작별 인사를 하러 나왔다. 이반은 그들에게 각각 10루블씩을 쥐어주었다. 이반이 마차 안에 자리를 잡고 앉았을 때, 스메르댜코프가 달려 와서 깔개를 바로잡아 주었다.

"결국 체르마시냐로 가게 되었구나!" 어째선지 이런 말이 이반의 입에서 튀어나왔다. 게다가 신경질적인 괴상한 웃음까지 따라 나왔다. 그 후에도 그는 오래도록 이때의 일을 잊을 수가 없었다.

"'현명한 사람과의 대화는 재미있다'란 말은 정말이군요."

스메르댜코프는 이반의 얼굴을 뚫어지게 바라보면서 이렇게 대답했다.

마차를 움직여 질주하기 시작했다. 그는 곧 역관에 도착하여 말을 바꾸고는 다시 볼로뱌를 향해 달렸다. '현명한 사람과의 대화는 재미있다는 건 무슨 뜻일까? 무슨 속셈에서 그런 말을 했을까?' 문득 이런 생각이 떠오르자 그는 숨이 콱 막히는 듯싶었다. 드디어 볼로뱌 역에 도착했다. 이반이 마차에서 내리자 많은 마부들이 그를 에워쌌다. 그는 체르마시냐까지 12베르스타의 시골길을 유료 역마차를 타고 가기로 결정했다. 그는 곧 마차를 준비하라고 일렀다. 그리고 역관으로 들어가서 주위를 둘러보다가 여관지기 마누라를 발견했다. 그는 입구 쪽 계단으로 나왔다.

"체르마시냐엔 가지 않겠다. 일곱 시 기차에 늦지 않을까?"

"꼭 맞을 겁니다. 말을 달까요?"

"빨리 달게. 그리고 자네들 가운데 내일 읍내로 갈 사람은 없나?"

"없긴 왜 없어요. 여기 이 미트리가 갈 겁니다."

"그럼 미트리, 내 심부름 좀 해주겠나? 우리 아버지한테 가서 내가 체르마시냐에 가지 않았다고 전해주게."

"그렇게 할게요."

"자, 이건 수고비다. 보나마나 아버지한테서는 받지 못할 게 뻔하니까." 이반은 쾌활하게 웃었다.

오후 7시. 이반은 기차에 몸을 싣고 모스크바를 향해 떠났다. 그는 밤새껏 생각에 잠겨 있었으나 기차는 마냥 달리기만 했다. 날이 샐 무렵, 기차가 모스크바 시내로 들어설 때 그는 제정신으로 돌아왔다.

'나는 비열한 놈이야.' 그는 마음속으로 되뇌었다.

한편 표도르는 아들을 떠나보낸 후 매우 만족스러웠다. 그는 행복감에 취해 두 시간 동안이나 코냐크 잔을 기울였을 정도였다. 그런데 별안간 집안의 모든 사람에게 역겹고 더없이 불쾌한 사건이 발생하여 순식간에 표도르의 마음을 엉망진창으로 뒤흔들어 놓고 말았다. 스메르댜코프가 무엇 때문인지 지하 창고에 갔다가 층계 꼭대기에서 밑으로 굴러 떨어진 것이다. 마침 마르파가 뜰 안에 있다가 그 소리를 이내 들었기에 그나마 다행이었다. 그것은 오래 전부터 여러 번 들어온, 비명을 동반하는 간질병 환자 특유의 증상이었다.

집안사람들은 그가 팔이나 다리를 다쳐 전신에 타박상을 입었을 거라고 생각했으나 마르파의 말을 빌린다면 '하느님 덕분에' 아무런 상처도 없이 무사했다. 그러나 지하실에서 끌어내는 일은 무척 힘이 들어서 이웃 사람들의 도움을 받고서야 간신히 끌어냈다. 이 소동이 벌어졌을 때 표도르는 현장에 있었는데, 그는 몹시 놀라고 얼빠진 표정으로 직접 일을 거들기까지 했다. 그러나 환자는 좀처럼 의식을 회복하지 못했다. 발작은 잠시 멈췄다가는 다시 재발되었다. 그래서 사람들은 작년처럼 다락방에서 발을 헛디뎌 떨어졌을 것이라는 결론에 도달했다. 의사가 와서 환자를 자세히 진찰한 후 이번 경우는 상당히 심한 발작이므로 '위험한 결과를 초래할지도 모른다'고 말했다. 환자는 그리고리 부부의 방과 이웃한 바깥채에 뉘어졌다. 그 일 후에도 표도르는 하루 종일 고난을 겪지 않으면 안 되었다. 식사는 마르파가 만들어 내왔는데 수프는 스메르댜코프의 솜씨에 비하면 '구정물'이나 다름없었고, 닭고기는 지나치게 건조해서 도저히 씹을 수가 없을 지경이었다. 저녁때가 되자 또 한 가지의 걱정거리가 생겼다. 벌써 그저께부터 몸이 불편하다던 그리고리가 하필이면 이런 때 허리를 못 쓰게 되어 완전히 드러누웠다는 보고를 받은 것이다.

표도르는 차를 마시고 안채에 틀어박혔다. 무섭고도 불안한 기대가 그의 가슴을 죄고 있었다. 적그는 그날 아침에 스메르댜코프한테서 '그분께서 오늘 꼭 오신다고 약속하셨습니다'라는 거의 확증에 가까운 정보를 입수했던 것이다. 기대와 흥분에 들뜬 노인의 심장은 불안하게 고동쳤다. 그는 텅 빈 방을 돌아다니며 연방 귀를 기울이곤 했다. 어디선가 드미트리가 망을 보고 있을지도 몰랐으므로 바싹 귀를 곤두세우고 있어야만 했다. 혹시 그 여자가 무엇에 놀라 도망치기라도 하면 큰일이었으므로. 표도르에겐 무척 괴로운 시간이기는 했지만 그래도 그의 마음이 이처럼 감미로운 희망에 젖어 있었던 적은 한번도 없었다.

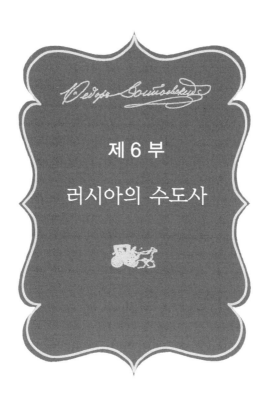

제 6 부

러시아의 수도사

1. 조시마 장로와 그의 손님들

불안과 고통을 안고 장로의 암자에 들어선 알료샤는 깜짝 놀라 그 자리에 멈춰섰다. 이미 의식을 잃고 빈사 상태에 빠져 있을 거라고 생각했던 장로가 뜻밖에도 안락의자에 앉아 있는 게 아닌가. 힘이 빠져 쇠잔해 있기는 했으나, 손님들을 상대로 즐겁게 이야기를 나누고 있었다.

그것은 '장로께서 오늘 아침 친히 말씀하시고 약속하신 바와 같이, 다시 한 번 사랑하는 사람들과 얘기하기 위해 반드시 일어날 것'이라고 파이시 신부가 자신 있게 말했기 때문이었다. 파이시 신부는 임종을 눈앞에 둔 장로의 그 말을 믿어 의심치 않았다. 그날 아침 조시마 장로는 잠들기 전에 그에게 이렇게 단언했다. '내가 진심으로 사랑하는 여러분의 정다운 얼굴을 바라보면서 흉금을 털어놓기 전에는 절대로 죽지 않을 거요."

어쩌면 마지막이 될지도 모를 이 날의 강론을 듣기 위해 모인 사람들은 오래 전부터 장로를 정성껏 모셔온 그의 친구들이었다. 그들은 모두 세 사람으로, 이오세프 신부, 파이시 신부, 안핌신부, 그리고 미하일 신부였다. 미하일 신부는 나이도 그리 많지 않고 학식도 높지 않는 사람이었다. 그는 평민 출신이었으나 강한 정신력을 가진 다정다감한 사람이었다. 그는 더할 수 없이 겸손한 사람으로, 마치 자기의 지혜로는 미칠 수 없는 어떤 위대하고도 무서운 것에 겁을 집어먹은 듯한 모습을 하고 있었다.

문턱에 서서 어리둥절해하는 알료샤를 보고 장로는 반갑게 미소를 지어 보이며 손을 내밀었다.

"너도 왔구나. 하긴 네가 올 거라는 건 알고 있었지."

알료샤는 그의 곁으로 다가가 이마가 땅에 닿을 만큼 허리를 굽혀 절을 하고는 울음을 터뜨렸다. 가슴 속에서 뭔가 들끓고, 영혼이 전율하는 것 같았다.

"왜 그러느냐. 우는 건 아직 이른 것 같은데." 장로는 오른손을 알료샤의 머리 위에 올려놓고 빙그레 웃었다. "나 좀 봐. 이렇게 일어나 앉아 얘기를 하고 있지 않니. 지금 같아선 아직도 20년은 더 살 것 같구나. 어저께 비셰고리예에서 리자베타라는 딸을 데리고 온 그 착하고 친절한 부인이 말한 것처럼 말이다. 주여, 그 부인과 어린 딸 리자베타를 보살펴 주옵소서! 포르피리, 그 부인의 헌금을 내가 일러준 곳에 갖다 주었니?"

전날 '나보다 더 가난한 여자에게' 전해 달라면서 장로를 숭배하는 그 명랑한 부인이 내놓은 60코페이카가 생각나서 하는 말이었다. 그 같은 헌금은 종교상의 징벌에 해당하는 것이어서, 이유 여하를 막론하고 본인의 노동을 통해 번 돈은 반드시 자발적으로 기증해야만 했다. 따라서 장로는 이미 어젯저녁에 포르피리를 보내어 최근에 화재로 집을 잃고 자식들과 구걸을 다니는 한 부인에게 돈을 전하게 했던 것이다. 포르피리는 이미 용무를 마쳤으며, '익명의 자선가'라는 이름으로 그 돈을 분부대로 전했노라고 보고했다.

"이젠 일어나거라." 장로는 알료샤에게 말했다. "자, 얼굴 좀 보여다오. 그래, 집에 가서 형님을 만나봤느냐?"

"두 형 중 한 사람밖에 만나지 못했습니다." 알료샤가 대답했다.

'내가 말하는 것은 어제 내가 이마가 땅에 닿도록 절을 한 자네의 맏형을 말하는 거야.'

"어제는 만났습니다만 오늘은 도저히 찾을 수가 없었습니다." 알료샤가 대답했다.

"빨리 찾아보도록 해라. 만사를 제쳐놓고 서둘러야 해. 아직은 그 무서운 일을 미연에 방지할 수 있을지도 모르니. 나는 그 사람이 앞으로 겪어야 할 크나큰 고난 앞에 머리를 숙였던 거다."

어제 장로가 이마가 땅에 닿을 정도로 절하는 광경을 목격한 이오세프 신부는 파이시 신부와 서로 눈짓을 보냈다. 알료샤는 더 이상 참을 수 없었다.

"장로님, 스승님!" 그는 몹시 흥분하여 말했다. "스승님의 말씀은 너무 막연합니다. 형님이 앞으로 겪어야 할 고난이란 대체 무얼 의미하는 겁니까?"

"너무 알고 싶어 하지 마라. 어제 나는 조금 무서운 생각이 들었던 거야. 어제 그 사람의 눈초리는 자신의 모든 운명을 그대로 말해 주었어. 그 눈초리가 어찌나 이상스럽던지……. 나는 그 사람이 자기 자신에게 가하려는 재앙을 순간적으로 알아채고 가슴이 얼어붙는 듯한 느낌이었다. 알렉세이, 내가 너를 읍내로 보낸 것은 같은 형제로서 너의 얼굴이 그에게 도움을 줄 수 있을 거라 생각했기 때문이야. 그러나 모든 것은 하느님의 뜻대로 되는 거니까 우리의 운명 역시 예외일 순 없지. '밀알 하나가 땅에 떨어져 죽지 않으면 한 알 그대로 남아 있고, 죽으면 많은 열매를 맺는다.' 이 말을 잘 명심해 두어라. 알렉세이, 나는 이런 생각을 해. 너는 이 수도원 담 밖으로 나가더라도 수도자로서 이 세상을 살 거라고. 많은 적을 갖게 되겠지만 그 적들조차도 너를 사랑하게 될 거야. 자, 여러분!" 하고 그는 정다운 미소를 띠고 손님들 쪽으로 얼굴을 돌렸다. "지금까지 나는 이 젊은이의 얼굴이 왜 이처럼 사랑스러운지 당사자인 알렉세이에게조차 말한 적이 없었소. 이제야 말이지만 그의 얼굴은 나에게 예언과 추억을 불러 일으켰소. 인생의 여명기라고 할 수 있는 어린 시절 내게 형이 한 명 있었는데, 그 형은 불과 열일곱 살의 젊은 나이로 내가 보는 앞에서 죽어갔지요. 그후 인생을 살아가는 동안 나는 형이 내 운명에 지표 내지는 하늘의 암시와도 같은 존재였음을 믿게 되었지요. 만약 그 형이 없었다면 나는 수도사가 되지 못했을 것입니다. 여러분! 나의 형과 알렉세이는 용모는 닮지 않았지만 정신적인 면은 너무나 많이 닮아서, 알렉세이를 나의 형으로 생각한 적이 한두 번이 아니었소." 그는 자기의 시중을 들고 있는 예비 수도사를 돌아보았다. "내가 너보다 알렉세이를 더 사랑한다 해서 네 얼굴에 실망의 빛이 떠오르는 것을 나는 여러 번 보았는데 이젠 너도 그 까닭을 이해하겠지? 하지만 나는 너 역시 깊이 사랑하고 있어. 그걸 알아주었으면 좋겠다. 그럼 여러분! 나는 지금부터 내 형의 이야기를 하도록 하겠습니다."

여기서 지적해 두어야 할 것은 조시마 장로가 자기 생애의 마지막 날에 찾아온 손님과 나눴던 말이 부분적인 기록으로 남아 있다는 사실이다. 그것은 알렉세이 표도로비치가 장로가 죽고 얼마 안 되어 기념으로 기록해 두었던 것이다. 장로의 이야기는 지극히 유창해서, 마치 장로가 친구들에게 자기의 일생을 소설 형식으로 들려준 듯했지만, 이야기의 성질상 사실과는 조금 다른 것이 틀림없다. 뿐만 아니라 장로는 이따금 숨이 차서 침대에 눕기까지 했다. 여기서 주목할 사실은 장로가 그날 밤 안으로 죽으리라고는 아무도 생각지 못했다는 사실이다. 그는 낮에 잠을 푹 잤기 때문에 그 생애의 마지막 날 저녁에 친구들을 상대로 오랫동안 이야기를 나눌 수 있을 만한 힘을 새로 얻은 것 같이 보였다. 그러나 그것은 잠시 동안에 불과했다. 그의 생명이 갑자기 뚝 끊겨버렸기 때문이다. 하지만 이 이야기는 뒤로 미루기로 하고, 지금은 이야기의 내용을 빠짐없이 다 들추기보다 단지 알렉세이 표도로비치의 기록에 의해 장로의 이야기를 전하는 것으로 하겠다.

2. 수도 사제 조시마 장로에 대한 기록

이것은 알렉세이 표도로비치 카라마조프가 장로의 말을 토대로 기록한 것임.

(가) 조시마 장로의 젊은 형

사랑하는 수사, 신부 여러분!

나는 머나먼 북부의 어느 현에서 태어났다. 아버지는 귀족 출신이었으나 그리 명문가는 아니었다. 아버지는 내가 겨우 두 살이 되었을 때 돌아가셨기 때문에 전혀 기억하지 못한다. 아버지는 어머니에게 작은 목조 건물 한 채와 약간의 재산을 남기고 가셨다. 우리 형제는 단 둘로 나 지노비와 형 마르켈이 있었다. 형은 나보다 여덟 살이나 위였는데, 그는 성미가 급하고 화를 잘 내는 편이었으나 천성이 착하고 매우 과묵한 사람이었다. 학교 성적은 좋은 편이었으나 교우 관계가 그다지 원활한 편이 아니었다. 세상을 떠나기 반 년 전, 그러니까 그의 나이 열일곱 살 때 형은 우리 고장에서 매우 고독하게 지내고 있는 정치범 한 사람의 집을 뻔질나게 드나들었다. 그는 자유사상 때문에 모스크바에서 유배되어온 사람으로, 뛰어난 학자이자 유명한 철학 교수였다. 형은 많은 밤을 그와 함께 보내곤 했는데, 얼마 후 이 유형수는 탄원이 받아들여져 페테르부르크로 소환되어 복직하게 되었다. 영향력 있는 후원자들 덕분이었다.

사순절이 시작되었을 때, 마르켈은 단식을 지키기는커녕 '그런 건 잠꼬대 같은 소리야. 신 따윈 절대로 없어'라고 비웃는 바람에 어머니와 하인들은 물론 어린 나까지도 겁을 집어먹게 했다. 우리 집에는 하인이 네 명 있었는데, 그들은 모두 잘 아는 지주의 명의로 사들인 농노였다. 어머니는 그들 가운데 나이 많은 절름발이 요리사 아피미야라는 노파를 60루블에 팔고 그 대신 해방 노예인 하녀를 고용한 적이 있었다.

그런데 사순절 6주째에 갑자기 형이 앓기 시작했다. 형은 매우 약골로, 키는 큰 편이었으나 몸은 호리호리했다. 처음엔 감기 정도로 생각했는데, 의사가 와보고는 급성 폐결핵으로 봄을 넘기기 어려울 것 같다고 했다. 어머니는 형에게 조심스러운 말투로 단식을 지키고 성당에 가서 영성체를 받으라고 애원했다. 그때만 해도 형은 아직 걸어다닐 수 있었다. 이 말을 듣고 형은 화를 내며 성당에 대해 욕을 퍼부었다. 그러면서도 한편으로는 깊은 생각에 잠길 때가 많았다. 그는 자신의 병세가 심각하기 때문에 어머니가 자기의 기력이 남아 있을 동안에 단식을 지키고 영성체를 받게 하려는 것이라는 걸 대번에 알아차렸다. 한 번은 식사시간에 나와 어머니에게 침착한 어조로 '나는 어머님이나 동생과 함께 이 세상에서 살 수 없는 인간이에요. 아마 앞으로 1년도 채 살지 못할 거예요.' 라고 말한 적이 있었는데, 이것은 예언처럼 들어맞은 것이다. 사흘쯤 지나서 성주간이 되었다. 화요일 아침부터 형은 성당에 나가기 시작했다. '어머니, 이건 순전히 어머니의 마음을 기쁘게 하고 안심시켜드리기 위해서 가는 거예요.' 그러나 형은 얼마 못 가 자리에 누워버려 집에서 단식과 영성체를 할 수밖에 없었다. 나는 지금도 형이 밤새껏 기침을 하고 잠도 제대로 못 자면서도 이튿날 아침이 되면 명랑하고 즐거운 미소를 지으며 조용히 의자에 앉아 있던 모습이 눈에 선하다.

늙은 유모가 형의 방에 들어와, "도련님, 성상 앞에 불을 켤까요?" 하고 물으면, 전 같으면 이를 허락하지 않고 불을 입으로 불어 꺼버리기까지 하던 형이 "좋아요, 할머니. 어서 켜세요. 전엔 불도 못 켜게 했으니 나는 참 나쁜 놈이었죠. 할머니가 등에 불을 붙이고 주님께 기도하면 나도 기도하겠어요." 하고 말했다. 어머니는 혼자서 울다가 형의 방에 들어올 때는 눈물을 닦고, 명랑한 표정을 지어 보이려고 애쓰면 형이 말했다. "어머니, 울지 마세요." 형은 곧잘 이렇게 말하곤 했다. "저는 앞으로 오래도록 살 수 있을 거예요. 인생이란 기쁘고 즐거운 것 아니겠어요!"

"아니, 너 무슨 말을 하는 거냐? 무엇이 즐겁다는 거냐? 밤만 되면 열이 나고 기침을 해서 가슴이 터질 것 같으면서."

"어머니, 인생은 낙원이에요. 우리는 모두 낙원에 살고 있어요. 하지만 우리는 그걸 알고 싶어 하지 않을 뿐이에요. 만약 알려고만 한다면 내일이라도 지상의 낙원이 이루어질 거예요."

우리는 모두 형님의 말에 놀랐다. 그 정도로 그의 말은 자신에 차 있었던 것이다. 우리는 감동하여 눈물을 흘리기까지 했다. 그리고 형은 방에 들어오는 하인들을 보고 이렇게 말했다.

"당신들은 정말 친절한 분들이오. 나는 이런 대접을 받을 자격이 있는 걸까요?"

어머니는 이 말을 들으며 머리를 저었다. "애, 네가 그런 말을 하는 것은 병 탓이다."

"어머니, 주인과 하인의 관계가 완전히 없어지지야 않겠죠. 하지만 제가 저 사람들의 하인이 된다고 해서 나쁠 건 없지 않습니까? 저분들이 제게 해준 것처럼 똑같이 하는 것이니 말예요."

어머니는 이 말을 들으면서 울음 섞인 미소를 지었다. "네가 어째서 죄를 많이 지었다는 거냐?"

"어머니, 우리는 누구나 많은 죄가 있어요. 저는 가슴이 아플 정도로 그걸 느끼고 있어요. 그런데 어떻게 우리는 그걸 모르고 화만 내며 살아왔을까요?" 이렇게 그는 매일 아침 감격에 겨워 잠에서 깨어나는 것이었다. 늙은 독일 의사가 왕진을 오면, "어떻습니까, 선생님! 저에게 얼마나 더 시간을 주시겠습니까, 하루요?" 하고 농담도 곧잘 하였다.

"하루가 뭐요, 아직도 여러 날, 아니, 여러 해 더 살 수 있을 거요." 하고 의사는 대답했다.

"인간이 완벽한 행복을 맛보는 데는 하루면 충분해요. 여러분! 우리는 무엇 때문에 서로 싸우고 허세를 부리며 앙심을 품는 걸까요? 지금이라도 당장 정원에 나가 산책을 하며 즐기기도 하고, 서로 사랑하고, 칭찬하고 입 맞추며 우리의 생을 축복하는 게 어떻습니까?"

"아드님은 오래 살지 못할 것 같습니다." 현관까지 배웅 나온 어머니에게 의사가 말했다. "병이 심해 정신착란 증세까지 보이고 있군요."

그 외에도 여러 가지 일들이 있었지만, 그것을 다 말로 할 수는 없다. 어느 날, 형은 나를 보고 손짓을 했다. 내가 가까이 다가가자 두 손을 나의 어깨에 얹고 감격 어린 눈으로 물끄러미 나를 바라보는 것이었다. 아무 말 없이 그렇게 보고만 있다가 그는 입을 열었다. "자, 이젠 나가 놀아라. 내 대신 살아다오!" 그래서 나는 밖으로 나가 놀기 시작했다. 그 후로 나는 일생 동안 몇 번이나 형이 자기 대신 살아달라고 한 말을 눈물을 흘리며 상기하곤 했다.

(B) 조시마 장로의 생애에 있어서 성서의 의미

나는 어머니와 단둘이 되었다. 얼마 안 되어 마음씨 좋은 친지들이 찾아와서 어머니에게 하나밖에 없는 아들을 페테르부르크로 보내는 게 좋겠다고 충고하였다. 결국 어머니는 많은 눈물을 흘린 끝에 자식의 행복을 위해 도시로 보내기로 결심하였다. 어머니는 그로부터 3년 후에 세상을 떠났다.

부모의 집에서 내가 얻은 것은 귀중한 추억이었다. 인간에겐 유년 시절의 추억보다 더 값진 것은 없다. 성주간 월요일에 어머니는 나만 데리고 미사에 참석한 적이 있었다. 맑게 갠 날씨에 향로에서는 연기가 피어올라 성당 안으로 쏟아져 들어왔다. 연기는 물결처럼 너울거리며 천장까지 기어 올라가 햇빛 속에 녹아드는 것 같았다. 그 광경을 보고 감동한 나는 하느님 말씀의 첫 씨앗을 의식적으로 영혼 속에 받아들였다. 그때 한 소년이 간신히 그것을 들어 옮긴다고 생각될 만큼 큰 책을 껴안고 성당 한가운데로 나와 성서대 위에 올려놓고 책을 펼쳐 읽기 시작했다. 그때 나는 처음으로 무언가를 깨달았다. 하느님의 교회 안에서 읽는 것이 무엇인지를 생전 처음으로 깨달은 것이다.

우스 지방에 한 정직하고 신앙심 깊은 사람이 살고 있었다. 그는 막대한 재산을 가진 사람으로 낙타와 양, 나귀 등 많은 가축을 기르고 있었다. 그는 아이들을 무척 사랑하여 그들을 위해 늘 기도를 드렸다. 어쩌면 아이들이 즐겁게 뛰놀다 죄를 지었을지도 모르기 때문이었다. 그런데 이때 악마가 하느님의 아이들과 같이 주님 앞에 올라가서 땅

위와 땅 밑을 두루 돌아다녀 보았다고 말했다. '내 종 욥을 눈여겨보았느냐?' 하느님이 악마에게 물었다. 그리고 하느님은 위대하고 성스러운 사람이라고 자신의 종을 악마에게 칭찬했다. 악마는 이 말을 듣고 웃으며 말했다. '그 사람을 내게 맡기십시오. 그러면 당신의 종이 당신에게 불평을 늘어놓고 당신의 이름을 저주하는 걸 보여드리겠습니다.' 그러자 하느님은 자기의 사랑하는 종을 악마에게 넘겨주었다. 악마는 하늘에서 떨어지는 벼락과도 같이 눈 깜짝할 사이에 욥의 아이들과 가축들을 죽여버리고, 그의 재산을 없애버렸다. 욥은 자기 옷을 갈가리 찢고 땅바닥에 쓰러져 큰 소리로 외쳤다. '벌거벗고 세상에 태어난 몸 알몸으로 돌아가리라. 야훼께서 주셨던 것, 야훼께서 도로 가져가시니 다만 야훼의 이름을 찬양할지라.' 친애하는 수사, 신부 여러분! 나의 눈물을 용서해주기 바라오. 이것은 나의 유년 시절이 다시 내 눈앞에 떠오르고, 당시 여덟 살이었던 어린아이의 조그만 가슴으로 하던 것과 똑같은 호흡을 지금도 그대로 느끼고 있으며, 그 시절과 똑같은 경이로움과 혼란과 환희를 느끼고 있기 때문이오. 그때의 낙타 떼들, 하느님과 이야기를 한 악마, 종을 파멸의 길로 몰아넣은 하느님, 그리고 '주여, 당신은 제게 벌을 내리셨지만 당신의 이름에 영원히 영광이 있을지어다.' 하고 외친 종, 이러한 것들이 나의 상상을 가득 채웠던 것이다. 그러자 〈나의 기도를 받아주소서〉라는 성가소리가 조용하면서도 감미롭게 성당 안에 울려 퍼지고 신부의 향로에서 또다시 연기가 피어올랐다. 사람들은 무릎을 꿇고 기도를 올리기 시작했다. 그 후 눈물 없이는 이 거룩한 이야기를 읽을 수가 없었다.

아아, 이 이야기 속에는 상상도 할 수 없을 만큼 위대하고 신비로운 것이 얼마나 많이 깃들어 있는지! 그 후 나는 그것을 조소하고 비난하는 자들의 오만한 말을 들었다. '어찌하여 하느님은 그의 성자 가운데서도 가장 사랑하는 자를 악마의 노리갯감으로 만들어 아이들을 빼앗기고 그 자신도 질병으로 고통 당하면서 사금파리로 상처에서 썩은 고름을 긁어내도록 하시는가! 아무리 하느님이라도 그건 너무하지 않은가? 그리고 그것은 무엇 때문인가? 그저 악마에게 〈자, 봐라, 나의 성자는 나를 위해 이런 고통까지 참아내지 않느냐!〉 자랑하고 싶은 것 외엔 아무것도 없는 것이다.' 그러나 여기에 신비가 있고, 잠깐 들렀다가 지나가는 지상의 모습과 영원한 진리가 서로 맞닿아 있다는 점에 위대함이 있는 것이다.

조물주는 천지 창조 기간의 며칠 동안 '내가 창조한 것은 선하도다'라는 찬탄으로 하루의 일을 끝마치신 것과 마찬가지로 욥을 통해 자신의 창조물을 자랑한 것이다. 아아, 성경이란 얼마나 위대한 책인가! 그리고 얼마나 많은 신비가 해명되고 계시되었는가!

나의 생애는 이제 끝나가고 있다. 하지만 얼마 남지 않은 하루하루가 찾아올 때마다 이승의 나의 생활이, 눈앞에 다가오는 새롭고 끝없는 미지의 생활과 연결되어 있음을 느낀다. 이 새 생활을 맞이할 때 나의 영혼은 환희에 떨리고, 나의 지성은 빛나고, 나의 가슴은 기쁨에 가득 찰 것이다. 친구들이여! 성직자들, 특히 시골에 있는 성직자들이 낮은 보수와 굴욕적인 대우에 관해서 불만 섞인 소리가 여기저기서 들린다. '오오, 주여! 그들에게 제발 수입을 늘려주시옵소서!' 하고 나는 기도했다. 그러나 진실을 말하자면, 이 문제에 누군가에게 죄가 있다면 절반은 우리 자신의 책임이다. 왜냐하면 그들에게는 시간이 없고 일과 미사에 시달린다는 것이 사실이라 하더라도 늘 그런 것은 아닐 테고, 하느님 생각을 할 수 있는 시간이 1주일에 한 시간 정도는 있지 않겠는가. 처음에는 아이들만이라도 1주일에 한 번쯤 저녁 때 자기 집에 모이게 하면 아버지들도 그 소문을 듣고 오기 시작할 것이다. 그렇다고 이것을 위해 큰 집을 지을 필요는 없다. 그저 자신의 오두막으로 모이게 하면 되는 것이다.

사람들이 모이면 그들에게 친절하고 부드럽게 책을 읽어주면 된다. 그들은 무엇이든 이해할 것이다. 정교를 믿는 사람들은 어떤 말이든 이해할 것이다. 아브라함과 사라에 대해서, 또 이삭과 리브가에 관해서 읽어주면 좋을 것이다.

하느님을 믿지 않는 자는 하느님의 백성들도 믿지 않는다. 하느님의 백성을 믿게 된 사람은 그때까지 불신해왔다 하더라도 신의 영광을 깨닫게 될 것이다. 한데 실례를 들지 않고서야 아무리 그리스도의 말이라 하더라도 무슨 소용이 있겠는가? 민중의 영혼은 하느님의 말씀과 선하고 아름다운 모든 것을 갈망하기 때문에 하느님의 말씀이 없다면 그들은 파멸하고 말 것이다.

젊은 시절, 나는 안핌 신부와 같이 수도원 기금을 모으러 러시아 전역을 두루 돌아다닌 적이 있었다. 어느 날, 우리는 선박들이 오가는 큰 강기슭에서 어부들과 밤을 지내게 되었다. 그때 얼굴이 반반하게 생긴 열여덟 살쯤 되어 보이는 젊은 농부 하나가 다음날 아침 어느 상인의 거룻배를 끌기 위하여 목적지를 향해 급히 가고 있었다. 밝고 감동 어린 눈으로 눈앞의 풍경을 바라보고 있는 이 젊은이가 나의 눈길을 끌었다.

7월의 밤은 장엄할 정도로 고요하여 만물이 하느님께 기도라도 드리는 것 같았다. 그날 밤 잠을 자지 않은 사람은 그 젊은이와 나, 두 사람뿐이었을 것이다. 우리는 하느님의 세계의 아름다움과 위대한 신비에 대해서 얘기를 주고받았다. 풀잎 하나, 한 마리의 곤충, 한 마리의 개미, 한 마리의 꿀벌, 이 모든 것은 지성이 없으면서도 자기들이 가야 할 길을 놀랄 만큼 잘 알고 있었고, 하느님의 신비를 증명하며 끊임없이 그것을 수행하고 있었다.

"나는 숲 속에 있을 때가 제일 즐거워요." 하고 그는 말했다.

(다) 아직 속세에 있던 조시마 장로의 청년시절의 회고. 결투

나는 페테르부르크의 육군 유년학교에서 약 8년이라는 세월을 보냈다. 나는 프랑스 어를 배우고 사교술을 익혔다. 나를 포함한 육군 유년학교 학생들은 우리를 돌봐주는 사병들을 가축 취급했다. 그중에서도 내가 제일 심했는지 모른다. 그 이유는 내가 동료들 중에서 감수성이 제일 예민했기 때문이다. 우리는 학교를 졸업하고 장교가 되었을 때, 우리 연대의 명예를 위해서라면 피라도 흘릴 각오가 돼 있었으나, 참된 명예가 무엇인지 아는 사람은 아무도 없었다. 그 중에서도 내가 제일 질이 좋지 않았다. 그 원인은 나에게 돈이 생겼기 때문이었다. 나는 젊은 혈기에 한껏 돛을 올리고 전속력으로 삶을 내달렸다. 그런데 한 가지 이상한 점은 그 당시에도 내가 독서를 즐겼다는 사실이다.

4년 가까이 근무한 후 마침내 나는 우리 연대가 주둔하고 있던 K시로 가게 되었다. K시의 사교계에는 다채로운 사람들이 많이 모여

흥겨웠다. 나는 어디로 가나 환영을 받았는데, 그 이유는 성격이 쾌활한데다가 부자라는 소문이 나돌았기 때문이다.

이 시기에 나는 젊고 아름다운 한 처녀에게 연정을 느끼게 되었다. 품위 있고 영리하며, 고상하고 차분한 성격을 지닌 처녀였다. 그녀의 양친은 대단히 존경을 받고 있었다. 나는 그 처녀가 나에게 호의를 갖고 있다고 생각하며 애를 태우고 있었다. 후에 가서야 깨달은 일이지만 사실 나는 그렇게까지 그 처녀를 사랑했던 것 같지는 않고 다만 그 지성과 고상한 성품을 존경했을 뿐이었던 것 같다. 그러나 당시 나는 이기심 때문에 청혼은 하지 않았다. 한창 젊은 나이에 넉넉한 돈을 가지고 있었으므로, 자유분방한 독신 생활의 유혹을 떨쳐 버리기 어려웠던 것이다.

그때 나는 다른 지방으로 2개월간 파견을 나가게 되었다. 2개월 후에 돌아와 보니 뜻밖에도 그 처녀는 이미 교외에 사는 부유한 지주와 결혼한 후였다. 나는 이 예기치 못한 사실에 심한 충격을 받은 나머지 거의 미치광이가 되었다. 이처럼 심한 충격을 받은 가장 큰 원인은 그 젊은 지주가 오래 전부터 그 여자의 약혼자였다는 사실을 그때야 알았기 때문이었다. 예전에 그녀의 집에서 몇 번이나 그 사나이를 만난 적이 있었으나 자만심에 가득 차 있던 나는 그 사실을 조금도 눈치 채지 못했다. 누구나 다 알고 있는 일을 어째서 나 혼자만 모르고 있었단 말인가? 물론 후에 가서 여러 가지 일을 생각해본 결과 그 여자가 절대로 나를 조롱한 게 아니었다는 것을 깨달았다. 그러나 당시에는 그런 걸 곰곰이 생각할 겨를이 없어 복수심에 들끓었다. 나는 낙천적인 성격이어서 어떤 사람에게나 오랫동안 원한을 품고 있을 만한 인내심이 없었다. 그래서 일부러 나 자신의 노여움에 불을 질러 마침내 추악하고도 가소로운 인간이 되고 말았다.

　나는 때가 오기를 기다려 사람들이 많이 모인 자리에서 엉뚱한 트집을 잡아 나의 '연적'을 모욕하는 데 성공하였다. 당시 나는 그보다 나이도 어렸고, 사회적 지위도 낮은 미미한 존재였음에도 불구하고 그는 나의 도전에 응하지 않을 수 없었다. 나는 곧 결투 입회인을 구했는데 그는 우리 연대의 중위였다. 그 무렵, 결투는 엄격히 다스려지고 있었으나 그래도 군인들 사이에서는 유행처럼 되어 있었다. 때는 6월 말경이었다. 바로 그때, 나의 장래에 결정적인 영향을 준 사건이 일어났다.

　그날 밤 몹시 화가 나 난폭해진 나는 숙소에 돌아와 하인인 아파나시의 면상을 사정없이 후려갈겨 피투성이로 만들어놓았다. 그러고는 잠자리에 들어 세 시간쯤 자고 일어나 보니 날이 밝아오기 시작하였다. 더 이상 자고 싶은 생각이 없어 벌떡 일어나 창가로 가서 창문을 열고 아침 해가 떠오르는 것을 보았다. 따뜻하고 아름다운 광경이 내 눈앞에 펼쳐져 있는데도 불구하고 내 마음속에는 무언가 비열하고 추악한 것이 꿈틀거리고 있었다. 남의 피를 흘리게 할 작정이었기 때문일까? 아니, 그런 것 같지는 않았다. 그렇다면 죽음이 두려워서? 아니면 남의 손에 죽는 것이 두려워서 그런 걸까? 이때 불현듯 그 까닭이 무엇인지 깨닫게 되었다. 전날 밤에 아파나시를 구타했기 때문이었다. 사람이 사람을 때리다니, 인간이 과연 이럴 수 있는가! 순간 예리한 바늘 끝에 내 영혼이 찔린 것 같았다.

아침 해는 환히 빛나고, 나뭇잎은 햇살에 반사되어 반짝이면서 팔 랑거리고, 새들은 하느님을 찬미하고 있었다. 나는 양손으로 얼굴을 가리고 침대 위에 쓰러져 흐느껴 울기 시작했다. 그때 나는 마르켈 형님이 임종을 앞두고 하인들에게 한 말을 떠올렸다. "당신들은 참으로 친절한 분들이오. 왜 나에게 이토록 극진한 시중을 드는 거요? 무엇 때문에 나를 사랑하는 거요? 나는 정말 이런 대접을 받을 만한 자격이 있는 걸까요?" 그러자 '아, 도대체 내가 무슨 자격으로 나와 똑같은 인간에게, 하느님의 모습과 비슷하게 만들어진 인간에게 시중을 들게 한단 말인가?' 하는 의문이 난생 처음으로 내 머리를 스쳤다.

"어머니, 정말이지 우리는 모든 것에 죄가 많아요. 단지 사람들이 그것을 모르고 있을 뿐이에요. 사람들이 그걸 안다면 이 세상은 곧 천국이 될 거예요.' '오오, 하느님, 이 말이 과연 틀린 것이라고 할 수 있을까요?' 나는 울면서 생각했다. 그 순간 사건의 실체와 진상이 그대로 조명되어 갑자기 내 머릿속에 떠올랐다. 대체 나는 무슨 짓을 하려는 건가? 나에게 아무 해도 끼친 적이 없는 착하고 영리하고 고결한 사나이를 죽이려 하고 있지 않은가? 그리고 그의 부인에게 영원히 행복을 빼앗고 고통을 주려는 게 아닌가? 그때 나의 동료인 중위가 권총 두 자루를 들고 나를 데리러 방 안으로 들어왔다. "벌써 일어나 있었군. 잘됐어. 시간이 됐으니 어서 가세." 하고 그가 말했다. 나는 당황하여 허둥댔으나 어쨌든 마차를 타고 밖으로 나왔다. "잠깐 기다리게. 지갑을 잊고 왔어." 다시 집으로 돌아가서 곧장 아파나시의 방으로 뛰어 들어갔다. "아파나시, 어제 내가 두 번이나 너의 얼굴을 때렸는데 용서해 주게." 하고 말했다. 그는 겁을 집어먹은 듯 몸을 부르르 떨며 나를 처다보았다. 나는 그것으로는 부족하다 싶어 군복을 입은 채 그의 발아래 몸을 던져 이마를 땅바닥에 대고 "나를 용서해주게!" 하고 말했다. 그러자 그는 망연자실한 듯했다. 그는 "중위님, 이게 무슨 짓입니까?" 하며 갑자기 울음을 터뜨렸다. 아까 내가 그랬던 것처럼, 양손으로 얼굴을 가리고 창문 쪽으로 몸을 돌리더니 온몸을 떨며 흐느껴 우는 것이었다.

나는 바깥으로 나와 친구한테로 쫓아가 마차에 뛰어오르며, "가세!" 하고 소리쳤다. "보았나, 자넨? 승리의 영웅을? 지금 자네 앞에 있는 자가 바로 그 승리의 영웅이란 말일세!"

나는 기쁨에 넘쳐 웃으면서 지껄여댔으나 무슨 말을 했는지는 생각이 나지 않는다. 그는 내 얼굴을 처다보며 이렇게 말했다. "응, 자네 장하군. 그만하면 군복의 명예를 지킬 수 있을 것 같군."

얼마 후 우리는 지정된 장소에 도착하였다. 상대방은 벌써 거기 와서 우리를 기다리고 있었다. 상대방이 첫 발을 쏘게 되어 있었다. 나는 눈 하나 까딱하지 않고 그의 앞에 똑바로 서서 정답게 그를 처다보았다. 나는 내가 해야 할 일을 알고 있었던 것이다. 그는 나를 행해 방아쇠를 당겼다. 그러나 총탄은 나의 뺨을 스치고 귀 끝을 살짝 건드리고 지나갔을 뿐이었다. "천만 다행이군요! 사람을 죽이지 않게 되었으니!" 이렇게 말하면서 나는 권총을 집어 들고 뒤로 몸을 돌려 그것을 멀리 수풀 속으로 던지면서 "네가 있을 곳은 거기다!" 하고 소리쳤다. 그리고 연적인 상대방을 향해 돌아서서, "이 어리석은 젊은 놈을 용서하십시오. 나는 당신보다 열 배나 더 나쁜 놈입니다. 아니, 그보다 더 나쁜 놈인지 모릅니다." 하고 말했다. 내가 이 말을 하자마자 세 사람은 모두 나에게 고함을 지르기 시작했다.

"그게 무슨 말이오?" 나의 연적도 진심으로 화를 내면서 소리쳤다. "싸울 생각이 없었다면 무엇 때문에 여기까지 나를 불러냈소?"

"어제까지만 해도 나는 바보였습니다만, 오늘은 좀 현명해졌습니다." 나는 쾌활하게 대답했다.

"어제 일은 믿을 수 있지만 오늘 일은 당신의 말을 그대로 믿기 어려운데요."

"브라보!"

그러자 양쪽 입회인들, 특히 나의 입회인이 소리를 질렀다. "자네, 우리 연대의 명예를 이렇게 더럽힐 수가 있나! 결투장에 서서 상대에게 용서를 빌다니!"

나는 웃음을 거두고 그들 앞에 섰다.

"여러분! 오늘날에는 자신의 어리석음을 뉘우치고 여러 사람 앞에서 자기의 잘못을 고백하는 사람을 보는 것이 그렇게도 이상합니까? 여러분! 우리 주위에 있는 하느님의 선물을 보십시오. 맑은 하늘, 깨끗한 공기, 부드러운 풀, 작은 새들! 자연은 이토록 아름답고 순결합니다. 그런데 우리 인간은 어리석게도 하느님을 외면하고 인생이 낙원이라는 사실을 모르고 있습니다. 우리가 그것을 알기만 한다면 당장이라도 낙원을 예쁘게 단장하려고 노력할 것이며, 서로 껴안고 울게 될 것입니다."

그리고 이런저런 말이 오간 후 집으로 돌아왔다. 사람들 중에는 나를 비난하는 이도 있고 칭찬하는 이도 있었다. 하지만 나는 즐거운 마음으로 그들의 대화를 듣고는 말했다.

"여러분! 오늘 아침에 연대 본부에 가서 제대 신청서를 제출하였고, 제대 명령이 떨어지는 대로 수도원으로 들어갈 작정입니다." 이 말을 하자마자 동료들은 일제히 웃음을 터뜨렸다. 나는 세상 사람들이 비웃건 말건 아랑곳없이 이에 대해 큰 소리로 말하기 시작했다. 그것은 그들의 웃음이 악의에서 나온 것이 아니라 선의에서 나온 것이었기 때문이다.

어느 날 저녁, 파티자리에 여자 손님들 중에 가장 젊은 여성이 일어났다. 그녀는 결투의 원인이 된 바로 그 여자, 얼마 전까지 내 아내가 될 사람이라고 생각했던 바로 그 여자였다. 그 여자는 내 쪽으로 다가오더니 손을 내밀며 말했다.

"실례지만, 내가 당신을 비웃지 않은 최초의 사람이라는 것을 당신이 알았으면 해요. 비웃기는커녕 오히려 저는 당신이 그때 취하신 행동에 대해 눈물이 날 만큼 감사하며 존경을 표하고 싶어요."

그러자 그 여자의 남편도 가까이 다가왔다. 그러자 갑자기 자리에 있던 모든 사람들이 내 곁으로 몰려와 나에게 키스라도 할 기세였다. 나는 말할 수 없이 기뻤다.

(라) 이상한 방문객

내가 밝히는 인물은 오래 전부터 그 도시의 관청에서 근무해온 사람이었다. 그는 높은 자리에 있었으며, 많은 사람들로부터 존경을 받고 있었을 뿐 아니라 돈 많은 자선가로도 유명하였다. 나이는 50전후였으며, 젊은 부인과의 사이에는 세 명의 아이들이 있었다. 그런데 앞서 말한 파티 다음날 저녁, 갑자기 방문이 얼리더니 그 신사가 들어오는 것이었다. 당시 나는 제대 신청서를 내자마자 어느 관리의 미망인인 노파 집에 방을 얻어 있었다.

방 안으로 들어선 신사가 말했다. '나는 최근 당신의 얘기를 매우 흥미 있게 들었습니다. 생각 끝에 당신과 개인적으로 알고 싶어 이렇게 찾아왔습니다.'

"그건 저에게도 대단한 영광입니다." 나는 말은 이렇게 하면서도 속으로는 겁을 먹고 있었다. 사람들이 호기심을 갖고 내 얘기를 들었지만 이렇게까지 진지하고 심각한 태도로 접근해온 사람은 없었기 때문이었다.

"나는 당신에게서 위대한 정신력을 보았습니다. 당신은 진리를 위해 사람들의 비웃음을 무릅쓰고 용감하게 행동했으니까요."

"과장된 찬사입니다." 내가 말했다.

"사실 그런 일을 하기란 쉽지 않은 일이지요. 저는 나름대로 말 못할 사정이 있어서 이렇게 온 겁니다. 하느님께서 우리가 가까이 사귀게 해주신다면, 그때 그 이유를 말씀드리겠습니다."

그 사람이 말을 하는 동안 나는 그의 얼굴을 똑바로 바라보았다. 그러자 이번엔 내 쪽에서 그 사람에게 굳은 신뢰와 이상한 호기심을 느끼게 되었다.

"내가 상대에게 용서를 빌었을 때 어떤 느낌이었느냐고 물으셨습니다만," 하고 나는 말을 시작하여 아파나시와 사이에 있었던 일이며, 이마가 땅에 닿도록 그에게 절을 한 일들을 죄다 털어놓았다. "이 정도면 당신도 짐작하시겠지만, 집에서 이미 결심을 했기 때문에 결투장에서는 마음이 가벼웠습니다. 일단 결심한 대로 한 발 내딛고 보니 그 후의 일은 즐겁고 유쾌하기까지 했습니다."

그 후로 그는 거의 매일 저녁 나를 찾아왔다. 그러나 그는 자신에 대한 얘기는 거의 한 마디도 하지 않고 언제나 나에 관해서만 캐묻는 것이었다.

어느 날 그는 말했다. "인생이 낙원이란 것은 오래 전부터 생각해 왔습니다. 사실 늘 그 문제만 생각하고 있었으니까요. 그 점에 있어서는 저는 당신보다 더 큰 확신을 갖고 있지요. 그 이유는 차차 알게 될 겁니다."

이 말을 들은 나는 '이 사람은 나에게 무언가 하고 싶은 얘기가 있다.'고 생각했다.

"낙원은 우리 각자의 마음속에 숨어 있습니다. 물론 지금 내 마음속에도 숨어 있지요. 따라서 내가 원하기만 하면 그것은 내일이라도 내 앞에 나타나 일생 동안 사라지지 않을 것입니다. 한데 이런 사실을 당신이 순식간에 터득했다니, 참으로 놀라운 일입니다. 사람들이 이 것을 깨닫게 되면 천국은 그들에게 꿈이 아니라 현실로 나타날 것입니다."

"하지만 그런 것이 실현될까요? 우리들의 꿈에 지나지 않는 건 아닐까요?"

"그럼 당신도 믿지 않는군요. 자신이 설교를 하면서 그것을 믿지 않는다니! 자, 내 말을 잘 들으시오. 당신이 말하는 그 꿈은 틀림없이 실현됩니다. 어떤 운동에나 나름의 법칙이 있으니까요. 이것은 영적, 심리적인 문제입니다. 이 세상을 새롭게 건설하려면 사람들 자신이 먼저 심리적으로 방향 전환을 하지 않으면 안 됩니다. 당신은 그것이 언제 실현될 것이냐고 물으셨지만 언젠가는 반드시 실현될 겁니다. 그러나 '고립'의 시대가 먼저 종말을 고하지 않으면 안 됩니다."

"고립이라뇨?" 내가 물었다.

"그것은 지금까지 도처에서 행해져 왔고, 특히 금세기에 분명하게 나타나고 있습니다. 오늘날은 모두가 스스로를 타인으로부터 분리시켜 혼자만이 충족된 삶을 맛보려 하고 있습니다. 그러나 그러한 결과로 얻을 수 있는 것은 충족된 삶이 아니라 자살 욕구입니다. 그들은 완전한 자아를 실현하려다가 극단적인 고립 상태에 빠져버리기 때문입니다. 오늘날의 개인은 모두가 개개의 단위로 분리되어 각자 자기 구멍 속에 틀어박혀 있습니다. 그래서 결국은 자신도 다른 사람들을 외면하고, 남들도 자신을 외면하게 되는 거지요. 사람들은 남몰래 재산을 축적하고는 '나는 이제 이만큼 강해졌다. 어느 정도 생활이 보장되었다.'고 생각할지 모르지만 재산을 모으면 모을수록 자멸적인 무력 상태에 빠져든다는 것을 모르고 있습니다. 이 무서운 고립주의는 결국은 종말을 보게 될 것이고, 사람들은 그렇게 흩어져 사는 것이 얼마나 부자연스러운 것인가를 일시에 깨달을 때가 올 것입니다."

우리는 저녁마다 지칠 줄 모르는 대화를 나누며 시간을 보냈다. 나는 사교계에 발을 끊고 이웃 사람들의 집도 찾지 않았다. 마침내 나는 이 이상한 방문객을 감탄의 눈으로 바라보게 되었다.

"알고 계시는지 모르겠습니다만," 하고 어느 날 그가 물었다. "이곳 사람들은 우리 두 사람에 대해 굉장한 호기심을 갖고 있는 것 같습니다. 내가 당신을 자주 찾아오자 놀란 것 같습니다. 그러나 마음대로 하라지요. 얼마 안 가 모든 것이 밝혀질 테니까요."

그런데 한 번은 한참 동안 열을 올려 이야기를 하더니 갑자기 얼굴을 일그러뜨리고는 내 얼굴을 뚫어지게 쳐다보았다.

"왜 그러십니까? 어디 편찮으세요?"

그러자 그는 두통이 난다고 했다.

"나는…… 모르시죠? …… 나는…… 살인자입니다."

이렇게 말하고 웃었는데, 순간 그 얼굴은 백묵처럼 하얘졌다.

"대체 무슨 말씀이십니까? 나는 그에게 소리쳤다.

"아시겠습니까?" 그는 여전히 창백한 미소를 띠고 나에게 말했다. "첫마디를 꺼내는 데 얼마나 힘들었는지 모릅니다. 하지만 이제 말을 꺼내고 나니 제 길로 접어든 것 같군요. 이젠 앞으로 나아가기만 하면 되겠지요."

처음에는 믿을 수 없었으나 그가 사흘간 계속해서 나를 찾아와 여러 가지 일들을 소상히 이야기한 후에 나는 그의 말이 사실이라는 것을 믿게 되었다.

14년 전, 그는 한 아름답고 부유한 지주의 미망인을 죽이게 되었다. 그 부인은 우리가 살고 있던 도시에 자기 소유의 집을 한 채 가지고 있었다. 그녀를 열렬히 사모하게 된 그는 사랑을 고백한 뒤 자기와 결혼해달라고 간청했다. 그러나 그녀는 다른 사람을 사랑하고 있었다. 상대 남자는 명문가 출신이었다. 상황이 그랬으므로 그녀는 그의 청혼을 거절하고 앞으로는 자기를 찾아오지 말라고 부탁했다. 그 후 한동안 발길을 끊었으나 그 집의 구조를 잘 알고 있었던 그는 어느날 밤 사람들에게 발각될 위험을 무릅쓰고 정원을 지나 대담무쌍하게 지붕으로 기어올라 그녀의 집 안으로 침입했다. 누구나 알고 있듯이 대담한 범죄일수록 성공하기가 쉬운 법이다.

거실로 잠입한 그는 어둠 속을 더듬어 불빛이 보이는 그녀의 침실로 들어갔다. 잠자는 부인의 모습을 보자 그의 가슴에는 정욕의 불길이 거세게 타올랐으나, 다음 순간 질투와 분노에 사로잡혀 제정신을 잃고 침대로 다가가서 여자의 가슴에 칼을 꽂았다. 여자는 비명조차 지르지 못하고 세상을 떠났다. 그리고 악마와 같은 지능적인 수법으로 하인들에게 혐의가 가도록 꾸며 놓았다. 즉 귀중한 유가증권에는 손도 대지 않고 현금만 훔친 것이다.

다음날 소동이 일어났을 때는 물론이고 그 후 오랜 세월이 지나는 동안에도 그를 그 흉악한 범죄의 진범으로 의심한 사람은 아무도 없었다. 뿐만 아니라 그 여자에 대한 그의 사랑에 대해서는 아무도 몰랐다.

살인 혐의는 농노 출신인 표도르란 하인이 뒤집어쓰게 되었다. 이 하인은 홀몸인데다가 품행이 좋지 않았기 때문이다. 그는 구속되었고 재판이 시작되었는데, 1주일 후 열병에 걸려 의식을 잃고 병원에서 죽었다. 이것으로 사건은 일단락지어지고, 다음 문제는 하느님의 손에 맡겨졌다. 그리하여 재판관이며 검찰 당국은 죽은 하인이 범인이라고 확신하게 되었다.

그러나 이후로 벌이 내리기 시작했다.

이상한 손님, 지금은 이미 나의 친구가 된 그는 처음 얼마 동안은 양심의 가책 같은 걸 전혀 느끼지 않았다고 했다. 오랫동안 괴로워한 것은 사실이지만 그것은 양심의 가책 때문이 아니라 자신이 사랑하는 여자를 죽임으로써 자신의 사랑마저 죽여버렸다는 실망감 때문이었다. 무고한 하인이 체포되자 처음 얼마 동안은 좀 괴로웠으나 피고의 갑작스런 질병에 이은 사망으로 그는 마음을 푹 놓게 되었다. 그 후로 그는 자기 일에 열정을 기울였다. 어렵고 힘든 일을 도맡아 하면서 2, 3년이란 세월이 흐르고 보니, 원래 강한 성격의 소유자였던 그는 과거의 일은 까맣게 잊어버렸다.

이후 한 아름답고 영리한 아가씨에게 마음이 끌려 그 아가씨와 결혼하게 되었다. 그는 결혼을 함으로써 우울증에서 벗어날 줄 알았으나 결과는 기대와는 정반대였다. 결혼 첫달부터 '내 아내가 이토록 나를 사랑해 주는데 혹 그 일을 알면 어쩌지?' 하는 걱정이 끊임없이 그를 괴롭혔다. 아내가 첫아기를 가졌다는 말을 했을 때, 그는 몹시 당황하였다. '남의 생명을 뺏은 주제에 지금 생명을 부여하려 하고 있다.' 아이들이 계속 태어나자 이런 생각을 하게 되었다. '나 같은 놈이 어찌 아이들을 사랑하고 교육하고 양육할 자격이 있단 말인가!'

마침내 그는 자기 손에 죽은 그 여자의 피가 눈앞에 어른거려 견딜 수가 없었다. 게다가 시간이 갈수록 그 고통은 더욱 심해졌다. 생각 끝에 그는 자기의 죄를 고백하기만 하면, 틀림없이 자신의 영혼이 치유되어 영원히 평안을 누릴 수 있으리라는 확신을 갖게 되었다. 그러나 그것을 어떻게 실천에 옮긴단 말인가?

"당신을 보고 저는 비로소 결심했습니다. 사실 이 결심은 3년 전부터 자라왔던 것이었는데, 당신의 일이 거기에 결정적인 자극을 주었을 뿐입니다."

"하지만 당신의 말은 아무도 믿으려 들지 않을걸요. 14년이 지났으니까요."

"아주 유력한 증거를 갖고 있습니다. 그걸 보이겠습니다."

그때 나는 눈물을 흘리며 그에게 입을 맞추었다.

"그런데 한 가지만, 꼭 한 가지만 말씀해 주세요!" 하고 그가 나에게 말했다. "아내와 아이들은 어떻게 될까요? 아내는 아마 비탄에 젖어 죽고 말 것입니다. 아이들은 귀족의 칭호와 영지를 빼앗기진 않겠지만, 영원히 죄수의 자식으로 살겠지요. 그리고 아이들의 가슴 속에 얼마나 뼈아픈 기억을 남기겠습니까?"

나는 잠자코 있었다.

"그들과 헤어져야 하나요? 영원히 그들을 버려야 하나요?"

"가서 세상 사람들에게 고백하십시오. 모든 것은 사라지고 진리만이 남을 것입니다. 당신의 아이들도 크면 당신의 결심이 숭고했다는 것을 알게 될 것입니다."

그는 결단을 내린 듯 내 곁에서 물러났다. 그러나 그 후로도 2주 이상이나 결단을 내리지 못하고 매일 저녁 나를 찾아왔다.

"나는 알고 있습니다. 자백하는 순간 나에게 천국이 찾아오리라는 것을. 14년 동안이나 나는 지옥에서 살아왔습니다. 아, 지금 같아서는 이웃뿐만 아니라 내 자식들도 절대 사랑할 수 없을 것 같습니다."

"모든 사람들이 당신의 위대한 행동을 이해할 것입니다. 지금 당장은 아니더라도. 당신은 진리를 위해 봉사했으니까요."

그러나 사실 나는 그의 얼굴을 쳐다보는 것조차 두려웠다. 나는 병이 날 정도로 괴로웠고, 내 온몸은 눈물로 채워졌다.

"나는 지금 아내한테서 오는 길입니다. '아내'가 어떤 존재인지 당신은 아십니까? 내가 집을 나올 때 아이들은, '안녕히 다녀오세요, 아빠, 빨리 돌아오셔서 우리와 같이 『어린이 독본』을 읽어요.'라고 외치더군요. 당신은 그걸 이해하지 못할 거예요. 누구도 타인의 불행은 이해하지 못하는 법이지요."

그는 주먹을 불끈 쥐고 탁자를 내리쳤다. 그 바람에 테이블 위에 있던 물건들이 모두 튀어 올랐다.

"과연 그럴 필요가 있을까요?" 그는 소리쳤다. "꼭 그렇게 해야만 할까요? 내 대신에 유죄 판결을 받거나 유형을 간 사람도 없는데다가, 그때 하인은 병으로 죽었어요. 그리고 나로서도 그동안 겪은 고통으로 대가를 충분히 치른 셈이지요. 그런데도 자수할 필요가 있을까요? 이런 경우 진리는 어디에 있는 건가요? 과연 세상 사람들은 그 진리를 좇은 나를 존경할까요?"

'맙소사! 이런 순간에 세상 사람들의 존경을 생각하다니!' 그러자 나는 그가 너무나 불쌍한 생각이 들어 그의 괴로움을 덜어줄 수만 있다면 그의 운명을 나눠가져도 좋다고 생각할 정도였다.

"어서 내 영혼을 결정해 주십시오." 그가 소리쳤다.

"가서 자백하십시오." 나는 그에게 속삭였다. 그리고 테이블 위에 있던 러시아어판 성서를 집어 들고 '요한복음' 12장 24절을 그에게 펼쳐보였다. "잘 들어두어라. 밀알 하나가 땅에 떨어져 죽지 않으면 한 알 그대로 남아 있고, 죽으면 많은 열매를 맺는다."

나는 그가 오기 조금 전에 이 구절을 읽었던 것이다.

"옳은 말입니다." 그가 쓴웃음을 지으며 말했다. "하지만 이런 책을 읽다보면 가슴이 섬뜩해질 때가 있어요. 그것을 다른 사람의 코끝에 들이대는 것은 쉬운 일이지요. 한데 이걸 쓴 사람은 누굽니까? 설마 인간은 아니겠지요?"

"성신이 쓰셨을 겁니다." 나는 말했다.

나는 다시 책을 집어 들어 다른 곳을 펼쳐 '히브리서' 10장 31절을 보여주었다. "살아 계신 하느님의 심판의 손에 맡겨지는 것은 얼마나 무서운 일입니까?"

그는 이 구절을 읽고 나서 그대로 책을 던져버리고는 온몸을 부들부들 떨기 시작하였다.

"무서운 말입니다. 매우 적절한 말을 골라내셨습니다. 나는 자백하지 않으면 안 됩니다." 그러고는 의자에서 일어섰다. "그럼 안녕히 계십시오. 다시는 못 오게 될지도 모르겠습니다. 천국에서 만나지요. '살아 계신 하느님의 심판의 손에 들어간 지' 14년이 되었습니다."

나는 그를 끌어안고 키스하고 싶었으나 그럴 용기가 없었다. 그의 얼굴은 보기에도 딱할 정도로 무섭게 일그러져 있었다. '아아, 저 사람은 어디로 가는 걸까?' 잠시 후 갑자기 방문이 열리더니 그가 다시 들어왔다. 나는 깜짝 놀랐다.

"어딜 갔다 오십니까?" 내가 물었다.

"뭔가 잊고 간 것 같아서…… 아니, 뭐 잊은 게 없더라도 잠깐만 앉았다 가겠습니다."

그는 의자에 앉았다. "당신도 앉으시지요." 하고 그가 말했다. 우리는 2분쯤 가만히 앉아 있었다. 그는 내 얼굴을 뚫어지게 바라보더니 갑자기 피식 웃었다. 그러고는 벌떡 일어나 나를 꼭 껴안으며 입을 맞추는 것이었다.

"잊지 말게. 내가 오늘 두 번째로 자네 집을 찾았다는 사실을. 알겠어? 이 점을 잊지 말란 말이야."

그는 처음으로 나에게 자네라고 불렀다. 그러고는 나가버렸다. '내일은 틀림없겠군.' 하고 나는 생각했다.

과연 생각대로였다. 그날 저녁 때까지만 하더라도 다음날이 바로 그 사람의 생일이라는 것을 모르고 있었다. 그의 생일에는 해마다 성대한 파티가 열렸고, 그 도시 사람들이 거의 다 참석했다. 이번에도 많은 사람들이 모였다. 식사가 끝나자 그는 방 한가운데로 나섰다. 그의 손에는 종이 한 장이 들려 있었다. 그것은 경찰서장에게 제출할 정식 자백서였다. 마침 서장도 그 자리에 참석해 있었기 때문에 그는 연회석에 참석한 일동 앞에서 그것을 큰 소리로 읽었다. 그 속에는 범행 기록이 자세히 기록되어 있었다.

"저는 저 자신을 악한으로 규정하여 인간 사회로부터 추방하려고 합니다. 하느님께서 나를 찾아주셨으니, 나의 죄에 대한 대가로 고통을 달게 받을 생각입니다!"

그리고 그는 14년간이나 간직해왔던 자신의 범죄를 증명할 만하다고 생각되는 물증들을 모조리 테이블 위에 꺼내놓았다. 혐의를 다른 데로 돌리기 위해 훔쳤던 피살자의 금붙이, 피살된 여자의 목에서 풀어낸 목걸이와 십자가, 수첩 그리고 마지막으로 두 통의 편지가 있었다. 한데 그 중 한 통은 약혼자가 곧 돌아온다는 것을 알려온 편지였고, 또 한 통은 다음날 그녀가 우체국으로 가서 부치려고 쓰다가 책상 위에 내버려둔 답장이었다. 그는 이 두 통의 편지를 집으로 가져왔던 것이다. 무엇 때문이었을까? 당연히 없애야 할 물적 증거를 그는 무엇 때문에 14년간이나 간직해왔을까?

그러나 그것은 전혀 다른 결과를 가져왔다. 그 자리에 있던 사람들은 모두 경이와 공포에 사로잡혀 비상한 관심을 가지고 그의 말에 귀를 기울였으나 결국은 환자의 헛소리로 생각하고 아무도 믿으려 들지 않았다. 경찰 당국과 재판소는 사건 심리에 착수하지 않을 수 없었으나 얼마 후에 그것을 중단하고 말았다. 제시된 물건과 편지는 경찰 당국들에 일단 수사해볼 필요가 있다는 생각을 갖게 했지만, 설혹 그 중 거물들이 틀림없는 것으로 밝혀진다 하더라도 그것을 근거로 유죄 판결을 내릴 수는 없다는 결론을 내렸던 것이다.

5, 6일 후 이 불행한 사람이 병에 걸려 생명이 위독하다는 소문을 듣게 되었다. 무슨 병을 앓는지는 분명히 알 수가 없었으나 심장마비 같은 것이라고 사람들은 말했다. 그러나 부인의 간청에 따라 의사들이 그의 정신 상태를 진찰한 결과 정신 이상 증세가 있다는 진단을 내렸다는 사실이 밝혀졌다. 사람들은 앞을 다투어 진상을 캐내려고 나에게 달려왔으나 나는 아무 말도 하지 않았다.

그러나 내가 그를 문병 가려고 했을 때 그의 부인이 한사코 말렸다. "그분을 그렇게 만든 것은 바로 당신 아닙니까?" 그녀가 나에게 말했다. "전에도 침울한 성격이긴 했지만 작년부터 유별나게 흥분하고 이상한 행동을 했어요. 이때 당신이 나타나서 그이를 파멸시키고 만 거예요."

그런데 어찌하면 좋으랴. 그의 부인은 말할 것도 없고, 그 도시의 모든 사람들이 나에게 덤벼들어 '모든 게 네 탓이다.'라며 나를 비난하는 것이었다. 나는 잠자코 있었으나 마음속으로는 기뻤다. 왜냐하면 자기 자신을 배반하고 자기 자신에게 벌을 준 이 사람에게서 하느님의 명백한 자비를 발견했기 때문이다.

드디어 나는 그와의 면회를 허락 받았다. 환자가 나와의 면회를 한사코 요구했기 때문이었다. 병실에 들어서자 나는 그의 목숨이 며칠이 아니라 몇 시간밖에 남지 않았음을 당장 알아챘다.

"정말이지 자네를 만나고 싶었는데, 왜 와주지 않았나? 하느님께서 나를 불쌍히 여겨 그분 곁으로 부르시는 거야. 곧 죽게 될 건 알지만, 이렇게 기쁨과 평온을 느끼는 것은 몇 년 만에 처음인 것 같네. 그러나 세상 사람들은 내 말을 믿지 않는다네. 나는 지금 하느님 곁에 있기 때문에 마음은 천국에 있는 것처럼 즐겁다네. 나는 할 일을 다했어."

우리는 길게 이야기할 수가 없었다. 부인이 쉴 새 없이 감시했기 때문이다. 그가 틈을 타 나에게 속삭였다.

"자네 기억하고 있나? 그날 밤중에 두 번째로 내가 자네 집을 찾아갔던 일 말야? 내가 잊지 말라고 했었잖나? 그때 왜 되돌아갔는지 아나? 실은 자네를 죽이러 갔던 거야."

나는 몸을 부르르 떨었다.

"그때 나는 자네 방에서 밖으로 나와 캄캄한 거리를 방황하며 나 자신과 싸웠어. 정말이지 자네가 못 견디게 미워지더군. '그놈은 나를 속박할 수 있는 유일한 녀석이야.'라는 생각을 했지. '아, 그때 자네가 정말이지 미워어. 모든 책임이 자네에게 있다고 생각했기 때문이지. 그때 나는 자네 테이블 위에 있던 단도를 보고 1분 동안 궁리했어. 만일 내가 자네를 살해했다면 옛날의 죄를 자백하지 않은 상태에서 나는 파멸하고 말았을 거야."

1주일 후에 그는 죽었다. 온 도시 사람들이 그의 관을 뒤따랐다.

대사제의 감격 어린 조사(弔詞)가 있었다. 그러나 장례식이 끝나자 도시의 모든 사람들이 나를 적대시하기 시작했다.

(마) 주인과 종이 정신적으로 서로 형제가 될 수 있을 것인가에 관한 고찰

누군가가 말하듯 민중에게도 역시 죄는 있다. 부패의 불길은 시시각각으로 세력을 키워 위에서 아래로 번져 내려오고 있다. 민중 사이에서도 고립이 일어나 부농과 착취자가 득세하기 시작하고, 이젠 상인이 존경을 받는 사회가 되었으며, 교양이라곤 쥐뿔도 없는 자가 교양인인 체 행세하려 든다. 공작의 집에 많은 사람들이 드나들지만 그들 대부분은 타락한 농민에 지나지 않는다. 민중은 술 때문에 부패해 가면서도 거기서 헤어나지 못하고 있다. 그들은 자기 가족, 즉 아내와 자식들에게까지 말할 수 없이 잔인하게 군다. 이 모든 것이 술 때문이다. 나는 여러 공장에서 여남은 살밖에 안 되는 아이들을 보아왔다. 허약하고 등까지 구부정한 아이들이 일찌감치 방탕한 생활에 노출되어 있었다.

상류 사회 사람들은 학문만을 섬기고, 좀처럼 그리스도의 힘을 빌리려 하지 않는다. 만일 하느님이 존재하지 않는다면 무엇 때문에 범죄에 대해서 고민하겠는가?

수사, 신부 여러분! 언젠가 나에게 매우 감동적인 일이 일어났다. 전국을 순례하고 있었을 때 K시에서 나의 옛 종졸 아파나시를 만났는데, 헤어진 지 8년 만이었다. 우연히 그가 나를 시장에서 발견하고 허겁지겁 달려와 내 목을 껴안고는, "아이고, 이거 나리님 아니세요?"

하며 나를 자기 집으로 안내했다. 그는 이미 군대에서 제대한 뒤 결혼해서 두 명의 자녀를 두고 있었다.

그는 아내와 둘이서 시장에서 작은 노점상을 벌여 그날그날의 생계를 유지하고 있었다. 방 안은 보잘것없었으나 깨끗하고 기쁨에 넘쳐 있었다. 그는 나를 자리에 앉히고, 사모바르를 내오고, 아내를 부르러 보내는 등 무슨 잔치라도 베풀 듯 야단법석을 피웠다. 그는 아이들을 내 앞으로 데리고 와서, "신부님, 이 아이들을 축복해 주세요." 하고 부탁했다. "내가 아이들을 축복할 수 있겠나? 나는 보잘것없는 일개 수도사에 불과하니 아이들을 위해 기도나 드리겠네. 그런데 아파나시 파블로비치, 오늘부터 자네를 위해 기도를 드리겠네. 모든 것이 자네 덕분이니까." 이렇게 말하고 나는 알아듣기 쉽게 자초지종을 설명했다. 그런데 그는 어찌 된 일인지 나를 물끄러미 쳐다보고만 있었다. 옛날의 자기 상관이요 장교였던 내가 이런 차림을 하고 그의 앞에 나타난 것이 아무래도 믿기지 않는 모양이었다. 그는 울음을 터뜨렸다.

"자네 왜 우나? 오히려 나를 위해 기뻐해 줘야 하는데 말이야."

그는 말은 별로 없었으나 연방 한숨을 내쉬며 감동한 듯 머리를 끄덕였다. "재산은 모두 어떻게 하셨습니까?" 그가 물었다.

"수도원에 바쳤지. 우리는 공동생활을 하고 있네." 하고 나는 대답했다.

차를 마시고 나서 나는 작별 인사를 하려고 했다. 그러자 그는 반 루블짜리 은전 하나를 내놓으며 수도원에 바치는 것이라고 했다. 그리고 또 반 루블짜리 은전을 손에 쥐어주며, "이건 순례를 하는 당신에게 드리는 거예요. 혹 소용이 될 때가 있을까 하고요." 하고 말했다. 나는 그것을 받아들고 그들 내외에게 인사를 한 다음 흐뭇한 기분으로 그 집을 떠났다. 그리고 도중에 이렇게 생각했다.

'이제부터 우리 두 사람은 하느님께서 다시 만나게 해주신 것을 생각하며 기쁜 마음으로 미소를 짓기도 하고, 그리움에 한숨을 짓기도 하겠지.'

그 이후로 다시는 그를 만나지 못했다. 우리가 감격에 겨워 정답게 서로 키스했을 때, 우리 두 사람 사이에는 위대한 인간적 결합이 이루어진 것이다.

그리고 나는 하인들에 관해 이렇게 말하고 싶다. 젊었을 적에 나는 하인들에게 자주 화를 내곤 했다. 식모가 가져온 음식이 너무 뜨겁다든가, 옷을 깨끗이 털어놓지 않았다는 것이 그 이유였다. 그러나 어린 시절 형한테 들었던 말이 내 머릿속에 떠올라 놀라지 않을 수 없었다. '세상은 하인 없이는 돌아갈 수 없지만 정말이지 그들을 자유롭게 해줘야 한다. 그리고 하인을 진정 자기 가족으로 받아들여 서로 기쁨을 나누어야 한다.'

(바) 기도, 사랑, 그리고 저 세상과의 접촉에 대하여

젊은이여! 기도하는 걸 잊어서는 안 된다. 너의 기도가 진심에서 우러나온 것이라면 네가 기도를 드릴 때마다 새로운 감정이 솟아오를 것이다. 바로 그 감정 속에 그대가 지금까지 몰랐던 새로운 사상, 그대에게 용기를 북돋워줄 새로운 사상이 깃들어 있는 것이다. 그리하여 그대는 기도가 교육이라는 것을 알게 될 것이다. 그리고 날마다

'주여, 오늘 하루 당신 앞에 나타난 모든 사람들을 불쌍히 여기소서.'라고 마음속으로 기도하라. 왜냐하면 매시간, 매순간마다 수천 명의 사람들이 이 지상에서의 삶을 떠나 하느님 앞에 설 것이기 때문이다. 그리고 그들 가운데 많은 사람들이 슬픔과 번민 속에서 아무도 모르게 쓸쓸히 이 세상을 떠나가지만 누구 하나 그들을 불쌍히 여기는 사람도 없고, 그들이 이 세상에서 살았는지 어쨌는지조차 모른다. 그때 그들의 안식을 위한 너의 기도가 지구의 반대편 끝에서 하느님 앞으로 올라갈 것이다. 비록 네가 그 사람들을 모르고, 그 사람들이 너를 모른다 하더라도. 공포에 떨며 주님 앞에 선 영혼은 그 순간 자기 같은 사람을 위해 기도를 드려주는 사람이 있고, 자기와 같은 사람도 사랑해 주는 사람이 세상 어딘가에 있다고 느끼고 얼마나 감격하겠느냐!

형제들이여! 인간의 죄를 두려워하지 마라. 죄에 빠진 사람도 사랑하라. 그들은 하느님과 닮은 지상 최고의 사람이기 때문이다. 그리고 하느님의 모든 창조물을, 그 전체는 물론 모래 한 알 한 알까지 사랑하도록 하라. 나뭇잎 하나, 하느님의 빛 한 줄기까지 사랑하라. 동물을 사랑하고, 식물을 사랑하고, 모든 것을 사랑하라. 이 모든 것을 사랑한다면 그 속에서 하느님의 신비를 발견하게 될 것이다.

특히 어린이들을 사랑하라. 그들은 천사처럼 순결하며, 우리를 감동시키기고 정화시키기 위해 살고 있다. 어린이를 학대하는 자에게 화가 있을지어다. 어린이에 대한 사랑을 나에게 가르쳐준 사람은 안핌 신부였다.

우리는 살면서 의혹을 느낄 때가 있다. 특히 사람들의 죄악을 보았을 때, '힘으로 붙잡아야 할 것인가, 겸허한 사랑으로 설득해야 할 것인가? 망설이며 자문하게 될 것이다. 그러나 언제나 겸허한 사랑으로 이끌어야 한다. 한 번 이렇게 마음을 먹으면 온 세상을 정복할 수도 있다. 겸허한 사랑은 모든 힘 중에서 가장 강력한 힘이며, 이와 비길 만한 것은 아무것도 없다.

나의 친구들이여! 하느님께 즐거움을 달라고 기도하라. 어린이들처럼, 하늘을 나는 새들처럼 즐거운 마음을 달라고 하라. 그렇게 하면 다른 사람들의 죄악이 당신의 사업을 방해하는 일은 없을 것이다. '죄악의 힘은 몹시 강하다. 그러나 우리는 너무 고독하고 무력하다. 그래서 우리는 이 추악한 환경의 방해로 말미암아 훌륭한 사업을 완성할 수 없는 것이다.' 여러분! 절대 의기소침해지지 않도록 하라! 자신을 구원하는 길은 자신을 바로 세워, 자신을 모든 인간의 죄악에 대해 전적인 책임자로 내세우는 길밖에 없다. 왜냐하면 모든 것에 대해 진심으로 책임을 지는 순간 여러분 자신에 대해 죄를 지었다는 것을 당장 깨닫게 될 것이다.

그러나 자신의 게으름과 무기력함을 타인의 탓으로 돌리는 사람은 결국 교만한 악마에게 넘어가 하느님께 판결을 받게 될 것이다. 악마의 교만함은 지상에 있는 우리로선 이해하기 힘들기 때문에 자칫하면 과오에 빠져 휩쓸려 들기 쉬우며, 그 속에서 뭔가 위대하고 훌륭한 일을 하고 있는 것처럼 생각될 수 있기 때문이다.

하느님은 다른 세계에서 씨를 가지고 와서 이 지상에 뿌려 당신의 화원을 가꾸었다. 그리하여 싹틀 수 있는 것은 모두 싹텄다. 자라고 있는 것이 살아서 생기에 넘치는 것은 신비로운 다른 세계와의 접촉을 통해서만이 가능하다. 만일 이러한 감정이 인간의 마음속에서 약화되든가 소멸되어버리면 인간의 마음속에서 성장하고 있던 선한 것도 죽어 없어질 것이다. 그렇게 되면 여러분은 인생에 대해서 무관심하게 되고, 심지어는 인생을 증오하게 될 것이다.

(사) 인간은 자신과 같은 사람의 심판자가 될 수 있는가? 최후의 신앙에 대하여

어느 누구도 타인의 심판자가 될 수 없다는 것을 명심해둘 필요가 있다. 그것은 심판자인 자신이 자기 앞에 서 있는 사람과 똑같은 죄인이며, 자신이야말로 다른 누구보다도 그 범죄에 가장 큰 책임이 있다는 것을 인정하지 않는 한 아무도 죄인을 심판할 수 없기 때문이다. 이것을 깨달았을 때 당신은 비로소 심판자가 될 수 있다.

꾸준히 일하라. 만일 그대가 잠자리에 들기 전에 '할 일을 다 못했구나' 하는 생각이 들거든 곧 일어나 그 일을 하도록 하라. 그리고 그대 주변 사람들이 짓궂고 인정머리 없는 인간들이어서 그대의 말에 귀를 기울이려 하지 않는다면 그들 앞에 엎드려 용서를 빌어라.

그들이 그대의 말에 귀를 기울이려 하지 않는 것은 그대에게도 책임이 있다. 설혹 그들이 너무 화가 나 있어 말을 붙일 수 없다 하더라도 희망을 잃지 말고 그들에게 봉사해야 한다.

그리고 모든 사람들이 그대를 버리고 강제로 몰아내려 하거든 혼자서 대지에 엎드려 땅에 키스하며 눈물로 땅을 적시도록 하라. 그렇게 하면 고립된 그대를 누구 한 사람 보지 못한다 하더라도 땅은 그대의 눈물의 열매를 가져다 줄 것이다.

만일 그대가 많은 죄를 지었거나 아니면 돌발적으로 죄를 저질러

그 때문에 죽도록 괴로운 일이 있다 하더라도, 올바른 사람을 생각하고 기뻐하라. 그대는 죄를 범했지만 그 대신에 죄를 범하지 않은 올바른 사람이 있다는 것을 생각하고 기뻐하라.

만일 다른 사람의 악행 때문에 참을 수 없는 슬픔과 분노를 느껴 그들에게 복수하고픈 생각이 들 때에는 그런 감정을 무서워하고 기피하도록 하라. 그 고통을 감수하고 그것을 참고 넘기면 그대의 마음은 편안해질 것이고, 그대 역시 죄가 있다는 것을 깨닫게 될 것이다.

그대는 대중과 미래를 위해 일해야 한다. 그러나 절대로 보수는 바라지 말라. 바라지 않더라도 그대들은 이미 지상에서 큰 보수를 받고 있기 때문이다.

지체 높은 자, 권세 있는 자를 두려워 말고, 항상 현명하고 의젓하게 처신하라. 무슨 일이든 절도를 지키고 적절한 때를 알도록 하라. 그리고 그것을 배워 익히도록 하라. 홀로 고요 속에서 기도드러라. 대지에 입맞추고 끊임없는 열성으로 그것을 사랑하라. 환희의 눈물로 대지를 적시고 그 눈물을 사랑하라. 또 그 환희를 부끄러워 말고 귀중히 여기도록 하라. 그것은 소수의 선택된 자들에게만 주어지는 하느님의 큰 선물이다.

(아) 지옥과 지옥불에 관하여, 신비주의적 고찰

수사, 신부 여러분! '지옥이란 무엇인가?' 라는 문제에 대해서 그것은 '더 이상 사랑할 수 없다는 것을 자각함으로써 오는 괴로움' 이라고 나는 단언한다. 시간이나 공간으로도 측량할 수 없는 무한한 세계에서 어떤 정신적 존재가 일단 이 지상에 나타났을 때 그에게는 '나는 존재한다. 고로 사랑한다'는 말을 할 자격이 주어진다. 그에게는 능동적이고 살아 있는 사랑의 한 순간이 단 한 번 부여되는데, 그것을 위해 부여된 것이 지상의 생활이다.

지금까지 단 한 번도 누군가를 사랑한 적이 없는 자가 하느님 앞에 올라가서 타인의 사랑을 멸시한 자기를 사랑해준 사람들을 가까이 한다는 것 자체가 그에겐 고통이 되는 것이다. 그때 가서 그는 눈이 환하게 뜨여 자기 자신에게 이렇게 말할 것이기 때문이다. "이제야 알겠다. 이제 내가 사랑하기를 갈망한다 하더라도 이미 사랑의 위업을 쌓을 수도 없고, 스스로를 제물로 바칠 수도 없다." 그의 지상 생활은 이미 끝났기 때문이다. 지금 나의 가슴 속에는 지상에서 멸시한 정신적 사랑에 대한 갈망이 불길처럼 타오르고 있지만, 그것을 꺼트릴 한 방울의 생명수도 아브라함은 갖다 주지 않을 것이다. 이제 살 시간은 얼마 남지 않았다. 설사 당신이 다른 사람을 위하여 당신의 생명을 기꺼이 바칠 용의가 있다 하더라도 그것은 불가능하게 된다.

친구들이여! 자살하는 사람들이야말로 진정으로 불쌍하다. 이보다 더 불행한 사람은 없다고 나는 생각한다. 그들을 위해서 하느님께 기도 드리는 것은 죄악이라고 사람들은 말한다. 교회 역시 표면적으로는 그들을 배척하고 있지만 나는 그들을 위해서도 기도를 드리는 것이 옳은 일이라고 생각하고 있다.

여기서 알렉세이 표도로비치 카라마조프의 수기는 끝을 맺고 있다. 이 수기는 불완전하고 단편적이다. 이를테면 전기적인 수기의 경우 장로의 청춘 시절 중 초기에 관한 것만 수록되어 있다. 장로의 설교와 의견 중에는 각기 다른 시기에 다른 동기에서 한 말들을 하나의 형식으로 합쳐놓은 것을 볼 수 있다.

장로의 죽음은 급작스럽게 찾아왔다. 그가 운명하던 날 밤, 장로의 방에 모였던 모든 사람들은 그의 죽음이 멀지 않았다는 것을 알고 있었으나 그래도 그렇게까지 갑자기 찾아오리라고는 생각지 못했다. 사람들은 그가 죽기 5분 전까지도 그의 임종을 전혀 예상할 수 없었다고 한다. 장로는 갑자기 가슴에 심한 통증이라도 느끼는 듯 얼굴이 창백해지며 양손으로 가슴을 꽉 눌렀다. 그러자 사람들이 일제히 자리에서 일어나 그에게로 달려갔다. 그러나 그는 괴로워하면서도 여전히 웃음을 띤 채 모두를 둘러보며 가만히 의자에서 내려와 장궤를 했다. 그리고 허리를 굽혀 얼굴이 땅에 닿도록 절을 하고, 양손을 쫙 펼치고 황홀경에 빠진 듯 대지에 입을 맞추고 기도를 드리면서 기쁜 마음으로 자기의 영혼을 하느님께 바쳤다.

장로의 부음은 곧 암자 내에 퍼졌고, 그것은 다시 수도원까지 전달되었다. 모든 수사들이 대성당에 모였다. 나중에 들려온 소문에 의하면, 장로의 부음 소식은 날이 새기 전에 읍내에 전해졌다고 한다. 아침녘에는 거의 온 읍내 사람들이 이 일에 대해 얘기하고 있었다. 그러나 그날부터 하루가 채 지나기 전에 모든 사람에게 전혀 예기치 않은 사건이 발생했다는 것을 미리 밝혀두겠다.

그것은 수도원과 읍내 사람들에게 준 인상으로 보아 너무나 이상하고 불안감을 주는 모호한 사건으로, 사람들을 종잡을 수 없게 만들었으며, 그날의 일은 여러 해가 지난 오늘날까지도 우리 읍내에서 아주 생생하게 기억되고 있다.

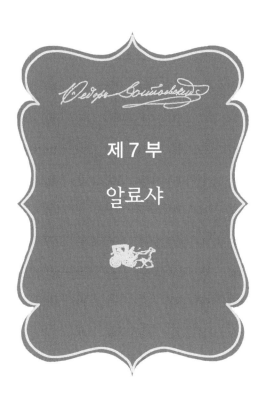

제 7 부

알료샤

1. 썩는 냄새

고인이 된 조시마 장로의 매장 준비가 일정한 의식에 따라 진행되었다. 누구나가 알고 있는 일이지만 수도사나 고행자의 시체는 씻지 않는다. 수도사가 세상을 떠나 하느님의 곁으로 갈 때에는 이를 집행하는 수도사가 따뜻한 그리스 해면으로 유해의 이마에서부터 가슴, 손, 발, 무릎에다 십자가를 그으면서 닦는 이외의 어떤 것도 해서는 안 된다. 이 일은 파이시 신부가 맡아서 했다.

유해는 새벽녘에 입관되었다. 관은 암실에 하루 동안 안치해 두기로 하였다. 고인은 엄격한 수도원 생활을 지도하는 수도 사제직에 있는 고행자였으므로 일반수도 사제와 보제들은 고인 앞에서 시편이 아니라 복음서를 독송했다.

진혼 미사가 끝나자 이오세프 신부는 곧 독송을 시작했다. 파이시 신부는 밤이 새도록 고인 앞에서 복음서를 독송하고 싶었으나 지금은 수도원 부원장 신부와 함께 다른 일에 쫓겨 그럴 겨를이 없었다. 수도원 부설 숙박소와 읍내에서 모여든 평신도들과 수도사들 사이에 정말이지 '꼴사납다'고 해야 마땅할 흥분과 기대의 빛이 나타났기 때문이었다. 그 흥분은 시간이 갈수록 더욱 심해졌다.

그래서 부원장 신부와 파이시 신부는 흥분해서 소란을 피우고 있는 사람들의 마음을 가라앉히느라 갖은 노력을 다했다. 해가 높이 떠오르자 이번에는 병자들이 모여들기 시작하였다. 지금이야말로 그들의 믿음에 대한 치유의 기적이 나타나리라 믿고 있었기 때문이다.

이 고장 사람들은 고인이 된 장로를 생존 시부터 성자로 높이 추앙해왔다는 것이 비로소 명백해졌다. 흥분한 수도사를 만날 때마다 파이시 신부는 그들을 타일렀다. "그렇게 당장 무슨 대단한 일이 일어날 것처럼 기대하는 것은 경박한 행동이오."

그러나 그의 말에 귀를 기울이는 사람은 없었다. 파이시 신부도 그것을 눈치 채고 불안해했다. 하지만 파이시 신부 자신도 사실은 흥분한 군중과 거의 똑같은 희망을 남몰래 품고 있다는 사실을 인정하지 않을 수 없었다.

오브도르스키에서 온 수도사는 흥분한 군중들 중에서도 가장 눈에 띄게 수선을 떨었다. 그는 몹시 초조한 빛을 띠고, 자신의 기대가 실현되지 않는 것에 신경질을 부리고 있었다. 한편 라키틴의 경우, 호흘라코바 부인의 특별한 부탁을 받고 일찌감치 암자에 나타났다. 착하긴 하지만 줏대가 없는 호흘라코바 부인은 자기가 직접 암자에 들어갈 수는 없었으므로, 그날 잠이 깨어 조시마 장로가 사망했다는 소식을 듣기가 무섭게 라키틴을 즉시 암자로 보내어 그곳에서 일어나는 모든 일을 30분마다 쪽지로 써 보내도록 당부했다.

날씨는 맑게 개어 햇빛은 밝게 빛나고 있었다. 대부분의 조문객들은 암자 근처에 있는 무덤 주위에 몰려와 있었다. 암자 주변을 거닐던 파이시 신부는 문득 알료샤 생각이 났다. 그런데 바로 그때, 그는 알료샤가 암자의 구석진 울타리 옆에 있는 것을 발견했다. 그는 암자 쪽으로 등을 돌리고, 울타리를 향해 앉아 있었기 때문에 마치 묘비 뒤에 숨어 있는 것 같았다. 그의 곁으로 다가간 파이시 신부는 그가 양손으로 얼굴을 가리고 온몸을 들썩거리며 흐느껴 울고 있는 것을 보았다. 파이시 신부는 그 옆에 잠시 서 있었다.

"이제 그만 울어, 알료샤! 그만했으면 됐어." 그가 다정하게 말했다. "무엇 때문에 울지? 울 게 아니라 기뻐해야지. 오늘이 그분에겐 가장 위대한 날이라는 걸 몰라서 그래? 지금 이 순간 그분이 어디 계신지를 한 번 생각해봐!"

알료샤는 마치 어린아이처럼 울어 퉁퉁 부어오른 얼굴에서 손을 떼고 그를 쳐다보았으나 아무 말도 하지 못하고 얼굴을 돌려 다시 양손으로 얼굴을 가려버렸다.

"어쩌면 우는 게 나을지 몰라. 그 눈물은 그리스도께서 너에게 보내신 거니까." 그는 알료샤의 곁을 떠나며 애정이 깃든 마음으로 바라보았다. 알료샤를 보고 있으려니 그도 울음이 터져 나올 것 같아 급히 자리를 떠났다.

그런데 정오가 지나자마자 이상한 현상이 벌어지기 시작했다. 처음에는 그곳을 드나들던 사람들도 그것을 눈치챘지만 입을 다문 채 두려운 마음으로 자신의 생각을 내비치지는 않았다. 고인을 위한 수도원의 의식과 추모 미사는 순서에 따라 진행되었다.

그러나 오후 3시가 채 못 되어 그것은 부인할 수 없을 정도로 분명하게 나타났고, 현장의 소식은 암자를 찾아온 수많은 수도사들 사이에 순식간에 퍼졌다. 여기서 다시 한 번 나의 개인적 의견을 부언하고자 한다. 나는 이 하찮고 괘씸한 사건을 생각할 때마다 거의 모멸감을 느끼곤 한다. 이 사건은 사실상 아무런 의미도 없는 자연스러운 일이었다. 따라서 이것이 이 소설의 주인공(미래의 주인공이기는 하지만) 알료샤의 마음과 영혼에 그처럼 강력한 영향을 주지만 않았더라도 나는 이 사건에 대해서는 한 마디도 하지 않고 이야기를 진행시켰을 것이다. 이 사건은 그에게 심각한 충격을 주어 그의 정신세계에 일대 위기를 가져왔으며, 마침내 일생을 통하여 그에게 확고한 목표를 갖도록 해주었다.

처음엔 방 안에 드나들던 사람들만이 이것을 알아차렸는데, 누구도 그 말을 입 밖에 내기를 몹시 꺼려 하는 눈치였다. 그러나 오후 3시 경에는 그것이 부정할 수 없는 사실로 드러났으므로, 이 소식은 순식간에 암자 전체에 퍼져 모든 조문객들에게 알려졌고, 마침내 사람들을 흥분 속으로 몰아넣었다. 고인이 된 장로가 그의 강론 중에 말한 바와 같이 "사람이란 올바른 자의 타락과 치욕을 가장 기뻐하는 법"이기 때문이었다. 시체가 썩는 냄새는 시간이 흐를수록 더욱 심해져서 오후 3시 경에는 모두가 분명히 느낄 수 있게 되었다.

그것은 모든 시체에서 볼 수 있는 자연스런 현상이었기에 보통 때는 어떤 동요도 없었다. 물론 이 수도원에서 오래 전 세상을 떠난 수도사 중에 썩는 냄새가 나지 않은 사람이 있었다는 말이 전해 내려오긴 했다. 그런 사람에 관한 기록은 아직도 수도원 내에 잘 보존되어 수도사들에게 장엄하고 기적적인 일로써 그들의 가슴 깊이 각인되어 있었다.

고인이 된 장로는 기적에 의해서라기보다는 사랑의 힘으로 많은 사람의 마음을 끌어당겼는데, 사실은 그 때문에 더 많은 시기심을 불러일으켰는지도 모른다. 개중에는 드러내놓고 반감을 표시하는 자들이 있는가 하면, 뒷구멍으로 쑥덕거리는 자도 있었다. 사람들은 "왜 그 사람은 그렇게 성인 대접을 받아야 하나요?"라는 것이었다. 그런데 이 의문이 꼬리에 꼬리를 물고 이어지다가 마침내 끝모를 증오를 낳게 했던 것이다. 장로가 죽은 지 하루도 지나기 전에 그의 시체에서 그렇게 빨리 썩는 냄새가 나는 것을 보고 많은 사람들이 한없이 기뻐한 이유도 바로 여기에 있었다.

시체가 부패했다는 사실이 확실시되자, 고인의 방에 들어오는 수도사들의 얼굴만 보아도 그들이 암자에 들어오는 이유를 당장 알아챌 수 있었다. 그들은 방 안에 들어와서 잠시 서 있다가 밖에서 기다리고 있는 다른 무리들에게 소문이 사실이라는 것을 확인시켜주기 위해 달려나가는 것이었다. 밖에서 기다리는 사람들 중에는 슬픔에 잠겨 고개를 젓는 사람도 있었고, 악의에 찬 눈길 속에 노골적인 기쁨의 빛을 드러내 보이는 사람도 있었다. 그러나 아무도 그것을 꾸짖거나 항의하는 사람은 없었다. 이것은 참으로 이상한 일이었다. 수도원 내에 있는 대부분의 수도사들이 고인이 된 장로에게 존경을 바쳐오지 않았던가? 그런데 이번에는 하느님이 소수의 무리에게 잠시 승리를 내리신 것이 분명하였다. 얼마 후 일반 조문객들도 염탐을 위해 암자에 들어오기 시작했는데, 그들은 대체로 교육을 받은 사람들이었다. 오후 3시가 지나자 일반 조문객들이 물밀듯이 몰려들었는데, 이것은 두말할 것도 없이 유혹에 빠져 들게 하는 소문을 전해 들었기 때문임이 분명하였다.

파이시 신부는 근엄한 얼굴로 또렷하게 복음서 독송을 계속하였다. 그는 오래 전부터 무언가 심상치 않은 일이 일어나고 있음을 눈치채고 있었지만 주위에서 일어나고 있는 일에 무관심한 듯한 표정을 짓고 있었다. 그러나 수군거리는 소리는 마침내 그의 귓전에까지 들려왔다. 처음엔 아주 낮았으나 점점 높아지고 대담해져 갔다. "이건 하느님의 심판이 인간의 심판과는 다르다는 것이지!" 파이시 신부의 귓가에 갑자기 이런 소리가 들려왔다. 이런 말을 제일 먼저 입 밖에 낸 사람은 신앙심이 두터운 읍내의 한 관리였다. 그러나 이것은 벌써부터 수도사들이 서로 귀엣말로 수군거리던 것을 큰 소리로 되풀이한 데 지나지 않았다.

"피골이 상접한 작은 몸의 어디에서 썩는 냄새가 나는 걸까?"

"이건 말하자면 하느님께서 일부러 우리에게 보여주시려는 거지."

이런 말들이 수도사들 사이에 오갔다. 그리고 이 의견은 아무런 이의도 없이 곧 받아들여졌다. 왜냐하면 이전에 죽은 모든 죄인들의 경우와 마찬가지로 시체에서 썩는 냄새가 나는 것은 극히 자연스러운 현상이라고는 하지만, 이러한 냄새가 나는 것은 시간이 좀 더 경과한 후의 일이며, 적어도 만 하루는 지나야 하므로, 이것은 누가 보아도 지나치게 빨랐기 때문이었다. 고인의 사랑을 받아온 도서계 수도사인 이오세프 신부는 일부 중상가들에게 "어디서나 똑같으란 법은 없지 않느냐?"고 반박을 시도했다. 즉 의로운 자의 시체가 썩지 않는다는 것은 정교회의 교리가 아니라 하나의 의견에 불과하다는 것이었다.

장로제를 반대해온 자들은 의기양양하여 고개를 쳐들고 다녔다.

"바르소노피 장로의 시체에서는 썩는 냄새는커녕 향긋한 냄새가 났었지." 그들은 악의에 찬 어조로 말했다.

그러자 장로를 따르는 자들이 말했다.

"그분이 그런 영광을 받았던 것은 장로라는 신분 때문이 아니라 올바른 길을 걸었기 때문이야."

그러자 이번에는 조시마 장로를 비난하는 소리가 쏟아져 나왔다.

"그이는 단식도 엄격하게 지키지 않았어. 달콤한 음식도 마음껏 먹었고 차를 곁들인 버찌 잼도 먹었는데, 특히 그것을 좋아하여 귀부인들이 보내주곤 했었지. 고행자가 차를 마시다니 그게 말이 되냐고!"

장로를 시기하는 사람들 중에는 이런 말을 하는 이도 있었다.

"그는 거만하게 앉아서 사람들이 자기 앞에 무릎을 꿇는 것을 당연한 일로 받아들였지."

"그 사람은 고해의 비밀을 악용했어."

장로 제도의 가장 맹렬한 반대자는 적개심에 불타서 소리쳤다. 이들은 수도사들 중에서 가장 나이가 많은 축에 속하며, 신앙 면에서도 가장 엄하고 진정한 의미에서 금욕과 침묵의 고행을 하는 자들로서, 장로가 살아 있을 동안에는 아무 말도 없더니 이제 와서 말문을 연 것이다.

페라폰트 신부가 조시마 장로를 특별히 싫어했던 것은 누구나 다

아는 사실이었다. '하느님의 심판은 인간의 그것과는 다르다. 이것은 자연을 초월한 것이다.' 라는 소식이 페라폰트의 암자에까지 전달되었다.

시종일관 파이시 신부는 관 옆에 서서 복음서를 독송하고 있었다. 그는 조금도 당황하지 않고, 앞으로 일어날 일을 두려움 없이 기다리면서 이 소동을 예리한 눈으로 주시하고 있었다.

바로 그때 현관 쪽에서 이 자리의 예절을 무시하는 심상치 않은 소음이 그의 귀를 자극하였다. 방문이 활짝 열리며 페라폰트 신부가 문지방에 나타났다. 페라폰트 신부는 두 팔을 높이 쳐들고 외쳤다.

"내 너를 쫓고 또 쫓으리라!" 그러고는 곧 사방으로 돌아가면서 암자의 벽과 네 귀퉁이를 향해 성호를 긋기 시작했다. 페라폰트의 뒤를 따라온 사람들은 그의 이러한 행동이 무엇을 의미하는지 얼른 알아챘다. 그는 어디에 들어가건 반드시 이런 식으로 악마를 내쫓기 전에는 앉지도 않고 한 마디도 하지 않는다는 것을 사람들은 알고 있었기 때문이다.

"사탄아 물러가라, 사탄아 물러가라!" 그는 성호를 그을 때마다 이렇게 되풀이했다. "내 너를 쫓고 또 쫓으리라!" 그는 또다시 외쳤다. 그는 허름한 수도복에 새끼줄을 허리에 두르고 있었다. 삼베로 만든 셔츠 밑으로 잿빛 털이 가득한 가슴팍이 드러나 있었다.

"무엇하러 오셨나요, 신부님? 왜 질서를 흐트리는 거지요? 무엇 때문에 온순한 양떼의 마음을 어지럽히는 겁니까!" 엄격한 눈초리로 그를 바라보며 파이시 신부가 말했다.

"지금 그 까닭을 묻는 거요?" 페라폰트 신부는 신들린 사람처럼 외쳤다. "여기 있는 당신의 손님들, 즉 더러운 악마를 몰아내려고 온 거요. 나 없는 사이에 얼마나 많이 모여들었는지 어디 한 번 볼까. 자작나무 빗자루로 그놈들을 쓸어내 버려야지."

"나가주세요, 신부님!" 파이시 신부가 명령조로 말했다. "심판은 인간이 하는 게 아니라 하느님께서 하십니다. 지금 여기서 우리가 보는 '계시'는 당신이나 나나 그 밖의 누구도 이해할 수 없는 것입니다. 어서 나가주세요, 신부님. 그리고 양떼를 괴롭히지 말아주세요!" 그는 단호하게 말했다.

"그렇다면 나가지!" 페라폰트 신부는 좀 당황한 듯하였으나 여전히 분노에 찬 말투로 말했다. "너희들은 대단한 학자니까! 나는 배운 것도 없이 이곳에 왔지만, 여기 와서는 알고 있던 것마저 잊어버리고 말았어. 그러나 하느님께서는 이 보잘것없는 나를 너희들의 대단한 학문으로부터 지켜주셨어."

파이시 신부는 단호한 태도로 그의 옆에 버티고 있었다. 페라폰트 신부는 잠시 입을 다물고 있다가 갑자기 서글픈 표정을 지으며 오른손으로 턱을 받치고 죽은 장로의 관을 쳐다보면서 노래하듯 말을 길게 끌었다.

"내일이면 이 사람을 위해서 〈우리의 구원자이시며 보호자〉를 부르겠지. 참으로 거룩한 성가야. 그러나 내가 죽으면 기껏해야 보잘것없는 〈지상의 기쁨〉이나 부르겠지." 그는 울먹이는 목소리로 애처롭게 말하고는 미친 사람처럼 손을 한 번 휘두르더니 홱 돌아서서 층계를 달려 내려갔다. 그러더니 저물어가는 해를 향하여 두 팔을 높이 쳐들고는 누구에게 발목이라도 잡힌 듯 째질 듯한 비명을 지르며 땅에 푹 쓰러졌다.

"우리 주는 이기셨도다. 그리스도는 저물어가는 태양을 이기셨도다." 그는 태양을 향해 두 팔을 쳐들고 미친 듯이 소리치더니 땅바닥에 얼굴을 대고 온몸을 부들부들 떨며 흐느껴 우는 것이었다. 그러자 모든 사람들이 그에게로 달려갔다. 일종의 광란 상태가 모든 군중을 휩쓸었던 것이다.

"이분이야말로 성인이시다. 이분이야말로 의인이시다."라는 환호성이 사람들의 입에서 울려퍼졌다.

그대로 내버려두면 어디까지 갈지 상상하기 어려울 지경이었으나 마침 저녁 예배 시간을 알리는 종소리가 울렸다.

"너도 유혹에 빠졌느냐?" 모든 것을 지켜본 알료샤에게 파이시 신부가 버럭 소리를 질렀다.

알료샤는 신부를 외면한 채 모로 서 있었다. 파이시 신부는 주의 깊게 그를 쳐다보고 있었다.

"어딜 그렇게 급히 가는 길이냐, 미사 종이 울리고 있는데?" 그는 또다시 이렇게 물었으나 알료샤는 역시 대답이 없었다.

"아니면 암자를 떠날 작정이냐? 그렇다면 허락도 받지 않고 축복도 빌지 않는 건 왜지?"

알료샤는 아무 인사도 없이 손을 휘두르더니, 암자 밖으로 나가는 문을 향해 급히 발걸음을 옮겼다.

"다시 돌아오겠지?" 파이시 신부는 슬픔과 놀라움이 뒤섞인 얼굴로 그의 뒤를 바라보며 중얼거렸다.

2. 그런 순간

파이시 신부가 그의 '사랑스런 소년'이 다시 돌아오리라고 생각한 것은 옳았다. 뿐만 아니라 알료샤의 정신의 참된 의미를 꿰뚫어보았다고 해도 좋을 것이다. 파이시 신부의 "그래, 너도 신앙이 부족한 무리들과 한패란 말이냐?"라고 한 슬픔이 깃든 질문에 대하여 나는 물론 알료샤를 대신해서 "아니다, 그는 신앙심이 부족한 무리들과 한패가 아니다."라고 자신 있게 대답할 수 있다.

사실 이 장로라는 인물은 참으로 오랫동안 의심할 여지 없이 이상적인 인물로 그의 앞에 서 있었으므로, 그의 젊음에 넘치는 힘과 동경은 온통 이 하나의 이상을 향해 나아갈 수밖에 없었다. 그래서 때로는 '모든 사람과 사물'을 잊어버리는 때도 있었다. 그러나 거듭 말하건대 그에게 필요했던 것은 기적이 아니라 '최고의 정의'였다. 그는 그 정의가 무너져버렸다고 생각했다. 이 때문에 그의 마음은 갑자기 그렇게도 무참히 상처를 입게 되었다. 그렇지만 이 '정의'가 알료샤의 기대 속에서 사건의 진행과 더불어 기적의 형태로, 자신이 숭배하는 지도자의 시체를 통하여 즉시 나타나리라 기대했다고 해서 이상할 것은 없지 않은가?

그런데 지금 세상에서 누구보다 높이 받들어져야 한다고 굳게 믿었던 그 사람이, 마땅히 받아야 할 영예 대신에 치욕의 구렁텅이에 빠지지 않았는가! 이것은 무엇 때문일까? 이러한 의문은 그의 경험이 부족한 순진한 마음을 괴롭혔다.

사실 그는 하느님을 원망하기도 했지만 하느님을 사랑하였고, 확고부동한 신앙심을 가지고 있었다. 그럼에도 불구하고 어제 이반 형과 했던 말을 상기하자 막연하면서도 괴롭고 불길한 인상이 그의 마음속에서 꿈틀거리더니 점점 표면 위로 떠오르는 것이었다.

　황혼이 짙어갈 무렵, 암자를 나와 수도원 쪽으로 가려고 솔밭을 지나가던 라키틴이 그런 알료샤의 모습을 발견했다. 알료샤는 얼굴을 땅에 대고 나무 밑에 누운 채 꼼짝도 않고 있었다. 라키틴이 가까이 다가가 소리쳤다.

　"자네 여기 있었나, 알렉세이? 벌써 두 시간 이상이나 자네를 찾아다녔어. 갑자기 자취를 감춰버려서 말이야. 대체 여기서 무얼 하고 있었나?"

　알료샤는 머리를 쳐들고 일어나 앉아 나무에 등을 기댔다. 그는 울고 있지는 않았으나 그의 얼굴에는 깊은 고뇌의 빛이 서려 있었고, 눈에는 초조한 빛이 엿보였다. 그러나 그는 라키틴을 보지 않고 어딘가 다른 곳을 보고 있었다.

　"이봐, 자네 얼굴이 싹 달라졌어. 자네의 온후한 표정은 찾아볼 수가 없어. 누구한테 화가 난 거야? 모욕이라도 당했나?"

　알료샤는 그를 쳐다보기는 했으나 상대방의 말을 잘 알아듣지 못한 듯 멍한 얼굴을 하고 있었다.

　"그 노인이 냄새를 풍기기 시작했다고 해서 그렇게 풀이 죽어 있는 건가?" 라키틴은 이렇게 외치며 놀랍다는 표정을 지었다.

　"믿었어. 그리고 지금도 믿고 있어. 앞으로도 마찬가지야. 더 물어볼 말이 있나?"

"이젠 아무것도 없네. 이보게, 하지만 요즘은 열세 살짜리 초등학생도 그런 건 믿지 않아."

알료샤는 눈을 가늘게 뜨고 한동안 라키틴을 쳐다보았다. 그러자 그의 눈에서 광채가 빛났다. 그러나 그것은 라키틴에 대한 분노는 아니었다.

"나는 하느님께 반역을 일으킨 게 아니야. '하느님의 세계를 인정하지 않는다' 는 것뿐이지." 알료샤는 일그러진 미소를 지었다.

"그게 무슨 말인가? 하느님의 세계를 인정하지 않는다니?" 라키틴은 알료샤의 대답을 잠시 생각해 보았다. "그따위 잠꼬대 같은 소리가 어디 있나?"

알료샤는 아무 대답도 하지 않았다.

"자, 이제 그런 시시껄렁한 얘기는 그만두고 실질적인 얘기로 들어가지. 자네 오늘 뭐 좀 먹었나?"

"생각이 안 나는군. 아마 먹었을 거야."

"자네 안색을 보니 뭘 좀 먹어야 할 것 같아. 정말 불쌍할 정도야. 지금 내 호주머니에 소시지가 있네. 하지만 자넨 소시지 같은 건 먹지 않겠지?"

"그것 좀 주게."

"야아, 이것 참 놀라운 일이군. 실은 지금 보드카를 한잔 했으면 하던 참이었어. 피곤해서 죽을 지경이네. 자네는 설마 보드카 생각이야 하지 못하겠지만……. 어때, 자네도 생각 있나?"

"보드카도 좀 주게."

알료샤는 말없이 땅바닥에서 일어나 라키틴의 뒤를 따랐다.

"이걸 이반 형이 본다면 정말 놀랄걸! 아 참, 자네 형 이반이 오늘 아침에 모스크바로 떠났는데, 자네 알고 있나?"

"알고 있어." 알료샤가 시큰둥하게 대답했다.

"자네 형은 언젠가 나를 비천한 자유주의 쓰레기라고 비난한 적이 있지. 자네 역시 날 비난했고. 하지만 좋아! 이제부터 자네들이 얼마나 재능 있고 결백한 지 봐야겠어." 이 마지막 말을 라키틴은 입속으로 중얼거렸다. "그건 그렇고, 이보게!" 하고 그는 또다시 큰 소리로 말했다. "우리 수도원 옆을 지나 오솔길로 곧장 읍내로 가세. 그렇지, 가는 길에 호흘라코바 부인 댁에도 들러봐야겠군. 자네 좀 생각해보게. 내가 오늘 일어났던 일을 전부 적어 부인에게 보냈더니 부인이 곧 연필로 답장을 써 보냈더군. '나는 조시마 장로와 같은 훌륭한 분이 그따위 짓을 할 줄은 몰랐어요!' 라고 말이야. 잠깐만! 한데 알료시카, 자네 생각엔 지금 우리가 어디로 가는 게 좋을 것 같은가? 그루셴카 집에 갈까? 어때, 가겠나?" 온몸을 떨면서 라키틴은 마침내 이렇게 말했다.

"좋아, 가세!" 라키틴은 알료샤가 금방 동의해올 줄은 꿈에도 생각지 못했으므로 하마터면 뒷걸음질을 칠 뻔했다.

그는 놀라서 "아니 뭐라고? 그 참!" 하고 소리치다가 갑자기 알료샤의 손을 꼭 움켜쥐고 급히 오솔길로 끌고 들어갔다. 그의 결심이 변하지나 않을까 몹시 염려되었던 것이다.

두 사람은 말없이 걸어갔다. 라키틴은 말하는 것조차 두려웠다.

"그 여자가 정말 좋아할 거야. 정말……." 그는 중얼거리다가 다시 입을 다물었다. 그러나 그가 알료샤를 끌고 가는 것은 그루셴카를 즐겁게 해주기 위해서가 결코 아니었다. 그는 신중한 인간이어서 자기에게 이로운 일이 아니면 절대로 손대는 법이 없었다. 지금 그에게는 두 가지 목적이 있었다. 첫째는 '의인의 치욕'을 보고 싶은 복수였다. 이전부터 은근히 바래왔던 '성인에서 죄인'으로 '타락'하는 알료샤의 모습을 볼 수 있을지도 모른다는 기대감이었다. 둘째는 그에게 매우 유리한 어떤 물질적인 목적이었는데, 그것은 다음에 밝히기로 하겠다.

'말하자면 그러한 순간이 온 것이지.' 하고 그는 생각하며 심술궂은 기쁨을 맛보고 있었다.

3. 파 한 뿌리

그루센카는 시내에서 가장 번화한 곳인 소보르나야 광장 근처에서 살고 있었다. 그녀는 모로조바라는 상인의 미망인 댁 안뜰에 있는 작은 목조 건물 별채에 세 들어 살고 있었다. 모로조바 부인의 집은 커다란 이층 석조 건물이었지만, 몹시 낡은 것이었다. 그 집에는 늙은 미망인인 집 주인이 역시 늙은 두 조카딸과 함께 외로운 나날을 보내고 있었다. 별채를 세줄 정도로 궁핍했던 것은 아니었지만, 그럼에도 불구하고 그루센카를(그것은 이미 4년 전의 일이다) 자기 집에 들인 것은, 그녀 자신이 그루센카의 정식 보호자이고, 또 자기의 친척이기도 한 상인 삼소노프의 비위를 맞추기 위해서였다. 소문에 의하면 질투심 강한 삼소노프가 맨 처음 자기의 '귀염둥이'를 이 집에 맡겼을 때는 이 집의 늙은 과부가 새로운 셋방 여인의 품행을 날카로운 눈으로 감시해 주리라 믿었기 때문이었다. 하기는 삼소노프가 겁먹은 듯이 수줍고 언제나 슬픈 얼굴로 생각에 잠겨 있는 호리호리한 열여덟 살짜리 소녀를 어느 도시에서 이 집으로 데려온 것은 벌써 4년 전의 일이다.

그러나 이 소녀의 내력에 대해서 사람들은 거의 모르고 있었다. 최근에 많은 사람들이 지난 4년 동안 '절세미인'으로 변모해 버린 아그라페나 알렉산드로브나에게 깊은 관심을 갖게 되었지만, 과거지사에 대해서는 모르고 있었다. 그녀는 열일곱 살의 소녀였을 때 어느 장교한테 유혹당한 후 버림받았고, 장교는 그 지방을 떠나 다른 곳에서 결혼해 버려, 그루셴카는 치욕과 빈궁 속에 혼자 남게 되었다는 소문이 나돌고 있을 뿐이었다. 그때 삼소노프 노인이 그루셴카를 빈궁의 구렁텅이에서 구해준 것은 사실이지만, 일설에 의하면 그녀는 상당한 신분의 성직자 집안에서 태어났다는 소문도 있다.

그녀는 인색하고 조심성이 많아서 지난 4년 동안 그녀의 사랑을 획득했다고 자랑할 수 있는 사내는 그녀를 돌봐주고 있는 그 노인 외에는 아무도 없었다. 게다가 이 젊은 여인은 이른바 '투기사업'에 매우 뛰어난 재능을 보였기 때문에 나중에는 많은 사람들로부터 '유대 여자'라는 별명까지 들었을 정도였다.

최근 삼소노프는 다리가 부어올라 보행이 불가능해져 병상에 누워 있었다. 몇십만 루블의 재산을 가진 부호였지만 인색하기 그지없었고, 다 큰 아들에 대해서도 폭군처럼 행세하고 있었다. 그러나 자기가 돌봐주고 있는 그루셴카한테만은 꼼짝 못했다. 그는 그루셴카에게 홀딱 반해 그녀 없이는 도저히 살 수 없는 입장이었음에도 불구하고, 그녀에게 목돈을 주지는 않았다. 노인은 약간의 돈을 나눠주기는 했지만, 세상 사람들은 이 사실을 알고 깜짝 놀랐다.

"너는 빈틈이 없으니까," 8천 루블의 돈을 주면서 그는 그루셴카에게 이렇게 말했다. "네가 알아서 관리해라. 지금처럼 주는 일정한 금액 이외에는 죽을 때까지 한 푼도 남겨놓지 않을 테니까." 그리고 실제로 노인은 자기 말대로 실행했다. 그는 죽을 때 한평생 자기 옆에서 머슴처럼 부려먹은 아내와 아이들에게 전 재산을 물려주고, 그루셴카에 대해서는 일언반구도 유언장에 써 넣지 않았다. 이 모든 것을 알게 된 것은 나중의 일이었다. 그러나 '밑천을 가지고 사업을 시작하는' 데 대한 노인의 충고는 그루셴카에게 적잖은 도움을 줘서 그녀는 그것을 자기 '사업'의 지침으로 삼았다.

표도르 카라마조프는 우연한 기회에 어떤 '투기사업'을 하면서 그루셴카와 손을 잡게 되었는데, 자기도 모르는 사이에 그녀에게 홀딱 반해버리고 말았다. 그때 이미 죽음의 문턱에서 오락가락하던 삼소노프는 이 말을 듣고 큰 소리로 웃어댔다고 한다.

그런데 드미트리 표도로비치가 나타나서 그녀에게 사랑을 고백하자, 노인은 웃음을 그쳤다. 그리고 어느 날, 진지한 얼굴로 그루셴카에게 이렇게 충고했다. "만일 그 영감하고 아들 중에서 한 명을 택한다면, 영감을 택하도록 해라. 그러나 그 비열한 영감쟁이가 너와 틀림없이 결혼을 하고, 미리 얼마간의 재산을 네 명의로 해둔다는 조건 없이는 안 돼. 그 대위하곤 사귀지 마라. 앞날이 뻔하니까." 이것이 이미 죽음이 다가오고 있음을 예감하고 있던 늙은 호색한이 그루셴카에게 한 마지막 충고였다.

그루셴카는 매우 검소한 생활을 하고 있어서 가재도구 같은 것도 초라하기 짝이 없었다. 라키틴과 알료샤가 그 집에 들어갔을 때는 완전히 날이 저물어서 어두컴컴했으나, 방 안에는 아직도 불이 켜져 있지 않았다. 그루셴카는 응접실에 있는 몰골사나운 커다란 소파에 누워 있었다.

라키틴과 알료샤가 나타나자 약간의 소동이 일어났다. 그루셴카가 소파에서 벌떡 일어나며 다소 겁에 질린 듯한 목소리로 "누가 왔어?" 하고 외치는 소리가 현관까지 들려왔다. 그러나 손님을 마중 나온 하녀는 곧 주인에게 소리쳤다.

"아닙니다. 그분이 아닙니다."

"이 집에 무슨 일이 있나본데!" 알료샤의 손을 잡고 응접실로 들어가며 라키틴이 중얼거렸다.

그루셴카는 아직도 놀라움이 가시지 않은 표정으로 소파 옆에 서 있었다. 그러나 그녀는 손님들의 얼굴을 알아볼 때까지 머리를 매만지려고도 하지 않았다.

"아아, 당신이었군요, 라키트카라키틴의 애칭! 어머나, 이게 누구예요!" 알료샤의 얼굴을 알아보고 그루셴카가 소리쳤다.

"우선 촛불이라도 좀 가져오라고 하지!" 이 집에서 명령할 권리를 가지고 있을 정도로 절친한 사이라는 것을 과시하려는 듯 라키틴은 허물없이 말했다.

"촛불…… 한데 하필이면 이런 때 저분을 모시고 오다니!" 그녀는 턱으로 알료샤를 가리키며 외쳤다.

'나 때문에 기분이라도 상했소?' 라키틴은 대뜸 역정을 내며 물었다.

그루센카는 미소를 띠며 알료샤 쪽을 바라보았다.

"알료샤, 당신이 와주셔서 얼마나 기쁜지 모르겠어요. 나는 오늘 우리 영감 삼소노프한테 가서 밤새껏 일해야 해요. 그분은 나밖에 신용하지 않거든요. 미탸는 내가 거기 간 줄 알고 있을 거예요. 그렇지만 나는 이렇게 집 안에 들어앉아 좋은 소식이 오기만을 기다리고 있는 중이에요. 페냐! 빨리 현관으로 대위님이 있는지 살피고 와."

"아무도 없어요, 아씨. 방금 살피고 왔어요."

"알료샤, 오늘은 당신의 형 미탸가 무서워 죽겠어요." 그녀는 불안에 떨고 있으면서도 한편으로는 환희에 가까운 기쁨을 느끼고 있었다.

"왜 오늘 따라 미탸가 그렇게 무섭다는 거지?" 라키틴이 물었다.

"내가 말했잖아요. 나는 지금 기쁜 소식을 기다리고 있다고요. 그러니까 지금은 미탸 같은 분을 만나고 싶지 않아요. 그렇지만 그분은 내가 삼소노프 영감한테 간다는 것을 믿지 않는 것 같았어요. 왠지 그런 생각이 들어요."

"그런데 그런 옷차림을 하고 어딜 간다는 거지?"

"라키틴! 좋은 소식을 기다리고 있다잖아요. 소식이 오기만 하면 당장 날아갈 거예요. 그러니까 나를 보는 것도 얼마 안 남았다고요."

"대체 어디로 간다는 거지?"

"너무 많은 걸 알려고 하면 빨리 늙어요."

그러고는 사뿐히 소파에 앉더니 알료샤와 나란히 자리를 잡았다. 이때 그녀는 정말로 기뻐서 어쩔 줄을 모르겠다는 표정으로 알료샤의 얼굴을 바라보았다. 그것은 선량한 사람에게 나타나는 즐거운 웃음이었다. 알료샤는 이처럼 선량한 표정을 그녀의 얼굴에서 발견하게 될 줄은 꿈에도 생각지 못했었다. 사실 알료샤는 그녀에 대해 두려움에 가까운 생각을 품고 있었다. 지금 그는 자신의 슬픔 때문에 짓눌려 있기는 했지만, 그의 두 눈은 그녀를 주의 깊게 지켜보고 있었다.

"아, 오늘은 왜 이렇게 여러 가지 문제들이 겹치는 걸까요? 그리고 알료샤, 당신이 온 것이 왜 이렇게 기쁜지 그 영문을 모르겠어요. 그런데 당신은 왜 우울한 얼굴을 하고 계시죠? 알료샤, 내가 두려우세요?"

"슬퍼할 수밖에, 승진을 못했으니."

"승진이라니요?"

"이 친구의 장로님이 냄새를 풍기기 시작했단 말이오."

"냄새를 풍기다뇨? 이 사람은 또 쓸데없는 소릴 하는군요. 뭔가 추잡한 소릴 하려는 거지요? 듣기도 싫어요, 그런 바보 같은 소린! 그보다 알료샤, 나를 당신 무릎 위에 앉혀주시겠어요, 이렇게!" 그녀는 벌떡 자리에서 일어서더니, 날렵하게 알료샤의 무릎 위에 올라앉았다. 그러고는 상냥하게 오른손을 돌려 그의 목을 껴안는 것이었다. "믿음이 깊은 우리 도련님, 난 당신을 기쁘게 해주고 싶어요. 화내지 않으실 거죠? 당신이 내리라면 당장이라도 뛰어내릴게요."

알료샤는 말이 없었다.

"알료샤, 실은 이 사람에게 당신을 데리고 오면 샴페인을 내놓겠다고 약속했답니다. 페냐, 샴페인을 가져와! 미탸가 놓고 간 그 병 말이다. 라키트카, 당신은 독버섯이지만 이분은 귀공자예요. 하긴 지금 내 마음은 딴 일로 가득 차 있지만, 그래도 괜찮아요. 나도 함께 마시고 싶으니까요. 한바탕 떠들고 싶어요."

"마음이 딴 일로 가득 찼다는 건 도대체 무슨 뜻이오? 어디 한 번 묻고 싶은데, 그것도 비밀이오?" 라키틴은 끊임없이 자기에게 던져지는 비꼬는 말투에는 관심이 없다는 듯한 태도를 취했다.

"뭐 비밀이랄 것도 없어요. 당신도 잘 알고 있는 일인걸요." 그루셴카는 근심스런 어조로 말했다. 그러나 그녀는 여전히 알료샤의 무릎 위에 앉은 채 한 손으로 그의 목을 껴안고 있었다. "장교님이 오시는 거예요, 라키틴. 나의 장교님이 오신단 말예요!"

"그 사람이 온다는 말은 나도 들었지만 벌써 그렇게 가까운 곳에 와 있소?"

"지금 모크로예 마을에 와 있어요."

"아니, 하필이면 왜 모크로예 마을이지?"

"그 얘기는 그만해둬요."

"그럼 미탸는 그 사실을 모르나?"

"알 리가 있겠어요? 만일 안다면 날 죽이고 말 거예요. 하지만 지금 나는 그런 건 조금도 무섭지가 않아요. 라키트카, 제발 그이의 이야기는 꺼내지 말아요. 알료샤, 그저께 있었던 아가씨 일 때문에 내게 화가 나 있는 줄만 알았어요. 난 정말 개 같은 행동을 했어요. 옳은 일은 아니었지만 역시 그렇게 하길 잘했다고 생각해요." 그루셴카가 다정하게 미소를 지었지만, 그 속에 한 줄기 잔인한 빛이 번쩍 스치고 지나갔다. "미탸가 말하기를 '그런 년은 채찍으로 패주어야 한다더군요. 사실 난 그때 그 아가씨에게 굉장히 심한 모욕을 주었어요. 하지만 그 아가씨는 코코아 한 잔으로 나를 매수하려고 불렀었단 말예요.

아무튼 그렇게 끝난 건 잘된 일이에요."

"그건 사실이야. 여보게, 알료샤! 이 여자는 정말 자네를 두려워하고 있어. 자네 같은 햇병아리를 말이야."

"라키트카, 물론 당신의 눈에는 이분이 햇병아리로 보일지도 모르죠. 하지만 그건 당신에게 양심이 없기 때문이에요. 알료샤, 내가 당신을 진심으로 사랑하고 있다는 걸 믿어주시겠지요?"

"아아, 저렇게 파렴치하다니까! 알료샤, 이 여잔 자네한테 사랑의 고백을 하고 있는 거야!"

"그게 어쨌단 말예요? 아무튼 난 사랑해요."

"그럼 그 장교는? 모크로예에서 온다는 그 황금 같은 소식은 어떡하고?"

"내가 알료샤한테 바치는 사랑은 다른 거예요. 사실 난 천하고 사나운 여자지만 때때로 매우 양심적일 때가 있답니다. '지금 그분은 나를 더러운 여자로 생각하고 멸시하고 있겠지.' 자꾸 이런 생각이 드는 거예요. 당신이 곧이들을지 모르지만 난 당신을 보면 자꾸 부끄러운 생각이 들어요. 나라는 인간이 부끄러워 견딜 수가 없다니까요."

페냐가 들어와서 쟁반을 테이블 위에 놓았다.

"샴페인이 나왔군." 라키틴이 외쳤다. "어때, 알료샤! 잔을 들고 기운을 내보게. 그런데 무얼 위해 마시지? 천국의 문을 위해서 마실까? 그루센카, 당신도 들어요."

"천국의 문이란 뭐죠?"

그녀는 잔을 들었다. 알료샤도 잔을 들어 한 모금 마셨으나 다시 내려놓았다.

"아니, 마시지 않는 게 좋겠어!" 알료샤는 조용히 미소를 지었다.

"아깐 큰소릴 치더니!" 라키틴이 외쳤다.

"나도 마시고 싶은 생각이 없어요." 그루센카가 맞장구를 쳤다. "라키트카, 당신 혼자서 다 처치하세요. 알료샤가 마신다면 나도 마시겠지만."

"제법 사이들이 좋으시군!" 라키틴이 빈정댔다. "사내 무릎 위에까지 앉아가지고! 이 친구는 고통스런 일이 있으니 마시지 않는다고 하지만, 당신은 무엇 때문에 마시지 않는다는 거지? 이 친구는 자기의 하느님에 반역해 가면서까지 소시지를 먹으려고 하지만 말이야."

"그건 무슨 뜻이죠?"

"이 사람의 장로가 오늘 죽었지. 거룩하신 조시마 장로님께서."

"어머나, 난 그것도 모르고 있었군요!" 그녀는 이렇게 외치고 놀란 듯 무릎에서 일어나 소파로 옮겨 앉았다.

알료샤는 놀란 표정으로 유심히 그녀의 얼굴을 바라보았다. 그 얼굴은 좀 밝아진 것처럼 보였다.

"라키틴," 알료샤는 크고 단호한 목소리로 말하기 시작했다. "내가 하느님에게 반역했다느니 뭐니 하고 놀리지 말게. 사실 나는 사악한 영혼을 만날 각오를 하고 여길 왔어. 그런데 여기서 더할 나위 없이 성실한 누님을 발견했지. 나는 보물을 발견했어. 사랑의 가치를 발견한 거야. 아그라페나 알렉산드로브나! 나는 당신에 대한 말을 하고 있는 겁니다."

알료샤의 입술이 떨렸고, 숨은 콱콱 막혔다. 그는 말을 멈추었다.

"하, 모르는군. 이 여자가 자네를 잡아 먹으려 했다는걸."

"그만둬요, 라키트카!" 이분은 나를 누님이라고 불러주었어요. 라키트카, 난 이렇게 심술궂은 여자지만 그래도 파뿌리를 적선한 적이 있답니다."

"아니, 갑자기 파뿌리란 무슨 말이지? 제기랄! 정말 모두 돌아버린 모양이군!"

라키틴은 두 사람이 환희에 들뜬 것을 보고 모욕감을 느꼈다. 자기 자신에 관련된 일에는 극히 예민한 직관력을 가진 라키틴도 남의 정서나 감각을 이해하는 데는 지극히 우둔했다.

"그런데, 알료샤." 그루셴카는 알료샤를 돌아보고 신경질적으로 웃어댔다. "지금 제가 파 한 뿌리를 적선해준 일이 있다고 말한 것은 라키트카한테 자랑하기 위한 거지, 결코 당신한테 말한 것은 아니에요, 당신한텐 다른 목적이 있어서 말하는 거예요. 이건 하나의 우화에 지나지 않지만, 나름대로 설득력이 있는 얘기예요. 제가 어릴 때 우리 집 부엌에서 일하고 있는 할머니한테서 들은 얘긴데요. 내용은 이런 거예요. 옛날에 아주 심보가 고약한 노파가 살고 있었답니다. 그런데 이 노파가 갑자기 죽고 말았어요. 살아생전에 좋은 일이라곤 한 적이 없기 때문에 사탄은 이 노파를 잡아다가 불바다 속에 던져버렸어요. 그런데 노파의 수호천사는 하느님께 말씀드릴 만한 선행이 없을까 곰곰이 생각한 끝에 가까스로 한 가지를 생각해내 하느님께 말씀드렸지요. '저 노파는 밭에서 파 한 뿌리를 뽑아 거지에게 준 일이 있습니다'라고요. 그러자 하느님은, '그럼 네가 그 파를 가져다가 불바다 속에 있는 노파한테 내밀어 그걸 붙잡고 나오도록 해라. 만약 그걸 붙잡고 불바다 밖으로 나오는 데 성공하면 그 노파를 천국에 보내도 좋지만,

그 파가 끊어지면 노파는 다시 불바다 속에 남게 된다.' 하고 대답하셨어요. 그래서 천사는 노파한테 달려가서 파를 내려주면서, '이봐요 할멈, 이 파를 붙잡고 올라와요.' 라고 말하고 조심스럽게 그 파를 끌어올리기 시작했지요. 그리하여 파를 거의 다 끌어올렸을 무렵 불바다 속에 있던 다른 죄인들이 노파가 끌려 올라가는 것을 보고는 자기네들도 함께 나가려고 그 파뿌리에 매달리기 시작했어요. 원래가 심술궂은 여자였던 노파는 다른 사람들을 발로 걷어차면서, '나를 끌어올려 주는 거지, 너희들이 아니야. 이건 내 파야. 너희들 파가 아니야.' 하고 말했죠. 그 말이 떨어지기 무섭게 파는 뚝 끊어지고 말았어요. 결국 노파는 다시 불바다 속에 빠져서 지금까지도 계속 타고 있고, 수호천사는 슬피 울면서 그 자리를 떠났다는 거예요. 알료샤, 난 아직도 그 우화를 또렷하게 기억하고 있어요. 제가 바로 그 심술궂은 노파니까요. 라키트카한테는 파를 준 일이 있다고 자랑했지만, 당신한텐 좀 다르게 말할게요. 즉 평생을 통해 단 한 번, 파 한 뿌리를 적선했을 뿐이에요. 제가 행한 유일한 선행이에요. 그러니 알료샤, 이제부턴 나를 칭찬하지 말아줘요. 아아, 이렇게 된 이상 모든 걸 다 고백해야겠군요. 실은 알료샤, 저는 당신을 이 집에 끌어들이고 싶어서 죽을 지경이었답니다. 그래서 라키틴에게 간청하여, 만일 이곳으로 당신을 데리고 온다면 25루블을 주겠다고 약속했던 거예요." 그녀는 총총걸음으로 테이블로 다가가서 서랍을 열고 지갑을 꺼내더니, 그 속에서 25루블짜리 지폐 한 장을 끄집어냈다.

"그런 허튼수작 마시지!" 라키틴은 당황한 나머지 어쩔 줄 모르며 소리쳤다.

"받으세요. 당신이 달라고 했으니 설마 거절하진 못하겠죠."

이렇게 말하고 그루센카는 라키틴 쪽으로 지폐를 내던졌다.

"물론 거절할 이유는 없지." 라키틴은 몹시 당황하고 있었으나 애써 태연을 가장하며 느릿느릿 말했다.

"자, 그럼 이젠 입을 다물고 있어요."

"아니, 내가 당신들을 사랑해야 할 이유라도 있다는 건가?"

이젠 노골적으로 분노를 터뜨리며 라키틴이 대들었다. 그는 25루블짜리 지폐를 호주머니 속에 집어넣긴 했으나, 알료샤에 대해서는 참을 수 없는 수치심을 느꼈다.

"도대체 이 친구가 무얼 해주었기에 그렇게 수선을 떨고 야단이오?"

"잠자코 있어요, 라키트카. 그리고 이제부터 절대로 나한테 반말하지 말아요. 자, 그럼 알료샤! 이제부터 나는 모든 걸 숨김없이 당신에게 말하겠어요. 내가 얼마나 더러운 계집이란 걸 당신이 알아주었으면 해서예요. 사실 저는 당신을 파멸시키고 싶었어요. 라키틴을 돈으로 매수해서 당신을 데려오고 싶을 정도로 그 충동이 강렬했던 거예요.

왜냐하면 당신이 날 멸시한다고 생각했기 때문이죠. 그리고 나중에는 '내가 왜 이런 애송이를 두려워하지?' 하고 저 자신도 놀랄 정도로 울화가 치밀었어요. 이 고장에 사는 모든 사람이 제게 음흉한 마음을 품고 접근해 보려고 했지만 그런 말을 떠벌리는 사람은 이제 하나도 없어요. 물론 그 영감한테는 어쩔 수 없이 돈에 팔린 몸이지만 말이에요. 그런데 당신을 보자마자 통째로 삼켜버리고 싶었어요. 그리고 실컷 웃어줘야겠다고 생각했어요. 그런데도 당신은 저를 누님이라고 부르시다니! 그런데 최근 저를 짓밟은 그이가 돌아왔어요. 저는 지금 그 사람의 소식을 기다리고 있는 거예요. 저의 순정을 짓밟은 그 사내가 제게 어떤 의미였는지 당신은 아세요? 5년 전, 삼소노프가 저를 이곳으로 데려왔을 때, 저는 남들이 볼까 두려워 계속 방구석에 틀어박혀 있었답니다. 하염없이 눈물을 흘리며 새벽녘까지 몸부림을 치며 보냈지요. 그리고 아침에 일어날 때는 개보다도 더 사나워져서 온 세상을 갈가리 물어뜯을 듯한 심정이었어요. 그래서 어떻게 변했는지 아세요? 돈을 긁어모으기 시작한 거예요. 마침내 인정사정 모르는 여자가 되고, 점점 부자가 되고……. 그래, 당신은 내가 영리해졌을 거라고 생각하실 테죠. 하지만 그렇지 않아요. 지금도 역시 어둠이 찾아들면, 5년 전의 소녀 때와 마찬가지로 이를 악물고 울면서 밤을 지새울 때가 많아요. 그리고 한 달쯤 전에 저는 그 문제의 편지를 받았어요. 편지에는 저를 버린 사람이 얼마 전에 홀아비가 되었는데, 저를 만나기 위해 가까운 시일 내에 이리 오겠다고 씌어 있더군요. 저는 숨이 막힐 것만 같았어요. 그런데 갑자기 이런 생각이 들더군요. '만약 그 사람이 찾아와서 휘파람을 불며 나를 찾으면, 나는 무슨 잘못을 저질러 얻어맞은 개처럼 슬금슬금 그 사람 곁으로 기어가게 되지나 않을까!' 하고. 미탸를 희롱해본 것도 실은 그 사나이한테 달려가지 않기 위한 수단에 지나지 않았던 거예요. 아, 제 마음 속에 어떤 일이 일어났는지 당신들은 절대 모를 거예요. 이봐요, 알료샤! 그 아가씨에게 이렇게 전해 주세요. 그저께 일에 대해 나무 화내지 말아달라고요. 저는 어쩌면 오늘 거기 칼을 품고 갈지도 몰라요. 하긴 아직도 확정적인 것은 아니지만요."

이렇게 '신파조의' 넋두리를 늘어놓더니, 그루셴카는 두 손으로 얼굴을 가리며 어린애처럼 흐느껴 울기 시작했다. 알료샤는 자리에서 일어나 라키틴 쪽으로 걸어갔다.

"미샤," 알료샤가 말했다. "제발 화내지 말게. 이분한테 모욕을 받았다고 해서 화를 내진 말아줘."

"그러니까 오래 전엔 자네의 장로를 가지고 자네를 장전시켰는데, 이제 자네는 그 장로를 무기로 나에게 발사하려는군. 알료쉬카, 신의 인간이여!"

"비웃지 마. 장로님에 대해선 더 이상 말하지 말아줘. 그분은 이 지상에서 가장 훌륭한 사람이었으니까!"

라키틴은 증오심에 불타고 있었음에도 불구하고, 넋을 잃고 그를 바라보고 있었다. 성품이 고상한 알료샤한테서 이런 열정적인 말을 들으리라고는 꿈에도 생각지 못했기 때문이다.

"굉장한 변호사가 나타나셨군. 자네 이 여자한테 반한 건 아닌가? 우리 수도사님이 정말 당신한테 홀딱 반하셨군. 당신한테 녹아떨어지고 말았어!" 그는 유들유들하게 웃어대며 소리쳤다.

그루셴카는 머리를 쳐들고 알료샤를 바라보았다. 방금 흘린 눈물로 부석부석해진 얼굴에 잔잔한 미소가 떠올랐다.

"알료샤, 저런 사람은 상대도 하지 마세요." 그녀는 라키틴 쪽으로 몸을 돌리며 이렇게 말했다. "당신한테 사과하려고 했습니다만 지금 또다시 마음이 바뀌었어요. 알료샤, 이리 와서 내 곁에 앉으세요." 기쁨에 넘치는 미소를 띠며 그녀가 알료샤를 손짓해 불렀다. "제가 그 사람을 사랑하고 있는 걸까요, 아닌 걸까요? 저를 배반한 그 사람을 제가 사랑하는지 아닌지 당신한테 묻고 싶어요. 이젠 결심할 때가 왔어요. 저는 당신의 말을 따르겠어요."

"벌써 용서해 준 게 아닐까요?" 알료샤는 빙긋 웃으며 말했다.

"정말 그렇군요. 용서해준 거나 다름없어요." 그루셴카는 생각에 잠긴 얼굴로 이렇게 말했다. "아아, 내 마음은 왜 이렇게 더러울까!" 그녀는 갑자기 테이블의 잔을 집어 들더니 단숨에 쭉 들이켰다. 그러고는 그 잔을 높이 들었다가 힘껏 마룻바닥에 내동댕이쳤다. 그녀의 미소 속에는 뭔가 잔인한 빛이 퍼뜩 스치고 지나갔다.

"알료샤, 저는 지난 5년 동안 저 자신의 눈물을 사랑했어요. 어쩌면 저는 제가 받은 모욕을 사랑했을 뿐 그 사람은 전혀 사랑하지 않았는지도 몰라요."

"그럼 그 옷치장은 누구를 위한 거지?" 라키틴이 심술궂게 놀렸다.

"옷차림 따윌 가지고 나를 비웃지 말아요, 라키트카." 그녀는 큰 소리로 외쳤다. "이건 그 사람에게 '당신, 나의 이런 모습 처음 보시죠? 안 그래요?' 하고 말해 주기 위해서인지도 몰라요. 그 사람이 나를 버렸을 때만 해도 나는 열일곱 살짜리 가냘픈 울보에 폐병 환자였으니까요. 알료샤, 난 이렇게 심보 사나운 포악한 여자예요. 어쩌면 저는 이 옷을 갈가리 찢어버리고, 얼굴을 불로 지지거나 칼로 찔러 병신으로 만든 다음 구걸을 하러 나설지도 몰라요. 내일이라도 삼소노프한테서 받은 돈이며 물건을 죄다 돌려주고 한평생 날품팔이로 나설 수도 있다니까요."

마지막 말은 신경질적인 외침으로 터져 나왔다. 또다시 그녀는 참을 수가 없었던지 두 손으로 얼굴을 가리고 베개 위에 쓰러져 온몸을 들썩이며 흐느껴 울기 시작했다.

라키틴은 자리에서 일어났다.

"갈 때가 됐군. 너무 늦으면 수도원에 못 들어갈지도 모르니까."

이 말을 듣자 그루셴카는 소파에서 벌떡 일어났다. "알료샤, 당신 정말 가실 생각이세요? 저는 당신을 기다려왔어요. 언젠가 저를 찾아와 용서해 주실 거라는 걸 알고 있었어요."

"제가 당신에게 그런 존재라는 겁니까?" 알료샤는 그녀 쪽으로 몸을 굽혀 정답게 두 손을 잡고 따스한 미소를 머금으며 대답했다. "저는 당신에게 파를 주었을 뿐입니다. 그것도 아주 작은 파 한 뿌리를."

이렇게 말하고는 알료샤도 눈물을 흘리기 시작했다. 이때 현관에서 갑자기 요란스런 소리가 들리더니 누군가가 안으로 들어왔다. 그루셴카는 소스라치게 놀라며 벌떡 자리에서 일어났다. 이윽고 페냐가 소리를 지르며 허겁지겁 달려 들어왔다.

"아씨, 아씨! 마차로 사람을 보내왔어요. 모크로에 마을에서 아씨를 모시러 삼두마차를 보내왔어요. 마부 티모페이가 곧 새 말로 바꾸겠다고 하네요. 그리고 아씨, 이 편지를 보세요."

하녀의 손에는 편지가 쥐어져 있었다. 그루셴카는 페냐의 손에서 편지를 낚아채 촛불 옆으로 가져갔다. 그것은 편지라기보다는 그저 두서너 줄 적은 쪽지에 불과했다.

"오라는군요! 휘파람을 불었어요. 그러니 강아지는 달려가야지."

그녀는 갑자기 피가 머리 위로 솟구쳐 두 볼이 불처럼 달아올랐다.

"가겠어요! 5년 동안의 눈물이여, 안녕! 알료샤, 당신과도 이별이군요. 운명은 이미 정해졌어요. 자, 돌아가 주세요. 그루셴카는 이제

새 삶을 향해 날아가는 거예요. 아아! 마치 술에 취한 것만 같아요."

그녀는 갑자기 두 사람을 버려둔 채 침실로 달려 들어갔다.

뜰에는 여행용 마차 한 대가 서 있었다. 라키틴과 알료샤가 현관 층계에 내려섰을 때 그루센카가 침실의 창문을 열고 알료샤를 불러 세웠다.

"알료샤, 미탸 형님한테 말씀해 주세요. 절 너무 나쁘게 생각지는 말아달라고요. 그리고 저는 비록 한순간이긴 하지만 분명히 미탸 형님을 사랑했다고 전해 주세요."

그루센카는 울먹이는 목소리로 말을 마치고는 창문을 쾅 닫았다.

"하하하! 드디어 자네 형을 찔러죽이고 말았군. 그러면서도 한평생 잊지 말라니, 정말 사람을 잡아먹는 악녀라니까! 그 장교라는 자는 폴란드 인이지. 게다가 지금은 장교도 아니라더군. 시베리아 어느 국경 지대에서 세관원으로 있었다니, 보나마나 비쩍 마른 형편없는 놈일 테지. 듣기로는 이번에 실직을 했다더군. 그루센카가 돈을 모았다는 소문을 듣고 돌아온 게 뻔하지 뭔가. 바로 이게 기적의 정체란 말일세."

알료샤는 이번에도 그의 말이 들리지 않는 모양이었다. 라키틴은 더 이상 참을 수가 없었다.

"아니, 자넨 죄 많은 여자를 올바른 인간으로 돌려 놓았다고 생각하는 건가? 일곱 마리의 악마 전부를 내쫓은 기분이란 말이지?"

"라키틴, 제발 좀 가게." 알료샤는 고통스럽게 말했다.

"자네 같은 인간들은 모두 악마한테 잡아먹혀야 해!" 라키틴은 갑자기 목이 터져라 외쳤다. 알료샤는 거리를 빠져나와 들판을 거쳐 수도원으로 향했다.

4. 갈릴리의 가나

알료샤가 암자에 돌아온 것은 수도원 규칙대로 보면 꽤 늦은 시각이었다. 방 안에는 파이시 신부 홀로 관 앞에서 복음서를 독송하고 있었다. 파이시 신부는 알료샤가 들어오는 소리를 듣고도 돌아보지 않았다. 알료샤는 문간 오른쪽 구석으로 가서 무릎을 꿇고 기도를 드리기 시작했다. 그는 전에 없이 쾌적한 기분을 느꼈다. 그는 다시 눈앞에 있는 관을 바라보았다. 그러나 오늘 아침에 느꼈던 울고 싶을 정도로 괴롭고 안타까운 비애는 이제 가슴 속에 남아 있지 않았다. 창문 하나가 열려져 있어 방 안의 공기는 싸늘하고도 신선했다. '창문을 열어놓은 걸 보니, 냄새가 더 심해졌나 보군.' 하고 알료샤가 생각했다.

그러자 조금 전까지만 해도 그토록 불명예스럽게 생각되던 고약한 냄새에 대한 상념도 아까와 같은 번민이나 분노를 불러일으키지는 않았다. 단편적인 상념들이 수없이 마음속에 떠올라 잔별처럼 반짝거리다가는 곧 다른 상념으로 바뀌어 흔적도 없이 사라져갔다. 그 대신 마음의 갈등을 풀어주는 듯한, 완전하고도 확고한 그 무엇이 그의 내부를 지배하고 있었다. 모든 것에 대한 감사와 사랑의 욕망이 솟구쳐 올랐다.

"이런 일이 있은 지 사흘째 되던 날, 갈릴리 지방 가나에 혼인 잔치가 있었다." 신부의 독송은 계속되었다. "그 자리에는 예수의 어머니도 계셨고, 예수도 그의 제자들과 함께 초대를 받아 와 계셨다."

'혼인 잔치? 대체 무슨 말일까?' 알료샤의 머릿속엔 이런 생각이 돌개바람처럼 스치고 지나갔다. '그 여자도 역시 행복을 찾아 혼인 잔치에 갔다. 아니야. 그 여자는 칼을 품고 갈 리가 없어. 그런 넋두리는 용서해줘야 해. 애처로운 넋두리는 마음을 달래주니까. 그것마저 없다면 가련하기 그지없는 인간은 고통을 참아낼 수 없는 거야.'

　"그런데 잔치 중에 포도주가 떨어지자 예수의 어머니는 예수께 포도주가 떨어졌다고……" 하는 구절이 알료샤의 귀에 들려왔다.

　'아, 그렇지. 내가 이 대목을 놓쳐버렸군. 나는 이 대목을 제일 좋아하는데. 이건 갈릴리의 가나의 첫 번째 기적이야. 아아, 얼마나 감사한 기적인가! 그리스도는 첫 기적을 행함에 있어 인간에게 슬픔을 주신 게 아니라 기쁨을 주셨어. 〈인간을 사랑하는 자는 그들의 기쁨도 사랑하느니라.〉 ……이것은 돌아가신 장로님이 언제나 되뇌던 말씀이고, 그분의 주요한 사상의 하나였어. 기쁨 없이는 살아갈 수 없다고 미탸 형은 말했었지. 〈참되고 아름다운 것은 모든 것을 용서하는 마음으로 가득 차 있느니라.〉 이것 역시 그분이 말씀하신 거야.'

　"예수께서는 어머니를 보시고, '어머니, 그것이 저에게 무슨 상관이 있다고 그러십니까? 아직 제 때가 오지 않았습니다.' 하고 말씀하셨다. 그러자 예수의 어머니는 하인들에게 '무엇이든 그가 시키는 대로 하여라.' 하고 일렀다."

　'그렇다. 기쁨은 나눠 주어야 한다. 특히 가난에 고통 받는 사람들을 위해서. 혼례 잔치에 포도주가 모자란다고 했으니, 몹시 궁핍한 사람들임에 틀림없어. 역사가들의 기록에 의하면, 기네사레트 호수와 그 일대에는 상상도 할 수 없을 만큼 가난에 찌든 사람들이 살고 있었다고 한다. 그런데 거기에 있던 또 하나의 위대한 존재, 즉 예수 그리스도의 어머니이신 위대한 영혼은, 예수가 오직 크나큰 희생을 위해 강림하셨다는 것을 알고 있었다.'

"예수께서 하인들에게 '항아리마다 물을 가득 부어라.' 하고 이르셨다. 그들이 여섯 항아리에 물을 가득 채우자, 예수께서 '이제는 퍼서 잔치를 맡은 이에게 갖다주어라.' 하셨다. 하인들이 잔치를 맡은 이에게 갖다주었더니 물은 어느새 포도주로 변해 있었다. 물을 떠간 하인들은 그 술이 어디에서 생겼는지 알고 있었지만 잔치 맡은 이는 아무것도 모른 채 술맛을 보고 나서 신랑을 불러, '좋은 포도주를 먼저 내놓아 손님들이 취한 다음에 덜 좋은 것을 내놓는 법인데, 이 좋은 포도주가 아직까지 있으니 웬일이오!' 하고 감탄하였다."

'그런데 이건 또 어찌 된 일일까? 왜 자꾸 방이 넓어져가는 거지? 사람들도 즐거운 표정을 짓고 있군. 그런데 그 현명한 잔치를 맡은 이는 어디 있는 걸까? 게다가 저 사람은 누굴까? 방이 점점 넓어져가는군. 저 커다란 식탁에서 일어선 사람은 누구지? 아니, 저분이 여기 계시다니! 저분은 관 속에 누워 계셔야 하는데 일어서서 나를 보고 이쪽으로 걸어오시는군. 아아!'

그렇다! 알료샤 쪽으로 그분이 걸어오고 있었다. 얼굴에 잔주름이 가득한, 여윈 몸집의 자그마한 노인이 기쁨이 넘치는 미소를 짓고 있었다. 관은 이미 그곳에 없었다. 그는 어제 손님들과 이야기를 나눌 때 입었던 옷을 입고 있었다. '이게 어찌된 일일까? 그래, 장로님도 혼인 잔치에 초대받은 거야. 갈릴리의 가나 잔치에 초대받은 게 틀림없어.'

"그래, 나도 초대를 받고 온 거다." 조용한 목소리가 그의 머리 위에서 울려 퍼졌다. "넌 왜 이런 데 숨어 있는 거냐? 너도 함께 저리 가자."

장로는 알료샤의 손을 잡아 일으켰다.

"자, 우리 함께 즐겨볼까? 새롭고 위대한 술을 마시는 거야. 봐라, 저 많은 손님들을. 저기 있는 게 신랑 신부란다. 그리고 저곳에서 잔치를 주관하는 사람이 술맛을 보고 있는 거야. 아니, 넌 왜 그렇게 놀란 얼굴로 나를 바라보는 거냐? 나는 파를 적선했기 때문에 여기 와 있는 거야. 여기 있는 사람들도 대부분 파를 적선한 사람들이지. 그런데 우리 사업은 어떻지? 너도 오늘 구원을 열망하는 한 여인에게 파 한 뿌리를 주었더구나. 그런데 너는 우리의 태양이 보이느냐, 그분의 모습이 보이느냐?"

"저는 두렵습니다. 차마 올려다볼 용기가 나질 않습니다." 알료샤가 속삭였다.

"두려워하지 마라. 그분은 그지없이 자비로운 분이시다. 지금도 그분은 우리를 사랑하기 때문에 우리와 같은 모습을 하고, 우리와 함께 즐거움을 나누고 계시는 거야. 저것 봐라. 또 새 술을 날라가고 있지 않니?"

그 무엇이 알료샤의 가슴에 불타올라 아프도록 넘쳐흘렀다. 그러더니 환희의 눈물이 마음 깊은 곳으로부터 솟구쳐 올랐다. 그는 두 손을 뻗치며 소리를 질렀다. 그 순간 그는 잠을 깼다.

다시 눈앞에는 관이며 열려진 창이 보였고, 복음서를 독송하는 조용하고 엄숙한 목소리가 들렸다. 그러나 알료샤는 이미 복음서의 독송에 귀를 기울이지 않았다. 그는 처음에는 무릎을 꿇은 채 잠들었는데, 이상하게도 지금은 두 다리를 뻗고 서 있는 것이었다. 파이시 신부는 잠깐 책에서 눈을 돌려 알료샤를 바라보았으나, 젊은이의 마음속에 무언가 심상찮은 일이 일어났음을 알아차리고는 시선을 피해 버렸다.

알료샤는 현관 층계참에서도 멈추지 않고 총총걸음으로 아래로 내려갔다. 환희에 가득 찬 그의 마음은 자유롭고 무한한 공간을 갈망했던 것이다.

무엇 때문에 대지를 포옹했는지 자기 자신도 알 수가 없었다. 그리고 왜 이 대지에, 이 대지 전체에 입맞추고자 그렇게도 열망했는지 그 이유를 설명할 수가 없었다. 그러나 그는 울면서 입을 맞추었다. '너의 기쁨의 눈물로 대지를 적시고, 그 눈물을 사랑하라.' 이런 목소리가 그의 마음속에서 울려 퍼졌다. 알료샤는 왜 울었을까? 오오, 그는 무한한 공간 속에서 반짝이는 별을 바라보는 동안 참을 수 없는 환희를 느끼며 눈물을 쏟았다. 그는 '다른 세계와 교감' 하며 떨고 있었다. 알료샤는 모든 것에 용서를 빌고 싶었다. 그가 대지에 몸을 던졌을 때는 연약한 젊은이에 지나지 않았지만, 대지에서 일어섰을 때는 이미 한평생 흔들리지 않는 견고한 힘을 가진 투사가 되어 있었다. 그는 홀연히 이것을 자각했다. 알료샤는 그 후 일생 동안 이 순간을 결코 잊을 수가 없었다.

사흘 후 알료샤는 수도원을 나왔다. 그것은 '속세로 나가라' 고 명령한 장로의 말을 따르기 위해서였다.

제 8 부

미 탸

1. 쿠지마 삼소노프

새로운 삶을 시작하는 그루셴카에게서 마지막 작별 인사와 함께 자신과 나누었던 사랑의 시간을 한평생 기억해 달라는 부탁을 받았던 드미트리 표도로비치는 그 순간 그녀에게 무슨 일이 벌어지고 있는지도 모른 채 혼란과 불안에 빠져버렸다.

드미트리는 지난 이틀 동안, 훗날 자신이 사용한 표현을 빌린다면, '운명과 싸워 자기 자신을 구하기 위해' 사방팔방으로 쏘다니고 있었다. 게다가 단 1분간이라도 그루셴카를 감시하지 않고는 견딜 수 없을 정도로 두려웠음에도 불구하고, 수시간 동안이나 다급한 용무로 시내를 떠나기까지 했다.

그루셴카는 비록 짧은 순간이기는 했지만 진심으로 드미트리를 사랑했었다. 그러나 동시에 잔인할 정도로 그를 괴롭힌 것도 사실이었다. 드미트리가 정말로 괴로웠던 것은 자신에 대한 그녀의 마음을 전혀 가늠할 수 없었기 때문이었다. 그녀가 때때로 정욕에 불타는 자기를 증오할지도 모른다는 생각에 마음을 죄었던 것도 결코 근거가 없는 일은 아니었다.

그러나 드미트리로서는 그루셴카가 무슨 일로 고민하고 있는지 전혀 알 길이 없었다. 그를 괴롭히는 문제는 결국 다음과 같은 양자택일로 압축되었다. 즉 '나 미탸냐, 아니면 아버지 표도르냐.' 였다.

그는 아버지 표도르가 그루셴카에게 정식으로 혼인을 제의할 것이라는 사실을 믿어 의심치 않았다. 그렇지만 그 늙은 호색한이 3천 루블로 그 일을 성사시키리라고는 생각하지 않았다. 그루셴카의 됨됨이를 너무나 잘 알고 있었기 때문이다.

그루셴카의 생애에 숙명적인 영향력을 끼친 사나이가 가까운 시일 내에 돌아온다는 내용의 편지를 한 달 전에 받았으며, 편지의 내용도 어느 정도 알고 있었다.

당시 그루셴카가 홧김에 드미트리에게 그 편지를 보여주긴 했지만 드미트리는 그 편지를 대수롭지 않게 생각하였다. 그는 여자를 둘러싼 아버지와의 추악한 싸움에 심신이 지칠 대로 지쳐 있었기 때문에, 적어도 그 순간만은 그보다 더 무섭고 위험한 사태가 발생하리라고는 전혀 상상할 수가 없었기 때문이다.

5년이나 자취를 감추고 있다가 갑자기 어디선가 나타났다는 그 사나이에 대해 드미트리는 아예 믿으려고도 하지 않았다. 게다가 미탸에게 보여준 그 폴란드 장교의 편지에는 극히 막연한 것밖엔 씌어 있지 않았다.

여기서 또 한 가지 지적해 두지 않으면 안 될 것은 시베리아에서 보내온 이 편지를 보며 오만과 경멸의 빛이 그루셴카의 얼굴에 떠오르는 것을 미탸는 재빨리 간파했다는 사실이다.

그 후 그루셴카는 이 새로운 경쟁자와의 관계가 어떻게 진전되고 있는지를 미탸에게 전혀 알리지 않았다. 그래서 미탸는 차츰 이 장교를 잊게 되었고, 나중에는 관심조차 두지 않았다.

미탸는 그루셴카의 뒤를 밟으며 밀정 같은 행동을 하느라 힘겨워하고 있었으나, 그래도 역시 행복한 결말을 예상하고 그것을 준비하느라 다른 상념은 모두 쫓아버리고 있었다. 그러나 전혀 예기치 못한 고통이 고개를 들기 시작했다.

만약 그루셴카가 '나는 당신 거예요. 나를 데려가 주세요' 라고 한다면 거기에 필요한 돈은 어디서 마련한단 말인가? 지금까지 표도르한테서 받아오던 돈도 그 무렵에는 완전히 거덜이 났기 때문이다.

물론 그루셴카에게는 돈이 있었으나 그 돈에 의지하고 싶지는 않았다. 게다가 도둑질이나 다름없이 착복해 버린 카테리나의 돈에 대한 양심의 가책을 쉴 새 없이 느꼈다. 한 여자에게 이미 비열한 놈이 되어버렸는데, 또다른 여자에게도 비열한 놈이 될 수는 없었다. 이것이 문제였다.

동생과 헤어진 후 그는, '사람을 죽이고 강탈하는 한이 있더라도 카탸의 돈은 갚아야겠다' 고 생각했다. 비록 자신이 살인자가 되어 시베리아로 유배당한다고 해도 상관없었다.

사실 상속받은 돈을 한평생 탕진만 해왔을 뿐 돈벌이에 대해서는 전혀 관심도 없었던 사람에게 이런 생각이 일어난다는 것은 지극히 정상적인 것이었다. 그저께 알료샤와 헤어진 직후 터무니없는 망상의 회오리바람이 그의 머릿속에 일어나 모든 생각을 뒤죽박죽 뒤흔들어놓고 말았다. 그러나 이런 유형의 인간이, 이런 상황에 빠지게 되면 도저히 불가능한 꿈같은 일도 쉽사리 성공할 것 같이 생각되게 마련이다. 그는 그루센카의 보호자인 삼소노프를 찾아가서 자신의 '계획'을 제시하고, 그 '계획'을 담보로 필요한 금액을 끌어내 보리라고 결심했다.

미탸가 삼소노프를 기다린 응접실은 가슴이 서늘해질 만큼 음산하고 넓은 방이었다. 미탸의 의자에서 20미터가량 떨어진 맞은편 문에 노인이 나타나자 그는 자리에서 벌떡 일어나 절도 있는 걸음걸이로 노인의 앞으로 걸어갔다. 그는 정장을 하고 있었다.

"그래, 무슨 일로 오셨소?"

미탸는 빠르고 흥분한 어조로, 손짓을 해가며 큰 소리로 말하기 시작했다. 그가 막다른 골목에 들어서서 파멸의 심연을 내려다보며 최후의 탈출구를 찾고 있으며, 만일 그것마저 실패하면 당장이라도 물속으로 몸을 던질 것이라는 사실은 명백했다. 삼소노프 노인은 순식간에 그것을 알아차린 것 같았다. 그의 얼굴은 여전히 조각처럼 싸늘했다.

"존경하는 쿠지마 쿠지미치 씨, 당신은 나와 아버지 표도르 파블로비치와의 충돌에 대해 여러 번 들으셨으리라 믿습니다. 아버지는 어머니가 돌아가신 후 유산을 가로채버리고 말았습니다."

그러나 필자는 그의 말을 전부 다 인용하는 것을 그만두고 요점만 소개하기로 하겠다. 미탸는 석 달 전에 현청 소재지에 있는 변호사를 찾아가서 상의했다고 삼소노프에게 밝혔다. "그 변호사는 해박한 지식의 소유자로, 거의 국가적인 인물이라고 해도 손색이 없는 분이지만……." 여기서 미탸는 말이 막혔다. 이 변호사는 미탸가 언제라도 제시할 수 있다는 서류에 관해 자세히 물어보고 여러 모로 검토한 끝에 원래 체르마시냐의 임야는 어머니의 유산이므로 미탸의 소유가 되는 것이 당연하므로, 소송을 제기하여 그 음탕한 늙은이를 골탕 먹일 수 있다고 단언했다. "왜냐하면 모든 문이 다 닫혀 있는 건 아닐 테고, 또 법률이란 것은 늘 허점이 있게 마련이니까요." 한마디로 말해 표도르에 대해 6천 내지 7천 루블의 추가 배상을 기대할 수도 있다는 것이었다. 왜냐하면 체르마시냐의 임야는 적어도 2만 5천 루블, 아니 더 정확히 말해 2만 8천 루블의 값어치는 있기 때문이다. "아니 3만 루블의 값어치는 충분히 있습니다. 그럼에도 불구하고 저는 그 잔인무도한 노인한테서 1만5천 루블도 제대로 받지 못하고 있습니다. 그래서 한 가지 청이 있는데요. 저희 늙은 악당에 대한 저의 권리를 맡으실 의향은 없으신지요? 3천 루블만 받으면 됩니다. 절대 패소할 염려는 없습니다. 그런데 무엇보다 중요한 점은 이 일을 '오늘 중으로' 결말을 지어주셨으면 하는 겁니다. 그렇게만 해주신다면 저는 살아날 수 있습니다. 저는 당신이 딸처럼 돌보는 여성에 대해 그지없이 고결한 감정을 갖고 있습니다. 만일 그러지 않았다면 이곳에 찾아오지도 않았을 겁니다. 솔직히 말씀드려서, 이것은 우리 세 사람이 이마를 부딪치며 싸우는 투쟁입니다. 운명이란 참으로 무섭군요, 쿠지마 쿠지미치 씨! 그렇지만 당신은 이미 오래 전에 여기서 제외되어야 할 분이니까, 결국은 두 사람의 이마만 남게 되는 거죠. 아무튼 한쪽 이마는 저고, 다른 한쪽 이마는 그 음탕한 늙은이입니다. 자, 어서 선택해 주십시오. 당신의 고상한 눈빛을 보니 이해해 주신 것같군요."

그러나 미탸가 맨 마지막 말을 입 밖에 낸 순간 모든 것이 무너져버렸다는 것을 직감했다. 1분가량 미탸를 초조한 기대 속에 기다리게 한 삼소노프 노인은 단호하고도 냉정한 어조로 딱 잘라 말했다.

"미안합니다만 우린 그런 사업은 하지 않아요."

"그럼 저는 이제 파멸하는 겁니까?"

"모르시나 본데 우린 재판을 건다, 변호사를 댄다, 그런 일은 아주 질색입니다. 그러나 원하신다면 적당한 사람이 하나 있으니 그 사람하고 상의해 보시죠."

"아니, 그 사람은 누굽니까?"

"이 고장 사람은 아닙니다. 농사꾼 출신의 목재상인데, 랴가비(사냥개)라는 별명을 가진 사람이지요. 표도르 파블로비치 씨하고는 벌써 1년 전부터 체르마시냐에 있는 댁의 임야를 흥정하고 있는데, 가격 때문에 아직 결정을 못 보고 있는 모양이더군요. 그 사람이 지금 일린스키 신부 댁에 머무르고 있다고 합디다. 그 사람한테 이야기한다면 혹시 잘 될지도……."

"거 참 묘안이군요." 미탸는 기뻐서 어쩔 줄 몰라 하며 노인의 말을 가로챘다. "바로 그 사람입니다. 그 사람이야말로 적격입니다."

미탸는 악수를 하려고 노인의 손을 잡았다. 그 순간 삼소노프의 눈이 심술궂게 번쩍였다.

"모든 게 그 여자를 위해서라는 걸 당신도 아실 테죠?" 그는 별안간 온 응접실이 떠나갈 듯한 소리로 이렇게 외치고는 홱 몸을 돌려 걸어나갔다. 그는 기쁨에 못 이겨 몸을 떨기까지 했다. '그야말로 파멸 직전에 구원의 천사가 살려준 셈이군.' 그는 이렇게 생각했다. '게다 가 그 노인 같은 사업가가 방법을 가르쳐주었으니 승리는 이미 정해 졌어.'

미탸는 집으로 걸어가면서 이렇게 외쳤다. 이쪽 사정도 잘 알고, 또 상대방인 랴가비라는 인물도 잘 알고 있는 그 노인한테서 실제적 인 충고를 받은 셈이다.

그러나 삼소노프는 심술궂은데다가 병적으로 타인을 혐오하는 사 람이었다. 그는 자기 앞에 서 있던 미탸가 두 다리의 힘이 쭉 빠져나 가는 것을 느끼면서 "나는 이제 파멸하는 겁니까!"라고 미친 듯이 외 치던 바로 그 순간, 무서운 증오심을 느끼면서, '이 녀석을 어디 한번 조롱해 줘야지' 하고 생각했다. 미탸가 나가버리자 미칠 듯한 증오심 으로 파리해진 노인은 아들을 향해 이 같은 명령을 내렸다.

"앞으로는 저 불한당 녀석을 얼씬도 못하게 해라."

한 시간이 지난 후에도 노인은 화가 나서 온몸을 떨고 있더니, 저 녁에는 병이 더 악화되어 '의사'를 부르러 보냈다.

2. 랴가비

여러 가지 상황으로 보아 미탸는 당장이라도 구원자를 향해 '달려 가야 할' 입장이었지만, 과거 몇 년간의 방탕 생활 끝에 남은 재산이 라고는 10코페이카짜리 은화 두 닢이 전부였다.

그는 집에 있는 낡은 은시계를 들고 조그만 유대인 시계포를 찾아 갔다. 유대인은 시계값으로 6루블을 내주었다. 집으로 돌아온 그는 집 주인으로부터 3루블을 빌려 필요한 경비를 만들었다. 그는 환희에 넘쳐서 집 주인에게 자기의 운명이 드디어 결정된 것 같다고 털어놓았다. 9루블을 마련한 미탸는 볼로뱌 역으로 가는 역마차를 불렀다.

그러나 여기서 다음과 같은 사실을 확인할 필요가 있다. 그 사건이 일어나기 전날 정오경, 미탸는 돈이 한 푼도 없었다. 그래서 그는 필요한 경비를 마련하기 위해 시계를 팔고 집 주인한테서 3루블을 꾸었는데, 이 모든 일은 나중에 증인들의 면전에서 행해졌다.

볼로뱌 역으로 마차를 타고 달려갈 때, 미탸는 드디어 이것으로 '모든 복잡한 문제'도 해결될 것이라는 예감에 희색이 만면했지만, 다른 한편으로는 자기가 없는 사이에 그루셴카가 아버지 표도르한테 간다면 어떻게 해야 할지가 걱정이었다. '무슨 일이 있어도 오늘밤까지는 돌아와야 한다.' 그는 흔들리는 차 안에서 이렇게 되뇌었다. '그랴가비란 사람을 이쪽으로 끌고 와서 서류를 작성하는 것이 좋을 거야.' 미탸는 초조한 마음으로 이런 공상도 했다. 그러나 슬프게도 그의 공상은 '계획'대로 실현될 수가 없는 운명을 지니고 있었다.

그는 볼로뱌 역에서 시골길을 더듬어가는 동안 예정 시간을 훨씬 초과하고 말았다. 미탸가 지칠 대로 지친 말을 몰고 이웃 마을로 가서 신부의 소재를 수소문하는 사이에 어느새 날이 저물고 말았다. 일린스키 신부는 겉보기에는 소심해 보였으나 무척 상냥한 사람이었다. 그가 설명한 바에 의하면 이 랴가비라는 사람은 처음 얼마 동안은 자기 집에 머물렀으나 지금은 임야매매 건 때문에 수호이 포숄로크라는 마을로 가 있다는 것이었다.

미탸는 곧 신부를 상대로 자기의 계획을 털어놓기 시작했다. 미탸가 유산 문제로 아버지와 대판 싸움을 했다고 하자 신부는 깜짝 놀랐다. 그도 그럴 것이 어떤 점에서 신부는 아버지 표도르에게 의지하고 있었기 때문이다. 그는 놀란 표정을 지으면서, 그 농사꾼에게 왜 랴가비란 별명을 붙였는지 아느냐고 묻고는, 그 사람은 랴가비이긴 하지만, 그렇게 부르면 굉장히 화를 내므로 반드시 고르스킨이란 본명을 불러야 한다고 설명해 주었다.

"그러지 않고는 아무것도 성사시킬 수 없습니다. 당신 말엔 귀도 기울이지 않을 테니까요."

만약 그때 신부가 미탸에게 자신의 추측, 즉 '삼소노프가 랴가비 같은 농사꾼에게 그를 보냈다면, 거기엔 그를 조롱하려는 의미가 담긴 건 아닐까? 라는 것을 밝혔더라면 문제가 일찌감치 해결됐을지도 모른다. 그러나 신부는 그 모든 사정을 듣더니 곧 화제를 딴 데로 돌리고 말았다.

두 사람은 오두막집으로 들어갔다. 송판으로 만든 탁자 위에는 사모바르가 놓여 있었고, 그 옆에는 찻잔이 놓인 쟁반과 다 마셔버린 럼주 병, 그리고 마시다 남은 보드카 병 등이 널려 있었다.

고르스킨은 윗옷을 둘둘 말아 베개 대신 머리에 괴고, 의자 위에 길게 누워 코를 골고 있었다.

미탸는 잠든 사람 옆으로 다가가서 그를 깨우기 시작했으나 꿈쩍도 하지 않았다.

"안되겠습니다. 아무래도 아침까지 기다리시는 게 좋을 것 같습니다." 신부가 되풀이했다.

"그럼, 신부님! 촛불을 켜놓고 기다리고 있다가 잠이 깨면 이야기하겠습니다. 그런데 신부님은 어디서 주무시겠습니까?"

"저는 집으로 돌아가겠습니다. 그럼 이만 실례하겠습니다. 아무쪼록 성사되기를 빌겠습니다."

신부는 산지기의 말을 타고 그곳을 떠났다. 그는 자신의 후원자인 표도르 파블로비치에게 이 기괴한 사건에 대해 날이 새는 대로 보고를 해야겠다고 생각했다.

산지기는 몸을 긁적긁적 긁고는 자기 방으로 물러갔다. 그때 별안간 미탸의 눈앞에 집의 뜰이 떠올랐다. 뜰 저쪽 통로가 떠오르면서, 그루셴카가 안으로 뛰어 들어간다는 것에 생각이 미치자 미탸는 벌떡 자리에서 일어났다.

"이건 비극이야!" 그는 이를 갈면서 말했다. 그러고는 잠자고 있는 사람 곁으로 다가가서 물끄러미 얼굴을 바라보기 시작했다. 아직 늙은이는 아니었으나 깡마른 몸집에 얼굴이 유난히 길었다.

미탸가 외쳤다.

"어리석어, 어리석어. 정말 창피한 일이야."

갑자기 머리가 깨질 듯이 아프기 시작했다. 두통은 점점 심해져 왔다. 미탸는 꾸벅꾸벅 졸다가 그만 잠이 들었다. 그러고는 결국 두통 때문에 다시 잠이 깨었는데, 그 이유는 지나치게 불을 피워 방 안에 탄산가스가 찼기 때문이었다.

미탸는 소리를 지르며, 복도 건너편 산지기의 방으로 비틀거리면서 달려갔다. 산지기는 곧 눈을 떴다. 그리곤 저쪽 방에 탄산가스가 가득 차 있다는 말을 듣고 문제를 처리하러 나오기는 했으나, 그 태도가 너무나도 태연해 미탸는 분노를 느꼈다.

"그러다가 저 사람이 죽으면 어떡하지?" 미탸는 화가 머리끝까지 치밀어 소리쳤다.

이미 아침 9시는 된 것 같았다. 숲 속 오두막의 두 창문으로부터 아침 햇살이 눈부시게 비쳐들고 있었다. 미탸는 자리에서 벌떡 일어났다. 그리고 그 순간, 이 저주받을 농사꾼이 벌써부터 곤드레만드레 취해 있다는 것을 알아차렸다.

"당신도 이 집 산지기한테서 들으셨을 줄 압니다만, 저는 드미트리 카라마조프라고 하는 육군 대위입니다. 지금 당신과 임야 문제로 흥정을 하고 있는 카라마조프 노인의 아들입니다."

"거짓말 작작해." 농사꾼은 단호한 어조로 말했다.

"거짓말이라뇨? 표도르 파블로비치를 아시죠?"

"난 표도르 파블로비치란 사람을 몰라." 농사꾼은 둔탁한 목소리로 말했다.

"당신은 우리 아버지한테서 임야를 사려고 하잖아요, 임야를. 일린스키 신부가 나를 이곳으로 데려다 줬습니다. 당신은 삼소노프 노인한테 편지를 보내셨지요? 그래서 삼소노프 노인이 나를 이리 보내주신 겁니다." 미탸는 숨을 헐떡이며 설명했다.

"거짓말 말라니까!" 또다시 랴가비가 딱 잘라 말했다.

"무슨 말씀을 하십니까? 저는 드미트리 카라마조프입니다. 그 임야와 관계가 있는 일로 왔다니까요."

농사꾼은 거드름을 피우면서 턱수염을 쓰다듬었다.

"아니야. 자넨 청부 맡았던 일을 도중에 내동댕이친 악당이야."

"당신은 뭔가 오해를 하고 있습니다." 미탸는 절망한 나머지 두 손으로 머리를 쥐어짰다. "당신한테 한 가지 묻겠는데 남한테 불쾌한 짓을 마음껏 해도 된다는 법률이라도 있소? 아무튼 자넨 악당이야."

미탸는 암담한 기분으로 뒤로 물러섰다. 이때 그는 무언가로 호되게 이마를 얻어맞은 것 같았다. 그리고 그 순간 횃불 같은 것이 확 타올라 모든 것을 한꺼번에 깨달았다.

그리고 스스로를 분별력 있는 사내라고 자처하고 있으면서도, 왜 이런 어리석은 짓거리에 말려들게 되었으며, 랴가비 따위의 머리를 식혀주었을까, 하는 의혹에 사로잡혀 잠시 멍청히 서 있었다.

'그래, 이 사람은 술에 취해 있어. 아마 1주일은 더 술을 마실 거야. 그러니 기다려 본들 무슨 소용이 있겠는가? 그리고 또 삼소노프가 나를 일부러 이런 곳에 보냈다면? 그리고 만약 그루셴카가…… 아아, 내가 무슨 짓을 했는가!'

상대방은 의자에 앉아서 그를 바라보며 기분 나쁘게 웃고 있었다. 미탸는 다른 때 같으면, 이 바보 녀석을 때려죽였을지도 모른다. 그러나 지금은 어린애처럼 소심해져 있었다. 그는 외투의 호주머니에서 50코페이카를 꺼내 숙박료, 촛값, 그리고 수고비 조로 탁상 위에 놓아두었다.

그는 오두막집에서 나와 어느 쪽으로 가야 할지도 모른 채 무턱대고 마구 걸어갔다. 어젯밤 신부와 여기 올 때 너무 서둘렀기 때문에 길 같은 것엔 무신경했기 때문이다. 그는 누구에 대해서도, 심지어 삼소노프에 대해서도 원망하는 마음은 없었다.

"아아, 이 절망! 어디를 보나 죽음뿐이구나." 그는 이렇게 되뇌며 앞으로 걸음을 내디뎠다.

마침 그 옆을 지나가던 한 늙은 상인이 삯마차로 시골길을 달리고 있었다. 미탸는 마차가 옆을 통과할 때 길을 묻기 위해 마차를 세웠다. 알고 보니 그 사람들도 볼로뱌 역으로 가는 길이어서, 서로 상의한 끝에 미탸는 그 마차를 얻어 타게 되었다.

마차에 말을 매다는 동안 그는 이것저것 음식과 석 잔의 보드카까지 마셨다. 시장기가 가시자 기운이 나면서 다시 기분이 좋아졌다. 그가 마부를 재촉하며 쏜살같이 한길을 달려가는 동안, '그 저주 받을 돈'을 오늘 저녁까지 꼭 마련할 계획을 꾸며냈다. "생각만 해도 울화가 치미는군. 그까짓 3천 루블 때문에 한 사람의 운명이 파멸되고 말다니!" 그는 경멸에 찬 어조로 외쳤다. "오늘은 반드시 그 문제를 해결하고 말 테야!" 그때 만약 그루셴카에 대한 상념이 끊임없이 머리에 떠오르지만 않았더라면 그는 또다시 유쾌한 기분에 젖어들었을지도 모른다. 그러나 그녀에 대한 상념은 예리한 비수처럼 쉴 새 없이 그의 마음을 찌르는 것이었다. 이윽고 읍내에 도착한 미탸는 곧장 그루셴카한테로 달려갔다.

3. 금광

그것은 그루셴카가 그토록 공포심에 떨며 라키틴한테 이야기했던 미탸의 방문이었다. 그녀는 그 무렵 '소식'을 눈이 빠지게 기다리면서 미탸가 어제도 오늘도 찾아오지 않은 것을 몹시 기뻐하며, '제발 하느님의 은총으로 자기가 떠날 때까지 오지 말았으면 좋겠다'고 애타게 기원했다. 그런데 이때 문제의 미탸가 갑자기 나타난 것이다.

그 다음부터는 우리가 다 아는 이야기이다. 그녀는 미탸를 따돌리기 위해, 자기를 삼소노프의 집까지 데려다 달라고 간청했다. '돈 계산' 때문에 가봐야 한다고 미탸를 설득시키면서. 그리고 삼소노프의 집 대문에서 헤어지면서 그루셴카는 11시 조금 지나 돌아갈 때도 집까지 데려다 달라고 부탁하고, 꼭 그렇게 하겠다는 약속을 받았다. 미탸는 그녀의 이런 반응에 무척 만족해했다. 그때까진 삼소노프의 집에 있을 것이었으므로, 아버지한테 갈 염려는 없었기 때문이었다. 이 여자의 말이 거짓말이 아니라면. 미탸는 이런 종류의 질투심이 매우 강한 사내였다. 그는 사랑하는 여자와 잠시라도 떨어지기만 하면 불안에 싸여 온갖 무시무시한 공상을 다 한 끝에, 틀림없이 지금쯤은 배신했을 거라고 단정하고는, 미친 사람처럼 헐레벌떡 그 여자한테 달려갔지만, 여자의 명랑하게 웃는 얼굴을 대하는 순간 자신이 품었던 온갖 의심들이 단숨에 녹아버렸다. 미탸는 그루셴카를 삼소노프의 문간까지 데려다주고, 자신의 하숙집으로 달려갔다. '혹시 그루셴카가 아버지한테 갔었다면, 아아, 그때는 정말!' 이런 생각이 그의 머릿속을 스치고 지나갔다. 이런 형편이었으므로, 자신의 하숙집에 도착하기도 전에 또다시 질투의 불길이 고개를 쳐들기 시작했다.

질투심! '오셀로는 질투심이 강한 것이 아니라 남을 잘 믿었던 것이다'라고 푸슈킨은 지적한 바 있다. 이러한 통찰력 하나만 보더라도 위대한 시인의 비범한 지혜가 입증되는 것이었다.

진짜로 질투심이 강한 사람은 양심의 가책을 한 점도 느끼지 않고, 도저히 상상도 할 수 없는 정신적 타락과 오욕 속에 태연히 몸을 담글 수 있다. 그런데 질투심이 강한 사람들이라고 해서 모두가 다 비열하고 추악한 정신의 소유자라고 할 수는 없다.

오셀로는 어떤 경우에든 절대로 배신행위와 타협할 수 없었다. 그러나 진짜로 질투심이 강한 사람들이 어느 정도까지 타협을 하고 용서할 수 있는지는 상상도 할 수 없을 정도이다. 그들은 누구보다도 빨리 부정을 용서한다. 이것은 뭇 여성이 다 알고 있는 사실이다.

그러나 이것은 '마지막' 사건일 때에 한하는 것이어서, 부정을 저지른 상대방 사내가 그 즉시 세상 끝으로 사라져서 모습을 나타내지 않든가, 아니면 자기 쪽에서 두려운 경쟁자가 나타날 우려가 전혀 없는 먼 곳으로 여자를 데리고 도망갈 수 있다는 확신이 생겼을 때에 한해서 가능한 일이다.

그토록 감시를 해야 하는 사랑이 무슨 놈의 사랑이란 말인가? 그토록 기를 쓰고 경계를 해야 하는 사랑이 무슨 값어치가 있단 말인가? 아마 이렇게 생각될는지도 모르지만, 진자 질투꾼은 절대 그렇게 생각하지 않는다.

미탸는 그루셴카의 얼굴을 보자마자 질투심은 순식간에 사라지고, 믿음직하고 고상한 인간으로 변해 있었다. 그러나 그루셴카가 모습을 감추기가 무섭게 미탸는 그녀가 비열하고 교활한 배신행위를 하고 있지나 않을까 의심하기 시작하였다. 그리고 이미 그때에는 양심의 가책 같은 것은 전혀 느끼지도 않았다.

그야 어쨌든 급히 서둘러야 했다. 우선 소액이라도 좋으니 당장 필요한 돈을 긁어모아야만 했다. 어제의 9루블을 여비로 모두 써버렸기 때문이다. 그러나 그는 아까 마차 속에서, 새로운 계획과 더불어 어디서 필요한 돈을 마련할 것인가를 이미 생각해두었다. 그는 결투용 고급 권총 두 자루를 장전한 채 가지고 있었는데, 그것을 지금까지 저당 잡히지 않은 것은 그의 소지품 중에서 가장 아끼는 물건이었기 때문이다.

오래 전, '수도'란 술집에서 그는 젊은 관리 한 사람과 안면을 익히는 정도로 사귄 적이 있었는데, 그 젊은 관리는 무기 애호가여서 보통 권총은 물론이고 연발 군총이며 단도 등을 사 모아 자기 방 벽에 걸어놓고는 친구들에게 보여주며 자랑한다는 사실을 알았다.

미탸는 그 관리한테 달려가서 권총을 담보로 10루블을 빌려주지 않겠느냐고 물었다. 관리는 무척 기뻐하며, 이왕이면 아주 팔아버리라고 권했다. 미탸가 거절하자 젊은 관리는 이자 같은 건 절대 받지 않겠다고 하며 10루블을 내주었다. 두 사람은 친구가 되어 헤어졌다. 미탸는 길을 재촉했다. 되도록 빨리 스메르댜코프를 불러내려고 아버지 집 뒤쪽에 있는 정자를 향해 달려갔다.

이리하여 또다시 다음과 같은 사실이 판명되었다. 이제부터 필자가 얘기하려는 엽기적인 사건이 일어나기 3, 4시간 전만 해도 미탸는 가진 돈이 한 푼도 없었기 때문에 자기가 아끼던 권총을 담보로 하여 10루블을 빌려오기까지 했지만, 그로부터 세 시간 후에는 수천 루블이라는 거금이 미탸의 수중에 들어 있었다.

그러나 지금 그 사실을 밝히는 것은 시기상조이다. 마리아 콘드라티예브나(표도르 파블로비치의 이웃집 여인)의 집에서는 스메르댜코프의 발병 소식이 미탸를 기다리고 있었다. 미탸는 스메르댜코프가 지하실로 굴러 떨어졌다는 얘기며, 지속적인 간질 발작, 의사의 왕진, 표도르의 배려 등에 관한 이야기를 자세히 들었다. 동생 이반이 그날 아침 모스크바로 떠났다는 데 대해서도 흥미롭게 들었다. 그렇다면 이제부터 어떻게 하면 좋지? 누가 감시를 하고, 누가 모든 걸 내게 알려준단 말인가?

미탸는 그 집 모녀에게 어젯밤 무슨 일이 없었느냐고 꼬치꼬치 캐물었다. 그들 모녀는 어젯밤에는 이반 도련님도 아버지 집에서 주무셨으니까 '평상시와 전혀 다를 것이 없었다'고 설명해줌으로서 미탸의 의혹을 풀어주었다.

미탸는 생각에 잠겼다. 그가 당면한 과제는 아까 마차 속에서 생각해낸 새로운 계획의 실행을 한시도 늦출 수 없다는 사실이었다.

결국 미탸는 그 일을 위해 한 시간만 희생하기로 결심했다. '한 시간 동안 모든 것을 알아본 다음, 맨 먼저 삼소노프의 집으로 달려가서 그루셴카가 거기 있는지 확인한 다음, 이곳으로 돌아와서 11시까지 기다리기로 했다. 그런 다음 다시 삼소노프의 집으로 가서 그루셴카를 집까지 바래다주기로 결심했다.

미탸는 하숙집으로 가서 세수를 한 다음 머리를 빗고, 옷을 갈아입은 후 호흘라코바 부인을 찾아갔다. 이 부인한테서 3천 루블을 빌리기로 결심했기 때문이다.

한데 호흘라코바 부인은 미탸를 증오하고 있었다. 그것은 미탸가 여전히 카테리나의 약혼자로 남아 있다는 한 가지 이유 때문이었다. 그녀는 카테리나가 미탸를 버리고, '그토록 몸가짐이 세련되고, 기사도적 인격을 가진 이반 표도로비치'와 결혼하기를 애타게 바라고 있었다. 그녀는 미탸의 '행동거지'를 몹시 싫어했다.

한편 미탸는 미탸대로 그 부인을 못마땅하게 생각하고 있었으므로 언젠가 한 번은 이런 말을 한 적도 있었다.

"그 여자는 활력 있고 소탈하긴 하지만 무식해서 탈이야."

그날 아침 마차 속에서 아주 훌륭한 묘안이 그의 뇌리를 스쳤다. '만약 그 부인이 나와 카테리나의 결혼을 그렇게까지 싫어한다면, 지금 내가 부탁하려는 3천 루블을 거절할 리 없지 않은가. 나는 돈을 받자마자 카테리나를 버리고 영원히 여기서 떠나버리고 말 테니까. 제멋대로 살아온 이런 상류 사회 귀부인들은 뭔가 변덕스러운 소망을 갖게 되면 자기 희망을 실현하기 위해 무슨 짓이든 하고 말거든. 게다가 그 여자는 돈도 꽤 많다지 않은가.' 그의 묘안이란 것은 전과 마찬가지로 체르마시냐에 대한 그의 권리를 되찾는다는 것이었다. 그러나 어제 삼소노프와 흥정할 때처럼 상업적인 목적은 가지고 있지 않았다. 즉 3천 루블 대신에 그 배가 넘은 6천 내지 7천 루블의 이득을 볼 수 있다고 이 부인을 유혹할 생각은 추호도 없었다. 그저 부채에 대한 정당한 담보로 그것을 제공하려 했을 뿐이다.

미탸는 이 새로운 생각을 펼쳐감에 따라 환희에 가까운 기쁨에 도취되어 있었다. 그러나 이것은 무슨 일을 갑자기 결심했을 때 언제나 그의 마음속에 일어나는 현상이었다. 미탸는 어떤 것이든 새로운 착상에는 이런 식으로 열정을 기울여 몰두하는 습성이 있었다. 그럼에도 불구하고 호흘라코바 부인의 집 층계를 올라섰을 때, 그는 등골이 오싹해지는 공포를 느꼈다.

처음에는 모든 상황이 그에게 미소를 던지는 것처럼 보였다. 부인을 만나 뵙고 싶다고 잔하자마자 그는 곧 집 안으로 안내되었다. '마치 나를 기다리고 있었던 것 같군.' 하고 그는 생각했다. 그가 응접실로 발을 들여놓기가 무섭게 여주인이 달려오다시피 방 안으로 들어와서는 마침 기다리고 있었던 참이라고 말하는 것이었다.

"기다렸어요. 나는 당신이 오늘 꼭 찾아오실 거라고 확신하고 있었답니다."

"그것 참 놀랄 일이군요, 부인." 미탸는 엉거주춤 의자에 앉으며 이렇게 대답했다. "그건 그렇고…… 매우 중대한 용건이 있어 찾아왔습니다. 더군다나 그것은 긴급을 요하는 일이어서……."

"중대한 용건으로 오셨다는 건 저도 잘 알고 있어요, 드미트리 표도로비치 씨. 카테리나에게 그런 일이 일어났는데, 당신이 오시지 않을 리 있겠어요? 절대로 그럴 수는 없지요."

"실생활에서의 리얼리즘이란 거군요. 부인, 그건 그렇고 우선 제 얘기부터……."

"바로 그 리얼리즘이에요. 저는 지금까지 너무 기적에만 치중해왔었죠. 당신, 조시마 장로님이 돌아가셨다는 소식 들으셨어요?"

"금시초문입니다, 부인!" 미탸는 부인의 말을 가로챘다. "저는 지금 말할 수 없는 절망 상태에 빠져 있습니다. 당신이 도움을 주시지 않으면 무너지고 맙니다. 아, 저는 지금 제정신이 아닙니다. 열병에 걸린 거나 다름없어서……."

"알고 있어요, 당신이 열병에 걸리셨다는 건. 드미트리 표도로비치 씨, 그전부터 당신의 운명을 염려해왔어요. 당신의 운명에 눈을 떼지 않고 연구해왔다고요. 아시겠어요? 이래봬도 저는 경험 많은 정신과 의사랍니다."

"부인, 당신이 경험 많은 의사시라면 저는 경험 많은 환자랄 수 있지요." 미탸는 간신히 이렇게 맞춰주었다. "당신이 그토록 저의 운명을 주시해오셨다면 파멸에 직면한 저의 운명도 구해주실 것 같은 생각이 드는군요. 그러나 그러기 위해서는 우선 저의 계획부터 들어주셨으면 고맙겠습니다."

"말씀하실 필요 없어요. 제가 남을 돕는 건 당신이 처음은 아니니까요. 당신도 제 사촌 동생 벨리메소바의 일을 들으신 적이 있으실 테죠? 그 사람 남편이 파멸에 직면했을 때, 당신의 그 그럴듯한 표현을 빌린다면 '모든 것이 무너지려고' 할 때, 내가 어떻게 한 지 아세요? 나는 그때 말을 기르라고 권했어요. 나의 충고 덕분에 지금은 아주 번창하고 있답니다. 드미트리 표도로비치 씨, 당신 말 사육에 대한 지식을 가지고 계세요?"

"아니, 전혀 없습니다." 미탸는 안절부절 못하면서 이렇게 외치고는 자리에서 일어나려고 했다. "부인, 제발 부탁이니 제 애기 좀 들어주십시오." 부인이 다시 말을 시작하려는 것 같아서, 상대방을 큰 소리로 압도해버리겠다는 생각에서 미탸는 신경질적으로 외쳤다. "나는 절망의 구렁텅이에 빠진 나머지 여길 찾아온 겁니다. 부인한테 3천 루블을 차용할까 해서요. 그러나 부인, 담보는 있습니다. 그러니 제 이야기부터……."

"그런 애긴 나중에 하세요." 호흘라코바 부인도 질세라 손을 흔들어댔다. "아까도 말씀드린 것처럼 당신이 무슨 말을 하시든 저는 죄다 미리 알고 있다니까요. 당신은 3천 루블이 필요하다고 말씀하시지만 저는 그보다 더 많은 돈이라도 드리겠어요."

미탸는 또다시 의자에서 벌떡 일어났다.

"부인, 당신이 이렇게 친절한 분이실 줄은! 아아, 당신 덕분에 나는 살아났습니다. 당신은 한 인간을 자살로부터, 권총으로부터 구해주신 겁니다."

"당신을 구해드리겠다고 말한 이상 반드시 구해드리겠습니다. 드미트리 표도로비치 씨, 당신 금광에 대해선 어떻게 생각하시죠?"

"금광이라뇨, 부인! 그런 건 한 번도 생각해본 적이 없습니다."

"저는 꼬박 한 달 동안 이 문제를 가지고 당신을 관찰해왔답니다. 저는 당신의 걸음걸이를 연구한 끝에 이분은 틀림없이 많은 금광을 발견하실 거라고 단정을 내렸죠."

"그건 그렇고, 부인! 당신이 저한테 빌려주기로 약속하신 그 3천 루블은?"

"그건 걱정 마세요. 그 3천 루블은 이미 당신의 호주머니 속에 들어와 있는 거나 마찬가지예요. 그리고 저명 인사가 되셔서 우리를 좋은 길로 이끌어주시는 거예요. 당신은 가난한 사람들을 도와주어 그들로부터 축복을 받게 되겠지요. 아, 한데 저는 지금 우리 러시아의 화폐 가치가 자꾸 떨어지는 게 걱정스러워 밤에 제대로 잠도 못 이룰 지경이에요."

"부인, 부인! 그러나 지금은 부인께서 관대하게 약속해 주신 그 3천 루블…… 제겐 지금 한 시간도 여유가 없습니다."

"그만하세요, 그만해 두시라니까요. 요컨대 문제는 하나예요. 금광에 가실 건지 안 가실 건지 말예요. 자, 결심을 하시고 나서 결정한 것을 대답해 주세요."

"가겠습니다, 가겠습니다. 부인…… 그러나 지금은……."

"잠깐 기다리세요." 호흘라코바 부인은 이렇게 외치고 자리에서 벌떡 일어나더니, 조그만 서랍이 딸린 화려한 테이블 쪽으로 달려가서 무언가를 서둘러 찾기 시작했다.

'3천 루블!' 미탸는 심장이 죄어드는 듯한 흥분을 느끼며 생각했다. '정말 멋진 여자군! 말이 많은 게 흠이긴 하지만…….'

"여기 있군요." 호흘라코바 부인은 미탸한테로 다가오며 이렇게 탄성을 올렸다. "바로 이거예요. 내가 찾던 건!"

그것은 끈이 달린 조그만 은제 성상으로, 흔히 십자가와 함께 몸에 지니고 다니는 물건이었다.

"드미트리 표도로비치 씨! 이건 키예프에서 보낸 거예요. 제발 제 손으로 당신 목에 걸게 해주세요. 새로운 삶과 사업을 시작하시려는 당신을 축복해 드리고 싶습니다."

이렇게 말하면서 부인은 정말로 그 성상을 미탸의 목에 걸어주고는 그 위치를 바로잡아 주었다. 미탸는 몹시 낭패스런 표정을 지으면서도 상반신을 앞으로 내밀어 걸기 쉽도록 했다.

"자, 이젠 떠나셔도 돼요." 호흘라코바 부인은 다시 자리에 앉으면서 엄숙한 표정으로 말했다.

"부인의 친절에 뭐라고 감사를 드려야 할지 모를 지경입니다. 그러나 지금 제게 시간이 얼마나 귀중한지, 그걸 알아주셨으면 좋겠어요. 아아, 모든 걸 다 당신한테 고백하겠습니다. 저는 카탸를 배반했습니다. 저는 이 읍내로 돌아와서 딴 여자를 사랑하게 되었습니다. 부인은 그 여자를 멸시하고 계실 테죠. 그러나 저는 그 여자를 버릴 수가 없습니다. 바로 그런 이유 때문에 3천 루블이라는 돈이……."

"모든 걸 단념하세요, 드미트리 표도로비치 씨! 특히 여자 같은 건 깨끗이 잊으셔야 해요. 당신의 목적은 금광입니다. 그런 곳에 여자를 데리고 갈 필요는 없단 말예요. 훗날 당신이 금의환향하실 때에는 가장 화려한 상류 사회에서 반드시 마음에 맞는 배필을 발견하게 될 겁니다."

"부인, 그건 제 문제하곤 다른 얘깁니다." 미탸는 두 손을 맞잡고 애원하듯 말했다.

"그렇지 않아요. 당신에게 필요한 건 그거예요."

"하지만 부인," 미탸는 울부짖듯이 말했다. "다시 한 번 애원합니다. 제발 대답 좀 해주십시오. 약속해 주신 돈을 오늘 받을 수 있는지 없는지를."

"무슨 돈 말인가요, 드미트리 표도로비치 씨?"

"아까 약속하신 3천 루블 말입니다."

"3천? 3천 루블이라고요? 내게 3천 루블이란 돈이 어딨겠어요!"

미탸는 망연자실했다.

"에잇, 빌어먹을!" 미탸는 신음하듯 내뱉고는 주먹으로 힘껏 테이블을 내리쳤다.

"어머나!" 호흘라코바 부인은 소스라치게 놀라 응접실 한구석으로 몸을 비켰다.

미탸는 퉤 하고 침을 내뱉고는 빠른 걸음으로 방에서 나와 어두운 한길로 달려 나갔다. 그는 미친 사람처럼 가슴을 치면서 걸어갔다.

아무튼 최후의 희망마저 사라져버린 지금, 그토록 육체적으로 강인했던 이 사내는 불과 몇 걸음 걷기도 전에 마치 어린애처럼 엉엉 소리 내어 울기 시작했다. 이윽고 광장까지 왔을 때 갑자기 정면으로부터 무엇과 충돌한 느낌이 들었다. 그와 동시에 어떤 노파의 째지는 듯한 비명이 들려왔다. 그는 하마터면 이 노파를 넘어뜨릴 뻔했다.

"아니, 당신은?" 어둠 속에서 노파를 알아보고 미탸가 외쳤다.

그는 삼소노프의 병시중을 드는 노파였다.

"당신은 뉘시오?" 아까와는 전혀 다른 목소리로 노파가 말했다. "하도 어두워서 뉘신지 알 수가 없군요."

"당신은 쿠지마 쿠지미치 씨의 병간호를 하고 있는 할멈이 아니오? 할멈! 한 가지 물어볼 게 있는데, 아그라페나 알렉산드로브나는 아직 거기 있소?"

"오셨댔어요, 나리. 하지만 오시자마자 곧 돌아가신걸요. 무슨 우스운 말을 해서 주인 나리를 한바탕 웃기시더니 곧 달아나버렸어요."

"거짓말 마, 이 할망구야!" 미탸가 소리쳤다.

"아이고머니나!" 노파는 이렇게 외쳤으나 미탸의 모습은 보이지 않았다. 그것은 그루셴카가 모크로예 마을로 떠난 직후여서 그녀가 떠난 지 15분도 채 지나지 않았을 때였다. 페냐는 부엌일을 맡아보고 있는 마트료나 할머니하고 부엌에 앉아 있었는데, 그곳에 별안간 '대위님'이 뛰어든 것이다. 대위를 보자 페냐는 찢어지는 듯한 목소리로 고함을 질렀다.

"소리는 왜 질러? 그루셴카는 어디 있지?"

공포에 질려 실신한 듯한 폐냐가 미처 대답하기도 전에 그는 그녀의 발 앞에 엎드렸다.

"폐냐! 제발 부탁이니 가르쳐다오. 그루센카는 어디에 있지?"

"정말 전 아무것도 몰라요. 죽이신다 해도 몰라요." 폐냐는 강력하게 부인했다. "아까 두 분이 함께 나가셨잖아요."

"그 다음에 돌아왔어."

"아녜요, 돌아오시지 않았어요."

"거짓말 마! 네가 무서워하는 꼴만 봐도 그년이 어디 있는지 알겠어."

미탸는 밖으로 달려나갔다. 그러나 미탸는 밖으로 달려 나갈 때 또 하나의 심상찮은 행동을 함으로써 폐냐와 마트료나 할머니를 놀라게 했다. 탁자 위에 놋쇠로 된 조그만 절구가 놓여 있고, 그 속에 절굿공이가 들어 있었는데, 미탸가 절굿공이를 낚아채 호주머니 속에 쑤셔 넣고는 그대로 자취를 감추고 말았다.

"아아, 큰일났어. 누군가를 죽이려는 거야!" 폐냐는 두 손을 움켜쥐고 이렇게 외쳤다.

4. 어둠 속에서

미탸는 어디로 달려갔을까? 그것은 뻔한 일이다.

'아버지의 집이 아니고 어디 갈 데가 있을라고? 삼소노프의 집에서 아버지한테 간 거야. 이젠 의심할 여지도 없어. 모든 계략과 기만

이 결국은 드러나고 만 거야.' 이런 상념이 그의 머릿속에서 회오리쳤다. 마리아 콘드라티예브나의 정원은 들러볼 생각도 하지 않았다. '거긴 들를 필요도 없어. 공연히 소란을 피울 필요는 없거든. 내통할 게 분명하니까. 마리아 콘드라티예브나도 저쪽 편임이 틀림없고, 스메르댜코프 역시 마찬가지야. 모두 매수당했을 테니까!'

미탸의 머릿속에는 또 하나의 상념이 떠올랐다. 그는 골목길을 지나 아버지의 집을 한 바퀴 돌아 조그만 다리를 건너 한적한 뒷골목으로 빠져나왔다.

여기에서 그는 한 장소를 골라잡았다. 그곳은 언젠가 리자베타 스메르댜쉬차야라는 미친 여인이 기어 넘어간 곳과 동일한 지점이었다. '그런 여자도 넘어갈 수 있었는데 나라고 못 넘어갈 리는 없겠지!' 그는 껑충 뛰어올라 재빨리 한 손으로 울타리 꼭대기를 붙잡고는 울타리에 타고 앉았다. 울타리 위라 불이 켜진 안채의 창문이 잘 보였다. '역시 그렇군. 아버지 침실에 불이 켜져 있는 걸 보니 그년이 저기 들어가 있는 게 분명해!' 미탸는 정원으로 뛰어내렸다. 그리고리 노인은 앓고 있었고, 스메르댜코프도 앓고 있는 게 분명했으므로, 아무도 알아챌 리가 없다는 것을 알고 있으면서도 미탸는 본능적으로 몸을 숨긴 채 바싹 귀를 기울이고 있었다. 주변에는 죽음과 같은 침묵이 깔려 있었다. 그는 잠시 멈춰 서 있다가 살금살금 풀밭 위를 걸어갔다. 안채에서 정원으로 나오는 쪽 문은 닫혀 있었다. 드디어 덤불까지 다다르자 그는 몸을 숨긴 채 숨을 죽였다. 이윽고 발소리를 죽여 가며 창가로 다가가서 발돋움을 했다. 아버지 표도르의 침실 내부가 손금처럼 훤히 들여다보였다. 그것은 빨간 병풍을 가로질러놓은 조그만

방이었다. 표도르 파블로비치는 그것을 '중국식 병풍'이라고 불렀다. '그렇다, 그루셴카는 저 병풍 뒤에 있을 거야.' 표도르는 미탸가한 번도 본 일이 없는 줄무늬가 새겨진 비단 가운을 입고, 허리에는술이 달린 비단 띠를 두르고 있었다. 가운의 깃 밑에는 하늘하늘한 셔츠가 보였고, 금으로 만든 장식 단추가 반짝이고 있었다.

표도르 파블로비치는 생각에 잠긴 듯 창가에 서 있다가 갑자기 머리를 처들고는 귀를 기울이기 시작했다. '아버지 혼자군. 아무리 보아도 혼자 같아. 어쩌면 그루셴카는 병풍 뒤에서 자고 있는지도 모르지. 아버지가 창문 밖을 내다본 것은 그루셴카가 오지 않나 해서야. 그렇다면 그루셴카는 아직 오지 않은 게로군.'

미탸는 다시 창가로 다가가서 방 안을 들여다보기 시작했다. 노인은 침울한 표정으로 탁자 앞에 앉아 있었다.

참으로 기묘한 일이기는 하지만 그루셴카가 거기에 와 있지 않다는 것을 알게 되자 어쩐지 까닭 모를 분노가 가슴 속에서 들끓기 시작했다.

'아니야. 그루셴카가 와 있지 않기 때문에 그러는 건 아니야. 그루셴카가 와 있는지, 안 와 있는지 그걸 알 수 없기 때문에 화가 치미는 거야.'

미탸는 드디어 결심을 하고, 손을 뻗쳐 조용히 창문을 두드렸다. 노인과 스메르댜코프 사이에 정해진 신호대로 노크를 한 것이다. 처음 두 번은 조용히, 그리고 나중의 세 번은 조금 빨리…… 바로 '그루셴카가 왔다'는 신호인 것이다. 노인은 흠칫 몸을 떨고는 고개를 갸우뚱하더니 벌떡 자리에서 일어나 창가로 달려갔다. 미탸는 나무 그

늘 속으로 몸을 숨겼다. 표도르 파블로비치는 창문을 열고 머리를 내밀었다.

"그루센카냐? 네가 왔니?" 반쯤 속삭이는 듯한 떨리는 목소리로 말했다. "어디 있느냐? 내 귀여운 천사야!" 노인은 흥분한 나머지 숨을 헐떡이고 있었다.

'혼자구나!' 미탸가 생각했다.

"아니, 어디 있는 거냐? 자, 이리 온. 너한테 주려고 선물을 준비해놓았다. 이리 와. 보여줄 테니!"

'저건 3천 루블이 든 봉투 얘기구나.' 미탸의 머릿속에 이런 생각이 퍼뜩 떠올랐다.

"아니, 어디 있니? 문을 열어주마."

노인은 창문에서 온몸을 내밀다시피 하고 정원으로 통하는 문이 있는 오른쪽을 바라보면서 열심히 어둠 속을 더듬고 있었다. 미탸는 꼼짝 않고 측면에서 노인의 얼굴을 바라보고 있었다. 그가 그토록 미워하는 노인의 옆얼굴, 축 늘어진 결후, 매부리코, 달콤한 기대로 히죽이는 입술 등이 램프 빛을 받아 선명히 드러나 보였다.

무서울 정도로 사나운 증오감이 미탸의 가슴에 타오르기 시작했다. '그렇다, 바로 저놈이 내 경쟁자야. 나를 괴롭히는 건 오직 저 늙은이야. 내 인생을 망친 건 바로 저놈이야!'

그것은 얼마 전 미탸가 알료샤에게 무슨 예감이라도 느낀 듯 단언했던 그 증오, 돌발적인 복수심에 찬 사나운 증오의 발작이었다. 미탸는 나흘 전 그 정자에서 알료샤와 이런 이야기를 주고받았다. "아버지를 죽이다니, 어떻게 그런 말을 할 수 있어요?"라는 동생의 물음에

"아니, 그건 나도 몰라. 나도 모른단 말이야."라고 대답했었다. "어쩌면 죽이지 않을지도 모르지. 그러나 결정적인 순간에 아버지의 얼굴이 증오심을 불러일으키지나 않을까 그것이 걱정이야. 그 파렴치한 조소를 증오해."

아버지에 대한 혐오감이 주체할 수 없을 정도로 강렬하게 끓어올랐다. 미챠는 자제력을 잃고, 별안간 호주머니에서 절굿공이를 끄집어냈다.

"하느님께서 그때 나를 지켜주신 거야." 미챠는 후에 이렇게 술회했다. 바로 그때 병석에 누워 있던 그리고리 노인이 잠을 깼던 것이다. 그는 바로 이날 저녁, 스메르쟈코프가 이반에게 말했던 바로 그 비방으로 치료를 받았었다. 뭔가 강력한 비약을 탄 보드카를 마누라의 손을 빌려 전신에 바른 다음, 그 나머지를 마누라가 중얼거리는 이상한 기도문과 함께 마시고 잠자리에 들었던 것이다. 마누라 역시 그 약을 한 모금 마시고는 남편 옆에 쓰러져 죽은 듯이 잠들고 말았다.

그리고리 노인은 밤중에 눈을 떴다. 허리가 몹시 아팠음에도 불구하고 그는 침대에서 일어나 앉았다. 그러고는 다시 무엇인가를 생각하고는 자리에서 일어나 옷을 입었다.

스메르쟈코프는 간질 발작으로 녹초가 된 채 옆방에 누워 있었다. 마르파도 죽은 듯이 쓰러져 있었다. '여편네도 많이 쇠약해졌군.' 그리고리 노인은 아내의 잠든 모습을 보며 이렇게 생각했다. 그리고리는 괴롭게 앓는 소리를 내며 바깥 층계로 나갔다. 물론 그는 층계에서 잠깐 뜰 안을 살펴보려 했을 뿐이었다. 그도 그럴 것이, 허리와 오른쪽 다리가 아파서 도저히 걸을 수가 없었기 때문이다.

그러나 바로 그때, 뜰로 통하는 쪽문을 잠그지 않고 내버려뒀다는 것이 생각났다. 그는 아파서 다리를 절면서도 층계를 내려가 정원 쪽으로 걸음을 옮겼다. 쪽문은 열려진 채였다. 주인의 침실 창문도 열려 있었다.

바로 그 순간, 무언가 이상한 것이 맞은편 뜰에서 어른거렸다. 그에게서 40걸음쯤 떨어진 어둠 속을 사람의 그림자가 쏜살같이 달려가고 있었다. "아니, 저런!" 그리고리는 이렇게 외치고는, 허리가 아픈 것도 잊은 채 괴한의 앞길을 막으려고 정신없이 달려갔다. 괴한은 목욕탕 뒤로 빠져 울타리로 돌진했다.

과연 그의 예감은 빗나가지 않았다. 그는 다름 아닌 '천하의 악당, 애비 죽일 놈'이었던 것이다.

"이 애비 죽일 놈아!" 노인은 목이 터져라 소리쳤다. 그 상황에서 그가 외칠 수 있는 말은 이것뿐이었다. 그리고 그는 벼락이라도 맞은 것처럼 푹 쓰러지고 말았다. 미탸는 다시 정원으로 뛰어내려 쓰러진 노인 위로 몸을 굽혔다. 미탸의 손에는 절굿공이가 쥐어져 있었다. 잠시 후 그는 그것을 무의식적으로 풀밭에 던져버렸다. 절굿공이는 그리고리 노인으로부터 두 발짝쯤 떨어진 곳에 떨어졌다. 몇 초 동안 그는 자기 앞에 쓰러져 있는 노인을 자세히 살펴보았다. 노인의 머리는 온통 피범벅이었다. 미탸는 손을 뻗쳐 머리를 만져보았다. 그는 그때 노인의 두개골을 박살내버렸는지, 아니면 그저 절굿공이로 정수리를 때려 노인을 '실신시켰을 뿐'인지를 분명히 확인하고 싶었던 것이다.

후일 그는 이 사실을 생생하게 상기해 냈다. 피는 걷잡을 수 없이 숯구처 미탸의 떨리는 손가락을 피투성이로 만들어버렸다. 그는 호흘라코바 부인을 방문할 때 준비해둔 하얀 손수건을 호주머니에서 꺼내 노인의 얼굴에 대고, 이마와 얼굴의 피를 정신없이 닦았다. 이것 역시 후일에야 생각해냈던 것이다. 그러나 그 손수건도 순식간에 흠뻑 젖고 말았다.

"아아, 내가 뭘 하고 있지? 박살을 냈다 하더라도 지금 그것을 확인할 수는 없지 않느냔 말이다. 일이 이렇게 된 이상 어차피 매한가진 걸 가지고!" 그는 절망적으로 덧붙였다. "내가 죽였다고 해도 할 수 없는 거야. 영감이 걸려든 게 잘못이지. 그냥 누워 있으랄 수밖에!" 이렇게 외치고는 울타리에 기어올라 뒷골목으로 뛰어내려서는 냅다 도망치기 시작했다. 미탸는 피에 흠뻑 젖은 손수건을 오른손에 꽁꽁 뭉쳐 쥐고 뛰어가다가 프록코트 안주머니에 쑤셔 넣었다. 이날 밤, 캄캄한 한길에서 그와 마주친 몇몇 행인들은 맹렬한 기세로 질주하던 사내가 있었다는 것을 후일에야 상기해냈다. 그는 또다시 모조로바의 집을 향해 달리고 있었다. 아까 페냐는 미탸가 떠나자마자 문지기 나자르한테 달려가서, "제발 부탁이니 그 대위님을 절대 통과시키지 마세요." 하고 애원했다. 나자르는 자초지종을 듣고 그렇게 하겠노라고 했다. 그러나 공교롭게도 2층 주인마님의 호출을 받고 자리를 비우게 되었다. 그는 가는 길에 얼마 전 시골에서 올라온 스무 살가량 된 자신의 조카를 만나 자기 대신 대문을 지키라고 이르기는 했으나, 대위에 대해서는 깜빡 잊고 전하지 않았다.

바로 이때 미탸가 달려와서 문을 두드리기 시작했다. 젊은이는 곧 그의 얼굴을 알아보았다. 젊은이는 문을 열어주고는 밝게 미소를 지으며 아그라페나 아씨는 부재중이라고 알려주었다.

"어딜 갔는데, 프로호르?" 미탸는 걸음을 멈추며 물었다.

"두 시간쯤 전에 티모페이의 마차로 모크로예로 떠나셨어요."

"뭣하러?" 미탸가 외쳤다.

"그건 저도 모릅니다만 어떤 장교한테 가신댔어요. 어떤 분이 아가씨를 불렀나보죠. 마차까지 보내왔더군요."

미탸는 젊은이를 내버려두고, 미치광이처럼 페냐한테로 달려갔다.

5. 갑작스런 결심

페냐는 할머니와 함께 부엌에 앉아 있다가 잠자리에 들 채비를 하고 있었다. 그들은 나자르만 믿고 이번에도 안에서 문을 잠그지 않고 있었다. 그 순간 미탸가 뛰어 들어와 페냐의 멱살을 움켜잡았다.

"빨리 말해. 그년은 어디 있지? 모크로예에 함께 있는 건 누구냐 말이야?"

두 여인은 비명을 질렀다.

"네! 말씀드리겠습니다. 죄다 말씀드리겠습니다." 질겁한 페냐가 빠른 어조로 말했다. "장교님을 만나러 모크로예로 가셨습니다."

"장교라는 건 어떤 놈이냐?" 미탸가 호통을 쳤다.

"예전의 그 장교님 말입니다. 아씨를 좋아하다가 5년 전에 버리고 떠났던 장교님이에요." 페냐는 빠른 어조로 재잘거렸다.

미탸는 멱살을 잡았던 손을 놓았다. 그는 죽은 사람처럼 파리한 얼굴을 하고 아무 말 없이 폐냐 앞에 서 있었으나 그 눈빛을 보고 대번에 모든 것을 알아차릴 수 있었다. 공포 때문에 커질 대로 커진 그녀의 동공은 뚫어질 듯 그를 응시하고 있었다. 하긴 그것도 무리는 아니었다. 미탸의 두 손은 피투성이였기 때문이다. 그리고 이리로 달려오던 도중 그 손으로 이마의 땀을 닦은 모양인지 이마에도 오른쪽 볼 위에도 시뻘건 핏자국이 있었다. 폐냐는 당장이라도 졸도할 것만 같았다. 한편 부엌의 노파는 벌떡 일어나 실성한 사람처럼 멍청히 바라보고만 있었다. 드미트리는 1분가량 그대로 서 있다가 폐냐 옆에 놓인 의자에 털썩 주저앉았다. 그는 자리에 앉긴 했지만 무엇을 생각하고 있기보다는 놀란 나머지 혼이 나간 사람 같았다. 그러나 모든 것은 불을 보듯 뻔했다. 다름 아닌 그 장교였던 것이다. 미탸는 그 사나이에 대해 잘 알고 있었다. 그루셴카에게 들었기 때문이다. 한 달 전에 편지가 왔다는 것도 알고 있었다. 한데 미탸는 어째서 그 사나이의 이야기를 듣자마자 금세 잊어버리고 말았을까? 이것이 그의 앞에 괴물처럼 버티고 선 의문점이었다. 미탸는 글자 그대로 공포스런 전율을 느끼며 이 괴물을 지켜보고 있었다.

그러나 그는 온순하기 그지없는 어린애처럼 폐냐에게 말하기 시작했다. 바로 조금 전에 자기가 이 여자를 얼마나 놀라게 하고, 고통을 주고, 괴롭혔는지에 대해서는 까맣게 잊고 있는 것 같았다. 폐냐는 그의 피투성이 손을 놀란 눈으로 바라보면서 차분한 어조로 상대의 질문에 대답하기 시작했다.

그녀는 그날 하루 동안 일어난 일을 자세히 전해주었다. 라키틴과 알료샤가 찾아왔던 일에서부터 폐냐가 망을 보고 서 있었던 일, 여주인이 출발할 때의 광경, 그리고 그루셴카가 창문에서 알료샤를 향해 미탸에게 인사를 전해달라면서, '짧은 한때였지만, 진심으로 그이를 사랑했다는 걸 한평생 잊지 말라고 전해주세요.' 라고 외친 말까지 전해주었다. 미탸는 그루셴카가 전하더라는 말을 듣고 미소를 지었다. 창백한 그의 볼에 붉은 빛이 떠올랐다. 바로 그 순간 페냐는 미탸에게 이렇게 말했다.

"아니, 손이 왜 그러시죠? 온통 피투성이군요."

"그래." 그는 무의식적으로 이렇게 대답하고 멍청히 손을 바라보았으나, 곧 그 손에 관한 것도 페냐의 질문도 잊어버리고 말았다. 조금 전의 공포의 빛은 사라지고, 그 대신 새롭고 확고한 결심이 그를 지배하고 있었다. 갑자기 그는 자리에서 일어서더니 미소를 지었다.

'나리, 도대체 어떻게 된 거예요?' 페냐는 그의 손을 가리키며 이렇게 물었다. 그것은 마치 그의 불행을 누구보다 잘 이해해줄 수 있는 가장 가까운 사람이라도 되는 듯한 동정적인 어조였다.

미탸는 다시 자신의 손을 바라보았다.

"이건 피야, 페냐." 그는 페냐를 바라보며 말했다. "이건 사람의 피야. 아아, 왜 이런 피가 흘렀을까? 그런데…… 페냐…… 여기서 멀지 않은 곳에 높은 울타리가 있어. 내일 '해가 뜨면' 미텐카가 그 울타리를 뛰어넘었다는 걸 알 수 있을 거야. 페냐, 오늘은 이것으로 작별이야! 한때나마 나를 사랑해주었다고 했다는데, 그렇다면 이 미텐카 카라마조프를 영원히 잊지 말라고 전해줘. 그루셴카는 언제나 나를 미텐카라고 부르곤 했지. 너도 기억하지?'

그 말을 남기자마자 그는 부엌에서 나가버렸다. 페냐는 갑작스런 그의 행동에 아까 그가 달려 들어와 자기에게 덤벼들었을 때보다도 더 놀란 것 같았다.

그로부터 10분 후에, 미탸는 아까 권총을 담보로 돈을 빌렸던 젊은 관리 표도르 일리치의 집 앞에 있었다. 표도르 일리치는 집에서 차를 마신 다음 술집 '수도' 로 당구를 치러 가려고 막 프록코트로 갈아입고 있던 참이었다. 그는 피로 얼룩진 미탸의 얼굴을 보자 소스라치게 놀라며 소리쳤다.

"아니, 이거 어떻게 된 겁니까?"

"실은 아까 맡긴 권총을 찾으러 왔습니다. 돈도 가져왔습니다. 표도르 일리치 씨. 바빠서 그러니 좀 빨리 처리해주십시오."

표도르 일리치는 놀라지 않을 수 없었다. 미탸가 두툼한 지폐 뭉치를 손에 쥔 채 방 안으로 들어 왔기 때문이다. 그 누구도 그런 식으로 돈을 들고 남의 집으로 들어오는 사람은 없었다. 더욱이 그는 지폐 뭉치를 오른손에 움켜쥐고 자랑스러운 듯이 앞으로 내밀고 있었다.

현관에서 미탸를 맞아들인 이 집의 하인은 손님이 돈을 쥔 채 현관으로 들어왔다고 나중에 말했는데, 그러고 보면 미탸는 한길에서도 역시 돈뭉치를 쥔 오른손을 앞으로 내밀고 걸어온 것이 틀림없었다. 그것은 모두가 무지갯빛 1백 루블짜리 지폐였다.

훗날 이 일에 관심을 가진 사람들이 돈을 얼마나 가지고 있었느냐고 묻자 표도르 일리치는 '보기는 보았으나 정확한 액수는 알 수 없었다' 고 했다. 하여튼 2천 내지 3천 루블은 되었으며, '크고 두툼한' 돈뭉치였다고 대답했다. 미탸 자신은 후일 이렇게 증언했다.

"제정신이 아니었던 것은 확실하나 술에 취해 있지는 않았습니다.

몽롱한 상태였지요. 그러나 이상한 것은 그는 슬픔에 잠겨 있었다기보다는 오히려 기쁨에 들떠 있었습니다."

"아니," 수상쩍은 눈으로 손님을 바라보며 표도르 일리치는 또다시 이렇게 외쳤다. "왜 그렇게 피투성이가 되셨죠? 넘어지기라도 했나요? 당신 몸을 한번 보세요."

그는 미탸의 팔꿈치를 잡고 거울 쪽으로 끌고 갔다. 미탸는 피로 얼룩진 자신의 얼굴을 보자 흠칫 몸을 떨고는 화가 난 듯이 얼굴을 찡그렸다.

"제기랄! 이제 끝장이군." 그는 이렇게 중얼거리고는 떨리는 손으로 호주머니에서 손수건을 꺼냈으나, 그 손수건 역시 온통 피에 젖어 있었다. 미탸는 화를 내며 그것을 마룻바닥에 내동댕이쳤다.

"제기랄! 뭐 걸레 조각 같은 것 없소? 좀 닦고 싶은데……."

"온몸이 피투성이가 되었는데, 다친 데는 없어요? 그렇다면 닦는 것보다는 씻는 게 낫겠군요. 자, 여기 세면대를 쓰도록 하시죠."

"그런데 이건 어디다 놓으면 좋을까요?" 미탸는 상의라도 하듯이 상대방의 얼굴을 바라보면서 1백 루블짜리 지폐 뭉치를 가리켰다. 마치 표도르 일리치가 그의 돈을 놓아둘 장소를 정해줄 것이라고 믿는 듯했다.

"호주머니에 넣어두시죠. 아니면 이 탁자 위에 놓아두어도 괜찮고. 없어지진 않을 테니까요."

"그보다 우선 그 권총 문제부터 해결을 지읍시다. 그걸 나한테 돌려주십시오. 자, 돈은 여기 있소. 실은 권총이 꼭 필요한 일이 생겨서."

그는 돈뭉치에서 맨 위의 1백 루블짜리 지폐 한 장을 뽑아서 젊은 관리에게 내밀었다.

"거스름돈이 없을 것 같은데. ……잔돈은 없으신가요? 그런데 어디서 그렇게 큰돈을 구하셨습니까?" 젊은 관리가 물었다. "잠깐만 기다리십시오. 하인 아이를 플로트니코프의 가게에 보내봅시다. 그 집에서는 잔돈을 바꿀 수 있을지도 모르지요. 얘, 미샤!" 그는 문간방을 향해 소리쳤다.

"플로트니코프의 가게라…… 그것 참 멋진 생각이군요." 미탸는 무슨 좋은 생각이라도 났는지 이렇게 외쳤다. "플로트니코프의 가게에 달려가서 드미트리 카라마조프가 안부를 전하더라고 말하고, 내가 곧 그리로 가겠다고 말해줄 수 있겠나? 그리고 내가 갈 때까지 샴페인을 서너 박스 준비해서, 전에 모크로예에 갔을 때처럼 마차에 실어놓으라고 전해다오. 그리고 말이다, 치즈에다 스트라스부르크식 파이, 훈제 연어, 햄, 캐비아 등등 그 집에 있는 걸 전부 주문해다오. ……얘 이름이 미샤라고 했지요?" 그는 표도르 일리치를 돌아보며 이렇게 물었다.

"당신이 직접 주문하는 게 나을 것 같군요. 이 애가 잘못 주문할지도 모르니까요."

"제대로 심부름만 해준다면 10루블을 줄 테니까 빨리 갔다오너라. 중요한 건 샴페인이야."

"아니, 내 말 좀 들어보시라니까요." 표도르 일리치는 더 이상 참을 수가 없다는 듯 그의 말을 가로챘다. "이 애한텐 돈이나 바꿔오게 하고, 당신이 가서 주문하도록 하세요. 자, 미샤 빨리 갔다 와!"

표도르 일리치는 일부러 미샤를 내쫓았다. 그도 그럴 것이, 이 하인아이는 손님 앞으로 나온 순간 피로 얼룩진 얼굴과 떨리는 손가락으로 돈 뭉치를 움켜쥐고 있는 손을 보고는 그만 눈이 휘둥그레져서 말뚝처럼 선 채 미탸의 지시 같은 건 귀에 들어오지도 않는 것처럼 보였기 때문이다.

"자, 좀 씻으러 가시지요."

그는 씻기 시작했다. 표도르 일리치는 물항아리를 들고, 물을 따라주었다. 그는 좀 더 비누질을 많이 해서 세게 문지르라고 명령했다. 이때 그는 미탸에 대해 점점 더 큰 지배력을 행사하고 있었다. 사실이 젊은 관리는 겁이라고는 모르는 대담한 성격의 소유자였다.

"보세요. 손톱 밑이 아직 덜 지워졌어요. 그리고 이번에는 얼굴을 잘 문지르세요. 여기 관자놀이께도……. 아니, 그 셔츠를 입고 어딜 가시겠다는 거죠? 보세요, 오른쪽 소맷부리가 온통 피투성이인데. 차라리 셔츠를 갈아입으시죠."

"시간이 없습니다. 뭐 이렇게 하면 돼요. 보세요." 타월로 얼굴과 손을 닦고 의기양양한 어조로 미탸가 말을 이었다. "이렇게 소맷부리를 걷어 올리면 돼요."

"자, 이젠 무슨 일이 있었는지 말씀 좀 해주시오. 언젠가처럼 그 술집에서 또 한바탕하신 겁니까? 혹시 누굴 죽인 건 아닙니까?"

"걱정하실 필요는 없어요." 미탸는 이렇게 대답하고 히죽 웃었다.

"실은 광장에서 방금 노파 한 사람을 좀 짓눌러주었지요."

"짓눌러주었다고요? 노파를?"

"아니, 영감탱이지요."

"도대체 무슨 말인지! 노파랬다, 영감탱이랬다…… 누굴 죽인 거요, 어떻게 된 거요?"

"화해했어요. 서로 붙잡고 야단법석을 떨었지만 곧 화해했어요. 바로 그 자리에서 말입니다. 바보 같은 영감인데 나를 용서해주더군요. 그렇지만 만일 일어난다면 용서하지 않을지도 모르죠." 미탸는 눈을 깜빡이며 윙크를 했다. "하지만 그런 건 아무래도 좋아요, 표도르 일리치 씨. 그런 녀석은 악마한테 잡아먹혀도 상관없단 말이오."

"제가 이런 말을 하는 건 당신이 아무하고나 닥치는 대로 싸움을 하는 버릇을 알고 있기 때문입니다. 한바탕 싸움을 하고 나서 술잔치를 벌이러 가다니! 당신은 늘 그런 사람이지요. 샴페인 세 상자라! 도대체 그걸 다 어디다 쓰시려는 겁니까?"

"브라보! 자, 이제 권총 좀 주시오. 당신과 더 얘기하고 싶지만 워낙 시간이 없어서. 하긴 그럴 필요도 없군. 얘기를 하기엔 이미 늦었으니까. 아 참, 돈은 어디 됐더라?" 그는 이렇게 외치고는 두 손으로 호주머니를 뒤지기 시작했다.

"테이블 위에 놓지 않았습니까? 벌써 잊었나요? 당신에게 돈 같은 건 먼지나 물 정도로도 생각되지 않는가 보군요. 여기 당신의 권총이 있습니다. 정말 이상하군요. 아까 다섯 시경에 이걸 담보로 10루블을 빌려 가신 분이 지금은 어느새 수천 루블은 가지고 있으니 말입니다. 2천, 아니, 3천 루블은 될 것 같군요."

"아마 3천은 될 겁니다." 미탸는 바지 호주머니에 돈을 쑤셔 넣으며 껄껄 웃었다.

"그렇게 넣으면 돈이 빠져나와요. 당신은 금광이라도 가지고 있나 보군요?"

"금광이라!" 미탸는 목이 터져라 이렇게 외치고는 큰 소리로 웃었다. "페르호틴 씨, 금광에 가고 싶지 않습니까? 이 읍내에 사는 어떤 부인이 금광에 가기만 한다면 당장 당신한테 3천 루블을 줄 겁니다."

"아는 사이는 아니지만 소문을 들은 적이 있습니다. 정말 그 부인이 당신한테 3천 루블을 줬습니까?" 표도르 일리치는 못미더운 표정으로 그를 바라보았다.

"그럼 내일 아침 태양이 떠올랐을 때…… 젊은 아폴로가 신을 찬미하고 그 영광을 축복하며 떠올랐을 때, 호흘라코바 부인을 방문해서 내게 3천 루블을 던져줬는지 물어보시오."

"저는 두 분의 관계를 모릅니다만 그렇게 장담하시는 걸 보니 정말로 주셨나보군요. 그런데 어디로 가시려는 겁니까?"

"모크로예로 갑니다."

"모크로예요? 아니, 이런 야밤에! 당신을 이해할 수가 없군요."

"내가 취하기라도 했단 말입니까?"

"취하지는 않았지만 그보다 나을 게 없습니다."

미탸는 권총이 든 상자를 열고, 화약통의 뚜껑을 연 다음 약협(藥莢)에 조심스럽게 화약을 채웠다. 이윽고 그는 실탄을 꺼냈으나 끼워 넣기 전에 두 손가락으로 그것을 들고 눈앞의 촛불에 비춰보았다.

"왜 그렇게 실탄을 들여다보는 겁니까?" 표도르 일리치는 꺼림칙한 호기심을 보이며 지켜보고 있었다.

"만약 당신이 이 실탄을 자기 골속에 쏘아넣기로 결심했다면 권총을 장전할 때 그 실탄을 보겠습니까, 안 보겠습니까? 아, 뭐 그저 잠깐 머리에 떠오른 스쳐 지나가는 얘기예요." 그는 실탄의 장전을 마치고, 아마조각으로 마개를 닫고 나서 이렇게 덧붙였다. "표도르 일리치 씨, 모두 부질없는 얘기에요. 자, 이제 종이나 한 장 주시오."

미탸는 펜을 잡고 종이쪽지에 무언가 두어 줄가량 적어 넣더니, 종이를 네 번 접어 조끼 호주머니에 쑤셔 넣었다. 그리고 권총을 다시 상자에 집어넣고 자물쇠로 채운 다음 손에 들었다. 그러고는 표도르 일리치를 바라보며 우수가 가득한 미소를 지었다.

"어디로 가시는 거지요? 혹시 당신 골속에다 그걸 쏘아 넣으려는 건 아닙니까? 그 실탄 말입니다."

"실탄 같은 게 문제가 아니에요! 나는 살고 싶습니다. 나는 인생을 사랑해요. 당신도 이건 아셔야 합니다. 나는 금발의 아폴로와 따스한 빛을 사랑한단 말입니다. 비켜주시겠습니까?"

"비켜주다뇨?"

"길을 비켜달란 말입니다. 사랑하지만 밉기도 한 놈에게 길을 비켜주는 겁니다. 잘들 가거라."

"정말 누구한테라도 말해서 당신을 그곳으로 가지 못하게 말려야겠군요. 하필이면 왜 이런 밤중에 모크로예로 가는 겁니까?"

"거기 여자가 있거든요, 여자가. 이만해둡시다. 다 끝났어요."

"당신은 야만적이긴 하지만 왠지 호감이 가요. 그래서 이렇게 걱정을 하고 있는 겁니다."

"고맙소. 당신은 나를 야만적이라고 하지만 인간은 누구나 다 야만적이란 말이오. 아, 미샤가 돌아왔군."

미샤는 잔돈으로 바꾼 돈뭉치를 들고 헐레벌떡 들어왔다. 그러고는 플로트니코프의 가게에서는 '야단법석을 떨며' 술병이며, 생선,

차를 끌어내고 있으니, 이제 곧 모든 준비를 끝낼 것이라고 보고했다. 미탸는 10루블짜리 지폐 한 장을 집어서 표도르 일리치에게 주고, 또 한 장을 미샤에게 쥐어주었다.

"이러시면 안 됩니다." 표도르 일리치가 소리쳤다. "내 집에서 팁을 주시면 안돼요. 애 버릇만 나빠진다니까요. 왜 쓸데없이 돈을 낭비하시는 겁니까? 내일이면 한푼이 다급해질 겁니다."

"그럼 지금 당장 한 병 터뜨려 인생을 위해 건배하는 게 어떻습니까? 아직 당신과 술을 마신 적이 한 번도 없었지요?"

"술집에서라면 나도 가서 마시겠습니다. 실은 거길 가려던 참이었으니까요."

"술집에 갈 시간은 없습니다. 그건 그렇고, 내가 수수께끼 하나를 내볼까요?"

"그러시죠."

미탸는 조끼 호주머니에서 아까 그 종이쪽지를 꺼내어 펼쳐 보였다. 거기에는 커다란 글씨로 다음과 같이 적혀 있었다.

「전 생애에 대하여 나 자신을 벌하노라, 나의 전 생애를 처벌하노라!」

"정말 누구한테 가서 말해야겠군요. 지금 당장 가서 말하겠습니다." 종이 쪽지에 적힌 글을 읽은 후 표도르 일리치가 말했다.

"하지만 그럴 시간이 없을 겁니다. 자, 함께 가서 건배나 합시다. 앞으로 갓!"

돈 많은 상인들이 공동으로 경영하고 있는 플로트니코프의 가게는 이 고장에서는 제일 큰 잡화점이었다. '엘리세예프 형제 상회표' 포도주, 과일, 시가, 차, 설탕, 커피 등 없는 것이 없었다.

가게에서는 목을 길게 빼고 미탸를 기다리고 있었다. 그들은 3, 4주일 전에 미탸가 오늘밤처럼 온갖 식료품과 술을 수백 루블의 현금을 내고 사간 것을 너무나 잘 기억하고 있었다. 그때 미탸는 그루셴카를 데리고 모크로예로 마차를 달려서 '그날 밤과 이튿날 사이에 3천 루블을 모두 탕진하면서 호탕하게 논 뒤 무일푼이 되어 돌아왔다'고 그 후 온 읍내에 소문이 자자하게 퍼졌다. 미탸는 그때 이 고장에 천막을 치고 머물고 있던 집시 일당을 모조리 불러들였는데, 그들은 이틀에 걸쳐 곤드레만드레 취한 미탸한테서 마구 돈을 뜯어내어 진탕 마셨다는 것이다. 그리고 미탸 스스로가 여러 사람 앞에서 공공연히 털어놓은 고백 역시 사람들의 웃음거리가 되었다. 그 고백이란 이런 무모한 행위 끝에 그가 그루셴카한테서 허락 받은 것은 '여자의 발에 키스' 하는 것이었다.

미탸가 표도르 일리치와 함께 가게에 가자 양탄자를 깔고 방울까지 단 삼두마차가 준비되어 있었고, 마부인 안드레이가 미탸를 기다리고 있었다. 가게 안에서는 주문받은 물건을 상자 하나에 챙겨 넣고, 미탸가 오는 대로 못질을 해서 마차에 싣게끔 만반의 준비를 갖추고 있었다. 표도르 일리치는 눈을 휘둥그렇게 뜨고, "아니, 언제 삼두마차까지 준비시켰습니까?" 하고 미탸에게 물었다.

"가는 길에 안드레이를 만나 곧장 가게로 마차를 끌고 와서 기다리라고 일러두었죠. 시간을 낭비할 필요가 없으니까요. 요전엔 티모페이의 마차로 갔었지만 이번엔 그 티모페이 녀석이 나보다 한 발짝 앞서 매혹적인 공주님을 태우고 날아가 버렸거든요. 이봐, 안드레이!

너무 늦은 것 같지?'

"기껏해야 우리보다 한 시간쯤 먼저 도착할 테죠. 하긴 그 정도도 안 걸릴지 모릅니다만. 아무튼 한 시간 이상은 앞서지 못할 겁니다." 안드레이는 이렇게 열을 올렸다.

"한 시간밖에 늦지 않는다면 술값으로 50루블을 내겠다."

"한 시간 정도는 문제없습니다, 드미트리 표도로비치 씨. 한 시간은커녕 30분도 앞서지 못할 겁니다."

미탸는 이것저것 지시를 하며 서둘렀으나 말은 두서가 없는데다가 어조까지 이상했다. 그리고 무슨 말을 꺼냈다가도 마무리를 짓는 것을 잊곤 했다. 표도르 일리치는 자기가 나서서 도와줘야겠다고 생각했다.

"한데 네 상자씩이나 되는 샴페인을 뭣에 쓰겠다는 겁니까? 한 박스면 족할 텐데!" 표도르 일리치는 거의 성을 내다시피 하며 말했다. "에잇, 제기랄!" 갑자기 생각을 고쳐먹기라도 한 듯 표도르 일리치가 외쳤다. "내가 안달할 게 뭐람! 어차피 거저 생긴 돈이니 마음대로 뿌리라지 뭐!"

"이리 와요, 경제학자님. 성내지 마시고!" 미탸는 가게 안으로 그를 끌고 들어갔다. "이제 이리로 술을 가지고 올 테니, 우리 목이나 축입시다. 어떻소, 표도르 일리치 씨, 나랑 함께 갑시다. 나는 당신 같은 다정한 사람을 좋아합니다."

곧 샴페인이 들어왔다.

"나리, 굴은 어떻습니까? 조금 전에 들어온 아주 신선한 굴인데요." 점원이 굴을 권했다.

"굴 같은 건 필요 없어! 난 안 먹겠다." 표도르 일리치는 거의 악을 쓰다시피 하며 이렇게 내뱉었다.

"굴 같은 걸 먹을 시간은 없어." 미탸가 말했다.

"당연하지요. 게다가 저런 농사꾼들에게 샴페인을 세 박스나 사주다니! 화내지 않는 게 이상하지."

"내 일생은 무질서의 연속이었소. 그러니까 질서를 세울 필요가 있는 겁니다. 어때요, 내가 무슨 말장난이라도 하는 것 같소?"

"말장난이 아니라 잠꼬대 같군. 아무래도 당신의 권총이 자꾸 마음에 걸립니다."

"쓸데없는 소리는 그만두고 술이나 드시오. 나는 인생을 사랑하오. 너무나도 사랑해서 이젠 진저리가 날 지경이오. 자! 건배합시다, 우리 인생을 위해서. 그리고 여왕 중의 여왕을 위해서!"

두 사람은 모두 잔을 비웠다. 미탸는 몹시 들떠 있었지만 떨쳐 버릴 수 없는 괴로운 걱정거리가 눈앞을 가로막고 있는 것 같았다.

"미샤……. 저기 댁의 미샤가 들어왔군요. 얘, 미샤, 이리 오너라. 내일 아침에 떠오를 금발의 아폴로를 위해 나의 이 잔을 비워다오."

"이런 애한테까지 그게 무슨 짓이오?" 표도르 일리치는 역정을 내며 소리쳤다.

미샤는 잔을 비우고 나서 꾸벅 절을 하고는 그냥 달아나버렸다.

"먼 훗날까지도 나를 기억하겠죠? 나는 여자를 좋아해요, 여자를! 여자란 도대체 뭡니까? 지상의 여왕이라니! 아, 슬퍼지는군요."

표도르 일리치는 말없이 듣고 있었다. 미탸는 잠시 입을 다물었다.

"저기 있는 저 개는 뭐지?" 미탸는 구석에 앉아 있는 눈이 까만 귀여운 강아지를 가리키며 점원에게 물었다.

"저건 주인마님의 강아지 알렉세예브나입니다." 점원이 대답했다. "집에 갖다 드려야겠어요."

"저놈과 똑같은 걸 본 적이 있어." 미탸는 생각에 잠긴 표정으로 말했다. "다만 그놈은 뒷다리가 부러져 있었는데…… 그건 그렇고, 표도르 일리치 씨 한 가지 묻고 싶은데, 당신은 살아오는 동안 도둑질을 한 적이 있소?"

"아홉 살 때 책상 위에 있는 어머니 돈 20코페이카를 훔친 적이 있었지요."

"그걸 어떻게 했습니까?"

"뭐, 그뿐이에요. 사흘 동안 가지고 있다가 부끄러운 생각이 들어 자백을 하고 돌려드렸지요. 한데 당신도 돈을 훔친 적이 있소?"

"있지요." 미탸가 교활하게 눈을 끔벅였다. "아홉 살 때 어머니 돈 20코페이카를 훔쳤지만 사흘 만에 다시 돌려드렸소." 이렇게 말하고 갑자기 자리에서 일어났다.

"드미트리 표도로비치 씨, 이젠 서두르셔야 하지 않을까요?" 가게 문간에서 안드레이가 외쳤다.

"준비는 다 됐나? 그럼 떠나지. 표도르 일리치 씨, 잘 있어요. 제발 나를 나쁘게 생각지는 말아주시오."

"하지만 내일은 돌아오시는 거죠?"

"틀림없이 돌아올 겁니다."

"지금 계산을 해주시면 고맙겠는데요." 점원이 달려 나왔다.

그는 지폐 뭉치를 꺼내 무지갯빛 지폐 석 장을 뽑아서 계산대 위에 집어던지고는 황급히 가게를 나섰다. 미탸가 마부석에 앉자마자 뜻밖에 페냐가 나타났다. 그녀는 두 손을 모으고 그의 발밑에 털썩 몸을 던지면서 소리를 질렀다.

"나리, 제발 부탁이니 우리 아씨를 죽이지 마세요. 제가 모두 말씀드리고 말았습니다만 제발 그분도 죽이지 마세요. 그분은 예전부터 아씨의 애인이었으니까요. 이번엔 아씨와 결혼하려고 일부러 시베리아에서 돌아오신 거예요."

"아하, 그러고 보니 거기 가서 한바탕 소동을 벌일 생각이군그래! 드미트리 표도로비치 씨, 당신이 앞으로도 인간으로 살고 싶다면 어서 그 권총을 이리 내놓으시오."

"페냐, 일어나. 내 앞에 무릎을 꿇을 필요는 없어. 미탸는 사람을 죽이진 않아. 아까 너에게 무례한 짓을 한 걸 용서해줘. 자, 가자. 안드레이! 힘껏 달려라."

안드레이는 채찍을 내리쳤다. 말방울이 울리기 시작했다.

"사람은 좋은데 바보라서 탈이야." 표도르 일리치는 길을 걸으며 중얼거렸다. "그루셴카의 '옛날 애인'인가 하는 장교에 대해서는 나도 들은 적이 있지. 아아, 한데 그 권총이 마음에 걸리는군! 손수건까지 피투성이였는데! 에잇, 제기랄! 그 손수건을 우리 집 마룻바닥에 놓고 갔으니 말이야."

그는 기분이 언짢아져서 술집에 도착하여 당구를 치기 시작했다. 게임을 하는 동안 그는 다시 즐거워졌다. 두 번째 게임이 끝난 뒤, 그는 한 친구에게 '드미트리 카라마조프에게 돈이 생겼다, 3천 루블가량되는 걸 직접 보았다. 그리고 그루셴카와 한바탕 놀려고 모크로예로 마차를 몰고 갔다'고 말했다. 이 소식은 사람들에게 비상한 호기심을 불러일으키는 바람에 게임조차 중단되었을 정도였다.

"3천 루블이라니? 도대체 어디서 3천 루블이라는 거금을 손에 넣었을까?' 질문이 꼬리에 꼬리를 물었다. 호흘라코바 부인에 관한 얘기는 신빙성이 없는 것으로 받아들여졌다.

"혹시 영감을 죽이고 빼앗아온 건 아닐까? 아버지를 죽인다고 큰소리로 떠들고 다녔으니 말이야. 여기 있는 사람들은 죄다 알고 있어. 그 3천 루블에 관해서도 말이 있었거든."

표도르 일리치는 이런 말을 들으며, 그들의 온갖 질문에 대해서 건성으로 대답했다. 그는 술집에 올 때만 해도 모든 걸 다 털어놓을 생각이었으나 미탸의 얼굴이며 손이 피투성이가 되어 있었다는 것만은 말하지 않았다. 표도르 일리치는 문득 자기가 이 길로 곧장 표도르 파블로비치의 집으로 가서 무슨 일이 일어나지 않았는지 확인해보고 싶은 생각이 간절해졌다.

'거기 가봐야 아무것도 아닐 것이 뻔한데, 공연히 사람들을 깨워서 소동을 일으킬 게 뭐람.'

그는 찜찜한 기분으로 곧장 자기 집으로 발길을 돌렸다. '제기랄! 아까 그 여자한테 물어봤더라면 다 알 수 있었으련만.' 그러자 불현듯 그 여자와 얘기를 해서 모든 것을 알아대고 싶은 강렬한 욕구가 느껴졌다. 그리하여 발길을 돌려 그루셴카가 살고 있는 모조로바의 집으로 향했다. 그는 문으로 다가가서 노크를 했다. 그러나 밤의 침묵 속에 울려퍼지는 노크 소리는 그의 마음을 침울하게 만들었다. 집안 사람들은 모두 잠들었는지 아무도 대답하는 사람이 없었다. '여기서도 창피를 당할 것 같군!' 그는 그는 고통스럽게 생각했다. 그리고 그는 온힘을 다해 문을 두드리기 시작했다. 마을 전체에 노크 소리가 울려 퍼졌다. '하는 수 없어. 일어날 때까지 두드리는 거야. 두드리고말고!' 그는 문을 한 번 두드릴 때마다 거의 광적일 정도로 자기 자신에게 분노를 느꼈다.

6. 내가 간다

한편 드미트리 표도로비치는 쏜살같이 앞을 향해 달리고 있었다. 모크로예까지진 20베르스타 남짓했으나 안드레이의 삼두마차는 1시간 15분이면 도착할 수 있을 것 같았다. 나는 듯이 빠른 마차의 질주는 미탸의 마음을 상쾌하게 해주었다.

공기는 신선하고 싸늘했으며, 구름 한 점 없는 맑은 하늘에는 커다란 별들이 총총히 빛나고 있었다. 이것은 알료샤가 대지에 몸을 던지고 '영원히 이 땅을 사랑하겠다고 열광적으로 맹세했던' 바로 그날 밤의 일이었다. 어쩌면 시간도 같았는지도 모른다. 그러나 미탸의 마음은 또다시 번민에 빠졌다.

이 순간 그의 전 존재는 통제할 수 없는 힘을 가지고 자신의 여왕을 향해 돌진하고 있었다. 그토록 질투심이 강한 미탸가 이 새로운 인물, 땅에서 솟아난 것처럼 느닷없이 나타난 이 '장교'에 대해 조금이라도 질투를 느끼지 않았다고 한다면 독자 여러분은 곧이들으려 하지 않을 것이다.

만일 그 장교가 아니고 다른 사내가 나타났다면, 그 상대방이 누구든 간에 그는 곧 그 무서운 손을 또다시 피투성이로 만들었을지 모른다. 그러나 그녀의 '첫 애인'에 대해서만은 전혀 적개심을 느끼지 않았다. 물론 아직까지 상대방을 본 적은 없었지만.

너무나도 복잡한 것들이 미래에 남아 있었고, 또 그것이 그를 괴롭혔다. 그는 이미 자기 스스로에게 사형 선고문을 쓰지 않았던가? '나 자신을 벌하노라'고. 그리고 그 종이는 지금 자신의 호주머니 속에 들어 있었고, 권총에는 실탄이 재어져 있었다. 내일 아침 '금발의 다이아나(달의여신)'의 뜨거운 첫 광선을 어떻게 맞을 것인지에 대한 결심도 서 있었다. 그럼에도 불구하고 그는 자기를 괴롭히는 과거를 깨끗이 청산할 수가 없었다. 그는 그것을 고통스럽게 자각했다. 그리고 그 자각은 절망으로 변하여 그의 마음속으로 자꾸만 파고들었다. 목적지가 다가옴에 따라 또다시 그녀에 대한 상념이 점점 강하게 그를 사로잡아 그 밖의 무서운 상념들을 모조리 가슴 밖으로 내쫓았다. '아아, 잠깐만이라도 좋으니 그루센카를 보고 싶다. 그루센카는 지금 그 사나이와 함께 있겠지. 자기의 옛날 애인인 그 사나이와 함께 있는 모습을 한 번 봐두어야지. 내가 바라는 건 그뿐이야.'

이미 마차는 그럭저럭 한 시간가량이나 달렸다.

"안드레이! 만약 그 사람들이 자고 있으면 어떡하지?"

"주무신다고 생각하는 게 옳겠죠."

"좀 더 빨리 몰아, 안드레이!" 그는 정신없이 외쳤다.

"아직 주무시지 않을지도 모르죠." 안드레이는 잠시 입을 다물고 있다가 이렇게 말했다. "아까 티모페이가 그러는데 많은 사람들이 거기 모여 있다고 했으니까요."

"역에 모여 있단 말인가?"

"역이 아니라 플라스투노프의 여관이죠."

"그런데 왜 많은 사람들이 모여 있다는 거지?" 뜻하지 않은 정보를 듣고 몹시 불안해하며 미탸가 외쳤다.

"티모페이의 말로는 모두 지체 높은 분들이라더군요. 그중 두 분은 우리 읍내 사람들이라던데, 누군지는 잘 모르겠습니다. 그리고 또 딴 데서 온 사람도 두 분 계시다더군요. 그 밖에도 누군가 있는 모양입니다만 자세한 건 물어보지 않았습니다. 카드놀이를 시작했다는 말을 하더군요."

"카드놀이?"

"네, 그렇습니다. 그런데 나리, 한 가지 여쭈어볼 말이 있는데 화를 내지는 말아주십시오."

"뭔데?"

"아까 페냐가 나리의 발밑에 쓰러져서, 주인아씨와 누군지 또 한 사람을 죽이지 말라고 간청을 하지 않았습니까? 한데 나리, 제가 나리를 그 집으로 모셔가는지라 자꾸 마음에 걸려서……. 나리, 용서하십시오. 제가 그만 실없는 소리를 했는가 봅니다."

미탸는 마부의 어깨를 움켜잡았다.

"이봐, 자넨 마부지?" 그는 미친 듯이 외쳐댔다.

"네, 마부입니다……."

"그럼 자네도 길을 비켜줘야 한다는 것쯤은 알고 있겠지? 나는 마부다. 그러니까 아무에게도 길을 비켜줄 필요는 없다. 사람을 치어도 마차만 몰면 돼!' 이런 생각은 틀린 거야. 마부는 인명을 해쳐서는 절대로 안 돼. 그럴 때는 자신을 처벌하고 깨끗이 사라지는 거야."

"지당한 말씀이십니다. 사람을 치거나 괴롭혀서는 안 되죠. 아니, 사람뿐 아니라 어떤 생물도 마찬가지죠."

"안드레이, 자넨 참 순진한 사람이군." 그는 또다시 마부의 어깨를 힘껏 움켜잡았다. "어디 한번 말해보게. 이 미탸가 지옥으로 갈 것 같은가? 아닌가?"

"저도 모르겠어요. 그리스도께서는 십자가에 못 박혀 돌아가신 뒤 바로 지옥으로 내려가셨지요. 그리고 거기서 고통 받고 있는 죄 많은 사람을 모두 풀어주셨습니다. 그러자 지옥은, 앞으로는 자기한테 올 죄인은 아무도 없으리라 생각하고 신음 소리를 내며 괴로워했다고 합니다. 그때 하느님은 지옥을 향해 이렇게 말씀하셨지요. '지옥아, 괴로워하지 마라. 이제부터 귀족이며, 대신, 재판관, 부자들이 찾아와서 여길 가득 채울 것이다.'"

"전설이군. 훌륭한 얘기야. 이봐, 왼쪽 말을 좀 때려! 안드레이."

"그러니까 나리, 지옥은 그런 사람들을 위해 만들어져 있는 겁니다. 그런데 나리께서는 조그만 어린애와 다를 게 없어요. 성을 잘 내시는 것은 사실이지만 정직하시기 때문에 하느님께서도 용서해 주실 겁니다."

"그럼 자넨 나를 용서해 준다는 건가, 안드레이?"

"나리께선 저한테 아무런 행동도 하지 않았는데 뭘 용서한다는 거죠?"

"그게 아니라 모든 사람을 대신해서 자네가 이 길 위에서 나를 용서해줄 수 있느냔 말이야."

"나리를 모시고 가는 게 두렵군요. 자꾸 이상한 말씀만 하시니……."

그러나 미탸에게는 마부의 말이 들리지도 않았다. 그는 정신없이 기도를 드리면서 뭔가를 열심히 중얼거리고 있었다.

"하느님, 방탕의 길을 걸어온 이 무법자를 용서하소서. 제발 심판하지 마시옵소서. 저를 지옥에 보내시더라도 변함없이 사랑하겠나이다. 저는 제 마음의 여왕을 사랑합니다. 저는 그 여자한테로 달려가서 그녀 앞에 몸을 던지고 이렇게 말하겠나이다. '네가 내 옆을 빠져나간 것은 잘한 일이다. 부디 잘 있거라. 너의 희생자인 나에 대해서는 깨끗이 잊어라. 그리고 조금도 근심하지 말아다오.'"

"모크로예예요!" 안드레이가 채찍으로 앞을 가리키며 소리쳤다.

어슴푸레한 어둠 사이로 넓은 공간에 산재해 있는 견고한 느낌을 주는 건물들의 집단이 거뭇거뭇 모습을 드러내기 시작했다. 모크로예는 인구 2천가량의 마을이었으나, 이때는 이미 마을 전체가 잠들어 있는 것 같았다.

"아직 잠들지 않은 것 같군요!" 안드레이가 마을 입구에 있는 플라스투노프의 여관을 채찍으로 가리키며 말했다.

"안드레이, 방울을 울리며 요란하게 몰고 들어가는 거야. 자, 내가 왔다!" 미탸가 히스테릭하게 외쳤다.

바로 이때, 잠자리에 들려던 여관 주인이 이런 밤중에 도대체 누가 그토록 거칠게 마차를 몰고 왔나 싶어 층계 위에서 내다보았다.

"거기 트리폰 보리시치 아닌가?"

주인은 허리를 구부려 자세히 살펴보더니 부리나케 층계를 뛰어내려와 아첨을 떨면서 손님에게 달려왔다.

"아니, 이거 드미트리 표도로비치 씨 아니십니까? 당신을 다시 뵙게 되다니!" 트리폰 보리시치는 얼굴이 투실투실 살찐 중키의 농사꾼이었다. 그는 자신에게 조금이라도 이득을 줄 것 같은 생각이 들기만 하면 재빨리 아첨 섞인 비굴한 표정으로 바꾸어버리는 재능을 지니고 있었다.

이미 수천 루블이라는 거금을 벌었음에도 불구하고 그는 방탕을 즐기는 유숙객에게 돈을 우려먹는 데 혈안이 되어 있었다. 지난달에도 미탸가 그루셴카와 한바탕 놀아났을 때, 그는 불과 하루만에 마챠한테서 200루블 이상의 거금을 우려먹었다.

"당신을 또 뵈올 줄이야!"

"그 여잔 어디 있지?"

"아그라페나 알렉산드로브나 말씀입니까?" 여관 주인은 미탸를 날카롭게 바라보면서 곧 사정을 알아챘다. "그분도 여기 계십니다."

"누구하고? 누구하고 와 있나?"

"딴 고장 손님들이에요. 한 분은 관리처럼 보이는데, 말씨를 들으니 폴란드 사람 같더군요. 그분이 아그라페나 알렉산드로브나에게 마차를 보냈지요. 그리고 또 한 사람은 그 관리의 친구분인지 동행인지는 잘 모르겠습니다만 두 분 다 문관 복장을 하고 있었습니다."

"그래, 한바탕 벌이고 있는 건가? 돈은 있는 것 같았나?"

"한바탕 벌이는 게 뭡니까? 형편없어요. 드미트리 표도로비치 씨!"

"형편없다고? 그럼 딴 사람들은?"

"읍내 손님이 두 분 계십니다. 체르니에서 돌아오시는 길에 들르신 분들입니다. 한 분은 젊은 양반인데, 성함은 잊었습니다만 미우소프 씨의 친척이라고 하더군요. 그리고 또 한 분은 당신도 아시리라 믿습니다만, 막시모프라는 지주예요. 읍내 수도원에 갔다가 거기서 미우소프 씨의 친척이라는 그 젊은 분을 만나 동행하게 되었다더군요."

"트리폰 보리시치. 그 여잔 뭘 하고 있지? 즐거워 보이던가?"

"아니오. 따분해하시는 것 같았어요. 젊은 양반의 머리를 빗겨주고 계셨습니다."

"칼가노프 말인가?"

"맞습니다. 칼가노프입니다."

"좋아, 지금 카드놀이를 하고 있나?"

"하다가 그만두었습니다. 그 관리 양반이 술을 주문하셨습니다."

"됐어, 트리폰 보리시치! 내가 직접 가볼 테니까. 그리고 집시들을 구할 순 없나?"

"요즘은 집시라곤 통 보질 못했습니다. 경찰이 모두 쫓아버렸기 때문이죠. 하지만 유대인들은 있답니다."

"불러오게. 그리고 마을 처녀들도 그때처럼 다 불러오도록 해. 특히 마리야를 잊어선 안 돼. 합창비로 2백 루블을 내겠어."

"그만한 돈이라면 마을 사람들을 전부 다 두드려 깨워 오겠습니다. 한데 이 마을 촌놈들이 그런 친절을 받을 값어치가 있을까요?"

이는 상대를 위하는 척하면서 자기 잇속을 채우려는 검은 속셈에 지나지 않았다. 그때 그는 샴페인을 반 상자나 숨겼고, 또 식탁 밑에 떨어져 있던 1백 루블짜리 지폐를 집어서 손에 쥐고 있다가 그대로 먹어치우고 말았다.

"트리폰 보리시치! 그때 내가 여기서 뿌리고 간 게 1천 루블은 더 됐을 텐데! 자네 기억나나?"

"아마 3천 루블가량은 이 마을에 뿌리고 가셨을 겁니다.

"자, 이번에도 그때처럼 한판 벌이러 온 거야. 이것 보게."

이렇게 말하고는 지폐 뭉치를 주인의 코끝에 내밀어보였다.

"그럼 잘 들어두게. 이제 한 시간 후면 술이 도착한다네. 그런데 가장 중요한 건 계집들이야. 특히 마리야는 꼭 잊지 말고."

그는 마차 쪽으로 돌아서서, 좌석 밑에서 권총이 든 상자를 끄집어냈다.

"계산을 해야지, 안드레이! 자, 이건 마찻삯 15루블이고, 그리고 이건 50루블로 술값이다. 부디 카라마조프를 잊지 말게!"

"나리, 팁은 5루블이면 족합니다. 트리폰 보리시치가 증인입니다. 제가 실없는 소리를 한 걸 제발 용서해 주시기 바랍니다."

"자, 그럼 트리폰 보리시치, 이제부턴 그들이 눈치 채지 못하도록 살그머니 나를 그 사람들이 있는 곳으로 안내해 주게. 그들은 어디에 있나, 청실에 있나?"

트리폰은 꺼림칙한 눈으로 미탸를 바라보았으나 곧 시키는 대로 했다. 그는 조심스럽게 미탸를 현관으로 안내한 다음 손님들이 앉아 있는 옆방으로 들어가서 촛불을 들고 나왔다. 그러고는 다시 미탸를 그 방으로 데리고 들어가서 캄캄한 구석에 세웠다. 거기서는 그쪽 사람들 모르게 그들을 관찰할 수가 있었다. 그러나 찬찬히 관찰한다는 것은 불가능했다.

그녀의 모습을 보자마자 가슴이 세차게 고동치고 눈앞이 캄캄해졌기 때문이다. 그루센카는 탁자 옆의 안락의자에 앉아 있었다. 그녀와 나란히 미남 청년 칼가노프가 소파에 앉아 있었다. 소파에는 '그 사나이'도 앉아 있었다. 그 옆의 보통 의자에는 또 한 명의 낯선 사내가 벽을 등지고 앉아 있었다.

미탸는 그 사내가 땅딸막한 키에 넓적한 얼굴을 하고, 무엇 때문인지 화를 내고 있다는 걸 알았다. 그자의 친구처럼 보이는 또 한 사람의 낯선 사내는 매우 키가 커보였다. 미탸는 숨이 막혀 단 1분도 더는 서 있을 수가 없었다. 그는 권총 상자를 장롱 위에 놓고 온몸에 한기를 느끼면서 청실로 곧장 걸음을 내디뎠다.

"아!" 미탸를 맨 먼저 알아본 그루센카가 소스라치게 놀라며 소리질렀다.

7. 틀림없는 옛 애인

미탸는 특유의 큰 보폭으로 성큼성큼 식탁 쪽으로 다가갔다. "여러분!" 그는 거의 외치다시피 말을 시작했으나 더듬거리고 있었다. "저는……아무것도 아닙니다! 염려하지 마세요."

그는 그루센카 쪽으로 몸을 돌렸다. 그녀는 안락의자에 앉은 채 칼가노프 쪽으로 몸을 피하고 그의 팔을 꽉 움켜잡고 있었다. "저는 지금 여행중인데, 아침까지 머무르려고 들렀습니다. 여러분! 길 가는 나그네를 내일 아침까지 여러분과 함께 있게 해주실 수 없겠습니까? 아침까지면 됩니다. 바로 이 방에서 말입니다."

"파네(폴란드어로 신사), 여긴 우리가 빌린 방입니다. 빈 방도 얼마든지 있을 텐데요."

"아니, 이거 드미트리 표도로비치 씨 아니십니까? 어떻게 이런 델 다?' 갑자기 칼가노프가 외쳤다. "자, 함께 앉읍시다. 요즘은 어떠십니까?"

"안녕하시오! 친절하신 분…… 저는 늘 당신을 존경해 왔지요." 미탸는 식탁 너머로 손을 내밀며 기쁨에 들떠서 대꾸했다.

"아니, 이렇게 힘을 주시다니! 부러지겠군요." 칼가노프가 웃었다."

"저분은 언제나 그렇게 꽉 쥐신답니다. 언제나 그래요!" 그루셴카가 다소 겁먹은 미소를 지으면서 설명했다. 그녀는 미탸의 안색으로 보아 그가 난폭한 짓은 하지 않을 것 같다는 확신을 얻기는 했지만, 그래도 여전히 불안감을 느끼면서 그의 모습을 관찰했다. 미탸에게는 그녀를 섬뜩하게 하는 무엇이 있었으며, 그 시간에 들이닥쳐서 그런 이야기를 하리라고는 생각도 못한 일이었다.

"안녕하십니까?" 지주 막시모프가 왼쪽에서 사근사근하게 말을 걸어왔다.

"안녕하시오, 당신을 여기서 만나다니 정말 기쁩니다. 여러분! 저는……" 미탸는 파이프를 입에 문 폴란드 신사 쪽으로 몸을 돌렸다. 아마 그를 이 자리의 주인공으로 생각한 모양이었다. "저는 달려왔습니다. 나의 마지막 시간을 이 방에서 보내고 싶어섭니다. 제가 전에…… 나의 여왕…… 숭배한 적이 있던 여왕이 머물던 이 방에서 말입니다. 용서하십시오, 파네!" 그는 열광적으로 외쳐댔다. "파네, 우리 사이좋게 건배나 합시다. 이제 곧 술이 나올 겁니다. 제가 가져온 겁니다. 아무 쓸모도 없는 이 벌레가 얼마 동안 땅바닥을 기어다니겠지만 곧 사라지고 말 겁니다. 저는 이 밤을 기념하고 싶습니다."

그는 거의 숨이 막힐 지경이었다. 하고 싶은 말은 태산 같았지만 그의 입에서 튀어나오는 것은 괴상한 절규뿐이었다. 폴란드 신사는 꼼짝도 않고 미탸의 얼굴과 지폐 뭉치를 번갈아보다가, 시선을 그루셴카 쪽으로 옮겼다. 그의 눈에는 의혹이 가득 담겨 있었다.

"나의 크룰레바(폴란드어 발음으로 여왕이란 뜻, 러시아어 발음으로는 코롤레바)가 허락만 해주신다면……." 그는 입을 열었다.

"크룰레바가 뭐죠?" 갑자기 그루셴카가 말을 가로챘다. "당신들의 말을 듣고 있자니 우스운 생각이 드는군요. 자, 앉으세요, 미탸. 무슨 말을 그렇게 하세요? 제발 위협적인 말은 하지 마세요. 얌전히 있는다면 나도 당신을 환영하겠어요."

"아니, 내가 위협을 한다고요?" 미탸는 두 손을 높이 쳐들고 소리쳤다.

그러고는 털썩 의자에 몸을 던지더니 반대쪽 벽으로 얼굴을 돌리고는 의자 등을 두 팔로 꼭 껴안으면서 폭포 같은 눈물을 터뜨렸다. 이는 방 안에 있는 다른 사람들에게는 물론이고 그 자신까지도 전혀 뜻밖의 사건이었다.

"또 시작이군요, 당신도 참!" 그루셴카는 나무라듯 소리질렀다. "우리 집에 올 때도 저랬답니다. 오늘이 두 번째군요. 이게 무슨 창피예요." 그녀는 짜증스런 어조로 말했다.

"나는 울고 있는 게 아니오." 그는 잽싸게 의자 위에서 돌아앉더니 갑자기 신경질적인 웃음을 터뜨렸다.

"자, 그럼 다시 유쾌함을 되찾는 거예요. 당신이 와주셔서 정말 기뻐요. 아시겠죠, 미탸?" 그녀는 일동을 향해 위압적으로 말했다. 그러나 이 말은 소파에 앉아 있는 그 사내가 들으라고 한 말 같았다. "제발 그렇게 해주세요. 부탁이에요. 만일 이분이 가버리면 저도 가버리겠어요." 그녀는 눈을 반짝이며 이렇게 덧붙였다.

"우리 여왕님께서 하시는 말씀은 법률이니까." 폴란드 신사는 공손히 그루센카의 손에 키스를 하면서 말했다. "제발 동석해 주시기 바랍니다."

미탸는 다시 장광설을 늘어놓으려는 듯 벌떡 몸을 일으켰으나 실제 결과는 그렇지가 않았다.

"자, 여러분! 건배합시다." 연설 대신에 미탸가 이렇게 외치자 모두들 웃음을 터뜨렸다.

"아아, 나는 이분이 또 한바탕 늘어놓는 줄 알았어요." 그루센카가 외쳤다. "이봐요, 미탸! 샴페인을 가져오신 건 참 잘한 거예요. 과실주 같은 건 진절머리가 나요. 그리고 당신이 온 게 얼마나 기쁜지 몰라요. 정말이지 따분해서 죽을 지경이었거든요. 당신은 돈을 뿌리러 오신 모양이군요? 하지만 그 돈은 호주머니에 집어넣으세요."

미탸의 손에 쥐어져 있는 지폐 뭉치는 사람들에게 대단한 관심을 불러일으켰으며, 특히 두 폴란드 신사에게는 그것이 더 크게 작용했다. 미탸는 당황한 표정으로 돈을 호주머니에 집어넣었다. 바로 이때 여관 주인이 병마개를 딴 샴페인 한 병과 유리컵을 쟁반에 받쳐 들고 돌아왔다. 칼가노프가 술을 따랐다.

"한 병 더 가져와!" 미탸는 여관 주인에게 소리쳤다. 그러고는 조금 전에 그토록 진지하고 정답게 건배하자고 제안했던 폴란드 신사와 잔을 마주치는 것도 잊고, 혼자 훌쩍 마셔버리고 말았다. 그러자 별안간 그의 얼굴이 변했다. 방에 들어올 때의 엄숙하고 슬픈 듯한 얼굴은 사라지고, 어린애 같은 표정이 떠올랐다. 그는 웃음을 띤 얼굴로 그루센카를 바라보고 있었다.

그는 자신의 의자를 그녀의 안락의자 옆에 바싹 붙였다. 아직도 그 정체를 완벽하게 파악할 수는 없었으나 두 폴란드 인들도 점점 그 윤곽이 드러나기 시작했다. 소파에 앉아 있는 폴란드 신사의 당당한 태도와 폴란드식 악센트는 그에게 강한 인상을 주었지만, 무엇보다도 주의를 끈 것은 그 파이프였다.

'파이프로 피운다고 해서 문제될 건 없겠지.'

미탸는 그를 관찰하면서 생각했다. 다소 피부가 늘어진, 마흔 안팎으로 보이는 이 신사의 얼굴 중 유난히 조그만 코도, 가늘고 염색한 것 같은 건방져 보이는 콧수염도 미탸의 마음에 아무런 파장을 불러일으키지 않았다. 또 한 사람, 창가에 앉아 있는 폴란드 신사는 소파에 앉아 있는 신사보다 훨씬 젊었는데 거드럭거리며 멸시하는 듯한 표정으로 사람들의 대화를 듣고 있었다.

미탸는 그루센카가 컵의 술을 마시는 것을 보자 기뻐서 어쩔 줄 몰랐다. 좌중의 침묵이 그를 놀라게 했다. 그는 뭔가를 기대하는 눈빛으로 일동을 둘러보기 시작했다.

"이 사람이 자꾸 거짓말을 하는 바람에 우린 아까부터 계속 웃고만 있었답니다." 칼가노프가 미탸의 심중을 알아챘는지 막시모프를 가리키며 사정을 설명하기 시작했다. "글쎄, 생각해보세요. 이 사람은 20년대의 러시아 기병 장교가 모두 폴란드 여자한테 장가를 들었다고 하지 않겠습니까? 그런 엉터리 같은 소리가 어디 있어요. 안 그렇습니까?"

"폴란드 여자한테요?" 미탸는 다시 반문했는데, 그의 얼굴엔 노골적인 기쁨이 넘쳐흘렀다.

칼가노프는 그루셴카와 미탸의 관계를 잘 알고 있었고, 폴란드 신사에 대해서도 짐작은 하고 있었지만 그런 일에는 별로 관심이 없었다. 누구보다도 그의 관심을 끈 것은 막시모프였다. 그는 우연히 막시모프와 함께 이 여관에 들게 되었으며, 여기서 생전 처음 두 폴란드인을 만나게 되었던 것이다.

그루셴카는 칼가노프가 마음에 들지 않았었지만, 매우 다정한 눈으로 그를 지켜보고 있었다. 그는 아직 스무 살도 안 된 청년으로, 말쑥한 옷차림에 아주 귀엽게 생긴 새하얀 얼굴과 멋진 금발의 소유자였다. 대체로 그는 상냥한 편이었지만, 무척 고집이 세고 변덕스러운 면이 있었다.

"당신은 폴란드 여성을 본 적이 없기 때문에 그런 뚱딴지 같은 소리를 하는 겁니다." 파이프를 문 폴란드 신사가 막시모프에게 말했다.

"하지만 저도 폴란드 여자하고 결혼한 적이 있단 말입니다." 막시모프는 이렇게 대답하고 킬킬거리며 웃어댔다.

"당신이 정말 기병대에 근무했단 말입니까?" 칼가노프가 참견을 했다.

"하긴 그렇군. 이 사람이 기병 장교라니? 하하하!" 미탸가 외쳤다. 그는 열심히 귀를 기울이면서, 누가 입을 열기만 하면 재빨리 호기심 어린 눈을 그쪽으로 돌리곤 했다.

"아니, 그게 아니라……." 막시모프는 그쪽으로 몸을 돌리며 말했다. "폴란드 아가씨들은 아주 멋지지요. 우리 러시아 창기병들과 마주르카를 추곤 하는데…… 마주르카 한 곡이 끝나기만 하면 조그만 고양이처럼 냉큼 사내의 무릎 위에 올라앉는단 말입니다. 창기병은 그 다음 날이면 그 집에 가서 결혼을 신청하지요." 막시모프는 말을 마치고 킬킬거리며 웃어댔다.

"게으름뱅이!" 의자에 앉아 있던 키다리 신사가 이렇게 내뱉고는 무릎 위에 얹었던 다리를 바꾸었다. 이때 미탸의 눈에 비친 것은 두껍고 더러운 밑창이 달린 커다란 장화였다.

"게으름뱅이라뇨. 왜 그런 욕을 하시는 거죠?" 그루셴카는 발끈 화를 냈다.

"아그리피나, 이 사람이 본 건 폴란드의 시골 처녀들이지, 귀족집 아가씨들은 아닙니다." 파이프를 문 신사가 그루셴카에게 말했다.

"아마 그럴 테지." 의자에 앉은 키다리 신사가 멸시하는 어조로 내뱉듯이 말했다.

"또 저런 소릴! 저분의 말을 들어보세요. 왜 남의 말을 방해하는 거죠?" 그루셴카가 그에게 대들었다.

"아가씨, 저는 방해하지 않습니다." 가발을 쓴 폴란드 신사는 그루셴카의 얼굴을 유심히 바라보며 의미심장하게 말하고는 무겁게 침묵을 지키면서 다시 파이프를 피우기 시작했다.

"맞아요. 이 폴란드 양반 말이 맞습니다." 칼가노프는 그것이 무슨 중요한 문제라도 되는 듯이 흥분했다. "한데 당신은 폴란드에서 결혼한 건 아니죠, 그렇죠?"

"물론이지요. 스몰렌스크 현에서 했어요. 결혼 전에 어떤 창기병이 내 아내 될 사람과 그 어머니, 아주머니, 그리고 다 큰 아들이 있는 친척뻘 되는 여자를 대동하고 러시아로 데려왔습니다. 그 여자를 나한테 양보해준 거죠. 한데 그 여자는 알고 보니 절름발이였습니다."

"당신은 절름발이와 결혼했군요?" 칼가노프가 소리쳤다.

"절름발이와 결혼했지요. 당시 두 사람은 저를 슬쩍 속였는데, 아무것도 몰랐던 저는 처음 얼마 동안은 그저 그녀가 깡충깡충 뛰고 있다고 생각했지요. 그런데 그것이 전혀 다른 원인 때문이라는 걸 알게되었습니다. 그날 밤 죄다 고백을 하더군요. 어릴 때 웅덩이를 뛰어넘다가 다리를 다친 게 원인이라면서요. 히히!"

칼가노프는 어린애 같은 목소리로 소파에 쓰러지기라도 할 것처럼 웃어젖혔다. 미탸는 행복의 절정에 달해 있었다.

"아시겠습니까. 이 사람은 이제야 진실을 밝히는 겁니다." 미탸를 바라보며 칼가노프가 외쳤다. "이 사람은 두 번 결혼했답니다. 지금 얘기는 첫 번째 마누라 얘기죠. 두 번째 마누라는 도망쳐 버렸는데, 아직도 두 눈을 시퍼렇게 뜨고 살아 있습니다. 당신도 그걸 아십니까?"

"설마 그럴 리가!" 미탸는 놀란 눈빛으로 급히 막시모프 쪽으로 얼굴을 돌렸다.

"네, 도망쳐 버렸지요. 저는 그런 불유쾌한 과거를 갖고 있답니다." 막시모프는 겸손하게 그 사실을 시인했다. "어떤 무슈와 함께 말입니다. 그런데 문제는 어느새 감쪽같이 내 조그만 소유지 하나를 자기 소유로 바꿔 놓았다는 사실입니다. 어느 날, 존경하는 주교님께서 이렇게 말씀하시더군요. '자네 첫 번째 부인은 절름발이였지만 두 번째 부인은 너무 발이 가벼워서 탈이군.' 히히!"

"내 말 좀 들어보십시오. 만일 이 사람이 거짓말을 하고 있다면…… 그건 단지 사람들을 즐겁게 해주기 위해섭니다. 나도 때론 이 사람이 좋아질 때가 있어요. 무척 비굴한 사람이긴 하지만 그 비굴함이 아주 자연스럽단 말입니다. 이 사람은 또, 고골의 소설『죽은 혼』에서 지주에게 매를 맞는 사람이 나오는데, 그 사람이 바로 자기라는 겁니다."

이유를 알 수 없었지만 칼가노프는 열을 올리고 있었다.

"한데 저 사람이 정말로 얻어맞았다면!" 미탸는 큰 소리로 웃으며 외쳤다.

"얻어맞았다고까진 할 수 없습니다만 어쨌든 좀……." 막시모프가 얼른 말을 받았다.

"그건 그렇고, 당신은 왜 얻어맞았소? 왜 얻어맞았느냐 말이오?" 칼가노프가 큰 소리로 물었다.

"피롱 때문이지요." 막시모프가 대답했다.

"피롱이라니 그건 또 누구요?" 미탸가 소리쳤다.

"프랑스의 유명한 작가 피롱 말입니다. 우린 그때 여럿이 모여 술을 마시고 있었지요. 그 장터의 술집에서 말입니다. 그들이 나를 초

대해 준 거죠. 나는 풍자시 한 구절을 외었습니다. '그대 부알로여, 이 무슨 해괴망측한 옷차림인고!' 그러자 부알로는 가면무도회에 가는 길이라고 대답했지만 실은 목욕탕에 가는 길이었지요. 히히히! 그런데 모든 사람들이 그걸 자기 자신에 대한 걸로 오해했단 말입니다. 그래서 나는 얼른 다음과 같은 풍자시를 외었지요. 이건 교양 있는 사람이면 누구나 알고 있는 제법 날카로운 시구입니다.

그대는 사포, 나는 파온, 이건 이론의 여지가 없건만
그대는 나의 슬픔을 모르는도다,
바다로 나가는 길을 모르고 있기에……

그러자 모두들 화를 내며 욕설을 퍼붓기 시작하더군요. 그리고 나는 분위기를 바꿔보려고 한마디 했다가 오히려 봉변을 당하고 말았답니다. 나는 퍽 재미있는 피롱의 일화를 끄집어냈던 거죠. 피롱은 프랑스 아카데미 회원이 못 된 것에 대한 분풀이로 다음과 같은 묘비명을 썼던 겁니다.

아카데미 회원도, 그 무엇도 아닌 피롱,
여기 잠들다.

그러자 모두가 날 붙잡아 두들겨 패기 시작했습니다."
"아니, 무엇 때문에?"
"그건 내가 유식했기 때문이지요. 사실 말이지, 사람을 때리려고 들면 무슨 이유들 못 찾겠습니까?" 막시모프는 격언이라도 외듯 간결하게 말을 맺었다.

"그만하세요. 그런 소린 듣기도 싫어요." 그루센카가 멸시하는 듯한 눈초리로 그를 바라보았다.

미탸는 불안감을 느끼기 시작했다. 게다가 소파에 앉은 신사가 짜증스런 표정으로 자기를 바라보고 있다는 것을 눈치챘다.

"이봐요!" 미탸가 소리쳤다. "폴란드를 위해서! 여러분의 폴란드를 위해 듭시다. 폴란드를 위해!"

"러시아를 위해 만세!" 그는 또다시 소리쳤다.

"그것 참 좋군!" 또 한 신사가 외쳤다. 그러고는 두 사람이 단숨에 잔을 비웠다.

"당신들은 참 바보군요." 미탸가 말했다.

"뭐라고요?" 두 신사는 두 마리의 투계처럼 미탸에게 덤벼들며 위협조로 소리쳤다.

"싸움 좀 하지 마세요." 그루센카는 발로 마루를 쿵쿵 구르며 명령조로 외쳤다. 그녀의 얼굴은 빨갛게 달아올랐고, 두 눈은 불타기 시작했다. 방금 마신 한 잔의 술이 벌써 효력을 나타내기 시작한 것이다.

모두 자리에 앉았다. 그리고 서로의 얼굴을 바라보았다.

"여러분! 모두 제 잘못입니다!" 그루센카가 왜 큰 소리로 외쳤는지 영문을 알 수 없었으므로, 미탸는 또다시 이렇게 말했다. "자, 무엇을 하면 좋을까요? 다시 아까처럼 즐거워지려면?"

"푸지노 파네!" 소파의 신사가 탐탁지 않은 표정으로 대꾸했다.

"푸지노? 대체 푸지노란 무슨 뜻이죠?" 그루센카가 물었다.

"그건 늦었다는 뜻입니다." 소파의 신사가 설명했다.

"저 사람들은 언제나 늦었다느니, 안된다느니, 그런 말밖에 모른다니까!" 그루셴카는 성이 나서 버럭 소리를 질렀다. "미탸, 저 사람들은 당신이 오기 전에도 저렇게 거드름만 피우고 있었다니까요."

"시작합시다, 여러분!" 미탸가 맞장구를 쳤다. 그는 호주머니에서 지폐 뭉치를 꺼내더니 거기서 2백 루블을 뽑아 식탁 위에 올려놓았다. "내가 실컷 잃어드리죠. 자, 카드를 잡고 은행에 돈을 거십시오."

"카드는 집 주인한테 가져오라고 합시다." 키 작은 신사가 진지한 어조로 강요하듯 말했다.

주인은 포장지도 뜯지 않은 새 카드를 가져왔다. 이때 막시모프가 미탸의 어깨를 건드렸다.

"5루블만 좀 주십시오." 그는 미탸에게 속삭였다. "나도 은행게임에 돈을 걸고 싶어서요. 히히히!"

"좋소. 자, 여기 10루블을 줄 테니 받으시오!" 미탸는 지폐 뭉치를 꺼내어 10루블짜리 한 장을 뽑아냈다. "잃거든 또 오시오."

"은행에 얼마를 거셨죠? 제한이 있습니까?" 미탸는 흥분해 있었다.

"1백 루블이건 2백 루블이건 얼마를 거셔도 좋습니다."

"그럼, 1백만 루블쯤 걸까?" 미탸는 호탕하게 웃었다.

"대위님, 당신은 포드비소츠키의 얘기를 들으셨을 테죠?"

"포드비소츠키라뇨?"

"바르샤바에서 어떤 사람이 누구라도 승부를 걸 수 있는 유한 은행을 시작했습니다. 거기에 포드비소츠키가 와서 1천 루블짜리 금화를 보고는 은행 게임을 제안했습니다. 은행주가 '판 포드비소츠키 씨, 당신은 이 자리에서 현금을 거시겠습니까, 명예를 거시겠습니까?' 라고 묻자 포드비소츠키는 '명예를 걸겠습니다.' 하고 대답했고, '그러시다면 더욱 좋습니다.' 하고 은행주는 카드를 돌렸지요. 그런데 포드비소츠키가 이겼기 때문에 1천 루블짜리 금화에 손을 대려니까 은행주는 '잠깐 기다리시오.' 하고 그를 제지하더니 금고를 열어 1백만 루블을 꺼내주었습니다. '자, 받으시오. 이게 당신 몫입니다.' 그건 1백만 루블짜리 게임이었던 셈이지요. '난 그런 사실을 몰랐는데요.' 포드비소츠키가 말하자, '당신이 명예를 걸고 하셨기 때문에 나도 명예를 걸고 지불하는 것입니다.' 그래서 결국 포드비소츠키는 1백만 루블의 거금을 벌게 된 거죠."

"그건 거짓말입니다." 칼가노프가 말했다.

"칼가노프 씨, 점잖은 사람들이 있는 좌석에서 그런 말을 하는 것은 실례올시다."

"그런데 폴란드 도박사가 당신한테 1백만 루블을 내줄 리가 있나요?" 미탸가 이렇게 소리쳤으나 얼른 입을 다물었다. "미안합니다, 판! 제가 또 실언을 했군요."

"그럼 나는 퀸에, 하트의 퀸에 걸겠습니다. 히히!" 막시모프가 웃으며 퀸을 뽑아 다른 사람들이 보지 못하게 식탁에 찰싹 몸을 붙이고 재빨리 그 밑에서 성호를 그었다

미탸가 이겼다. 1루블짜리도 이겼다.

"두 배로, 두 배로!" 미탸는 갈수록 금액을 늘려갔다. 그러나 1루블짜리는 언제나 이겼다.

"두 배로!" 미탸가 맹렬히 외쳤다.

"벌써 2백 루블을 잃으셨군요. 또 2백 루블을 거시겠습니까?" 소파의 신사가 물었다.

"2백 루블이나 잃었다고요? 그럼 다시 2백 루블! 계속 두 배로 2백 루블!" 미탸는 호주머니에서 돈을 꺼내 2백 루블을 퀸에다 던지려 했다. 그러자 칼가노프가 갑자기 그 카드를 손으로 덮었다.

"그만두시라니까요!" 그는 어린애같이 굴러가는 소리로 외쳤다.

"그만둬요, 미탸. 이 사람 말이 맞을지도 몰라요. 벌써 많이 잃었으면서." 그루셴카가 묘한 어조로 말했다.

두 폴란드 신사는 몹시 기분이 상한 표정으로 자리에서 일어났다.

"농담이실 테죠, 파네?" 키 작은 신사가 굳은 표정으로 칼가노프를 쏘아보면서 이렇게 말했다.

"감히 어떻게 이런 짓을 하시오!" 폴란드 신사 중 한 사람인 브루플레프스키도 칼가노프에게 따졌다.

"여기가 어디라고 소릴 지르세요!" 그루셴카가 외쳤다. "정말 칠면조나 다름없다니까!"

미탸는 일동의 얼굴을 번갈아 바라보았다. 그러자 그루셴카의 얼굴이 갑자기 그의 가슴을 찔렀다. 그것은 참으로 기묘하고도 새로운 상념이었다.

"파니 아그리피나!" 키 작은 신사가 화가 난 나머지 얼굴이 빨개져서 입을 열었을 때, 미탸가 그 곁으로 다가가서 어깨를 쳤다.

"선생, 한 말씀 드릴 게 있는데…… 저 방으로 갑시다, 저 방으로."

키 작은 신사는 경계하는 듯한 눈으로 미탸를 바라보았다. 그러나 곧 브루블레프스키도 반드시 함께 가야 한다는 조건을 붙여 동의했다.

"호위하려고요? 그럼 같이 가시죠. 그분도 필요하니까요! 아니, 그분도 꼭 와주셔야만 합니다!" 미탸가 소리쳤다. "자, 갑시다!"

그의 얼굴은 일종의 원기 같은 것을 되찾은 듯했다. 한 시간 전 이 방에 들어올 때와는 완전히 딴 얼굴이었다. 그는 처녀들이 합창 준비를 하고, 식탁을 차리고 있는 큰 방이 아닌 오른쪽에 있는 조그만 방으로 두 신사를 데리고 갔다. 폴란드 신사와 미탸는 테이블을 사이에 두고 서로 마주 앉았다. 두 사람은 험상궂은 표정이었지만 그러면서도 호기심을 느끼는 것이 분명했다.

"그래, 무슨 용건이시죠?" 키 작은 신사가 먼저 입을 열었다.

"나는 긴 말은 하지 않겠습니다. 여기 돈이 있습니다." 미탸는 지폐 뭉치를 꺼냈다. "3천 루블입니다. 이걸 가지고 어디로든 떠나주시지 않겠습니까?"

신사는 눈을 휘둥그렇게 뜨고 미탸의 얼굴을 뚫어지게 바라보았다.

"3천이라고요?" 그는 브루플레브스키와 서로 시선을 주고받았다.

"3천입니다, 3천! 보아하니 당신들은 영리한 분들 같으신데, 어떻습니까! 이 3천 루블을 가지고 어디로든 떠나시는 게! 저 방에 있는 물건은 뭐죠? 코트입니까, 털코트입니까? 그건 내가 갖다 주리다. 지금 곧 당신네들을 위해 삼두마차를 준비시키겠습니다. 이것으로 작별을 하는 겁니다. 어떻습니까?"

미탸는 자신만만하게 대답을 기다리고 있었다. 폴란드 신사의 얼굴에 단호한 표정이 떠올랐다.

"그럼 돈은 언제 줄 거요, 파네?"

"이렇게 합시다. 지금 당장 5백 루블을 마찻삯과 선금조로 드리고, 나머지 2천5백은 내일 읍내에서 드리겠습니다. 어떻게 하든 반드시 마련해 드리겠습니다!" 미탸가 소리쳤다.

두 폴란드 인은 다시 시선을 주고받았다. "7백을 드리죠, 7백!" 눈치가 이상한 것을 알아채고, 미탸는 액수를 올렸다.

"어떻습니까? 믿어지지 않습니까? 지금 당장 3천 루블을 다 드릴 수는 없지만 틀림없이 드리겠습니다. 읍내의 집에 돈이 있으니까요." 미탸는 한 마디 한 마디 말을 이을 때마다 기가 죽어 맥이 빠지는 것을 느끼면서 이렇게 말했다. "정말입니다, 숨겨둔 돈이 있단 말입니다."

순간 키 작은 신사의 얼굴에 비상한 자존심이 번뜩이기 시작했다.

"더 이상 할 말은 없소?" 그는 비꼬는 투로 물었다. "창피하고 더러워서!" 그는 퉤 하고 침을 뱉었다. 브루플레브스키도 침을 뱉었다.

"당신이 그렇게 침을 뱉는 건," 이미 모든 것이 끝났다고 느꼈으므로 미탸는 낙심해서 말했다. "그루셴카한테서 좀 더 우려낼 수 있다고 생각했기 때문일 테지. 당신들은 불알 깐 수탉과 다를 게 없어."

"이거 참을 수 없는 모욕이군!" 키 작은 신사는 홍당무처럼 벌개져서, 더 이상 듣고 싶지 않다는 듯 화를 내며 방에서 나가버렸다.

브루플레브스키도 몸을 흔들며 뒤따라 나갔다. 그 뒤를 따라 미탸도 풀이 죽어 나갔다. 신사는 홀에 들어서자 연극배우처럼 그루셴카 앞에 멈춰 섰다. "파니 아그리피나, 난 정말 지독한 모욕을 당했소." 하고 그는 소리치기 시작했다.

"나는 아그라페나예요, 그루셴카라고요. 러시아 어로 말하세요. 그러지 않으면 듣지 않겠어요!"

신사는 자존심 때문에 숨을 헐떡였다. 그는 점잔을 빼면서 엉터리 러시아 어로 지껄이기 시작했다.

"파니 아그라페나! 나는 옛날 일을 잊고 모든 걸 용서하려고 왔습니다."

"뭐, 용서한다고요? 그럼 나를 용서하러 오셨단 말인가요?" 그루센카는 이렇게 말을 가로채고 벌떡 자리에서 일어났다.

"그렇습니다. 나는 소견이 좁은 사람이 아닙니다. 그렇지만 정말 놀랐습니다. 당신의 정부를 만났으니 말입니다. 판 미탸는 나더러 당신에게서 손을 떼라고 하며, 저 방에서 3천 루블을 주겠다고 하더군요. 나는 저 사람의 얼굴에 침을 뱉어주었습니다."

"뭐요? 저 사람이 내 몸값으로 돈을 준다고 했다고요?" 그루센카는 신경질적으로 소리쳤다. "정말인가요, 미탸? 어떻게 감히 그런 짓을……아니, 내가 돈으로 사고파는 물건인 줄 아세요?"

"이봐요, 이봐!" 미탸는 애원하듯 소리쳤다. "이 여자는 순결하오, 눈처럼 순결하오! 나는 결코 이 여자의 정부가 되어본 적이 없소! 그런 엉터리 수작은 작작 하시오."

"당신이 뭔데 이 사람 앞에서 나를 변호하려 드시는 거예요?" 그루센카가 외쳐댔다. "내가 순결했던 건 정숙했기 때문도 아니고, 삼소노프 노인이 무서웠기 때문도 아니에요. 그저 나는 이 사람에게 뽐내고 싶었던 거예요. 이 사람을 만났을 때, 비열한 사내라고 말해주고 싶었기 때문이에요. 그래, 이 사람은 당신한테서 돈을 받았나요?"

"받으려고 했어요." 미탸가 소리쳤다. "3천 루블을 다 받고 싶어 했는데, 내가 우선 7백 루블을 선금으로 준다는 바람에……."

"그랬을 테죠, 알 만해요. 이 사람은 내게 돈이 있다는 소식을 듣고 나와 결혼하려고 찾아온 거예요."

"파니 아그리피나!" 신사는 외쳐댔다. "나는 기사요. 건달이 아니라 귀족이란 말입니다. 나는 당신과 결혼하려고 찾아왔습니다. 그런데 당신은 옛날의 당신이 아니라 변덕스럽기 짝이 없는 파렴치한 변태로 변해 버렸소."

"어서 꺼져버려요. 지금 당장 내쫓으라고 한마디만 하면, 당신들은 쫓겨나고 말 테니까. 아아, 내가 바보지. 지난 5년 동안 왜 그토록 나 자신을 괴롭혔을까? 게다가 이 사람도 옛날의 그 사람이 아니야. 그런데도 나는 아무것도 모르고 5년 동안을 눈물로 보냈다니, 정말 나는 바보였어."

그녀는 안락의자에 몸을 던지고, 두 손으로 얼굴을 가렸다. 바로 그 순간, 갑자기 왼쪽 방에서 준비를 마친 모크로에 처녀들의 합창 소리가 울려퍼졌다. 격정적인 무도곡이었다.

"그야말로 소돔의 소굴이군. 주인! 저 더러운 년들을 쫓아버려."

아까부터 호기심에 이끌려 문간을 엿보고 있던 주인이 고함 소리를 듣고 손님들 사이에 싸움이 벌어진 줄 알고 달려 들어왔다.

"아니, 왜 그렇게 목이 터져라 고함을 지르는 거요?" 주인은 납득이 안 갈 만큼 퉁명스럽게 브루플레브스키에게 대꾸했다.

"짐승만도 못한 놈 같으니라고!" 브루플레브스키가 호통을 쳤다.

"짐승만도 못하다고? 그럼 네놈은 무슨 카드를 가지고 노름을 했지? 내가 준 새 카드는 숨기고 엉터리 카드를 가지고 노름을 했잖아! 내가 사기도박으로 당신을 고발하면 당신은 시베리아 행이야, 알겠어? 그건 지폐 위조나 다를 게 없단 말야."

이렇게 말하고 주인은 소파로 다가가더니 등받이와 쿠션 사이에 손가락을 집어넣어 포장도 뜯지 않은 새 카드를 끄집어냈다.

"자, 이게 내가 준 카드야. 아직 포장도 뜯지 않은 채로 있어." 여관 주인은 그걸 높이 쳐들어 방 안에 있는 사람들에게 보여주었다. "나는 다 보고 있었어. 내가 준 카드를 이 틈바구니 사이에 숨겨 넣고, 자기의 엉터리 카드하고 바꿔치기하는걸. 너는 사기 도박꾼이야."

"나도 저 사람이 두 번이나 카드를 속이는 걸 보았어요." 칼가노프가 소리쳤다.

"아, 이게 무슨 창피람." 그루센카가 두 손을 맞잡으며 말했다.

"나도 그렇게 생각했어." 미탸가 소리쳤다.

그러나 그가 이 말을 마치기도 전에 브루플레브스키가 격분한 표정으로 그루센카 쪽으로 몸을 돌리고, 주먹을 휘두르며 외쳐댔다. "이 화냥년 같으니!"

그러나 그가 미처 말을 끝내기도 전에 미탸가 달려들어 두 손으로 그를 번쩍 쳐들더니 눈 깜짝 할 사이에 오른쪽 옆방으로 끌어냈다. 그 것은 조금 전에 그가 두 사람을 데리고 갔던 바로 그 방이었다.

"그놈을 마룻바닥에 내던지고 왔소." 미탸는 돌아와서 숨을 헐떡이며 말했다.

미탸는 양쪽 문 가운데 한쪽은 닫고, 다른 한쪽은 열어놓은 채 키작은 신사에게 소리쳤다. "선생, 당신도 저쪽으로 가시는 게 어떻습니까? 제발 부탁이오."

"나리," 여관주인이 큰 소리로 말했다. "저 녀석한테서 돈을 뺏으세요. 카드놀이에서 잃으신 돈을!"

"내가 잃은 50루블은 돌려받고 싶지 않소." 칼가노프가 옆에서 대꾸했다.

"내 돈 2백 루블도 돌려받고 싶지 않아!" 미탸가 소리쳤다. "절대로 돌려받지 않겠어. 그것으로 마음의 위안이라도 삼으라지!"

"정말 훌륭해요, 미탸!" 그루셴카가 외쳤다. 그 외침 속에는 폴란드 신사에 대한 무서운 증오가 서려 있었다. 키 작은 신사는 분노에 복받쳐 얼굴이 시뻘개졌으나 그래도 위엄만은 잃지 않으려고 애쓰며 문 쪽으로 걸어가다가 문득 걸음을 멈추고는 그루셴카에게 말했다.

"만일 나하고 함께 가기를 원한다면 같이 갑시다. 그게 싫으면 영원히 작별이오."

이렇게 말하고 그는 분노와 자존심 때문에 숨을 헐떡이면서도 점잖을 빼는 걸음걸이로 문 밖으로 걸어 나갔다. 미탸는 그의 등 뒤에서 문을 쾅 닫아버렸다.

"자물쇠로 그들을 가둬버리세요." 칼가노프가 말했다.

그러나 자물쇠 소리는 저쪽에서 났다. 그들이 스스로 문을 잠가버린 것이다.

"잘됐어요!" 그루셴카가 매정하게 소리쳤다. "잘되고말고요! 쓰레기들을 시원하게 제거한 거예요."

8. 미몽

천지를 뒤흔드는 굉장한 술잔치가 벌어졌다.

그루셴카가 먼저 술을 달라고 소리쳤다. "마시고 싶어요. 요전처럼 곤드레만드레 취하고 싶어요. 생각나세요, 미탸? 그때 우리가 여기서 처음으로 사귀었던걸!" 미탸는 눈앞에 펼쳐지는 듯한 '행복감'을 느끼면서 황홀경에 빠져 있는 듯했다. 그러나 그루셴카는 자꾸만 그를 멀리하려고 했다.

"저리 가서 즐기세요. 저 사람들한테 춤을 추라고 하세요. 그때처럼 '집도, 난로도 춤추게.' 모두들 즐기는 거예요. 그때처럼!"

미탸는 분주히 돌아다녔다. 농부와 아낙네들이 구경을 하기 위해 방 안으로 몰려 들어왔다. 그들은 이미 잠자리에 들어야 할 시간이지만 한 달 전처럼 호화 잔치가 벌어지리라는 것을 눈치 채고 자리에서 일어나 찾아온 것이다.

미탸는 낯익은 사람들과 인사를 하고 껴안았다. 그리고 그때의 얼굴을 상기하고는 병마개를 따서 닥치는 대로 마구 술을 따랐다. 말하자면 무질서한 난장판이 벌어진 것이다. 미탸는 물을 만난 고기인 양 주위가 난장판이 되면 될수록 더욱더 신바람이 나는 것이었다.

그러고는 노래도 음악도 다 좋다며 칭찬을 아끼지 않았다. 막시모프도 기분이 좋아서 한시도 칼가노프의 곁을 떠나지 않았다. 그루셴카 역시 취기가 돌기 시작해서 칼가노프를 가리키며 미탸에게 말했다. "어쩌면 저렇게 귀엽고 사랑스러울까요!" 그러자 미탸는 기쁨에 겨워 달려가서 칼가노프와 막시모프에게 키스를 했다. 오오, 그는 얼마나 많은 것을 기대하고 있었던가! 아직도 그녀는 미탸의 희망에 부응하는 말은 한 마디도 건네지 않았으며, 뭔가 하고 싶은 말을 억지로 참고 있는 것 같았다. 그러나 가끔 그를 바라보는 그녀의 눈은 다정하면서도 불타는 열정을 띠고 있었다. 드디어 그루센카는 참을 수가 없었던지 덥석 미탸의 손을 움켜잡고 자기 쪽으로 힘껏 끌어당겼다. 이때 그녀는 문 옆에 놓인 안락의자에 앉아 있었다.

"아까 당신이 어떤 꼴을 하고 들어왔는지 아세요, 네? 난 정말 놀랐어요. 왜 당신은 나를 그 사내에게 양보할 생각이었나요?"

"나는 당신의 행복을 망치고 싶지 않았던 거야!" 미탸는 행복에 겨워 어린애처럼 더듬거렸다.

"자, 이젠 내 곁에 앉으세요. 그리고 어떻게 내가 여기 온 걸 알았는지 말해 주세요. 그걸 누구한테 들었죠?"

미탸는 전부 털어놓기 시작했다. 당황한 그는 이상하리만큼 열띤 어조로 더듬더듬 얘기했다. 그는 자주 미간을 찌푸리고 하던 말을 멈추곤 했다.

"왜 그렇게 얼굴을 찌푸리죠?" 그루센카가 물었다.

"아무것도 아니야……. 거기다 환자를 한 명 두고 와서. 그 환자가 회복된다면 나는 지금 당장 10년을 감수해도 좋아!"

"그까짓 환자 가지고 뭘 난리예요. 한데 당신은 정말 권총으로 자살할 생각이었나요? 어쩌면 이렇게 바보일까! 그까짓 일로 자살을 하다니! 한데 왜 그런 슬픈 얼굴을 하고 있죠?" 미탸의 눈을 뚫어지게 들여다보며 그녀는 덧붙였다. "당신이 저기서 농부들과 키스를 하며 큰소리로 떠들어대도 나는 당신 마음이 어떻다는 걸 다 안단 말이에요.

즐겁게 노세요. 나도 이렇게 즐거우니 당신도 즐거워야죠. 나는 이 중의 누군가를 사랑하고 있는데, 그게 누군지 알아맞혀 보세요. 원 저 런, 우리 도련님이 잠들어버렸군요. 귀여운 도련님이 술에 취해서.”

그녀는 칼가노프에 대해서 말하고 있었다. 그는 정말로 취해 소파 에 앉자마자 잠이 들어버렸던 것이다. 예쁘장한 얼굴은 약간 파리한 빛을 띠고 있었다.

“보세요, 얼마나 미남인지.” 그루셴카는 미탸를 그의 옆으로 끌고 가며 이렇게 말했다. “아까 이 사람의 머리를 빗겨주었는데 정말 아 마처럼 탐스러운 머리칼이었어요.”

칼가노프는 눈을 번쩍 뜨고, 그녀의 얼굴을 쳐다보더니 반쯤 몸을 일으키며 막시모프는 어디 있느냐고 물었다.

“그 사람이 그렇게 걱정이 되세요?” 그루셴카는 웃으며 말했다. “그러지 말고 내 옆에 앉아 있어요. 미탸, 얼른 가서 이분의 막시모프 를 좀 찾아오세요.”

막시모프는 이따금 리큐어를 마시려고 달려가는 것 외에는 한시도 처녀들의 곁을 떠나지 않았다. 얼굴은 시뻘겋고 코는 자줏빛으로 변 하고, 두 눈은 음탕하게 풀어져 있었다.

미탸는 머리가 타는 것 같았다. 그는 홀 밖으로 나와 목조 베란다 로 나갔다. 베란다는 뜰에 면한 건물의 한 부분을 빙 둘러싸고 있었 다. 신선한 공기를 쏘이자 살 것 같았다.

그는 두 손으로 자신의 머리를 움켜쥐었다. 그러자 모든 것이 빛을 발하기 시작했다. 그것은 몸서리칠 만큼 무서운 빛이었다. ‘그렇다, 만약에 권총으로 자살을 할 수 있다면 지금이야로 절호의 기회가 아닌가? 그의 머릿속을 이런 생각이 스치고 지나갔다. '권총을 가지고 와서 이 더럽고 어두운 베란다의 한구석에서 아주 끝장을 내버리는 거다.' 그는 1분가량 망설이며 서 있었다. 조금 전 이곳으로 달려왔을 때와 마찬가지로 자신이 저지른 도둑질과 피로 인한 수치심이 그의 뒤통수를 잡아당기고 있었다. 하지만 마음은 그때가 가벼웠다. 당시는 모든 것이 끝장났었다. 그는 여자를 잃었으며, 남에게 양보했고, 그녀는 죽어 없어진 존재나 다름없었다.

'오오, 하느님! 그 울타리 밑에 쓰러진 사람을 제발 살아나게 해주소서! 만약에 그 노인이 살아 있다면…… 오오, 그때는 나도 모든 오욕을 씻어버리겠습니다. 훔친 돈은 어떤 일이 있어도 모두 마련해서 갚겠습니다. 그렇지만 아니야. 그건 안 돼. 도저히 있을 수 없는 비겁한 꿈이야! 오오, 이 저주받을 운명이여!'

그러나 여전히 그의 어두운 마음속에는 한 줄기 희망의 빛이 비치고 있었다. 이때 베란다 입구에서 그는 여관 주인 트리폰과 마주쳤다. 그는 미탸를 찾으러 나온 것 같았다.

"왜 그러지 트리폰?"

"그동안 어디 계셨습니까?"

"아니, 왜 그리 찌푸린 얼굴을 하고 있지? 조금만 기다리게."

"세 시쯤 됐을 겁니다. 아니 세 시가 지났는지도 모르겠군요."

"그럼, 끝내겠어."

"별 말씀을 다하십니다. 그런 걱정은 하지 마시고 마음껏……."

'저 친구가 왜 저럴까?' 미탸는 잠깐 생각에 잠겼다가 처녀들이 춤추고 있는 방으로 달려 들어갔다. 그러나 그루셴카의 모습은 보이지 않았다. 커튼 뒤를 들추어 보았다. 그녀는 거기 있었다. 그녀는 한쪽 구석의 궤짝 위에 앉아서, 소리를 죽여 슬피 울고 있었다. 미탸를 보자 자기 옆으로 불러 그의 손을 꽉 움켜쥐었다,

"미탸, 나는 그 사람을 사랑했던가 봐요!" 그녀는 나직이 속삭이기 시작했다. "지난 5년 동안 줄곧 그 사람을 생각해왔어요. 한데 정말 나는 그 사람을 사랑한 걸까요? 아니면 그에 대한 나의 복수를 사랑한 걸까요? 아니에요, 나는 그 사람에 대한 복수만을 사랑했을 뿐이었어요. 미탸, 나는 그때 겨우 열일곱 살이었는데, 그 사람은 나에게 다정하게 대해 주었어요. 자주 노래를 불러주곤 했죠. 하긴 내가 어리석은 계집애였기 때문에 그땐 그렇게 생각되었는지도 모르지만……. 그런데 지금은 어떤가요? 전혀 다른 사람이에요. 나는 여기로 오는 도중 줄곧 이런 생각만 했어요. '그 사람을 어떻게 맞이할까? 무슨 말을 할까?' 하고요. 그런데 막상 와보니 그 사람은 더러운 구정물을 나한테 끼얹는 것 같은 행동을 하지 않겠어요? 마치 교장 선생님인 양 근엄하고 유식한 말만 하는 거예요. 처음엔 그 키다리 폴란드인 때문에 점잔을 빼느라고 그런 줄 알았죠. 결론은 그 사람의 부인이 그를 나쁘게 만든 거예요. 나를 버리고 결혼한 그 부인 말예요. 한평생 이 수치심은 잊지 못할 거예요."

그녀는 미탸의 손을 꼭 움켜잡은 채 놓아주지 않았다.

"미탸, 가지 말고 기다려요. 당신에게 할 말이 있어요." 그녀는 이렇게 속삭이더니 갑자기 얼굴을 쳐들었다. "그런데 나는 지금 누굴 사랑하는지 아세요? 나는 지금 여기 있는 사람 가운데 한 사람을 사랑하고 있어요. 그게 누굴까요?" 울어서 부석부석한 그녀의 얼굴에

미소가 떠오르고 두 눈은 희미한 어둠 속에서 빛나기 시작했다. "아까 한 마리의 매가 들어왔을 때 나는 가슴이 철렁했어요. '이 바보야, 네가 사랑하는 건 바로 저 사람 아니냐?' 대뜸 내 마음이 이렇게 속삭여 주더군요. 당신이 들어오자 모든 것이 환해졌어요. '한데 저 사람은 무엇을 두려워하는 걸까?' 하고 생각했어요. 정말 당신은 두려움에 떨고 있더군요. '저 사람은 나를 무서워하는 거야. 오직 나만을 무서워하는 거야.'라고 단정했죠. 아아! 미탸, 당신을 만난 후에 어떻게 딴 사람을 사랑한다는 생각을 할 수 있을까요? 내가 바보였어요, 용서해 주시겠죠? 미탸, 나를 사랑하시죠?"

그녀는 벌떡 일어나 두 손으로 미탸의 어깨를 움켜잡았다. 미탸는 너무나 기뻐서 말을 할 수 없었다. 그는 그녀를 바라보다가 와락 끌어안고는 미친 듯 키스를 퍼붓기 시작했다.

"지금까지 당신을 괴롭혀 온 걸 용서해 주시겠죠? 나는 정말 홧김에 당신네들을 괴롭혀왔어요. 그 영감님을 미치게 한 것도 홧김에 그랬어요. 기억하세요? 언젠가 당신이 우리 집에서 술을 마시다가 술잔을 깨뜨린 적이 있었지요, 아까 술잔을 깨뜨린 건 그때 일을 생각하고 한 것이었어요. 그리고 '나의 비굴한 마음'을 위해 마신 거예요. 미탸, 왜 나한테 키스를 안 하시죠? 어서 키스해 주세요. 좀 더 강하게. 사랑할 바에야 열렬하게 해야죠! 이제부턴 당신의 노예가 되겠어요." 그녀는 갑자기 사내를 밀쳤다. "저쪽으로 가세요, 미탸. 나도 곧 술을 마시러 갈게요. 마음껏 취해서 춤을 추고 싶어요."

'될 대로 돼라. 이젠 무슨 일이 일어난다고 해도 좋아. 이 한순간을 위해서라면 온 세상을 바쳐도 아깝지 않아.' 이런 생각이 미탸의 머리에 떠올랐다.

그루셴카는 샴페인을 들이키는 바람에 몹시 취해버렸다.

"아까 당신이 잠들었을 때 당신에게 키스를 했는데, 그걸 아셨나요?" 그녀는 혀꼬부라진 소리로 말했다. "아아, 난 취했어. 그런데 당신은 왜 술을 안 마실까? 나는 이렇게 많이 마셨는데."

"나도 취했어. 당신한테 취한 거야." 그는 다시 한 잔을 들이켰다. 그러자 갑자기 취기가 돌았다. 그는 이곳저곳을 거닐며 껄껄 웃기도 하고, 여러 사람과 이야기를 나누기도 했으나, 그 모든 것은 무의식적인 행동이었다. 다만 한 가지, 집요하게 타오르는 불덩이 같은 감정이 그의 마음을 자극할 뿐이었다. 그는 후일 이때의 감정을 '마치 가슴속에 시뻘겋게 달구어진 석탄 덩어리가 들어앉아 있는 것 같은' 느낌이었다고 상기했다.

막시모프는 그루셴카 옆으로 달려와서 그 손은 물론이고 '귀여운 손가락 하나하나'에까지 키스를 했는데, 나중에는 옛날 민요를 직접 부르면서 거기에 맞추어 춤을 추기 시작했다

"저 사람한테 뭘 좀 주세요, 미탸!" 그루셴카가 말했다. "뭘 좀 선사하세요. 저 사람은 불쌍한 사람이에요. 아아, 세상엔 불쌍한 사람, 모욕 받은 사람도 많아요! 난 언젠가는 수녀원에 들어갈 거예요. 오늘 알료샤가 한평생 잊지 못할 말을 해주었어요. 내일은 수녀원에 가더라도 오늘은 마음껏 춤을 출 거예요. 내가 만일 하느님이라면 누구나 다 용서하겠어요. '내 사랑하는 죄인들아, 지금부터 모두를 용서하노라.' 라고 말예요. 우리 인간은 나쁘기 그지없지만 이 세상은 참 좋은 곳이에요. 우린 나쁘기도 하고 좋기도 하죠. 난 좋은 인간이에

요. 정말 좋은 인간이죠?' 그루센카는 갈수록 기고만장해졌다.

막시모프는 그루센카가 춤을 추겠다는 말을 듣고, 기쁨의 탄성을 올리더니 그녀 앞에서 노래를 부르며 깡충깡충 뛰기 시작했다.

가느다란 두 다리, 허리는 절구통!
꼬리는 갈고리처럼 말려 올라갔네.

그러나 그루센카는 손수건을 흔들며 그를 쫓아버렸다.

"미탸! 왜들 오지 않는 거죠? 그리고 저 방에 갇힌 사람들도 불러 와서 내가 춤을 춘다고 말해 주세요."

미탸는 힘찬 걸음걸이로 잠긴 문 앞으로 다가가서 주먹으로 쾅쾅 문을 두드리기 시작했다."

"이봐, 포드비소츠키! 그 여자가 춤을 추자고 부른단 말야."

"이 망나니새끼야!" 두 사람 중의 하나가 소리쳤다.

"넌 그보다 못한 놈이야! 이 비겁한 졸장부야."

사람들이 다투는 소리를 들으며 그루센카가 목을 뒤로 젖힌 채 입 술을 반쯤 벌리고 미소를 지으면서 당황한 표정을 지었다.

"몸이 말을 듣지 않아요. 기운이 없어 못 추겠어요. 미안해요."

"아가씨께서 술이 좀 과하셨던 모양이야." 막시모프가 낄낄거리며 처녀들에게 이렇게 설명했다.

"미탸, 나를 데려가줘요." 그루센카는 힘없이 말했다.

미탸는 급히 달려가서 이 소중한 노획물을 커튼 뒤로 데리고 갔다. '이젠 나도 돌아가야지.' 칼가노프는 생각했다. 그러나 홀에서는 여전히 질펀한 주연이 계속되고 있었다. 미탸는 그루셴카를 침대에 내려놓고 입술에 키스를 했다.

"나를 건드리지 말아요." 그녀는 애원하는 듯한 목소리로 속삭였다. "아직은 당신 것이 아니니까. 저 두 사람이 있는 데서는 싫어요. 그 사람이 바로 저기 있잖아요. 여긴 더러워요."

"당신 말이면 뭐든지 다 듣겠어. 당신을 하느님처럼 떠받들겠어." 미탸가 속삭였다. "정말이지 여긴 더럽고 지저분해."

"나는 잘 알아요. 당신은 야수 같은 데가 있긴 하지만 착한 분이라는걸." 그루셴카는 이렇게 말했다. "이런 일은 떳떳이 해나가야 해요. 우린 정직한 사람이 되는 거예요. 나를 데려가 줘요. 난 여기가 싫어요. 어디든지 멀리 가고 싶어요."

"아, 그럼 그렇게 하겠어." 이렇게 말하고 미탸는 그녀를 꼭 끌어안았다. "당신과 함께 멀리 떠나는 거야. 아아, 그 피에 대해서 알 수 있다면 한평생을 1년과 맞바꿔도 아깝지 않으련만."

"피라는 건 또 뭐죠?" 그루셴카가 의아한 표정으로 물었다.

"아무것도 아니야! 그루샤, 당신은 정직한 사람이 되길 원하지만 나는 도둑놈이야. 난 카티카의 돈을 훔쳤어. 아아, 창피해."

"아니, 그건 훔친 게 아녜요. 돌려주세요, 나한테 돈이 있으니. 그게 무슨 문제라고 소릴 치세요? 이젠 내 것이 모두 당신 거예요. 도대체 우리한테 돈 같은 게 무슨 문제예요. 어차피 다 써버리고 말 건데. 차라리 어디 가서 농사나 짓자고요. 나는 이 손으로 땅을 사고 싶어요. 알료샤도 그렇게 하라고 했어요. 나는 당신의 정부가 아니라 당신의 성실한 아내가 되겠어요. 우리 함께 그 아가씨한테 가서 머리 숙여 용서를 빌고 떠나도록 해요. 당신은 그 아가씨의 돈을 갚아버리고 나를 사랑해주세요. 만일 당신이 그 여자를 사랑하면 그 여자를 목 졸라 죽이고 말 거야. 바늘로 그 여자 눈알을 후벼 파고 말 거야."

"나는 당신을 사랑해. 시베리아에 가더라도 당신만 사랑할 거야."

"하필이면 왜 시베리아예요? 뭐, 괜찮아요. 당신이 바란다면 난 어딘든 상관없어요. 나는 썰매를 타고 눈 위를 달리기를 좋아해요. 어디서 방울 소리가 들려오는 걸까? 마차가 달리는가 보죠. 아아, 이젠 멎었군요."

그루셴카는 스르르 눈을 감더니 어느새 잠이 들었다. 어딘가 먼 데서 들려오던 방울 소리가 뚝 그치고 말았다. 미탸는 여자의 가슴 위에 머리를 얹고 있었다. 그는 시끄러운 소음 대신 죽음 같은 정적이 집 안에 깃든 것도 모르고 있었다. 그루셴카가 눈을 떴다.

"어머, 내가 잠들었나봐요? 그새 꿈을 꾸었어요. 썰매를 타고 눈 위를 달리고 있었어요. 당신과 함께 어디론가 멀리 가고 있었어요. 눈이 반짝반짝 빛나더군요. 어쩐지 이 세상 같지가 않았어요. 눈을 떠보니, 사랑하는 이가 옆에 있질 않겠어요? 어찌나 좋은지……."

"옆에 있고말고!" 미탸는 그녀에게 키스하며 이렇게 중얼거렸다. 그때 그루셴카는 뚫어지게 앞을 바라보고 있는데, 그것은 미탸의 얼굴을 바라보는 것이 아니라 그의 머리 너머를 응시하고 있는 것 같았다. 갑자기 그녀의 얼굴에 공포에 가까운 경악의 빛이 떠올랐다.

"미탸, 저기서 우리를 보는 건 누구죠?" 그녀가 속삭였다.

미탸가 뒤돌아보니 정말 누군가가 커튼을 젖히고 이쪽을 엿보고 있는 것 같았다. 그것도 한 사람이 아니었다. 그는 벌떡 일어나서 빠른 걸음으로 그쪽으로 걸어갔다.

"이쪽으로, 이쪽으로 오시오." 크지는 않았지만 강경하고 단호한 목소리가 이쪽을 향해 말했다.

미탸는 커튼 밖으로 나오다 곧 장승처럼 얼어붙고 말았다. 방 안은 사람으로 가득 차 있었는데, 그들은 아까까지와는 전혀 다른 사람들이었다. 그 순간 오한이 그의 등골을 타고 지나갔다. 그는 이 사람들이 누구인지 금방 알아차렸다. 외투를 입고 모표 붙은 모자를 쓴 키가 크고 건강한 사내는 경찰서장 미하일 마카르이치였다. 그리고 '폐병쟁이 같이 생긴 얼굴에는 장화를 신은' 말쑥한 멋쟁이는 대리검사였다. '저 친구는 4백루블짜리 정밀 시계를 갖고 있어. 나도 그걸 본 적이 있어.' 미탸는 생각했다. 그리고 안경을 낀 왜소한 젊은이는 법률학교를 졸업하고 이 고장에 온 예심판사였다. 그의 이름은 잊었지만 전에 본 일이 있어 미탸는 그가 누구인지 알고 있었다. 그리고 전부터 잘 알고 있는 사이인 지서장 마브르키 마브리키예비치도 있었다. 그리고 배지를 단 친구들은 무엇 때문에 왔을까? 그 밖에 농사꾼 차림의 사내가 있었고, 칼가노프와 여관 주인 트리폰이 문간에 서 있었다.

"대체 무슨 일이죠?" 미탸는 한순간 정신을 잃고 자기도 모르게 목청을 돋워 외쳐댔다.

안경을 낀 젊은이가 앞으로 걸어나와 미탸에게로 다가오더니 위엄 있는 어조로 말했다.

"이쪽 소파로 와주십시오. 당신한테 말씀드려야 할 게 있어서요."

"그 늙은이 때문이죠?" 미탸는 정신없이 소리쳤다. "늙은이와 피 때문이죠? 알겠습니다."

그러고는 쓰러질 것처럼 의자에 털썩 주저앉았다.

"물론 알겠지. 아비를 죽인 이 극악무도한 놈아! 네 늙은 아비의 피가 네놈 뒤에서 울부짖고 있다." 늙은 경찰서장이 소리를 질렀다.

"이러시면 안 됩니다!" 몸집이 작은 젊은이가 소리쳤다. "미하일 마카르이치 씨, 제발 부탁이니 제가 말하게 해주십시오."

"그렇지만 이건 너무해요. 여러분! 이건 너무하지 않습니까?" 경찰서장은 계속 외쳐댔다. "저놈을 좀 보십시오. 이 밤중에 술이 취해가지고 더러운 계집년과 함께…… 자기 애비의 피가 묻은 손으로…… 아니, 이럴 수가!"

이때 몸집이 작은 예심판사가 미탸를 향해 위엄 있는 목소리로 다음과 같이 말했다. "퇴역 중위 카라마조프 씨, 오늘밤 발생한 당신의 친부 표도르 파블로비치 카라마조프 씨 살해 사건과 관련하여 살인혐의로 고소되었음을 알리는 바입니다."

그는 그 밖에도 무슨 말인가를 했다. 뒤이어 대리 검사도 뭔가 말했다. 그러나 미탸는 그 말을 듣기는 했으나, 그것이 무슨 말인지 알아들을 수가 없었다. 그는 사납게 일동을 둘러보고 있을 뿐이었다.

제 9 부

예 심

1. 페르호틴의 출세

나는 표도르 일리치 페르호틴이 상인의 아내 모로조바 부인의 굳게 닫힌 대문을 있는 힘을 다해 두드리는 대목에서 글을 중단했다. 물론 그는 집안에서 소리를 들을 때까지 두드려댔다.

잠시 후 페르호틴은 부엌으로 안내되었는데, 페냐는 아무래도 마음이 놓이지 않아 문지기도 함께 합석하게 해달라고 페르호틴에게 양해를 구했다. 페르호틴은 여러 가지 잡다한 것을 캐묻기 시작했는데, 곧 중요한 핵심에 접근했다. 즉, 미탸가 그루셴카를 찾으러 나갈 때 절굿공이를 움켜쥐고 갔었는데, 돌아왔을 때는 이미 절굿공이는 보이지 않고 그의 손은 피투성이가 되어 있었다는 것이다.

"그때까지도 손에서 피가 뚝뚝 떨어지고 있었어요. 두 손에서!" 페냐는 이렇게 소리쳤다. 아마도 그녀는 혼란에 빠진 머리로 그 무서운 사실을 그려내고 있는 것이 분명했다.

페르호틴도 피가 뚝뚝 떨어지는 것까지는 보지 못했다 해도 피투성이가 된 손을 제 눈으로 보았을 뿐만 아니라 손을 씻는 것을 거들어 주기까지 했다. 그러나 문제는 피투성이가 된 손이 그토록 빨리 말랐다는 데 있는 것이 아니라 도대체 미탸가 절굿공이를 들고 어디로 달려갔느냐, 정말 표도르한테 간 것이라면 어떤 이유로 그런 결정을 내렸느냐는 것이었다. 그래서 페르호틴도 이 점을 꼬치꼬치 캐어물었다.

그러나 결국 아무것도 밝혀내지 못했지만, 어쨌든 미탸가 당장 달려갈 곳은 아버지의 집 이외에는 없을 것이라는 것, 따라서 아버지의 집에서 무슨 일이 일어났음에 틀림없다는 결론을 얻어냈다.

"그리고 그분이 다시 돌아왔을 때," 페냐는 흥분해서 덧붙였다. "저는 그분에게 죄다 털어놓았어요. 그러고 나서 제가, '당신 손에 웬 피가 그렇게 묻었지요?' 하고 물으니, '이건 사람의 피야. 나는 지금 사람을 죽이고 오는 길이야,' 라고 대답하질 않겠어요? 그분은 모든 걸 고백하고는, 갑자기 미친 사람처럼 달려나가 버렸어요. 저는 그 자리에 앉아서 생각해 보았죠. 저 사람은 저렇게 미친 꼴을 하고 어디로 달려갈까? 그러자 문득 모크로예로 가서 아씨를 죽일지도 모른다는 생각이 들더군요. 그래서 집을 뛰어나와 그분의 하숙집을 향해 달려갔습니다. 그런데 가다보니 플로트니코프의 상점 앞에서 그분이 막 떠나려고 하질 않겠습니까? 그런데 그의 손엔 피가 없었어요."

페냐의 할머니인 식모 노파도 성실하게 자기 손녀의 증언을 뒷받침해 주었다. 페르호틴은 몇 가지 더 질문을 한 후, 들어왔을 때보다 더 큰 동요와 불만을 느끼며 그 집을 나섰다.

이제부터 당장 표도르 카라마조프의 집으로 가서 무슨 일이 일어나지 않았느냐고 물어보고, 만약 무슨 일이 있었다면 그것이 어떤 일인지 정확히 확인한 다음, 경찰서장한테 찾아가는 것이 올바른 순서일 것 같았다.

페르호틴은 그렇게 하기로 결심했다. 그러나 밤이 깊은데다가 표도르의 집 대문은 굳게 잠겨 있어 요란하게 문을 두드려야만 했다. 게다가 표도르와는 잘 아는 사이도 아니었기 때문에 잘못하면 망신을 당할 수가 있었다.

페르호틴은 생각 끝에 표도르의 집이 아니라 호흘라코바 부인의 집으로 달려가기 시작했다. 만약 호흘라코바 부인이 이러이러한 시각에 3천 루블을 주었냐는 자신의 질문에 대해 부정적인 대답을 할 때에는 표도르의 집엔 들를 필요도 없이 곧장 경찰서장을 찾아가자고 생각했다. 사나이가 호흘라코바 부인의 집으로 들어갔을 때는 11시 정각이었다. 부인은 호기심을 품은 경직된 표정으로 손님한테 다가오더니, 앉으란 말도 없이 다짜고짜 이렇게 물었다.

"무슨 용건이시죠?"

"제가 실례를 무릅쓰고 이렇게 찾아뵌 것은 드미트리 표도로비치 씨에 관한 일 때문입니다."

드미트리의 이름이 입 밖에 나오자마자 부인은 대단히 노여운 표정을 지었다. "그 무서운 사람 때문에 언제까지 고통을 받아야 하는 겁니까? 게다가 이런 시간에 안면도 없는 여자 집에 찾아오다니, 이런 실례가 어디 있습니까? 더욱이 그 용건이란 것이, 세 시간 전에 이 응접실에 와서 나를 죽이려다가 발을 구르며 나가버린 바로 그 사람

일이 아니냔 말이에요."

"죽이러 왔다고요? 그럼 그 사람은 당신까지 죽이려 했나요?"

"아니, 그럼 그 사람은 벌써 누군가를 죽였습니까?" 호흘라코바 부인은 성급히 물었다.

"부인, 오늘 오후 다섯 시경 드미트리 표도로비치는 저한테 와서 10루블을 빌려갔습니다. 따라서 저는 그 사람에게 돈이 한 푼도 없었다는 것을 확실히 알고 있습니다. 그런데 오후 아홉 시에 나를 찾아왔을 땐 1백 루블짜리 지폐를 2, 3천 루블가량 움켜쥐고 있었습니다. 그리고 두 손이며 얼굴 할 것 없이 온통 피투성이더군요. 한데 그 돈을 부인에게서 얻었다고 하더군요. 금광에 간다는 조건으로 부인께서 3천 루블을 줬다는 거예요."

호흘라코바 부인의 얼굴에는 극심한 동요의 빛이 떠올랐다.

"어머나! 큰일났군요. 그 사람은 자기 아버지를 죽인 거예요. 나는 절대로 그 사람한테 돈을 준 적이 없어요. 그 노인을 살려야 해요. 그 사람 아버지한테 달려가세요. 어서요!"

"잠깐만요, 부인! 그러니까 당신은 분명 그 사람한테 돈을 주지 않았단 말씀이죠?"

"안 줬어요. 어서 달려가서 그 불행한 노인을 살려내야 해요."

"그렇지만 벌써 죽고 난 후라면?"

"아아, 어쩌면 좋아! 그럼 우린 이제부터 어떻게 해야 하죠?"

그러는 사이 그녀는 표도르 일리치에게 의자를 권하고, 자신도 맞은편에 자리를 잡고 앉았다. 표도르 일리치는 간단명료하게 자기가 목격한 일들을 부인에게 설명하고, 아까 페냐를 찾아갔던 일이며, 절굿공이에 관한 이야기를 들려주었다.

"나는 일이 이렇게 전개되리라고 처음부터 예측하고 있었어요. 나는 그 무서운 사내를 볼 때마다 이 사람이야말로 나를 죽일 사람이라는 생각이 들더군요. 그런데 그 사람이 나를 죽이지 않고, 자기 아버지를 죽인 것은 하느님의 손길이 나를 지켜주셨기 때문일 거예요. 그건 그렇고, 우린 지금 어디로 가야 하죠?"

표도르 일리치는 자리에서 일어나더니 곧장 경찰서장을 찾아가서 모든 것을 알리겠다고 말했다.

"아아, 그분은 정말 훌륭한 분이셔요. 나도 미하일 마카르이치 씨는 잘 알아요. 나도 당신과 함께 가고 싶군요."

"아, 그보다도 만일의 경우를 대비하여 당신이 드미트리에게 한 푼도 돈을 빌려준 적이 없다는 것을 서너 줄 적어주면 좋을 것 같군요."

"네, 그러지요." 호흘라코바 부인은 기쁨에 들떠서 책상으로 달려갔다. "일을 처리하는 당신의 능수능란한 솜씨에는 정말 놀라지 않을 수 없군요. ……당신은 이 고장에 근무하신다죠?"

이렇게 말하면서 부인은 반으로 자른 편지지에 큼직한 글씨로 다음과 같이 서너 줄 갈겨썼다.

본인은 오늘 드미트리 표도로비치 카라마조프라는 불행한 분에게 절대로 3천 루블이라는 돈을 빌려준 일도 없을뿐더러 지금까지 한 번도 돈 거래를 한 적이 없습니다. 이 세상의 모든 성스러운 것들을 걸고 맹세하는 바입니다.

호흘라코바

"자, 여기 있습니다!" 부인은 표도르 일리치 쪽으로 홱 몸을 돌리며 말했다. 그러나 표도르 일리치는 벌써 집 밖으로 달려 나가고 있었다. 그러지 않았다면 부인은 그를 절대 놓아주지 않았을 것이다. 어쨌든 호흘라코바 부인은 그에게 제법 좋은 인상을 주었다.

한편 호흘라코바 부인은 이 청년에게 완전히 매료되고 말았다. '어쩌면 그렇게도 명석하고 치밀할까! 요즘 젊은이들하곤 딴판이야.' 하고 그녀는 생각했다. 이리하여 그녀는 이 '가공할 사건'을 거의 잊고 있었으나 잠자리에 들 때에야 비로소 자기가 '죽음 바로 가까이에' 있었다는 것을 깨닫고 "아아, 무서워! 아아, 무서워!" 하고 되뇌었다. 그러나 그녀는 곧 달콤한 잠에 빠져들고 말았다. 필자가 여기서 이 대수롭지도 않은 에피소드를 이렇게까지 자세히 언급하는 것은 그럴만한 이유가 있기 때문이다. 즉 젊은 관리와 아직 늙었다고 볼 수 없는 미망인과의 기이한 대면은 후일 치밀하고 용의주도한 청년에게 출세의 실마리가 마련되었기 때문이다.

2. 경보

이 지방의 경찰서장 미하일 마카로이치 마카로프는 7등 문관으로 전역된 퇴역 중령으로 홀아비였다. 그는 이 지방에 부임한 지 3년밖에 안 되지만 사람들로부터 대단한 호감을 사고 있었다. 그 주된 이유는 '사교계를 단합시킬 수 있는 수완'이 있었기 때문이다. 그의 집에는 손님이 그치지 않았고, 그 역시 손님 없이는 살아갈 수 없는 사람처럼 보였다. 그는 현대의 몇몇 제도에 관한 일에 관해서도 충분히 그 뜻을 파악하지 못했을 뿐만 아니라, 어떤 때는 엄청나게 잘못된 해석을 내릴 때도 있었다. 이것은 그가 무능했기 때문이 아니라 경솔한 성격 때문이었다. "여러분! 나 같은 성격은 군대에나 어울리지 문관에는 어울리지 않아요." 그는 곧잘 자기 자신의 성격에 대해 이런 말을 하곤 했다.

표도르 일리치는 오늘밤에도 마카르이치의 집에서 누군가 손님을 만나게 되리라고 생각했다. 그러나 마침 이때 그의 집에 검사가 와서 이 지방 관청 소속의 의사인 바르빈스키를 상대로 카드놀이를 하고 있었다. 이 의사는 페테르부르크 의과대학을 우수한 성적으로 졸업한 수재로, 최근 페테르부르크에서 이 지방으로 부임해왔다.

검사라고는 하지만 실제로는 대리 검사에 지나지 않는 이폴리트 키릴로비치(이 지방에서는 그를 모두 검사라고 부르고 있었다)는 좀 특이한 사나이였다. 이제 겨우 서른다섯 살밖에 안 된 나이였지만 폐병 증세가 몹시 심했고 자만심이 강하고 성미가 급한 사람이었으나, 예리한 분별력이 있었고 선량했다. 언제나 침착성이 없는 것처럼 보이는 것도 실은 그 때문이었다. 게다가 그는 심리적 통찰력, 즉 범죄의 본질을 꿰뚫는 비범한 재능을 갖고 있으면서도, 고상하고 예술적 자부심까지 있었으나 자신이 동료들 사이에서 따돌림을 받고 있다고 생각하고 있었다.

카라마조프의 부친 살해 사건이 일어나자 그는 이것이야말로 '러시아 전국에 자신의 이름을 알릴 대사건'이라고 생각하고 온몸을 긴장시켰다.

옆방에서는 이 지방의 젊은 예심 판사가 아가씨들과 함께 이야기를 나누고 있었다. 니콜라이 파르페노비치 넬류도프라는 이 예심판사는 바로 두 달 전에 페테르부르크에서 이곳으로 부임해 왔다.

이곳 사람들이 '범죄'가 일어난 그날 밤, 마치 약속이라도 한 듯이 경찰서장의 집에 모였다는 사실은 조금은 기이하기까지 했다. 그러나 그것은 지극히 단순하고 자연스럽게 이루어진 모임이었다.

이폴리트 키릴로비치 검사는 자기 아내가 전날부터 치통을 앓고 있었기 때문에 신음소리를 듣지 않으려고 집안에서 달아났다. 의사는 밤마다 카드놀이를 하지 않고는 못 배기는 성미였다. 예심판사 니콜라이 파르페노비치는 벌써 사흘 전부터 이날 밤 경찰서장의 집을 급습하려고 벼르고 있었다. 이는 경찰서장의 큰 외손녀 올리가를 깜짝 놀라게 해주려는 짓궂은 속셈 때문이었다.

예심판사는 평민 출신의 살인범이나 그 밖의 흉악범들을 신문할 때면 난처한 질문을 던져서 상대방의 얼을 빼놓는 수완을 지니고 있었다.

그날 표도르 일리치는 서장 집에 들어서자마자 어안이 벙벙해졌다. 그 자리에 있는 사람들이 이미 모든 걸 알고 있다는 것을 알아챘기 때문이다. 실제로 그들은 카드를 내던지고 일어선 채 의논을 하고 있었다. 니콜라이 파르페노비치까지도 아가씨들을 버려두고 달려와서 전투에 임한 듯한 긴장한 표정을 짓고 있었다.

표도르 일리치가 거기서 제일 먼저 들은 것은 늙은 표도르 파블로비치가 그날 밤 자택에서 살해되고 돈까지 빼앗겼다는 사실이었다. 그리고 그리고리 노인은 울타리 옆에 쓰러져 있었고, 그의 아내 마르파는 침대에 누워 잠들어 있었다. 노파는 여느 때 같으면 아침까지 계속 잠을 잤겠지만, 그날은 스메르쟈코프의 간질병 특유의 무서운 비명이 그녀를 깨워 일어날 수밖에 없었다. 마르파는 잠결에 벌떡 일어나 거의 무의식적으로 스메르쟈코프의 방으로 달려갔더니 환자의 신음소리가 들리고 있었다. 그녀는 침대 옆으로 달려가 손으로 더듬어 보았으나 침대는 비어 있었다. 그녀는 계단 바깥으로 달려나가 벌벌 떨며 남편을 불러보았다. 이때 멀리 떨어진 정원 어딘가로부터 신음소리 같은 것이 들려왔다. '아니, 저런! 리자베타 스메르쟈쉬차야 때와 똑같군!' 이런 생각이 그녀의 혼란한 머릿속을 스치고 지나갔다. 그녀가 겁에 질린 채 층계를 내려가서 어둠 속을 살펴보자 정원으로 통하는 쪽문이 열려 있었다. '영감이 저기 있나 보군.' 그녀는 이렇게 생각하고 쪽문으로 다가갔다.

그러자 그때 "마르파, 마르파!" 하는 그리고리의 목소리가 똑똑히 들려왔다. "하느님, 우리를 재난에서 구해주소서!" 마침내 그녀는 그리고리를 찾아냈다. 그녀는 남편이 온통 피투성이가 된 것을 알아보고 목청이 찢어져라 비명을 질렀다. "죽였어…… 아비를 죽였어. 왜 소리는 지르는 거야, 바보 같이. 빨리 가서 사람을 불러와." 그리고리는 힘없는 소리로 두서없이 중얼거렸다. 마르파가 언뜻 보니 주인 방의 창문이 열려 있고, 거기서 불빛이 새어나오고 있었다. 그녀는 급히 그쪽으로 달려가서 표도르 파블로비치를 부르기 시작했다. 그러나 창문 안을 들여다보았을 때, 무서운 광경이 그녀의 눈에 들어왔다. 주인은 마룻바닥에 쓰러진 채 꼼짝도 않고 나자빠져 있었다.

연한 빛깔의 잠옷과 새하얀 셔츠의 가슴 언저리는 피로 물들어 있었다. 테이블 위의 촛불은 죽은 표도르의 얼굴과 엉겨붙은 피를 선명하게 비춰주고 있었다. 공포로 제정신을 잃은 마르파는 창문 옆에서 물러나 정원 밖으로 달려나갔다. 그리고는 대문의 빗장을 뽑은 뒤 쏜살같이 윗길로 달려 이웃집으로 뛰어들었다. 마르파는 빨리 좀 도와 달라고 애걸했다. 마침 그날 밤, 이 집에는 떠돌이 포마가 묵고 있었다. 그들 모녀는 곧 그를 흔들어 깨워가지고 세 사람이 함께 범죄 현장으로 달려갔다. 이때 마리아 콘드라티예브나는 9시경에, 온 동네가 다 떠나갈 정도로 무서운 비명 소리가 들려온 것을 상기해 냈다. 물론 그것은 그리고리가 울타리 위에 올라탄 드미트리의 발을 꽉 붙잡고 "애비 죽일 놈!"이라고 외쳤던 그 소리였다. "누군가 외마디 소리를 지르더니 곧 조용해지더군요." 마리아 콘드라티예브나는 달리면서 이렇게 말했다. 두 여인은 그리고리가 쓰러져 있는 현장으로 달려가 포마의 도움을 받아서 그를 밖으로 운반했다.

불을 켜고 살펴보니, 스메르댜코프는 아직도 발작을 계속 일으키며 몸을 뒤틀고 있었다. 그들은 식초를 탄 물로 그리고리의 머리를 씻겼다. 그는 완전히 의식을 회복한 뒤 황급히 물었다. "주인 어르신은 무사하시냐?" 두 여인과 포마는 주인 방에 가려고 정원으로 들어갔다. 그러나 이번에는 창문뿐 아니라 방 안에서 정원으로 통하는 출입문까지 활짝 열려 있는 것을 발견했다.

출입문이 활짝 열려 있는 것을 보자 두 여인과 포마는 주인 방에 들어가는 것이 너무나 무서웠다. '혹시 시끄러운 문제라도 생기면 큰일'이라고 생각했기 때문이다. 그들이 다시 되돌아오자, 그리고리는 곧 경찰서장에게 달려가도록 일렀다. 그리하여 마리아 콘드라티예브나는 곧장 서장 집으로 달려가서 거기 모여 있던 사람들을 깜짝 놀라게 했던 것이다. 그것은 표도르 일리치가 거기 도착하기 불과 5분 전의 일이었다. 따라서 그는 단지 개인적 상상력이나 추단을 가지고 온 것이 아니라 범인이 누구인가에 대한 일동의 추측을 더한층 뒷받침하는, 의심할 여지없는 목격자로서 모습을 나타냈던 것이다.

일동은 즉시 행동을 개시하기로 결정했다. 그리하여 부서장은 곧 네 사람의 증인으로부터 증언을 청취하도록 지시했다. 필자는 여기서 법규에 대해서는 일일이 설명하지 않겠지만 그들은 법규에 준해서 표도르의 집에 들어가서 현장 검증을 시작했다.

다혈질의 의사는 자진하여 서장, 검사, 예심판사와 동행했다. 표도르 파블로비치는 머리통이 깨진 채 죽어 있었다. 그럼 흉기는 무엇이었을까? 그것은 그리고리를 해친 것과 동일한 흉기일 거라는 의견이 지배적이었다. 그들은 응급조치를 받은 그리고리한테서 더듬거리는 말투이기는 했지만, 그가 흉기에 맞고 쓰러질 때의 상황에 대해 꽤 조리 있는 설명을 듣고, 곧 흉기를 찾아낼 수 있었다.

등불을 들고 울타리 근처를 찾아보았더니 눈에 잘 띄는 정원의 길 위에서 절굿공이가 던져져 있었다. 표도르 파블로비치가 쓰러져 있는 방 안은 난동이 있었던 흔적이 보이지는 않았으나 병풍 뒤에 있는 침대 가까운 마룻바닥 위에 두꺼운 종이로 만든 커다란 봉투 하나가 떨어져 있었다. 거기엔 '나의 천사 그루셴카에게 3천 루블, 만약 나에게 올 결심을 한다면' 이라고 적혀 있고, 조금 아래에 '나의 귀여운 병아리에게' 라고 씌어 있었다. 아마 나중에 표도르 파블로비치가 덧붙여 적어놓은 것 같았다.

봉투에는 빨간 봉랍으로 세 개의 커다란 봉인이 찍혀 있었다. 그러나 봉투는 이미 뜯겨지고 봉투 안은 비어 있었다. 돈이 없어진 것이다. 마루 위에는 봉투를 묶었던 가느다란 장밋빛 끈이 발견되었다. 표도르 일리치의 증언 중에서 특히 한 가지 사실이 검사와 예심판사에게 강한 인상을 주었다. 그것은 드미트리가 날이 밝기 전에 반드시 자살할 것이라는 추측이었다. 그렇다면 지금 당장 모크로예로 가서 범인이 자살하기 전에 체포하지 않으면 안되었다.

"그건 명백합니다, 명백해요." 검사는 극도로 흥분하여 말을 연발했다. "그런 종류의 악한들은 곧잘 그런 짓을 하게 마련입니다. 내일은 자살할 테니 죽기 전에 실컷 놀아나 보자는 식이죠."

그러나 표도르 파블로비치의 가택 수색과 그 밖의 절차는 꽤 시간이 걸렸으므로, 우선 지서장 마브리키 마브리키예비치를 두 시간가량 먼저 모크로예로 보내기로 했다. 지서장에게는 다음과 같은 지시가 내려졌다. 모크로예에 도착하면 절대 소란을 일으키지 말고 '범인'을 감시하는 동시에 목격자들과 마을의 경관들을 미리 소집해 두라는 것이었다. 그는 지시 받은 대로 행동했다. 그는 옛날부터 아는 사이인 여관주인 트리폰한테만 약간의 암시를 주었을 뿐. 시종 비밀리에 일을 진행했다.

미탸는 자신을 찾고 있는 여관 주인과 어두운 베란다에서 마주쳤을 때, 주인의 표정과 말투에 변화가 생겼다고 느꼈다.

권총이 든 상자는 이미 오래 전에 여관 주인이 훔쳐내다가 안전한 곳에 감춰두었다. 이윽고 새벽 4시가 지나 거의 동이 틀 무렵이 되어서야 경찰서장과 예심판사 등 수사 당국이 두 개의 삼두마차에 나눠

타고 도착했다. 의사는 표도르 파블로비치의 집에 남아 있었다. 아침에 피해자의 시체를 해부하기 위해서였다. 그러나 그가 남게 된 더 중요한 이유는 앓고 있는 하인 스메르댜코프의 용태에 흥미를 느꼈기 때문이었다. 이틀간이나 되풀이된 이토록 격렬하고 긴 발작은 흔히 볼 수 없는 일이었다.

"이건 연구해 볼 만한 특이한 케이스입니다." 그는 모크로예로 떠나는 동료들에게 흥분한 어조로 말했다.

이것으로 좀 길기는 했지만, 필요한 설명은 다 마쳤다고 생각하므로, 앞에서 중단했던 이야기로 다시 돌아가기로 하겠다.

3. 연속적인 영혼의 수난, 첫 번째 수난

미탸는 자리에 앉은 채 사나운 눈초리로 주변 사람들을 둘러보고 있었다. 그는 사람들이 자기에게 무슨 말을 하고 있는지 전혀 알 수가 없었다. 그는 자리를 박차고 일어나더니 두 손을 쳐들며 외쳤다.

"나는 죄가 없습니다. 그 피와 관련해서는 죄가 없어요. 아버지의 피와 관련하여 난 무죄란 말입니다. 죽이고 싶었지만 죽이지 않았어요. 내가 한 짓이 아닙니다."

미탸가 이렇게 외치자마자 커튼 뒤에서 그루셴카가 달려나와 경찰서장의 발아래 몸을 던졌다,

"모든 건 제 잘못입니다. 제가 죄인입니다!" 얼굴이 눈물로 범벅이 된 그녀는 그들에게 두 손을 내밀며 가슴을 찢는 듯한 목소리로 외쳤

다. "저 사람이 살인을 한 것은 저 때문입니다. 제가 이분을 괴롭혔기 때문에 그런 짓을 하게 된 겁니다. 저는 그 죽은 불쌍한 노인까지도 심술궂게 괴롭혔습니다. 모든 화근은 제게 있습니다."

"물론 네가 나쁜 년이지. 네가 주범이야. 이 요사스러운 화냥년 같으니!"

서장은 그녀에게 삿대질을 하며 소리쳤다. 그러나 그는 곧 단호한 제지를 받았다. 검사는 상대방의 흥분을 가라앉히려고 두 손으로 그를 껴안기까지 했다.

"이러시면 무질서해집니다, 미하일 마카르이치 씨, 일을 망칠 뿐이에요." 그는 숨을 헐떡이다시피 하며 이렇게 말했다.

"저도 함께 재판해 주세요!" 그루셴카는 여전히 무릎을 꿇은 채 미친 듯이 외쳐댔다.

"그루셴카! 오오, 나의 생명, 나의 피, 나의 사랑!" 미탸는 그루셴카 옆에 무릎을 꿇고는 그녀를 으스러지도록 껴안았다.

미탸가 후에 기억한 바에 의하면 몇 사람이 강제로 그를 여자 옆에서 떼어 놓았고, 그루셴카도 급히 어디론가 끌려갔다. 그리고 제정신으로 돌아왔을 때는 한 테이블 옆에 끌려와 앉아 있었다는 것이다. 그의 뒤와 양옆에는 경관들이 서 있었다. 테이블 맞은편 소파에는 예심 판사 니콜라이 파르페노비치가 앉아 있었는데, 그는 미탸에게 테이블 위에 놓인 컵의 물을 마시라고 권하였다.

"이걸 마시면 기분이 좋아지고, 마음이 안정될 겁니다. 무서워하거나 걱정하실 건 없습니다."

그러나 미탸는 갑자기 판사의 커다란 반지에 관심이 끌렸다. 하나는 자수정이고, 다른 하나는 찬란한 광채를 발하는 투명하고 선명한 황색 보석이었다.

"그럼 당신은 아버지의 죽음에 대해서 아무 죄도 없다고 주장하시는 겁니까?" 판사는 미탸에게 부드러우면서도 끈덕지게 물었다.

"죄가 없습니다. 다른 노인을 죽인 죄는 있습니다만, 아버지를 죽이지는 않았습니다. 한데 아버지를 죽인 건 누굴까요."

"그런 살인을 저지를 수 있는 사람이라면……." 하고 판사는 입을 열었으나, 검사인 이폴리트 키릴로비치(실제로는 대리 검사지만 필자는 간단히 검사라 부르기로 한다)가 판사에게 눈짓을 하고는 미탸에게 이렇게 말했다. "그리고리 노인에 대해서라면 그다지 걱정하실 건 없습니다. 그 노인은 살아 있습니다. 당신이 입힌 상처는 중상이긴 하지만 생명에는 별 지장이 없습니다."

"살아 있다고요? 아니, 그 노인이 살아 있단 말입니까!" 미탸의 얼굴이 환하게 빛나기 시작했다. 그는 세 번 성호를 그었다.

"그런데 바로 그 그리고리한테서 우리는 당신에 관한 매우 중대한 증언을 들었습니다. 그것은……." 하고 말을 이으려는데 미탸가 의자에서 벌떡 일어났다.

"잠깐만, 여러분! 제발 부탁이니 1분간만 여유를 주십시오. 그 여자에게 갔다오겠습니다."

"지금은 절대로 안 됩니다!" 하고 예심판사는 외친 뒤 의자에서 벌떡 일어섰다.

"여러분! 정말 유감스럽군요. 나는 그저 잠깐 그 여자한테 다녀오고 싶었을 뿐입니다. 밤새껏 내 심장을 무겁게 조이던 그 피가 깨끗이 씻겨져 이젠 내가 살인자가 아니라는 걸 그 여자한테 알리고 싶었던 겁니다. 여러분! 그 여자는 내 약혼녀란 말이에요."

"물이라도 좀……." 예심판사가 중얼거렸다.

미탸는 머리에서 손을 떼더니 큰 소리로 웃어댔다. 그 눈빛에는 활기가 넘쳐흘렀다. 이 자리에 있던 모든 사람, 예전부터 알고 있던 이 사람들과 대등한 인간으로 대면하게 된 것이다. 부연 설명을 해두지만 미탸도 이 지방에 처음 왔을 때는 서장의 집에서도 환영을 받곤 했으나, 그 후, 특히 최근 한 달 간은 거의 서장의 집에 들른 적이 없었고, 서장 또한 우연히 한길에서 미탸를 만나도 잔뜩 얼굴을 찌푸린 채 그저 예의상 고개를 끄덕일 뿐이었다. 검사와의 교제는 더욱 소원했다. 신경질적이면서도 변덕스러운 그 부인한테 이따금 놀러간 적도 있었다. 검사 부인은 언제나 반갑게 그를 맞아주곤 했다. 어째서인지는 몰라도 그녀는 극히 최근까지도 미탸에게 관심을 가지고 있었다. 판사와는 아직 사귈 기회가 없었지만, 한두 번 만나서 이야기를 나눈 적은 있었다. 그것도 두 번 다 여자에 관한 이야기였다.

"파르페노비치 씨, 제가 보건대 당신은 매우 노련한 판사인 것 같습니다." 미탸는 유쾌한 듯이 웃어댔다. "이번에는 제가 당신을 도와드리기로 하죠. 아, 여러분! 저는 정말 다시 태어난 기분입니다. 파르페노비치 씨, 저는 당신을…… 저의 친척인 미우소프 씨의 집에서 만나뵐 수 있는 영광과 기쁨을 누렸다고 생각합니다만…… 그 일로 저를 대등하게 대해달라고 요구하는 건 아닙니다. 저는 지금 저 자신이 어떤 인간으로 여러분 앞에 앉아 있는지 잘 알고 있습니다. 만일 그리고리가 저에 대해 그런 증언을 했다면 저는 무서운 혐의를 받고 있는 것이 당연하겠지요. 저도 그만한 건 잘 알고 있습니다. 그러나 여러분! 제 말을 들어주십시오. 당신들이 만일 제가 무죄라는 사실을 분명히 알고 있다면 우린 당장 이 문제를 해결 지을 수 있을 것입니다. 안 그렇습니까?'

듣고 있는 사람들을 자신의 가까운 친구라고 굳게 믿는 듯 미탸는 수다스럽게 지껄이기 시작했다.

"그럼 그렇게 기록해 두겠습니다. 당신은 자신이 받고 있는 혐의를 극구 부인하신다고요." 파르페노비치는 서기 쪽을 돌아보고 기록할 사항을 일러주었다.

"기록한다고요? 그런 걸 기록해두고 싶습니까? 좋습니다. 그렇다면 이렇게 적어주시지요. '그는 폭행죄를 범했도다. 그는 가련한 노인에게 중상을 입힌 죄인이다.' 라고요. 그리고 또 한 가지, 저는 제 마음속에 죄가 있다는 것을 인정하고 있습니다. 그러나 그것까지 적어둘 필요는 없겠지요? 이건 나의 사생활이기 때문에 여러분과는 관계없는 일입니다."

"진정하십시오, 드미트리 표도로비치 씨." 예심판사는 침착한 목소리로 미탸에게 주의시켰다. '나는 심문을 계속하기에 앞서 만일 당신이 동의하신다면, 다음 사실을 인정하는지 묻고 싶습니다. 당신은 돌아가신 아버지를 사랑하지 않았더군요. 바로 약 15분 전에 여기서 그 사람을 죽이고 싶었다고 말한 것을 기억하고 있습니다. '죽이지는 않았지만 죽이고 싶었다' 고 큰 소리로 말했죠?'

"불행히도 나는 아버지를 죽이고 싶었습니다."

"그러기를 원했단 말이죠? 그럼 대체 무슨 이유로 당신은 아버지

에 대해 그런 증오심을 품게 되었는지 설명해 주실 수 있겠습니까?'

'나는 나 자신의 감정을 숨긴 적이 없기 때문에 그 사실은 온 읍내 사람들이 다 알고 있습니다. 그리고 그날 밤에는 아버지를 초죽음이 되도록 두들겨 패주고는 죽여버리고 말겠다고 퍼부었습니다. 오오! 그런 증인이라면 얼마든지 있습니다. 약 한 달을 외치고 다녔으니 모두가 증인이지요. 그런데 당신들이 타인의 감정에 대해서까지 심문할 권리가 있습니까? 이건 나의 내밀한 문제입니다. 여러분! 이번 사건의 경우 내게 불리한 무서운 증거들이 수두룩하다는 건 나도 잘 알고 있습니다. 나는 아버지를 죽인다고 공공연히 떠들고 다녔으니까요. 그런데 갑자기 아버지가 살해되었습니다. 이런 상황에서 내가 혐의를 받는다는 건 당연하지요. 하하하! 나 자신도 놀라 자빠질 정도입니다. 한데 아버지는 무엇으로, 어떻게 살해되었습니까?'

"우리가 가보니 부친께서는 머리가 깨진 채 침실 마룻바닥 위에 쓰러져 계셨습니다." 검사가 말했다.

"아아, 무서운 일입니다, 여러분!" 미탸는 갑자기 몸을 떨더니 테이블 위에 팔꿈치를 대고 오른손으로 얼굴을 가렸다.

"그럼 다시 계속합시다." 니콜라이 파르페노비치가 말을 가로챘다. "그때 당신에게 그런 증오심을 일으키게 한 원인은 무엇이었습니까? 당신은 질투 때문이라고 공언하고 다니신 모양입니다만."

"질투 때문만은 아닙니다."

"금전상의 다툼입니까?"

"그렇습니다. 돈 문제도 있습니다."

"그 다툼은 3천 루블의 유산을 당신에게 넘겨주지 않았기 때문이라고 들었는데."

"3천 루블이 아닙니다! 6천 루블, 아니 1만 루블이 넘을지도 모릅니다. 나는 그 문제에 대해 마구 떠들고 다녔습니다. 그러나 나는 3천루블만 주면 그걸로 타협하려고 했습니다. 3천 루블이 든 봉투, 그건나도 알고 있었습니다만, 그루셴카에게 줄 속셈으로 베개 밑에 준비해둔 바로 그 돈은 내 것을 훔쳐간 거나 마찬가지라고 생각했습니다."

검사가 판사한테 의미심장한 눈짓을 하면서 눈을 찡긋해 보였다.

"그 문제는 이따 다시 얘기하기로 하고, 우선 당신이 그 봉투에 들어 있는 돈을 당신의 것이나 다름없다고 생각했다는 것을 기록하는데 동의하겠지요?"

"기록하십시오. 여러분! 그것 역시 내게 불리한 증거가 된다는 걸나도 압니다. 그러나 나는 증거를 두려워하지 않습니다." 그러고는슬픈 어조로 덧붙였다. "지금 당신네들과 말하고 있는 이 사람은 고결한 인간입니다. 무엇보다도 중요한 것은…… 지금까지 수없이 추악한 행위를 해왔습니다만, 언제나 고결한 마음을 유지해 왔다는 사실입니다. 요컨대 나는 고결함을 갈망했기 때문에 한평생 괴로워하면서 살아온 겁니다." 그는 고통스러운 듯 얼굴을 찡그렸다. "그런데여러분! 나는 아버지의 얼굴이 싫었습니다. 그 파렴치한 오만함, 모든 성스러운 것을 무시하는 뻔뻔스러운 표정, 조소와 불신이 뒤엉긴추악한 얼굴 말입니다. 그러나 아버지가 죽고 보니 나도 생각이 달라졌습니다."

"어떻게 달라졌다는 거죠?"

"그토록 아버지를 미워한 것이 가슴 아픕니다."

"후회하신다는 겁니까?"

이렇게 말을 마친 미탸는 갑자기 침통한 얼굴로 바뀌었다. 그런데 바로 이 순간, 또다시 뜻밖의 장면이 벌어졌다. 그루셴카는 아까 다른 곳으로 끌려가긴 했지만 그렇게 멀리까지 끌려가지는 않았다. 지금 심문이 진행되고 있는 청실에서 바로 세 번째 방이었다. 그루셴카는 그 방에 앉아 있었다. 이때 그 옆에 앉은 사람은 막시모프였다. 막시모프는 너무나 큰 충격을 받은 나머지 구원을 얻기라도 하려는 듯 그녀 옆에 바싹 붙어 있었다. 그 방문 앞에는 가슴에 배지를 단 경관 한 명이 서 있었다. 그루셴카는 울고 있었다. 그녀는 벌떡 자리에서 일어나더니, 두 손을 모으며 가슴이 찢어지는 듯한 목소리로 "아아, 참을 수 없는 이 슬픔!" 하고 부르짖고는 느닷없이 방을 뛰쳐나와 그가 있는 곳으로, 자신의 미탸가 있는 곳으로 달려갔다.

그것은 너무나 돌발적인 행동이어서 아무도 그녀를 제지할 겨를이 없었다. 미탸는 그녀가 울부짖는 소리를 듣고는 정신없이 그녀 쪽으로 달려갔다. 그러나 두 사람은 서로 부둥켜안는 것을 제지당하고 말았다. 미탸는 양쪽 팔을 붙잡혔다. 그가 너무나 세차게 몸부림을 치는 바람에 그를 제지하는 데 네댓 사람이 달라붙어야 했다. 미탸는 그들에게 소리쳤다.

"당신네들은 왜 저 여자를 괴롭히는 거죠?"

검사와 판사는 그를 달래기 시작했다. 그러는 사이에 10여 분쯤 지났다. 이윽고 잠시 자리를 비웠던 서장이 황급히 방 안으로 들어오더니 큰 소리로 검사에게 말했다.

"그 여자는 멀리 격리시켜 놓았습니다. 그런데 여러분! 이 불행한 사나이에게 한 마디만 하고 싶은데 허락해 주시겠습니까? 여러분들이 있는 앞이라도 좋습니다."

"그렇게 하십시오, 미하일 마카르이치 씨." 판사가 대답했다. "이젠 우리도 반대하지 않겠습니다."

"이봐, 드미트리 표도로비치! 내 말 좀 듣게나." 미하일 마카르이치는 미탸를 바라보며 입을 열었다. 그 흥분한 얼굴에는 아버지가 불행한 자식을 대하는 것과 같은 뜨거운 연민의 빛이 어려 있었다. "나는 지금 자네의 아그라페나 알렉산드로브나를 아래층으로 데리고 가서 이 집 딸들한테 맡겨두고 왔다네. 그 여자 옆에는 막시모프 노인이 한시도 떠나지 않고 붙어 있어. 여보게, 그 여자는 착한 여자야. 나 같은 늙은이의 손에 키스를 하면서 자네 일을 부탁하더란 말일세. 그러니 자네도 마음을 가라앉혀야 해. 알겠나? 나는 그 여자를 잘못 보았어. 그 여자야말로 그리스도 교도야. 정말 선량한 여자더군."

워낙 호인인 경찰서장은 쓸데없는 이야기까지 길게 늘어놓긴 했지만, 그루셴카의 인간적인 비애가 그의 선량한 마음을 감동시키는 바람에 그의 눈에는 눈물까지 괴어 있었다. 미탸는 벌떡 일어나 그에게로 달려갔다.

"용서하십시오, 여러분!" 그가 외쳤다. "당신은 천사와 같은, 정말 천사와 같은 마음씨를 갖고 계십니다. 미하일 마카르이치 씨, 그 여자 대신 감사를 드립니다. 저는 마음을 가라앉히겠습니다. 그리고 당신과 같은 수호신이 그 여자 옆에 계시다는 걸 알았기 때문에 금방 웃음을 터뜨릴 정도로 명랑해졌다고 전해 주십시오." 그는 검사와 판사 쪽을 바라보며 이렇게 말했다. "이제부터 제 마음 속에 있는 걸 죄다 털어놓겠습니다. 하지만 여러분! 그 여자는 제 마음의 여왕입니다. 그 여자는 나의 빛입니다. '당신과 함께라면 사형이라도 받겠어요!' 라고 외친 것을 당신들도 들으셨겠죠? 그런데 나는 그 여자에게 무엇을 주었을까요? 나는 거지와 다름없는 빈털터리입니다. 이토록 철면피한 얼굴을 가진 추악하고 파렴치한 짐승이 과연 그런 사랑을 받을 가치가 있을까요?'

이렇게 말하자마자 그는 의자에 쓰러져 두 손으로 얼굴을 가리고 흐느껴 울기 시작했다. 그러나 그것은 행복에 겨운 눈물이었다. 그들은 신문이 곧 새로운 국면으로 접어들 것이라고 느꼈다. 경찰서장이 나가자 미탸는 정말 유쾌해진 것 같았다.

"여러분! 이제 당신네들이 하라는 대로 하겠습니다. 그러나 여러분! 지금 필요한 것은 상호간의 신뢰입니다. 당신들은 나를, 나는 또 당신들을 믿어야 합니다. 그러지 않고는 이 일을 끝마칠 수 없을 겁니다."

미탸는 이렇게 외쳤다. 심문은 속행되었다.

4. 두 번째 수난

"드미트리 표도로비치 씨! 당신이 그처럼 협조해 주신다니 우리도 기운이 나는군요." 판사가 활기찬 목소리로 말하기 시작했다. 그는 심한 근시였는데, 방금 안경을 벗어버린 툭 불거져 나온 커다란 연회색 두 눈에는 만족스런 빛이 역력했다. "당신은 지금 상호간의 신뢰라고 하셨는데, 그건 정말 지당한 말씀이십니다. 우리가 이 사건을 어떻게 처리하고 있는지는 당신도 잘 보셨을 줄 믿습니다. 그렇지 않습니까, 검사님?' 그는 검사에게 이렇게 물었다.

"그렇고말고요." 검사가 동의했다. 그러나 예심판사의 감동적인 어조에 비한다면 다소 맥 빠지는 느낌을 주었다.

"여러분! 제발 말 좀 하게 해주십시오. 쓸데없는 질문으로 말을 중단시키지 마시기 바랍니다. 그러면 단숨에 죄다 말해 버릴 테니까요." 미탸가 열띤 어조로 말했다.

"좋습니다. 그것 참 고마운 일입니다. 그러나 당신의 진술을 듣기에 앞서 우리에게 관심을 끄는 한 가지 사실을 확인해 주셨으면 합니다. 다름이 아니라 어제 다섯 시경, 당신이 친구인 포도르 일리치 씨에게 권총을 저당잡히고 10루블을 빌려간 사실 말입니다."

"10루블로 저당을 잡혔습니다. 그게 어쨌다는 겁니까? 여행 갔다가 읍내로 돌아오는 길로 곧장 저당을 잡혔습니다. 그리고 40베르스타쯤 떨어진 곳을 다녀왔지요."

검사와 니콜라이 파르페노비치는 서로 눈짓을 했다.

"그럼 어디 한번 어제 아침부터의 행적을 차근차근 말씀해 주시면 고맙겠습니다. 왜 읍내를 떠났는지를."

"그럼 처음부터 그렇게 물으시질 않고." 미탸는 큰 소리로 웃었다.

그는 있는 그대로를 남김없이 털어놓으려고 결심을 굳힌 사람에게서만 볼 수 있는, 성실하지만 허물없고 성급한 어조로 말했다.

"여러분! 내가 좀 덜렁댄다고 해서 나무라지 말아주십시오. 난 지금 완전히 제정신입니다. 하긴 나라는 인간은 설사 술에 취했다 하더라도 그다지 상관은 없습니다만. '술이 깨어 지혜가 작동하면 바보가 되고, 술에 취해 지혜가 마비되면 영리해지나니.' 그러나 여러분! 제가 이 문제를 결말지을 때까지는 농담할 처지가 못 된다는 것은 나도 잘 알고 있습니다. 한데 당신네들은 나한테 불리한 증거가 되는 자질구레한 일들을 모조리 들추어내어 일일이 적고 계시는데, 대체 무엇 때문에 그럽니까? 그러나 이런 교활한 수법으로 농사꾼들의 얼은 빼놓을 수 있을지 몰라도 나는 안 될 겁니다."

니콜라이 파르페노비치는 이 말을 들으면서 함께 웃었다. 검사는 한시도 눈을 떼지 않고 뚫어질 듯이 미탸의 얼굴을 바라보고 있었다. 그것은 마치 사소한 안면 근육의 움직임조차도 놓치지 않으려는 것 같았다.

"하지만 우린 처음부터 당신을 그렇게 대하지는 않았습니다." 판사는 여전히 웃으면서 대답했다. "우린 오히려 사건의 극히 본질적인 문제부터 시작했지요."

"그건 압니다. 그걸 알기 때문에 감사하고 있는 겁니다. 아무튼 내 생애의 바로 이 순간, 내 명예가 손상된 이 순간에도 여전히 당신들을 선량한 친구로 생각하게 해주십시오. 이런 말을 해도 실례가 되는 건 아니겠지요?"

"천만에요! 드미트리 표도로비치 씨." 니콜라이 파르페노비치가 짐짓 점잔을 빼며 맞장구를 쳤다.

"그러니까 여러분, 속임수를 쓰는 그런 자질구레한 질문들은 집어 치우기로 합시다." 미탸는 열광적으로 외쳤다. "그러지 않으면 나중에 어떤 결과가 나올지 모르니까요."

"당신의 현명한 충고를 참작하겠습니다." 검사는 미탸를 향하여 입을 열었다. "그렇지만 이쪽 질문을 철회할 수는 없습니다. 무엇 때문에 거금 3천 루블이 필요했는지, 그것을 알아야겠습니다."

"무엇 때문에 필요했느냐고요? 그건 빚을 갚기 위해서였습니다."

"누구한테죠?"

"그것에 대해선 절대로 대답할 수 없습니다. 내가 말하지 않는 것은 나의 신념 때문입니다. 당신들의 질문은 이번 사건과는 아무 관계가 없습니다. 게다가 그 상대방만은 절대로 밝힐 수 없습니다."

"실례지만 다시 한 번 주의를 환기시켜드리고 싶습니다. 다름이 아니라 당신은 지금 우리가 하는 질문에 대해 묵비권을 행사할 권리를 가지고 계십니다. 자, 그럼 다음 얘기를 계속해 주십시오."

"나는 그때 삼소노프라는 사람을 찾아갔었는데……."

물론 필자는 독자 여러분이 이미 다 알고 있는 그의 이야기를 여기서 다시 설명하지는 않기로 하겠다. 미탸는 그날의 일을 지극히 세세한 점에 이르기까지 죄다 말함으로써 한시바삐 모든 문제를 끝내버리려고 서두르는 눈치였다. 미탸는 점점 침울해져 갔다. 그는 랴가비한테 갔던 일이며, 읍내로 돌아왔을 때까지의 이야기를 진술했다.

그는 이때 상대방이 묻지도 않았는데도 그루셴카에 대한 질투와 고뇌를 상세히 이야기했다. 미탸는 오래 전부터 아버지의 집에서 가까운 마리아 콘드라티예브나의 집 '뒤뜰'에다 그루셴카를 감시하기 위한 감시소를 마련했다는 것과, 스메르댜코프가 그에게 여러 가지 정보를 제공하고 있었다는 이야기를 특히 강조했다. 그가 이야기하고 있는 동안 이쪽을 응시하고 있던 예심판사와 검사의 매몰차고 엄격한 시선은 마침내 그의 마음을 세차게 뒤흔들어 놓고 말았다. '요 며칠 전만 해도 나에게 계집 얘기나 늘어놓던 저 애송이 판사 니콜라이나 저 폐병쟁이 검사 따위는 나를 신문할 자격도 없었어. 이건 치욕이야!' 이런 우울한 생각이 그의 머릿속에서 고개를 쳐들었다. 그러나 그는 '마음을 진정시키고 입을 다물어라.'는 경구를 떠올리며 마음을 가라앉히고 다시금 기운을 내어 얘기를 계속했다. 그러나 판사는 이야기를 제지하고 정중한 어조로 '좀 더 근본적인 문제'로 넘어가 달라고 말했다. 끝으로 미탸는 자신이 절망적인 상태가 된 경과를 이야기하고, 부인의 집을 나왔을 때 '누군가를 죽이는 한이 있더라도 반드시 3천 루블을 꼭 손에 넣고야 말겠다'고 생각했던 순간의 일을 이야기하자 검사측은 또다시 이야기를 중단시키고, '죽이려고 생각했다'는 대목을 써넣었다. 이윽고 아버지의 집 정원으로 달려간 이야기를 하려 하자, 예심판사는 그를 제지하고 옆의 소파에 놓아두었던 커다란 가방을 열더니 그 안에서 절굿공이를 끄집어냈다.

"당신은 이 물건이 뭔지 알지요?"

"아, 물론이죠! 알다 뿐이겠습니까? 어디 좀 보여주십시오."

"당신은 이 절굿공이를 잊으셨군요." 예심판사가 말했다.

"제기랄! 난 당신들한테 숨길 생각은 없었어요. 언젠가는 문제가 될 일 아닙니까?"

"미안하지만 무슨 목적으로 이 물건을 준비하게 됐는지 말해줄 수 없겠습니까?"

"목적이라뇨? 개를 쫓기 위해서였습니다. 만일의 경우에 대비하기 위해서."

"어둠을 굉장히 두려워한다고 들었는데, 전에도 밤에 집을 나설 때는 무슨 흉기 같은 걸 들고 나가셨나요?"

그는 테이블에 팔꿈치를 세우고 머리를 괸 채 그들을 외면하며 쌓이고 쌓인 분노를 애써 참으려고 벽을 응시하고 있었다.

"당신네들이 하는 짓을 보고 있자니 이런 생각이 드는군요. 나는 이따금 사람이 나를 뒤쫓는 꿈을 꿉니다. 내가 지독히 무서워하는 사람인데, 그 사람이 캄캄한 밤에 나를 찾습니다. 나는 늑대고 당신들은 사냥꾼입니다. 자, 어서 늑대를 몰아보시죠."

"정말이지 엉뚱한 비유를 하시는군요." 판사가 말했다.

"엉뚱한 비유가 아닙니다, 여러분!" 미탸는 또다시 열을 올렸다. 그러나 갑작스런 분노의 폭발이 그의 마음을 누그러뜨려 주었는지, 한 마디 한 마디 말을 할수록 기분이 좋아졌다.

5. 세 번째 수난

미탸의 어조는 비록 무뚝뚝하기는 했지만 자신이 전달하고 싶은 사실을 단 한 가지도 빠뜨리지 않으려고 전보다 한층 더 애쓰고 있는 게 분명했다. 그는 울타리를 뛰어넘어 아버지의 집 정원으로 들어간 일이며, 창문 옆까지 다가갔던 일, 그리고 마지막으로 창문 밑에 서 있었던 일들을 상세히 이야기했다.

미탸는 심문자들의 얼굴 표정만으로는 도저히 속마음을 파악할 수가 없었다. '모욕을 느껴 화가 치미는가 보군. 제기랄! 될 대로 되라지.' 마침내 그루셴카가 왔다는 '신호'를 해서 아버지로 하여금 창문을 열게 하려고 결심했다는 대목을 이야기했을 때도, 검사와 예심판사는 신호라는 말에 조금도 주의를 기울이지 않았다. 끝으로 창문으로 얼굴을 내민 아버지를 보자, 불현듯 증오심이 치밀어 올라 호주머니에서 절굿공이를 끄집어낸 순간까지의 이야기를 하고는, 일부러 그런 것처럼 말을 중단했다. 그는 물끄러미 벽 쪽을 바라보았다.

"그래서요?" 예심판사가 말했다.

"그 다음 말입니까? 그 다음엔 죽였습니다. 아버지의 정수리를 내리쳐서 두개골을 박살내고 말았습니다. 당신들은 이런 말이 나올 거라고 생각하실 테죠?" 그의 눈이 갑자기 희번덕거리기 시작했다.

"우리 생각으로는 그렇습니다만."

미탸는 눈을 내리깔고 오랫동안 말이 없었다.

"하지만 이랬지요." 그는 조용히 말하기 시작했다. "그 누구의 눈물 때문인지, 돌아가신 어머니가 하느님께 기도를 드렸기 때문인지, 아무튼 잘 모르겠습니다만, 어쨌든 악마는 정복당하고 말았습니다. 나는 급히 창문에서 물러나 울타리 쪽으로 달려갔습니다. 아버지는 그때 나를 알아보고 깜짝 놀라 비명을 지르며 창가에서 물러났습니다. 나는 그걸 똑똑히 기억합니다. 나는 정원을 가로질러 울타리를 향해 질주했습니다. 내가 울타리를 타고 넘으려는 그 순간, 그리고리 영감이 뒤쫓아와서……."

그들은 침착하고 냉담한 표정으로 미탸를 노려보고 있었다.

"여러분은 지금 나를 비웃고 있을 테지요." 그는 갑자기 침묵을 깼다. "그건 여러분이 내 말을 한 마디도 믿어주지 않기 때문입니다. 이야기는 가장 중요한 대목에 이르렀습니다. 노인은 머리가 깨져 거기 쓰러져 있습니다. 그런데 나는 노인을 죽이려고 절굿공이를 꺼내든 비극적인 장면을 연출하고는 갑자기 창가에서 도망쳐 버렸으니 말입니다. 하하! 당신네들은 냉소를 짓고 있군요." 이렇게 말하고 그는 의자에 앉은 채 몸을 확 돌려버렸다.

"그럼 당신은 창문 옆에서 도망칠 때 바깥채 맞은편에 있는 정원으로 통하는 문이 열려 있었는지 어땠는지를 보지 못했습니까?"

"출입문이라…… 잠깐만!" 그는 갑자기 제정신을 차린 듯 부르르 몸을 떨었다. "그럼 당신네들이 보았을 땐 그 문이 열려 있었다는 겁니까? 당신네들이 직접 열지 않았다면 도대체 누가 그 문을 열었을까요?" 미탸는 소스라치게 놀라는 것 같았다.

"문은 열려 있었습니다. 당신 부친을 죽인 사람이 그 문으로 들어온 것이 틀림없습니다." 검사는 한 마디 한 마디를 낭랑하게 말했다. "범행이 저질러진 곳은 방 안이지 '창 밖'은 아닙니다. 이 점에 대해서는 추호도 의심할 여지가 없습니다."

미탸의 놀라움은 형용하기 어려웠다.

"하지만 여러분! 그건 있을 수 없는 일입니다." 그는 완전히 평정을 잃고 외쳤다. "나는 그저 창가에 서서 창 너머로 아버지를 보았을 뿐입니다. 그저 그뿐입니다. 설사 기억을 못한다 하더라도 결과는 마찬가집니다. 왜냐하면 그 신호를 알고 있는 사람은 스메르댜코프와 돌아가신 아버지뿐입니다. 그 신호가 없이는 이 세상 누가 와도 아버지는 절대로 문을 열어주지 않았을 겁니다!"

"신호라뇨? 그 신호라는 건 또 뭐죠?"

검사는 은근히 부추기는 어조로 물었다. 그는 아직도 자기가 모르는 중대한 사실이 있다는 것을 눈치 챘다. 그와 동시에 그 사실을 미탸가 죄다 털어놓지 않을지도 모른다는 긴장감을 느꼈다.

"그럼 당신네들은 그걸 모르셨군요? 만약 내가 말하지 않는다면 그걸 누구한테서 알아내죠? 신호를 알고 있는 건 나와 스메르댜코프가 전부입니다. 당신들이 지금 상대하고 있는 인간은 자신에게 불리한 증언을 하는 그런 위인이란 말입니다."

"그럼 그 신호를 알고 있는 사람은 돌아가신 아버지와 당신과 하인 스메르댜코프뿐이었단 말이죠?" 니콜라이 판사는 다짐하듯 물었다.

"그렇습니다. 하인 스메르댜코프와 하늘이 있소."

"만약에 그 신호를 스메르댜코프가 알고 있고, 또 당신이 부친의 죽음에 대한 혐의를 완강히 부인하신다면 미리 약속된 신호로 부친에게 문을 열게 하고 범행을 저지른 사람은 스메르댜코프가 아닐까요?"

미탸는 무서운 증오가 깃든 눈초리로 검사를 바라보았다.

"당신은 내가 벌떡 일어나 당신의 그 주장에 매달려 '아, 그건 스메르댜코프입니다. 그놈이 살인자입니다!' 하고 목청을 높여 외칠 줄 아셨죠?"

검사는 묵묵히 기다리고 있었다.

"당신, 잘못 생각했어요. 나는 '그건 스메르댜코프입니다'라고 외칠 사람이 아닙니다." 미탸가 말했다.

"그럼 그 사람을 전혀 의심하지 않는단 말입니까?"

"여러분! 나는 애초부터 살인자는 내가 아니라 '스메르댜코프다!'라고 생각했었습니다. 스메르댜코프가 마음속에서 떠나질 않았던 것입니다. 그러나 그것은 한순간뿐이고, 내 생각이 잘못됐을 거라고 결론지었습니다. 여러분, 이건 절대로 그놈의 짓이 아닙니다!"

"그렇지만 왜 그토록 단호하게 그 사람이 아니라고 하십니까?"

"그건 신념입니다. 인상입니다. 스메르댜코프는 비천하기 그지없는데다 겁쟁이이기 때문입니다. 게다가 그 녀석은 간질병에 걸린 저능아입니다. 병든 병아리예요. 그리고 그 녀석도 아버지의 사생아로 알고 있는데, 당신네들도 그건 아시죠?"

"우리도 그 얘긴 들은 적이 있습니다. 그렇지만 당신도 그 아버지의 아들 아닙니까? 그런데도 당신은 사람들 앞에서 아버지를 죽일 거라고 떠벌리고 다니지 않았습니까?"

"나는 죽이려고 생각했을 뿐만 아니라 죽일 수도 있었고, 또 하마터면 죽일 뻔했다고 솔직히 자백하지 않았느냐 말입니다. 그렇지만 죽이지는 않았습니다. 알겠습니까, 검사님?"

그는 거의 숨이 막힐 지경이었다. 오랫동안 심문을 하는 동안 그가 이토록 흥분하기는 처음이었다.

"그런데 여러분! 그 스메르댜코프는 당신들에게 뭐라고 말했습니까? 그걸 말해 줄 수 있습니까?"

"무엇이든 물으셔도 좋습니다." 검사는 쌀쌀맞고 엄격한 태도로 대답했다. "실제적인 사건에 관련된 거라면 무엇이든 물어주십시오. 지금 물으신 스메르댜코프라는 하인을 발견했을 때, 그는 열 번이나 되풀이된 격렬한 간질 발작으로 거의 실신 상태로 자리에 누워 있었습니다."

"그렇다면 악마가 아버지를 죽인 거야." 미탸의 입에서 이런 말이 튀어나왔다. 그는 그 순간까지도 '스메르댜코프일까 아닐까?' 하고 쉴 새 없이 자문하고 있었다.

"이 문제는 뒤에 다시 다루기로 하고, 이젠 당신의 진술을 계속해 주시겠습니까?"

미탸는 휴식을 청했다. 그는 피로 때문에 녹초가 된 상태에서 굴욕과 정신적 충격을 심하게 받았던 것이다. 미탸가 울타리 위에 올라앉아 자기의 왼쪽 발을 붙잡고 늘어지는 그리고리의 머리를 절굿공이로 내리치고는, 곧 쓰러진 노인 옆으로 뛰어내렸다는 이야기를 하지마자 검사는 그때의 상황을 좀 더 자세히 설명해 달라고 말했다. 미탸는 어이가 없었다.

"뭐 그냥 이렇게 앉아 있었지요. 말을 탔을 때와 같이 한쪽 다리는 이쪽으로, 또 한쪽 다리는 저쪽으로 하고……."

"그럼 절굿공이는?"

"절굿공이는 손에 들고 있었습니다."

"그래, 당신은 그것으로 세차게 내리쳤나요?"

"당신네들은 또 나를 조롱하는 겁니까?" 미탸는 경멸하는 눈빛으로 심문자를 노려보며 물었다.

미탸는 홱 몸을 돌려 의자를 타고 앉더니 한쪽 손을 휘둘렀다.

"자, 이렇게 쳤습니다. 이렇게 죽였어요. 무엇이 더 필요합니까?"

"한데 무엇 때문에 아래로 뛰어내렸지요? 그 노인을 구하려는 생각에서였습니까?"

"실은 상처가 어느 정도인지 보려고 내려갔던 겁니다. 그리고 손수건으로 피를 닦아주었지요."

"우리도 당신의 손수건은 보았습니다. 그럼 당신은 쓰러진 사람의 의식이 회복되기를 바랐나요?"

"그저 난 살았는지 죽었는지를 확인하고 싶었을 뿐입니다."

아아, 미탸는 그때 불쌍한 마음에서 뛰어내려 죽어 넘어져 있는 노인 옆에서 "재수 없게 영감이 걸려들었군. 그러나 이젠 손을 쓸 수가 없어. 그대로 누워 있으랄 수밖에." 하고 약간은 비통한 말까지 한 것을 기억하면서도, 이 자리에서 그런 말을 하고 싶은 생각은 없었다. 그러나 곧 예심판사가 그의 말을 제지했다.

"한데 당신은 어떻게 그런 모습으로 하녀한테 달려갈 수 있었지요?"

"그때는 내가 피투성이라는 것을 몰랐습니다."

이야기는 계속되었다. 그는 '빈대처럼 자신에게 들러붙어 있는' 이 냉혹한 인간들 앞에서 그런 이야기를 한다는 것이 견딜 수 없을 정도로 역겨웠다.

"그래서 자살하기로 결심한 겁니다. 그때 그 여자의 옛 애인, 틀림없는 그녀의 옛 애인이 찾아온 겁니다. 여자를 배반했던 사내이기는 하지만, 5년이 지난 지금 정식 결혼으로 속죄를 하고 사랑을 바치려고 찾아왔단 말입니다. 나는 그때 모든 것이 끝났다는 것을 알았습니다. 게다가 등뒤에서는 오욕과, 그리고리의 피가 기다리고 있었습니다. 그러니 어떻게 살아갈 수 있겠습니까? 그래서 저는 저당 잡힌 권총을 찾으러 갔습니다. 거기서 실탄을 재어 동이 틀 무렵, 내 머리에 쏘아 버릴 생각으로 말입니다."

"그래서 밤에 한바탕 술잔치를 벌인 거군요?"

"제기랄! 그런 질문은 좀 작작하세요."

그는 조끼 주머니에서 유서를 꺼내 테이블 위에 내동댕이쳤다. 두 법관은 호기심을 가지고 그것을 읽어보고는 통례대로 기록에 첨부했다.

"당신은 포도르 일리치 씨 댁에 가서도 역시 손을 씻을 생각을 하지 않았다죠? 그렇다면 당신은 혐의를 두려워하지 않았단 말씀인가요?"

"혐의는 또 뭡니까? 아아, 이건 악마의 짓입니다."

"포도르 일리치 씨에 의하면 당신은 그 사람 집에 들어갈 때, 피투성이가 된 손에 1백 루블짜리 지폐 뭉치를 들고 있었다고 하더군요."

"그렇습니다, 여러분! 그건 분명히 기억합니다."

"그렇다면 여기서 한 가지 의문이 생깁니다. 도대체 당신은 어디서 그런 거액을 손에 넣게 된 겁니까? 전후 사정으로 보나 시간을 따져보더라도, 당신은 집에 들를 여유라곤 없었을 텐데 말입니다."

"10루블도 없어서 포도르 일리치한테 권총을 저당잡혔다느니, 그다음에는 다시 호흘라코바 부인한테 3천 루블을 꾸러 갔다 거절당했다느니, 이런 말들을 늘어놓으려는 거죠? 하지만 나는 말하지 않겠습니다. 나는 여러분이 추측하신 대로 절대로 말하지 않겠습니다." 미탸는 강경한 태도로 딱 잘라 말했다.

"그렇지만 우린 그걸 알아내야만 합니다."

"하지만 절대 말하지 않겠습니다. 그것이 얼마나 중대한가는 나도 잘 압니다. 그것이 문제의 가장 근본적인 핵심이라는 것도 알고 있습니다. 그러나 어쨌든 나는 말하지 않겠습니다."

"당신이 대답하고 안하고는 우리와는 상관없는 일입니다. 입을 다물고 계시면 당신 스스로를 불리하게 만들 뿐입니다." 예심판사는 신경질적으로 말했다.

"여러분! 농담은 그만해둡시다." 미탸는 눈을 들어 두 사람을 뚫어지게 쏘아보았다. "나는 맨 처음부터 우리가 이 점에 대해 정면으로 충돌하게 되리라는 걸 예측했었습니다. 하지만 나는 순박한 놈이라서 '우리들 상호간의 신뢰'를 제의하기까지 했던 것입니다. 그러나이제 와선 그런 신뢰 같은 것은 있을 수 없다는 것을 깨달았습니다. 왜냐하면 우리는 어차피 한 번은 이 저주스런 벽에 부딪치지 않으면안 되기 때문입니다. 그러나 나는 당신네들을 탓하지는 않습니다."

그는 어두운 표정으로 입을 다물었다.

"이처럼 위험천만한 순간에 묵비권을 행사해야만 하는 이유가 도대체 무엇인지 약간의 힌트라도 주실 순 없습니까?"

미탸는 서글픈 미소를 지었다.

"여러분! 나는 당신네들이 생각하는 것보다 훨씬 선량한 사람입니다. 내가 묵비권을 행사하는 것은 그걸 밝힘으로써 불명예스런 일을당할 수밖에 없기 때문입니다. 여러분! 이것도 기록하시겠습니까?"

"물론 기록해야죠." 예심판사가 중얼거렸다.

"그렇지만 그 '불명예'라는 말만은 기록하지 않는 게 좋을 것 같군요. 내가 이 말을 한 이유는 오로지 선의에서 한 것입니다." 그는 경멸하는 투로 퉁명스럽게 말했다.

"그럼 이것만이라도 말씀해 주십시오. 당신이 표도르 일리치 씨댁에 갔을 때 당신의 수중에 돈이 얼마나 있었습니까?"

"그것도 말할 수 없습니다."

"당신은 호흘라코바 부인한테서 3천 루블을 꾸어왔다고 표도르 일리치 씨에게 말했다면서요?"

"여러분! 그만둡시다. 나는 그 액수를 말하진 않겠습니다."

"그러면 수고스럽지만 당신이 여길 어떻게 왔으며, 그리고 여기 온 후 무얼 했는지 말씀해 주실 순 없겠습니까?"

"아, 그거라면 여기 있는 사람들한테 물어보십시오. 하지만 뭐 내가 말할 수도 있습니다."

미탸는 진술을 계속했으나 사랑의 기쁨에 대해서는 한 마디도 하지 않았다. 그러나 자살을 하려던 결심은 '어떤 새로운 사건 때문에' 포기해 버렸다는 것으로 얼버무렸다.

니콜라이 파르페노비치가 심문을 마치면서 말했다. "한 가지 부탁이 있습니다. 이 테이블 위에 당신이 가지고 있는 모든 소지품을 꺼내 주시면 고맙겠습니다."

"돈 말입니까? 알겠습니다. 좀 더 빨리 그런 말을 하시지 않은 게 이상할 지경이군요. 자, 여기 돈이 있습니다. 이게 전붑니다."

그는 호주머니에서 잔돈까지 모조리 털어놓았다. 세어보니 모두 합해 836루블 40코페이카였다.

"당신은 조금 전 증언에서 플로트니코프의 상점에서 3백 루블을 썼다고 말씀하셨습니다. 포도르 일리치 씨한테 10루블을 갚았으며, 마부한테 20루블을 주었고, 카드놀이에서는 2백 루블을 잃었고, 그리고……."

니콜라이 판사는 다시 한 가지도 빠뜨리지 않고 계산에 넣었다. 판사는 대충 그 총계를 잡아보았다.

"여기 이 8백루블을 합하면 당신이 처음부터 가지고 있었던 돈은 약 1천5백 루블가량이 되겠군요."

"그렇게 되겠지요." 미탸는 퉁명스럽게 대답했다.

"당신의 돈에 대해선 염려하지 마십시오. 이 돈은 책임지고 잘 보관해 두겠습니다."

예심판사는 갑자기 자리에서 일어나더니, "당신의 의복과 그 밖의 물건에 대해서 정밀한 검사를 할 필요가 있습니다." 하고 선언했다.

"마음대로 하시오. 하지만 여기서가 아니라 저 커튼 뒤에서 해주십시오. 검사는 누가 합니까?"

"물론 커튼 뒤에서 벗으셔도 좋습니다." 예심판사가 찬성한다는 뜻으로 고개를 끄덕였다. 그 조그만 얼굴에는 특이한 위엄 같은 것이 어려 있었다.

6. 검사가 미탸를 사로잡다

미탸에게는 전혀 뜻밖의 일이 일어났다. 조금 전, 아니 1분 전만 해도 사람들이 자신한테 이런 행동을 할 것이라고는 꿈에도 생각지 못했다. 프록코트를 벗는 정도라면 그래도 참을 수 있었지만 그들은 아랫도리까지도 벗어달라고 요청했다. 게다가 그것은 요청이라기보다 명령에 가까웠다.

"설마 셔츠도 벗으라는 건 아니겠지요?" 미탸가 날카롭게 물었다.

"염려하지 마십시오, 우리가 말씀드릴 테니까요." 판사는 거드름을 피우는 어조로 대답했다.

안으로 접은 셔츠의 오른쪽 소맷부리에 피가 잔뜩 묻어 있는 것을 발견하고 니콜라이 판사가 외쳤다.

"아니, 이건 피가 아닙니까? 한데 소매가 왜 안으로 접혀 있지요?"

미탸는 그리고리를 급히 살피느라 소매에 피가 묻어서 표도르 일리치의 집에서 손을 씻을 때 소매를 안으로 집어넣었다고 말했다.

"당신의 셔츠도 압수하겠습니다. 이건 물적 증거로서 매우 중요하니까요."

미탸는 홍당무처럼 빨개지며 격분했다.

"그럼 난 벌거벗고 있으란 말이오? 정말 꼭 그래야만 합니까?" 미탸의 눈이 번쩍 빛났다.

"우리는 지금 농담할 처지가 못 됩니다."

"꼭 그렇게 해야 한다면 할 수 없죠. 다만……" 미탸는 이렇게 중얼거리며 침대에 걸터앉아 양말을 벗기 시작했다. 모든 사람이 다 옷을 입고 있는데 자기만 벗고 있으려니 참을 수 없는 수치심이 느껴졌다. 만일 모두가 다 옷을 벗고 있다면 부끄러울 것이 없다. 그러나 나 혼자만 벌거벗은 꼴을 보이다니, 이런 수치가 어디 있담!' 그는 참을 수 없는 수치심 때문에 갑자기 난폭해져 셔츠를 벗어던졌다. "어디 더 뒤져보고 싶은 곳은 없습니까?"

물건들은 사람들에게 공개되고, 검사 목록이 작성되었다. 니콜라이 판사는 웬일인지 오랫동안 돌아오지 않았다. '사람을 개새끼만큼도 취급하지 않는군.' 미탸는 이를 갈면서 생각했다.

"자, 입을 걸 가져왔습니다." 니콜라이는 싹싹하게 말했다. 그는 자기 일을 성공적으로 완수한 데 대해 만족해하는 표정이었다. "칼가노프 씨가 이 흥미로운 사건을 위해 기부하신 겁니다. 깨끗한 셔츠를 당신한테 주신다더군요."

미탸는 머리끝까지 화가 치밀었다.

"남의 옷은 싫소. 내 것을 주시오. 칼가노프가 무슨 상관이오. 그 옷도, 그놈도 다 싫소!"

그를 설복시키는 데는 상당한 시간이 걸렸다. 얼마간의 시간이 지난 뒤에야 간신히 그는 마음을 가라앉혔다.

"이제부터 증인 심문으로 들어가야겠습니다." 예심판사가 말했다.

"드미트리 표도로비치 씨! 우리는 당신의 권익을 위해 우리가 할 수 있는 일은 다했습니다. 그러나 당신은 소지하신 돈의 출처에 대해서 그토록 완강하게 진술을 거부하셨기 때문에……."

"당신의 반지는 무엇으로 만들었죠?" 미탸는 마치 깊은 몽상에서 깨어나기라도 한 듯, 니콜라이가 오른손에 끼고 있는 세 개의 커다란 반지 중 하나를 가리키며 물었다.

"이건 황옥입니다." 예심판사가 빙긋 웃었다. "원하신다면 빼어 보여드리죠."

"아니, 빼지 마십시오!" 미탸는 제정신으로 돌아왔는지 화를 내면서 외쳐댔다. "제기랄! 당신네들은 내 영혼을 모독했습니다. 설혹 내가 아버지를 죽였다 하더라도, 당신네들한테 숨기거나 속이거나 도망칠 인간처럼 보입니까? 천만에요, 드미트리 카라마조프는 그런 인간이 아니오. 나는 과거 20년 동안에 배운 것보다 훨씬 많은 것을 이 저주받을 밤에 깨달았습니다. 그리고리를 실수로 죽였다는 생각만으로도 밤새껏 불안해서 견딜 수가 없었습니다. 시베리아로 보내든 목을 매달든 맘대로 하십시오."

검사는 계속해서 그를 주시하고 있었으나, 그가 입을 다물자마자 매우 냉정하면서도 침착한 태도로 이렇게 말하기 시작했다.

"한 가지 당신한테 알려드릴 말이 있습니다. 그것은 다름이 아니라 당신이 부상을 입힌 그리고리 노인의 증언입니다. 노인은 현관으로 나오자, 정원 쪽에서 이상한 소리가 나는 것을 듣고, 열려 있는 쪽 문을 통해 정원으로 들어가기로 결심했다더군요. 그런데 바로 그때 당신이 부친의 모습을 보았다는 그 열려진 창문에서 물러나 어둠 속으로 도망치고 있는 모습을 보았다고 했습니다. 당신한테 숨김없이 말씀드리는 바지만, 그리고리 영감이 내린 결론에 따르면 당신은 문에서 도망쳐 나온 것이 틀림없다고 했습니다. 물론 노인은 당신이 도망치는 것을 직접 목격하지는 못했습니다. 당신을 처음 본 것은 당신이 멀리 떨어져 있는 정원 속 울타리를 향해 달려갈 때였으니까요."

미탸는 그가 말하는 도중 벌떡 의자에서 일어났다.

"거짓말입니다. 그 영감은 문이 열려 있는 걸 보았을 리가 없습니다. 그때는 분명히 닫혀 있었습니다. 그 영감이 거짓말을 한 겁니다."

"다시 한 번 되풀이합니다만 노인의 진술은 확실한 것이었습니다."

"맞습니다. 나도 여러 번 되물은걸요!" 니콜라이 판사도 열을 내며 맞장구를 쳤다.

"거짓말입니다, 그건 거짓말입니다! 그건 나에 대한 중상이든가, 아니면 미친 사람의 환각입니다. 그야말로 잠꼬대 같은 소립니다. 의식을 되찾았을 때는 피를 흘리고 상처를 입었기 때문에 몽롱한 상태에서 그렇게 생각했을 뿐입니다. 노인은 헛소리를 한 겁니다."

검사는 예심판사를 돌아보고 의미심장한 어조로 말했다.

"그걸 보여주시죠."

"이 물건을 알아보시겠습니까?" 갑자기 니콜라이 판사는 두꺼운 종이로 만든 커다란 봉투를 꺼내 테이블 위에 올려놓았다. 봉투에는 아직도 세 개의 봉인이 그대로 남아 있었다. 봉투는 속이 텅 비어 있고, 한쪽 귀퉁이가 찢겨져 있었다.

"그건 아버지의 봉투 같군요. 3천 루블이 들어 있던 그 봉투일 겁니다. 거기 수취인이 적혀 있다면 좀 보여주십시오. '내 귀여운 병아리에게' ……역시 그렇습니다. 3천 루블입니다!" 그는 소리쳤다. "3천 루블, 아시겠습니까?"

"물론 알고말고요. 그러나 돈은 없었습니다. 봉투는 속이 텅 빈 채 마룻바닥에 뒹굴고 있었습니다."

몇 초 동안 미탸는 넋을 잃은 듯 멍청히 서 있었다.

"여러분, 스메르댜코프 짓입니다." 갑자기 그는 목청껏 소리쳤다. "그놈이 죽인 겁니다. 그놈이 훔친 겁니다. 아버지의 봉투가 어디에 숨겨져 있었는지 아는 것은 그놈뿐이었습니다."

"하지만 당신도 그 봉투에 대해선 알고 있었고, 또 그 봉투가 베개 밑에 있었다는 것도 알고 있지 않았습니까?"

"전혀 몰랐습니다." 미탸는 숨이 막힐 지경이었다.

"하지만 당신은 아까 진술하실 때 그 봉투가 돌아가신 부친의 베개 밑에 있었다고 우리한테 말하지 않았습니까?"

"헛소립니다. 나는 베개 밑에 있었다는 것을 전혀 몰랐습니다. 나는 그저 되는 대로 베개 밑이라고 말했을 뿐입니다. 스메르댜코프는 뭐라고 합디까? 그놈을 빨리 체포하십시오, 빨리요. 내가 도망치고 그리고리가 정신을 잃고 쓰러져 있을 때, 그놈이 죽인 게 틀림없습니다. 이건 분명합니다. 왜냐하면 신호를 알고 있는 건 그놈밖에 없으니까요. 신호가 없이는 아버지는 누가 와도 절대로 문을 열어주지 않습니다."

"그러나 당신은 그때 상황을 잊고 계십니다. 만약 당신이 정원에 계실 때 문이 열려 있었다면 신호를 할 필요가 없지 않았습니까?"

"아아, 그 문! ……그건 귀신입니다. 하느님도 나를 버리시다니!" 그는 아무 생각도 없이 멍청하게 앞을 바라보며 이렇게 외쳤다.

"자, 드미트리 표도로비치 씨," 검사가 점잖게 말했다. "한 번 판단해 보십시오. 한쪽에서는 출입문이 분명히 열려 있었고, 그 문으로 당신이 도망쳐 나갔다고 하는, 당신이나 우리들을 압도하는 결정적인 증언이 있습니다. 그리고 당신은 갑자기 생긴 돈의 출처에 대해 이상할 정도로 완강하게 입을 봉하고 있습니다. 그런데 당신의 진술에 의하면, 그 돈을 손에 넣기 세 시간 전만 해도 단돈 10루블이 없어서 권총을 저당잡혔다고 하지 않았습니까?"

미탸는 형용할 수 없는 흥분에 휩싸여 얼굴이 파랗게 질려 있었다.

"좋습니다." 그는 갑자기 외쳤다. "내 비밀을 말씀드리겠습니다. 어디서 돈을 구했는지 털어놓겠습니다. 나중에라도 당신들이 나를 비난하지 못하게 나의 치욕을 털어놓겠습니다."

"그러십시오, 드미트리 표도로비치 씨." 예심판사는 기쁨에 들뜬 감격적인 어조로 말을 받았다. "특히 지금과 같은 경우에 성의 있게 고백해 주신다면, 후에 당신의 운명의 짐을 더는 데도 적지 않은 도움이 될 것이고, 뿐만 아니라……."

이때 검사가 테이블 밑에서 그를 가볍게 찔렀으므로, 판사는 적당한 대목에서 말을 멈출 수 있었다. 물론 미탸는 그의 말 같은 것엔 귀도 기울이지 않고 있었다.

7. 미탸의 엄청난 비밀, 조롱을 받고

"여러분! 그 돈은…… '내 것' 이었습니다."

"당신 거라니, 그게 무슨 뜻이죠?" 예심판사는 겨우 이렇게 중얼거렸다. "당신 자신의 진술에 의하면 그날 다섯 시까지도……."

"그날 다섯 시니, 나 자신의 진술 따위는 다 집어치우세요. 지금은 그게 문제가 아닙니다. 그건 내 돈입니다. 아니, 내가 훔친 돈입니다. 그건 1천 5백 루블이었습니다. 나는 그 돈을 언제나 지니고 다녔습니다."

"그럼 그 돈은 어디서 구한 겁니까?"

"목에서요. 목에서 떼어낸 겁니다. 바로 이 목에서 말입니다. 돈은 여기 내 목에 걸려 있던 겁니다. 헝겊에 꿰매어 걸고 다녔었지요. 이미 한 달 전부터 수치와 오욕을 무릅쓰고 그 돈을 목에 걸고 다녔습니다."

"한데 누구한테서 그 돈을 손에 넣게 된 거죠?"

"당신은 '훔쳤느냐' 고 묻고 싶었던 거죠? 사실 그 돈은 훔친 거나 다름없다고 나는 생각하고 있습니다. 그리고 내 생각으로도 '훔쳤다' 고 하는 편이 좋을 것 같군요. 그런데 엊저녁에 드디어 그 돈을 완전히 훔치고 말았습니다."

"엊저녁이라뇨? 당신은 방금 그 돈을 착복한 것은 한 달 전이라고 말하지 않았습니까?'

'네, 그렇지만 아버지한테서 훔친 돈은 아닙니다. 실은 한 달 전에 내 약혼녀였던 카테리나가 나를 부르더군요. 당신들도 그 여자를 아시죠?'

"물론 알고 있습니다."

"카테리나 이바노브나 양이요?'

"아, 그 여자의 이름을 함부로 부르지 말아주십시오. 맨 처음 저의 하숙집을 찾아왔던 그날부터…… 이런 얘긴 그만둡시다. 다만 여기서 말씀드리고 싶은 것은 한 달 전에 그 여자가 나를 불러 3천 루블을 주면서, 그것을 모스크바에 있는 자기 언니와 또 한 사람의 친척에게 송금해 달라고 부탁했습니다. 그런데 나는…… 그때가 바로 내 일생을 좌우할 운명적인 순간이었습니다. 지금의 '그 여자', 지금 아래층에 있는 그루셴카를 말하는 겁니다. 그때 나는 그루셴카를 데리고 이곳 모크로예로 와서 이틀 동안에 그 저주받을 3천 루블의 절반, 즉 1천5백 루블을 다 써버리고, 나머지 절반은 그대로 남겨두었습니다. 나는 이 1천5백 루블을 언제나 부적처럼 목에 걸고 다니다가 드디어 어제 그것을 끌러 써버리고 만 겁니다. 예심판사님, 지금 당신 손에 있는 8백 루블은 그 잔액입니다. 1천5백 루블의 잔액입니다."

"실례지만 당신이 한 달 전에 여기서 쓰신 돈은 1천5백 루블이 아니라 3천 루블이 아닙니까?"

"그걸 누가 압니까?"

"아니, 그때 3천 루블을 썼다고 공공연히 떠벌리고 다닌 건 당신이 아니었습니까?"

"그건 사실입니다. 온 읍내 사람들한테 그렇게 말했지요. 이곳 모크로예에서도 3천 루블을 탕진했다고 생각하고 있었습니다. 그러나 어쨌든 제가 실제로 쓴 돈은 1천5백 루블입니다."

"정말 기적 같은 얘기군요……." 니콜라이 판사가 중얼거렸다.

"그럼 한 가지만 더 묻겠습니다." 검사는 이렇게 말했다. "당신은 한 달 전에 그 사실에 대해서 누구한테든 말한 적이 있습니까?"

"아무한테도 말하지 않았습니다."

"왜 그렇게 침묵을 지키셨죠? 당신은 결국 우리한테 비밀을 고백했습니다. 당신은 그 사실을 '수치스러운' 비밀이라지만 본질적으로…… 이건 물론 상대적인 이야기입니다만…… 그 행위, 즉 남의 돈 3천 루블을 착복한 것은 그저 경솔한 행위에 지나지 않습니다. 요컨대 내가 강조하고 싶은 건 당신이 써버린 3천 루블이라는 돈이 베르호브체바 양한테서 나왔다는 것은 이미 지난 한 달 동안 많은 사람들이 알고 있었던 사실입니다. 게다가 당신 스스로도 이 사실, 즉 그 돈이 베르호브체바 양한테서 나왔다는 것을 누군가한테 토로한 증거가 있습니다. 그러니까 당신이 지금 이 순간까지 '따로 떼어놓았던' 그 1천5백 루블을 굉장한 비밀로 취급하고 있을 뿐만 아니라 그 비밀에 일종의 공포감까지 결부시키고 있는 데 대해 정말이지 놀라지 않을 수 없습니다. 그 비밀 고백이 당신한테 그렇게까지 고통을 준다는 건 도저히 믿어지지가 않습니다. 왜냐하면 당신은 방금 그것을 고백하느니 차라리 징역을 가는 편이 낫겠다고 외치지 않았느냐 말입니다."

검사는 가슴속에 쌓아놓았던 말을 죄다 내뱉고 말았다.

"내가 수치스럽게 생각하는 것은 1천5백 루블을 탕진했다는 사실이 아니라 그 1천5백 루블을 3천 루블에서 떼어놓았다는 사실입니다." 미탸는 딱 잘라 말했다.

"아니, 그게 어쨌다는 겁니까?" 검사는 짜증스런 미소를 지었다.

"중요한 것은 당신이 3천 루블을 착복했다는 사실이지, 그걸 어떻게 처분했는가가 아닙니다. 한데 당신은 왜 그런 식으로 처분한 겁니까?"

"아아, 여러분! 문제의 핵심은 모두 거기에 있습니다. 비열한 동기에서 따로 떼어둔 겁니다. 즉 타산 때문이지요. 게다가 이 비열한 행위는 근 한 달이나 계속되고 있었습니다."

"이해할 수가 없는데요."

"자, 내 말을 잘 들어주십시오. 만약 나의 성실함을 믿고 맡긴 3천 루블을 착복하여 썼다고 합시다. 그 돈을 난잡한 파티로 다 탕진하고 나서 이튿날 아침 그 여자를 찾아가서 '카탸, 내가 잘못했소. 나는 당신의 그 3천 루블을 다 써버리고 말았소.' 라고 한다면 아직 도둑놈은 아니겠지요? 안 그렇습니까? 뭐라고 말해도 좋습니다만 절대 도둑놈은 아니란 말입니다!"

"다소 차이는 있습니다만," 검사는 냉랭하게 웃으면서 말했다. "당신이 거기서 근본적인 차이를 발견하신다니, 참 기묘한 일이군요."

"네, 저는 거기에 근본적인 차이가 있다고 봅니다. 누구나 다 비열한 인간이 될 수 있습니다. 그러나 누구나가 다 도둑놈이 될 수는 없습니다. 어떻습니까! 당신네들 생각으로는 이게 잘한 일인 것 같습니까?"

"그다지 잘한 일은 못 된다 하더라도 그 심정만은 충분히 이해할 수 있습니다. 한데 왜 당신은 처음에 그 3천 루블을 그런 식으로 나누었습니까? 다시 말해서, 왜 반만 쓰고 반은 감추어두었습니까?"

"아, 용서하십시오. 요점을 설명하지 않았군요. 그것을 설명했더라면 당신들도 쉽게 이해할 수 있었을 텐데요. 왜냐하면 바로 그 목적 속에 치욕이 있기 때문입니다. 자, 생각해 보세요. 그 노인이, 돌아가신 아버지가 아그라페나 알렉산드로브나를 현혹시키려고 안달을 했습니다. 그래서 저는 질투를 한 겁니다. 그때 나는 그 여자가 나와 아버지 중에서 어느 쪽을 택할 것인지 망설이고 있다고 생각했습니다. 만약에 그 여자가 갑자기 결심을 하여, '내가 사랑하는 건 그 사람이 아니라 당신이에요. 자, 나를 세상 끝까지 데려가 주세요.' 하고 말하면 어떻게 할까? 한데 나에게는 20코페이카짜리 은화 두 닢밖에 없었으니, 어떻게 그 여자를 데리고 갈 수 있겠습니까? 그땐 파멸이 있을 뿐입니다. 그때만 해도 저는 그 여자를 잘 몰랐고, 제대로 이해하지도 못했습니다. 그 여자는 내가 돈이 없으면 싫증을 낼 거라고 생각했었죠. 그래서 저는 3천 루블 중에서 반을 따로 떼어놓고 태연히 바늘로 꿰맸습니다. 술잔치를 벌이러 떠나기 전에 꿰매두고 나서 나머지 절반을 가지고 술을 마시러 떠난 겁니다."

검사는 큰 소리로 웃었다. 판사도 따라 웃었다.

"당신이 스스로를 억제하며 그 돈을 다 써버리지 않았다는 건 현명하고도 도덕적인 처사였습니다." 니콜라이 판사는 키득거리며 웃었다. "게다가 그렇게 한다고 해서 문제될 것도 없으니까요."

"그렇지만 그 돈을 훔친 것만은 사실이죠. 아니, 정말 그렇게도 못 알아들으시겠습니까? 나는 그 1천5백 루블을 넣고 꿰맨 돈주머니를 목에 걸고 다니는 동안 날마다, 아니 매시간 나 자신에게 '너는 도둑놈이야'라고 말했습니다. 그렇기 때문에 지난 한 달 동안 난폭한 짓만 해왔습니다. 바로 그 때문에 술집에서 싸움도 하고, 아버지를 때리기도 했지요. 그런데 나는 그 돈을 몸에 지니고 다니는 동안 매 시간 자신에게 '아니다, 드미트리 표도로비치! 어쩌면 너는 도둑놈이 아닐지도 모른다'고 말하곤 했습니다. 왜 그랬을까요? 그것은 다름이 아니라 내일이라도 카탸를 찾아가서 1천5백 루블을 돌려줄 수 있다고 생각했기 때문입니다. 그런데 어제 페냐한테 들렀다가 표도르 일리치 씨의 집으로 가는 도중에 비로소 그 주머니를 뜯어내기로 결심했습니다. 그때까지는 엄두도 내지 못했었지만 마침내 주머니를 뜯어내는 순간, 나는 평생 돌이킬 수 없는 도둑놈이 되어버린 겁니다. 왜냐고요? 그건 그 주머니를 뜯자마자 카탸를 찾아가서, '나는 비열한 인간이지만 도둑놈은 아니오.'라고 말하려던 나 자신의 꿈까지도 무너졌기 때문입니다! 자, 이젠 아셨지요?"

"하필이면 왜 엊저녁에 그런 결심을 했습니까?" 예심판사가 말을 가로챘다.

"왜냐고요? 참 우스운 질문도 다하시는군요. 왜냐하면 아침 다섯 시, 동이 틀 무렵 여기서 자살하기로 나 자신에게 선고를 내렸기 때문입니다. '비열한 인간으로 죽건, 고결한 인간으로 죽건 어차피 죽는 건 마찬가지 아닌가' 라고 생각한 거죠. 여러분은 곧이듣지 않으실지 모르지만 어젯밤 나를 괴롭힌 것은, 내가 늙은 하인을 죽였다는 것도 아니고, 시베리아로 유배당할지도 모른다는 불안감도 아니었습니다. 드디어 내 사랑이 결실을 맺어 바야흐로 천국이 열리려는 찰나에 말입니다. 마침내 저는 그 저주받은 돈을 목에서 끌러내어 죄다 탕진하고 말았으니 그땐 진짜 도둑이 되고 말았다는 생각에 고통스러웠습니다."

미탸의 얼굴이 창백해졌다. 그는 완전히 녹초가 되고 말았다.

"당신의 심정을 이해할 수 있을 것 같습니다, 드미트리 표도로비치 씨! 검사는 동정심이 느껴지는 말투로 느릿느릿 말했다. 당신은 어떻게 생각하는지 모르지만, 제가 보기엔 그것은 당신의 병적인 신경과민 탓입니다. 예를 들면 거의 한 달에 걸친 격심한 고통으로부터 벗어나기 위해서라도 당신은 왜 그 아가씨한테 돈을 돌려주지 않은 겁니까? 관대한 마음씨를 가진 그 아가씨는 당신의 고충을 들었다면 절대 거절하진 않았을 겁니다. 당신은 지금도 그 담보물이 가치가 있다고 생각하고 있겠지요?'

미탸는 얼굴을 확 붉혔다.

"아니, 당신은 나를 그렇게까지 비열한 놈으로 생각하십니까? 설마 그건 진담이 아니겠죠?' 그는 검사를 정면으로 쏘아보면서 자신의 귀가 의심스럽다는 듯이 말했다.

"이건 진담으로 말하는 겁니다. 왜 진담이 아니라고 생각하시죠?' 이번엔 도리어 검사가 놀라는 눈치였다.

"오! 그런 비열한 짓이 어디 있습니까. 여러분! 당신들은 얼마나 나를 괴롭히고 있는지 아십니까? 나도 그 저주받은 한 달 동안 그런 생각을 해보았습니다. 그래서 카탸를 찾아가려고 결심까지 했을 정도입니다. 그러나 그 여자를 찾아가서 나의 심적 변화를 고백한 후, 돈을 구걸해 가지고 그녀를 모욕한 연적과 줄행랑을 치다니, 그게 있을 수 있는 일입니까? 당신은 아무래도 머리가 좀 도신 것 같군요, 검사님!"

"머리가 돌고 안 돌고는 별개라 하고, 내가 흥분해서 그만 말이 헛나간 것 같군요." 검사는 히죽 웃었다.

"어쨌든 그것은 비열한 짓입니다." 미탸는 주먹으로 테이블을 쾅 쳤다. "물론 그 여자는 나한테 돈을 줄 겁니다. 그러나 그것은 나에 대한 복수심을 즐기기 위해, 나에 대한 경멸을 표시하기 위해서 주는 겁니다. 지금도 기억하고 있지만, 바로 그 사건이 일어나기 전까지……."

"무슨 사건 말입니까?" 니콜라이 판사는 호기심을 드러내며 입을 열었다.

"나는 당신들한테 무서운 고백을 하고 말았습니다." 미탸는 어두운 얼굴로 말을 맺었다. "자, 그러니 여러분! 그 고백의 가치를 인정해 주십시오."

"그런데 당신은 방금 이런 말을 하셨지요?" 니콜라이 판사는 놀란 표정으로 미탸를 바라보았다. "당신은 마지막 순간까지 베르호르체바 양한테 가서 돈을 빌릴 생각이었다고 말했지요. 사실 이건 매우 중요한 증언입니다."

"제발 그러지 좀 마십시오, 여러분! 제발 그것만은 적어 넣지 마십시오. 나는 당신네들 앞에서 내 가슴을 둘로 갈라 보이지 않았습니까? 그러자 당신들은 손가락으로 상처를 후비고 있으니 말입니다. 이 무

슨 잔인한 짓입니까!'

그는 절망한 나머지 두 손으로 얼굴을 가렸다.

"너무 염려하지 마십시오, 지금 기록한 것 중 잘못이 있다면 정정하겠습니다. 그런데 여기서 한 가지 더 물어볼 게 있습니다. 호주머니 속에 넣고 꿰맸다는 돈 이야기를 들은 사람은 아무도 없습니까? 솔직히 말씀드려서 이건 아무래도 믿을 수 없는 얘기 같아서 말입니다."

"아무도 없습니다. 이제 그만 나를 내버려두세요."

"그렇지만 당신은 무엇 때문에, 지금 말씀하신 것 같은 '거짓말'을 했던 겁니까?"

"그걸 누가 압니까. 어쩌면 자랑하기 위해서였는지도 모르죠. 내가 이렇게 많은 돈을 썼다 하고 말입니다. 제기랄! 당신들은 대체 몇 번이나 그걸 묻는 겁니까? 그저 거짓말을 한 것뿐이에요. 인간이란 간혹 거짓말을 할 때가 있잖습니까, 그 동기를 불문하고 말입니다."

"드미트리 표도로비치 씨! 그건 그렇고, 당신이 목에 걸고 다녔다는 그 돈주머니를 보여주실 수는 없습니까?"

"제기랄! 그게 어디 있는지 내가 알 게 뭡니까?"

"다시 묻겠습니다. 당신은 어디서 그걸 목에서 뗐지요? 지금까지의 진술로 보면 집엔 들르지 않으신 모양인데."

"폐냐의 집을 나와서 페르호틴 씨 집으로 가는 도중에 목에서 끌러 돈을 꺼냈습니다."

"그 헝겊은 어떻게 했습니까?"

"광장에 버렸습니다."

"한데 한 달 전에 그걸 꿰맬 때 누가 당신을 도와주었습니까?"

"아무도 도와주지 않았습니다. 내가 혼자 꿰맸습니다."

심문이 계속되는 동안 쉴 새 없이 드나들던 서장과 칼가노프는 이 때 함께 방에서 나갔다. 검사도 판사도 몹시 피로한 표정이었다. 하늘은 온통 구름으로 뒤덮였고, 비가 억수같이 내리고 있었다. 미탸는 멍하니 창문을 바라보고 있었다.

"창밖을 내다봐도 괜찮겠습니까?" 그는 갑자기 예심판사에게 이렇게 물었다. 그리고는 덧붙여 말했다. "여러분! 제발 부탁이니 그 여자에 대해 말씀해 주십시오. 그 여자도 나와 함께 파멸돼야만 합니까? 어제 그 여자가 '이건 모두 내 잘못'이라고 외친 건 제정신에서 한 말이 아닙니다."

"드미트리 표도로비치 씨, 그 문제에 대해선 조금도 염려하실 필요가 없습니다."

"여러분! 감사합니다. 여러 가지 일들이 있었습니다만, 그래도 역시 당신네들은 성실하고 공평한 분들이십니다."

"아무튼 서둘러야겠군요. 곧 증인심문으로 들어가야만 합니다. 이것도 역시 당신의 입회 하에 진행되어야 하므로……."

"그런데 우선 차라도 한잔 마시는 게 어떻겠습니까?" 니콜라이 판사가 말을 가로챘다.

모두들 아래층에서 차를 한 잔 마시고 나서 다시 '속행하기로' 결정했다.

8. 증인들의 진술, 아귀들

증인심문이 시작되었다. 그런데 여기서 꼭 한 가지 지적해 두어야 할 일이 있다. 다름이 아니라 심문관들의 관심을 가장 집중시킨 것은 여전히 그 3천 루블에 관한 문제였다는 사실이다. 즉 처음에, 그러니까 한 달 전 이 모크로예에서 드미트리가 첫 주연을 벌였을 때 탕진한 돈이 3천이냐 1천5백이냐 그리고 또 어제 두 번째 주연에서 쓴 돈이 3천이냐, 1천5백이냐, 하는 문제였다. 그러나 유감스럽게도 증인들은 모두 하나같이 미탸에게 불리한 증언을 했다.

맨 처음 심문을 받은 사람은 여관 주인 트리폰 보리시치였다. 그는 심문관들 앞으로 나와 피의자에 대하여 준엄한 분노의 빛을 노골적으로 나타냄으로써 위엄 있는 인간처럼 보이려 했다. 그는 조금도 주저하는 빛 없이 확고한 어조로, 한 달 전에 쓴 돈은 3천 루블보다 적지는 않을 것이다, 이 고장 농부들도 모두 '드미트리 표도로비치' 한테서 직접 3천 루블이라는 말을 들었다고 증언할 게 틀림없다고 대답했다.

"그만해 두게, 트리폰 보리시치. 무슨 말을 하는 건가?" 미탸는 항변했다. "그래, 내가 3천 루블을 가져왔다고 분명히 말했단 말인가?"

"말하고말고요. 안드레이가 아직도 돌아가지 않았으니 불러보세요. 그리고 저기 홀에서 합창 대원들을 대접할 때도 여기 6천 루블을 뿌리고 간다고 큰 소리로 외치지 않았습니까?"

6천 루블이라는 증언은 심문관들에게 유달리 강한 인상을 주었다. 이 새로운 내용이 그들의 마음에 뭔가 작용을 한 것이다. 농부들도 마부도 주저하지 않고 트리폰 보리시치의 증언을 뒷받침해 주었다. 그

뿐 아니라 안드레이의 증언 중에 그가 이리로 오는 도중 미탸와 주고받은 대화는 특별한 관심 속에 기록되었다. 그것은 다름이 아니라 "도대체 이 드미트리 카라마조프는 어디로 가게 될까? 천국일까, 지옥일까? 저승에 가면 용서를 받을 수 있을까, 없을까?' 하는 말이었다. '심리학자'인 이폴리트 검사는 야릇한 미소를 띤 채 모든 증언을 다 듣고 나서 드미트리의 행적에 관한 이 증언도 '사건 기록' 속에 첨부하게 했다.

칼가노프가 심문을 받을 차례가 되어 짜증스런 표정으로 들어왔다. 칼가노프가 증언하는 것을 몹시 꺼리고 있다는 것을 잘 알면서도 이폴리트 검사는 오랫동안 질문공세를 퍼부었다. 그리하여 그날 밤에 있었던 이른바 미탸의 '로맨스'가 어떤 것이었는지에 대한 것도 그의 입을 통해 상세히 알게 되었다. 미탸는 한 번도 칼가노프의 말을 제지하지 않았다. 마침내 퇴장을 허락받은 칼가노프는 분노를 노골적으로 드러내며 밖으로 나갔다.

폴란드인들도 심문을 받았다. 그들은 말끝마다 그를 파네 풀코브니쿠 대령님이라고 불렀다. 그러나 서장의 주의를 몇 차례 듣고 나서야 예심판사 이외의 사람에겐 답변해서는 안 된다는 것을 깨달았다. 무샬로비치는 그루셴카와의 과거와 현재의 관계에 대해 오만하고 열띤 어조로 말하기 시작했다. 그러자 미탸가 버럭 화를 내며, '네놈 같은 악당이 내 앞에서 그런 말을 하게 할 수는 없다'고 호통을 쳤다. 무샬로비치는 곧 '악당'이란 말에 주의를 돌리며 조서에 그것을 기입해 달라고 말했다.

다음에는 막시모프 노인이 호출당했다. 그는 겁에 질린 채 종종걸음으로 다가왔다 그는 지금까지 아래층에서 그루셴카 옆에 말없이 앉아 있었다.

"당장이라도 그루셴카에게 기대어 울음을 터뜨릴 것처럼 푸른 줄무늬 손수건으로 연방 눈을 닦더군요." 미하일 마카르이치 서장은 후일 이렇게 말했다.

그래서 오히려 그루셴카 쪽에서 그를 위로하는 형편이었다. 그는 눈물을 흘리며 '가난해서 드미트리한테서 10루블을 빌렸지만 언젠가는 꼭 갚을 생각'이라고 말했다. 드미트리한테서 돈을 빌릴 때, 그가 가지고 있는 돈을 누구보다 가까이서 보았을 터이니, 그 액수가 얼마쯤 되어 보이더냐고 묻는 질문에 막시모프는 자신 있는 어조로 '2만 루블'이라고 대답했다.

"당신은 2만 루블이라는 큰돈을 본 적이 있습니까?" 예심판사가 웃으면서 물었다.

"네, 있고말고요. 그렇지만 2만 루블이 아니라 7천 루블이었습니다. 그건 마누라가 내 소유의 영지를 저당 잡혔을 때의 일이지요. 먼데서 나한테 보이며 자랑을 했습니다만, 돈 뭉치가 꽤 크고 죄다 무지갯빛이더군요."

막시모프의 심문은 곧 끝났다. 드디어 그루셴카의 차례가 되었다. 심문관들은 그녀의 출현이 미타에게 심한 충격을 주지나 않을까 염려하는 눈치였다.

그녀는 침울하고 굳은 표정을 하고 들어왔다. 그녀의 침착한 태도는 신문관들에게 매우 깊은 인상을 주었다. 니콜라이 판사는 어느 정도 '매혹' 당하기까지 했다. 훗날 사람들 사이에서 그 당시의 얘기가 나오면 그는 그 여자를 정말 '아름답다'고 느낀 것은 그때가 처음이었다고 고백했다. 그전에도 여러 번 그녀를 본 일은 있었지만, 언제나 '시골의 헤테라(고대 그리스의 고급 매춘부) 쯤으로 생각하고 있었다고 했다.

방 안에 들어오면서 그루셴카는 미탸를 흘끔 훔쳐보았다. 그러나 그녀의 태도는 곧 미탸를 안심시켰다. 우선 기본적인 질문과 주의사항을 마치자, 예심판사는 더듬거리면서 지극히 정중한 태도로, "퇴역 중위 드미트리 씨와는 어떤 관계였습니까?"라고 물었다. 이 질문에 그루셴카는 조용하면서도 또렷한 어조로 이렇게 대답했다.

"그저 아는 사이입니다. 지난 한 달 동안 서로 아는 사이로 지내왔습니다."

뒤이어 던져진 호기심에 찬 질문에 대해서도, 그녀는 솔직하게 털어놓았다. 그 사람이 '이따금' 마음에 든 적도 있었지만 결코 사랑하지는 않았다. 그때 그 사람을 유혹한 것은 단지 '심술궂은 생각'에서였을 뿐이다. 즉 영감님에 대한 태도와 다를 것이 없었다. 미탸가 자기 때문에 아버지 표도르를 비롯하여 그 밖의 여러 사람을 질투한다는 것은 알고 있었지만, 자기는 오히려 그것을 즐기고 있었다. 그리고 표도르 파블로비치와 결혼하려는 생각은 꿈에도 없었고, 그저 그를 조롱했을 뿐이다. "지난달에는 두 사람을 생각할 겨를조차 없었어요. 실은 저를 버리고 떠나간 다른 남자를 기다리고 있었기 때문이지요. 그러나 당신네들은 그런 것엔 아무 흥미도 느끼지 않으실 것이고, 저도 그런 문제에 대답할 필요도 없다고 생각해요. 이것은 어디까지나 제 개인적인 문제니까요." 하고 그녀는 말을 맺었다.

니콜라이 판사는 이 사건의 핵심적인 문제, 즉 3천 루블에 관한 것으로 옮겨갔다. 그루셴카는 '미탸가 한 달 전에 모크로예에서 탕진한 돈은 정확히 3천 루블이었다. 자신이 직접 돈을 세어본 것은 아니지만 미탸한테서 3천 루블이라는 말을 들었다'고 증언했다.

"그런데 한 달 전에 쓴 돈은 3천 루블보다 적은 금액이었고, 또 드미트리 표도로비치 씨가 그 중의 반을 자기 자신을 위해 감추어두었다는 말을 들은 적이 없습니까?"

"아뇨, 그런 말은 한 번도 들은 적이 없습니다."

그뿐 아니라 미탸는 지난 한 달 동안 한 푼도 가진 게 없다고 말해온 사실까지 판명되었다. "언제나 아버지한테서 돈을 받게 되길 기다리고 있었어요." 하고 그루셴카는 말을 맺었다.

"당신 앞에서? 어쩌다 우연히? 아니면 홧김에?" 하고 니콜라이 판사가 갑자기 말을 가로챘다. "아버지를 죽일 생각이라고 말한 적은 없습니까?"

"몇 번 있었습니다만 늘 화가 났을 때였습니다."

"그럼 피의자가 그것을 실행하리라 믿었습니까?"

"아뇨, 한 번도 믿은 적은 없습니다. 저는 그분의 고결한 마음씨를 믿고 있었으니까요."

"여러분!" 갑자기 미탸가 외쳤다. "제발 부탁이니, 당신들 앞에서 아그라페나에게 한 마디만 하게 해주십시오. 아크라페나, 하느님과 나를 믿어줘! 나는 절대로 아버지를 살해하지 않았어!"

이렇게 말하고 미탸는 다시 의자에 앉았다. 그루셴카는 일어서서 성상을 향해 경건하게 성호를 그었다.

"지금 저 사람이 한 말을 믿어주세요. 저는 저 사람을 잘 알아요. 저 사람은 양심에 어긋나는 말은 절대로 하지 않아요."

드디어 그루셴카에 대한 심문도 끝났다. 심문관들은 조서의 마지막 정리에 착수했다. 미탸는 의자에서 일어나 구석진 커튼 쪽으로 가서 양탄자를 씌워놓은 커다란 궤짝 위에 눕고는 그대로 잠에 빠져 들면서 꿈을 꾸었다.

어느새 그의 얼굴에는 밝은 미소가 떠올라 있었다. 니콜라이 판사가 그를 내려다보며 서 있었다. 미탸는 한 시간 이상이나 잠을 잤다는 것을 알았다. 그는 자기 머리맡에 베개가 놓여 있는 것을 보고 깜짝 놀랐다. 아까 피로에 지쳐 궤짝 위에 쓰러질 때만 해도 베개는 없었던 것이다.

"누가 베개를 주었지요?" 마치 굉장한 자선이라도 받은 것처럼, 환희와 감사에 충만한 목소리로 외쳤다. 친절을 베푼 사람이 누구였는지는 끝내 밝혀지지 않았다. 아마 증인들 중의 한 사람이든가, 아니면 니콜라이 판사의 서기가 측은한 마음에서 베개를 베어주었겠지만, 그의 마음은 감격의 눈물로 온통 떨고 있었다. 그는 테이블로 다가가서, 무엇이든지 원하는 대로 서명하겠다고 했다.

"여러분! 나는 아주 좋은 꿈을 꾸었어요." 기쁨으로 밝게 빛나는 어조로 그는 이렇게 말했다.

9. 미탸를 호송하다

조서에 서명이 끝나자 니콜라이 파르페노비치 예심판사는 엄숙하게 피의자 쪽을 향해 구속영장을 낭독하였다.

'몇 년 몇 월 며칠 모 지방 재판소 판사는 아무개를(즉 미탸를) 이러이러한 사건에 관한 피의자로서(모든 죄상이 남김없이 자세하게 기록되어 있었다) 신문한 결과 피의자는 자신이 혐의를 받고 있는 범죄를 부인하면서도 자신의 무죄를 증명할 아무런 증거를 제시하지 않았음. 그러나 모든 증인(누구누구)이나 모든 사정(여차저차한)이 완벽하게 그의 범죄를 입증하고 있음을 고려한 끝에 〈형법〉 제 몇 조와 몇 조에 의거하여 다음과 같이 결정함. 모 씨(미탸)가 신문과 재판을 기피할 가능성을 방지하기 위해 모 형무소에 피고를 수감하며, 그 내용을 피고에게 통보하고, 이 판결문의 사본을 검사보에게 통첩한다.' 는 등등의 내용이었다. 한마디로 미탸는 그 순간부터 체포되어 당장 읍내로 이송되어 수감된다는 사실을 보고받은 것이다. 주의 깊게 듣고 있던 미탸는 그저 어깨를 움찔해 보였을 뿐이다.

"하는 수 없지요, 뭐! 나는 당신네들을 탓하지 않습니다. 나는 이미 마음의 준비가 되어 있어요."

니콜라이 판사는 미탸에게, 마침 여기 와 있는 마브리키 지서장이 지금 곧 호송할 것이라고 친절하게 설명해 주었다.

"잠깐만 기다리십시오." 미탸는 갑자기 말을 가로채고는 억누를 수 없는 감정에 휩싸여 실내에 있는 모든 사람을 향해 이렇게 말했다.

"여러분! 우린 모두 잔인한 인간들로, 악당들입니다. 그 중에서도 내가 가장 더러운 벌레입니다! 나는 날마다 가슴을 치며 회개하겠다고 맹세하면서도 날마다 더러운 짓만 되풀이해왔습니다. 그러나 비로소 깨달았습니다. 나 같은 이런 인간에게는 채찍이, 운명의 채찍이 필요하다는 것을. 그러나 마지막으로 다시 한 번 단언해두지만, 나는 아버지를 죽이지 않았습니다. 내가 형벌을 받는 것은 아버지를 죽였기 때문이 아니라 죽이려 했기 때문입니다. 오오, 나는 정말 그때 바보였습니다. 이제 1분 후면 수인이 될 몸이니 드미트리 카라마조프는 자유인으로서 마지막으로 당신네들에게 손을 내밉니다. 당신네들에게 작별을 고하려는 겁니다."

그의 음성이 떨리기 시작했다. 그러자 누구보다도 가장 가까이 서 있던 니콜라이 판사는 경련이라도 일으킬 듯한 동작으로 자기 손을 얼른 뒤로 감추고 말았다.

"심리는 아직도 끝나지 않았습니다." 니콜라이 판사는 다소 당황한 표정으로 얼버무리듯 말했다. "읍내에서 다시 계속될 겁니다. 나는 당신이 무죄 선고를 받게 되기를 바라고 있습니다. 사실 나는 당신을 죄인이라기보다는 불행한 사람이라고 생각하고 있습니다. 그러나 유감스럽게도 당신은 욕정에 지나치게 빠져버렸기 때문에……."

이야기가 끝나감에 따라 니콜라이 파르페노비치의 왜소한 체구가 위엄을 띠기 시작했다. 이때 미탸의 머리에는 문득 이런 생각이 떠올랐다. '이러다가도 이 〈애송이 녀석〉이 내 손을 붙잡고 다른 방으로 끌고 가서, 최근에 이야기한 적이 있는 그 〈아가씨들〉 얘기라도 끄집어내지나 않을까? 하는 생각이었다. 하긴 사형장으로 끌려가는 죄수의 머릿속에도 당시의 상황에 전혀 어울리지 않는 엉뚱한 생각이 떠오를 때가 있는 법이다.

"여러분! 마지막으로 그 여자를 한 번 만나게 해주실 순 없겠습니까?" 미탸가 물었다.

"그야 물론 좋습니다만, 단지 여럿이 있는 앞에서라야……. 사실 이젠 아무도 없는 데서 만나실 수는 없으므로……."

"입회하셔도 좋습니다."

그루센카가 인도되어 들어왔다. 그루센카는 미탸에게 정중히 인사를 했다.

"나는 일단 당신 것이라고 말한 이상 언제까지나 당신 거예요. 당신이 어디로 가게 되든 한평생 당신 곁을 떠나지 않을 거예요. 당신은 아무 죄도 없이 벌을 받게 되는군요."

그녀의 입술은 떨리고, 눈에서는 하염없이 눈물이 흘러내렸다.

"그루센카! 내 사랑 때문에 당신까지 파멸하게 된 걸 용서해줘."

그는 좀 더 긴 말을 하려 했으나, 갑자기 말을 끊고 밖으로 나가버렸다. 그에게서 한시도 눈을 떼지 않고 감시하고 있던 사람들이 곧 주위에 모여들었다. 감시인이 몹시 무뚝뚝한 어조로 미탸에게 마차에 오르라고 말했다.

'저 녀석도 전에 내가 술을 사줄 때하곤 전혀 딴판이군.'

미탸는 마차에 오르면서 생각했다. 여관 주인도 현관에서 아래로 내려왔다. 대문 옆에는 수많은 사람들이 떼를 지어 서서 미탸를 바라보고 있었다.

"용서해 주시오, 여러분!" 미탸는 마차 위에서 그들을 향해 이렇게 외쳤다.

"저희도 용서해 주십시오." 두 사람의 목소리가 이렇게 호응했다.

"트리폰 보리시치, 자네도 용서해 주게!"

그러나 트리폰은 돌아보려고도 하지 않았다. 매우 바빴기 때문이다. 그 역시 뭐라고 외쳐대면서 바삐 왔다 갔다 하고 있었다.

"마브리키 마브리키예비치 씨, 이 고장 농부들이 어떤 놈들인지 보셨겠지요?" 트리폰이 소리쳤다. "정말 철면피 같은 놈들입니다! 너는 그저께 아킴한테서 25코페이카를 받아가지고 몽땅 술을 마셔버린 주제에 이제 와서 뭘 떠들고 있는 거야! 마브리키 마브리키예비치 씨, 이런 돼먹지 못한 놈들한테까지 그런 친절을 베풀어 준 걸 보니, 정말 놀라지 않을 수 없군요. 이것만은 말씀드리고 싶습니다."

"이보게, 자네! 삼두마차가 무엇 때문에 두 대씩이나 필요하단 말인가?" 미탸가 끼어들었다. "마브리키예비치, 한 대만 가지고 가세. 절대로 반항하거나 도망치지 않을 테니. 호송 따윈 필요 없어."

"이보시오, 아직도 모르신다면 우리와 말하는 법을 좀 배우셔야겠군요. 나는 당신한테서 '자네' 취급을 받을 만한 신분이 아니란 말입니다. 그렇게 말참견하는 것도 삼가주시고요. 그리고 그런 충고는 다음으로 미루시는 게 좋을 겁니다." 가슴 속의 울분을 폭발시킬 기회가 온 것을 몹시 기뻐하며 마브리키는 난폭하게 미탸의 말을 가로챘다.

드디어 마브리키도 마차에 올랐다. 그는 모르는 척하고 미탸를 옆으로 밀어내면서 널찍하게 자리를 잡았다. 사실 자신에게 맡겨진 이 임무가 몹시 싫었으므로, 그도 기분이 좋을 리는 없었던 것이다.

"잘 있게, 트리폰 보리시치!" 미탸는 또다시 외쳤다. 그러나 이번에는 선량한 감정에서 나온 것이 아니라 증오감에서 나온 외침이었다.

그렇지만 트리폰 보리시치는 뒷짐을 지고 선 채 미탸를 똑바로 응시하면서 오만하게 서 있었다.

"드미트리 표도로비치 씨, 안녕히 가세요."

갑자기 어디선가 칼가노프의 목소리가 울렸다.

그는 마차 옆으로 달려와서 미탸에게 손을 내밀었다. 미탸는 아주 오랫동안 그의 손을 잡고 악수를 했다.

"잘 있게, 칼가노프 군. 자네의 관대한 마음씨는 잊지 않겠네." 미탸는 열띤 목소리로 소리쳤다.

마차가 움직이기 시작하자 두 사람은 손을 놓았다. 방울 소리가 울리기 시작했다. 드디어 미탸가 호송되어갔다.

칼가노프는 홀로 달려 들어가 한쪽 구석에 앉아 고개를 떨구고는 두 손으로 얼굴을 가린 채 목 놓아 울기 시작했다. 그것은 스무 살 난 청년의 울음이 아니라 마치 조그만 어린애의 울음과도 같았다. 아아, 그는 미탸의 범죄를 거의 확신하고 있었던 것이다.

"인간이란 과연 무엇일까? 그런 일을 저지르고도 인간이랄 수 있을까?" 그 순간 그는 더 이상 살고 싶지 않았다. "과연 인생은 살아갈 할 가치가 있는 걸까?" 비탄에 젖은 청년은 이렇게 절규했다.

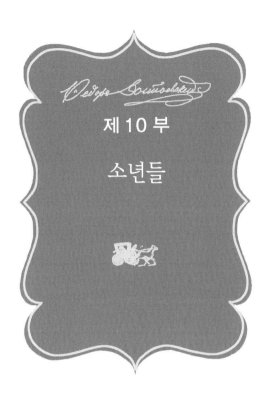

제 10 부

소년들

1. 콜랴 크라소트킨

2월 초순. 영하 11도의 추위가 몰아치면서 땅은 빙판으로 변했다. 간밤에 얼어붙은 땅 위로 싸락눈까지 내렸다.

광장에서 그리 멀지 않은 플로트니코프네 상점 가까이에 깨끗하고 자그마한 집 한 채가 있었다. 전에 관리였던 크라소트킨의 미망인이 사는 집이었다. 현청 서기관이었던 크라소트킨은 약 14년 전에 죽었으나 그 미망인은 서른 정도밖에 되지 않은 나이로, 깨끗하고 아담한 집에서 '자신의 재산으로' 살아가고 있었다.

그녀는 결혼 생활 1년 만인 열여덟에 아들 하나를 낳고 청상과부가 됐다. 그 후로 그녀는 이 귀한 아들 콜랴를 키우는 데 온 정성을 다 바쳤다.

콜랴가 이 고장 중학교에 다니기 시작했을 때, 어머니는 아들의 예습과 복습을 돕기 위해 아들과 함께 모든 과목을 공부하는 데 열중하는 한편, 학교 선생님과 그들의 부인들과도 가깝게 지냈다. 게다가 콜랴의 학교 친구들까지 구슬려서 자기 아들에게 집적거리지 못하게 했다. 그런데 그 극성스러운 어머니 때문에 아이들은 콜랴를 '응석받이 자식'이라고 놀려대기 시작했다.

그러나 콜랴는 별 신경을 쓰지 않았다. 그는 용감하고 '아주 힘센' 소년으로, 영리하고, 고집 세고, 대담하고, 모험심이 강했다. 공부도 잘해서 수학과 세계사는 다르다넬로프 선생도 쩔쩔맬 정도라는 소문까지 나돌았다.

그는 어머니를 몹시 사랑하고 있었으나 '계집애 같은 감상'이 싫어 표현을 절제하고 있었다. 아버지의 유물 중에는 책장이 하나 있었는데, 약간의 책이 꽂혀 있었다. 콜랴는 책읽기를 좋아하여 그 중의 몇 권은 이미 몰래 읽었다.

지난 7월, 여름 방학 때, 이들 모자는 1주일 예정으로 70베르스타쯤 떨어진 다른 군에 사는 먼 친척 아주머니를 찾아간 적이 있었다. 그 부인의 남편은 철도역에서 근무하고 있었다. 그곳에서 콜랴는 철도를 자세히 살펴보고, 여러 가지 장치에 대해서 연구하기 시작하였다. 집에 돌아가면 학교 친구들에게 새롭게 알게 된 지식을 자랑하려는 생각에서였다. 그곳에서 그는 몇 명의 아이들과 사귀게 되었다. 콜랴가 역에서 묵은 지 나흘인가 닷새쯤 되던 날, 이 어린애들 사이에서 기상천외한 내기가 벌여졌다. 아이들 중에 나이가 제일 어린 탓으로 큰 아이들에게 약간 무시를 당하고 있던 콜랴는 자존심 때문인지, 혹은 무모한 대담함 때문인지 아무튼 밤 11시 기차가 올 때 레일 위에 엎드려 기차가 지나갈 때까지 꼼짝하지 않고 누워 있기 내기를 건 것이다.

　사실은 사전에 연구를 철저히 했기 때문에 레일 사이에 납작 엎드려 있으면 기차가 지나가도 끄떡없다는 것을 알고 있었다.

　정해진 시각에 콜랴는 레일 사이에 엎드렸다. 내기에 응한 나머지 다섯 아이는 철둑 밑으로 내려가 둑 옆 수풀 사이에서 두방망이질하는 가슴을 안고 기차를 기다리고 있었으나, 끔찍한 후회와 공포에 휩싸였다. 마침내 역을 떠난 기차가 우렁찬 소리를 내며 가까이 다가왔다. "나와, 빨리 나와!" 하고 겁에 질린 소년들이 수풀 속에서 콜랴에게 소리쳤으나 이미 때는 늦었다. 기차가 쏜살같이 달려와 지나가 버렸다. 아이들이 콜랴한테로 달려가자 그는 꼼짝 않고 누워 있었다. 그들은 콜랴를 잡아당겨 일으켜 세우려 하였다. 그러자 그는 벌떡 일어나 잠자코 철둑 밑으로 내려왔다.

　그는 그들을 놀라게 하려고 일부러 기절한 것처럼 누워 있었다고 말했으나 한참 후에 자신의 어머니한테 고백한 바에 의하면 사실 그때 자신은 정신을 잃었다고 했다. 이리하여 '용감한 놈'이라는 평판은 영구히 움직일 수 없는 사실이 되고 말았다. 그는 얼굴이 백짓장처럼 새하얘져서 역에서 친척 집으로 돌아갔다.

　이 사건은 얼마 후 읍내로 소문이 퍼져 학교에 알려지게 되었고, 드디어 선생님들의 귀에까지 들어갔다. 그러나 콜랴의 어머니는 아들을 위해 급히 학교로 달려가 영향력 있는 다르다넬로프 선생을 설득하는 데 성공하여 그가 힘써줌으로써 이 사건은 별 문제 없이 지나갔다.

　콜랴의 세계사 실력은 아주 뛰어났으므로, 급우들은 다르다넬로프 선생도 그를 '앞서지 못할' 거라고 굳게 믿고 있었다. 실제로 콜랴는 언젠가 그에게 트로이를 누가 창건했느냐고 물어본 적이 있었는데, 그에 대해 일반적인 상식적으로 대충 설명하였을 뿐이었다. 그 후 아이들은 다르다넬로프 선생이 트로이의 창건자가 누군지 모른다고 확신했다.

철도 사건 이후, 달포쯤 지나자 그는 또다시 못된 장난에 빠져, 그의 이름이 이 고장 치안판사의 귀에까지 들어갔는데, 이번에는 전과는 전혀 성질이 다른 우습고도 어리석은 짓이었다. 어쨌든 어머니는 그 일로 초조하고 불안해했지만, 다르다넬로프는 그녀의 불안이 크면 클수록 더 큰 희망을 갖게 되었다. 여기서 말해두지만 콜랴는 이러한 다르다넬로프의 마음을 이해하고는 있었지만 그의 그런 '속셈'을 몹시 경멸하고 있었다. 그러나 철도 사건 이후로는 이 점에 대한 자신의 태도를 바꾸었다. 더 이상 암시 비슷한 말을 입 밖에 내지 않았고, 어머니 앞에서는 다르다넬로프에 대해서 좀 더 공손한 투로 말하기 시작했다.

다르다넬로프 얘기가 나오면 콜랴는 떨떠름한 얼굴로 창밖을 내다본다든가 큰 소리로 페레즈본을 부르거나 하였다. 페레즈본은 털이 복실복실하고 지저분한 잡종 개였는데, 한 달 전에 콜랴가 어디선가 얻어 집으로 끌고 와 방 안에서 몰래 기르고 있었다. 그는 개를 몹시 들볶으면서 온갖 재주를 다 가르쳐주었다.

그런데 한 가지 밝혀둘 것은 다름이 아니라 독자 여러분들도 이미 알고 있는 퇴역 대위 스네기료프의 아들 일류샤가 학교 아이들이 자기 아버지를 '수세미'라고 놀리는 것에 화가 나서 아버지를 변호하며 칼로 어떤 아이의 다리를 찌른 일이 있었는데, 찔린 소년이 바로 콜랴였다.

2. 꼬마들

11월의 어느 날, 콜랴 크라소트킨은 집 안에 앉아 있었다. 일요일이어서 수업은 없었다. 그러나 이미 시계가 11시를 쳤으므로, 그는 '어떤 중대한 용무'로 꼭 밖에 나가야만 했다. 그런데 집안 어른들이 긴급한 일로 출타하고 없었다.

그날 따라 콜랴는 얼마 동안 어머니 친구의 아이들까지 돌봐주어야 했다. 콜랴는 집 지키는 일을 무서워하지 않았다. 게다가 그에겐 페레즈본이 있었다. 콜랴에게 난처한 일이 있었다면 그것은 '꼬마들'이었다. 그는 아이들을 무척 좋아해서 벌써 그들에게 동화책 한 권을 갖다 주기까지 했다. 여덟 살 난 나스탸는 글을 읽을 줄 알았고, 일곱 살 난 사내아이 코스탸는 나스탸가 책을 읽어주는 것을 무척 좋아했다. 물론 여느 때 같으면 콜랴는 아이들을 일렬로 세우고, 그들과 같이 병정놀이를 하거나 온 집안을 돌아다니며 숨바꼭질을 할 수도 있었다. 그러나 이번에는 그런 놀이를 할 형편이 못되었다. 그에게는 매우 중대한 일이 다가오고 있었기 때문이다.

시간은 자꾸만 흘러가는데, 아이들을 맡기려고 생각했던 아가피아마저 시장에서 돌아올 기미가 보이지 않았다.

"얘들아, 나 정말 입장이 곤란해." 콜랴가 짐짓 점잔을 빼며 말했다. "아가피아는 다리가 부러진 게 틀림없어. 지금까지 돌아오지 않은 걸 보니. 한데 나는 바깥에 나가봐야 할 일이 있거든. 어때, 나가도 괜찮겠지?"

아이들은 걱정스런 눈으로 서로를 쳐다보았다.

"내가 없어도 법석을 떨진 않겠지?"

아이들의 얼굴에 몹시 걱정스런 빛이 떠올랐다.

"그 대신 좋은 걸 한 가지 보여줄게. 진짜 화약으로 쏠 수 있는 구리 대포야."

아이들의 얼굴은 금세 밝아졌다. "대포 좀 보여줘. 사람을 죽일 수도 있어?"

"그럼, 겨냥을 해서 쏘기만 하면 돼." 콜랴는 어디다 화약을 넣고 어디다 총알을 넣는지를 설명하고, 불붙이는 구멍처럼 생긴 작은 구멍을 보여준 뒤, 반동이 있다는 것도 말해 주었다.

"그럼 얘들아, 나가도 괜찮겠지? 내가 없어도 울진 않겠지?"

"울 거야. 꼭 울 거야!" 나스탸가 겁에 질린 듯 말했다.

"진짜 골치 아픈 아이들이군. 시간은 자꾸 가는데, 이를 어쩌지?"

"페레즈본한테 죽은 척해 보라고 해." 코스탸가 부탁했다.

"할 수 없지, 페레즈본한테 도움을 청할 수밖에. 이리 와, 페레즈본!" 콜랴는 개한테 명령하기 시작했다. 개는 자기가 알고 있는 재주를 다 보여주었다.

개가 마지막 재주를 부리고 있을 때, 방문이 열리며 하녀인 뚱뚱한 아가피아가 문지방에 나타났다. 그녀는 마흔 살쯤 된 곰보였는데, 식료품을 잔뜩 사 담은 바구니를 들고 시장에서 돌아오는 길이었다. 콜랴는 아가피아가 돌아오기를 그처럼 목이 빠지게 기다렸음에도 개가 재주 부리는 것을 중단시키지는 않았다.

"저놈의 개 좀 봐!" 아가피아가 나무라듯 말했다.

"이 여자, 왜 늦었어?"

"이 여자라니, 이 꼬맹이가!"

"꼬맹이라고?"

"그럼 꼬맹이지 뭐야. 남이야 늦건 말건 네가 무슨 상관이야."

아가피아는 난로 옆을 왔다 갔다 하며 중얼거렸는데, 명랑한 도련님과 농담할 기회를 얻은 것이 매우 만족스러운 눈치였다.

"이봐요, 바보 같은 할멈! 내가 없는 동안 한눈 팔지 말고 이 아이들을 돌봐주겠다고 맹세할 수 있지?"

"내가 무엇 때문에 너한테 맹세를 해? 안 그래도 봐줄 텐데."

"꼬마들," 콜랴는 아이들을 향해 말했다. "이 아줌마가 너희들하고 같이 있을 거다. 그리고 아줌마가 너희들한테 점심도 줄 거야. 아가피아, 저 애들에게 뭐 좀 줄 수 있겠지?"

"그건 할 수 있어."

"그럼 잘 있어, 병아리들아. 나는 안심하고 가겠다. 이리 와, 페레즈본!"

3. 학생들

대문 밖으로 나온 콜랴는 이리저리 둘러보고 어깨를 움츠리며, "추운데!" 하고 말하고는 한길을 따라 곧바로 걸어가다가 오른쪽 골목길로 꺾어들어 장터 쪽으로 향했다. 그는 장터에 못 미쳐 어느 집에 이르러 대문 앞에 잠시 걸음을 멈추더니 호주머니 속에서 호각을 꺼내 힘껏 불었다. 1분도 채 안 돼 쪽문에서 얼굴이 불그레한 소년이 불쑥 뛰어나왔다. 그는 예비반 학생으로 스무로프라는 이름의(그때 콜랴 크라소트킨은 두 학년 위였다), 부유한 관리의 아들이었다. 그의 양친은 자기 아들이 장난꾸러기로 유명한 크라소트킨과 사귀는 것을 금하고 있었다. 그래서 스무로프는 살그머니 빠져나왔다. 이 스무로프는, 독자 여러분들도 잊지 않았겠지만, 두 달 전에 개천을 사이에 두고 알료샤 카라마조프에게 일류샤에 관한 이야기를 해주었던 바로 그 소년이었다.

"벌써 한 시간이나 너를 기다렸어, 크라소트킨." 스무로프는 몹시 강경한 어조로 말했다.

두 소년은 광장 쪽으로 발걸음을 옮겼다.

"늦어서 미안해." 크라소트킨이 대답했다. "너 매 맞지 않겠니? 나하고 어울렸다고!"

"내가 왜 매를 맞아? 페레즈본도 데리고 갈 거야?"

"응"

"아아, 주치카가 있었으면 얼마나 좋을까!"

"주치카 얘긴 해봤자 소용없어. 주치카는 없으니까."

"이렇게 하면 안 될까?" 스무로프가 갑자기 걸음을 멈췄다. "일류샤 말로는 주치카도 페레즈본처럼 털이 북슬북슬한 잿회색이었다니까 이 개를 주치카라고 하면 안 될까? 어쩌면 그 앤 믿을지도 몰라."

"학생이 거짓말을 하면 못 써."

"그만한 건 나도 알아. 하지만 페레즈본을 가지고 그 앨 달래진 못할 텐데." 스무로프는 한숨을 내쉬었다. "너도 알지, 그 애 아버지인 수세미 대위가 오늘 코끝이 까만 진짜 마스티프 종 강아지를 일류샤에게 갖다주겠다고 우리한테 말한 것 말야. 그 애 아버지는 그걸 가지고 일류샤를 달랠 생각이지만, 그렇게 될까?"

"그런데 그 앤 좀 어때, 일류샤 말야."

"음, 좋지 않아! 내 생각으로는 폐병인 것 같아. 요전에는 좀 걸어보겠다고 하길래 신발을 신겨주었더니 몇 걸음 내딛다가 그만 쓰러지고 말았어. 앞으로 1주일도 못 살 거야. 헤르젠 슈투베 선생님이 왕진을 다니고 있어. 그 집은 다시 부자가 됐어. 돈이 꽤 많은가봐."

"그들은 사기꾼이야."

"누가 사기꾼이란 말야?"

"의사들과 의술을 팔아먹는 족속들 말야. 그런데 너희들의 그 감상적인 엉터리 짓은 어떻게 된 거지? 전 학급이 모두 그 집에 다니고 있는 모양인데?"

"반 아이들이 다 다니는 건 아니고, 한 열 명쯤 다니고 있어, 매일. 그야 뭐 괜찮잖아."

"그런데 이상한 건 알렉세이 카라마조프야. 자기 형은 그런 죄를 짓고 내일이나 모레 재판을 받을 상황인데, 아이들과 같이 감상적인 일에 시간을 보낼 여유가 어디 있느냐 말야!"

"그건 절대 감상적인 게 아냐. 너도 지금 일류샤와 화해하러 가고 있잖아?"

"화해하러 간다고? 하지만 나는 누구든 내 행동을 분석하는 건 용서하지 않아."

"하지만 일류샤는 너를 보면 굉장히 기뻐할 거야. 네가 올 줄은 꿈에도 생각지 못했을 테니까. 그런데 넌 왜 그렇게 오랫동안 가지 않았지?" 스무로프가 열을 올리며 소리쳤다.

"이봐, 그건 내 일이지 네 일이 아냐. 나는 내 의지에 따라 스스로 가는 거지만, 너희들은 모두 알렉세이 카라마조프한테 끌려 갔었지? 바로 그 점에 차이가 있어."

"우린 절대로 카라마조프한테 끌려간 게 아니야. 물론 처음엔 카라마조프와 같이 갔었지만……. 그 애 아버진 우리를 보고 굉장히 좋아했어. 너도 알겠지만 일류샤가 죽으면 그 사람은 미쳐버릴 거야. 그래서 우리가 일류샤와 화해했을 때, 그 애 아버지가 얼마나 좋아했는지 몰라. 일류샤는 너에 대해서 몇 마디 물어보고는 입을 다물어 버렸어. 아무튼 그 애 아버지는 미쳐버리든지 목매달아 죽든지 할 거야. 그 사람은 전에도 미친 사람처럼 군 적이 있었어. 모든 일의 시초는 제 아비를 죽인 살인자가 그때 그분을 때렸기 때문이야."

"그렇지만 역시 카라마조프는 수수께끼야. 나는 오래 전에 그 사람과 사귈 수 있었지만 왠지 거만하게 굴고 싶은 마음이 들어 그만둬 버렸지."

콜랴는 감동적으로 말을 하다 입을 다물었다. 스무로프 역시 아무 말이 없었다. 스무로프는 콜랴를 숭배하고 있었으므로, 감히 자기를 그와 동등한 위치에 놓으려는 생각은 할 수 없었다. 그들은 장터를 가로질러 걸어갔다.

"나는 리얼리즘을 좋아해, 스무로프." 갑자기 콜랴가 입을 열었다. "너 봤지? 개들이 만나면 서로 냄새 맡는 것 말야? 거기엔 자연의 법칙이 있어."

"그래, 좀 우스꽝스런 법칙이긴 하지만."

"우습긴, 그건 네가 잘못 봤어. 자연 속엔 우스꽝스런 것이 없어. 편견을 가진 사람에겐 어떻게 보일지 모르지만. 나는 사회주의자야."

"사회주의자가 뭔데?" 스무로프가 물었다.

"세상 사람들이 모두 평등하고, 모든 재산을 공동으로 소유하지. 그런데 꽤 춥구나."

"응. 영하 12도야. 아까 아버지도 온도계를 보셨어."

"스무로프, 너 이런 거 경험해 봤니? 영하 15도나 18도 되는 한겨울보다 요즘처럼 12도의 추위가 갑자기 몰아닥치거나 아직 눈이 조금밖에 내리지 않은 초겨울 날씨가 더 춥게 느껴지는 것 말야."

멀리 성당의 시계가 11시 반을 알렸다. 두 소년은 걸음을 재촉하여 스네기료프 퇴역 대위의 집까지 걸어갔다. 그 집에서 스무 발짝쯤 떨어진 곳에서 콜랴는 걸음을 멈추고 스무로프에게 먼저 가서 카라마조프를 불러오라고 하였다.

"뭔가 냄새를 맡아볼 필요가 있어." 그는 스무로프에게 말했다.

"왜 불러내려는 거지?" 스무로프는 반대했다. "그냥 들어가 봐. 너를 보면 모두들 굉장히 반가워할 거야. 그리고 이렇게 추운 데서 인사할 게 뭐람!"

"그를 이 추운 곳으로 불러내야 할 이유가 있어." 콜랴는 폭군처럼 잘라 말했다. 스무로프는 그의 명령을 수행하기 위해 달려갔다.

4. 주치카

콜랴는 짐짓 점잔을 빼며 울타리에 기대어 서서 알료샤가 나타나기를 기다렸다. 이때 콜랴가 무엇보다도 괴로워한 것은 자신의 키가 작다는 사실이었다. 얼굴이 '못생긴 것'은 키가 작다는 것만큼 고민거리는 아니었다.

알료샤는 콜랴 쪽으로 급히 걸어왔다. 콜랴는 알료샤가 가까이 다가오기도 전에 그가 무척 반색을 하고 있음을 알 수 있었다. '나를 만나는 게 저렇게 기쁠까?' 콜랴는 기분 좋게 생각했다. 말이 나온 김에 하는 말이지만, 알료샤는 우리가 그를 마지막으로 본 이후 외모가 많이 변했다. 그는 수도복을 벗어던지고 지금은 멋진 프록코트를 맞춰 입고, 짧게 깎은 머리에는 중절모자를 쓰고 있었다. 그는 곧 콜랴에게 손을 내밀었다.

"왔구나. 모두들 너를 얼마나 기다렸는지 몰라."

"사정이 좀 있었어요. 곧 아시게 되겠지만 아무튼 만나게 되어 기뻐요. 얘기는 많이 들었어요." 콜랴는 숨을 헐떡이며 중얼거렸다.

"일류샤의 병세가 심각해. 오래 못 살 것 같아."

"결국 의학이 아무 도움도 못 주는 거군요. 안 그렇습니까, 카라마조프 씨?" 콜랴는 열을 올리며 외쳤다.

"일류샤는 자주 네 얘기를 했어. 잠꼬대까지 하더란 말야. 너는 그 아이에게 무척 소중한 친구였나봐. 칼을 가지고 덤벼들 정도로. 거기엔 그만한 이유가 있었을 거야. ……이놈이 네 개니?"

"네, 페레즈본이라고 합니다."

"주치카가 아니고?" 알료샤는 유감스럽다는 듯이 콜랴의 두 눈을 쳐다보았다. "그 개는 아주 사라져버렸나?"

"저도 알고 있어요. 모두들 주치카를 원하고 있다는걸. 얘길 다 들은걸요." 콜랴는 아리송한 미소를 지었다. "들어보세요. 카라마조프 씨, 모든 사정을 설명해 드릴 테니까요. 사실 제가 여기까지 온 것도 그 때문이에요." 그는 활기를 띠며 말하기 시작했다. "카라마조프 씨, 당신도 아시겠지만 일류샤는 지난 봄에 예비반에 입학했는데 꼬마들한데 놀림을 받기 시작했어요. 그 애는 키도 작고 약한 편이었는데도 다른 아이들과 맞붙어 싸운 거예요. 자존심이 센 아이거든요. 저는 그런 타입을 좋아합니다. 그런데 애들은 일류샤를 갈수록 괴롭혔어요. 그는 초라한 외투를 입고 바지는 깡충하게 짧고, 장화에는 구멍이 뚫려 있었어요. 애들은 그걸 가지고 그 애를 놀려대는 것이었어요. 저는 그 애 편이 되어 아이들을 혼내주었지요. 그러자 그 애들은 저를 숭배하기 시작했어요. 아시겠어요, 카라마조프 씨?" 콜랴는 신이 나서 자랑하는 것이었다. "어쨌든 저는 꼬마들을 좋아합니다. 그건 그렇고, 정말 그 앤 자존심이 강해요. 그 애는 저를 하느님처럼 받들어 모시며 제 흉내를 내려고 애썼지요. 저는 그 애를 가르치고 깨우쳐주었어요. 카라마조프 씨, 당신 역시 저런 조무래기들과 어울리고 있지만, 그것은 어린 세대를 감화하고, 그들에게 유익한 존재가 되고 싶어서 그런 게 아니겠어요? 저는 저애의 내부에서 과민한 부분과 센티멘털한 부분이 자라나고 있다는 걸 눈치 챘는데, 저는 그런 계집애 같은 유약성을 아주 싫어합니다. 게다가 그 애한테는 모순되는 점이 있습니다. 그 애는 자존심이 강했지만 나에게는 노예처럼 충성을 바쳤어요. 그러다가도 어떤 때는 조그만 눈을 번득이며 내 의견에 맞서 싸우려고 덤벼들기도 했죠. 그래서 저는 그 애를 길들이기 위해 그 애가 상냥하게 굴수록 더 냉정히 대했어요. 제 목적은 그 애의 인격을 갈고 닦아 참된 인간으로 만들어주는 것이었지요. 그런데 갑자기 그 애가 우울해한다는 것을 알게 되었습니다. 저는 그 애를 붙들고 속사정을 알아냈습니다. 그는 언젠가 돌아가신 당신 아버지의 하인 스메르댜코프와 알게 되었다는 거예요. 그런데 그 스메르댜코프가 어린애한테 비열한 장난을 가르쳐주었어요. '부드러운 빵조각을 가져다 속에다 핀을 넣어 어느 집 개한테 던져주면 굶주린 개는 씹지도 않고 삼켜버릴 것이다. 그 다음 결과가 어떻게 될 것인지는 두고 보라'는 것이었지요. 그래서 그들은 둘이서 그런 빵을 만들어가지고 지금 그들이 야단법석을 피우고 있는 바로 그 털북숭이 개 주치카에게 던져주었어요. 한데 그 개는 빵을 보고 미친 듯이 달려들어 덥석 삼키더니 비명을 지르기 시작했답니다. 개는 뱅글뱅글 돌다가 비명을 지르며 어디론지 사라져버렸습니다. 이건 일류샤가 직접 저에게 한 얘기예요. 그 애는 나한테 그 사실을 말한 뒤 나를 끌어안고 울면서 부들부들 떨었어요. 그래서 저는 그 얘기를 진지하게 들어주었지요. 실은 그전에 다른 일도 있고 해서 이 기회에 버릇을 단단히 고쳐주려고 시치미를 딱 떼고 화가 난 척하면서 '너는 비열한 짓을 했어. 물론 그 얘기를 퍼뜨리지는 않겠지만 당분간 우리는 절교야. 이 문제를 신중히 생각해 보고 나서 스무로프를 통하여 앞으로 너와 관계를 계속할 것인지, 아니면 너를 영영 비열한 인간으로 취급해 버릴 것인지를 알려주겠다.'고 말했어요. 이 말에 그 앤 심한 충격을 받았던가봐요. 그리고 하루가 지난 뒤에 그 애한테 스무로프를 보내어 앞으로는 '말도 하지 않겠다.'고 전하게 했습니다. 그건 절교할 때 우리들이 쓰는 말이죠. 하지만 저는 며칠 동안 이 놈을 골탕 먹이다가 뉘우치는 기미가 보이면 다시 손을 내밀어야겠다고 생각하고 있었어요. 그런데 당신은 무슨 일이 일어났을 거라고 생각하세요? 그 애는 스무로프한테서 그 말을 듣고 눈을 번득이더니, '크라소트킨한테 내 말을 전해 줘. 이제부터 아무 개한테나 핀이 든 빵조각을 던져주겠다고! 한 마리도 남기지 않고, 모조리!' 하고 소리치더래요. 그래서 저도 '또 제멋대로 굴려고 하는군. 그렇다면 그놈에게 본때를 보여줘야지!' 생각하고, 그 후로는 완전히 멸시하는 태도를 보이기 시작했어요. 그리고 만날 때마다 외면을 하든가 얄궂은 미소를 짓곤 했습니다. 그때 아이들은 제가 그 애와 절교한 것을 알고 그 애한테 달려들어 '수세미, 수세미' 하고 약을 올렸어요. 그때부터 꼬마들 사이에 싸움이 시작되었는데, 그 점에 대해선 무척 유감스럽게 생각해요. 그러던 어느 날, 그는 교실에서 운동장으로 나와 아이들 전체를 상대로 싸웠지요. 저는 금방이라도 달려가서 그 애를 도와주려고 했지요. 그런데 갑자기 그애와 시선이 마주쳤어요. 그 애가 무슨 생각을 했는지는 몰라도 갑자기 주머니 속에서 칼을 꺼내들고 저한테 덤벼들어 제 넓적다리를, 여기 이 오른쪽 다리를 찌르는 거예요. 저는 꼼짝도 하지 않았습니다. 그러자 그 앤 두 번 다시 찌르지 못했어요. 그 앤 더 이상 버티지 못하고 겁을 집어먹은 채 칼을 내던지더니 울음을 터뜨리면서 달아나버렸어요. 나중에 들은 얘깁니다만, 바로 그날 그 애는 돌팔매질을 하고 당신의 손가락을 깨물었다면서요. 하지만 당신은 이해하실 거예요, 그때 그 애의 기분이 어땠는지! 이제 얘기는 끝났어요. 그저 제가 바보짓을 한 것만 같아서요."

"아, 그것 참 유감이군." 알료샤는 흥분해서 소리쳤다. "너와 그 애의 관계를 진작 알았더라면 오래 전에 너를 찾아가 그 애한테 가자고 했을 텐데. 넌 믿지 않을지 모르지만 그 애는 열이 펄펄 끓어올라 헛소리를 하면서 네 얘길 했어. 만약 지금이라도 주치카를 찾아와서 그 개가 죽지 않고 살아 있다는 것을 보여만 준다면 그 앤 기뻐서 살아날 거야. 우리는 모두 자네에게 희망을 걸고 있어."

"어째서 제게 기대를 하셨죠?" 콜랴가 호기심을 보이며 물었다.

"네가 그 개를 찾아다니고 있었으니 데려올 거라는 소문이 나돌았지. 스무로프도 그와 비슷한 얘기를 했어. 아이들이 일류샤에게 산토끼를 갖다 줬는데, 그 앤 그걸 보고 피시시 웃으면서 들판에다 놓아주라고 했어."

"카라마조프 씨, 그 애 아버진 어떤 사람이죠? 어릿광댑니까?"

"오, 아니야. 억압받는 사람들 중엔 감수성이 예민한 사람들이 있지. 그런 사람들의 광대 짓은 다른 사람에 대한 분노를 나타내는 풍자의 한 형태라고 볼 수 있어."

"카라마조프 씨, 당신은 인간을 잘 이해하고 계신 것 같군요."

"나는 네가 개를 데려온 걸 보고 이놈이 바로 그 주치카인가보다고 생각했었어."

"잠깐만 기다리세요, 카라마조프 씨. 어쩌면 우린 그놈을 찾아낼 수 있을지 몰라요. 하지만 이건 페레즈본이에요. 지금 저는 이 개를 방안으로 들여보낼 생각이에요. 어쩌면 마스티프 종보다는 일류샤의 마음을 즐겁게 해줄지 몰라요."

"걱정할 것 없어. 그런데 네 이름이 뭐지? 콜랴라는 것은 알지만 그다음은?"

"니콜라이, 니콜라이 이바노비치 크라소트킨이에요. 관청식으로 말하면 크라소트킨 2세라고 부르죠."

콜라는 알료샤가 정말 마음에 들었다. 그 이유는 알료샤가 자기를 어른과 동등하게 대해 주었을 뿐 아니라 '어른'에게 하는 것처럼 예우해 주었기 때문이다.

"카라마조프 씨, 한 가지 재주를 보여드리겠어요."

"우선 집 주인한테로 가자. 왼편으로. 방 안이 비좁고 더워서 모두 거기다 외투를 벗어놓고 들어가니까."

"저는 외투를 입고 들어가서 잠깐만 있다 나오겠어요. 페레즈본은 이곳 현관에 남아서 죽은 시늉을 하고 있으라고 해야겠어요. 제가 먼저 들어가서 방 안의 분위기를 살핀 후에 필요하다고 생각될 때 휘파람을 불겠어요. 그러면 저놈은 미친 듯 달려올 거예요. 단지 스무로프가 그 순간에 문 열어주는 걸 잊지 않으면 되는 거예요. 어떻든 제가 잘해볼 테니 당신은 구경이나 하세요."

5. 일류샤의 침대 곁에서

독자 여러분들도 잘 알고 있는 퇴역 이등 대위 스네기료프네 가족이 살고 있는 방은 방문객들로 꽉 차 숨이 막힐 지경이었다. 그들은 알료샤한테 끌려와 일류샤와 화해를 한 것이다. 알료샤는 일류샤에게 아이들을 모두 데리고 와서 '계집애 같은 감상을 보이지 않고 기술적으로 화해' 시켰다. 그것은 일류샤의 고통을 덜어주는 데 큰 효과가 있었다. 그는 전에 자기의 적이었던 이 아이들이 하나같이 자기에게 깊은우정과 동정을 쏟는 것을 보고 몹시 감동하였다. 단지 크라소트킨만이 눈에 띄지 않았는데, 그 사실이 그의 마음을 무겁게 짓누르는 것이었다. 일류샤의 추억 가운데 가장 쓰라린 것이 있다면 그것은 자기의 유일한 친구요, 보호자였던 크라소트킨을 칼로 찌른 사건이었다. 영리한 스무로프도 그런 생각을 하고 있었다. 그러나 크라소트킨은 알료샤가 '어떤 일'로 자기를 보고 싶어 한다는 말을 스무로프를 통하여 간접적으로 들었을 때 그 자리에서 딱 잘라 거절하고, 자기가 해야 할 일이 무엇인지는 자기가 잘 알고 있기 때문에 누구의 충고도 바라지 않으며, 만약 일류샤를 찾아간다면, '자기 나름의 생각'이 있기 때문이며, 언제 갈 것인지는 자기가 알아서 결정하겠다고 스무로프를 시켜 카라마조프에게 전하게 하였다. 그것은 약 2주일 전의 일이었다. 그러나 알료샤는 기다리는 도중 스무로프를 다시 크라소트킨에게 보냈다. 두 번째도 크라소트킨은 성급하게 딱 잘라 대답하고, 더 이상 성가시게 하지 말라는 전갈을 보냈다. 그래서 어제까지만 해도 스무로프는 이날 아침에 콜랴가 일류샤의 집을 방문하리란 것을 모르고 있었다.

그런데 바로 엊저녁에 스무로프와 헤어지면서 콜랴가 갑자기 내일 아침에 함께 스네기료프네 집에 갈 것이니 집에서 기다려달라고 했다. 스무로프는 그대로 복종했다. 콜랴가 행방불명된 주치카를 데려올 것이라는 스무로프의 공상은, "주치카가 살아 있는데도 찾아내지 못한다면 모두 바보새끼들이야." 라고 언젠가 콜랴가 내뱉은 말에 근거를 둔 것이었다. 그러나 스무로프가 기회를 기다렸다가 그 개에 대한 자신의 짐작을 넌지시 말했을 때 콜랴는 버럭 화를 냈다. '나에겐 페레즈본이 있어. 그런데도 남의 개를 찾으려고 온 시내를 쏘다닐 바보인 줄 알아? 그리고 핀을 삼킨 개가 어떻게 아직도 살아 있을 것이라고 생각하느냔 말야! 그야말로 '계집애 같은 감상'이지!'

지난 2주 동안 일류샤는 방 한구석에 있는 성상 옆 작은 침대에서 거의 떠나본 적이 없었다. 학교는 알료샤의 손가락을 깨문 다음날부터 나가지 못했다. 그는 앓아눕게 되었는데, 처음 한 달은 이따금 침대에서 일어나 방 안이나 현관을 걸어다닐 수 있었다. 그러나 요즘에는 건강이 악화되어 아버지의 도움 없이는 한 발짝도 움직일 수가 없었다. 아버지는 아들 때문에 걱정이 태산 같았다.

아들을 위해 아버지는 별의 별 짓을 다했으나 일류샤는 자기 아버지가 어릿광대 노릇을 하는 것을 아주 싫어했다. 소년은 불쾌한 감정을 노출하지 않으려고 애썼으나 자기 아버지가 세상 사람들한테 멸시당하고 있다는 사실이 가슴 아팠으며, '수세미'와 그 '무서운 날'의 기억이 자꾸만 되살아나는 것이었다.

그는 아들 일류샤의 병세에 심한 불안을 느끼고 있었지만, 어느 날 갑자기 자기 아들의 병이 깨끗하게 완쾌되리라고 믿게 되었다.

그는 꼬마 손님들에게 주려고 생강 비스킷을 사오는가 하면 차를 끓이고 샌드위치를 만들기도 했다. 그 무렵, 그에겐 아직은 돈이 있었다는 사실을 밝혀두겠다. 그는 알료샤의 짐작대로 결국 카테리나 이바노브나로부터 2백 루블을 받았던 것이다.

문제의 일요일 아침에는 퇴역 대위의 집에 모스크바에서 명성을 떨치고 있는 전문의가 오기로 되어 있었다. 카테리나 이바노브나가 많은 돈을 들여 모스크바에서 의사를 모셔온 것이었다. 한편 대위는 콜랴 크라소트킨의 방문을 오래 전부터 기다리고는 있었으나 이렇게 불쑥 나타나리라고는 꿈에도 생각지 못했다. 크라소트킨이 문을 열고 방 안에 들어섰을 때 퇴역 대위와 아이들은 모두 일류샤의 침대 가에 둘러앉아서 방금 데리고 온 조그만 강아지를 보고 있었다. 그것은 겨우 전날 태어난 놈이었지만, 행방불명이 되어 이제는 죽어버렸을 주치카를 생각하고 줄곧 울적한 기분에 잠겨 있는 일류샤를 위로하기 위해서 대위가 이미 1주일 전에 부탁해놓은 것이었다. 진짜 마스티프 종 강아지를 선물로 받으리라는 것을 들어서 알고 있었던 일류샤는 겉으로는 이 선물을 기뻐하는 척해 보였으나, 사실 그 강아지는 그가 죽인 불행한 주치카에 대한 기억을 더욱 강렬하게 해주었을 뿐이라는 것을 그의 아버지와 아이들도 분명히 알았다.

"크라소트킨이다!" 콜랴가 들어오는 것을 제일 먼저 본 소년이 소리쳤다.

순간 아이들 사이에 눈에 띄게 동요가 일었다. 대위는 콜랴를 맞으려고 급히 달려갔다.

"어서 와, 우리 귀하신 손님! 일류샤, 크라소트킨 군이 찾아왔다."

그러나 크라소트킨은 퇴역 대위와 얼른 악수를 나누고 곧 사교적인 예절에 대한 그의 비범한 지식을 과시했다.

"넌 훌륭한 가정교육을 받은 젊은이라는 걸 한눈에 알 수 있어. 한데 다른 아이들은 그렇지 않았어. 서로 등을 타고 들어왔으니 말야."

환자는 눈에 띄게 얼굴이 창백했다. 그는 침대에서 일어나 앉아 콜랴를 뚫어지게 바라보았다. 콜랴는 두 달 만에 만나는 이 꼬마 친구를 보고 심한 충격을 받은 듯 우뚝 멈춰 섰다. 그는 일류샤 쪽으로 한 걸음 다가가 한 손을 내밀고는 거의 얼빠진 사람처럼 말했다.

"그래…… 좀 어떠니?"

그러나 더 이상 말을 이을 수가 없었으며, 평정을 유지할 수도 없었다. 얼굴은 갑자기 일그러지고, 입술 언저리가 떨리기 시작했다. 일류샤는 그에게 슬픔이 깃든 미소를 지어보였으나, 여전히 한 마디도 할 수 없었다. 콜랴는 무슨 생각에서인지 갑자기 한 손을 들어 일류샤의 머리를 한번 쓰다듬어 주었다.

"염려할 것 없어." 그는 나지막하게 중얼거렸으나 일류샤를 위로하려는 말은 아니었다. 잠시 동안 그들은 말이 없었다.

"이건 뭐야, 새 강아지니?" 콜랴는 냉담한 목소리로 물었다.

"으응!" 일류샤가 숨을 헐떡이며 속삭이듯 대답했다.

"코끝이 새까만 걸 보니 사납겠구나. 이런 강아지는 쇠줄로 매둬야 해." 콜랴는 이 강아지의 새까만 코만이 문제인 양 근엄하게 말했다.

그는 '어린애' 처럼 터져 나오려는 눈물을 참느라 무진 애를 썼으나 아무래도 그것이 불가능했다.

"좀 더 자라면 쇠줄에 매둬야 할 거야." 한 소년이 소리쳤다.

"그럼, 그래야 되고말고. 사냥개니까 송아지만큼 클 거야." 갑자기 여러 목소리가 일시에 외쳤다.

"암, 송아지만큼, 진짜 송아지만큼 커지고말고." 대위가 끼어들었다. "내가 일부러 저런 사나운 개를 데려왔지. 키가 마룻바닥에서 이만큼은 될걸. 자, 어서 앉아. 정말 오랫동안 기다리던 귀한 손님이야. 그래, 알렉세이 표도로비치와 함께 왔나?"

크라소트킨은 일류샤의 발치에 걸터앉았다. 그는 오는 도중에 자연스럽게 이야기를 꺼내려고 미리 준비해 둔 것이 있었지만 이제는 이야기의 실마리를 완전히 잃어버리고 말았다.

"아뇨. 페레즈본하고 같이 왔어요. 저한텐 지금 페레즈본이라는 개가 있어요. 슬라브식 이름이죠. 휘파람을 불면 번개처럼 뛰어 들어올 거예요. 너 생각나지, 주치카?" 그는 문득 이런 질문을 던져 일류샤를 당황하게 만들었다.

일류샤의 조그만 얼굴이 일그러졌다. 그러나 콜랴는 이를 알아채지 못했고, 또 알려고 하지도 않았다.

"그래 어디 있을까, 주치카는?" 띄엄띄엄 이어지는 목소리로 일류샤가 물었다.

"아니, 네 주치카는 어딘가로 사라져 버렸잖니. 어디로 도망가서 죽은 게 틀림없어. 그런 걸 먹었으니 어떻게 살 수 있겠니." 콜랴는 무자비하게 잘라 말했지만 그래도 왠지 숨이 가쁜 모양이었다. "하지만 나한테 페레즈본이라는 개가 한 마리 있어. 너에게 보여주려고 데리고 왔어."

"필요 없어!" 일류샤가 말했다.

"아냐, 봐야 해. 일부러 데려온걸. 그 개처럼 북슬북슬한 놈이야. 부인, 제 개를 방 안으로 불러들여도 괜찮겠습니까?" 그는 이해할 수 없을 정도로 흥분하여 스네기료프 부인 쪽을 향하여 말했다.

"필요 없어. 필요 없단 말야!" 일류샤는 신경질적으로 소리쳤다.

그의 눈에선 비난의 불길이 타오르기 시작했다.

"여보게!" 퇴역 대위는 앉아 있던 벽 옆의 궤짝 위에서 벌떡 일어났다. "이 다음에 하지……." 그는 중얼거렸다. 그러나 콜랴는 들은 체도 않고 느닷없이 스무로프에게 소리쳤다. "스무로프, 문 좀 열어." 그러자 페레즈본이 쏜살같이 방 안으로 뛰어 들어왔다.

"뛰어, 페레즈본! 재주를 부려." 콜랴는 자리에서 벌떡 일어나 소리쳤다.

개는 뒷발로 곧추서서 일류샤의 침대 앞으로 다가왔다. 그러자 뜻하지 않은 일이 일어났다. 일류샤는 몸을 부르르 떨더니 앞으로 쑥 내밀고는 페레즈본 쪽으로 구부려 정신 나간 사람처럼 개를 바라보았다.

"이건…… 주치카다." 그는 고통과 기쁨이 뒤섞인, 목이 멘 소리로 외쳤다.

"그럼, 넌 무엇일 거라고 생각했니?" 콜랴는 행복에 넘쳐 쩡쩡 울리는 목소리로 소리쳤다.

"자, 봐. 한쪽 눈은 멀고, 왼쪽 귀는 찢어지고, 바로 네가 나한테 말한 특징 그대로야. 나는 그걸 생각하고 개를 찾아냈어." 그는 대위와 그의 부인과 알료샤와 일류샤를 번갈아 보면서 설명했다. "이것 봐, 이놈은 그때 네가 준 빵조각을 삼켰다면 틀림없이 죽었을 거야. 죽었고말고! 지금 이렇게 살아 있는 걸 보면 뱉어 버렸나봐." 콜랴는 벌겋게 달아오른 얼굴로 신이 나서 소리쳤다.

일류샤는 백지장처럼 창백한 얼굴로 콜랴를 쳐다보았다. 이런 순간이 병든 소년의 건강에 얼마나 치명적인 영향을 주는지 조금이라도 알았다면 콜랴는 절대로 이런 장난을 하지 않았을 것이다.

"주치카! 그러니까 이게 주치카란 말이지?" 그는 더없이 행복한 목소리로 외쳤다. "일류샤, 이게 주치카다. 네 주치카야!"

그는 거의 울상이 되어 말했다.

"난 그것도 몰랐지." 스무로프는 유감스럽다는 듯 소리쳤다.

"역시 크라소트킨이 최고야. 내가 뭐라고 했어. 저 애가 주치카를 찾아낼 거라고 했지. 자, 이렇게 찾아냈잖아!"

"최고야, 최고!" 모두 함성을 지르며 손뼉을 치기 시작했다.

"가만, 가만." 크라소트킨은 아이들의 함성을 누르려고 힘껏 소리쳤다. "어떻게 된 영문인지 얘기할게. 나는 이놈을 찾아가지고 집으로 끌고 와 요 근래까지 아무에게도 안 보여줬어. 단지 스무로프가 2주일 전에 보았지만, 내가 이 개는 페레즈본이라고 했더니 눈치를 채지 못했어. 그동안 나는 틈틈이 이놈에게 여러 가지 재주를 가르쳤어. 댁에 고깃점 같은 것 없어요? 여러분! 배꼽이 빠질 정도로 우스운 재주 한 가지를 곧 보여드리겠어요."

퇴역 대위는 현관을 지나 자기네들의 밥까지 지어주고 있는 주인집으로 날쌔게 달려갔다. 콜랴는 귀중한 시간을 헛되이 보내지 않으려고 서두르며 페레즈본에게 "죽어!" 하고 소리쳤다. 그러자 개는 옆으로 뒹굴더니 발랑 나자빠져 네 발을 하늘로 치켜들고 죽은 시늉을 했다.

"절대로 일어나지 않을 거예요. 온 세상이 다 소리쳐 불러도 꼼짝 않을 거예요. 하지만 제가 부르면 금방 일어나요! 이리와, 페레즈본!"

개는 벌떡 일어나 깡깡거리며 껑충껑충 뛰기 시작했다.

"뜨겁지 않아요?" 콜랴는 고깃점을 받아들며 사무적인 어투로 물었다. "뜨겁지 않군. 개들은 뜨거운 걸 좋아하지 않아요. 일류샤, 너도 보란 말야. 아니, 넌 왜 안 보니?"

새로운 재주란 이런 것이었다. 코를 내밀고 움직이지 않고 서 있는 개의 콧잔등에 맛있는 쇠고기 조각을 올려놓는 것이었다. 하지만 이 불쌍한 개는 주인의 명령이 없는 한 반 시간이 지나도 콧잔등 위의 고깃점을 먹을 수 없었다..

"그만!" 콜랴가 소리치자 고깃점은 눈 깜짝할 사이에 페레즈본의 코에서 입으로 들어갔다. 구경꾼들이 경탄의 환호성을 질렀음은 말할 나위도 없었다.

"페레즈본! 페레즈본!" 갑자기 일류샤가 가느다란 손가락으로 개를 가리키면서 불렀다.

"왜 그래? 네 침대 위로 뛰어오르게 해줘? 이리 와, 페레즈본!" 콜랴가 손바닥으로 침대를 탁 쳤다. 페레즈본은 쏜살같이 일루샤 곁으로 달려갔다. 일류샤는 두 팔로 개의 머리를 덥석 끌어안았다. 페레즈본은 즉시 그의 뺨을 핥았다. 일류샤는 개를 껴안고 침대에 눕더니 복슬복슬한 털 속에 얼굴을 파묻었다.

"세상에! 이렇게 고마울 데가!" 대위가 소리쳤다.

콜랴는 다시 일류샤의 침대 위에 앉았다.

"일류샤, 한 가지 더 보여줄 게 있어. 나 너한테 주려고 조그만 대포를 가져왔어. 너도 생각날 거야. 전에 내가 이 대포 얘기를 했더니 너는 그걸 좀 보고 싶다고 말한 적이 있지. 그래서 지금 그걸 갖고 왔어."

그리고 콜랴는 서둘러 자기 가방 속에서 청동제 대포를 꺼냈다.

"나는 예전부터 모로조프라는 관리가 갖고 있던 이 물건에 눈독을 들여왔었어. 너한테 주려고 말야. 이건 모로조프가 자기 형한테 얻은 건데 그 사람에겐 아무 소용이 없었어. 그래서 나는 아버지의 책장에서 『마호메트의 친척, 일명 유익한 우행』이라는 책을 꺼내어 이 대포와 바꿨지. 그 책은 백 년 전 모스크바에서 출판된 건데 아직 검열 제도가 없었을 때 나온 책이었어. 모로조프는 그런 물건에 취미가 있었거든. 그 사람은 오히려 나한테 고마워하기까지 했어."

콜랴는 자기에게 화약이 있는데 '만일 여자들만 놀라지 않는다면' 지금이라도 쏘아 보일 수 있다고 말했을 때, 극적 효과는 최고조에 달했다. '일류샤의 어머니'는 그 장난감을 좀 더 가까이 보자고 부탁했다. 콜랴는 화약과 산탄을 보여주었다. 군인 출신인 퇴역 대위는 극히 소량의 화약을 채우면서 산탄 발사는 다음 기회로 미루자고 제의했다. 콜랴는 사람이 없는 쪽으로 포구를 돌려 마룻바닥에 놓았다. 그런 다음 세 알의 화약을 화문에 채우고 성냥을 그어댔다. 순간 무시무시한 폭발음이 울려퍼졌다. 엄마는 놀라 몸을 떨었으나 곧 환희의 미소로 바뀌었다.

"아이, 그거 나 줘. 대포는 내가 갖고 싶어." 갑자기 어린애처럼 '어머니'가 조르기 시작했다.

"여보, 여보." 퇴역 대위는 아내 쪽으로 뛰어갔다. "대포는 일류샤가 받은 거니까 일류샤더러 가지고 있으라고 해. 그래도 역시 그건 당신 거나 다름없어."

"싫어. 둘이 갖는 건 싫어. 나 혼자만 가질 테야." 어머니는 이렇게 말하며 금방이라도 울음을 터뜨릴 것 같았다.

"엄마가 가지세요. 자, 여기 있어요." 일류샤가 소리쳤다.

"일류샤, 이 귀여운 것! 세상에 너처럼 에미를 사랑하는 애가 있을까?" 그녀는 감동 어린 목소리로 말하고, 곧 장난감 대포를 자기 무릎 위에 올려놓고 굴리기 시작했다.

"여보, 당신 손에 키스 좀 합시다." 남편은 아내에게 달려가 키스를 했다.

"아, 우리도 그 모험 얘긴 들었어. 기차 밑에 엎드려 있는 동안 정말 무섭지 않았어?"

퇴역 대위는 콜랴의 비위를 맞추기에 급급했다.

"별로 무섭지 않았어요." 콜랴는 대수롭지 않다는 듯 대답했다.

"그러나 무엇보다도 내 명성을 더럽힌 것은 그 빌어먹을 놈의 거위 놈이었어." 그는 다시 일류샤를 향하여 말했다. 그는 말을 하면서도 되도록 태연한 태도를 취하려고 했지만, 스스로를 억제할 수 없어서 인지 자꾸만 어조가 바뀌었다.

"아, 나도 그 거위 얘긴 들었어." 일류샤는 얼굴이 환해지면서 웃었다. "듣긴 했지만 난 무슨 소린지 몰랐어. 너 정말 판사한테 가서 재판을 받았니?"

"정말 어리석고 시시껄렁한 사건에 불과해. 그걸 가지고 이곳 사람들은 코끼리처럼 부풀리거든." 콜랴는 입에는 나오는 대로 지껄여대기 시작했다. "어느 날 내가 장터를 지나가려니까 마침 사람들이 거위를 몰고 왔어. 나는 걸음을 멈추고 거위를 바라보았지. 그런데 갑자기 비슈냐코프라는 청년이 날 보고 '너 거위를 왜 그렇게 보고 있는 거니?' 하고 묻지 않겠니? 그는 얼굴이 둥글고 바보 같이 생긴 스무 살쯤 된 청년이었어. 알다시피 나는 절대로 민중을 깔보는 일이 없어. 일류샤, 너 들었니? 그 선생 장가갔다는 거? 지참금 1천 루블을 가지고 온 미하일로프네 집 딸을 데려왔는데, 세상에 그런 추물은 없을 거야. 하지만 다르다넬로프 선생에 대해선 아무 말 않겠어. 유식한 분이지."

"하지만 넌 트로이를 누가 창건했는지에 대한 문제로 그 선생의 코를 납작하게 만들었잖아." 그때 스무로프는 크라소트킨이 정말 자랑스럽다는 듯 말참견을 했다.

"아버지, 저 앤 모르는 게 없어요.." 일류샤도 끼어들었다. "겉으로는 모르는 체하고 있지만 실은 전 과목에 걸쳐 최고의 점수를 받는 학생이에요."

일류샤는 한없이 행복한 표정으로 콜랴를 쳐다보았다.

"트로이 같은 얘기야 뭐 괜히 해본 소리죠. 그 문제는 별 게 아니라고 생각해요." 콜랴는 거만하게 말했다.

"나는 트로이의 창건자가 누구인지 알아." 그때까지 거의 아무 말도 없던 한 소년이 뜻밖에 입을 열었다. 말이 없고 수줍음을 많이 타는 그는 카르타쇼프라고 하는 열한 살 쯤된 귀여운 소년이었다. 콜랴는 놀랐지만 위엄 있는 태도를 유지하며 그를 쳐다보았다. 사실 '트로이의 창건자가 누구냐?' 는 문제는 학생 전체에게 불가해한 난제로 여겨져 있었고, 그 난제를 풀려면 스마라그도프의 책을 읽어야 했기 때문이었다. 그러나 스마라그도프의 책을 가지고 있는 사람은 콜랴 이외엔 아무도 없었다. 그런데 어느 날 콜랴가 한눈을 팔고 있을 때 카르타쇼프는 다른 책들 사이에 있는 스마라그도프의 책을 재빨리 펼쳐보았다. 그때 마침 트로이의 창건자에 대해서 쓴 그 대목이 나왔다. 하지만 그는 자기도 트로이의 창건자가 누군지 알고 있다는 것을 공표하면 무슨 일이 생기지 않을까, 또 콜랴한테 면박을 당하지 않을까 걱정이 되어 그 사실을 발표할 용기가 나지 않았다. 그러나 그날은 더 이상 참을 수가 없어서 불쑥 내뱉은 것이다.

"그래, 누가 세웠지?" 그는 카르타쇼프의 얼굴에서 그 친구가 정말로 그것을 알고 있다는 것을 눈치 채고 즉시 그 결과에 대한 대비책을 강구했다.

"트로이를 세운 사람은 테브크르, 다르단, 일루스 그리고 트르스야." 소년이 또렷한 목소리로 말을 끝냈을 땐 얼굴이 붉게 달아올랐다.

"어떻게 해서 그 사람들이 트로이를 세웠지?" 그는 선심이라도 쓰려는 듯 입을 열었다. "그리고 도시나 나라를 세운다는 건 대체 무슨 의미가 있지?"

웃음소리가 터졌다. 가엾은 소년의 얼굴이 새빨갛게 달아올랐다. 그는 아무 말도 못하고 거의 울상이 되어 있었다. 콜랴는 한참 동안 그를 그대로 붙잡고 있었다.

"한 국가의 창설이라는 역사적 사건을 설명하려면 제일 먼저 그것이 무엇을 의미하는지 알아야 하는 거야." 그는 엄숙한 어조로 가르치듯 설명했다. "하지만 나는 아낙네들의 옛날이야기 따윈 중요하게 생각하지 않아. 뿐만 아니라 세계사 자체를 그다지 높이 평가하지도 않아." 그는 사람들을 향해 성의 없이 내뱉었다.

"세계사 전체를?" 갑자기 놀라운 얼굴로 대위가 물었다.

"네, 세계사를요. 그것은 인류의 어리석은 행동에 관한 연구에 지나지 않아요. 제가 중요시하는 것은 수학과 자연뿐이에요." 콜랴는 이렇게 허세를 부리고는 알료샤를 흘끗 쳐다보았다.

"우리 학교에서는 또다시 고전 수업을 받고 있는데, 그건 미친 짓일 뿐이에요. 카라마조프 씨, 당신은 제 의견에 동의하지 않으시는 것 같은데요?"

"동의할 수 없어." 알료샤가 미소를 지으면서 말했다.

"고전 작가들의 작품은 모두 만국어로 번역되어 있으니, 고전 연구 때문에 라틴어를 배울 필요는 없잖아요. 단지 치안 수단으로, 재능을 둔화시키기 위해 필요할 뿐이죠."

"그건 맞는 말이야." 열심히 듣고 있던 스무로프가 카랑카랑 울리는 목소리로 말했다.

"하지만 저 앤 라틴어도 최고예요." 아이들 가운데 하나가 소리쳤다.

"그래요, 아버지. 저 앤 말은 저렇게 하지만 라틴어를 우리 반에서 제일 잘해요." 일류샤도 같은 말을 했다.

"그게 어쨌다는 거야?" 콜랴는 그런 칭찬이 무척 기분 좋았지만 변명할 필요성이 있다고 생각했다. "하긴 라틴어 공부를 열심히 했지. 하지만 고전 작가의 작품이니 하는 졸렬한 것들은 아주 경멸해. 카라마조프 씨! 당신은 동의하지 않으시죠?"

"아니, 그게 왜 '졸렬한 짓'인가?"

알료샤는 빙긋이 웃었다.

"고전은 어떤 언어로든 다 번역되어 있으니까 고전 작품을 연구하기 위해 라틴어 공부를 할 필요는 없지 않나요?"

"그런 걸 누가 자네에게 가르쳐줬나?" 알료샤가 마침내 되물었다.

"첫째, 저는 누구한테 배우지 않고도 혼자 알아낼 수 있어요. 그리고 둘째, 고전은 모조리 번역되었다고 방금 제가 한 말은 콜바스니코프 선생이 3학년 전체에게 한 말입니다."

"의사 선생님이 오셨어요!" 지금까지 아무 말이 없던 니노치카가 말했다.

그때 호흘라코바 부인의 자가용 마차가 대문 앞에 와서 멈췄다. 아이들은 급히 인사를 하고 집으로 돌아가기 시작했다. 그 중 몇몇은 저녁 때 다시 오겠다고 약속했다. 콜랴는 페레즈본을 불렀다. 개는 침대에서 펄떡 뛰어내렸다.

"난 안 가겠어." 콜랴가 일류샤에게 말했다. "현관에서 기다리고 있다가 의사가 돌아가면 다시 들어올게, 페레즈본을 데리고."

의사는 이미 들어오고 있었다. 대위는 이마가 땅에 닿도록 의사에게 절을 했다.

"여깁니다, 선생님. 여깁니다. 제대로 오셨습니다."

"당신이 스네기료프인가요?" 의사는 큰 목소리로 당당하게 물었다.

"네, 접니다."

"허!"

의사는 다시 한 번 오만한 표정으로 방 안을 둘러보고는 외투를 벗어던졌다. 그러자 그의 목에 걸린 위엄 있는 훈장이 빛났다.

"환자는 어디 있소?" 그는 큰 소리로 재촉하듯 말했다.

6. 조숙(早熟)

"의사가 무슨 말을 할 것 같아요?" 콜랴가 빠른 어조로 물었다. "게다가 저 사람 얼굴만 봐도 아니꼬운 생각이 치밀어요, 안 그래요? 난 의사라면 지긋지긋해요."

"일류샤는 가망이 없어. 아무래도 그런 생각이 들어." 알료샤는 슬프게 대답했다.

"그런데 카라마조프 씨, 알게 되어 정말 기뻐요. 오래 전부터 당신과 만나고 싶었거든요. 다만 이런 슬픈 시기에 만난 게 유감이지만."

콜랴는 좀 더 강렬하고 극적인 말을 하고 싶었지만 왠지 어색한 생각이 들었다. 알료샤는 그것을 눈치 채고 미소를 지으며 그의 손을 꼭 쥐었다.

"나는 오래 전부터 당신을 보기 드물게 훌륭한 분으로 존경해왔습니다." 콜랴는 다시 횡설수설하며 더듬거렸다. "당신은 신비주의자로, 수도원에 들어갔었다는 말을 들었습니다."

"자네는 어떤 의미에서 나를 신비주의자라고 단정하지?"

"그 신인지 뭔지에 열중해서입니다."

"아니, 그러면 자넨 하느님을 믿지 않나?"

"제가 신을 믿지 않는 건 아니에요. 물론 신이라는 건 하나의 가설에 지나지 않지만…… 신이 필요하다는 건 인정해요. 세상의 질서를 위해서 말입니다." 콜랴는 얼굴이 점점 더 빨개지며 이렇게 덧붙였다.

"볼테르는 믿음이 깊지는 않았지만 신을 믿었어. 그래서 인류에 대한 사랑도 그리 깊지 못했던 게 아닐까?" 알료샤는 마치 자기 동년배나 손윗사람을 대하듯 조용하고 겸허하게 말했다.

콜랴는 볼테르에 대한 견해에 자신이 없어 보이고, 그 해답을 자기보다 어린 자신한테서 구하려는 듯한 알료샤의 태도에 깜짝 놀랐다.

"그런데 자넨 볼테르를 읽었나?" 마침내 알료샤가 물었다.

"『캉디드』를 러시아 번역본으로 읽었습니다. 괴상망측하고 우스꽝스러운 낡은 판본이었는데⋯⋯."

"넌 그걸 이해할 수 있었니?"

"물론이죠. 한데 당신은 제가 그 책을 이해하지 못했으리라고 생각하십니까? 물론 그 책은 철학적 소설이고, 어떤 사상을 전하기 위해서 쓴 글이라는 건 알고 있어요." 콜랴는 이제 완전히 혼란 상태에 빠지고 말았다. "카라마조프 씨, 나는 철저한 사회주의자입니다." 그는 불쑥 엉뚱한 말을 한 뒤 입을 다물었다.

"사회주의자?" 알료샤가 웃었다.

콜랴는 아픈 곳이 찔려 풀이 죽었다.

"자네가 나이를 더 먹으면, 그땐 인간의 나이가 신념에 대해 어떤 영향을 주는지 알게 될 거야. 그리고 내 생각엔 아무래도 자네가 한 말은 자네 자신의 생각이 아닌 것같이 여겨져."

"천만에요. 당신은 복종과 신비주의를 원하죠. 그리스도교는 돈 많고 권력 있는 사람들만을 위해서 하층 계급을 노예로 삼아왔다는 걸 당신도 인정하시겠죠?"

"그건 그렇다 치고 너는 벨린스키는 읽었니?"

"조금밖에 읽지 않았어요. 하지만 왜 타티야나가 오네긴과 함께 가지 않았는가에 대한 대목은 읽었죠."

"왜 오네긴과 함께 가지 않았을까? 넌 그걸 이해할 수 있니?"

"아뇨, 그럼 당신은 왜 나를 스무로프 같은 애송이로 취급합니까?" 콜랴는 화가 난 듯 이를 악물었다. "그렇다고 나를 과격한 혁명분자로는 보지 마세요. 나는 라키틴 씨와 의견이 상반될 때가 많습니다. 한 가지 예로 나는 조국을 버리고 미국 같은 곳으로 망명하는 것은 어리석은 짓이라고 생각합니다. 국내에서도 얼마든지 인류에 공헌할 수가 있는데 무엇 때문에 미국 같은 나라로 망명합니까?"

"뭐, 누가 미국으로 망명하자고 했단 말인가?"

"실은 그런 유혹이 있었지만 거절했죠. 카라마조프 씨, 물론 이 이야긴 여기서만 하는 겁니다. 당신에게만 말한 거니까 아무한테도 말하지 마세요. 저는 제3과(제정 러시아 시대의 비밀경찰)에 끌려가서 현수교 다리 옆에서 훈계를 받기는 싫거든요. '현수교 옆에 서 있는 건물을 기억하게 되리라.' 생각나시죠? 아니, 왜 웃어요? 설마 제가 거짓말을 한다고 생각하진 않겠죠?"

"아니, 난 웃지 않았어. 그런데 자넨 푸슈킨을 읽었나? 『에프케니 오네긴』 말이야? 방금 타티야나 얘길 하지 않았나?"

"아뇨! 아직 읽진 않았지만 읽고 싶다는 생각은 갖고 있어요. 그런데 카라마조프 씨, 당신은 왜 날 경멸하고 있죠?"

"자넬 경멸한다고?" 알료샤는 놀란 표정으로 그를 바라보았다. "뭣 때문에 그런 말을 하지? 난 단지 자네처럼 매력적인 성품을 지닌 소년이 아직 제대로 살아보기도 전에 그런 잘못된 견해 때문에 비뚤어지는 게 안타까울 따름이야."

"한데 안에 들어간 그 의사 양반은 왜 나오지 않는 거지요? 난 니노치카가 난 참 좋아요. 내가 나올 때 갑자기 '왜 좀 더 일찍 와주지 않았어요?' 하고 속삭이던데요. 나를 나무라는 듯한 말투로 말예요."

"너도 앞으로 이 집을 드나들면 니노치카가 어떤 여성인지 자세히 알게 될 거야. 그런 사람들을 알게 되고, 또 그런 사람들과 사귐으로써 삶의 진정한 가치를 발견하게 된다면 아주 유익할 거야."

"아아, 좀 더 일찍 못 온 것이 유감입니다. 정말 후회막급이에요." 콜랴는 비통한 심정으로 소리쳤다.

"정말 유감이야. 그 불쌍한 애를 얼마나 기쁘게 해주었는지 너도 잘 보았을 테지?"

"이젠 더 이상 말하지 마세요. 그런 말 듣기 괴로워요. 하지만 어쩔 수 없는 일이죠. 제가 안 온 것은 자존심 때문이었으니까요. 저는 평생 동안 고민해도 도저히 이 자존심을 떨쳐버리지 못할 겁니다. 그걸 지금에야 알게 됐습니다. 카라마조프 씨, 저는 비열한 놈이에요!"

"아니야. 자네는 비록 비뚤어지긴 했지만 아름답고 훌륭한 천성을 지니고 있어." 알료샤는 열정적으로 말했다.

"아, 그런데도 저는 벌써 몇 번이나 당신이 저를 경멸하고 있다고 생각했어요. 아아, 제가 당신을 얼마나 존경하는지 그걸 아시면 좋을 텐데! 당신은 사람의 마음을 위로하는 놀라운 능력을 지니고 있어요. 저는 오래 전부터 당신과 만날 날을 손꼽아 기다렸어요. 한데 지금 저랑 같이 있는 게 부끄러운 모양이죠?" 콜랴는 능청스럽게 미소를 지었다.

"뭐가 부끄러워?"

"그럼, 어째서 얼굴을 붉혔어요?"

"그건 네가 얼굴을 붉히도록 하니까 그렇지." 알료샤의 얼굴은 점점 달아올랐다.

"아, 제가 당신을 얼마나 사랑하고 존경하는지 아시겠어요? 그건 당신이 무슨 이유에서인지 늘 부끄러워하기 때문입니다." 콜랴는 기쁨에 넘쳐 이렇게 소리쳤다.

"하지만 콜랴! 앞으로 너의 일생은 불행할 거야." 무슨 이유에선지 알료샤는 이런 소리를 던졌다. "하지만 대체적으로 인생을 예찬하며 살 거야."

"물론 그럴 거예요. 만세! 당신은 예언자예요! 카라마조프 씨, 앞으로 우린 친해질 거예요."

"그런 말을 할 때부터 벌써 자넨 나를 사랑하고 있었던 거야." 알료샤는 유쾌하게 웃었다.

"맞았어요. 너무나 사랑했어요. 당신을 사랑하면서 당신에 관한 여러 가지 공상을 했어요. 그런데 당신은 어떻게 모든 것을 그토록 미리 알 수 있죠? 아, 의사가 나오네요. 무슨 말을 할지 궁금하군요. 저 사람의 낯짝 좀 보세요!"

7. 일류샤

의사는 모피 외투와 모자를 쓰고 밖으로 나왔다. 그는 몹시 화가 나고 불쾌한 듯했다.

"선생님, 이젠 정말 살릴 길이 없단 말인가요?"

"이젠 나로서는 어찌할 수 없소. 하지만 만약 시라쿠사로 보낸다면 그곳의 좋은 기후조건 때문에 어쩌면 효험을……."

"시라쿠사로요?" 퇴역 대위는 무슨 말인지 못 알아듣겠다는 듯이 소리쳤다.

"시라쿠사는 시칠리아 섬에 있어요." 콜랴가 큰 소리로 설명해 주었다. 의사는 그를 쳐다보았다.

"하지만 선생님께서도 보셨죠?" 그는 양손을 벌려 집안 살림을 가리키며 말했다. "아내와 가족은요?"

"아니, 가족은 시칠리아로 가지 말고 카프카즈로 가야 하오. 당신 딸은 카프카즈로 보내고, 부인도 류머티즘을 치료하기 위해 카프카즈의 온천에서 일정 기간 요양을 한 다음 곧바로 파리로 보내어 정신과 전문의인 라펠레티에의 병원에 입원시켜야 하오."

"선생님께서는 우리 집 형편을 보시지 않았습니까!" 퇴역 대위는 절망적으로 양손을 벌려 현관의 통나무 벽을 가리켰다.

"난 단지 최후 수단에 대한 당신의 질문에 과학이 할 수 있는 대답을 들려주었을 뿐이오."

"걱정 마십쇼, 의원님. 이 개는 물지 않는 개예요." 콜랴는 의사가 문간에 서 있는 페레즈본에게 불안한 눈길을 던지고 있는 것을 눈치채고 말했다.

"이 꼬마는 누구야?" 의사는 화를 냈다.

"학생입니다, 선생님. 신경 쓰지 마세요." 알료샤는 이맛살을 찌푸리며 말했다. "콜랴, 잠자코 있어."

"이런 놈은 매를 맞아야 해." 화가 머리끝까지 치민 의사가 말했다.

"그런데 의원님, 우리 페레즈본은 정말 물지도 모릅니다!" 콜랴가 눈을 번뜩이며 떨리는 목소리로 말했다. "이리 와, 페레즈본!"

"콜랴, 그런 말 한 마디만 더 하면 영영 절교야!" 알료샤는 명령하듯 소리쳤다.

"의원님, 니콜라이 크라소트킨에게 명령을 할 수 있는 사람은 이 세상에 오직 한 사람뿐입니다. 바로 이분이에요. 나도 이분의 말에는 복종합니다. 안녕히 가세요." 퇴역 대위가 말했다.

의사는 얼른 자리를 떠나 문을 열고 방 안으로 들어가 버렸다.

"아버지, 이리 오세요." 일류샤는 몹시 흥분하여 중얼거렸으나 더 이상 계속할 수 없는지 여윈 두 팔을 앞으로 내밀어 있는 힘을 다하여 콜랴와 아버지를 꽉 끌어안고, 두 사람을 하나로 합친 다음 자신의 몸을 그들에게 밀착시켰다. 대위는 온몸을 떨면서 흐느껴 울었다. 콜랴의 입술과 턱도 떨리기 시작했다.

"아버지! 아버지가 너무 불쌍해요!"

"일류샤…… 내 사랑하는 아들아! 의사 선생님 말씀이 너는 곧 낫는다고 하셨어." 대위가 입을 열었다.

"아버지, 울지 마세요. 제가 죽으면 착한 아이를 아들로 삼으세요. 우리 친구들 중에 좋은 애를 하나 골라서 일류샤라고 부르고 저 대신 사랑해 주세요. 그리고 크라소트킨과 같이 저녁 때 내 무덤을 찾아주세요. 페레즈본이랑 같이!"

그의 목소리가 끊어졌다. 세 사람은 서로 껴안은 채 아무 말이 없었다.

크라소트킨은 갑자기 일류샤의 포옹에서 빠져나왔다.

"잘 있어, 일류샤! 밥 먹을 때가 돼서 어머니가 날 기다리고 계실 거야. 그럼 안녕!"

그는 현관으로 뛰어나갔다. 그는 울지 않으려 했으나 현관에서 그만 울음을 터뜨리고 말았다.

"콜랴, 약속대로 꼭 와야 해. 그러지 않으면 일류샤가 정말 실망할 거야." 알료샤가 다짐하듯 말했다.

"꼭 오겠어요. 빌어먹을, 내가 왜 진작 오지 않았을까!" 콜랴는 울면서 중얼거렸다. 이젠 우는 것이 부끄럽지 않았다.

이때 갑자기 퇴역 대위가 방 밖으로 뛰어나오더니 문을 닫았다. 두 젊은이 앞에 서서 양 팔을 위로 번쩍 쳐들었다.

"더 좋은 애는 필요 없어. 다른 애는 싫다고." 그는 이를 악물며 거친 소리로 중얼거렸다. "예루살렘아, 내가 너를 잊는다면 내 오른손이……" (구약성서 '시편' 137장 참조)

그는 숨이 가쁜 듯 말을 채 맺지 못하고, 나무 벤치 앞에 힘없이 무릎을 꿇고 주저앉았다. 콜랴는 거리로 뛰쳐나갔다.

"안녕히 가세요, 카라마조프 씨! 또 오실 거죠?" 그는 날카롭고 지르퉁한 목소리로 알료샤에게 소리쳤다.

"저녁때 꼭 오지."

"저분이 예루살렘에 대해 한 말은 무슨 뜻이에요?"

"그건 성경 속에 나오는 말이야. '예루살렘아, 내가 너를 잊는다면.' 다시 말하면 만약 내가 나의 가장 귀한 것을 잊어버리거나 다른 것과 바꾼다면 내게 벌을 내리라는 뜻이지."

"알겠어요. 꼭 오세요. 이리 와, 페레즈본!" 그는 사나운 목소리로 개한테 소리치고는 성큼성큼 집으로 걸어가기 시작했다.

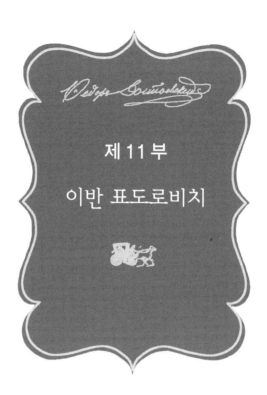

제 11 부

이반 표도로비치

1. 그루셴카의 집에서

알료샤는 상인의 아내인 모로조바의 집에 살고 있는 그루셴카를 만나려고 소보르나야 광장 쪽으로 걸어갔다. 그루셴카는 아침 일찍이 그에게 페냐를 보내어 자기 집에 꼭 들러달라고 신신 당부했다. 알료샤는 페냐에게 이것저것 캐물은 결과 그루셴카가 그 전날부터 몹시 불안해하고 있다는 사실을 알아냈다. 미탸가 체포된 이후 두 달 동안 알료샤는 종종 모로조바네 집에 들렀다. 호되게 앓아 누웠던 그루셴카는 1주일 동안 거의 의식을 잃을 정도였다. 2주 정도 지나자 그녀는 바깥출입을 할 수 있을 만큼 회복되었으나 얼굴은 여위고 누리끼리해져서 전혀 알아볼 수 없을 정도로 변해 있었다. 이전의 경박함은 흔적도 찾아볼 수 없었다.

알료샤에게 한 가지 이상하게 생각되는 것은 그녀가 이토록 무서운 불행을 당했음에도 불구하고 아직도 예전의 생기발랄함을 잃지 않았다는 것이다. 예전엔 교만하기 짝이 없던 그 눈에 지금은 온화한 빛이 깃들어 있었다. 하긴 그 눈에도 이따금 불길한 불꽃이 다시 타오를 때도 있었다. 이때는 옛날의 불안감이 그녀를 엄습하여 사그라지기는커녕 오히려 가슴 속에서 더욱더 확대되어 가는 것이었다. 그 불안의 대상은 언제나 카테리나였다. 그루셴카는 병상에 누워 있는 동안에도 카테리나를 생각하고 헛소리까지 했다. 알료샤는 그루셴카가 이젠 감옥에 갇혀 있는 미탸 때문에 그녀를 무섭게 질투하고 있다는 것을 알았다. 그러나 카테리나는 마음만 먹으면 언제든지 옥중에 있는 미탸를 찾아볼 수 있는데도 한 번도 찾아간 적이 없었다. 이런 사실이 알료샤에게는 고통스러웠다.

그는 걱정스런 표정으로 그녀의 집은 방문했다. 그녀는 집에 있었다. 이미 반 시간 전에 미탸를 만나고 돌아왔던 것이다.

테이블 위에는 카드가 놓여 있었는데, 그것은 '바보' 게임을 하기 위해서 나누어놓은 것이었다. 테이블의 다른 쪽 옆에 있는 가죽 소파에는 막시모프가 잠자리를 펴고 실내복에 무명 실내모를 쓴 채 한쪽 팔꿈치를 괴고 누워 있었다. 유쾌하게 웃고 있었으나 병이 들어 쇠약해 보였다. 이 집 없는 노인은 두 달 전에 그루셴카와 같이 모크로예에서 돌아온 후로 그녀의 집에 눌러앉아 있었다. 그때 그는 그녀와 같이 진눈깨비를 맞으며 도착하여 흠뻑 젖은 몸으로 완전히 겁에 질려 소파에 걸터앉은 채 머뭇머뭇 애원하는 듯한 미소를 머금고 그녀를 바라보았다. 비탄에 빠진 그루셴카는 열병의 초기 증세를 나타냈을 뿐아니라 도착 후 반 시간 동안은 여러 가지 마음을 써야 할 일 때문에 이 노인의 존재를 까맣게 잊고 있었다. 그러다가 갑자기 그를 발견하고 뚫어지게 바라보았다. 그는 가련하고 의기소침한 얼굴로 그녀의 눈을 올려다보며 살며시 웃었다. 그날 하루 종일 그는 거의 꼼작도 않고 한 자리에 앉아 있었다. 날이 어두워지고 덧문을 닫았을 때 페냐는 주인아씨에게 물었다.

"아씨, 저분도 여기서 묵으실 건가요?"

"응, 소파에 자리를 마련해 드려." 그루셴카가 대답했다

그루셴카가 그에게 좀 더 자세한 사정을 물어본 결과 그는 정말로 오갈 데 없는 신세란 걸 알 수 있었다. '나의 은인 칼가노프 씨도 앞으로 나를 더 이상 돌봐줄 수 없다고 하시면서 5루블을 주더군요.' 하는 것이었다.

"저런, 그렇다면 여기 계세요." 그러자 그의 입술은 너무나 고마워서 도저히 눈물을 참을 수 없다는 듯 떨리기 시작했다. 이리하여 그때부터 이 떠돌이 노인은 그녀의 집에 머물게 된 것이다.

그녀의 늙은 상인은 이때 중병을 앓고 있었는데, 읍내에 떠도는 말에 의하면 이미 '숨이 끊어져가고' 있었다는 것이었다. 사실 그는 미탸의 공판이 있은 지 1주일 만에 죽고 말았다. 죽기 2주일 전에 그는 마지막 순간이 다가옴을 느끼고 아들들을 비롯하여 며느리와 손자들을 자기의 2층 방으로 불러들여 다시는 곁에서 떠나지 못하게 하였다. 그 순간부터 그루셴카는 절대로 집에 들이지 말 것이며, 만약 찾아오더라도 '부디 행복하게 오래오래 살고, 깨끗이 잊어달라' 고 엄명을 내리라 했다. 그러나 그루셴카는 거의 매일 사람을 보내어 그의 용태를 물어보았다.

"이제야 오셨군요." 그녀는 카드를 내던지고 반갑게 알료샤를 맞으며 소리쳤다. "자, 테이블로 가서 앉아요. 무얼 드시겠어요? 커피?"

"좋습니다."

"페냐, 커피 좀 가져와!" 그루셴카가 소리쳤다. "알료샤! 파이 때문에 오늘 소동이 일어났어요. 글쎄, 그이는 나의 '첫사랑의 남자'를 질투하지 뭐예요."

"형님은 당신을 무척 사랑하고 있어요. 그런데 오늘은 신경이 날카로울 대로 날카로워져서 그래요."

"하긴 내일이 공판날이니! 하지만 알료샤, 내일 일이 어떻게 될지 생각하기조차 무서워요! 바보 같으니! 설마 이 막시무시카를 질투하는 건 아니겠지요?"

"우리 집사람도 질투가 대단했지요." 막시모프가 한 마디 했다.

"당신을요?" 그루셴카가 무심코 웃었다. "부인이 누구를 질투했단 말이죠?"

"집에서 일하는 계집애들이죠."

"에이, 그만두세요. 막시무시카." 그녀는 웃었다.

"나는 당신의 자선을 받을 자격이 없는 놈입니다. 아무 짝에도 쓸모없는 놈이지요." 막시모프는 울먹이는 소리로 말했다.

"세상에 소용없는 사람은 없어요. 막시무시카, 그리고 누가 더 유용한지 아무도 몰라요. 알료샤, 그 폴란드인만이라도 없었으면 좋겠어요. 오늘은 그 사람마저 앓아누울 것 같다고 하더군요. 나는 오늘 그 사람 집에 들렀어요. 아, 여기 페냐가 편지를 가져왔군요. 폴란드인한테서 온 거예요. 또 돈을 달라는군요."

판 무샬로비치는 여느 때처럼 수식어로 가득 찬 굉장히 긴 편지를 보내왔다. 그 내용은 돈을 빌려달라는 것이었고, 앞으로 3개월 이내에 갚겠다는 약속과 함께 차용 증서도 들어 있었는데, 거기에는 브루플레프스키의 서명이 들어 있었다. 그루셴카는 그것을 반쯤 읽다가 내던져 버렸다.

첫 번째 편지에 이어 두 번째 편지가 다음날 왔는데, 이 편지에서 무샬료비치는 조속한 시일 내에 갚을 테니 2천 루블을 빌려달라고 했다. 그 후로도 편지는 계속해서 하루에 한 통씩 왔는데, 모두 하나같이 당당하고 수사학적인 문장으로 씌어져 있었으나 빌려달라는 액수는 계속 줄어들어 1백 루블, 25루블, 10루블까지 떨어지다가 마침내 1루블만이라도 빌려달라면서 두 사람이 공동 서명한 차용 증서를 동봉한 편지를 보냈다. 가서 보니 두 폴란드 인은 끔찍한 궁핍 속에 지내며 거의 거지 신세가 되어 있었다. 모크로에에서 미탸에게 딴 2백 루블은 금세 바닥을 드러내고 말았던 것이다.

그런데도 이 두 폴란드인이 위엄과 거드름을 피우며 허풍을 떠는 데는 그루셴카도 놀라지 않을 수 없었다. 그루셴카는 그저 웃기만 하고 '첫사랑의 남자'에게 10루블을 주었다. 바로 그날 그녀는 이 일을 웃으면서 미탸에게 이야기했는데, 그는 전혀 질투심을 보이지 않았다. 그런데 오늘은 무슨 이유에서인지 무섭게 질투를 보였던 것이다.

"알료샤, 그이는 오늘 카탸카 얘기를 꺼냈어요. 그 여자는 이런저런 여자이며, 자기를 구하기 위해서 모스크바에서 의사를 불러왔다느니, 박식한 일류 변호사를 의뢰했다느니 하며 떠들어대는 거예요. 뻔뻔스럽게도! 자기야말로 나한테 죄를 짓고 있으면서 오히려 나를 죄인으로 만들려고 트집을 잡는 거라고요. 그리고 '네가 먼저 폴란드 인과 놀아났으니 내가 카티카와 친하게 지내도 상관없지 않느냐'는 식으로 나한테 모든 죄를 뒤집어씌우려는 거예요. 하지만 나는······."

그루센카는 자신이 어떻게 하겠다는 건지 미처 말끝을 맺지 못한 채 손수건을 눈에 대고 흐느껴 울기 시작했다.

"형님은 카테리나를 사랑하지 않습니다." 알료샤가 단호히 말했다.

"이런 시시한 소리는 그만 두기로 해요. 이런 일로 당신을 부른 건 아니니까요. 알료샤, 내일은 어떻게 될까요? 그게 걱정이에요! 그건 그 종놈이 한 짓이에요. 그런데도 그이를 변호해줄 사람이 아무도 없나요?"

"그 사람도 엄중히 신문을 받았어요." 알료샤가 깊은 생각에 잠긴 목소리로 대답했다. "그러나 그 사람이 범인이 아니라는 결론이 내려졌지요. 지금 그 사람은 중병을 앓고 있어요." 알료샤가 덧붙였다.

"이를 어쩌지요? 당신이 그 변호사를 찾아가서 사실을 말해줄 수는 없나요? 페테르부르크에서 3천 루블을 주고 모셔왔다던데."

"그건 나와 이반 형님과 카테리나, 이렇게 셋이서 공동으로 3천 루블을 마련한 거예요. 그러나 모스크바에서 의사를 2천 루블에 모셔온 사람은 카테리나이지요. 변호사는 이 사건이 전 러시아에 알려져 화제에 오르고 있기 때문에 신문이나 잡지에 자기 이름이 오르내리게 될 것이라는 생각에서 돈보다는 명예를 위해 오기로 한 거예요."

"그래요? 그 사람에게 말했나요?" 그루센카가 성급히 물었다.

"그분은 듣기만 할 뿐 아무 말이 없었어요. 하지만 내 말을 고려하겠다고 약속했습니다."

"고려하겠다니, 그게 무슨 말이에요? 그런데 그 여자는 무엇 때문에 의사를 데려왔나요?"

"정신감정을 하려고요. 형님이 정신 이상자여서 발작을 일으켜 무의식중에 살인을 저질렀다는 것을 증명하려는 것이지요."

알료샤는 조용히 웃었다. "하지만 형님은 그 일에 동의하지 않을 거예요."

"만약 그분이 살인을 했다면 정신 이상이었기 때문이란 것이 틀림없어요." 그루셴카가 외쳤다. "하지만 그인 살인을 저지르지 않았어요. 절대로 아니에요."

"그렇습니다. 한데 불리한 증거가 너무 많이 늘어났어요." 알료샤가 침통한 목소리로 말했다.

"그리고 그리고리 바실리예비치도 출입문이 열려 있었다고 주장하고 있어요. 자기 눈으로 봤다고 우기는 거예요. 제가 달려가서 그 사람을 붙잡고 직접 물어봤지만 욕만 하더군요."

"사실 그게 형님에게 가장 불리한 증언일지 몰라요." 알료샤가 말했다.

"그리고 미탸가 돌았다고 하는데, 요즘 보면 그인 정말 그런 것 같아요. 그이를 찾아갈 때마다 이상한 생각이 들어요. 그이는 난데없이 무슨 아귀 얘기를 꺼내면서 '왜 아귀는 그토록 불쌍할까? 나는 아귀 때문에 지금 시베리아로 가는 거야. 나는 살인은 하지 않았어. 하지만 나는 시베리아로 가지 않으면 안 돼!' 이런 말을 하지 않겠어요."

"어쩐 일인지 라키틴이 요즘 형님에게 자주 드나들던데요." 알료샤가 빙긋이 웃으며 말했다.

"물론 그건 라키틴 때문은 아녜요. 그의 마음을 혼란에 빠뜨려놓은 건 이반 표도로비치예요. 이반이 그이를 찾아다니기 때문에……." 그루센카는 말을 하다가 갑자기 뚝 끊어버렸다. 알료샤는 깜짝 놀라 그녀를 쳐다보았다.

"정말 이반 형님이 큰형님을 찾아갔었요? 미탸 형이 한 번도 찾아온 일이 없다던데요."

"어머나! 이를 어쩌면 좋아. 제가 실언을 했나봐요." 그루센카는 당황하여 얼굴을 붉히며 소리쳤다. "알료샤! 이왕 말을 시작했으니 사실대로 말하겠어요. 이반은 그이한테 두 번 들렀어요. 처음은 모스크바에서 도착한 즉시 달려갔었어요. 아직 제가 앓아눕기 전이었죠. 두 번째는 바로 1주일 전이었어요. 그분은 미탸보고 자기가 도착한 사실을 누구에게도 알리지 말라고 했어요. 몰래 왔나 봐요."

알료샤는 깊은 생각에 잠긴 채 뭔가 궁리를 하고 있었다. 그루센카의 말에 놀란 것이 분명했다.

"이반 형님은 미탸 형님 사건에 대해 나와 한 번도 얘기한 적이 없습니다." 그는 천천히 말했다.

"두 사람 사이에 무슨 비밀이 있나 봐요, 그이가 그렇게 머리를 흔들면서 방 안을 걸어다니거나 오른쪽 손가락으로 관자놀이께의 머리카락을 잡아당기는 걸 보면 그이의 마음속에 뭔가 걱정거리가 있다는 걸 알 수 있어요."

"그런데 큰형님이 나한테 이반 형이 왔다는 말을 하지 말라고 한 건 사실인가요?"

"미탸가 제일 두려워하는 사람은 당신이에요. 그러니 알료샤, 그이한테 가서 그들의 비밀이 무엇인지 알아가지고 와서 나한테 얘기해줘요." 그루센카가 애원하듯 말했다.

"그 비밀이 당신과 관련이 있다고 생각하는군요?"

"그건 모르겠어요. 한데 이건 모두 카티카의 수작이에요. 그이가 내 앞에서 '그 여잔 이러저러한 사람'이라고 카티카에 대해 극구 칭찬한 건 내가 그런 여자에 미치지 못한다는 걸 비아냥거리는 소리예요. 그런 걸 말하는 것은 나를 버리겠다는 걸 암시하는 거예요. 이것이 그 비밀의 전부예요! 이반이 카티카에게 자주 가는 걸 보니 그녀를 사랑하는 모양이라고요."

"저는 당신한테 거짓말은 안합니다. 이반 형은 카테리나를 사랑하지 않습니다. 제 생각은 그렇습니다."

"나도 그런 생각을 했었어요. 하지만 그인 나에게 거짓말을 하고 있는 거예요. 뻔뻔스럽게도! 그런데 그이가 나한테 뭐라고 했는지 아세요? '당신은 내가 죽었다고 생각하지?' 이게 그이가 한 말이에요. 공판 날, 그 카티카년은 법정에서 나한테 혼쭐이 날 거예요."

그녀는 또다시 슬피 울기 시작했다.

"그루센카! 나는 이것만은 확실히 당신께 말할 수 있습니다. 첫째, 형은 이 세상 누구보다도 당신을 사랑하고 있습니다. 둘째, 나는 형님에게서 그 비밀을 억지로 알아내고 싶진 않습니다. 하지만 내 생각으로는 그 비밀이란 것이 카테리나와는 상관이 없고, 다른 일에 관한 일인 것 같습니다. 그럼 다녀오겠습니다."

알료샤는 그녀와 악수를 했다. 알료샤는 그녀가 자신의 위로의 말을 믿지 않는다는 것을 알 수 있었다.

2. 아픈 다리

알료샤가 처리해야 할 일 중 가장 우선적인 것은 호흘라코바 부인을 방문하는 것이었다. 호흘라코바 부인은 벌써 3주일째 시름시름 앓고 있었다.

지난 두 달 동안 호흘라코바 부인의 방문객들 중에는 표도르 일리치라는 청년이 끼이게 되었다. 알료샤는 벌써 나흘 동안이나 들르지 않았으므로 들어가는 길로 곧장 리자한테로 달려가려고 했다. 리자한테 볼일이 있었기 때문이었다. 그 전날 리자는 그에게 하녀를 보내어 '매우 중대한 일이 있으니' 급히 집으로 와달라고 당부를 했던 것이다.

알료샤는 어머니의 요청을 들어주는 것이 선결문제라고 생각했다. 호흘라코바 부인은 몹시 히스테릭한 흥분 상태에 빠져 있는 것이 분명했다. 그녀는 환성을 지르며 알료샤를 맞았다.

"정말 오랜만이에요. 알렉세이 표도로비치, 우리 리자가 당신과 결혼하겠다는 어린애 같은 약속을 했다가 취소한 건 오랫동안 의자에만 앉아 있던 병든 소녀의 어린애 장난 같은 공상에 지나지 않는다는 것을 아셨을 거예요.."

부인이 알료샤에게 커피를 권하자 알료샤는 그루센카에게 다녀오는 길이라고 말했다.

"한데 카탸 말예요. '그 어여쁜 아가씨'가 제 꿈을 산산이 부숴놓고 말았어요. 이제 그 아가씬 당신 형님을 따라 시베리아로 떠나겠죠. 그러면 당신의 둘째 형님도 그 아가씨를 뒤쫓아 가서 그 이웃 도시에 살면서 세 사람은 서로 괴롭힐 거예요. 그걸 생각하면 미칠 것 같아요.

그러나 무엇보다 곤란한 건 세상의 평판이죠. 페테르부르크와 모스크바의 신문이란 신문에는 그 얘기가 몇 번이나 실렸는지 몰라요. 아 참, 내 얘기까지 실려 있더라니까요. 뭐라고 했는지 아세요? 제가 당신 형님의 '여자친구'라고 했더라고요."

"그럴 리가 있습니까? 어디에 그런 기사가 실렸습니까?"

"여기 〈풍문〉이란 신문 요."

그녀는 정신이 혼란되어 있다기보다는 오히려 완전히 박살이 나 있었다. 알료샤는 그 무시무시한 사건에 대한 소문이 이미 러시아 전체에 퍼졌다는 것을 벌써부터 알고 있었다.

어떤 신문에는 형의 검거가 있은 후, 알료샤가 무서워서 수도원에 들어가 수도사가 되었다는 기사까지 실려 있었다. 또 어떤 신문은 이 기사에 반박을 가하여 그가 조시마 장로와 함께 수도원의 금고를 부수고 '수도원에서 도망쳤다'고 씌어 있었다.

그리고 지금 그처럼 물의를 일으키는 가운데 곧 재판을 받게 되어 있는 범인은 퇴역 육군 대위이며, 파렴치한 건달에다가 농노제 지지자로서 색골이었는데, 특히 '고독 속에 번민하는 부인들'에게 인기가 있다는 내용이었다. '번민하는 부인들' 가운데 한 사람으로, 이미 다 큰 딸이 있는데도 젊어 보이려고 애쓰는 어느 과부는 이 범인에게 어찌나 매료되었던지 불과 범행 두 시간 전에 3천 루블을 줄 테니까 자기와 함께 시베리아의 금광을 캐러 도망치자고 했다는 것이다. 그러나 이 흉악범은 마흔이 넘은 그 번민하는 매력적인 귀부인을 끌고 시베리아로 도망치느니 차라리 아버지를 죽이고 3천 루블을 훔친 후 증거를 없애면 형벌을 면할 수가 있을 것이라 생각하고, 그 길을 택했다는 것이다. 이 드라마같은 기사는, 친부 살해의 부도덕성과 농노제에 대한 고상한 분노를 터뜨림으로써 결론을 맺고 있었다.

"그래, 이게 내가 아니고 누구겠어요?" 그녀는 다시 수다를 떨기 시작했다. "그리고 이게…… 이게 누구 짓인지 알겠어요? 이건 당신의 친구 라키틴의 짓이에요."

"하긴 그 사람이야 늘 불평을 늘어 놓는 사람이니까요. 최근에는 그 사람을 거의 만나지 못했습니다. 우린 친구 사이가 아니니까요."

"그럼 내가 모든 경위를 숨김없이 얘기하죠. 알료샤, 그런데 당신의 친구 라키틴이 갑자기 나에게 연정을 품은 것 같아요. 물론 나는 고맙다는 말을 했죠……." 호흘라코바는 쉴 새 없이 말을 했다.

"전 오늘 면회 시간에 늦지 않게 꼭 형님을 찾아뵈어야 합니다." 알료샤가 더듬거리며 말했다.

"알료샤, 카탸 말이에요. 그 아가씨가 누굴 사랑하는지 도무지 모르겠어요. 얼마 전에 우리 집에 왔었는데 전혀 속을 알 수가 없었어요. 말하자면 그 여자는 내 건강에 대해서만 말할 뿐 다른 얘기는 하지 않으려 했어요. 그래서 나는 마음속으로 '네 마음대로 해봐' 하고 생각했죠. 아 참, 그때 그 정신착란 얘기가 나왔어요. 드미트리 표도로비치도 정신착란을 일으켰을 거예요. 그 문제로 카탸가 의사를 부른 건 알죠? 새로운 사법제도의 법정이 열리자 사람들은 곧 이 정신착란에 대한 것을 다루게 되었죠. 그 의사는 나에게 금광에 대해서 물었어요. 그때 그 사람이 어땠느냐고 하면서 말예요. 물론 정신착란을 일으켰던게 분명하죠. 그 사람은 들어와서, '돈, 돈, 3천 루블, 3천 루블만 주세요,' 하고 소리치고는 나가더니 갑자기 살인을 한 거예요. 죽이지 않겠다, 죽이지 않겠다, 하면서도 살인을 한 거죠. 그러니까 그 사람은 용서받을 수 있을 거예요. 살인을 하지 않으려고 애쓰다가 자기도 모르게 그만 사람을 죽이고 말았으니까요."

"하지만 형이 아버지를 살해한 건 아니잖습니까?" 알료샤는 조금 날카롭게 그녀의 말을 가로막았다.

그는 점점 불안과 초조 속으로 빠져들고 있었다.

"나도 알아요. 그분을 살해한 건 그리고리 영감이란걸."

"아니에요, 무엇 때문에 그리고리가 죽여요?"

"정신착란이었으니까요. 드미트리 표도로비치한테 머리를 얻어맞고 기절했다가 깨어난 순간 정신착란을 일으킨 거예요. 한데 우리 애가 왜 당신을 불렀을까요? 그 애가 오라고 한 건가요, 당신이 우리 앨 만나러 온 건가요?"

"리자가 오라고 했어요. 그러니 이제 리자한테 가봐야겠습니다."

알료샤는 결연히 일어섰다.

"맹세코 말씀드리겠지만 나는 진심으로 당신을 믿고 리자를 맡기는 거예요. 당신 형 이반 표도로비치에겐 실례지만 내 딸을 마음 놓고 맡길 순 없어요."

"뭐라고요? 언제요?" 알료샤는 몹시 놀랐다. 그는 선 채로 듣고 있었다.

"얘기하죠. 어쩌면 그것 때문에 당신을 불렀는지도 몰라요. 사실 이반 표도로비치가 모스크바에서 돌아온 후 두 번 우리 집에 왔었어요. 친애하는 알렉세이 표도로비치! 이제 모든 희망을 당신에게 걸고 있어요." 호흘라코바 부인은 표도르 일리치가 오는 것을 멀리서 보고 갑자기 얼굴이 환하게 밝아지며 소리쳤다. "한테 당신은 어디로 가는 거죠?"

"리자한테요."

"아, 그렇지. 가시면 제가 부탁한 걸 잊으면 안 돼요. 거기에 제 운명이 달렸으니까. 당신만이 이 일을 처리할 수 있어요."

"물론이죠. 너무 늦었군요." 알료샤는 중얼거리며 급히 물러갔다.

"돌아가는 길에 꼭 들러야 해요. '할 수만 있다면' 이란 말은 하지 말아요. 그러지 않으면 난 죽고 말 거예요." 호흘라코바 부인은 알료샤의 등에 대고 소리를 질렀지만 그는 이미 방 밖으로 나가고 없었다.

3. 작은 악마

알료샤가 리자의 방으로 들어갔을 때, 그녀는 옛날에 쓰던 안락의자에 반쯤 누워 있었다. 지난 사흘 동안 그녀의 모습이 몰라보게 변했으므로 알료샤는 너무나 놀랐다.

'나는 알고 있어요. 당신이 지금 감옥으로 가려고 서두른다는 것을." 리자는 볼멘소리로 입을 열었다. "그런데도 엄만 당신을 두 시간 동안이나 붙잡아두었어요."

"기분이 상한 모양이군요."

"아뇨, 오히려 기분이 좋아요. 지금까지 서른 번 이상 생각했지만 당신과의 약속을 취소하고 당신과 결혼하지 않게 된 게 얼마나 다행인지 몰라요. 만일 제가 당신과 결혼하고 나서 사랑하게 된 남자한테 편지를 전해달라고 하면 당신은 아무런 불만도 없이 전해줄 사람이에요."

그리고 그녀는 갑자기 웃기 시작했다.

"당신에겐 짓궂은 면도 있지만 솔직한 면도 있군요." 알료샤는 그녀를 보고 싱긋 웃었다.

"제가 솔직할 수 있는 건 당신에겐 부끄러움을 느끼지 않기 때문이에요."

리자는 다시 신경질적으로 웃기 시작했다. 그리고 빠른 어조로 말을 계속했다.

"감옥 안에 있는 당신 형 드미트리에게 사탕을 좀 보냈어요. 알료샤, 당신은 정말 좋은 사람이에요! 당신을 사랑하지 않아도 좋다는 허락을 그처럼 빨리 내려주셨으니까요."

"오늘은 무슨 일로 나를 불렀죠, 리자?"

"당신한테 내 희망 한 가지를 전하고 싶어서요. 난 누가 나를 괴롭히다가 결혼해서 다시 나를 괴롭히다가 속이고 도망쳐버리는 사람이 있었으면 해요. 난 행복해지고 싶지 않아요. 나는 늘 집에다 불을 지르고 싶어요."

그녀는 사는 게 넌더리가 난다는 듯 손을 내저었다.

"부유한 생활 때문에 그런 거예요." 알료샤가 말했다.

"그럼 가난한 것이 더 좋은 건가요?"

"그럼요."

"돌아가신 그 수도사가 그걸 말을 했지만 그건 거짓말이에요. 나 혼자만 부자고 다른 사람은 모두 가난뱅이여도 상관없어요." 알료샤가 입을 열려고도 하지 않는데, 그녀는 미리 손을 내저으며 말했다.

"만일 내가 가난하다면 누군가를 죽일 거예요. 부자라 하더라도 역시 죽일지 몰라요. 그래서 말예요. 난 곡식을 거두어들이고 싶어요. 호밀을 거두어들이고 싶어요, 난 당신에게 시집갈 테니까 당신은 농부가 되세요. 진짜 농부가 되세요. 그리고 우리 망아지를 한 마리 길러요, 네? 당신 칼가노프를 아세요?"

"네."

"그 사람은 항상 공상을 하면서 걸어다녀요. 하지만 그 사람도 곧 결혼할 거예요. 벌써 나한테 사랑을 고백한걸요. 무척 화났죠? 대죄를 지은 사람은 저승에 가면 어떻게 될까요?"

"하느님이 꾸짖으실 테죠."

"난 바로 그걸 원하는 거예요. 알료샤, 난 집에 불을 지르고 싶어 죽겠어요. 우리 집에 말예요."

"불은 왜 질러요? 열두어 살 먹은 아이들 중에는 불장난을 하고 싶어 불을 지르는 아이가 더러 있어요. 그것도 일종의 병이죠."

"이 세상의 모든 걸 깡그리 없애버리고 싶어요."

"나도 이해해요."

"그 말 때문에 당신이 더 좋아졌어요. 당신은 눈곱만큼도 거짓말을 할 줄 모르는군요."

알료샤는 그녀의 진지한 태도에 놀랐다.

"사람이란 범죄를 저지르고 싶은 순간이 있는 법이죠." 알료샤가 생각에 잠긴 채 말했다.

"맞아요, 맞아! 사람은 누구나 범죄에 매력을 느껴요."

"당신은 지금도 여전히 나쁜 책을 읽는 모양이군요?"

"난 나 자신을 망쳐버리고 싶어요. 당신 형님은 아버지를 죽인 죄로 재판을 받고 있지만 사람들은 모두 다 그걸 즐기고 있다고요. 모두 끔찍한 일이라고 말하면서도 속으론 좋아해요."

"모두라는 당신의 말 속에는 어느 정도 진리가 있어요." 알료샤는 나직이 말했다.

"아아, 어떻게 당신은 그런 생각까지 할 수 있죠?" 리자는 기쁨에 넘치는 목소리로 이렇게 외쳤다. "알료샤, 당신은 정말 거짓말은 절대 안하는군요. 갑자기 하느님을 욕하고 싶어져서 큰 소리로 욕하기 시작했더니, 작은 악마들이 아주 기뻐하며 저한테로 몰려 왔다니까요. 그래서 재빨리 성호를 그었더니 그놈들은 모두 달아났지요. 너무나 재미있어서 저는 숨이 막힐 정도였어요."

"나 역시 그런 꿈을 꿀 때가 있어요." 알료샤가 말했다.

리자는 몹시 감동을 받은 듯 잠시 말을 멈추었다.

"알료샤, 나한테 또 와줘요. 좀 더 자주 와줘요, 네?"

"나는 한평생 당신을 찾아올 겁니다."

"내 마음 속의 말을 할 수 있는 상대는 오직 당신뿐이에요."

알료샤는 묵묵히 그녀를 바라보았다. 그녀의 핏기 없는 누르께한 얼굴이 별안간 일그러지며 두 눈이 번쩍이기 시작했다.

"알료샤, 날 좀 구해줘요. 알료샤, 왜 당신은 날 조금도 사랑하지 않지요?" 그녀는 미친 듯이 흥분하여 말을 맺었다.

"아닙니다, 사랑하고 있습니다."

"고마워요. 난 오직 당신의 눈물만이 필요해요. 사람들 모두가 나를 짓밟는다 하더라도 상관없어요. 어서 형님한테로 가보세요. 감옥

문이 닫히기 전에 어서 가보세요."

그리고 그녀는 거의 강제로 알료샤를 문 밖으로 밀어냈다. 알료샤는 슬픈 눈으로 리자를 쳐다보았으나 그 순간 그의 오른손에 편지가 쥐어져 있음을 느꼈다. '이반 표도로비치 카라마조프 님에게'라고 적혀 있었다. 그는 얼른 리자를 쳐다보았다. 그녀의 얼굴은 거의 위협적인 표정으로 바뀌어 있었다.

"전해줘요, 꼭 전해줘요." 온몸을 떨면서 명령조로 외쳤다. "오늘 중으로 곧! 그러지 않으면 난 독약을 먹고 죽어버리겠어요."

그리고 나자 문이 꽝 닫힌 뒤 고리쇠가 딸가닥 하고 걸렸다. 알료샤는 편지를 호주머니 속에 넣고 호흘라코바 부인에게는 들르지도 않고 바로 층계 쪽으로 향했다. 약 10초 뒤에 리자는 손을 뽑더니 느릿느릿 자기 의자 쪽으로 가서 꼿꼿이 앉았다. 그리고는 시꺼멓게 멍든 손가락과 손톱 밑에 배어나온 피를 뚫어지게 바라보기 시작했다. 그녀는 재빨리 중얼거렸다.

"난 천하에 몹쓸 년이야!"

4. 찬미가와 비밀

알료샤가 감옥 문의 벨을 눌렀을 때는 매우 늦은 시각이어서 주위에는 어둠이 깃들기 시작하고 있었다. 그러나 알료샤는 아무 지장 없이 미탸를 만날 수 있었다.

한편 미하일 마카르이치 경찰서장은 그루셴카에게 굉장히 호감을 느끼게 되었다. 그래서 모크로예에서 그루센카에게 호통을 쳤던 일이 언제까지나 이 노인의 마음을 괴롭혔던 것이다. 이후 그는 이 사건의 내막을 알게 됨으로써, 그녀에 대한 자신의 생각을 완전히 바꾸었다.

알료샤는 면회실로 들어가다가 방금 미탸를 면회하고 헤어지려던 라키틴과 마주쳤다. 라키틴은 알료샤의 얼굴을 대하는 것을 거북해했다. 어쩌다 만나더라도 마지못해 뻣뻣이 눈인사를 할 뿐이었다. 이윽고 그는 우산을 찾기 시작했다.

"자기 물건은 잃지 말아야지." 그는 그저 무슨 말이든 해야 한다는 생각에 이렇게 중얼거렸다.

"남의 물건도 잃지 않도록 하게!" 하고 알료샤는 익살을 떨었다. 그러자 라키틴은 버럭 화를 냈다.

"그런 말은 카라마조프 족속들한테나 하시지. 당신네 같은 농노제의 팔푼이 자식에게나 필요한 거지, 이 라키틴에겐 필요 없단 말이야." 그는 분노에 온몸을 떨며 소리쳤다.

"왜 그래? 난 농담으로 그런 건데! 저 친구는 왜 그렇게 자주 형님을 찾아오는 거죠? 서로 절친한 사이라도 되셨나요?" 알료샤가 물었다.

"라키틴하고 친해졌느냐고? 아니야. 저 녀석은 농담도 받아들이지 못하는 놈이지. 하지만 영리한 데가 있어. 그런데 알렉세이, 드디어 이젠 내 머리가 달아나게 됐어."

그는 긴 의자에 앉더니 알료샤를 그 옆에 앉혔다.

"내일이 공판이군요. 한데 형님은 가망이 없다고 생각하십니까?" 알료샤는 걱정스러운 표정으로 말했다.

"아니, 넌 무슨 소릴 하는 거냐?" 미탸는 이상하리만큼 덤덤한 표정으로 알료샤를 바라보았다. "그래, 넌 공판 얘기를 하고 있구나. 지금까지 우린 언제나 쓸데없는 얘기만 해왔지. 한데 왜 그런 비판적인 얼굴로 날 보고 있니?"

"그게 무슨 말입니까, 형님?"

"사상, 사상을 말하는 거야. 다시 말해서 윤리라고도 할 수 있지. 한데 대체 그 윤리란 뭘까?"

"윤리요?" 알료샤가 놀란 표정으로 물었다.

"라키틴은 알고 있어. 그 녀석 박식하기도 하더구나. 난 이젠 끝났다, 알렉세이! 넌 하느님의 은총을 받은 사람이야! 난 이 세상 누구보다 너를 사랑하고 있어. 그까짓 놈은 아무래도 좋아. 내가 알 게 뭐냐." 미탸는 욕설을 퍼부었다.

"아니, 형님 왜 그러세요?" 알료샤는 끈덕지게 물었다.

"그 녀석은 나에 관한, 내 사건에 관한 작품을 써가지고 그걸로 문단에 나갈 생각을 하는 거야. 그래서 나를 찾아왔다고 제 입으로도 말했어. 난 방금 이렇게 말해줬어. '카라마조프 일가는 비열한 인간이 아니라 철학자란 말이다. 진짜 러시아 인은 모두가 철학자니까. 그러나 네 녀석은 학식은 있어도 철학자는 못돼. 너는 천박한 농사꾼에 지나지 않아'라고 말이야. 그랬더니 그 녀석 증오 섞인 웃음을 짓더구나." 갑자기 미탸는 웃음을 터뜨렸다.

"이젠 다 끝났다고 했죠? 방금 그렇게 말했죠?" 알료샤가 말을 가로챘다.

"다 끝났느냐고? 음, 사실은 말이다. 한마디로 난 하느님이 불쌍해졌어."

"하느님이 불쌍해졌다는 건 또 뭐죠?' 알료샤가 말했다.

"하느님이 불쌍하다는 것 말이냐? 애야, 그건 과학이란 말이다. 과학! 그건 어쩔 수 없는 거야. 신부님, 좀 옆으로 비켜주세요, 과학께서 지나가시니! 하는 식이지. 라키틴 녀석은 꽤 재치 있게 말을 하고 글도 제법 잘 쓰거든. 1주일쯤 전에 나한테 어떤 논문을 읽어주었는데, 그때 한 서너 줄 베껴둔 게 있어."

미탸는 급히 조끼 주머니에서 종잇조각을 꺼내어 읽기 시작했다.

"이 문제를 해결하려면 무엇보다도 먼저 '자신의 인격을 현실과 대립시킬 필요가 있다.' 무슨 말인지 알겠니? 나도 모르겠지만 재치는 있어. 환경을 몹시 중요시하더구나. 그 녀석 시를 쓴답시고, 호흘라코바 부인의 발에 대해 시를 쓰지 않았겠니? 게다가 그 너절한 시를 가지고 자랑하는 꼴이란!"

"그 친구는 벌써 복수를 했어요." 알료샤가 말했다. "호흘라코바 부인에 대한 기사를 투고했다니까요."

"그래, 그건 그 녀석의 짓이야!' 미탸는 미간을 찌푸리며 맞장구를 쳤다. "그루셴카에 대해서도 굉장히 지저분한 소릴 썼더군. 그리고 카탸에 대해서도."

그는 근심 어린 표정으로 방 안을 거닐기 시작했다.

"형님, 난 여기 오래 머물 수가 없어요." 잠시 말을 중단했던 알료샤가 다시 입을 열었다. "내일은 형님에겐 무섭고도 중대한 날입니다. 하느님의 심판이 내려지는 날이니까요. 그런데도 형님은 쓸데없는 말만 하고 있으니, 정말 놀랐어요."

"뭐 놀랄 건 없다. 그 구역질나는 개새끼 얘기라도 하라는 거냐? 그 살인 얘기를? 그 썩은 냄새를 풍기는 스메르댜쉬차야의 아들 얘기라면 더 이상 하고 싶지 않다."

미탸는 흥분에 못이겨 알료샤한테 다가가더니 갑자기 키스를 했다. 그의 두 눈은 이글이글 불타올랐다.

"알료샤, 난 지난 두 달 동안 내 내부에서 새로운 인간을 느꼈어. 그 인간은 지금까지 내 안에 갇혀 있었지. 만일 이번 일과 같은 청천벽력이 없었다면 밖에 나타나지 않았을지도 모르지. 지금 내가 두려워하는 건 다른 거야. 새로 소생한 그 인간이 어디론가 가버릴까 봐 그게 두려운 거야. 난 아버지를 죽이지는 않았지만 역시 가지 않으면 안 돼. 난 그걸 감수하겠어. 그래서 하느님이 있는 거야. 왜냐하면 우리에게 환희를 주는 것은 하느님이니까. 나는 하느님을 사랑해." 미탸는 숨을 헐떡거리며 이 괴이한 장광설에 종지부를 찍었다. 그의 얼굴은 창백해지고, 입술은 떨렸으며, 두 눈에서는 눈물이 흘러내리고 있었다.

"알렉세이, 아무튼 난 너를 기다렸어. 그런데 고통이란 대체 뭘까? 나는 어떤 고통이 닥쳐오더라도 조금도 두렵지 않아. 나는 법정에 나가서도 일체 답변을 안 할 생각이야. 나는 존재한다! 비록 감옥에 앉아 있어도 나는 존재한다. 그리고 나는 태양을 보는 거야. 비록 보이지는 않더라도 나는 태양이 있다는 걸 알고 있어. 태양이 있다는 걸 안다는 것 자체가 삶의 전부야. 알료샤, 나의 천사! 나는 지금까지 여러 가지 철학으로 고통을 받아왔어. 그 망할 놈의 철학 때문에 말이야! 그런데 이반은……."

"이반 형이 어쨌다는 겁니까?" 알료샤는 말을 가로채려고 했으나 미탸는 그 말을 제대로 알아듣지 못했다.

"그런데 말이다. 나의 내부에서 나도 모르는 사상이 꿈틀거리고 있기 때문에 술을 마시기도 하고 싸움을 하기도 하고 난동을 부렸는지도 몰라. 내가 싸움을 한 건 내 내부에 있는 그 사상을 가라앉히기 위해서였어. 그런데 지금은 하느님 때문에 괴로워하고 있어. 나를 괴롭히는 건 이 한 가지뿐이야. 도대체 하느님이 없다면 어떻게 될까? 만일 라키틴의 말대로, 하느님은 인류에 의해 창조된 가공의 관념에 지나지 않는다면 어떻게 되는 걸까? 라키틴은 웃으면서 하느님이 없어도 인류를 사랑할 수 있다고 말했지만, 그건 코흘리개 바보 녀석이나 주장할 소리야. 나한테는 내 나름의 선행밖에 없지만 중국 사람들에게는 또 다른 형태의 선행이 있거든. 즉 선행은 상대적인 거야. 웃지 마라, 알료샤! 난 이 문제 때문에 이틀 밤이나 잠을 못 잤다. 나는 사람들이 살아가면서 공허한 일에 정신을 빼앗기고 있는 걸 보고 놀랐다. 이반에겐 하느님이 없어. 그 대신 그놈에겐 사상이 있어. 나와는 차원이 다른 사상이. 그러나 워낙 말이 없으니 그놈은 프리메이슨 같다는 생각이 들어. 그놈의 지혜의 샘물을 한 모금 얻어 마시고 싶었는데, 말을 해야 말이지."

"뭐라고 했는데요?" 알료샤는 성급히 말을 가로막았다.

"내가 말이다, 만일 그렇다면 모든 짓이 허용되지 않느냐고 물었더니, 그 녀석은 얼굴을 찌푸리면서 '우리 아버지 표도르 파블로비치는 더러운 돼지만도 못한 사람이었지만, 그래도 생각만은 정확했어요.'라고 얼버무리는 거야. 그저 이 말밖에 하지 않았어. 아무튼 라키틴보다는 한수 위야."

"그래요." 알료샤는 쓸쓸히 동의했다. "그런데 이반 형은 언제 왔었나요?"

"그건 나중에 말하기로 하자. 지금은 다른 얘길 하고 싶으니. 난 지금까지 이반에 대해서 거의 아무 말도 하지 않았다. 이 사건의 선고가 내려지면 그때 너한테 말해주마."

"변호사와 의논해 봤나요?"

"변호사가 무슨 소용이 있니! 난 그에게 죄다 얘기했어. 그자도 도시에서 굴러먹은 간사한 사기꾼이야. 도대체 내 말을 하나도 믿으려고 하질 않더군. 게다가 의사까지 불러와서 나를 미치광이로 만들려는 거야. 카테리나는 끝까지 자기 '의무'를 수행하고 싶어 하지만 그건 신경과민에서 나온 억지에 지나지 않아."

미탸는 쓴웃음을 지었다. "그 여잔 고양이야, 잔인한 여자야! 나는 그때 모크로예에서 그 여자를 가리켜, '위대한 분노의 여인'이라고 평했는데, 그 여잔 그걸 알고 있어. 그리고 그리고리는 나한테 적이야. 하긴 친구보다 적이 때로는 유리할 때도 있어. 이건 카테리나를 두고 하는 말이야. 혹시 그 여자가 나한테서 4천5백 루블을 받고 이마가 땅에 닿도록 절을 했다는 얘기를 공판정에서 지껄이지나 않을까 그게 걱정이야. 아아, 그루셴카! 그 여자는 무엇 때문에 그런 고통을 짊어지려는 걸까?"

"형님, 오늘은 형님 때문에 몹시 비탄에 젖어 있더군요."

"난 도대체 어떻게 돼먹었는지, 글쎄! 아까 질투를 했다니까. 그러나 곧 뉘우치고 그녀가 돌아갈 때는 키스를 해주었지. 하지만 용서를 빌진 않았어."

"왜 용서를 빌지 않았죠?" 알료샤는 소리쳤다.

미탸는 갑자기 유쾌한 듯이 웃어댔다.

"이봐, 알료샤! 사랑하는 여자한텐 절대로 용서를 빌어서는 안 되는 거야! 나는 적어도 여자에 대해서만은 전문가란 말이야. 그루셴카가 나에 대해 뭐라고 하던?'

알료샤는 그루셴카가 한 말을 그대로 옮겼다. 미탸는 자세히 귀담아 듣고 꼬치꼬치 되묻고는 만족스러운 표정을 지었다.

"그럼 내 질투에 대해서도 화를 내지 않고 있다 그 말이지?' 하고 그는 소리쳤다. "'나도 잔인한 여자예요.'라고 했다고? 아아, 난 그렇게 잔인한 여자가 좋거든. 아무튼 그 여자 없이는 못 살 것 같아."

갑자기 미탸는 몹시 근심스러운 표정으로 변했다. 그는 주위를 둘러본 뒤 자기 앞에 서 있는 알료샤 앞으로 바싹 다가가서, 사뭇 비밀스러운 표정으로 속삭이기 시작했다.

"너한테 모든 비밀을 다 털어놓겠다. 하지만 아아, 네 눈을 어떻게 피하면 좋지? 알료샤! 이반은 나한테 '탈출'을 권하고 있어. 그루셴카를 데리고 미국으로 가라는 거야. 사실 나는 그루셴카 없이는 살 수가 없거든! 그건 그렇고, 만일 그루셴카를 나와 함께 유형지로 보내주지 않으면 어떻게 하지? 유형수에게도 결혼이 허용될까? 그리고 내 양심은 어떻게 하지? 미국이 뭐야, 미국 역시 덧없는 속세에 지나지 않아! 알렉세이, 내가 너한테 이런 말을 하는 건 이걸 이해해줄 사람이 너밖에 없기 때문이야. 사람들은 나더러 미친놈이 아니면 바보라고 하겠지. 그러나 난 미치지도 않았고 바보도 아니야. 난 그루샤 없이는 살 수 없어. 공판까지만 기다려다오. 죄수에게도 결혼을 허락해 줄까?' 그는 애원하는 목소리로 같은 말을 세 번이나 되풀이했다.

알료샤는 몹시 놀란 표정으로 이 말을 듣고 큰 충격을 받았다. "한 가지만 말해 주세요." 그는 입을 열었다. "이반 형이 그걸 강력히 주장하던가요? 그리고 누가 그걸 먼저 생각해 냈지요?"

"이반이 생각해 낸 거야. 그 앤 1주일 전에 나를 찾아와서 다짜고짜 그런 소릴 꺼내지 않겠니? 그건 권유가 아니라 명령이었어. 난 이반한테 마음속에 있는 걸 죄다 털어놓고 찬미가 얘기까지 해줬지. 이반은 내가 자기 명령을 따르리라는 것을 굳게 믿고 있어. 그리고 여러 정보를 수집해가지고 탈출하는 방법까지 일러주더구나. 중요한 건 돈인데, 우선 탈출 비용으로 1만 루블이 필요하고, 다시 미국까지 가려면 2만 루블이 필요하지만, 1만 루블만 가지고 멋지게 탈출을 성사시켜보겠다고 장담했어. 얘, 알료샤! 이젠 가봐야지." 그는 서둘기 시작했다.

두 사람은 포옹하며 키스를 나누었다.

"이반은 나한테 탈출을 권하면서도, 아버지를 죽인 범인은 나라고 믿고 있다니까." 서글픈 미소가 그의 입술에 떠올랐다. "난 그 눈빛만으로도 알 수 있어. 그럼 잘 가."

알료샤가 막 나가려고 할 때 미탸는 또다시 그를 불러 세웠다.

"알료샤, 하느님 앞에서처럼 진심을 말해다오. 넌 정말 내가 죽였다고 믿니?" 그는 미친 듯이 부르짖었다.

알료샤는 이 말을 듣는 순간 뭔가 예리한 것이 가슴을 찢는 듯한 아픔을 느꼈다. "그게 무슨 말씀이세요!" 알료샤는 얼빠진 얼굴로 중얼거렸다.

"솔직히 말해줘." 미탸가 되풀이했다.

"난 형님이 살인자라고는 단 1분도 생각해본 적이 없어요."

가슴으로부터 떨리는 목소리로 알료샤가 말했다. 그는 진심을 말하는 것을 증명하기 위해 하느님을 부르기라도 하려는 듯 오른손을 번쩍 쳐들었다.

그 순간 미탸의 얼굴은 온통 행복감으로 넘쳐흘렀다.

"고맙다!" 기절을 했다가 다시 깨어나며 숨을 몰아쉴 때처럼, 그는 늘어지는 목소리로 말했다. "너는 지금 나를 새사람으로 만들어주었어. 난 너를 위해 하느님의 축복을 빌겠다. 자, 가봐라. 그리고 이반을 사랑해라!" 이것이 미탸가 그에게 한 마지막 말이었다.

알료샤는 눈물을 펑펑 쏟으며 밖으로 나왔다. 그의 가슴은 무언가로 콕콕 쑤시듯 아파왔다. 그는 별안간 '이반을 사랑하라'는 미탸의 말이 생각났다. 이제 그는 이반을 찾아가는 길이었다. 아침부터 이반을 꼭 만나야겠다고 생각했었다. 그는 미탸만큼이나 이반이 걱정스러웠다.

5. 형님이 아녜요, 형님이 아녜요!

이반에게로 가려면 카테리나가 세 들어 살고 있는 집 앞을 지나가지 않을 수 없었다. 초인종을 울리고, 중국식 초롱불이 희미하게 비치는 층계를 올라가는데 위에서 누군가 내려오는 사람이 있었다. 서로 엇갈려 지나치려는 순간 상대가 형이라는 것을 알았다. 이반은 벌써 카테리나를 만나고 돌아가는 길인 것 같았다.

"아, 너였구나." 이반은 맥 빠진 목소리로 말했다. "그 여자한테 가는 길이라면 만나지 않는 게 좋을 거야. 그 여잔 지금 '홍분'해 있어서 말이다."

"아녜요, 아녜요!' 위층에서 갑자기 문이 열리며 외침 소리가 들려왔다. "알렉세이 표도로비치, 지금 그이한테서 오는 길이죠?'

이반은 잠시 망설였으나 결국 알료샤와 함께 다시 올라가기로 결심했다.

"앉으세요, 알렉세이 표도로비치! 그이가 나한테 무슨 말을 전하라고 했지요?'

"한 가지뿐입니다. 자중하셔서 법정에선 제발 그 얘길 하지 말아달라고요. 두 분 사이에 있었던 일 말입니다. 당신이 미탸 형님을 처음 만나셨을 때 그 도시에서……."

"아, 돈 때문에 내가 땅에 닿도록 절을 한 걸 두고 하는 말이군요." 그녀는 씁쓸히 웃으며 말했다. "도대체 그이가 두려워하는 건 자기 자신 때문인가요? 나 때문인가요? 그리고 자중하라니, 대체 누구더러 자중하라는 얘기죠?'

알료샤는 뚫어질 듯이 그녀를 바라보고 있었다.

"당신과 형님 두 분 다겠죠." 그는 조용히 말했다.

"여자란 정직하지 못할 때가 많아요." 그녀는 이렇게 말하고 이를 악물었다. '바로 한 시간 전만 해도 나는 그 짐승만도 못한 사람을 건드리기가 무섭다고 생각했어요. 하지만 그건 오판이었어요. 그이는 뭐니 뭐니 해도 나한텐 하나의 인간이에요. 정말 그이가 죽었을까요?' 그녀는 이반 쪽으로 몸을 돌리며 신경질적으로 외쳤다.

그 순간 알료샤는 자신이 오기 1분 전까지 그녀가 몇십 번이나 이반에게 같은 질문을 던졌고, 그래서 결국 서로 싸움을 하고 헤어졌다는 것을 대번에 알아차렸다.

"난 스메르댜코프를 만나고 왔어요. 당신이 그 사람보고 아비 죽인 놈이라고 말하길래 나는 당신 말을 믿었던 거예요."

여전히 이반을 바라보며 그녀가 말했다. 이반은 억지웃음을 지었다. 알료샤는 그녀의 무람없는 말투에 흠칫 놀랐다. 그는 두 사람이 그런 사이로 변하리라고는 생각지 못했던 것이다.

"아무튼 이젠 됐습니다." 이반은 말했다. "내일 또 들르죠." 그리고는 몸을 홱 돌려 방에서 나가더니 곧장 층계를 내려갔다. 그러자 카테리나가 급히 알료샤의 두 손을 움켜잡았다.

"저분 뒤를 따라가세요. 잠시도 혼자 있게 해선 안돼요. 저인 신경성 열병을 앓고 있어요. 의사가 그렇게 말했어요."

이반은 계속 발걸음을 옮겼다. 알료샤도 따라갔다.

"이봐, 알렉세이! 사람이 어떻게 미치광이가 되는지 너 아니?"

"아뇨, 모릅니다. 미치광이에도 여러 종류가 있겠죠."

"그럼 자기가 미쳐가고 있다는 걸 자기 자신이 알 수 있을까?"

"그런 경우엔 자기 자신을 정확하게 관찰할 수가 없을 거라고 생각합니다." 알료샤는 깜짝 놀라며 대답했다.

이반은 잠시 말이 없었다.

"아 참, 잊기 전에 이 편지를." 알료샤는 머뭇거리며 호주머니에서 리자의 편지를 이반에게 건네주었다.

마침 두 사람은 가로등 옆에 서 있었으므로, 이반은 편지의 필적을 이내 알아보았다.

"아, 이건 그 작은 악마가 보낸 거구나!" 그는 심술궂은 웃음을 터뜨리더니 겉봉도 뜯지 않고 갈기갈기 찢어 공중에 내던졌다. "아직 열여섯 살도 채 안된 게 프러포즈를 하다니!" 그는 성큼성큼 걸으면서 경멸하듯 말했다.

"프러포즈라니! 그게 무슨 말입니까?" 알료샤가 외쳤다.

"뻔하지 뭐냐, 음탕한 계집들이 하는 그런 프러포즈 말이다."

"형님, 그런 어린 여자애를 모욕하다니! 그는 환자예요."

그들은 한동안 침묵에 빠졌다.

"그 여잔 내일 법정에서 어떤 태도를 취해야 할지 가르쳐달라고 밤새껏 성모 마리아에게 기도를 드릴 거야."

"카테리나에 대해서 말하는 겁니까?"

"그래, 미탸 형을 구해줄 것인가, 그를 파멸시킬 것인가? 바로 이 점에 대해서 그 여자는 기도를 할 거야."

"카테리나는 형님을 사랑하고 있어요."

"하지만 난 그 여자를 좋아하지 않아."

"한데 왜 그 여자에게 희망을 주는 말을 하시죠?"

"난 지금 합당한 조처를 취할 수가 없어. 그 여자와 손을 끊고 내 본심을 털어놓을 수가 없단 말이야. 살인범에게 선고가 내려질 때까지 기다리는 수밖에 없어. 만일 지금 그 여자와 결별을 하면, 그 여자는 나에 대한 복수로 내일 법정에서 그 악당을 파멸시키고 말 거야."

"하지만 어떻게 그 여자가 미탸 형님을 파멸시킬 수 있다는 거죠?"

"넌 아직 몰라. 그 여자는 형이 자필로 쓴 증거 서류를 하나 가지고 있는데, 그 서류는 형이 아버지를 살해했다는 걸 결정적으로 증명하고 있어."

"그건 있을 수 없는 일이에요." 알료샤가 외쳤다.

"그럼 넌 누가 살인범이라고 생각하니?"

"그게 누군지는 형님도 아실 텐데요."

"누구야? 스메르댜코프 말을 하려는 거니?"

"난 이것만은 알고 있어요." 알료샤는 여전히 속삭이듯 말했다.

"아버지를 죽인 건 미탸형이 아녜요."

"형이 아니라니! 형이 아니란 건 무슨 뜻이지?" 이반은 말뚝처럼 얼어붙었다.

"아버지를 죽인 건 형님이 아녜요." 알료샤는 확신에 찬 어조로 반복했다.

30초가량 침묵이 흘렀다.

"형님, 형님은 자신이 살인범이라고 여러 번 말했잖아요."

"언제 내가 그렇게 말했어? 난 모스크바에 있었는데. 언제 내가 그렇게 말했단 말이야?" 이반은 몹시 허둥대며 중얼거렸다.

"형님은 지난 두 달 동안 혼자 있을 때, 여러 번 그런 말을 했어요." 알료샤는 여전히 나직한 목소리로 또박또박 끊으며 말을 이었다. "형님은 자기 자신을 책망하며 살인범은 바로 형님이며, 다른 누구도 아니라고 자백했어요. 그러나 형님도 살인범은 아닙니다. 형님이 잘못 생각한 겁니다. 범인은 형님이 아녜요. 내 말을 믿어주세요. 하느님은 이 말을 형님한테 하게 하려고 나를 보내신 겁니다."

그들은 꼼짝 않고 선 채 서로의 눈을 응시하고 있었다. 둘 다 얼굴이 창백했다. 갑자기 이반이 몸부림을 치더니, 알료샤의 어깨를 덥석 움켜잡았다.

"너 내 방에 왔었지! 넌 그 녀석이 왔던 그날 밤 내 방에 왔었지? 바른대로 말해. 너 그 녀석을 봤지?"

"대체 누굴 말하는 겁니까?" 알료샤는 어리둥절한 얼굴로 물었다.

"미탸가 아냐. 그 짐승만도 못한 악당 얘긴 집어치워! 그 녀석이 나한테 찾아오는 걸 넌 알고 있었지? 어떻게 알았니? 말해봐!"

"그 녀석이 누굽니까? 누구 말을 하는지 영문을 모르겠군요."

"아냐, 넌 알고 있어. 그렇지 않으면 어떻게 네가! 네가 모를 리 없어……"

"형님," 떨리는 목소리로 알료샤가 입을 열었다. "내가 지금 그렇게 말한 건 형님이 제 말을 믿어 주리라고 믿었기 때문입니다. 나는 이 '형님이 아녜요'라는 말을 형님이 평생 기억해달라고 한 말입니다. 아시겠어요, 형님? 형님의 여생을 위해서예요. 하느님께서 그 말을 제 영혼 속에 불어넣어 그걸 형님한테 말하게 한 거예요. 비록 이 순간부터 영원히 형님의 미움을 사게 된다 할지라도."

그러자 이반도 평정을 되찾은 것 같았다.

"알렉세이," 그는 싸늘한 조소를 띠며 말했다. "나는 예언자나 간질병 환자 따윈 딱 질색이야. 특히 하느님의 사자 같은 건 참을 수가 없어. 이 시각부터 나는 너와 인연을 끊겠다. 특히 오늘은 나한테 오는 걸 삼가다오."

그는 홱 몸을 돌려 뒤도 돌아보지 않고 성큼성큼 걸어갔다.

"만약 오늘 형님한테 무슨 일이 생기거든 무엇보다 먼저 저를 생각해주세요!"

그는 이반의 모습이 사라지자 이윽고 몸을 돌려 자기 집을 향해 걸음을 옮겼다. 알료샤도 이반도 각각 다른 집에 방을 얻어 살고 있었다. 두 사람 다 텅 빈 아버지의 집에서 살기가 싫었던 것이다. 알료샤는 어느 상인에게 가구가 딸린 방 하나를 빌려 쓰고 있었다. 이반은 거기서 꽤 멀리 떨어진 곳에 살고 있었다. 그는 부유한 어느 관리 미망인 소유의 근사한 저택에 딸려 있는 널찍한 별채에 세 들어 살고 있었다. 그 집에는 전에 표도르의 이웃집에 살면서 표도르의 집 부엌으로 수프를 얻으러 오곤 하던 마리아 콘드라티예브나가 살고 있었다. 당시 스메르댜코프는 이 여자에게 노래를 불러주기도 하고 기타를 쳐주기도 했다. 그녀는 전에 살던 집을 팔아버리고, 거의 농가나 다름없는 오두막 집에서 어머니와 함께 살고 있었다. 병들어 죽어가고 있던 스메르댜코프는 표도르 파블로비치가 죽자마자 이들 모녀의 집으로 옮겨와 살고 있었다. 이반은 주체할 수 없는 충동에 이끌려 스메르댜코프를 찾아가고 있었다.

6. 스메르댜코프와의 첫 면담

모스크바에서 돌아온 이반이 스메르댜코프를 만나러 가는 것은 이번이 세 번째였다. 그 참극이 있은 후, 그가 처음으로 스메르댜코프를 만나 이야기한 것은 모스크바에서 돌아온 직후였다. 그 후 2주일이 지나서 두 번째 방문을 했다. 이 두 번째 방문 이후 스메르댜코프와의 면담을 끊어버렸기 때문에 벌써 한 달 이상 스메르댜코프를 만나지도 않았거니와 소식도 듣지 못하고 있었다.

이반이 모스크바에서 돌아온 것은 아버지가 죽은 뒤 닷새째 되는 날이었으므로, 그는 아버지의 관조차 보지 못했다.

그는 경찰서장과 검사를 만나서 미탸의 혐의 내용과 체포 경위를 자세히 들었다. 그리고 이 사건을 바라보는 알료샤의 의견에 놀라지 않을 수 없었다. 그는 알료샤의 의견은 극도로 고조된 미탸에 대한 형제애와 동정심에서 생겨난 것으로 해석하였다. 알료샤가 미탸를 몹시 좋아하고 있다는 건 이반도 잘 알고 있었다.

그러나 이반은 미탸를 몹시 싫어했다. 가끔 연민의 정을 느끼는 정도가 고작이고, 그것마저도 혐오에 가까운 것이었다. 미탸에 대한 카테리나의 사랑조차도 이반은 분노가 끓어 오르는 눈으로 보고 있었다. 그가 피고인으로서의 미탸를 처음 만난 것 역시 이곳에 돌아오던 날이었는데, 그날 면회는 미탸가 범인이라는 그의 신념을 약화시키지 못했다. 그때 그가 본 형은 불안과 병적인 흥분 상태에 있었다.

출입문이 열려 있었다는 그리고리 노인의 증언에 대해 그는 경멸하듯이 비웃으면서 "그건 악마가 열었을 거야."라고 말했다. 게다가 이 사실에 대해서도 논리적인 설명은 단 한 마디도 하지 못했다. 그뿐만 아니라 '모든 것은 허용된다'고 주장하는 자들에겐 사람을 의심하거나 심문할 권리가 없다고 면박을 줌으로써, 이 첫 번째 면회부터 이반에게 모욕을 주기까지 했다. 이반은 미탸와의 면회를 마치자 그 길로 스메르댜코프를 찾아갔다.

이반은 모스크바에서 돌아오는 기차 속에서, 스메르댜코프에 대해서, 그리고 출발 전날 밤에 스메르댜코프와 주고받은 마지막 대화에 대해 곰곰이 생각해보았다. 그러자 어느 순간 불안이 엄습해 왔고, 의심스러운 점이 한두 가지가 아니었다. 스메르쟈코프는 그때 시립 병원에 수용되어 있었다. 의사는 스메르쟈코프의 간질은 의심할 여지가 없다고 확답했다. "그놈은 사건 당일 꾀병을 앓은 게 아닐까요?"라는 이반의 물음에 오히려 놀라는 기색을 보였다.

스메르쟈코프는 격리실에 수용되어 침대 위에 누워 있었는데, 이반을 보자 의혹이 담긴 미소를 흘렸다. 그러나 그것도 잠시뿐이었고, 이후부터는 오히려 이상할 정도로 침착한 태도를 보여 이반을 놀라게 했다. 20분가량 면회를 하는 동안에도 그는 머리가 아프다느니 팔다리가 쑤신다느니 하며 쉴 새 없이 우는 소리를 했다. 그러나 끊임없이 깜박이면서 무언가를 암시하는 듯 가늘게 뜬 왼쪽 눈은 스메르쟈코프 특유의 버릇이 그대로 남아 있었다. 이반은 '현명한 사람과의 대화는 재미있다'라고 한 말을 상기했다.

"말할 수 있나?" 이반이 물었다. "피곤하게 하지는 않을 거야."

"할 수 있고말고요. 한데 언제 돌아오셨나요?" 그는 겸연쩍어하는 방문객에게 용기를 북돋워주기라도 하려는 듯 겸손하게 덧붙였다.

"오늘 막 도착했어. 여기서 일어난 사태를 수습하려고."

스메르쟈코프는 한숨을 쉬었다.

"왜 한숨을 쉬는 거야? 넌 다 알고 있었잖아." 이반은 다짜고짜 이렇게 말했다.

"그걸 모를 리 있겠습니까? 모든 게 훤히 보였는데. 하지만 그렇게까지 되리라고는 생각 못했습니다."

"그럼, 그렇게 되리라고 생각했단 말이지? 얼렁뚱땅하지 마! 넌 그때 지하실에 내려가기만 하면 발작을 일으킬 거라고 미리 말했었지? 넌 지하실이라고 분명히 말했어."

"그럼 증인심문 때 그걸 말씀하셨나요?" 스메르댜코프는 침착하게 묻고 늘어졌다.

이반은 갑자기 화가 치밀었다.

"아직 말하진 않았지만 반드시 말할 생각이다. 넌 지금 나한테 모든 일을 해명해야 해. 난 너하고 농담할 생각은 없다."

"제가 왜 도련님한테 농담을 하겠습니까. 전 도련님을 하느님처럼 의지하고 있는데요."

"첫째," 이반은 말을 시작했다. "간질병의 발작은 미리 예측할 수 없다는 걸 난 알아. 조사해 보고 왔으니 속일 생각은 마라. 날짜와 시간을 예상할 수는 없어. 그런데 넌 어떻게 그때 날짜와 시각뿐 아니라 장소까지 예언했니?"

"지하실엔 하루에도 몇 번씩 내려가는걸요. 1년 전에도 저는 다락방에서 그렇게 떨어진 적이 있었죠. 발작을 일으킬 날짜와 시간을 예상할 수는 없지만, 그런 예측은 할 수 있는 겁니다."

"그러나 넌 날짜와 시간까지 예측하지 않았느냐 말이다."

"제 간질병에 대해선 이곳 의사 선생님한테 물어보시면 잘 아실 겁니다. 제 병이 진짜였는지 가짜였는지 아실 수 있을 테니까요."

"그렇지만 어떻게 지하실이라는 걸 미리 알았느냐고!"

"도련님은 그 빌어먹을 지하실이 몹시 마음에 걸리시는가 보군요. 저는 그때 지하실로 들어가면서, '이제 발작이 일어날 거다, 발작을 일으켜 밑으로 굴러 떨어질지도 모른다.' 이런 생각이 들었어요. 이때 갑자기 목구멍에 강한 경련이 일어나서 그만 밑으로 굴러 떨어지고 만 겁니다. 이 병원의 의사는 그런 생각을 했기 때문에 발작이 일어났다고 주장하시더군요. 심문하는 사람들도 조서에 그렇게 적었어요. 내가 그렇게 두려움에 떨었다면 발작을 일으키지 않을 수 없었을 거라고요."

스메르댜코프는 이렇게 말한 뒤 피곤하다는 표정을 지었다.

"벌써 그런 것까지도 진술했나?" 이반은 어처구니가 없다는 듯이 이렇게 물었다.

"아뇨, 그런 말은 안했습니다."

"그럼, 넌 그때 왜 나더러 체르마시냐에 가라고 했지?"

"모스크바보다는 체르마시냐 쪽이 더 가까우니까요."

"넌 날 일부러 떠나게 한 거야. 넌 그때 재난에서 피하라고 나한테 말했지?"

"재난에서 피하라고 말씀드린 것은 집안에 곧 불행한 일이 일어날 테니 집에 남아서 아버지를 보호해 드려야 한다는 걸 알려드리기 위해서였습니다."

"그럼 왜 좀 더 알아듣기 쉽게 말하지 않았지?" 이반은 버럭 화를 냈다.

"저는 당신한테 말씀드리는 게 두려웠고, 또 제가 그런 말씀을 드리면 당신이 화를 내실 게 뻔했으니까요. 게다가 드미트리 도련님이 무슨 소동을 일으킨 뒤 그 돈을 빼앗아가거나 않을까 걱정을 했었습니다. 형님은 그 돈을 자기 것으로 간주했으니까요. 그러나 살인까지 저지르리라곤 꿈에도 생각지 못했습니다. 나는 그저 드미트리 도련님이 주인어른 베개 밑에 넣어둔 3천 루블이 든 봉투만 가져갈 거라고 생각했었는데, 기어이 죽이고 말았으니 말입니다. 아마 도련님도 거기까진 미처 생각지 못하셨겠죠?'

"너도 미처 생각지 못한 걸 내가 어떻게 미리 예상하고 집에 남아 있을 수 있었겠니? 넌 왜 그렇게 조리도 안 맞는 말을 하는 거냐?'

"제가 모스크바보다 체르마시냐 쪽을 권한 것은 당신이 이 고장 가까이 계셔주길 바랐기 때문입니다. 게다가 드미트리 도련님도 이반 도련님이 가까운 곳에 계시다는 걸 알면 마음대로 행동하진 못할 거라 행각한 거죠. 그리고 또 제게 무슨 일이 생기면 도련님이 달려와서 저를 보호해 주실 거고요. 왜냐하면 그리고리가 앓고 있다는 것과 제가 발작을 두려워하고 있다는 것을 도련님한테 직접 말씀드렸으니까요. 그리고 돌아가신 주인어른 방에 들어갈 수 있는 신호 방법을 드미트리 도련님이 나를 통해서 알고 있다고 당신한테 말씀드린 이유는 드미트리 도련님이 반드시 무슨 일을 저지르리라는 걸 도련님 스스로 알아차려서 체르마시냐에도 가시지 않고 그냥 여기 남아 계시리라 생각했기 때문이었습니다."

'제법 조리 있게 말을 하는군. 의사는 정신 상태에 이상이 있다고 했는데, 그런 중세는 조금도 없는걸.'

"너는 나를 꾫려주려는 거지?'

"하지만 저는 그때 도련님이 모든 걸 다 짐작하신 줄 알았습니다." 스메르댜코프는 매우 기분 좋게 받아넘겼다.

"짐작했다면 떠나지도 않았을 거야." 이반은 흥분하여 말했다. "난 네가 무언가 나쁜 짓을 하리라는 걸 미리 짐작했어. 어쨌든 너는 거짓말을 하고 있어." 그는 갑자기 생각난 듯 소리쳤다. "넌 그때 마차 옆으로 다가와서 나한테, '현명한 사람과의 대화는 재미있다'고 말한 걸 기억하겠지? 그때 넌 내가 떠나는 게 기뻐서 칭찬하지 않았니?'

스메르쟈코프의 얼굴이 확 달아 올랐다.

"제가 기뻐했다면 그건 도련님이 모스크바가 아니라 체르마시냐에 가기로 동의하셨기 때문입니다. 하지만 제가 그렇게 말씀드린 건 도련님을 칭찬하려는 의도에서가 아니라 나무라는 뜻에서였습니다. 그 의미를 도련님이 모르셨기 때문이죠."

"뭘 나무래?'

"그런 불행을 예감하고 계셨으면서도 자기 아버지를 버리고 떠나시고, 나를 보호해 주려 하지 않았기 때문이죠. 그 3천 루블을 훔쳤다는 혐의를 받고 제가 언제 끌려 들어갈지도 모르는 형편인데도 말이죠."

"만일 그때 내가 뭔가를 생각했다면," 이반은 다시 말하기 시작했다. "그건 네가 뭔가 나쁜 짓을 저지를 거라는 예감 때문이었어. 드미트리 형은 사람을 죽일 수는 있어도 도둑질 따윈 안 해. 그러나 너는 어떤 더러운 짓이든 능히 할 수 있을 거라고 생각했어. 넌 그때 간질병 발작을 일으킨 척할 수 있다고 말했잖아. 뭣 때문에 그런 말을 했지?'

"그건 제가 단순했기 때문입니다. 저는 지금까지 고의로 발작을 일으킨 적은 없습니다. 그저 도련님한테 자랑하고 싶어 말씀드린 것뿐이에요."

"그러나 형은 네가 아버지를 죽이고 돈을 훔쳤다고 주장하던데?'

"그야 물론 그분으로서는 그렇게 말할 수밖에 없겠지요." 스메르쟈코프는 이를 드러내며 쓸쓸히 웃었다. "하지만 불리한 증거가 그처럼 많은데 누가 그분의 말을 믿겠습니까? 그분이 모든 죄를 나한테 뒤집어씌우려 한다는 걸 저도 이미 들었습니다. 그러나 도련님이 검사나 니콜라이 판사한테 가서 말씀하신다 해도 결국 저를 변호하는 결과밖엔 얻지 못할 겁니다. 그들은 그렇게 바보처럼 순진했던 녀석이 어떻게 그런 범죄를 저지를 수 있겠느냐고 할 겁니다. 이건 지극히 당연한 귀결이니까요."

"이봐," 이반은 자리에서 일어나며 말을 가로챘다. "난 조금도 널 의심하지 않아. 오히려 나를 안심시켜준 걸 감사하고 싶을 따름이야. 오늘은 이만 돌아가고 다시 오마. 뭐 불편한 건 없나?"

"마르파가 전처럼 잘 돌봐주고 있습니다. 게다가 친절한 분들이 날마다 찾아와 주십니다."

"잘 있어라. 난 네가 간질병을 꾀병처럼 그럴싸하게 연기할 수 있다는 걸 아무한테도 말하지 않을 테니 너도 말하지 않는 게 좋겠다."

"잘 알겠습니다. 도련님이 그걸 말씀하시지 않는다면, 저도 대문 옆에서 도련님과 주고받은 말을 절대 입 밖에 내지 않겠습니다."

이반은 급히 병실에서 나왔다. 그러나 복도를 열 걸음쯤 지났을 때에야 비로소 그는 스메르댜코프의 마지막 말 속에 뭔가 모욕적인 의미가 깃들어 있다는 것을 느꼈다. 그는 되돌아가려고 생각하다가 곧 포기했다. "어리석은 짓이야!" 그는 이렇게 내뱉고 급히 병원을 나섰다.

여기서 중요한 것은, 이반은 범인이 스메르댜코프가 아니라 자기 형 미탸라는 사실에 안도감을 느꼈다는 사실이다. 형제라면 마땅히 정반대의 감정을 느꼈어야 했음에도 불구하고 왜 그렇게 느꼈는지, 이반은 그 이유를 분석해 보고 싶지는 않았다. 그 후 며칠에 걸쳐 미탸에게 불리한 수많은 증거를 접하고 난 후, 그는 완전히 미탸의 유죄를 확신하기에 이르렀다.

비밀인 '노크'에 관한 증언은 문이 열려 있었다는 그리고리의 증언만큼이나 판사와 검사를 놀라게 했다. 그리고리의 아내 마르파는 이반의 물음에 대해, 스메르댜코프는 자기 방의 칸막이 뒤에 밤새껏 누워 있었으며, 그곳은 '우리 침대에서 세 발짝도 떨어져 있지 않았으므로,' 자기는 깊이 잠들어 있었지만 그래도 여러 번 그의 신음소리에 잠이 깨곤 했다면서, '계속 신음하고 있었어요.' 하고 솔직하게 대답했다. 이반은 다시 의사를 만나서, '스메르댜코프는 정신에 이상이 있는 것 같지는 않다. 그저 몸이 쇠약해졌을 뿐'이라고 자신의 의견을 제시했지만, 그것은 단지 늙은 의사의 입가에 야릇한 웃음을 자아내게 했을 뿐이었다. "그럼 당신은 그가 무슨 일에 열중하고 있는지 아십니까?" 하고 의사가 이반에게 물었다. "프랑스어 단어를 외고 있답니다. 그 사람의 베개 밑에는 단어장이 들어 있어요. 누가 써주었는지는 몰라도 프랑스어 단어가 러시아어로 씌어 있더군요. 헤헤헤!" 드디어 이반은 모든 의심을 털어 버리고 말았다.

그리하여 혐오감 없이는 드미트리 형을 생각할 수 없게 되었다. 단 한 가지 이상한 것은 알료샤가 범인은 드미트리가 아니라 '십중팔구' 스메르댜코프라는 주장을 굽히지 않고 있다는 사실이었다.

그러나 바로 그때, 이반은 전혀 다른 일에 마음을 빼앗기고 있었다. 그는 모스크바에서 돌아오자 곧 카테리나에 대한 광적인 열정에 사로잡히게 되었다. 그러나 지금은 이반의 생애에 지대한 영향을 미친 이 열정에 대해 언급할 계제가 못된다. 아까도 말한 것처럼 이반은 그날 밤 알료사와 함께 카테리나의 집에서 돌아올 때 "나는 그 여자를 좋아하지 않는다"고 말했지만 그것은 어디까지나 거짓말이었다.

사실 어떤 때는 죽이고 싶도록 그녀를 증오한 적도 있었지만, 그는 미칠 듯이 그녀를 사랑하고 있었다. 미탸의 사건 때문에 격심한 충격을 받은 카테리나는 자신을 찾아온 이반을 마치 구세주인 양 반갑게 맞았다. 그녀는 이반의 지성과 감성을 깊이 존경하고 있었다. 그러나 근엄한 이 처녀는, 자기를 사랑하는 남자가 카라마조프 가 특유의 격정적이고, 고통을 느낄 정도로 매력적이었음에도 불구하고 자기 자신을 내맡기려 하지는 않았다.

이때 그녀는 자신이 미탸를 배반했다는 회한에 괴로워하고 있어서, 이반과 심한 말다툼을 할 때면 그것을 노골적으로 털어 놓았다. 이반이 알료사와 이야기를 할 때 '허위 위에 허위' 라고 말한 것은 바로 이를 두고 한 말이었다. 그들의 관계에는 물론 많은 허위가 있었다. 이것이 무엇보다도 이반을 격분시켰던 것이다.

요컨대 이반이 스메르댜코프를 처음 방문한 후 2주일쯤 지나자, 또다시 그 괴이한 상념이 그를 괴롭히기 시작했다. 왜 자기는 그 마지막 날 밤, 즉 출발 전날 밤에 아버지를 감시했을까? 다음날 아침 여행 중에 왜 그처럼 우수에 사로잡혔을까? 그리고 모스크바에 도착했을 때, 왜 '나는 비열한 놈이야!' 라고 자신에게 말했을까? 지금 그는 이 괴로운 상념 때문에 카테리나의 존재조차도 잊어버릴 정도였다.

괴로운 상념을 안고 한길을 걷고 있을 때, 그는 문득 알료사와 마주친 것이다. 그는 동생을 불러세워 대뜸 이렇게 물었다.

"너도 기억하겠지? 드미트리 형이 식사 후 집에 뛰어 들어와서 아버지한테 행패를 부렸던 일을? 그때 넌 무슨 생각을 했니? 내가 아버지의 죽음을 바란다고 생각했니? 아니니? 어서 말해봐."

"바란다고 생각했어요." 알료샤는 조용히 대답했다.

"사실 그랬지. 그 점은 의심의 여지가 없지. 그런데 너는 그때 '독사끼리 서로 잡아먹을 것'을, 즉 드미트리 형이 아버지를 한시 빨리 죽이기를 내가 바라고 있다고 생각하진 않았니? 그리고 나 자신도 그것을 거들어줄 용의가 있다고 생각하지 않았느냔 말이야."

알료샤는 다소 창백해진 얼굴로 형의 눈을 바라보았다.

"용서하세요. 전 그때 그렇게 생각했어요."

"고맙다!" 이반은 퉁명스럽게 내뱉고는 알료샤를 남겨둔 채 황급히 사라져버렸다.

이때부터 알료샤는 이반 형이 눈에 띄게 자기를 피하려 할 뿐 아니라 자기를 싫어한다는 것을 알아차렸으므로 자신도 이반을 만나러 가는 것을 단념하고 말았다. 그러나 그때 이반은 동생과 만난 후 자신의 집으로 돌아가지 않고, 또다시 스메르댜코프한테로 발길을 돌렸다.

7. 두 번째의 스메르댜코프 방문

그때는 스메르댜코프도 이미 병원에서 퇴원한 뒤였다. 이반은 그가 묵고 있는 새 집을 알고 있었다. 그것은 현관을 사이에 두고 양쪽에 방이 한 칸씩 있는, 기울 대로 기운 초라한 통나무집이었다. 한쪽에는 마리아 콘드라티예브나와 어머니가 살고, 다른 한쪽에는 스메르댜코프가 거처하고 있었다.

이반은 스메르댜코프의 얼굴을 보자, 그의 병이 완쾌되었다는 것을 알았다. 그의 얼굴은 전보다 살이 올라 훨씬 생기가 있어 보였고, 머리에는 포마드를 바르고 안경까지 끼고 있었다. 이 대수롭지 않은 사실이 이반의 비위를 확 건드리고 말았다. 스메르댜코프는 천천히 고개를 들고 들어온 손님을 안경 너머로 뚫어지게 바라보았다. 그는 최소한의 예의만 지키려는 듯했다. 이반은 대번에 그 모든 것을 알아차렸지만 가슴 속에 담아두었다. 특히 스메르댜코프의 눈초리가 기분 나빴다. '무엇 때문에 건들거리고 나타났어? 얘기는 그때 다 끝났을 텐데' 하는 듯한 눈초리였다.

"여긴 우리밖에 없겠지? 저기서 엿듣는 사람은 없나?"

"아무도 없습니다."

'내 말 잘 들어. 저번에 내가 병실에서 나오려고 할 때 뭐라고 했지? 네가 간질 발작 꾀병을 그럴싸하게 연기할 수 있다는 걸 내가 말하지 않는다면, 너도 나와 주고받은 말을 예심판사에게 말하지 않겠다고 그랬지? '절대' 라는 건 뭐야? 도대체 무슨 뜻에서 그런 말을 했지? 나를 위협한 거니?' 스메르댜코프의 두 눈이 독기를 품고 번쩍 빛나더니, 왼쪽 눈이 깜빡이기 시작했다.

"제가 그런 말을 한 것은 도련님이 아버지가 살해되리라는 것을 미리 아시고도 그냥 내버려두고 떠나셨으므로, 세상 사람들이 도련님의 됨됨이에 대해 좋지 않은 말을 하는 것은 물론 그 밖의 다른 일에 대해서도 억측을 하게 될지도 모른다는 생각에서였습니다. 그래서 당국에 말하지 않겠다고 약속했던 거죠." 스메르댜코프의 음성에는 간악하고 뻔뻔스러운 느낌이 그대로 드러나 있었다. 그는 오만불손한 눈으로 이반을 응시하고 있었다.

"뭐가 어째? 너 지금 제정신이냐?"

"완전히 제정신으로 말씀드리는 것입니다."

"그럼 그때 살인이 일어나리라는 걸 알고 있었단 말이지?" 이반은 이렇게 외치고는 주먹으로 테이블을 쾅 내리쳤다. "'그 밖의 일'이라는 건 또 뭐냐? 어서 말해, 이 악당아!"

"제가 지금 '그 밖의 다른 일'이라고 말씀 드린 건 도련님 자신도 아버님의 횡사를 무척 바라고 계셨을 거라는 뜻입니다."

이반은 벌떡 일어나 있는 힘을 다해 그의 어깨를 내리쳤다. 그는 벽 쪽으로 나가떨어졌다. 그의 얼굴은 어느새 온통 눈물범벅이 되어 있었다. 그는 "도련님, 약한 사람을 때리다니 부끄럽지도 않으세요?" 하고 말하며 몹시 더러운 청색 줄무늬 손수건으로 눈을 가리더니 훌쩍 훌쩍 울기 시작했다.

"자, 됐어! 그만해둬." 이반은 다시 의자에 앉으며 명령조로 말했다. "나를 더 이상 화나게 하지 말란 말이다."

스메르댜코프는 걸레 조각 같은 손수건을 눈에서 뗐다. 눈물로 뒤범벅이 된 얼굴은 방금 당한 모욕이 그대로 드러나 있었다.

"이 악당아, 그럼 너는 내가 드미트리 형과 함께 아버질 죽이고 싶어 하는 줄 알았니?"

"나는 도련님의 생각을 알 수 없었습니다." 스메르댜코프는 기분이 상한 어조로 말했다. "그래서 그때 대문으로 들어가시는 당신을 멈춰 세웠던 겁니다. 도련님의 마음을 떠보려고요."

"뭘 떠봐, 무엇을?"

"아버님이 한시바삐 살해당하길 바라시는지 어떤지를 알아보기 위해서지요."

무엇보다 이반을 격분케 한 것은 스메르댜코프가 그 후안무치한 어조를 끝까지 꺾지 않았다는 사실이었다.

"아버지를 죽인 건 너야!" 갑자기 이반이 소리쳤다.

스메르댜코프는 경멸하듯이 히죽 웃었다.

"내가 죽이지 않았다는 건 도련님도 잘 알고 계시지 않습니까. 현명한 사람이라면 두 번 다시 그런 말을 꺼낼 필요가 없다는 것을 알 줄 알았는데."

"그럼 넌 왜 나한테 그런 의심을 품었지?"

"아시다시피 그저 무서워서 그런 의심을 품었던 겁니다. 그래서 도련님의 마음을 떠보기로 했던 거고요. 만일 당신이 드미트리 형님과 똑같은 것을 바라고 계시다면 모든 일은 다 끝났다. 나도 파리처럼 살해당할 것이 분명하다고 생각했던 겁니다."

"이봐, 넌 2주일 전에는 그렇게 말하지 않았어."

"병원에서 도련님과 얘기할 때도 이렇게 말씀드릴 생각이었습니다만, 쓸데없는 말은 하지 않아도 다 알아들었으려니 생각했던 거죠."

"하지만 대답을 해, 대답을! 어째서 너는 그때 그런 비열하고 비굴한 의심을 품었느냐고!"

"살인을 한다는 건 도련님으로선 도저히 불가능한 일이고, 또 그런 건 생각조차 못하셨을 겁니다. 그러니 누군가 딴 사람이 죽여줬으면 하는 생각을 하셨을 겁니다."

"아주 태연하게 그런 소릴 하는구나. 무엇 때문에 내가 그렇게 바랐다는 거야?"

"이유가 뭐냐고요? 유산 문제가 있지 않습니까." 스메르댜코프는 마치 복수라도 하듯이 독기에 찬 어조로 대답했다. "아버지가 돌아가시면 도련님 삼형제는 각각 4만 루블을 손에 넣게 되어 있습니다. 그렇지만 만일 주인 어른께서 아그라페나 알렉산드로브나와 결혼이라도 해보세요. 그 여자는 결혼하는 즉시 아버지의 재산을 모두 자기 명의로 바꿔놓고 말 겁니다. 그렇게 되면 도련님 삼형제는 단돈 2루블도 손에 넣지 못할 겁니다. 그야말로 위기일발이었지요."

이반은 겨우 자기 자신을 억제하고 있었다.

"좋다." 드디어 그는 입을 열었다. "그러니까 네놈 생각엔 내가 드미트리 형을 아버지의 살인자로 정해놓고 그걸 기대했단 말이지?"

"그걸 어떻게 기대하지 않을 수 있겠습니까. 그분이 아버지를 죽이면 귀족의 권리도 지위도 재산도 모두 박탈당하고 유형을 가게 될 것 아닙니까? 그렇게 되면 유산은 당신과 알렉세이 도련님 두 분이 반반씩 나눠 갖게 될 테죠. 그렇기 때문에 도련님은 드미트리 형님한테 그런 기대를 걸고 있었을 겁니다."

"들어봐라, 이 악당아! 내가 만일 누군가에게 기대를 걸고 있었다면, 그건 드미트리 형이 아니라 네놈이었어."

"하긴 저도 잠깐 그렇게 생각했었죠. 도련님이 저한테도 기대를 걸고 계실 거라고요. 그것은 즉, 너는 아버지를 죽여도 좋다, 난 방해하지 않겠다, 하시는 것과 다를 바가 없으니까요. 그 모든 것도 실은 체르마시냐가 원인입니다. 사실 도련님은 모스크바에 가실 생각이었기 때문에 체르마시냐에 가달라는 아버지의 청을 거절하시지 않았습니까? 그런데 제 어리석은 말 한마디에 금방 동요하셨습니다."

"아니야. 그렇지 않아. 네놈의 따귀를 갈겨주지 못하는 게 유감이다. 하인의 뺨따귀를 갈기는 건 금지되어 있지만 네놈의 상통을 보기 좋게 짓이겨주는 건데."

"하인의 뺨따귀를 갈기는 건 오늘날 법으로 금지되어 있습니다."

"아니, 너 프랑스어를 배우고 있냐?" 이반은 탁자 위에 놓인 공책을 턱으로 가리켰다.

"저라고 프랑스어를 배우지 말라는 법이 있습니까? 저도 언젠가는 멋진 유럽에 가볼 기회가 있을지도 모르니까, 기회가 닿으면 좀 더 교육을 받을 작정입니다."

"내 말 잘 들어, 이 악당아. 난 네놈의 비난 같은 건 조금도 두렵지가 않아. 내가 지금 네놈을 때려죽이지 않는 건 너를 범인으로 의심하고 있기 때문이야. 난 네놈의 정체를 밝히고야 말겠다."

"그렇지만 제 생각으론 잠자코 계시는 편이 좋을 것 같은데요. 아무 죄도 없는 사람을 고발할 수도 없을 것이고, 또 누가 그걸 믿어주겠습니까?"

"내가 지금 널 무서워한다고 생각하니?"

"제가 지금 당신한테 말씀드린 건 법정에선 믿지 않을지 몰라도 항간에서는 믿어줄 겁니다."

"그것도 역시 '현명한 사람과의 대화는 재미있다' 그 말인가? 어때?" 이반은 이를 부드득 갈았다.

이반은 일어나서 분노로 몸을 떨며 외투를 입고는 황급히 오두막을 나섰다. '그렇다, 나는 무언가를 기대하고 있었던 게 사실이다. 그놈 말이 옳아.' 그러자 또다시 그 마지막 날 밤 아버지의 집 층계에서 엿들었던 일이 머리에 떠올랐다. 그러나 지금 그 일을 상기하자 말할 수 없이 고통스러워, 그는 마치 심장을 찔리기라도 한 듯 걸음을 멈추기까지 했다. 이반은 그 길로 곧장 카테리나한테로 발길을 돌렸다.

그의 출현은 그녀를 깜짝 놀라게 했다. 그는 미친 사람과 조금도 다를 바가 없었다. 이반은 스메르쟈코프와 대화를 모두 그녀에게 털어놓았다. 마침내 그는 의자에 앉더니 탁자에 팔꿈치를 대고 두 손으로 머리를 감싸고는 말을 내뱉기 시작했다.

"만약 범인이 드미트리 형이 아니고 스메르쟈코프라면 나도 그놈과 공범이야. 왜냐하면 내가 그놈을 교사했으니까. 아무튼 범인이 드미트리 형이 아니고 그놈이라면, 나도 살인자야."

카테리나는 이 말을 듣고 말없이 자리에서 일어났다. 그러고는 자기 책상으로 가서 상자를 열고 그 속에서 종이 한 장을 갖다놓았다. 그것은 이반이 알료샤한테, 드미트리 형이 아버지를 죽였다는 '결정적인 증거'라고 말한 바로 그 증거 서류였다. 그것은 미탸가 취중에 카테리나에게 써 보낸 편지였다.

이 편지를 쓴 것은 미탸가 수도원으로 돌아가는 알료샤와 들판에서 마주친 그날 밤, 그러니까 카테리나의 집에서 그루센카가 그녀에게 모욕을 준 바로 그날 밤이었다. 그때 미탸는 알료샤와 헤어진 후 그루센카의 집으로 달려갔다. 어쨌든 그는 그날 밤 술집 '수도'에 가서 취하도록 술을 마셨다. 그러고는 펜과 종이를 가져오게 해서, 자기 자신에게 중대한 결과를 미칠 이 증빙 서류를 썼던 것이다. 이것은 비논리적인 문구를 장황하게 늘어놓은 '술기운으로 인한' 편지였다. 편지 내용은 다음과 같았다.

숙명적인 카탸! 나는 내일 돈을 구해 당신의 3천 루블을 갚을 생각이오. 위대한 분노의 여신이여, 안녕! 이것으로 우린 끝나는 거요. 나는 내일 여러 사람에게 부탁을 하여 그 돈을 구해 보겠소. 만일 돈을 구하지 못하면 이반이 떠나는 대로 아버지한테 가서 대갈통을 부수고라도 베개 밑에 있는 돈을 빼앗아 오겠소. 그러니 당신도 나를 용서해주시오. 이마를 땅에 대고 빌겠소. 나는 비열한 놈이니까, 나를 용서하시오. 당신의 사랑보다는 시베리아가 차라리 좋소. 나는 다른 여자를 사랑하고 있으니까. 그리고 모든 것을 잊기 위해 당신네들 곁을 떠나 동쪽으로 가버리겠소. '그 여자' 역시 잊어버리겠소. 나를 괴롭히는 건 당신뿐 아니라 '그 여자' 역시 마찬가지니까. 그럼 안녕!

추신 — '나는 저주받을 글을 쓰고 있지만 그러나 당신을 존경하고 있소. 나는 내 마음속의 목소리를 듣고 있소. 한 줄의 현이 남아서 울리고 있는 거요. 차라리 심장을 둘로 갈랐으면 좋으련만! 나는 스스로 목숨을 끊겠지만 그보다 앞서 우선 그 개자식부터 죽여 없애겠소. 그놈한테서 3천 루블을 빼앗아 당신한테 건네주겠소. 나는 당신한테 비열한 놈이지만 도둑놈은 아니오! 3천 루블을 기다리시오. 그것은 장밋빛 끈으로 묶여 그놈의 베개 밑에 있소. 드미트리는 살인자는 될 수 있을지언정 도둑놈은 될 수 없단 말이오! 나는 분연히 서서 당신의 자존심을 꺾기 위해 아버지를 죽이고 나 자신도 파멸시키겠소. 나는 당신을 사랑하지 않는다오.

추신 2 —당신의 발에 키스를 하오. 안녕!

추신 3 카탸, 하느님께서 나한테 돈을 주도록 기도하시오. 그러면 피를 흘리지 않아도 될 거요. 만일 아무도 주지 않으면 피를 보게 될 거요. 차라리 나를 죽여주시오.

당신의 노예이며 원수인 D. 카라마조프

이반은 이 '증빙서류'를 읽고는 확신을 가지고 자리에서 일어났다. 그렇다면 범인은 형이지 스메르댜코프가 아니었다. 스메르댜코프가 아니라면, 이반 자신도 범인이 아닌 셈이다. 이 편지는 갑자기 그의 눈에 수학처럼 확실한 의미를 지닌 것으로 보이기 시작했다. 이제는 미탸의 범죄를 반신반의할 여지라곤 없게 되었다. 덧붙여 말해 두지만 미탸가 스메르댜코프와 공모해서 아버지를 죽였을지도 모른다는 의혹은 이반의 마음속에 한번도 일어난 적이 없었다.

그럭저럭 한 달이 지났다. 그는 더 이상 아무에게도 스메르댜코프에 대해 묻지 않았다. 그러나 그는 제정신이 아닐 정도로 심하게 앓고 있었다.

이 무렵, 그와 카테리나 사이는 극도로 긴장되었다. 두 사람은 서로에게 매혹된 원수와도 같았다. 비록 순간적이기는 했지만 미탸에 대한 카테리나의 열정적인 사랑의 복귀는 이반을 미칠 지경으로 격분시켰다.

또 한 가지 명시해둘 점은 미탸에 대한 그의 증오심이 나날이 더해가고 있었는데 그 증오가 카테리나와의 사랑의 '부활' 때문이 아니라 '미탸가 아버지를 죽였기' 때문이라는 확신 때문이었다. 그럼에도 불구하고, 그는 공판 열흘 전에 미탸를 찾아가서 탈출 계획을 제시했던 것이다.

이것은 오랜 고뇌 끝에 나온 계획임이 분명했다. 여기에는 물론 그로 하여금 그런 행동을 하게 한 중요한 원인 외에도 그의 마음속에 깃든 아물 줄 모르는 상처가 있었다. 그것은 미탸에게 유죄 판결이 내려지는 것이 이반에게는 유리하다, 그렇게 되면 아버지의 유산을 알료샤와 둘이서 4만 루블이 아니라 6만 루블씩 분배받을 수 있다고 스메르댜코프가 말한 그 한 마디 때문에 생겨난 상처였다.

이반은 미탸를 탈출시킬 비용으로 3만 루블을 내놓기로 결심했다. '알고 보면 나도 똑같은 살인자가 아닐까?' 하고 그는 스스로에게 자문했다. 막연하긴 했으나 타는 듯한 무언가가 그의 마음을 에었다. 이반은 알료샤와 이야기를 나눈 다음 자기 집 초인종에 손을 댔다가 갑자기 마음을 바꾸어 스메르댜코프한테 가기로 했다. 그것은 그의 마음속에 끓어오른 분노의 발작 때문이었다. 그것은 카테리나가 조금 전 알료샤도 있는 데서 자신에게 "그이가(즉 미탸가) 범인이라고 주장한 사람은 당신 한 사람뿐이에요!"라고 외친 것이 머리에 떠올랐기 때문이다. 이 말을 상기하자 그는 장승처럼 얼어붙고 말았다.

그는 지금까지 한번도 미탸가 범인이라고 그 여자한테 주장한 적이 없었다. 오히려 그와는 반대로 스메르댜코프를 만나고 왔을 때는 그녀 앞에서 자기 자신을 의심하기까지 했다. 도리어 그녀 쪽에서 그때 그 '증빙서류'를 내보이며 미탸의 범죄를 증명하지 않았던가! 그런데 이제 와서 그녀가 별안간 '나도 스메르댜코프를 만나고 왔어요.'라고 외치니 도대체 언제 그자를 찾아 갔던 걸까? 그러고 보면 그녀는 미탸의 범죄를 완전히 믿고 있지 않은 거다. 스메르댜코프는 그여자한테 뭐라고 말했을까? 도대체 그 녀석은 무슨 말을 한 걸까? 그의 마음은 무서운 분노로 불타올랐다.

8. 스메르댜코프와의 세 번째이자 마지막 면담

스메르댜코프가 살고 있는 이 고장에는 가로등이라고는 거의 볼수가 없었다. 이반은 거의 본능에 의지하여 어둠 속을 걸어갔다.

그가 현관에 들어서자, 마리아가 초를 들고 달려나와 문을 열어주었다. 그리고 파벨 표도로비치가 몹시 앓고 있는데 아무래도 제정신이 아닌 것 같다, 차를 가져오게 하고는 마실 생각도 않는다고 했다.

"그래, 난폭한 짓이라도 한단 말이오?" 이반은 퉁명스럽게 물었다.

"아니오, 오히려 이상할 정도로 조용해요." 마리아가 말했다.

이반은 문을 열고 방 안으로 들어갔다. 스메르댜코프는 전과 같은 가운 차림으로 침대 위에 앉아 있었다. 이반의 방문에 대해서 그는 전혀 놀라는 기색도 없이 차분히 눈인사를 했다.

"오래 있지 않을 테니 외투는 벗지 않겠다. 한 가지 물어볼 말이 있어 왔다. 너한테 카테리나가 왔었지?"

스메르댜코프는 한동안 침묵을 지키고 있다가 갑자기 손을 흔들고는 얼굴을 돌려버렸다. 그러고는 말했다.

"네, 오셨어요. 하지만 제발 저 좀 내버려두세요."

"내버려둘 순 없어! 그게 언제였지?"

"전 이미 그 여자에 대해선 다 잊어버렸어요." 스메르댜코프는 경멸 섞인 미소를 띠었으나 다시 이반 쪽으로 얼굴을 돌리고는 증오의 눈초리로 그를 노려보았다.

"도련님도 몸이 편치 않으신 것 같군요. 얼굴이 전 같지 않은 걸 보니." 그는 이반에게 이렇게 말했다. "대체 무엇이 그리 근심이 되십니까?" 스메르댜코프는 눈을 들어 이반을 바라보았다. 그의 얼굴에는 혐오감이 그대로 드러나 있었다.

"나는 네가 무슨 말을 하는지 모르겠다. 내가 무얼 근심한다는 거야?" 이반은 깜짝 놀라며 이렇게 물었다. 그러자 갑자기 싸늘한 공포가 그의 가슴을 스치고 지나갔다.

스메르댜코프는 상대를 아래위로 훑어보았다.

"당신같이 현명한 사람이 나를 그처럼 놀리시다니 정말 재미있군요! 전혀 두려워할 게 없습니다. 난 도련님에 대해선 아무 말도 안할 테니까요. 아니, 왜 손가락을 그렇게 떨고 계시죠? 어서 돌아가세요. '도련님이 죽인 건 아니니까요.'"

이반은 움찔했다. 알료샤의 말이 생각났던 것이다.

"내가 아니라는 건 나도 알아." 이반이 중얼거렸다.

"아, 아신다고요?" 스메르댜코프가 재빨리 말을 받았다.

이반은 벌떡 일어나 스메르댜코프의 어깨를 움켜잡았다. "죄다 말

해. 이 독사 같은 놈아!'

스메르댜코프는 끄떡도 안했다. 그는 그저 미칠 듯한 증오가 어린 눈으로 이반을 뚫어지게 바라볼 뿐이었다.

"그럼 말씀드리겠는데요, 실은 당신이 죽인 겁니다." 그는 격노한 목소리로 이반에게 속삭였다. 이반은 갑자기 뭔가를 생각했는지 의자에 털썩 주저앉았다. 그러고는 심술궂은 미소를 지었다.

"넌 또 그때의 말을 하는 거냐? 요전번에 했던 그 말을?"

"그렇습니다. 요전번에 도련님은 죄다 이해하셨으니 오늘도 마찬가지일 테죠?"

"네가 미쳐버렸다는 것은 나도 이해해."

"정말이지 싫증도 안 나십니까? 서로 눈을 맞대고 앉아서 서로를 속이며 연극을 연출할 필요가 있습니까? 도련님이 죽인 겁니다. 도련님이 주범이란 말예요. 나는 도련님의 하수인에 지나지 않습니다. 충실한 하인 리처드지요. 나는 도련님의 말대로 그 일을 실천에 옮겼을 뿐입니다."

"실천에 옮겼다고? 그럼 네가 죽였단 말이지?" 이반은 오싹 소름이 끼쳤다. 그는 커다란 충격을 받은 것 같았다. 그때야 비로소 스메르댜코프도 놀라서 이반을 바라보았다.

"그럼 도련님은 정말 아무것도 모르셨단 말입니까?" 스메르댜코프는 이반의 눈을 바라보며 이렇게 말했다. 이반은 그저 그를 바라보고 있을 뿐이었다. 너무나 놀란 나머지 벙어리가 된 것 같았다.

아아, 반카 놈은 페테르부르크로 떠났네

난 그런 놈을 기다리지 않겠네

갑자기 이 노래 구절이 그의 머릿속에 울려퍼졌다.

"이봐, 내가 악몽을 꾸고 있는 건 아니지? 내 앞에 앉아 있는 게 허깨비는 아니겠지?" 이반이 중얼거렸다.

"여기 허깨비라곤 없습니다. 우리 두 사람과, 그리고 또 한 사람이 있을 뿐이지요. 그 또 한 사람이 지금 우리들 사이에 있다는 건 확실합니다."

"그게 누구야? 누가 있다는 거야?"

"그 또 한 사람이라는 건 하느님, 즉 신입니다. 신이 지금 우리 곁에 계십니다. 그러나 아무리 찾으셔도 눈에 띄진 않을 겁니다."

"네가 죽였다지만, 그건 거짓말이야!" 이반은 미친 듯이 울부짖었다. "너는 미쳤든가 아니면 요전처럼 나를 곯려주려는 거야."

스메르쟈코프는 아까와 마찬가지로 조금도 두려운 기색도 없이 유심히 이반을 지켜보고 있었다. 그는 아직도 이반이 '모든 것을 다 알고 있으면서도 자기한테만 죄를 뒤집어씌우려 한다'는 생각이 들었다.

"잠깐만 기다려주십시오." 그는 마침내 가느다란 목소리로 이렇게 말하고는 테이블 밑에서 왼쪽 발을 들어올려 양말대님을 풀고는 양말 속으로 손가락을 쑤셔 넣었다. 이반은 물끄러미 그것을 보고 있다가 갑자기 너무나 무서운 나머지 온몸을 덜덜 떨기 시작했다.

"미친 놈!" 하고 외치며 벌떡 자리에서 일어났다. 그러고는 뒤로 비실비실 물러서다가, 벽에 잔등을 부딪치고는 그 자리에 뻣뻣이 서버렸다. 스메르쟈코프는 뭔가를 끄집어내기 시작했다. 그것은 무슨 서류 같기도 하고, 종이 뭉치 같기도 했다.

　"이겁니다. 아직도 도련님의 손은 경련을 일으킨 것처럼 떨리고 있군요." 스메르댜코프는 이렇게 말하고 자기 손으로 천천히 종이 뭉치를 끄르기 시작했다. 그 안에서 무지갯빛 1백 루블짜리 지폐 세 다발이 나왔다.

　"여기 다 있습니다. 3천 루블입니다. 세어보나마나예요. 어서 넣으십시오." 그는 턱으로 돈을 가리켰다. 이반은 백지장처럼 파랗게 질려 있었다.

　"나를 이렇게 놀라게 하다니, 그 양말로……." 이반은 야릇한 미소를 지으며 말했다.

　"정말 도련님은 지금까지 몰랐단 말입니까?"

　"아니, 몰랐어. 나는 여전히 드미트리 형이라고만 생각했었어. 아아, 형님! 형님!" 그는 갑자기 두 손으로 머리를 움켜잡았다.

　"그래, 네 혼자서 죽였니? 형님과 짜고 했니?"

　"도련님과 둘이서 했습니다. 당신과 함께 죽였어요. 드미트리 도련님에겐 아무 죄가 없습니다."

　"그만, 그만……."

　"그땐 아주 용감하셨지요. '모든 것이 허용된다'고 말씀하셨으면서, 이제 와선 왜 그렇게 겁을 내고 계시죠?"

　이렇게 말하고 그는 다시 돈뭉치를 가리켰다. 그는 자리에서 일어나 문간으로 가서, 레몬수를 준비해 오라고 마리야한테 소리치려다가 우선 돈부터 가리려고 덮을 것을 찾았다. 그것은 『우리의 거룩한 사제 이삭 시린의 잠언록과 설교집』이었다. 이반은 기계적으로 그 제목을 읽었다.

"그 짓을 어떻게 했는지 모두 말해."

"외투라도 벗으시지요. 땀이 흠뻑 밸 텐데요."

이반은 그제야 생각난 듯 외투를 벗어서 내던졌다.

"자, 어서 말하라니까. 어떻게 그 짓을 했느냐고?"

스메르쟈코프는 긴 한숨을 내쉬었다. "아주 자연스러운 방법으로 해치웠지요. 당신이 말씀하신 대로……."

"어떻게 그 짓을 했는지 자세히 말해봐. 어서."

"도련님이 떠나신 후 저는 지하실로 굴러떨어졌지요."

"발작 때문이었나, 아니면 일부러였나?"

"그야 일부러지요. 하나에서 열까지 다 꾸민 겁니다. 천천히 층계를 내려가서 조용히 누웠습니다. 그러고는 눕자마자 비명을 지르기 시작했죠. 사람들이 와서 끌어낼 때까지 몸을 뒤틀며 지랄을 떤 겁니다. 그리고 다음날 아침, 병원으로 가기 직전에 정말 심한 발작이 일어났습니다. 이틀 동안 완전히 의식을 잃을 정도로 심했습니다."

"좋아, 좋아! 어서 계속해."

"그 다음 침대에 뉘어졌습니다만, 제가 병을 앓을 때면 언제나 그랬듯 마르파가 자기 방 칸막이 뒤에 밤새껏 나를 누여 두리라는 걸 알고 있었지요. 그동안 드미트리 도련님이 오기만을 기다렸습니다."

"기다렸다니, 너한테 오기를?"

"주인어른한테 찾아오시길 기다렸단 말입니다. 그분은 제가 없으니까 정보를 손에 넣을 수가 없어서, 결국 울타리를 넘어 집 안으로 들어오실 거라고 생각했지요. 충분히 그럴 수 있고, 또 태연히 그런 일을 해치울 수 있는 분이니까요."

"그런데 만일 형님이 오지 않았다면?"

"그랬다면 아무 일도 없었을 겁니다. 그분 없이는 저도 결단을 내릴 수 없었을 테니까요."

"좋아. 그럼 좀 더 알기 쉽게 말해줘."

"전 그분이 주인어른을 죽이길 기다렸지요. 이건 틀림없는 일이었습니다. 왜냐하면 그렇게 하도록 제가 일을 꾸며놓았으니까요. 그 2, 3일 전부터 말입니다. 그분은 그 '신호법'을 알고 있었습니다. 당시 그분은 의혹과 분노가 절정에 달해 있었기 때문에, 그 신호법을 써서 집 안에 들어올 것이라고 생각을 했지요."

"만약 형님이 아버지를 죽였다면 그 돈도 가져갔을 게 아니냐? 그렇게 되면 네 수중에 들어오는 건 아무것도 없지 않느냐고! 아무래도 그 점이 납득이 안 가는군."

"하지만 그분은 그 돈을 찾아낼 수 없었을 겁니다. 돈이 베개 밑에 있다는 건 제가 말해준 건데, 그건 새빨간 거짓말이었거든요. 처음엔 그 돈이 돈궤 속에 들어 있었죠. 그러나 주인어른이 신용하는 것은 이 세상에 저밖에 없었으므로, 그 후 제가 돈이 든 봉투를 성상 뒷구석에 감춰두라고 말씀드렸지요. 거기라면 아무도 눈치 채지 못할 테니까요. 따라서 만약 드미트리 도련님이 아버지를 죽였다 하더라도 대부분의 살인범이 흔히 그렇듯이, 조그만 소리에도 놀라 아무것도 찾지 못한 채 도망을 치든가, 아니면 그 자리에서 붙잡히고 말았을 겁니다. 그렇게 되면 저는 언제라도, 그 다음날이건 그날 밤이건, 성상 뒤에서 그 돈을 꺼낼 수 있었을 테고, 모든 죄는 드미트리 도련님이 뒤집어쓰게 될 수밖에 없지요."

"그러나 만일 드미트리 형이 아버질 때리기만 하고 죽이지는 않았다면?"

"만일 죽이지 않았다면 저도 물론 돈을 가질 엄두도 못 냈을 거고, 그 돈도 그대로 남아 있었을 테죠. 그러나 제겐 나름의 속셈이 있었습니다. 만일 그분이 아버지를 때려 기절을 시키면 그때 돈을 훔친 다음 나중에 주인어른한테 당신을 때리고 돈을 가져간 사람은 드미트리라고 보고할 생각이었지요."

"잠깐…… 좀 혼돈이 생기는군. 그럼 역시 아버질 죽인 건 형이고, 넌 돈만 훔쳤다 그 말이야?"

"아니죠. 그분이 죽이진 않았습니다. 지금도 저는 당신한테 그분이 죽였다고 말할 수 있지만 이제 와서 당신에게 거짓말을 하고 싶진 않습니다. 왜냐하면 지금까지 당신이 아무것도 모르고 계셨다 하더라도, 그리고 제 앞에서 자신의 명백한 죄를 저한테 전가시키려고 하지 않는다 하더라도, 당신은 이 사건에 대해 죄가 있으니까요. 당신은 범행이 일어나리라는 것을 알면서도, 그 일을 저한테 맡기고 떠나버렸잖아요. 그래서 저는 오늘 밤, 이 사건의 진범은 어디까지나 당신 한 사람이라는 것, 저는 직접 죽이긴 했습니다만 결코 진범이 아니라는 것을 당신 앞에서 증명하고 싶은 겁니다. 법적 살인범은 바로 당신이란 말입니다."

"설혹 네가 나의 체르마시냐행을 동의의 뜻으로 받아들였다 치자. 그런데 도대체 넌 무엇 때문에 내 동의가 필요했다는 거지?"

"당신의 동의만 확인되면 도련님이 돌아오시더라도 없어진 3천 루블 때문에 소동을 일으킬 리도 없거니와 어쩌다가 제가 드미트리 도련님 대신 혐의를 받거나 그분과 공모한 것처럼 의심을 받았을 경우 당신이 변호해 주시리라 믿고 있었기 때문이지요. 더군다나 유산을 손에 넣으시면, 그 후 한평생 저를 보살펴주실 게 아닙니까. 만일 주인 어른께서 아그라페나 알렉산드로브나와 결혼하셨다면 당신한테 돌아갈 돈은 한 푼도 없었을 테니까요."

"그러니까 너는 한평생 나를 등쳐먹을 생각이었구나." 이반은 이를 부드득 갈았다. "그러나 만일 그때 내가 떠나지 않고 너를 고발했다면?"

"도대체 무얼 고발할 수 있겠습니까? 제가 체르마시냐로 가시도록 권한 것 말입니까? 그런 어리석은 말이 어디 있습니까? 게다가 우리가 그런 말을 주고받은 뒤에, 도련님은 떠나실 수도 있었고 안 떠나실 수도 있었던 겁니다. 그러나 만일 떠나셨다면, 그건 도련님이 저를 고발하지 않겠다는 증거이고, 또 이 3천 루블은 제가 가져도 좋다고 허락하신 거나 다름없는 거죠. 도련님이 아버지의 죽음을 무척 갈망하고 있었다고 폭로하게 되면 언제든지 도련님을 꼼짝 못하게 만들 수 있으니까요. 그저 한마디만 하면 세상 사람들은 모두 그걸 믿을걸요. 그렇게 되면 도련님은 한평생 치욕스런 나날을 보내게 될 겁니다."

"아니, 뭐? 내가 그걸 갈망했다고?" 이반은 다시 이를 갈았다.

"그건 틀림없습니다. 당신은 제 말에 동의함으로써 제가 그 짓을 하도록 묵인하신 겁니다."

"다음을 계속해. 그날 밤의 일을 계속하란 말이다."

"그 다음 일이야 뻔하죠. 제가 누워 있자니 주인어른의 고함 소리가 들려 왔습니다. 그러나 그 전에 그리고리 노인이 갑자기 자리에서 일어나 밖으로 나갔었는데, 별안간 외마디 소리가 들리더니 곧 잠잠해지더군요. 그저 어둠과 정적이 있을 뿐이었습니다. 왼쪽을 보니, 주인어른 방의 정원 쪽 창문이 열려 있었습니다. 저는 주인어른이 아직 살아 계신지 어떤지를 살펴려고 왼쪽으로 발을 옮겼습니다. 그랬더니 주인어른이 한숨을 내쉬면서 방 안을 왔다 갔다 하는 소리가 들렸습니다. 저는 창문으로 다가가서 '접니다!' 하고 소리쳤더니, 주인어른은 '그놈이 왔었다. 그놈이 왔다 도망쳤어!' 라고 하시는 거예요. 드미트리 도련님이 왔었단 말이었죠. '그놈이 그리고리를 죽였어!' '어디서요?' 하고 저는 물었습니다. '저기, 저 정원 구석에서.' 하고 그쪽을 가리키며 속삭이는 목소리로 대답하시더군요. '잠깐만 기다리십시오.' 이렇게 말하고 정원 구석으로 가보니 울타리 옆에 그리고리 노인이 온몸이 피투성이가 된 채 정신을 잃고 쓰러져 있지 않겠습니까? 그러자 정말 드미트리 도련님이 왔었구나 하는 생각이 머리에 떠올랐고, 저는 그 자리에서 당장 끝장을 내버리기로 결심했습니다. 그 일을 해치우자는 강렬한 욕구가 저를 압도해 버려 숨도 제대로 쉴 수가 없었습니다. 저는 창가로 되돌아가서 '그분이 여기 와 계십니다. 그분이 오셔서 들어가시겠답니다.' 라고 주인어른께 말씀드렸지요. 그러자 주인어른은 어린애처럼 몸을 부르르 떠시면서 '여기라니 어디야?' 하며 숨을 헐떡거렸지만, 제 말을 곧이듣지 않는 눈치였습니다. 그래서 문을 열기를 주저하시더군요. 저는 창문을 두드려 그루셴카가 왔다는 신호를 해보기로 했지요. 그래서 문을 노크했더니, 글쎄 제 말을 믿지 않으시던 주인어른이 부랴나케 달려와서 문을 열어주시지 않겠습니까! 문이 열려서 제가 안으로 들어가려니까, 주인어른이 제 앞을 가로막으면서, '그 여잔 어디 있어? 어디 있어?' 하고 저를 바라보며 덜덜떨고 계시는 겁니다. '이렇게 나를 무서워한다면 일을 하기가 힘들겠는걸.' 하고 생각했죠. 그러자 두려움으로 다리 힘이 쑥 빠져버리는 것이었습니다. '저깁니다, 저기 창 밑입니다. 아니, 그분이 보이지 않습니까?' 하고 제가 속삭였더니, '그럼 네가 가서 데려와!' 하시기에, '아씨는 무서워하십니다. 큰 소리에 놀라서 덤불 뒤에 숨어 계시니 주인어른께서 밖으로 나가서서 직접 불러보세요.' 라고 제가 말했습니다. 그러자 주인어른은 창가로 달려가서 촛대를 창턱 위에 세우고는 '그루셴카, 너 거기 있냐?' 하고 불렀습니다만, 그렇게 부르면서도 창밖으로 몸을 내밀려곤 하시지 않더군요. 무서워서 제 옆을 떠나시려고 하지 않는 겁니다. 제가 무서웠기 때문이었겠죠. '아씨는 바로 저기 저쪽 덤불 속에 계십니다. 주인어른을 보고 웃고 계시는군요. 보이시죠?' 하고 말했습니다. 드디어 주인어른은 창밖으로 몸을 내밀었습니다. 그때 저는 주인어른 책상 위에 있던 무쇠 서진(書鎭)을 집어 들었습니다. 도련님도 기억하시겠지만 3푼트는 실히 나갈 물건이었지요. 저는 그것을 쳐들어 뒤에서 머리를 향해 내리쳤습니다. 주인어른은 비명도 지르지 못하고 푹 쓰러지고 말더군요. 저는 두 번, 세 번 연거푸 내리쳤습니다. 세 번째 내리치자 두개골이 깨지는 듯한 촉감이 느껴지더군요. 주인어른은 얼굴을 위로 향하고 나자빠져 있었는데, 온몸이 피투성이였습니다. 제 몸을 살펴보니 다행히 피 한 방울 튀어 있지 않더군요. 저는 서진을 닦아서 다시 책상 위에 놓고, 성상 뒤로 가서 봉투에서 돈을 꺼냈습니다. 그리고 봉투를 마루 위에 내던지고 장밋빛 끈도 그 옆에다 버렸습니다. 저는 덜덜 떨면서 정원으로 나가 곧장 구멍 뚫린 사과나무 옆으로 갔습니다. 도련님도 그 사과나무 구멍을 아실 겁니다. 저는 벌써 오래 전부터 그걸 봐두었다가 그 속에 종이와 헝겊을 준비해 놓았었지요. 거기서 돈을 죄다 종이에 싼 다음 다시 헝겊에 싸서 구멍 속에 깊이 처박아두었습니다. 그 후 퇴원한 다음에야 그걸 꺼내왔습니다. 전 침대로 돌아와 누워서 생각했습니다. '만일 그리고리 노인이 죽어버리면 좋지 않은 결과가 올지도 모르지만, 죽지 않고 깨어난다면 일은 제대로 들어맞는 거다. 그렇게 되면, 그는 드미트리가 들어와서 주인어른을 죽이고 돈을 훔쳐갔다는 증언을 하게 될 테니까.' 저는 공포에 벌벌 떨면서 이런 생각을 했습니다. 드디어 마르파가 자리에서 일어나 나한테도 달려오다가 문득 그리고리가 없는 것을 알아차리고, 곧장 밖으로 달려 나갔습니다."

"잠깐만," 이반은 갑자기 무슨 생각이 떠오른 듯 말을 가로챘다.

"그럼 문은 어떻게 된 거야? 만일 아버지가 너한테만 문을 열어주었다면, 어떻게 그리고리가 그 전에 문이 열린 걸 보았지? 그리고리는 너보다 먼저 보지 않았느냐 말이다."

"그리고리가 문이 열려 있었다고 진술한 것은 상상이었습니다." 스메르댜코프는 입술을 일그러뜨리며 히죽 웃었다. "도대체 그 사람은 인간이 아닙니다. 고집불통의 노새와 다름없어요. 자기 눈으로 보지도 않은 걸 본 것처럼 느꼈을 뿐인데도 일단 말을 하고 나면 요지부동이니 말입니다. 그 사람이 그렇게 생각했다는 건 우리한테는 천만다행이죠. 결국 그렇게 되면 드미트리 도련님이 죄를 뒤집어쓰게 마련이니까요."

"잠깐," 이반은 다시 혼란을 일으킨 듯 무언가를 생각해 내려고 애쓰면서 이렇게 말했다. "이봐, 넌 왜 봉투를 찢은 뒤 그 봉투를 마룻바닥에 버려뒀지?"

"거기엔 그럴 만한 이유가 있었던 거죠. 전부터 그 봉투에 돈이 들어 있다는 걸 잘 아는 사람은…… 이를 테면 저처럼, 직접 그 돈을 봉투에 넣고 봉인을 하고 나서 겉봉에 이름을 쓰는 것까지 직접 제 눈으로 봤다면, 가령 그 사람이 주인어른을 죽였다 해도, 죽인 다음에 그 봉투를 뜯어볼 리가 있겠습니까? 더욱이 그런 위급한 판국에 말입니다. 그런 짓은 하지 않아도 그 속에 확실히 돈이 들어 있다는 것을 잘 알고 있을 테니까요. 범인이 저 같은 강도였다면 봉투째 호주머니에 쑤셔넣고 뺑소니를 치고 말았을 겁니다. 그러나 드미트리 도련님의 경우는 전혀 이야기가 다르죠. 그분은 봉투 얘길 말로만 들었을 뿐 실물을 본 적이 없습니다. 그러니까 만일 그분이 베개 밑에서 봉투를 끄집어냈다면 그걸 뜯어서 돈이 들어 있는지 어떤지를 확인해 봤을 겁니다. 그리고 나중에 그 봉투가 불리한 증거물로 남는다는 생각을 미처 할 겨를도 없이 그냥 봉투를 집어던졌을 겁니다. 그분은 상습범이 아니거든요."

"그래, 넌 모든 걸 즉석에서 생각해 냈단 말이냐?"

"그건 미리부터 생각해 두었던 거죠."

"이 더럽고 비굴한 놈아, 잘 들어! 네놈은 모를 테지만 내가 아직 너를 죽이지 않은 건 너를 살려두었다가 내일 법정에서 답변을 시키기 위해서야. 하느님도 보고 계셔." 이반은 한 손을 위로 쳐들었다. "어쩌면 내게도 죄가 있는지 모르지. 사실 난 마음속으로 아버지가 죽어주었으면 하고 바라고 있었는지도 모르니까. 그러나 맹세하지만 난 네가 생각하는 것처럼 그렇게 간악한 놈은 아니야. 하지만 어쨌든 나는 내일 법정에서 자백을 하기로 결심했다. 죄다 말해 버릴 생각이야. 내일 함께 가는 거야. 반드시 그렇게 해야 해. 알겠지?'

이반은 진지한 표정으로 힘차게 말했다.

"도련님이 모든 걸 다 자백한다면 앞으로 도저히 창피해서 견딜 수가 없을 겁니다. 게다가 저는 딱 잘라 이렇게 말할 겁니다. '도련님은 무슨 병을 앓고 있기 때문인지, 아니면 자기를 희생하면서까지 형님을 돕겠다는 동정심의 발로 때문인지, 제게 죄를 뒤집어씌우려고 하시는 겁니다. 도련님은 언제나 저를 파리 새끼만도 못하게 생각해 왔으니까요.' 하고 말입니다. 이렇게 말하는데 누가 도련님 말을 곧이듣겠습니까? 게다가 증거가 될 만한 게 하나라도 있어야 말이죠!"

"이봐, 네가 나한테 그 돈을 보여준 건 물론 나를 납득시키기 위해서였지?"

"이 돈을 가지고 가십시오." 스메르댜코프는 한숨을 내쉬었다.

"물론 가지고 가고말고! 그런데 넌 왜 나한테 이 돈을 주는 거지? 이 돈 때문에 살인까지 했으면서?"

"전 그런 돈 필요 없어요. 하긴 저도 처음엔 그 돈을 가지고 모스크바나 어디 외국에라도 가서 새 생활을 시작하고 싶은 꿈을 꾸었었죠. '모든 것은 허용된다.' 고 했기 때문에. 도련님은 저한테 여러 번 이런 말을 해주셨지요. 만일 하느님이 없다면 이 세상에 선행 같은 것도 없을 것이고, 또 선행을 할 필요도 없다고요. 그건 도련님 말이 옳아요. 그래서 저도 그렇게 해석했던 겁니다."

'나는 지금까지 너를 바보로만 생각해 왔는데, 이제 보니 넌 보통이 아니야!' 그는 새삼스럽게 스메르댜코프를 주시하며 말했다.

"저를 바보라고 말씀하신 건 도련님이 오만했기 때문입니다 자, 어서 돈을 넣으십시오."

이반은 지폐 뭉치를 집어서 그대로 호주머니에 쑤셔 넣었다.

"내일 법정에서 이걸 제시할 테다." 그는 말했다.

"법정에선 아무도 도련님 말을 믿지 않을 겁니다. 도련님은 많은 돈을 가지고 계시니 금고에서 꺼내가지고 왔다고 생각할 겁니다."

이반은 자리에서 일어났다.

"거듭 말하지만 내가 네놈을 죽이지 않는 건, 내일 네가 필요하기 때문이야."

"차라리 죽이십쇼, 지금 죽이세요! 전에는 그처럼 대담하시더니 이제는 아무것도 못하시는군요."

"그럼 내일 또!' 이반은 이렇게 소리치고 문 쪽으로 갔다.

"잠깐만! 그 돈을 다시 한 번 보여주십시오."

이반이 지폐를 꺼내 보이자 스메르댜코프는 10초가량 물끄러미 그것을 바라보았다.

"자, 이젠 돌아가십시오." 그는 손을 흔들며 말했다. "이반 표도로비치 씨!' 갑자기 그는 이반의 등에다 대고 소리쳤다.

"왜 그러나?' 이반이 뒤돌아보았다.

"안녕히 가십시오!'

눈보라는 아직도 계속되고 있었다. 그는 처음 얼마 동안은 힘차게 걸었으나 갑자기 다리가 휘청거리기 시작했다. 최근까지 그처럼 가혹하게 그를 괴롭혔던 마음의 동요도 드디어 끝장이 난 것이다.

그는 자신의 집 앞에 이르자 갑자기 걸음을 멈추며 이런 생각을 했다. '지금 당장 검사를 찾아가서 죄다 진술해 버리는 게 낫지 않을까?' 그러나 다시 집 쪽으로 방향을 바꾸며 그 의문의 해답을 내렸다. '내일 한꺼번에 다 해치우자!' 그는 혼잣말로 중얼거렸다.

그는 털썩 소파에 주저앉았다. 소파에 앉아 있자니 현기증이 나기 시작했다. 이따금 그는 자신이 헛소리를 하고 있는 것 같은 생각이 들기도 했다.

9. 악마, 이반 표도로비치의 악몽

필자는 의사가 아니지만 이반 표도로비치의 병의 성질에 관해서는 설명해야 할 때가 왔다고 생각한다. 미리 말해둘 것은 그날 저녁 때 그는 섬망증에 걸리기 직전에 있었다. 사실 오래 전부터 그는 이 병으로 건강을 해쳐왔으나 완강히 버텨오다가 마침내 그의 육체 조직이 완전히 정복을 당하고 만 것이다. 그는 자신의 몸이 온전치 못하다는 것을 알고는 있었지만 하필이면 이런 순간에, 자기 생애에서 숙명적인 상황을 코앞에 둔 이때 앓는다는 사실이 정말 싫었다.

사실 그는 모스크바에서 초빙되어 온 의사한테 진찰을 받은 적이 있었다. 의사는 이반의 증상을 묻고 진찰한 후 뇌에 이상이 있다고 결론을 내렸다. 그리고 이반이 마지못해 털어놓은 어떤 고백에 대해서도 전혀 놀라는 빛을 보이지 않았다. "당신과 같은 상태에 있는 사람에겐 흔히 그런 환각이 있을 수 있죠. 하긴 그 환각을 주의 깊게 점검해 보는 것이 좋겠지만……. 한시도 지체하지 말고 본격적인 치료를 받지 않으면 안됩니다." 그러나 이반은 의사에게 다녀온 후로 그의 사려 깊은 충고를 듣지 않았다. 그는 앞서 얘기한 바와 같이 자신이 섬망증에 걸리기 직전에 있다는 것을 거의 의식하면서도 그대로 앉아 맞은편 벽 앞에 놓인 소파 위의 어떤 대상을 열심히 바라보고 있었다. 누군가가 앉아 있는 것 같았다. 그가 어떻게 들어왔는지는 하느님만이 아실 것이다.

이반이 스메르댜코프한테서 돌아와 방에 들어섰을 때는 방 안에 그 사람이 없었기 때문이다. 그는 신사로 쉰 살에 가까운 사람이었다. 약간 길고 숱이 많은 검은 머리와 쐐기형으로 자른 턱수염에는 백발이 별로 섞여 있지 않았으며, 유행이 지난 옷을 입고 있었다.

이 신사는 농노 시절에는 세상을 주름잡았으나 지금은 고등룸펜이 된 옛 지주 계급에 속하는 사람 같았다.

"여보게, 용서하게! 나는 단지 한 가지를 일깨워 주고 싶었던 걸세. 자네는 카테리나에 관해서 알아보려고 스메르댜코프를 찾아갔다가 아무것도 알아내지 못하고 그냥 돌아왔지?"

"아, 그렇군! 그걸 깜빡 잊었네. 하지만 이젠 아무래도 상관없어. 내 일이면 모든 게 밝혀질 테니까." 그는 혼잣말처럼 중얼거렸다. "하지만 여보게," 하고 이반은 신경질적으로 손님에게 말했다. "자넨 왜 남의 일에 참견을 하는 거지? 마치 나 자신이 기억해 내지 못한 것을 자네가 귀띔해 주려는 것처럼 말야."

"그럼 그렇게 믿지 않으면 될 것 아닌가." 신사는 상냥하게 웃었다. "억지로 믿게 할 수는 없지. 게다가 증거, 특히 물적 증거는 믿는데 아무 도움이 안 돼."

"여보게, 난 지금 섬망중에 걸린 것 같아! 틀림없어. 찬물에 수건을 적셔 머리에 얹어야겠어. 그러면 자넨 사라져버리겠지!"

이반은 한구석으로 가서 수건을 가지고 물에 적셔 머리에 얹고 방 안을 왔다 갔다 하기 시작했다.

"자네가 나더러 자네라고 말을 터는 게 마음에 들었네." 손님이 말을 시작했다.

"바보 같으니! 그럼 자네보고 당신이라고 존댓말을 쓸 줄 알았나? 난 지금 기분이 좋아. 단지 관자놀이 부근이 좀 아프고 머리끝이 쑤셔서 그렇지. 그러니 제발 골치 아픈 철학 얘기는 하지 말게. 자넨 식객이니까."

"식객이라, 그거 재미있군. 사실 나는 그런 꼬락서니를 하고 있으니까. 그런데 말야, 난 자네 말을 듣고 조금 놀랐어. 요전처럼 나를 자네의 공상의 산물이라 우기지 않고 실재하는 것처럼 인정하기 시작한 것 같으니 말야."

"단 한순간도 나는 자넬 실재하는 존재라고 생각한 적은 없어." 이반은 화가 나서 외쳤다. "자넨 허상이야. 자넨 내 질병의 산물이야. 자넨 나의 환영이야."

"용서하게, 자네의 모순점을 지적하는걸. 자넨 아까 가로등 아래서 알료샤에게 대들며 '너 그놈한테서 들었구나. 그놈이 나한테 오는 걸 어떻게 알았지?' 하고 소리쳤었지. 그건 나를 생각하고 한 말이었어.

그렇다면 자넨 지극히 짧은 순간이나마 나의 실존을 믿었던 거야." 신사는 온화하게 웃었다.

"그건 순간적인 나약함이었어. 아마 그때 나는 자넬 생시에 본 것이 아니라 꿈속에서 본 걸 거야."

"그런데 자넨 아까 왜 알료샤한테 그렇게 근엄하게 굴었지? 귀여운 청년인데. 나는 조시마 장로의 일로 그 청년에게 죄를 지었지만."

"알료샤 얘긴 하지 마. 자네 같은 속물이 그 아이 이야길 하다니!"

"별로 기분 나빠할 건 없어. 그렇게 되면 내 목적은 달성되는 셈이니까. 발길질을 한다면 자네가 내 실재를 믿는다는 의미가 되겠지. 허깨비에게 발길질하는 사람은 없을 테니까. 농담은 그만하게. 바보니 속물이니 하는 말은 좀 심한 것 같은데?"

"자넨 나의 추악한 사상만을 취하고 있어. 특히 멍청한 사상을. 자넨 바보에다가 비열하기까지 해." 이반이 이를 갈며 소리쳤다.

"나는 가난뱅이야. 그러나 고결한 인간이라고 말하진 않겠어. 하지만 일반적으로 사회에서는 내가 타락한 천사라는 정평이 나 있지. 도대체 내가 언제 어떻게 천사가 되었는지 도무지 모르겠어. 설사 천사였던 시절이 있었다 하더라도 너무 오래 된 일이라 잊어버렸겠지. 지금은 오로지 점잖은 신사라는 평판만을 중히 여기고, 될 수 있는 대로 명랑하게 살아가려고 노력하고 있을 뿐일세. 나는 인간을 진정으로 사랑해. 아, 그런데도 사람들은 나를 얼마나 헐뜯는지 몰라! 나는 이 지상을 걸어다니면서 공상하지. 제발 웃지 말게. 나는 미신을 믿고 공중목욕탕에 가는 걸 좋아해. 자네는 어떻게 생각할지 모르지만 나는 장사꾼들이나 사제들과 같이 사우나를 좋아한다네. 한데 자넨 내 말을 듣지 않는군그래. 여보게, 자넨 오늘 기분이 몹시 나쁜 것 같군." 신사는 잠시 말을 끊었다. "나는 자네가 어제께 그 의사한테 다녀온 것을 알고 있네. 그래, 건강은 어떤가? 의사가 뭐라고 하던가?"

"바보 같으니!" 이반은 다시 한 번 고함을 쳤다.

"바보는 같은 말만 되풀이하고 있군. 그런데 나는 작년에 어찌나 심한 류머티즘에 걸렸던지 지금까지 잊혀지지가 않아."

"악마도 류머티즘에 걸리나?"

"나는 악마니까 모든 것이 인간적인 것과 인연이 있어."

"뭐, 뭐라고? '사탄이라서 인간적 현상'이 나타난다고? 악마로선 제법인데!"

"이제야 자네 마음을 즐겁게 해준 것 같아 기쁘군."

"하지만 그건 나한테서 가져간 말이 아니군그래." 이반은 놀란 듯 말을 멈췄다.

"이건 새로운 거야. 이번엔 정직하게 설명하지. 잘 들어보게. 우리가 어떤 이유로 꿈, 특히 악몽을 꿀 때 인간은 때때로 실로 예술적인 문제부터 인간 정신의 가장 고상한 현상은 물론 조끼의 마지막 단추에 이르기까지 생각지도 못할 만큼 상세하게 볼 수 있단 말일세. 아마 레프 톨스토이도 이렇게 상세한 묘사는 하지 못했을 거야. 이건 그야말로 완전한 수수께끼라고 할 수 있지. 어떤 대신이 나에게 고백한 바에 의하면 자기의 훌륭한 아이디어는 모두 잠잘 때 떠올랐다더군. 하지만 나는 역시 자네의 악몽이지, 그 이상은 아니야."

"거짓말! 자네의 목적은 자네가 나의 악몽이 아니라 스스로가 독립적인 존재임을 확신시키려는 데 있어. 그래서 자넨 지금 자기가 꿈속

인물이라고 주장하는 거야."

"가만 있자, 내가 어디까지 얘기를 했더라? 그렇지, 나는 그때 감기에 걸렸지. 다만 여기가 아니라 거기서 말이야."

"거기가 어디야? 이봐, 자네 언제까지 내 곁에 있을 셈인가? 떠나줄 수 없겠어?" 이반은 거의 절망적으로 외쳤다.

그는 걸음을 멈추고 소파에 앉아 다시 테이블에 팔꿈치를 괴고 두 손으로 머리를 움켜잡았다.

"자넨 정상이 아니야." 신사는 흉허물 없이 말했다. "자넨 내가 감기에 걸릴 수 있다는 걸 알고 화를 내지만, 사실 그 감기는 지극히 자연스럽게 걸렸던 거야. 그런 추위는 추위라고 부를 수도 없지. 영하 150도니까."

"한데 거기에 도끼가 있을까?" 이반 표도로비치는 멍청하면서도 혐오스러운 어조로 그의 말을 가로챘다. 그는 이 악몽을 믿지 않으려고 전력을 다하고 있었다.

"도끼?" 손님은 어리둥절하여 되물었다.

"그래, 그런 곳에 도끼가 있으면 어떻게 되겠어?" 이반은 고집스럽게 소리를 치며 대들었다. "자넨 바보야. 바보 천치란 말야! 거짓말을 해도 좀 그럴듯하게 하게."

"나는 거짓말을 하는 게 아냐. 이 모든 게 진실이야. 유감스럽게도 진실은 언제나 시시껄렁한 소리처럼 들리거든. 자넨 나한테 무언가 위대한 것, 혹은 아주 멋진 것을 기대하고 있는 것 같은데, 그것 참 유감이군."

"그따위 철학 얘긴 집어치워, 바보 같으니!"

"나도 제발 그런 일이 없기를 바라네만 이따금 불평을 하지 않을 수 없거든. 나는 중상모략을 당한 인간이야. 자네도 걸핏하면 나를 바보라고 하잖나. 그걸 보면 자네도 젊다는 걸 알 수 있어. 이보게, 친구! 세상 일이 지혜만 가지고 되는 건 아닐세. 나는 오랜 옛날부터 나 자신이 알 수 없는 어떤 섭리에 의해 '불평'을 하도록 운명지어져 있지만, 나는 원래 선한 인간이기 때문에 불평하곤 인연이 멀어. 불평 없이는 비평도 있을 수 없고, '비평'란 이 없으면 그게 무슨 잡지라 할 수 있겠나. 게다가 '호산나'만 가지고 인생은 부족해. '호산나'는 회의와 시련을 겪지 않으면 안 돼. 우리는 이 코미디를 이해해. 나로 말할 것 같으면 솔직히 나 자신을 파멸로부터 구했지. '아니야. 너는 살아야 해. 네가 없으면 어떤 사건도 일어나지 않을 테니까. 만일 지상의 모든 것이 합리적이라면 아무 일도 일어나지 않을 게 아닌가'라고 지시하고 있으니까. 그런데 사람들은 이 희극을 뭔가 중대한 일로 생각하고 있거든. 의심할 여지없이 뛰어난 지성을 갖고 있는 사람들도 그렇지. 여기에 바로 인간의 비극적 함정이 있는 거야. 물론 인간은 고통을 겪고 있지. 고통은 곧 생활이니까. 고통이 없다면 인생이 무슨 재미가 있겠어? 그렇게 되면 모든 것이 끝없는 기도로 변해버리고 말 걸세. 그건 거룩한 일이긴 하지만 따분한 일이지. 그러나 다시 되풀이하지만 나는 저 별 위의 생활, 모든 지위, 명예를 포기하고 1백 킬로그램이 훨씬 넘는 장사꾼 마누라로 환생하여 하느님 성전에 촛불을 바치고 싶어."

"하느님은 존재하는 거야, 존재하지 않는 거야?" 이반은 다시 사납고 집요하게 소리쳤다.

"그러고 보니 자네 진정으로 묻는구먼?"

"그것도 모르면서 하느님을 본단 말인가?"

"원한다면 나도 자네와 같은 철학을 신봉할 수도 있어. 그게 공평하겠지. '나는 생각한다, 고로 존재한다.' 이건 알고 있어. 한데 이제 곧 말을 그쳐야겠군. 자네가 곧 일어나 나를 칠 것 같아서 말야."

"한데 자네들의 세상에선 1천조 킬로미터의 암흑 속을 걸어서 통과해야만 천국의 문이 열린다는 게 사실인가?"

이반이 이상하게 활기를 띠며 그의 말을 가로막았다.

"그건 묻지 말게. 옛날엔 별의별 형벌이 다 있었지만 요즘 와서는 점점 정신적인 것, 이를테면 '양심의 가책'이니 하는 우스꽝스런 형벌만 있을 뿐이야."

"이제야 자네의 정체를 알겠어." 이반은 마치 어린애같이 기뻐하며 외쳤다. "사람은 때때로 무의식중에 수천 가지 일들을 머릿속에 떠올리곤 하지. 형장에 끌려갈 때조차도 말이야. 나는 꿈속에서 그것을 생각해낸 거야! 자넨 바로 그 꿈이야. 자넨 꿈일 뿐 실재는 아니야."

"자네가 그렇게 열심히 내 존재를 부정하는 걸 보니 자네가 나를 믿고 있다는 확신이 서는군."

"나는 믿지 않아! 백분의 1도 믿지 않아."

"하지만 천분의 1은 믿고 있겠지."

"한순간도 믿어본 적이 없어. 하지만 자넬 믿고 싶어!" 갑자기 그는 이렇게 덧붙였다.

"아하! 이제야 고백하는군. 하지만 나는 나쁜 사람이 아니니까 이번에도 자넬 도와주겠네. 여보게, 이건 자네가 나의 정체를 포착한 게 아니라 내가 자네의 정체를 포착한 거란 말야."

"거짓말! 자네가 나타난 목적은 자네의 실존을 나에게 확신시키기 위함이야."

"맞았어. 하지만 주저, 불안, 불신, 갈등은 너무나 고통스러운 것이어서 차라리 목매달아 죽는 편이 낫지. 나는 자네를 잘 알고 있어. 나의 목적은 고상해. 나는 자네의 내부에 작은 믿음의 씨앗을 하나 뿌리겠어. 그것은 자라서 참나무가 되겠지. 그것은 너무나 커서 자네가 그 위에 앉아 있노라면 '황야의 은자와 거룩한 동정녀들' 의 대열에 뛰어들고 싶어질 거야. 그것이 자네가 그렇게도 원했던 일이니까. 자넨 메뚜기를 잡아먹고 황야를 돌아다니며 영혼 구제를 위해 노력하겠지."

"그럼 자네는 내 영혼을 구제하기 위해 노력한다는 건가, 이 악당 같으니! 한데 자넨 코를 매달고 왔나?' (예상이 빗나갔다는 의미의 러시아 속담)

"여보게," 손님은 점잖게 말했다. "코를 떼고 오는 것보다 코를 매달고 오는 편이 낫잖은가. 이건 얼마 전에 병에 걸린 후작이 고해 성사 때 고상한 예수회 신부에게 말한 거야. 나도 그 자리에 있었는데 정말 재미있더구먼. '제발 내 코를 돌려주십시오!' 하며 후작은 자기 가슴을 치는 거야. 그러자 신부는, '아들아, 만사는 불가해한 섭리에 따라서 이루어지는 것, 때로는 눈에 보이는 불행도 눈에는 보이지 않는 특별한 이익을 가져올 수 있는 법! 비록 가혹한 운명이 그대 코를 빼앗아 갔다 하더라도 이젠 한평생 아무도 그대더러 코를 매달고 물러났다는 소리를 못할 것이니 오히려 다행스런 일 아니오.' 하고 얼버무리더군. '신부님, 그건 위로가 되지 않습니다. 코가 제자리에만 붙어 있다면 평생토록 매일 코를 매달고 물러나도 기쁠 것입니다.' '내 아들아, 모든 희망을 한꺼번에 요구할 수는 없는 법, 왜냐하면 그건 이런 곤경 속에서도 그대를 잊지 않으시는 하느님의 섭리에 대한 불평이기 때문이오. 왜냐하면 방금 그대가 절규한 것처럼 그대가 일생 동안 코를 매달고 물러나도 좋다는 각오가 되어 있다면 그대의 소원은 이미 간접적으로 이루어진 거나 다름없으니 말이오. 그대는 코를 잃어버림으로써 일생 동안 코를 매달고 물러나는 것과 마찬가지의 행운을 맛본 셈이니까요.' 하고 신부는 한숨을 쉬더구먼."

"흥, 병신 같은 소리! 나 좀 가만 내버려두게. 자넨 짓궂게 따라붙는 악몽처럼 내 머릿속을 두들기고 있어." 이반은 자기 환영 앞에 힘을 못 쓰고 애처롭게 신음소리를 내고 있었다. "이젠 자넨 넌덜머리가 나. 못 견디게 괴로워! 자넬 쫓아버릴 수 있다면 무슨 짓이든 다 하겠어!'

"어보게 친구! 나는 아주 매력 있고 사랑스러운 젊은 러시아 귀족을 한 사람 알고 있네. 젊은 사상가요, 문학. 예술의 대애호가이며, 『대심문관』이란 제목이 붙은 장래가 약속된 시의 작자이기도 하지. 나는 그 사람만 생각하고 있었어!'

"『대심문관』 얘긴 하지 마." 이반은 부끄러워 얼굴이 새빨갛게 변해 소리쳤다.

"그럼 『지질학상의 대변동』은 어떤가? 생각나지? 그것도 멋진 시였지!'

"입 닥치지 못해? 안 그러면 죽여버리겠어."

이반은 양손으로 귀를 막고 앉아 땅바닥을 내려다보면서 온몸을 부들부들 떨기 시작했다. 신사는 말을 계속했다.

이때 밖에서 창문을 두드리는 소리가 요란하게 들려왔다. 이반이 소파에서 벌떡 일어났다.

"저 소리 안 들리나? 여는 게 좋을걸." 손님이 소리쳤다. "자네 동생 알료샤가 아주 흥미로운 소식을 갖고 온 모양이야. 틀림없어!"

"자네보다 먼저 알았어, 알료샤가 왔다는 걸. 그가 올 것 같은 예감이 들었거든. 틀림없이 '소식'을 갖고 왔을 거야." 이반이 소리쳤다.

"어서 문을 열어줘. 밖엔 눈보라가 치고 있어. 저 앤 자네 동생이 아닌가."

노크 소리가 계속되었다. 이반은 창문으로 달려가려고 했으나 쇠사슬에 팔다리가 묶인 것 같았다. 그는 끊어버리려고 안간힘을 썼으나 허사였다.

"그건 꿈이 아니었어! 맹세코 꿈이 아니었어! 모든 것이 지금 실제로 있었던 일이야." 이반은 이렇게 소리치며 창문 쪽으로 달려가 조그만 통풍창을 열었다.

"알료샤, 나한테 오지 말라고 했잖아! 빨리 말해. 무엇 하러 왔어?"

"한 시간 전에 스메르댜코프가 목매달아 죽었어요." 알료샤가 문밖에서 대답했다.

"현관 쪽으로 돌아와라. 곧 열어줄 테니." 이반은 이렇게 말하고 알료샤에게 문을 열어주러 갔다.

10. '그건 그놈이 말했어'

알료샤는 방 안으로 들어와 이반에게 이런 소식을 전해주었다. 한 시간 전쯤 마리야 콘드라티예브나가 자기한테 달려와 스메르댜코프의 자살 소식을 알려주더라는 것이다. "사모바르를 치우려고 그 사람 방에 들어갔더니 벽에 박힌 못에 그 사람이 매달려 있지 않겠어요?"

그래서 경찰에 신고했느냐고 묻자, "아무한테도 알리지 않고 곧바로 당신한테로 달려왔어요."라고 대답했다는 것이다. 알료샤는 그녀가 온몸을 부들부들 떨더라고 말했다. 테이블 위에는 유서가 한 통 놓여 있었다. 「나는 아무에게도 죄를 씌우지 않기 위해 나 자신의 자유의지로 내 생명을 끊는다.」라고 씌어 있었다. 알료샤는 유서를 테이블 위에 놓아두고 곧바로 경찰서장을 찾아가 사건의 전말을 얘기했다.

"그리고 거기서 바로 형님한테로 왔어요." 하고 알료샤는 이반의 얼굴을 뚫어지게 바라보면서 말을 마쳤다. "형님," 알료샤가 외쳤다. "몸이 많이 편찮으신가 보군요. 형님은 나를 보고 계시면서도 내 말을 못 알아들으시는 것 같아요."

"너 참 잘 왔다." 이반은 뭔가 생각에 잠겨서 말했다. "나도 알고 있었어. 그 녀석이 목매달아 죽은걸."

"대체 누구한테 들었어요?"

"그건 모르지만 어쨌든 알고 있었어. 아니, 내가 알고 있었던가? 맞았어. 그놈이 얘기했어. 방금 나한테 얘기해줬어."

이반은 방바닥을 내려다보며 생각에 잠겨 말했다.

"그놈이 누구예요?" 알료샤가 주위를 둘러보며 물었다.

"슬그머니 도망쳐버렸어."

이반은 머리를 쳐들고 조용히 미소를 지었다.

"그자는 비둘기 같은 너를 무서워한 거야. 너는 '순결한 소천사'야. 드미트리 형은 너를 소천사라고 하지. 한데 대천사란 무엇일까? 어쩌면 하나의 성좌인지도 모르지. 하지만 그 성좌란 일종의 분자인지도 몰라. 사자와 태양의 성좌도 있지. 너 그거 모르니?"

"형님, 소파에 누우세요. 물수건을 머리에 얹어 드릴까요?"

알료샤는 이반의 세면대 앞에서 아직 접어놓은 채 한 번도 쓰지 않은 깨끗한 수건을 발견하고 말했다.

"가만 있어봐." 그는 소파에서 몸을 일으키며 말했다. "아까 내가 한 시간 전쯤 이 수건을 가지고 와서 물에 적셔 머리에 얹었다가 여기다 던져놓았는데…… 이게 왜 말라 있지? 다른 수건은 없었는데."

"조금 있으면 열두 시예요."

"아니야, 아니야!" 이반은 갑자기 소리쳤다. "그건 꿈이 아니야. 그놈이 왔었어. 저기 저 소파에 앉아 있었어. 네가 창문을 두들겼을 때 나는 그놈에게 컵을 던졌지. 알료샤, 나는 요즘 꿈을 자주 꾼다. 그놈은 아주 바보야, 알료샤! 아주 바보란 말야." 이반은 갑자기 웃음을 터뜨리고는 방 안을 왔다 갔다 하기 시작했다.

"누가 바보란 말입니까? 누굴 말하는 거예요, 형님?" 알료샤는 걱정스런 얼굴로 물었다.

"악마야! 그놈이 나를 찾아오곤 해. 그리고 나를 이렇게 놀려대는 거야. '자넨 내가 불 같은 날개를 달고 우레와 번개를 동반하고 나타나는 사탄이 아니라 평범한 악마라고 화를 내고 있군.' 하고. 그놈은 사탄이 아니라 단지 사탄을 사칭하고 있을 뿐이야. 그놈은 목욕탕에도 간대. 그놈의 옷을 벗기면 기다란 꼬리가 나올 거야. 알료샤, 너 몸이 얼었겠구나. 이런 날씨엔 개도 문 밖에 내놓지 않는다던데."

"너 뭐라고 했지? 리자에 대해서?" 이반은 다시 입을 열었다. 그는 몹시 수다스러워졌다. "리자는 마음에 들어. 아까는 그 아가씨에 대해 나쁘게 말했지만 그건 거짓말이었어. 난 그 아가씨가 마음에 들어. 그보다도 난 카탸 때문에 걱정이야. 그 여잔 내일이면 나를 걷어차고 발로 짓밟아버릴 거야. 그 여자는 내가 자기 때문에 질투를 해서 미탸 형을 파멸시킨다고 생각하고 있어. 하지만 그런 게 아니야! 나는 십자가지 교수대는 아니야. 아무렴, 나는 목을 매진 않아. 알료샤, 너 아니? 난 절대 자살할 수 없는 놈이야. 한데 스메르댜코프가 목매단 것을 내가 어떻게 알았을 것 같아? 그건 그놈이 말해줬어."

"그런데 형님은 여기에 누군가가 앉아 있었다고 확신합니까?" 알료샤가 물었다.

"저 소파 구석에 앉아 있었어. 그런데 네가 나타나자 사라져버렸어. 알료샤, 나는 네 얼굴을 좋아해. 넌 그걸 알고 있었니? 그런데 그놈이란 건 바로 나야, 알료샤! 나 자신이란 말이다. 나의 저속하고 비열하고 천박한 모든 것을 합친 것이지! 그렇지, 난 '낭만파'야. 그놈은 그걸 간파했어. 그자는 아주 바보야. 하지만 그것이 그의 강점이기도 하지. 그는 교활해. 어떻게 하면 내가 미친 듯이 화를 내는지 알고 있어. 얘, 알료샤. 사실 나는 그놈이 실제로 '그자'일 뿐 내가 아니기를 얼마나 바랐는지 몰라!"

"그자가 형님을 많이 괴롭힌 모양이군요."

"그런데 말이다. 그놈은 아주 재치 있게 말하거든. '양심이라, 양심이 뭔가? 양심이란 나 자신이 만들어내는 거야. 한데 내가 무엇 때문에 괴로워하지? 관습 때문이야. 7천 년 동안 내려온 인류의 관습 때문이지. 관습을 버리면 우리는 신이 된다는 거야. 이게 그놈의 말이야."

"그럼 형님이 아니었군요, 그렇죠?" 알료샤는 환한 눈으로 형을 바라보며 소리쳤다. "그런 놈은 그대로 내버려두세요. 그런 놈과는 손을 끊으세요! 그놈더러 형님이 방금 저주한 것을 죄다 가져가라고 하세요. 그리고 다시는 나타나지 못하게 하세요."

"하지만 그놈은 나를 비웃었어." 이반은 분한 듯이 몸을 떨며 말했다. '아아, 자넨 좋은 일을 해보려는군. 아버지를 죽인 건 나요. 내 사주를 받고 하인이 아버지를 죽인 거요, 하고 자백하러 가겠단 말이지.' 이런 소릴 지껄이는 거야."

"형님," 알료샤가 말을 막았다. "진정하세요. 아버지를 죽인 건 형님이 아니에요."

"그놈이 그렇게 말했다니까, 글쎄 그놈이. '자네가 선행을 믿는다면 그건 좋은 일이겠지. 나를 믿지 않고 원리 원칙을 위해 갈 테면 가라고. 하지만 너는 표도르 파블로비치처럼 돼지 새끼에 불과해. 그러니 선행이 무슨 소용이 있겠어? 너의 희생이 아무 소용이 없다면 넌 법정에 출두할 이유가 없잖아? 그건 네가 거기에 왜 가는지 모르고 있기 때문이야.' 이런 소릴 하지 않겠어? 그놈은 자기가 무슨 말을 하는지 알고 있어."

"그건 그놈의 말이 아니라 형님의 말이지요?" 알료샤는 슬픔에 잠겨 소리쳤다. "형님은 병 때문에 헛소리를 하며 스스로를 학대하고 있는 거예요."

"아니야. 그놈은 자기가 무슨 말을 하는지 알고 있어. 그놈은 나보고 갑자기 '하지만 여보게, 자넨 그자들에게 칭찬을 받고 싶어서 그러는 거야. 저 사람은 살인범이지만 얼마나 너그러운 마음씨를 갖고 있는가! 이런 칭찬을 듣고 싶은 거지?' 하고 말했어. 하지만 그건 거짓말이야, 알료샤." 이반은 눈을 번뜩이며 소리쳤다. "나는 그까짓 시시껄렁한 놈들의 칭찬은 바라지도 않아! 이건 너한테 맹세할 수 있어."

"형님, 진정하세요. 이제 그만하세요." 알료샤가 간청했다.

"아니야, 그자는 사람을 괴롭히는 방법을 아는 놈이야. 잔인한 놈이지." 이반은 동생의 말은 듣지도 않고 자기 말만 계속했다. "나는 그놈이 오는 이유를 미리 알아채곤 했어. '자네는 스메르쟈코프가 유죄 판결을 받아 시베리아로 유배를 가고, 미탸는 무죄가 되고, 자네는 단지 도덕적인 책임만 질 뿐 다른 사람들한테 칭찬받기를 바랐었지? 하지만 스메르쟈코프는 목매달아 죽어버렸어. 자, 그러니 자네가 내일 법정에서 아무리 떠들어봤자 그걸 누가 믿겠어? 하지만 자넨 가겠지. 그렇게 하기로 마음먹었을 테니까.' 하고 그놈은 말했어. 알료샤! 나는 그런 질문을 참을 수가 없어."

"형님, 그자는 내가 여기 오기도 전에 어떻게 자살 소식을 전할 수 있었을까요?"

"그놈이 말했어." 이반은 의심할 여지도 없다는 듯 단호하게 말했다. "그놈은 그 말밖에 하지 않았어. 하지만 나는 내일 법정에 가겠어. 그리고 그들 앞에 서서 그들의 낯짝에 침을 뱉어주겠어."

마침내 이반은 의식을 잃어가기 시작했다. 알료샤는 겨우 그의 옷을 벗긴 뒤 자리에 뉘었다. 환자는 꼼짝도 않고 고르게 숨을 내쉬며 잠이 들었다. 그는 이반이 병들었다는 것을 알 수가 있었다. 오만한 고집에서 오는 고뇌와 깊은 양심의 가책이라고 할 수 있었다. 이반 형이 믿지 않았던 신과 진리가 아직도 복종하기를 원치 않는 그의 마음을 정복해 가고 있었던 것이다. 알료샤는 이반을 위해 기도를 올렸다.

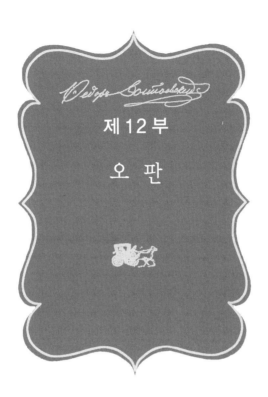

제 12 부

오 판

1. 운명의 날

이미 언급한 사건이 있은 다음날 아침 10시, 드미트리 카라마조프에 대한 공판이 시작되었다.

공판날에는 현청 소재지뿐 아니라 모스크바나 페테르부르크에서까지 방청객들이 몰려왔다. 그들 가운데는 법률가를 비롯하여 몇몇 저명인사, 그리고 귀부인들까지 있었다. 방청객 중 특히 지체 높은 인사들을 위해서 법관석 바로 뒤에 특별석까지 마련하였다. 법정에 모인 많은 방청객의 대표적인 특징의 하나는 부인네들의 거의 전부가 피고 미탸의 무죄를 주장하는 쪽에 서 있었다는 점이다.

게다가 라이벌 관계에 있는 두 여성이 법정에 올 것이라는 사실은 누구나가 다 알고 있었다. 그중에서도 특히 카테리나에게 사람들의 관심이 쏠리고 있었다. 이 여자에 관해서는 별의별 터무니없는 소문이 나돌고 있어서 미탸가 흉악한 범죄를 저질렀음에도 불구하고 그녀가 여전히 그에 대해서 정열을 품고 있다는 놀랄 만한 이야기가 퍼져 있었다. 특히 그녀의 오만한 성격과 '귀족 사회에 유력한 연고가 있다'는 것이 소문의 골자였다. 그녀가 정부에 탄원하여 유형지까지 미탸를 따라가서, 어느 광산의 갱내에서 결혼식을 올릴 것이라는 소문도 나돌고 있었다.

사람들은 카테리나의 라이벌인 그루셴카도 법정에 나타나기를 기다리고 있었다. 그들은 두 사람의 라이벌, 즉 오만한 귀족 아가씨와 이른바 '고등 매춘부'의 법정 대면을 호기심을 가지고 기다리고 있었다.

이 고장의 부인네들은 '표도르 파블로비치와 그 불행한 아들 미탸를 파멸시킨' 그루셴카를 전부터 잘 알고 있었으므로, 거의 모두가 하나같이 '별로 미인도 아닌, 평범하고 천한 계집애'한테 어떻게 아버지와 아들이 그토록 반할 수 있었는지 놀라워했다.

그런데 이들 부인네들의 남편들은 피고 미탸에 대하여 동정은커녕 강렬한 증오심을 품고 법정에 나타났다. 하긴 미탸가 이 고장에 있는 동안 이들 중 많은 사람들에게 개인적으로 모욕을 준 것도 사실이었다. 물론 방청객 가운데는 미탸의 운명 따위엔 전혀 무관심한 자도 있었지만, 그래도 역시 이 공판의 결과에는 무척 관심을 가지고 있었다. 하지만 법률가들은 예외여서, 이들은 이 사건의 도덕적인 면보다 이른바 현행 법률 문제에 더 큰 관심을 가지고 있었다.

유명한 변호사 페튜코비치의 도착은 모든 사람을 흥분시키기에 충분했다. 그의 재능은 이미 도처에 알려져 있었다. 그가 변호한 사건은 예외없이 러시아 전국을 떠들썩하게 했다. 이폴리트 키릴로비치 검사는 페튜코비치란 명사와 맞서기를 겁내어 떨고 있다느니, 이들 두 사람은 페테르부르크 시절 법조계에 첫 발을 내디뎠을 때부터 서로 앙숙이었다느니, 자존심이 강한 이폴리트 키릴로비치는 자신의 재능을 인정받지 못했기 때문에 페테르부르크 시절부터 늘 누군가에게 모욕을 받고 있는 기분에 사로잡혀 있었으므로, 이번 카라마조프 가의 사건을 잔뜩 벼르고 있다는 등등의 소문이 나돌고 있었다. 그러나 페튜코비치에 대해서 검사가 겁을 먹고 있다는 소문은 낭설일 뿐이었다. 이 검사는 위험을 눈앞에 두고 의기소침해지는 성격의 소유자가 아닐 뿐더러 오히려 위협적일수록 더욱 강인해지는 인물이었다.

이 지방 재판관에 관해서 말할 것 같으면 그는 교양이 있고, 박애주의자이고, 실무에 능하고, 진보적인 사상을 갖고 있는 사람이었다. 게다가 그는 좋은 인맥과 재산도 갖고 있었다. 그것은 뒷날 판명된 일이지만, 그 역시 카라마조프 사건에 상당한 열의를 가지고 있었다.

재판관이 출정하기 오래 전부터 이미 법정은 입추의 여지가 없었다. 재판관석은 조금 높은 단 위에 자리해 있었는데, 그 오른쪽에는 배심원들을 위한 긴 테이블 뒤에 의자가 두 줄로 늘어서 있었고, 왼쪽엔 피고석과 변호사석이 마련되었다. 법정의 중앙, 재판장석 가까운 테이블에는 이른바 '증거물'이 놓여 있었다. 거기에는 표도르 파블로비치의 피투성이 비단 가운과 범행에 쓰인 것으로 추측되는 저주스러운 놋쇠공이, 소매 근처가 피로 얼룩진 미탸의 루바슈카, 피 묻은 손수건을 넣었기 때문에 호주머니 언저리에 핏자국이 난 그의 프록코트, 그리고 피 때문에 뻣뻣해져서 이젠 완전히 누렇게 변색된 손수건, 미탸가 페르호틴의 집에서 자살할 목적으로 탄약을 재어놓았지만 그 후 모크로예에서 트리폰 보리시치한테 도둑맞은 권총, 그루셴카에게 주려고 3천 루블의 지폐를 넣어두었던 봉투, 그 봉투를 묶었던 장밋빛 가느다란 끈, 그 밖에 일일이 설명할 수 없을 정도의 많은 물건들이 놓여 있었다.

10시가 되자 재판장, 배심판사, 치안판사로 구성된 재판관이 출정했다. 재판관은 법원 서기에게 '배심원들은 전부 참석했는가?' 하고 물었다.

열두 사람의 배심원은 이 고장 관리 네 사람, 장사꾼 두 사람, 농부와 장인이 여섯 사람이었다.

"이처럼 복잡하고 미묘한 심리적 사건을 그따위 관리 나부랭이들과 무식한 농사꾼들의 결정에 맡기다니, 그게 될 말입니까?' 하고 재판이 시작되기 전에 재판관이 물었다.

배심원으로 위촉된 사람들 중 네 명의 관리는 모두가 늙은이들로, 이 고장 사교계에서는 이름도 들은 적이 없는, 쥐꼬리만한 봉급에 매달려 사는 하급 관리들이었다.

이윽고 재판장은 퇴직 9등관 표도르 파블로비치 카라마조프 살해 사건의 심리에 들어간다고 선언했다. 그리고 피고를 데리고 들어오라는 명령이 법원 서기에게 떨어지자, 곧 미탸가 법정에 나타났다. 미탸의 외관은 말할 수 없이 불쾌한 인상을 주었다. 그 이유는 그가 새로 맞춘 프록코트를 빼입고, 지나치게 모양을 내었기 때문이었다. 동시에 그 유명한 페튜코비치 변호사가 모습을 나타내자, 법정 안은 억눌린 낮은 웅성거림이 일어났다.

재판장은 우선 미탸에게 인적 상황을 물었다. 이어서 심리를 받기 위해 소환된 사람들, 즉 증인과 감정인들의 명단이 낭독되었는데, 그 시간은 매우 길었다. 증인 가운데 네 사람은 출정하지 않았다. 말하자면 예심 때 증언했으나 지금은 파리에 가 있는 미우소프, 환자인 호흘라코바 부인과 지주 막시모프, 그리고 갑자기 목을 매어 자살한 스메르댜코프, 이렇게 네 명이었다. 스메르댜코프의 자살에 관해서는 경찰 당국의 증명서가 제출되었는데, 이 소식은 법정 안에 크나큰 동요를 일으켰다. 그러나 무엇보다도 사람을 놀라게 한 것은 미탸의 행동이었다. 미탸는 스메르댜코프가 죽었다는 보고를 접하자 별안간 피고석에서 온 법정을 진동시킬 정도의 큰 소리로 울부짖었다.

"개 같은 놈은 개같이 뒈지는 법이야!"

미탸는 연방 고개를 끄덕이면서도 후회하는 빛은 털끌만큼도 보이지 않았다. "안 그러겠습니다. 안 그러겠어요! 저도 모르게 그만 입 밖으로…… 앞으론 절대로 안 그러겠어요!"

물론 이 짤막한 에피소드는 배심원이나 일반 방청객에게 좋지 못한 인상을 주었다. 그는 자기 성격을 드러냄으로서 자기 자신을 모든 사람들에게 소개한 셈이었다. 기소장이 낭독된 직후 재판장이 위엄 있는 목소리로 미탸에게 질문을 했다.

"피고, 피고는 자신의 죄를 인정하는가?"

미탸는 자리에서 벌떡 일어섰다.

"나는 지나친 음주와 방탕 행위에 대한 죄를 인정합니다." 그는 거의 발광하듯이 부르짖었다. "운명의 호된 채찍을 받았던 바로 그 순간 나는 영원히 정직한 인간으로 살아보려고 생각했던 겁니다. 그러나 그 늙은이, 나의 아버지인 동시에 내 원수의 죽음에 대해선 나는 무죄입니다. 게다가 아버지의 돈을 훔치지는 않았어요. 드미트리 카라마조프, 이 미탸는 비열한 놈이긴 하지만 절대 도둑놈은 아닙니다."

미탸는 이렇게 절규하고는 자리에 앉았으나 눈에 보이게 부들부들 떨었다. 이어 증인들에 대한 신문이 시작되었다.

2. 위험한 증인들

여기서는 공판이 시작된 순간부터 이 '사건'의 한 가지 특수성이 명확히 드러나, 모든 사람들이 주목했다는 사실을 밝혀 두겠다. 그 특수성이란 피고의 유죄를 뒷받침하는 증거가 변호인 측이 갖고 있는 증거보다도 훨씬 우세했다는 점이다.

매력적인 피고의 무죄를 그토록 열망하고 있던 부인네들조차도 하나같이 그의 유죄를 확신할 수밖에 없었다. 뿐만 아니라 만일 미탸의 범죄가 완전히 입증되지 않았더라면 그 부인네들은 오히려 몹시 실망했을 정도였다. 만일 피고의 무죄가 선고되었을 경우 죄인의 석방이라는 마지막 장면의 극적인 효과가 감소될 수 있었기 때문이다. 이상한 일이지만 이 부인네들은 거의 최후의 순간까지 피고의 무죄 선고를 확신하고 있었다. '그분은 죄를 짓기는 했지만, 무죄 선고를 받을 것이다'라고 믿고 있었다. 그들이 그토록 마음을 죄며 이곳으로 달려온 것도 실은 그 때문이었다.

한편 남자들은 검사와, 명성이 자자한 페튜코비치 변호사와의 논쟁에 많은 관심을 갖고 있었다. 그러나 당사자인 페튜코비치는 최후의 순간까지, 즉 그가 변론을 시작할 때까지 여전히 하나의 수수께끼 같은 존재였다.

여기서 그리고리에 대한 이야기를 몇 마디 해두어야겠다. 이 늙은 하인은 법정의 장엄한 분위기나 수많은 방청객들이 주시하는 것 따위는 조금도 신경을 쓰지 않았다. 그리고 마치 자기 마누라 마르파와 단 둘이서 허물없이 얘기할 때처럼 자신 있는 어조로 증언을 했다.

그는 죽은 자기 주인에 대하여 깊은 존경심을 가지고 있었다고 말했지만, 미탸에 대한 주인의 태도는 공평하지 못했고, 자식의 양육에 성의가 없었다고 서슴없이 증언했다. 그리고리는 미탸의 유년 시절을 증언할 때 "제가 없었더라면 그분은 어렸을 적에 이한테 파먹혀 죽었을 것입니다."라고 덧붙였다. "게다가 피를 나눈 아버지로서 현재 아들의 몫으로 되어 있는 어머니의 재산을 가로챈 것도 옳은 일이 못 됩니다."라는 말도 했다. 그러나 아들의 재산을 표도르 파블로비치가 횡령했다는 사실에는 어떤 근거가 있는가, 라는 검사의 신문에 대해서는 아무런 증거도 제시하지 못했다.

이어서 드미트리 표도로비치가 별안간 식사할 때 달려 들어와서 아버지를 구타하고는, 다음에 와서는 아예 죽여버리겠다고 을러대며 돌아갔던 때의 일을 그리고리가 증언하자 법정에는 음산한 공기가 감돌았다. 더욱이 이 늙은 하인이 불필요한 말을 한마디도 하지 않고 독특한 사투리로 차근차근 침착하게 설명한 것이 되레 무서운 웅변력을 발휘하였다. 미탸가 자신의 안면을 구타하여 쓰러뜨린 일에 대해서는 전혀 서운하게 여기지 않았을 뿐더러, 이미 오래 전에 다 용서했다고 말했다. 죽은 스메르댜코프에 대해 물었을 때 그는 성호를 그으며,

"그는 가능성이 있는 젊은이였으나 어딘가 바보스러운 데가 있었고, 간질병으로 시종 고통을 받아 왔습니다. 무엇보다도 하느님을 믿지 않은 게 문제였습니다. 그가 불신자가 되게 한 것은 주인어른과 맏아들 미탸 도련님이었습니다." 하고 말했다.

마침내 그 유명한 변호사가 심문할 차례가 되었다. 그는 우선 표도르 파블로비치가 '모 여성'을 위해 3천 루블의 지폐를 '넣어둔 것 같다'는 그 봉투에 대해서 묻기 시작했다. "당신은 돌아가신 주인을 오랫동안 모시고 있었다고 하는데, 그 봉투를 직접 본 적이 있습니까?" 그러자 그리고리는 "요즈음에 와서 모두들 그렇게 떠들고 있습니다만 그전까지만 해도 그런 건 본 일도 없거니와 그 돈에 대해서 들은 적도 없다"고 대답했다. 그러자 페튜코비치는 봉투에 대해 알 만한 증인들에게 모조리 똑같은 질문을 했다.

"저 죄송합니다만 한 가지만 더 묻고 싶은데," 페튜코비치가 느닷없이 질문을 던졌다. "예심 때의 진술이지만 당신은 그날 저녁 취침 전에 요통을 치료하려고 화주인가 과일주인가를 드셨다는데, 얼마나 마셨습니까? 대략 보드카 잔으로 한 잔쯤 됩니까?"

"컵으로 한 잔쯤 될 겁니다."

"알코올 한 컵 반쯤 마셨다면 그건 보통 기분 좋은 일이 아니지요. 그 정도면 정원 문은 고사하고 '천당 문이 열리는 것'도 볼 수 있었을 텐데요?"

그리고리는 침묵을 지키고 있었다. 법정에서는 또다시 웃음소리가 일어났다.

"당신 스스로도 분명히 기억하지 못하는 게 아닙니까?" 페튜코비치는 한층 끈질기게 달라붙었다. "정원 쪽 문이 열린 것을 보았다고 하는 바로 그 순간 당신이 잠자고 있었는지 어떤지를?"

"두 다리로 멀쩡하게 서 있었는걸요."

"그렇다면 금년이 서기 몇 년인지, 예수 그리스도 탄생 후 몇 년이 지났는지 모른단 말인가요?"

그리고리는 당혹한 얼굴로 자신을 괴롭히는 상대를 뚫어지게 바라다보며 서 있었다. 실로 이상한 얘기지만, 그는 금년이 서기 몇 년인지 정말 모르는 것 같았다.

"당신의 손에 손가락이 몇 개씩 있는가는?"

"전 원래가 비천한 놈이올시다." 갑자기 그리고리는 커다란 목소리로 또박또박 말했다. "높으신 어른께서 저를 조롱하고 싶으시다면 저로선 참을 수밖에 없습죠."

페튜코비치는 다소 주춤하는 기색이었다. 그러나 이때 재판장이 끼어들어 변호사에게 사건에 합당한 질문을 하라고 주의를 주었다.

물론 방청객들이나 배심원들은 예수 그리스도 탄생 후 금년이 몇 년인지도 모르는 사람의 증언에 의심을 품지 않을 수 없었다. 따라서 변호사는 결국 자신의 목적을 달성한 셈이었다. 그런데 그리고리가 물러나기 전에 또 하나의 에피소드가 발생하였다. 재판장이 피고를 향해 그리고리의 증언에 대해서 반박할 용기가 없느냐고 물었을 때였다.

"문에 관한 증언 이외에는 모두 사실대로입니다." 미탸는 큰 소리로 대답했다. "나의 이를 잡아준 데 대하여 저 노인에게 감사드립니다. 내가 구타한 것을 용서해준 데 대해서도 감사드립니다. 지금까지 정직 하나만으로 살아온 노인입니다. 제 비열한 아버지한테는 7백 마리의 삽살개만큼이나 충실했습니다."

"피고는 말을 삼가시오." 재판관이 근엄하게 주의를 주었다.

"난 삽살개가 아니란 말이오." 그리고리가 중얼거렸다.

"그렇다면 내가 삽살개입니다, 이 내가!" 미탸가 외쳤다. "그게 모욕적이라면 그 칭호는 내가 인수하겠소. 그리고 노인한테 용서를 빌겠소. 정말 나는 노인한테 짐승처럼 잔인했으니까요."

변호사는 라키틴을 증인으로 신문할 때도 똑같이 민첩한 솜씨를 발휘했다. 여기서 잠시 밝혀둘 것은 라키틴을 가장 유력한 증인의 한 사람으로서, 검사도 분명히 그를 주목했다는 점이다. 라키틴은 모든 것을 알고 있었다. 3천 루블이 들었다는 봉투 얘기는 미탸한테서 들어 알고 있을 뿐이었지만, 그 대신 술집 '수도'에서의 미탸의 망동, 다시 말해 당사자를 불리한 입장에 처하게 한 언동을 상세하게 진술한 다음 퇴역 대위 스네기료프의 '수세미' 사건에 대해서도 말했다. 그러나 유산 문제, 즉 아버지 표도르가 피고 미탸에게 줄 돈이 있었는지에 관해서는 경멸에 찬 어투로 그들의 성격을 개략적으로 뇌까렸을 따름이었다. "그야말로 엉망진창인 카라마조프 일가 가운데 누가 죄인을 골라낼 수 있겠습니까? 누가 누구한테 빚이 있는지 도저히 가려낼 수 없습니다." 라키틴은 피고가 범한 모든 비극은 러시아의 무질서에서 비롯된 것이라고 단정했다.

대체로 라키틴의 진술은 그 사상이 독창적이고 고매하다는 점에서 방청객의 마음을 사로잡았다. 그러나 아직 젊은 나이인 라키틴은 페튜코비치로부터 즉각적인 반격을 받고는 몇 마디 실언을 하고 말았다. 그루센카에 관한 몇 가지 질문에 대한 답변을 할 때는 자기 증언이 큰 성공을 거두었다고 생각하고 고매한 기분에 도취된 나머지 그녀를 다소 경멸하듯이 '상인 삼소노프의 첩'이라고 묘사했다. 그러나 라키틴이 이 실언을 취소하기 위해 얼마나 비싼 대가를 치렀는지 모른다. 왜냐하면 페튜코비치는 즉시 그 말꼬리를 물고 늘어졌기 때문이다.

"한 가지 묻고 싶은데요. 당신은 그리스 정교 감독관구본부에서 발간한 『고 조시마 장로의 생애』라는 소책자의 저자인 라키틴 씨가 맞지요? 저는 최근 그 책에서 심오한 종교적 사상과 장로님에게 바쳐진 경건한 감정에 매우 감동을 받았습니다. 당신의 책자는 주교님의 비호를 받아 널리 보급되었고, 상당히 좋은 영향을 끼쳤으리라 믿습니다. 그러나 한 가지 묻고 싶은 건 방금 당신은 스베틀로바 양(그루센카의 성이 스베틀로바임)과 잘 아는 사이라고 하셨지요?"

"아는 사이라고 해서 모두 책임질 순 없는 것 아닙니까!" 하고 라키틴이 홍당무가 되어 항변했다.

"그 여인은 이 고장의 젊은 엘리트들을 평소 환대해 왔으니까, 당신도 그 미모의 여성과 교제하는 데 흥미를 가졌다고 해서 이상할 건 하나도 없습니다. 그런데 스베틀로바 양은 2개월 전에 알료샤와 사귀고 싶은 열망에 아직 수도복을 입고 있던 그를 자기 집으로 데려와 주면 25루블을 사례금으로 주겠다고 약속했다지요? 그래서 당신은 알료샤를 스베틀로바 양한테 데려다 주고 사례금조로 25루블을 받았다면서요? 내가 꼭 알고 싶은 것은 바로 이 점입니다."

"난 장난삼아 받았습니다."

이때 미탸는 그루센카에 대한 라키틴의 멸시하는 말투에 격분한 나머지 별안간 자리에서, "베르나르!" 하고 외쳤다. "저놈은 피고인 나한테도 돈을 꾸러 왔어요. 더러운 녀석 같으니! 저놈은 교활한 출세주의잡니다. 장로님까지 속였어요."

어쨌든 라키틴은 체면이 엉망이 되고 말았다. 퇴역 이등 대위 스네기료프의 증언도 실패로 돌아갔다.

스네기료프는 너덜너덜한 옷에 흙투성이의 신을 신고 왔다. 그는 미리 여러 가지로 주의와 경고를 단단히 받았음에도 불구하고 곤드레만드레 취해 증인대에 나왔다. 그리고 미탸에게서 모욕을 받은 문제에 대해서 질문을 받자, 그는 갑자기 답변을 거부했다.

"저런 사람은 어떻게 되든 좋아요. 우리 일류샤가 그런 말을 하지 말라고 했기 때문에 말을 삼가겠지만, 아무튼 천국에 가면 하느님께서 다 보상해주시겠지요."

"누가 말하지 말라고 했어요? 도대체 누굽니까?"

"일류샤, 바로 내 아들놈입죠. '아빠, 아빠는 그 사람에게 호되게 혼이 났었죠!' 하고 바윗돌 옆에서 말했습니다. 그 애는 지금 죽어가고 있어요."

퇴역 이등 대위는 별안간 소리를 내며 울더니 재판장 앞에 넙죽 엎드렸다. 그는 방청객의 폭소를 받아가며 법정 밖으로 끌려 나갔다.

여관 주인 트리폰 보리시치의 증언은 많은 사람들에게 강렬한 인상을 주었으나 미탸에게는 불리하게 작용했다.

트리폰은 미탸가 범행 1개월 전쯤 모크로예에서 뿌린 돈이 3천 루블은 족히 된다고 진술했다. "집시 계집애들한테 뿌린 돈만 하더라도 한두 푼이 아닙니다. 이가 득실거리는 마을 농사꾼에게까지도 지폐를 한 장씩 주었어요. 도둑질의 달콤한 맛을 본 놈은 가만히 있을 수가 없는 법이죠. 마을 사람들은 모두 도둑놈들입니다." 트리폰은 이런 식으로, 미탸가 뿌린 돈을 일일이 꼽아대면서 수판을 놓듯이 계산했기 때문에 미탸가 1천5백 루블만을 쓰고, 잔금은 모조리 돈주머니 속에 넣어두었다는 가정은 성립될 수가 없었다. "저는 이 눈으로 똑똑히 보았습니다. 그 사람이 3천 루블을 손에 쥐고 있는 것을. 우리들이 돈 계산을 하지 못하다니, 어림없는 소립니다." 트리폰 보리시치는 '높으신 어른'의 비위를 맞추려고 갖은 애를 다 쓰면서 이렇게 외쳤다. 그러나 변호사는 이 증인을 심문할 차례가 되자, 트리폰의 진술 따윈 전혀 논박하려 하지 않고, 갑자기 화제를 바꾸어, 마부인 티모페이와 또 한 사람의 농부 아킴이 미탸의 최초의 파티 때, 말하자면 체포되기 한 달쯤 전에, 모크로예에서 미탸가 떨어뜨린 1백 루블짜리 지폐를 현관 마룻바닥에서 주워 그것을 트리폰에게 바쳤더니 트리폰은 두 사람에게 각각 1루블씩을 주었다는 사실을 끄집어냈다.

그러고는 숨 쉴 여유도 주지 않고 다음과 같이 물었다. "당신은 그때 1백 루블을 카라마조프 씨한테 돌려줬나요, 돌려주지 않았나요?" 트리폰은 처음에는 극구 부인했으나 티모페이와 아킴이 심문을 받자 1백 루블을 주운 것은 사실이라고 자백했다. 다만 그때 주운 돈은 드미트리에게 정직하게 돌려주었다고 말했다.

"정말 저분한테 돌려주었어요. 그러나 저분은 워낙 취해 있었기 때문에 기억하지 못할는지도 모르죠." 하고 덧붙였다.

두 폴란드 사람들의 차례였다. 그들은 위세 당당하게 증언대에 나왔다. 그들은 자기들이 '국왕을 모신' 일이 있다는 것, '판 미탸'가 3천 루블로 자신들 두 사람의 명예를 매수하려 했다는 것, 미탸가 거액의 돈을 갖고 있는 것을 자기들의 눈으로 확인했다는 것 등을 큰 소리로 증언했다. 그러나 그들도 피고측의 변호인 페튜코비치의 그물에 걸려들고야 말았다.

3. 의학적 감정과 한 푼트의 호두

의학적 감정도 피고에게 그다지 유리한 것은 아니었다. 게다가 이것은 훗날 판명된 일이지만, 페튜코비치 자신도 이에 대해서 큰 기대를 갖고 있지 않은 듯싶었다. 애당초 이 감정은 모스크바에서 유명한 의사를 불러들이자는 카테리나의 주장에 의해 이루어졌다. 물론 이 감정은 피고의 변호에 다소 유리한 점이 있었다.

감정인으로서 맨 처음 심문을 받은 사람은 의사 게르벤슈투베였다. 그는 노새처럼 완고한 데가 있어서, 일단 마음속으로 작정한 일은 그 무엇으로도 돌이킬 수가 없었다. 이왕 말이 나왔으니 말이지만, 모스크바에서 내려온 명의가 이곳에 도착한 지 2, 3일도 지나기 전에, 의사 게르벤슈투베의 솜씨에 대해 아주 모욕적인 비평을 가했다는 소문이 온 마을에 퍼졌다.

모스크바 의사는 25루블 이상의 왕진료를 받았는데도, 사람들은 앞을 다투어 그의 진찰을 받으러 달려갔다. 물론 이 환자들 대부분이, 그가 오기 전에는 모두 게르벤슈투베의 치료를 받고 있었다. 그는 환자의 방에 들어서자마자 묻는 첫마디가 이것이었다.

"누구요, 당신 병을 이 지경으로 악화시킨 건? 게르벤슈투베인가요? 허, 참!"

게스벤슈투베도 이 모든 사정을 알게 되었음은 물론이다. 이같은 상태에서 세 사람의 의사는 심문을 받기 위해 잇달아 증언대에 섰다. 게스벤슈투베는 "피고의 정신 기능이 비정상적인 것은 분명합니다." 라고 솔직하게 진술했다. 그리고 나서 지금 이 순간에도 그것이 나타나고 있다고 증언했다. "피고는 아까 법정에 들어올 때, 상황에 어울리지 않는 괴상한 태도를 취하고 있었습니다. 일반적으로 부인들이 앉은 좌측 방청석을 보는 것이 지극히 정상인데도 피고는 원래가 여자를 몹시 밝히는 사람이기 때문에 앞만 보고 걸었습니다."

　그는 독특한 어조로 이렇게 말을 맺었다. 방청객들 사이에서는 재미있다는 듯이 수군거리는 소리가 들렸다.

　모스크바에서 온 고명한 의사는 자기 차례가 되자, 피고의 정신 상태는 '극도로 비정상적' 이라고 분명하게 단언했다.

　"피고의 행동은 상식과 논리에 어긋나고 있습니다. 그는 전혀 웃을 일이 아닌데도 갑자기 웃어댔습니다. 게다가 줄곧 알 수 없는 흥분에 사로잡혀, '베르나르' 니 윤리니 하는 말을 입에 담고 있었습니다." 게다가 자신이 조사한 바에 의하면, 피고는 3천 루블 얘기만 나오면 미친 듯이 흥분했지만, 돈에 관해서는 정말이지 무관심한 인간이었다는 것이다. "박식한 동료의 견해로는 피고가 법정에 들어올 때 부인네들이 앉아 있는 방청석을 보았어야 함에도 불구하고 정면을 보고 있었다고 하는데, 이 점에 관해서 한마디만 말씀드리고자 합니다. 나로서는 피고가 왼쪽 부인석보다는 오른쪽 변호인을 보는 게 당연하다고 생각합니다. 왜냐하면, 피고의 모든 희망이 변호인단의 도움에 달려 있기 때문이지요." 모스크바의 의사는 단호하게 자신의 견해를 주장했다. 그러나 마지막으로 증언을 한 이 마을의 젊은 의사 바르빈스키의 당돌한 결론이, 이 유식한 두 감정인의 견해와 상반된다는 점에서 일종의 특별한 희극성을 가미해 주었다.

바르빈스키가 말하기를 피고는 예전이나 지금이나 한결같이 정상적인 정신 상태라는 것이다. 물론 체포되기 전에는 신경이 극도로 예민해져서 흥분 상태에 빠졌다고 추정되지만, 그것은 지극히 당연하고 명백한 원인들, 즉 질투, 분노, 계속된 취기 등으로 인해 발생된 것이라고 할 수 있다는 것이다. "그러니까 피고가 정면을 응시하면서 입장한 것은, 그 순간 피고의 정신상태가 지극히 정상적이었음을 증명하는 것입니다." 젊은 마을 의사는 다소 열띤 어조로 '변변치 못한' 견해를 이렇게 피력했다.

"브라보!' 미탸는 이렇게 외쳤다. '바로 그렇습니다!'

그 순간 미탸는 제지당했지만 젊은 마을 의사의 견해는 재판관들에게도, 방청자들에게도 결정적인 작용을 했다. 나중에 안 바로는, 이들은 모두 이 의사와 같은 견해를 가졌던 것이다.

그런데 이번에 증인으로서 신문을 받은 헤르겐슈투베가 뜻밖에도 예상을 뒤엎고 미탸에게 유리한 발언을 했다.

"이 가엾은 젊은이는 비할 데 없이 훌륭한 삶을 살 수도 있었습니다. 왜냐하면 이 청년은 어릴 때나 어른이 된 후에나 아름다운 마음씨를 지니고 있었기 때문입니다. 그러나 안타깝게도 저 사람은 자기 지혜를 방탕에다 허비했습니다. ……어릴 때는 아버지가 아예 내팽개쳐버려 맨발에 단추가 하나밖에 없는 바지를 입고 쏘다닌 아이였습니다."

이 정직한 노인의 목소리에는 가슴이 뭉클하게 하는 연민의 정이 깃들어 있었다. 페튜코비치는 무슨 일이라도 일어날 것 같은 예감을 한 듯 부르르 떨고는 곧 노인의 말에 끌려 들어갔다.

"제가 이 고장에 온 지 얼마 안 된 때였습니다. 나는 그 아이가 너무나 가엾게 여겨져서 저······호두를 준 적이 있지요. 그런데 그때까지 누구도 이 아이에게 호두를 준 일이 없었던 겁니다. 그때 내가 손가락으로 성부와 성자와 성령이라고 하라니까 따라하더군요. 그러나 그 아이는 그 후 어디론가 떠나버려 다시는 볼 수가 없었습니다. 그 후 23년이라는 세월이 흘렀습니다. 어느 날 아침, 이미 백발이 다 된 내가 서재에 앉아 있으려니까, 갑자기 한 혈기 왕성한 젊은이가 들어오지 않겠습니까. 그는 손가락 하나를 세우고 웃으면서 이렇게 말하더군요. '성부와 성자와 성령의 이름으로 아멘! 저는 지금 막 도착한 길인데, 호두를 주신 걸 감사드리려고 찾아왔습니다.' 그제야 저는 맨발로 쏘다녀야만 했던 가련한 어린이를 상기했습니다. 나는 울었습니다. 하지만 그는 애써 웃으려 했습니다. 그러나 결국 눈물을 흘리고 말더군요. 러시아 사람은 울어야 할 때 곧잘 웃곤 하지요."

"난 지금도 울고 있습니다. 당신은 하느님 같은 분이십니다." 별안간 미탸가 피고석에서 외쳤다.

아무튼 이 조그마한 일화는 방청객들에게 좋은 인상을 주었다. 그러나 미탸에게 가장 유리한 효과를 준 것은 카테리나의 증언이었다. 게다가 변호인조차도 예기치 못한 유리한 증인이 있었다. 카테리나에 앞서 먼저 알료샤의 심문이 시작되었다. 알료샤는 갑자기 어떤 사실을 상기하여 형 미탸의 유죄를 확인케 하는 것에 대한 유력한 반증을 제시해 주었다.

4. 행운이 미탸에게 미소를 던지다

알료샤는 증언대로 나왔지만 선서는 생략되었다. 그의 말에는 불행한 형에 대한 뜨거운 동정심이 그대로 드러났다. 알료샤는 어떤 질문에 대답하면서, 형이 난폭하고 정열에 휩싸이기 쉬운 사람인지는 몰라도, 고매하고 명예를 중히 여기고, 남의 부탁에는 자기희생도 마다하지 않는 아량 있는 사람이라고 했다. 그러나 형이 최근 그루셴카에 대한 열정과 아버지와의 대립 때문에 매우 힘든 상황에 빠져 있었다는 것은 그도 시인했다.

"적어도 당신 형이 아버지를 살해하겠다는 의사를 당신한테 밝힌 적이 있지요?" 하고 검사가 물었다. "대답할 필요가 없다고 생각하면 대답 안 해도 좋습니다." 그는 덧붙였다.

"형님은 개인적으로 아버지를 증오한다고 말한 적이 있습니다. 그리고 극단적인 혐오감 때문에 어쩌면 아버지를 죽이게 될지도 모른다고 했습니다. 그렇지만 나는 형님의 숭고한 감정이 형님을 구해 줬을 거라고 확신하고 있었습니다. 게다가 아버지를 살해한 것은 형님이 아닙니다." 알료샤는 온 법정이 떠나가도록 큰 소리로 자신 있게 말했다.

검사는 진군나팔 소리를 들은 군마처럼 몸을 떨었다.

"당신 집안에서 발생한 비극에 대한 당신의 독자적인 견해는 예심 때에 이미 잘 알았습니다. 그런데 대체 무슨 근거로 이미 예심에서 분명하게 지적한 그 인물이 진짜 범인이고, 형은 무죄라는 확신을 갖게 되었습니까?"

"제가 스메르댜코프를 범인으로 지명한 것은 아닙니다."

"그러나 어쨌든 그 사람을 지적한 것은 사실 아닙니까?"

"드미트리 형님의 말을 그대로 옮긴 것뿐입니다. 나는 형님이 무죄라는 것을 전적으로 믿습니다."

"도대체 어째서 스메르댜코프가 범인이라고 생각하는 겁니까?"

"나는 형님을 믿습니다. 형님은 절대 나한테 거짓말을 하지 않는다는 것을 잘 알고 있기 때문입니다."

"그럼 스메르댜코프가 진짜 범인이란 것도 당신 형의 말과 그 얼굴 표정 이외에는 증거가 없는 겁니까?"

"네, 다른 증거는 없습니다."

검사는 그것으로 심문을 끝냈다.

마침내 페튜코비치가 심문을 시작했다. 피고가 알료샤에게 '아버지를 증오한다느니 아버지를 죽일지 모르겠다느니 한 것은 대체 언제였는가? 또 형으로부터 그런 말을 들은 것은 참극이 일어나기 전 마지막으로 피고를 만났을 때였는가?' 따위의 질문을 받자 알료샤는 그제야 뭔가 짚이는 게 있다는 듯 부르르 몸을 떨었다.

"한 가지 일이 생각납니다. 그 당시엔 분명치 않아 잊어버렸는데, 지금 생각이 납니다." 그리고 알료샤는 어느 날 밤, 수도원으로 돌아가는 길에 길가 나무 옆에서 형 미탸와 만났던 때의 일을 진술했다. "그때 미탸 형님은 가슴을 두드리면서 '명예를 회복하는 방법은 나한테 있어. 이 가슴에 있어.' 하는 말을 몇 번이나 되풀이했습니다. 아, 그것은 바로 1천5백 루블의 지폐를 꿰매 넣었다는 그 주머니를 가리켰던 것이라는 의미였습니다."

"맞아, 알료샤! 그때 난 그 주머니를 주먹으로 두드린 거야!"

페튜코비치는 황급히 미탸가 앉은 피고석으로 달려가서 조용히 하라고 타이른 다음 곧 알료샤를 부추기기 시작했다. 알료샤는 당시를 회상하면서 열심히 자신의 의견을 진술했다.

"틀림없어요. 형님은 그때 저를 향해서, 이 치욕의 절반만은 지금 당장이라도 씻을 수 있지만, 불행하게도 의지가 약해서 완전히 씻을 수는 없다고 외쳤습니다."

"그럼 당신은 형님이 자기 가슴의 바로 그 부분을 두드린 것을 확실히 기억하십니까?" 페튜코비치는 잠시의 여유도 주지 않고 즉각 물었다.

"확실히 기억합니다. 형님이 그 주머니를 두드려 보인 것은, 바로 거기에 자신의 치욕을 씻어버릴 방법이 있는데, 그 1천5백 루블을 돌려주지 못했음을 인정하는 것이었습니다. 게다가 형님은 모크로예에서 체포됐을 때 다음과 같은 말을 했다는 것을 들어서 알고 있습니다. 카테리나한테 부채의 절반만 갚아줬다면 그녀 앞에서 도둑놈이라는 오명은 씻을 수 있었는데, 그것을 실행하지 않은 것은 전 생애를 통해 가장 치욕적인 행위였다고 말했습니다. 정말이지 형님은 그 부채 때문에 얼마나 번민했는지 모릅니다!" 알료샤는 이렇게 말을 맺었다.

재판장은 미탸에게 방금 진술한 증언에 관해서 할 말이 없느냐고 물었다. 미탸는 그것은 모두가 사실이라고 시인하고, 주머니는 목 바로 밑 가슴 부분에 달고 다니던 1천5백 루블을 가리켰던 것이라고 대답했다.

"그것은 치욕이었습니다. 이 치욕을 부인하지는 않겠습니다. 나의 생애에서 가장 수치스러운 행위였습니다. 갚을 수 있었는데, 갚지 않

왔던 겁니다. 고맙다, 알료샤!'

알료샤는 기뻤다. 그는 얼굴을 빨갛게 물들인 채 가벼운 마음으로 지정된 자리로 물러났다.

카테리나의 심문이 시작되었다. 그녀가 증언대에 나타나자 법정 안의 분위기는 완전히 달라졌다. 훗날 사람들은 그녀가 나타나자마자 미탸의 얼굴이 '백짓장처럼' 창백해졌다고 술회했다. 그녀는 검은 옷을 입고 겸손하면서도 두려움이 가득한 얼굴로 지정된 자리에 가서 앉았다.

그녀는 법정 안의 모든 사람들이 다 들을 수 있을 정도의 또렷한 목소리로 진술을 시작했다.

카테리나는 맨 먼저 던져진 질문에 대하여, 분명하게 '나는 이 피고의 아내가 될 뻔한 여자'라고 진술했다. 그리고 '저분이 나를 버리기 전까지는.'이라고 작은 소리로 부언했다. 또한 친척에게 우송해 달라고 미탸에게 맡겼던 3천 루블에 대한 질문이 있자, "저는 그 돈을 꼭 송금해 달라고 저분에게 맡겼던 것은 아니에요. 무척 돈에 궁했던 것을 알고 있었기 때문에 형편을 봐서 한 달쯤 후에 가서 송금해 주서도 무방하다고 생각하며 돈을 맡겼던 거예요. 따라서 저분이 그것을 빚이라고 생각하시고 괴로워하실 필요는 없었다고 생각해요." 하고 말했다.

필자는 여기에서 그녀의 증언의 요점을 전하겠다.

"나는 저분이 아버지한테서 3천 루블을 받기만 하면 즉시 송금해 주시리라고 굳게 믿고 있었습니다." 하고 그녀는 답변을 계속했다. '나는 저분이 사심이 없고 정직하다는 걸 의심해 본 적이 없었습니다.

만일 저분이 제게 그 문제를 의논하기만 했어도 그 3천 루블 때문에 괴로워할 필요가 없다고 안심시켜 주었을 텐데, 저분은 이후 저희 집에 들르지 않았습니다." 그리고 그녀는 이렇게 덧붙였다. "실은 저도 언젠가 저분한테서 3천 루블 이상의 빚을 진 적이 있습니다. 그때 저는 도저히 갚을 능력이 없었습니다만, 저분은 기꺼이 저한테 빌려주셨습니다."

그녀의 음성에는 뭔가 도전적인 데가 있었다. 마침 이때 페튜코비치가 심문할 차례가 되었다.

"그건 이 마을에서 있었던 게 아니고, 당신들이 처음으로 사귀게 된 때의 일 아닙니까?" 페튜코비치는 희망적인 예감으로 조심스럽게 물었다(여기서 한 가지 부가할 말이 있다. 페튜코비치는 특히 카탸, 그 여자의 주선으로 페테르부르크에서 초빙되어 오긴 했어도, 미탸가 예전에 그녀한테 5천 루블을 준 사실이나 그 '이마가 땅에 닿도록 정중한 절을 한' 일 같은 에피소드는 전혀 몰랐다. 카탸는 그것을 변호사에게 숨기고 있었다. 카탸는 최후의 순간까지도 법정에서 이것을 밝힐 것인지 아닌지 결정을 내리지 못하고 있었던 것이다).

"네, 그래요. 나는 한평생 그 순간을 잊을 수 없어요." 하고 카탸는 얘기하기 시작했다. 그녀는 모조리 말했다. 예전에 미탸가 알료샤에게 들려준 에피소드를 비롯하여, '이마가 땅에 닿도록 정중하게 절을 한 일'이며 자기 아버지의 이야기, 그리고 미탸를 방문했던 일을! 그러나 미탸가 카탸의 언니를 통해서 '카테리나가 직접 돈을 받으러 오도록' 하는 조건을 붙였다는 것만은 입 밖에 내지 않았다. 그때 자기는 충동에 사로잡혀 뭔가를 기대하면서…… 당시 젊은 장교였던 미탸한테로 자발적으로 돈을 빌리려 달려갔던 일을 당당하게 공개했다. 그것은 충격적인 일이었다. 사람들은 한 마디도 놓치지 않으려고 숨을 죽이며 듣고 있었다. 그녀처럼 아집이 세고 오만할 정도로 자존심이 강한 여자가 이토록 솔직한 고백을 할 것이라고는 도저히 상상도 할 수 없는 일이었다. 그런데 대관절 그것은 무엇 때문에, 누구를 위해서였을까? 그것은 다름 아니라 자신을 배반하고 모욕한 사람을 구하기 위해서였다. 조금이라도 미탸에게 좋은 인상을 주기 위해서였던 것이다.

사실 자기 수중에 남은 5천 루블의 돈을 서슴지 않고 순진무구한 처녀 앞에 내놓고 공손히 머리를 숙인 젊은 장교 미탸의 모습은 확실히 동정을 받기에 충분했으며, 동시에 매력적으로 보였다.

훗날 마을 사람들은 심술궂은 웃음을 띠며 이구동성으로 그 장교라는 자가 '공손히 절을 했을' 뿐 나이 찬 처녀를 온전히 돌려보냈다는 것은 도저히 믿을 수 없는 일이라고 수군댔다. "궁지에 몰린 아버지를 구한답시고 젊은 처녀가 그런 행동을 한다는 것은 그리 훌륭한 일이 못됩니다." 그처럼 총명하고 거의 병적이라고 할 만큼 민감한 카테리나가 과연 이런 소문이 떠돌 것을 예측하지 못했을까? 그럼에도 불구하고 그녀는 모조리 말하기로 결심했던 것이다.

재판관들은 그녀의 이야기를 경건히, 말하자면 부끄러운 듯싶은 침묵까지 지키면서 경청했다. 페튜코비치는 그녀에게 정중한 인사를 보내기까지 했다. 아아, 그는 벌써 개가를 부르고 있었다. 그는 얻은 것이 많았다. 숭고한 감정의 충동에서 5천 루블이란 돈을 몽땅 털어서 남에게 준 사람이, 훗날 3천 루블을 강탈할 목적으로 아버지를 살해했다는 것은 아무래도 모순되는 일이었다. '사건'은 갑자기 새로운 국면을 맞이했다. 미탸에게 유리한 동정의 물결이 일기 시작했다. 후에 사람들이 말한 바로는, 카테리나가 증언하는 동안 미탸가 한두 번 자리에서 일어났으나 다시 의자에 주저앉아 두 손으로 얼굴을 가렸다는 것이다. 그러나 카테리나가 증언을 끝마쳤을 때, 그는 별안간 그녀에게 두 손을 내밀면서 흐느끼는 소리로 이렇게 외쳤다.

"카탸, 왜 나를 파멸시키려는 거요?"

그러고는 온 법정이 떠나갈 듯이 큰 소리로 통곡했다. 하지만 곧 자제심을 되찾고 이렇게 외쳤다.

"나는 이미 선고를 받았단 말이오."

그는 그 후 이를 악물고 얼어붙은 듯 피고석에 앉아 있었다. 카테리나는 법정의 지정된 자리에 가서 앉았는데, 그녀의 얼굴은 창백했다. 다음에는 그루셴카가 심문을 받으러 불려 나갔다.

법률가들조차도 나중에 그렇게 언명했지만, 이 비극적인 에피소드만 발생하지 않았다면 피고는 정상 참작이 되어 관대한 처분을 받았을지도 모른다. 그러나 이 점에 대해서는 나중에 말하기로 하고, 우선 그루셴카라는 여성에 대해 잠깐 언급하겠다.

그루셴카 역시 검은 복장을 하고 법정에 출정했다. 그녀는 몹시 아름다워보였음에도 불구하고 부인네들은 이때 그녀가 매우 증오에 찬 얼굴을 하고 있었다고 말했다.

그녀는 누구한테 멸시를 당하고 있는 게 아닌가 하는 의혹을 갖기만 해도 불길처럼 격분하는 그런 종류의 여자였다. 그러나 동시에 겁이 많았고, 속으로 그것을 부끄럽게 생각했다. 그리고 어떤 때는 될 대로 되라는 듯, 자포자기한 말투가 되기도 했다. 미탸의 부친 표도르 파블로비치와 사귄 것에 해서는, "그런 건 다 쓸데없는 말이에요. 그 사람이 추근댄 것뿐에요." 하고 날카롭게 쏘아붙였다가, 다음 순간에는 '다 내 잘못이에요. 그 노인과 이분을 놀리고 싶은 기분으로 사귀었던 거예요. 그래서 두 분을 이 지경으로 만들었어요. 모두가 다 나 때문이에요." 하고 덧붙이기도 했다. 이때 삼소노프의 이름이 나오자 그녀는, "그런 건 아무런 문제도 되지 않아요." 하고 도전적인 어투로 대들었다. "그분은 제 은인이에요. 제가 집에서 쫓겨났을 때 그분은 신발도 없는 저를 맡아주었으니까요."

그러자 재판장은 점잖은 태도로 질문에만 답변하라고 주의를 주었다. 그루셴카는 얼굴을 붉히고 두 눈을 번득였다.

그녀는 돈이 들었다는 봉투를 직접 본 일이 없으며, 표도르가 3천 루블을 넣은 무슨 종이 꾸러미인지 봉툰지를 갖고 있다는 말을 그 '악당' 한테서 들었을 뿐이라고 했다. "하지만 그건 바보 같은 얘기예요. 난 웃어버리고 말았어요. 내가 무엇 때문에 그곳에 갑니까?"

"지금 악당이라고 한 건 누구를 가리키는 말입니까?" 검사가 즉각 물었다.

"그 집 하인입니다. 스메르댜코프 말이에요. 그놈이 자기 주인을 죽이고 목을 맨 거예요."

물론 그녀는 거기에 대해 무슨 증거가 있느냐는 질문을 받았지만 역시 뚜렷한 확증은 갖고 있지 못했다.

"드미트리 표도로비치 씨가 그렇게 얘기한 것처럼 여러분도 그 사실을 믿어야 합니다. 저기 저 여자, 저 훼방꾼이 저분을 파멸시킨 거예요. 저 여자가 모든 원인이에요, 저 여자가요." 그녀는 증오심으로 경련을 일으켰다.

이때 그녀는, 그건 누구를 가리키느냐는 질문을 받았다.

"저기 저 아가씨, 카탸라는 여자예요. 저 여자는 그때 나를 불러다가 코코아를 대접하며 구워삶으려고 했어요. 저 여자는 정말 염치도 뭣도 없는 여자예요."

이번에는 재판장도 엄중히 그녀의 발언을 제지하며, 말조심을 하라고 주의를 주었다. 그러나 질투가 불길처럼 타올라 자신을 절제할 수 있는 상황이 아니었다.

"모크로예 마을에서 피고가 체포되었을 때," 검사는 그때 일을 끄집어냈다. "당신이 옆방에서 달려나오면서, '모두가 내 탓이에요. 나도 함께 징역살이를 하겠어요.' 하고 외친 걸 사람들이 봤습니다, 그렇다면 당신은 이미 그 순간, 피고가 살인자라는 것을 확신했던 게 아닙니까?"

"그때는 뭐가 어떻게 된 건지 제대로 파악도 할 수 없었습니다. 그때는 모두들 저분이 아버지를 살해했다고 떠들어대는 바람에, 사실이 그렇다면 모두 제 탓이고, 나 때문에 사람을 죽였다는 기분이 들었던 겁니다. 그러나 저분한테서 자신이 살인자가 아니라는 말을 듣고는 그 말을 믿었습니다."

페튜코비치에게 질문의 차례가 돌아갔다.

"당신은 알렉세이 표도로비치 카라마조프 씨를 데리고 온 사례금으로 라키틴 씨에게 25루블을 주었다고 하던데요?"

"그 사람이 돈을 받았다고 해서 뭐가 이상하지요? 그 사람은 늘 나한테 돈을 얻으러 오곤 했는걸요. 매달 정해놓고 30루블씩 가져가 유흥비에 썼지요."

"당신은 라키틴 씨에 대해 매우 관대했는데, 그 이유는 무엇입니까?" 페튜코비치는 재판장이 심문을 중단시켰음에도 불구하고 이렇게 추궁했다.

"내 사촌 동생이니까요. 우리 어머니와 그의 어머니는 친자매지간이거든요. 하지만 라키틴은 아무한테도 그걸 말하지 말라고 당부를 했어요. 나와 사촌지간이라는 걸 수치스럽게 생각했거든요."

그렇게 되자 라키틴이 조금 전에 한 연설도, 그 고매한 정신도 한순간 모든 청중의 가슴 속에서 말살되고 말았다.

그녀는 방청객 일동의 가슴에 불쾌한 인상을 남겼다. 그녀가 증언을 마치고 카테리나에게서 멀리 떨어진 자리에 가서 앉았을 때, 멸시의 눈초리들이 그녀에게 집중되었다. 그녀가 심문을 받는 동안 미탸는 마치 화석처럼 굳어져 마룻바닥에 눈을 내리깐 채 잠자코 있었다.

마침내 이반 표도로비치가 증인으로 출두했다.

5. 돌발 사태

이반의 출두는 처음에는 사람들의 눈길을 거의 끌지 못했다. 그는 뭔가 우울한 생각에 사로잡힌 듯 머리를 숙인 채 천천히 걸어 나왔다. 그의 옷차림은 단정했으나 얼굴은 흡사 죽어가는 사람처럼 흙빛을 띠고 있었다. 그는 눈을 들어 법정 안을 천천히 둘러보았다. 알료샤는 의자에서 벌떡 일어나 "아아!" 하고 신음소리를 냈다.

재판장은 그에게 선서를 하지 않고 증언을 해도 상관없다는 것과 질문에 대해 답변을 하건 안하건 본인의 마음이라는 것, 그러나 증언을 할 경우엔 양심에 따라 해야 한다는 것 등을 말해 주었다. 이반 표도로비치는 재판장의 말을 들으며 멍하니 서 있었다. 불현듯 그의 얼굴에 미소가 번지는 듯하더니 웃음을 터뜨렸다.

"그 밖에 또 할 말은 없습니까?" 이반이 큰 소리로 물었다.

법정 안은 찬물을 끼얹은 듯 조용했다. 모두들 무언가 심상치 않은 일이 일어나리라는 것을 느꼈다. 재판장은 불안한 생각이 들었다.

"당신은 아직도 몸이 불편하신 모양이군요?" 재판장은 법원 서기를 찾느라 눈을 두리번거리며 말했다.

"염려 놓으십시오, 재판장님. 이렇게 말짱하니까요." 이반은 아주 침착하면서도 공손하게 대답했다.

그에 대한 심문이 시작됐다. 이반은 마지못한 듯 질문에 짤막하게 대답했다. 대부분의 질문에 대해 모른다고 답변을 거부했다. 아버지와 드미트리 표도로비치와의 금전 관계에 대해서는 아는 게 없다고 하면서 "그런 일엔 관심도 없었습니다."라고 대답했다. 아버지를 죽이겠다고 협박하는 말은 피고에게서 들었고, 봉투 속에 돈이 들었다는 얘기는 스메르댜코프한테서 들었다고 말했다.

"아무리 물어도 똑같은 말만 나올 뿐입니다." 이반은 지친 듯한 얼굴로 말했다. "저는 법정에서 특별히 진술할 게 없습니다."

"건강이 좋지 않은가보군요. 당신 기분도 이해하겠습니다."

재판장이 말했다.

그러자 이반이 기어 들어가는 듯한 목소리로 간청했다.

"저를 내보내주십시오, 재판장님. 몸이 좋지 않습니다."

이렇게 말하고는 허락도 기다리지 않고 몸을 돌려 법정 밖으로 나가려 했다. 그러나 서너 발짝쯤 걸어가다가 갑자기 무슨 생각에서인지 걸음을 멈추고 히죽 웃더니 다시 제자리로 돌아왔다.

"재판장님, 저는 시골 처녀와 같습니다. 이런 건 알고 계시죠. '일어서고 싶으면 일어서고, 내키지 않으면 안 설 테예요.' 이렇게 말했던가요. 그러면 모두들 처녀의 윗옷과 줄무늬 모직 스커트를 들고 그 뒤를 쫓아다닌다지요. 처녀를 일으켜 세워 그 옷을 입혀 혼례를 시키려고 교회로 데려가는 거지요. 하지만 처녀는 '일어서고 싶으면 일어서고, 내키지 않으면 안 설 테예요.' 이렇게 말한답니다. 이건 우리 러시아의 국민성이라고도 할 수 있겠지요."

"그래서 무슨 말씀을 하려는 겁니까?" 재판장이 근엄하게 말투로 물었다.

"자, 이걸 보십시오." 이반 표도로비치는 갑자기 돈뭉치를 꺼냈다. "여기 돈이 있습니다. 이건 저 봉투 속에 들어 있던 돈입니다." 그는 증거물들이 놓인 테이블을 턱으로 가리켰다. "이것 때문에 우리 아버지가 살해되었습니다. 이걸 어디다 놓을까요? 서기 나리! 이것 좀 전해 주시지요."

법원 서기가 돈 뭉치를 받아 재판장에게 넘겨주었다.

"어떻게 이 돈이 당신 손에 들어오게 됐지요? 이게 바로 그 돈이라면?" 재판장이 놀라서 물었다.

"스메르댜코프한테서 받았습니다. 그 살인범한테서……. 그놈이 목매달기 전에 저는 그의 집에 갔었습니다. 아버지를 죽인 건 형님이 아니라 그놈입니다. 그놈이 아버지를 죽였고, 난 살인을 교사했습니다. 아버지의 죽음을 원치 않은 사람이 어디 있겠습니까?'

"당신, 정신이 있소, 없소?' 재판장의 입에서 자기도 모르게 이런 말이 튀어나왔다.

"물론 정신이 있지요. 여러분들과 똑같이! 여기 있는 모든 도깨비 같은 인간들처럼 비열한 정신을 갖고 있습니다." 이반은 갑자기 방청석으로 몸을 돌렸다. "모두들 제 아비를 죽이고는 놀란 체하고 있군요." 그는 사납게 경멸하는 시선을 던지며 이를 부드득 갈았다. "서로 가면극을 연출하고 있군요. 거짓말쟁이들! 모두들 제 아비의 죽음을 바라고 있습니다. 파충류 한 마리가 다른 파충류를 잡아먹는단 말입니다. 만약 친부 살인자가 없다면 모두 화가 나서 투덜대며 돌아갈 겁니다. 구경거리가 없어졌으니까요! '빵과 구경거리!' 하긴 나도 그런 놈이죠! 물 좀 없습니까? 제발 한 모금만 마시게 해주세요." 그는 갑자기 자기 머리를 움켜잡았다.

법원 서기가 그의 곁으로 다가갔다. 그러자 알료샤가 벌떡 일어나 소리쳤다. "형님은 몸이 편치 않아요. 형님 말을 믿지 마세요. 미쳐서 헛소리를 하는 거예요."

카테리나는 의자에서 벌떡 일어나 겁에 질려 부동자세로 이반 표도로비치를 응시했다. 미탸도 일어나 야수 같이 일그러진 미소를 띤 채 이반을 쏘아보며 그의 말을 듣고 있었다.

"염려 놓으십시오. 저는 미치광이가 아니라 단지 살인자일 뿐입니다!' 이반은 다시 계속했다. "살인자한테서 웅변을 기대해서는 안 되겠지요?" 그는 이렇게 덧붙이고는 심술궂게 웃었다.

검사는 몹시 당황해하며 재판장 쪽으로 몸을 굽혔다. 다른 재판관들도 뭔가를 열심히 서로 소곤거렸다. 재판장은 어느덧 제정신을 찾은 것 같았다.

"증인, 당신은 무엇을 가지고 그 진술을 증명할 셈입니까? 그게 헛소리가 아니라면 말입니다."

"바로 그겁니다. 증인이라곤 하나도 없습니다. 그 개 같은 스메르댜코프가 저승에서 여러분께 증언을 보내오지는 않을 테니까요. 봉투에 넣어서 말입니다. 여러분에게는 봉투가 많이 필요하겠지만 실은 하나면 됩니다. 나는 증인을 알지 못합니다. 한 사람 외에는 말입니다." 이반은 생각에 잠긴 듯한 얼굴로 히죽 웃었다.

"당신의 증인은 누굽니까?"

"재판장님, 그 증인은 꼬리가 달렸는데, 그것은 규칙 위반이겠죠? 악마는 절대 존재하지 않는다고 하지 않습니까? 뭐 신경 쓰실 건 없습니다. 보잘것없는 작은 악마니까요. 여러분은 저를 잘 모릅니다. 아아, 당신들이 하는 짓이 얼마나 어리석기 짝이 없는지! 자, 그놈 대신에 나를 잡아 가두십시오."

그러고는 고래고래 소리를 지르는 바람에 곧 경찰에 의해 법정 밖으로 끌려 나가는 동안에도 계속 뭔가 알아듣지 못할 말을 외쳐대는 것이었다.

법정 안은 일대 소란이 일어났다. 서기는 증인이 법정 안에 들어서기 전까지는 말을 조리 있게 했으므로, 그런 일이 있을 줄은 꿈에도 생각지 못했다고 해명을 했다. 그러나 사람들이 어느 정도 평정을 찾기도 전에 또 다른 소동이 벌어졌다. 카테리나가 히스테리를 일으킨 것이다. 그녀는 큰 소리로 비명을 지르며 흐느껴 울기 시작했다.

"한 가지만 더 말씀드릴 게 있습니다. 지금 바로…… 여기 증빙서류가 있습니다. 편집니다. 자, 이걸 읽어보세요. 이건 저기 저 악당이 쓴 편집니다. 아버지를 죽인 건 저 사람입니다. 이제 곧 아시게 될 거예요. 저 사람이 아버지를 죽이겠다고 저한테 편지를 써 보낸 적이 있습니다. 하지만 그의 동생은 섬망증을 앓고 있는 환자입니다. 저는 사흘 전에 그 사람이 섬망증에 걸린 사실을 알았습니다."

그녀는 정신없이 부르짖었다. 서기는 재판장 앞으로 내민 그녀의 증빙 서류를 받았다. 그녀는 자기 자리에 털썩 주저앉아 얼굴을 가리고 경련을 일으키듯 온몸을 떨면서 흐느껴 울기 시작했다.

그녀가 내놓은 서류는 '수도'란 술집에서 미탸가 쓴 바로 그 편지였는데, 이걸 가리켜 이반은 '결정적 증거'라고 부른 바 있다.

그런데 재판관들조차 이 편지를 결정적 증거로 인정하고 말았다. 사실 이 편지만 아니었던들 미탸는 파멸을 면할 수가 있었을 것이다.

재판장은 그것이 무슨 편지이며, 어떤 상황에서 그것을 받았는지 설명해 달라고 그녀에게 요청했다.

"이 편지는 범행 하루 전날 받았습니다. 하지만 저 사람이 편지를 술집에서 쓴 건 그보다 하루 전날이었습니다. 그러니까 범행 이틀 전에 쓴 것이지요." 그녀는 숨가쁘게 얘기했다. "그때 저 사람은 저를 미워하고 있었습니다. 자기가 비겁한 짓을 하고도 그녀을 쫓아다니고 있었으니까요. 거기다 저한테 3천 루블의 빚까지 지고 있었으니 더 말할 나위가 없겠죠. 아아, 저 사람은 자신의 비열한 짓 때문에 나한테 빚을 지고 있다는 사실이 고통스러웠던 거예요! 그 3천 루블, 그것 때문에 이렇게 된 거예요. 제발 제 말 좀 잘 들어주세요. 저 사람은 아버지를 살해하기 3주일 전 어느 날 아침에 저를 찾아왔어요. 그때 저는 저 사람에게 돈이 필요하다는 걸 알았습니다. 그리고 무엇에 쓸 것인지도 알고 있었어요. 그 계집을 꾀어 어딘가로 달아나려는 데 쓰려 했지요. 그때 저는 저 사람이 마음이 변하여 저를 차버리려는 걸 알고 있었습니다. 그래서 그 돈을 저 사람에게 주었던 거예요. 모스크바에 있는 우리 언니한테 부쳐달라는 구실을 붙여 주었어요. 돈을 주면서 저 사람의 얼굴을 쳐다보았습니다. 그리고 '한 달 후에도 좋으니 언제고 보내고 싶을 때 보내면 된다'고 말했지요. 나는 저 사람의 얼굴에 맞대 놓고 '당신은 나를 배신하고 저 계집을 꾀려는 데 돈이 필요하겠지요. 자, 여기 있습니다. 내 손으로 드리겠으니 받으세요. 만약 이 돈을 받을 만큼 염치가 없다면 말예요.' 이렇게 말한 것이나 다름없죠. 그런데 저 사람은 그 돈을 가지고 가서 그 계집과 다 써버렸어요. 하룻밤 사이에……. 한데 저는 저 사람이 나한테서 그걸 받을 만큼 염치가 없는 사람인지 시험해 보고 싶어서 하는 짓이라는 것도 알고 있었어요."

"그건 사실이오, 카탸!' 미탸가 부르짖었다. '나는 당신의 눈을 보고 당신이 나에게 수치를 주려는 걸 알았소. 그런데도 나는 당신의 돈을 받았지. 여러분! 이 비열한 놈을 경멸하십시오. 나는 경멸을 받아 마땅한 놈입니다."

"피고!' 재판장이 소리쳤다. "한 마디만 더 하면 퇴정을 명하겠소."

"그 돈 때문에 저 사람은 괴로워한 것입니다." 카탸는 몹시 격분하여 말했다. "고통 때문에 저 사람은 돈을 갚으려 했던 거예요. 그래서 아버지를 살해했지만 여전히 내 돈은 갚지도 않고, 저 계집을 데리고 그 마을로 갔다가 거기서 붙들리고 만 거예요. 아버지를 죽이고 훔친 돈을 거기서 탕진해 버렸지요. 그런데 저 사람은 아버지를 죽이기 하루 전날 나에게 이 편지를 써 보냈어요. 취중에 쓴 것이었어요. 나는 금세 알았지요. 저 사람이 나한테 원한을 품고 썼다는 걸 말입니다. 그리고 자기가 아버지를 죽인다 해도 내가 그 편지를 아무에게도 안 보여주리라는 걸 알고 쓴 거예요. 그렇지 않았다면 편지를 쓰지 않았을 거예요. 저 사람은 내가 복수를 하거나 자기의 파멸을 바라지 않을 거라고 생각했던 겁니다. 하지만 읽어보세요. 그러면 저 사람이 모든 것을 그 편지에 미리 적어두었다는 걸 아시게 될 거예요. 아버지를 어떤 방법으로 죽일 것이며, 아버지의 돈이 어디에 있는지에 대해서 말입니다." 카테리나는 악의에 찬 쾌감을 느끼면서 재판관에게 설명했다. 그녀는 그 숙명적인 편지를 상세히 검토하여, 그 속에 담긴 낱말을 하나도 빠뜨리지 않고 연구했음이 분명했다. "저 사람이 술에 취하지 않았으면 나한테 그런 편지를 쓰지 않았을 거예요. 하지만 보세요. 그 속에는 모든 것이 다 적혀 있습니다."

그녀는 정신없이 외쳤다.

"이것이 당신이 쓴 편지라는 걸 인정합니까?"

"네, 제가 쓴 것입니다. 술에 취하지 않았으면 안 썼을 텐데. 카탸, 우린 서로 미워해왔지. 그러나 맹세하지만 나는 당신을 미워하면서도 사랑했었어. 하지만 당신은 나를 사랑하지 않았어."

그는 절망에 빠져 손을 쥐어뜯으며 자리에 털썩 주저앉았다. 그러자 카테리나가 말했다.

"네, 좀전에는 명예와 양심을 등지고 거짓말을 했습니다. 저 사람을 구하고 싶었어요. 왜냐하면 저 사람은 나를 너무나 미워하고 경멸했으니까요!" 카탸는 정신 나간 사람처럼 부르짖었다. "내가 돈 때문에 그의 발아래 머리를 숙였던 그 순간부터 나를 경멸하기 시작한 거예요. 나는 그걸 눈치 챘어요. 나는 그때 그것을 느꼈지만 오랫동안 그걸 믿고 싶지 않았어요. 나는 저 사람의 눈빛 속에서 '누가 뭐라 해도 너는 그때 네 발로 나를 찾아왔었지.' 하는 말을 수없이 읽었습니다." 카탸는 완전히 이성을 잃고 이를 부득부득 갈았다. "저 사람이 저와 결혼하려고 했던 건 제가 상속을 받게 되었기 때문이에요. 아아, 저 사람은 짐승이나 마찬가지예요. 나는 그 편지를 이튿날 저녁에 받았습니다. 술집에서 보내왔더군요. 그러나 저는 그날 아침까지도 모든 걸 용서해 주려고 했었어요. 저 사람의 배신까지도."

물론 재판장과 검사는 그녀를 진정시키려고 했다. 그녀의 히스테리를 이용하여 그런 증언을 청취하는 것은 모두에게도 부끄러운 일이라고 생각했던 모양이다. 하지만 그들 역시 이 히스테리를 일으킨 여자에게서 여러 가지 증거를 끌어냈다. 마지막으로 그녀는 이반 표도로비치가 지난 두 달 동안 '흉악한 살인범'인 자기 형을 구하기 위해 애를 쓴 나머지 거의 미칠 지경에 이르렀다고 극히 명료하게 진술했다. 이러한 명료성은 순간적이긴 했지만 이렇게 긴장된 상태에서도 종종 나타나는 현상이었다.

"그분은 무척 괴로워했습니다." 그녀는 소리쳤다. "그분은 형의 죄를 경감시키려고 애쓰는 한편 자기도 아버지를 사랑한 적이 없으니, 어쩌면 아버지의 죽음을 바랐는지도 모르겠다고 고백했습니다. 아아,

이 얼마나 올바른 양심입니까? 그분은 스메르쟈코프를 두 번 찾아갔습니다. 한 번은 그분이 나를 찾아와 이렇게 말했습니다. 만일 아버지를 죽인 것이 형이 아니라 스메르쟈코프라면 자기에게도 죄가 있는지 모르겠다고 말입니다. 그때 저는 그분에게 이 편지를 보여주었지요. 그랬더니 그분은 형이 범인이라는 확신을 갖게 되었어요. 그것이 그분에게 심한 타격을 주었던 것 같아요. 그분은 자기 형이 아버지를 죽인 범인이라는 사실을 믿을 수 없었던 거예요. 저의 요청으로 모스크바에서 온 의사는 그저께 그분을 진찰하고 나서 섬망증 증세가 보인다고 말했습니다. 모든 건 저 사람 때문입니다. 저 악당 때문이에요. 그런데 어저께 스메르쟈코프가 죽었다는 소식을 듣고 그분은 충격을 받아 그만 미쳐버리고 말았습니다.”

오오! 그런 고백은 일생에 단 한 번, 이를테면 임종 때나 단두대에 오르는 순간에나 할 수 있는 말이었다. 그러나 카챠는 이런 일을 아무 때나 능히 할 수 있었다. 그만큼 충동적이었기 때문에, 아버지를 구하기 위해 탕자 앞에 몸을 던질 수 있었던 것이다.

그런데 여기서 한 가지 의문이 번개처럼 스쳤다. 그녀가 '미챠와의 옛 관계를 말할 때 거짓말을 한 것이 아닐까' 하는 것이었다. 그녀는 자신의 이마가 땅에 닿도록 절을 했기 때문에 미챠한테 멸시를 받았다고 큰 소리로 말했지만 그건 의도적으로 헐뜯은 건 아니었다. 자기가 그렇게 절을 한 순간부터 미챠가 자기를 멸시하기 시작했다고 확신한 것이다. 그래서 상처받은 자존심 때문에 발작적인 사랑, 번민으로 가득 찬 사랑을 미챠에게 바쳤던 것이다. 이것은 사랑이라기보다 복수와 같은 것이었다. 그녀는 미챠의 배신이 그녀의 영혼 깊은 곳에 모욕을 주었으므로 그를 용서할 수가 없었다. 그러던 중 갑자기 복수의 기회가 날아든 것이다. 모욕당한 여자의 가슴 속에 그토록 오랫동안 쌓이고 쌓였던 사무친 감정들이 한꺼번에 터져 나온 것이다. 그녀는 울며불며 마룻바닥에 쓰러졌다. 그녀는 법정 밖으로 끌려 나갔다. 바로 그 순간, 이번에는 그루셴카가 통곡을 하며 자리에서 일어나 미탸 쪽으로 달려갔다. 사람들이 미처 제지할 사이도 없었다.

"미탸!" 그녀는 울부짖기 시작했다. "그 뱀 같은 년이 당신을 파멸시켰군요. 그년은 드디어 여러분들 앞에 자기 본색을 드러냈습니다." 그녀는 분해서 온몸을 부르르 떨며 재판관을 향해 소리쳤다.

재판장의 손짓으로 경찰들이 그녀를 꽉 잡고 법정 밖으로 끌어내려고 했다. 그러나 그녀는 완강히 뿌리치면서 미탸에게 돌아가려고 발버둥을 쳤다.

이런 광경을 목격한 부인들은 크나큰 만족감을 얻었을 것이다. 이렇게 푸짐한 구경거리는 보기 드문 일이었으니까. 그런 다음 모스크바에서 온 의사가 등장했다. 이 일이 있기 전에 재판장은 이반의 응급 조치를 위해 미리 서기를 시켜 의사를 불러오게 한 것 같았다. 의사는 재판장을 향해 환자는 매우 위험한 섬망증 발작을 일으키고 있으니 즉시 병원으로 옮겨야 한다고 진술했다.

의사가 진술을 마치고 물러나고 카테리나가 물적 증거로 내놓은 편지는 증거물로 제시되었다. 재판부는 의논을 한 후에 심리를 계속하기로 결정하고, 이 뜻밖의 두 증언을 조서에 기록했다.

방청객들은 모두 흥분해 있었다. 그리고 이 마지막 돌발 사건에 감전이라도 된 듯 초조하게 대단원, 즉 검사의 논고와 변호사의 변론 및 재판장의 판결을 기다리고 있었다. 페튜코비치는 카테리나의 증언으로 완전히 충격을 받은 것 같았다. 반면 검사는 의기양양해했다. 마침내 재판장의 변론 개시 선언이 있었다. 검사 이폴리트의 논고가 시작된 것은 오후 8시 정각이었다고 생각된다.

6. 검사의 논고와 성격 묘사

이폴리트는 논고를 시작했다. 그는 이마와 관자놀이에 식은땀을 흘리고, 온몸에 오한과 신열을 번갈아 느끼면서, 신경질적으로 바르르 떨고 있었다. 사실 그는 그로부터 9개월 후 악성 폐병으로 세상을 떠났다.

그는 전적으로 피고의 죄를 믿고 있었다. 어쨌든 그의 논고가 얼마나 감동적이었는지 이폴리트 검사에게 반감을 품고 있던 그 고장의 부인들조차도 깊은 감명을 받았다고 고백했을 정도였다.

"배심원 여러분! 이 사건은 러시아 전체를 뒤흔들어 놓았습니다. 그러나 이 사건은 그렇게 놀랄 일도 아니고, 또 특별히 무서운 일도 아니라고 생각합니다. 그러나 우리가 진짜 공포스러운 것은 이 무시무시한 사건을 보고도 공포를 느끼지 않게 되었다는 데 있습니다. 그러므로 우리는 한 개인의 죄악에 놀랄 것이 아니라 우리 자신의 그러한 습성을 두려워해야 합니다. 우리나라의 신문, 잡지는 유치하고 비겁하기는 하지만 우리 사회에 어느 정도 기여를 했다고 봅니다. 우리가 거의 날마다 거기서 읽고 있는 것이 무엇입니까? 아, 그것은 이 사건

마저 빛을 잃게 하는 가공할 만한 사건들의 보도입니다. 그러나 무엇보다 중요한 것은 형사 사건의 대부분이 우리 국민에게 습관화된 일반적인 불행을 증명하고 있다는 사실입니다. 여러분! 우리나라 청년들은 무턱대고 자살을 합니다. 그들은 '죽음 뒤에는 무엇이 있을까?'라는 햄릿 식 의문 같은 건 털끝만큼도 없습니다. 본건의 불행한 희생자 표도르 파블로비치 씨도 어찌 보면 순진한 어린애와 다를 바가 없습니다. 더구나 우리는 모두 그를 잘 알고 있습니다. '그는 우리들 사이에서 살고 있었으니까요.'"

여기서 이폴리트 검사의 논고는 박수로 중단되었다. 이폴리트 검사는 기운을 얻었다.

"지금 러시아 전역에 비극적인 명성을 떨친 카라마조프 가의 비극은 결국 무얼 의미합니까? '그저 한 방울의 물에 비친 태양처럼' 현미경으로나 들여다봐야 할 정도로 미세한 일이긴 하지만, 그것은 뭔가를 반영하고 있습니다. 그처럼 비참한 최후를 마친 이 '일가의 가장'을 보십시오. 가난한 식객으로 인생행로를 출발하여 아내의 지참금으로 약간의 재산을 만든 그는 지능적인 사기꾼이자 경박한 고리대금업자였습니다만, 세월이 흘러감에 따라 점점 기세가 등등해져서 굴종적 성격은 자취를 감추고, 조소적이면서도 악의에 찬 냉소를 흘리는 호색한이 되고 말았습니다. 이 노인의 윤리관이라는 것은 '내가 죽은 뒤엔 될 대로 되라'였습니다. '세상이 다 불타버려도 나만 무사하면 된다'는 심보였습니다. 그는 자기 아들의 돈, 즉 마누라가 남긴 돈을 뺏었으며, 그 돈으로 아들의 애인까지 뺏으려 했습니다. 그러나 이 불행한 노인에 대해서는 더 이상 말하지 않기로 합시다. 그는 그 보복을 당했습니다. 그런데 우리가 생각해보지 않으면 안 될 것은 그가 아버지였다는 점입니다. 그럼 이번에는 그 노인의 아들들에 대해 말하기로 합시다. 세 아들 중 둘째는 현대적인 청년 중의 한 사람입니다. 그는 훌륭한 교육을 받은 제법 날카로운 지능의 소유자이긴 하지만 아무것도 믿으려 하지 않습니다. 그런데 어제 이 고장의 변두리에서 병고에 시달리던 한 백치가 자살을 했습니다. 그는 이 사건과 밀접한 관계를 가진 사람으로, 전에 이 집 하인으로 있었습니다. 그가 바로 표도르 노인의 사생아일 가능성이 있는 스메르댜코프입니다. 그는 예심 때 히스테릭한 눈물을 흘리면서, 이 젊은 카라마조프, 즉 이반 표도로비치 씨가 무절제한 사상으로 자기에게 얼마나 큰 영향을 주었는지를 이야기했습니다."

이폴리트는 자신의 말에 완전히 도취되고 말았다. 그러나 그의 논지는 애매모호하기 그지없었다.

"자, 이제부터 현대적인 가정인 카라마조프 가의 맏아들 이야기로 돌아갑니다." 이폴리트는 말을 이었다. "배심원 여러분! 그는 지금 여러분 앞의 피고석에 앉아 있습니다. 그의 두 동생이 '유럽주의' 와 '민족적 근원' 을 신봉하고 있는 데 반해 그는 있는 그대로의 러시아를 대표하고 있습니다. 그에게서는 우리들의 어머니인 러시아가 느껴집니다. 그녀의 냄새가 나고, 그녀의 목소리가 들립니다. 그는 문명과 실러를 사랑하면서도, 한편으로는 술집에서 난동을 부리며 술 취한 사람의 수염을 쥐어뜯습니다. 아아, 그러나 그도 때로는 착하고 훌륭한 인간이 될 때가 있습니다. 하지만 그것은 그가 유쾌하고 쾌적할 때에만 가능합니다. 일반적으로 사람들은 인생에서 양극단을 만났을 때에는 그 중간에서 진리를 찾는 것이 상례이지만, 그의 경우는 달랐습니다. 한편으로는 진실로 고결했으나 다른 한편으로는 진실로 비열했다고 하는 것이 정확할 것입니다. 왜 그럴까요? 그건 러시아의 성격이 광범위하기 때문입니다. 카라마조프식이기 때문입니다. 우리 위에 있는 천상의 심연과 우리 밑에 있는 저열하고, 악취를 풍기는 타락의 심연을 동시에 볼 수 있기 때문입니다. 카라마조프 일가를 가까이에서 관찰해온 청년 라키틴 군이 진술한 의견을 여러분은 기억하고 계실 겁니다. 라키틴 군은 '방종하기 짝이 없는 성격을 가진 그들의 저열하고 타락한 감정은 고상하고 고결한 감정과 마찬가지로 피할 수 없는 것이었습니다'라고 말했는데, 그것은 정확한 지적입니다. 두 가지 심연을 동시에 볼 수 없으니, 우리의 삶은 충만하지 못하다고 느낄 것입니다."

이폴리트 검사는 부자간의 재산 싸움이며 가족 관계에 대해서 이미 법정에서 밝혀진 사실을 순서대로 나열한 다음, 이 유산 분배 문제에 대해 누가 옳고 그른지 단정을 내리기는 불가능하다고 결론을 지었다. 그러고 나서 미탸의 머릿속에 고정관념처럼 들러붙어 있던 3천 루블 문제에 대한 의학 감정으로 넘어갔다.

7. 범죄의 경로

"의사들은 피고가 제정신이 아니었고, 편집광이라는 것을 우리에게 입증하려고 애쓴 게 틀림없습니다. 그렇지만 나는 피고가 분명히 제정신이었다고 주장하고 싶습니다. 그리고 실은 이것이 더 좋지 않았습니다. 피고가 편집광이었다는 점에 대해서 한 가지만은 나도 동의합니다. 피고가 언제나 공격적인 분노를 느꼈던 이유는 결코 3천 루블이라는 돈 때문이 아닙니다."

이때 이폴리트 검사는 그루셴카에 대한 피고의 숙명적인 열정을 마치 그림을 그려 보이듯 묘사했다. 그는 피고가 '젊은 여자' 한테 가서 그 여자를 두들겨 패려고 했던 순간부터 이야기를 시작했다.

"그러나 피고는 패기는커녕, 오히려 여자의 발밑에 무릎을 꿇고 말았습니다. 이것이 연애의 발단이었습니다. 그와 동시에 피고의 아버지인 노인도 그 여자에게 반했습니다. 그야말로 숙명적인 감정의 일치가 아닐 수 없습니다. 왜냐하면 두 사람 다 전부터 이 여자를 알고 있었는데, 하필이면 때를 같이하여 두 사람의 마음이 급작스레 불타올라 걷잡을 수 없는 카라마조프 식 열정에 사로잡히고 말았으니 말입니다. 그러나 그 여자 스스로가 조금 전에 '나는 양쪽을 다 비웃고 있었어요.'라고 밝힌 바와 같이, 그녀는 갑자기 두 사람을 곯려주고 싶었던 것입니다. 그런데 피고의 비극은 지금 우리가 눈앞에 보고 있는 바와 같습니다. 이 세이렌(그리스 신화에 나오는 마녀)은 불행한 젊은 이에게 눈곱만큼도 희망을 주지 않았습니다. 그녀는 너무나 선량했지만, 너무나 일찍 마음속에 분노를 채우게 되었습니다. 그러나 무엇보다도 우리를 참을 수 없게 한 것은 미치광이 노인이 3천 루블의 돈으로 피고의 열정의 대상인 여자를 유혹하려 했다는 것입니다. 게다가 그 돈은 피고가 자기 것이라고 생각했던 돈이란 말입니다. 그렇습니다. 이건 피고로서는 도저히 참을 수 없는 일이었습니다. 그러나 문제는 돈이 아니라 아버지가 구역질나는 방법으로 이 돈을 이용하여 그의 행복을 파괴했다는 데 있습니다."

다음에 이폴리트 검사는 왜 피고가 아버지를 죽이고 싶다는 생각을 하게 됐는가에 대한 문제를 추적해 갔다.

"처음엔 그저 술집에서 떠벌렸습니다. 한 달 내내 떠들면서 돌아다녔습니다. 아아, 그는 늘 여러 사람에게 둘러싸여, 아무리 악마 같고 위험한 생각이라도 속 시원히 털어놓기를 좋아했습니다. 지난 한 달 동안 피고를 만나서 그의 말을 들은 사람이면, 그가 충분히 범행을 실행으로 옮길 수도 있었으리라는 것을 느꼈을 것입니다. 여기에 대해서는 사실적인 증거도 있고, 증인도 있으며, 피고 자신의 자백도 있습니다. 배심원 여러분! 바로 오늘 카테리나 양이 법정에 제출한 그 무서운 증거물을 보기 전까지만 해도 저는 주저했습니다. 여러분께서도 그 아가씨의 '이건 계획서입니다, 살인 계획서입니다!'라고 부르짖는 것을 들으셨을 겁니다. 지금은 그것을 사실로 인정하지 않을 수 없습니다. 그렇다면 그는 왜 술집을 쏘다니며 자신의 계획을 떠들고 다녔을까요? 그러니까 그가 떠들고 다닌 것은 아직 구체적인 범행 계획이 세워져 있지 않은 상태에서 그것이 성숙해질 때의 일입니다. 그 편지를 쓸 때 그는 '수도'에서 술을 많이 마셨지만 평상시와는 달리 말수도 적었고, 당구도 치지 않고 한쪽 구석에 앉아 있었습니다. 그는 자신이 공언한 걸 취소할 수는 없었습니다. '나는 내일 누구한테서든 3천 루블을 빌릴 작정이다.'라고 독특한 어조로 쓰고 있습니다. '그러나 만일 아무도 빌려주지 않으면 피를 보는 수밖에 없다.' 다시 한 번 되풀이해서 말합니다만 그는 취중에 쓴 계획을 제정신에서 실행한 겁니다."

여기서 이폴리트는 미탸가 범죄를 피하기 위해 돈을 구하려 했던 사실을 자세히 설명했다. 그는 미탸가 삼소노프를 방문했던 일이며, 랴가비를 찾아갔던 일들을 증거를 들어가며 설명했다. "이 여행을 위해 시계를 팔아버린 그는 자신의 사랑의 대상이 혹시 자기가 없을 때 아버지한테 가지나 않을까 하는 의구심으로 가슴을 태우며, 지치고 굶주린 몸으로 읍내로 돌아왔습니다. 다행히 여자는 아버지한테 가 있지 않았으므로, 그는 직접 그 여자를 삼소노프 씨의 집으로 데려다 주었습니다. 그런 다음 그는 '뒤뜰'의 감시초소로 달려갔습니다. 거기서 그는 스메르댜코프가 간질병 발작을 일으키고, 또 한 사람의 하인이 앓아누워 있다는 사실을 알았습니다. 방해물은 죄다 제거된 데다가 '신호'까지 알고 있었으니, 이런 절호의 기회가 또 어디 있겠습니까? 그러나 그는 여전히 자기 자신에게 항거했습니다. 그는 이 고장에 잠시 거주하면서 우리들의 존경을 받고 있는 호흘라코바 부인을 찾아갔습니다. 일찍부터 그의 운명에 동정을 표시해 오던 그 부인은 현명한 충고를 해주었습니다. 즉 '난잡한 술집 출입 등 정력의 낭비를 청산하고, 시베리아의 금광으로 가는 것이 좋겠다. 거기에는 당신의 광적인 정열과 모험을 갈망하는 로맨틱한 성격을 만족시켜 줄 돌파구가 있을 것이다.'라고 권했던 것입니다."

이폴리트 검사는 이 대화의 결말을 얘기하고, 뒤이어 그루셴카가 삼소노프의 집에 가지 않았다는 것을 피고가 알게 된 순간에 대해 설명했다. 그리고 여자가 자기를 속이고 아버지한테 가지나 않았을까 생각하고 극도로 신경이 곤두선 그가 갑자기 광란 상태에 빠져버린 사실을 설명한 후 말을 맺었다.

"만일 그때 하녀가 그에게, 주인아씨는 '첫사랑의 연인'을 만나러 모크로예로 갔다고 했더라면 아무 일도 일어나지 않았을 겁니다. 그러나 하녀는 겁에 질려 당황한 나머지, 그저 아무것도 모른다고 했습니다. 피고는 이때 앞뒤를 가릴 수 없는 상황에서 불구하고 놋쇠공이를 집어 들었습니다. 그리고 아버지의 정원에 나타났습니다. 질투의 불길이 이글이글 타올랐습니다. 여기서 중요한 것은 문을 열고 방 안에 들어갈 수 있는 신호를 알고 있었다는 사실입니다!'

여기서 이폴리트는 그 '신호' 얘기와 관련하여 스메르댜코프에 대해 자세히 설명할 필요성을 느끼고, 이 하인에게 살인 혐의를 둘 수밖에 없는 가설을 충분히 규명한 다음, 이 문제를 깨끗이 결말짓기 위해 잠시 논고를 중단하고 옆길로 접어들었다. 그러나 그의 설명이 너무나도 자세하게 이어졌으므로, 일동은 그가 이 혐의에 대해 경멸의 빛을 보이고 있음에도 불구하고 역시 마음속으로는 거기에 중대한 의의를 부여하고 있다는 것을 깨달았다.

8. 스메르댜코프에 관한 설명

"그럼 어떤 이유로 그는 살인 혐의를 받게 되었을까요?" 이폴리트 키릴로비치는 이런 질문으로 설명을 하기 시작했다. "스메르댜코프가 살인을 했다고 맨 처음 말한 사람은 피고입니다. 피고 이외에 스메르댜코프가 범인이라고 주장하는 사람은 세 사람뿐입니다. 즉 피고의 두 동생과 스베틀로바입니다. 그 중 이반은 오늘에야 비로소 자신의 의견을 밝혔는데, 그것은 틀림없이 정신착란과 열병의 발작 때문입니다. 그리고 피고의 막냇동생으로 말할 것 같으면, 그 자신이 조금 전에 말한 바와 같이 스메르댜코프의 범죄에 대한 자기의 생각을 증명할 만한 증거를 전혀 갖고 있지 않은 상태에서 단지 피고의 말과 '얼굴 표정으로' 그런 결론에 도달했을 뿐입니다. 그러니 스베틀로바 양의 증언은 정말이지 놀라웠습니다. '피고의 말을 믿어주세요. 그 사람은 거짓말을 할 줄 모르는 사람입니다.' 피고의 운명과 깊은 이해관계를 갖고 있는 이 세 사람의 스메르댜코프에 대한 사실적 증명은 이것이 전부입니다."

여기서 이폴리트 키릴로비치는 '정신착란을 일으켜 자기의 목숨을 끊은' 스메르댜코프의 성격을 간단히 묘사할 필요성을 느꼈다. 검사의 설명에 의하면, 스메르댜코프는 지능이 약간 모자라는 사람으로, 얼치기 교육을 좀 받긴 했으나 자기의 지능으로는 감당할 수 없는 철학 사상에 매혹되어 현대적 인간의 책임감과 의무감에 사로잡혀 있었다는 것이다.

'박식한 정신과 의사의 증언에 의하면 간질병으로 심한 고통을 받는 사람은 병적인 자책감에 빠지기 쉽다는 것입니다. 그런 사람들은 아무 근거도 없이 누군가에게 뭔가 죄를 지은 것처럼 생각하고, 늘 양심의 가책을 느낀다고 합니다. 이런 종류의 인간은 공포와 위협 때문에 실제로 범죄를 저지르는 수도 있습니다. 표도르 파블로비치 씨의 아들 이반이 사건 발생 직전에 모스크바로 떠나려 했을 때, 그는 이반에게 제발 가지 말라고 했습니다. 그러나 본래부터 겁이 많았던 그는 자기가 두려워하는 문제를 분명히 밝힐 용기를 내지 못하고 암시만 주었을 뿐입니다. 드미트리의 취중 편지 속에 '이반이 떠나자마자 아버지를 죽여버리겠다.'는 표현을 보아도 알 수 있듯이 이반의 존재는 온 집안 식구들에게 평온과 질서의 보증인처럼 인식되었던 것입니다. 그런데도 이반은 떠났습니다. 젊은 주인이 떠난 지 약 한 시간 후에 스메르댜코프는 곧 간질 발작을 일으켜 지하실 계단에서 굴러 떨어집니다. 그런데 이렇게 완벽하게 자연스런 일조차 의심스러운 눈으로 바라보고 '일부러 발작을 일으킨 체' 했다고 말하는 사람도 있습니다. 그러나 만약 일부러 그랬다면 무엇 때문에 그가 그런 짓을 했겠느냐는 의문이 생깁니다. 만약 살인을 계획했다면 일부러 발작을 일으켜 사람들의 주의를 자기에게 쏠리게 했겠습니까? 배심원 여러분! 여러분도 아시다시피 범행 당일 표도르 파블로비치 씨의 집에는 다섯 명이 있었습니다. 첫째는 표도르 파블로비치 씨 자신인데, 그가 자살을 하지 않은 건 명백한 사실입니다. 둘째는 하인 그리고리인데, 그 사람은 하마터면 죽을 뻔했습니다. 셋째는 그리고리의 아내 마르파인데, 그녀를 주인의 살인범으로 생각하는 건 부끄럽기 짝이 없는 일입니다. 그리고 보면 남는 사람은 피고와 스메르댜코프 두 사람뿐입니다. 이리하여 어저께 자살한 불쌍한 백치에게 '교활하고도' 놀라운 혐의가 돌아가게 된 것입니다. 만약 누군가에게, 예컨대 제6의 인물에게 조금이나마 혐의를 가질 수가 있었다면 피고는 스메르댜코프를 범인이라고 내세우기가 부끄러워 제6의 인물에게 혐의를 씌웠을 것입니다. 왜냐하면 스메르댜코프에게 살인 혐의를 뒤집어씌우는 것은 불합리하기 때문입니다. 만약 스메르댜코프가 살인을 했다면 뭔가 목적과 이득이 있어야 할 것입니다. 스메르쟈코프가 살인을 했다면 그건 틀림없이 돈 때문이었을 겁니다. 즉 자기 주인이 봉투 속에 3천 루블을 넣어둔 것을 보고 그것을 차지하기 위해였을 것입니다. 그러나 범행을 계획한 그가 다른 사람에게, 그것도 누구보다도 이해관계가 많이 얽혀 있는 피고에게 돈과 신호와 봉투가 있는 장소에 대해 미리 다 말한 것을 어떻게 생각해야 할까요? 그러므로 이 사건에서 누구보다 먼저 혐의를 받아야 할 사람은 그런 동기를 가지고 자기 입으로 만인 앞에 공공연히 떠들어댄 사람입니다. 하지만 내가 한 걸음 양보하여 그가 동의한 것으로 합시다. 그렇다고는 해도 역시 드미트리 카라마조프가 살인을 한 장본인이고, 스메르쟈코프는 수동적인 공모자, 아니 공모자라기보다 단지 공포심 때문에 묵인한 데 지나지 않습니다. 살인을 한 장본인이 그에게 죄를 뒤집어씌우고, 그가 저지른 범행이라고 주장하고 있음에도 불구하고 스메르쟈코프는 공모 사실을 전혀 입 밖에 내지 않고 있습니다. 뿐만 아니라 돈 봉투와 신호에 대한 정보는 자신이 직접 알려주었다고 말했습니다. 만일 그가 공모자로서 죄가 있다면 심문 받을 때 모든 것을 피고에게 알려주었다는 것을 그리 쉽게 말할 수 있었겠습니까? 그리고 어떻게 되었습니까? 바로 조금 전에 이 법정에 3천 루블이 제출되었습니다. '이 돈은 다른 증거품들과 함께 테이블 위에 놓여 있는 저 봉투 속에 들어 있던 바로 그것입니다. 어저께 제가 스메르쟈코프한테서 받았습니다.' 라고 했습니다. 그러나 배심원 여러분! 여러분께서는 조금 전에 벌어진 그 가슴 아픈 장면을 기억하고 계시리라 믿습니다. 저는 너무나 하찮은 일이기 때문에 쉽게 간과하고 있는 점을 지적하려고 합니다. 스메르쟈코프는 양심의 가책을 받아 어제 돈을 내놓고 자살을 했습니다. 물론 스메르댜코프는 어제 비로소 자신한테 죄를 고백했다고 이반 카라마조프 씨가 밝혔습니다. 어떻든 스메르댜코프는 자신의 죄를 고백했습니다만 어째서 그는 유서에 모든 사실을 밝히지 않았을까요? 내일이면 무고한 피고에게 무서운 재판이 있다는 걸 알면서도 말입니다. 돈만 가지고는 증거가 될 수 없습니다. 이미 1주일 전 이반 표도로비치 씨가 현청 소재지로 금리 5푼이 붙은 5천 루블짜리 증권 두 장, 즉 1만 루블의 증권을 환전하러 사람을 보냈다는 사실을 알고 있는 사람은 저 이외에도 이 법정 안에 두 사람이나 있습니다. 제가 이 말을 하는 것은 누구나 어떤 시기에 돈을 가질 수 있으며, 3천 루블을 내놓았다고 해서 그것이 바로 그 돈, 즉 바로 그 돈궤나 봉투에서 꺼내온 돈이라는 증거가 될 순 없다는 것입니다. 그는 왜 이것을 즉시 신고하지 않았을까요? 그는 지난 1주일 동안 건강이 몹시 악화되어 의사와 친한 사람들에게 환각증세로 고통을 받고, 오래 전에 죽은 사람을 길에서 만났다고 고백했습니다. 이런 증상으로 미루어보아 섬망증 일보 직전에 이르러 있었던 것이며, 실제로 그 병을 일으킨 겁니다. 그런 상태에서 스메르댜코프의 부음을 들은 그는 이런 생각을 하게 된 것입니다. '그는 죽은 놈이니까 그에게 죄를 뒤집어씌우고 형을 살리자. 돈은 내 수중에 있으니 돈다발을 가지고 가서 스메르댜코프가 죽기 전에 준 것이라고 말하자.' 여러분은 죽은 사람에게 죄를 뒤집어씌우는 건 부정한 일이다, 아무리 형을 살리기 위해서라도 거짓말을 하는 건 부정한 일이라고 말씀하시겠지요. 옳은 말씀입니다. 여러분은 조금 전의 광경을 보셨을 겁니다. 그 사람의 정신 상태가 어떤지 보셨을 겁니다. 이 광인의 증언에 뒤이어 나타난 증거품이 피고가 범행 이틀 전에 베르호브체바 양에게 쓴 편지입니다. 즉 범행의 세부 계획서입니다. 그러므로 우리는 그 계획서와 작성자를 찾기만 하면 됩니다. 범행은 바로 이 계획대로, 바로 이 작성자에 의해 이루어졌으니까요. 자기가 증오하는 사랑의 경쟁자가 눈에 띄자 그는 분노의 불길에 휩싸여 홧김에 아버지를 죽이고 만 것입니다. 그때 찢어진 봉투는 다른 증거들과 함께 지금 저 테이블 위에 놓여 있습니다. 제가 이런 말을 하는 것은 여기서 한 가지 사실에 여러분의 주의를 집중시키기 위함입니다. 만약 그가 노련한 살인자였다면, 또 돈만 노린 살인자였다면 과연 그 봉투를 시체 옆에 그대로 내버려둘 리가 있었겠습니까? 예컨대 스메르댜코프가 돈을 강탈할 생각으로 죽인 것이라면 그 시체 옆에서 봉투를 갖고 도망쳐 버렸을 것입니다. 그는 그 봉투 속에 돈이 들어 있다는 것을 알고 있었습니다. 자기가 보는 앞에서 돈을 봉투에 넣고 봉했으니까요. 사실 그 봉투를 그냥 가져가 버렸다면 강도 사건이 일어난 줄 몰랐을 것입니다. 배심원 여러분! 마룻바닥에 봉투를 왜 내버려두었을까요? 아닙니다. 그런 실수를 하는 자는 앞뒤를 제대로 분간하지 못하는 흥분한 살인자입니다. 도둑이 아니라 지금까지 도둑질이라곤 한번도 해본 적이 없는 살인자입니다. 베개 밑에서 돈을 꺼냈지만 그건 도둑질이 아니라 잃어버린 물건을 도둑에게서 도로 찾는다는 기분이었을 것입니다. 왜냐하면 드미트리 카라마조프는 이 3천 루블을 자신의 것으로 생각하고 있었기 때문입니다. 그 생각은 그에게 거의 강박관념처럼 자리 잡았습니다. 그런데 여기서 주목할 것은 그가 그리고리를 간호하느라 손수건으로 열심히 그의 머리를 닦아주다가 노인이 죽은 것을 확인하고 온몸이 피투성이가 된 채 정신 나간 사람처럼 다시 그곳으로, 즉 자기 애인 집으로 달려갔다는 사실입니다. 그러나 피고는 자기 몸이 피투성이가 되었다는 건 염두에도 없었다고 진술했습니다. 누구든 한편으로는 치밀하고 흉악한 계략을 짜면서도 다른 한편으로는 소홀한 데가 있는 법입니다."

9. 번개 같은 심리 해부, 달리는 삼두마차

이폴리트 키릴로비치는 신경질적인 연설자들이 곧잘 사용하는 엄밀한 역사적 설명법을 택했다. 논고를 여기까지 끌고 온 그는 이 부분에서 그루셴카의 '틀림없는 첫사랑의 남자'에 대해 언급하며 이 부분에 관해 조금 흥미 있는 의견을 제시했다.

"어떤 남자한테나 미칠 듯한 질투를 하고 있던 드미트리 카라마조프는 '첫사랑의 남자' 앞에서 어처구니없이 기가 꺾여 위축되고 말았습니다. 더욱 기묘한 것은 이런 뜻밖의 경쟁자로 인하여 일어날 새로운 위험은 전혀 염두에 두지 않았다는 점입니다. 그는 언제나 현재에만 사는 인간이니까요. 그렇지만 그녀가 이 새 경쟁자를 감추고 자신을 속인 이유는 그녀에게 그는 어떤 공상이나 허구적 존재가 아니라 희망이기 때문이란 사실을 깨닫고는 갑자기 모든 것을 포기하고 말았습니다. 배심원 여러분! 저는 피고의 마음이 돌변한 사실을 간과할 수 없습니다. 피고는 그렇게 쉽사리 마음이 변할 사람으로 보이진 않지만, 갑자기 그의 마음속에서 진실을 향한 욕구와 여성에 대한 존경심과 여성의 권리를 인정하고픈 마음이 생겨난 것입니다. 더구나 그 여자 때문에 자신의 손을 아버지의 피로 더럽혔던 바로 그 순간에 말입니다. 그는 범죄로 말미암아 끝장이 났다는 사실을 깨달았던 것입니다. 그 해결책은 자살이었습니다. 그는 저당 잡혔던 권총을 찾기 위해 관리 표도르 일리치 씨에게로 달려갔습니다. 달려가는 동안 그는 아버지의 피를 흘리게 하고 강탈한 돈을 호주머니에서 죄다 꺼냈습니다. 아아, 어느 때보다도 돈이 필요했던 것입니다. 카라마조프가 권총으로 자살하려고 했던 것은 그가 시인(詩人)이었기 때문입니다. 그는 자신의 생명을 흡사 양 끝에 불을 붙인 양초처럼 불태웠던 것입니다. '그루셴카한테로 가자. 아아, 그곳에서 큰 파티를 열자. 유례를 찾아볼 수 없는 파티, 모두의 기억에 남을 파티, 영원히 인구에 회자될 파티를!' 여기서 우리는 그림같이 아름다운 광경과 소설 같은 광란, 야성과 방종과 카라마조프다운 감성을 엿볼 수 있습니다. 배심원 여러분! 그런데 거기에 또 다른 무엇이 있는 것입니다. 영혼 저편에서 끊임없이 머릿속을 두드리고, 죽도록 마음을 괴롭히는 그 무엇이 있었습니다. 그것은 양심입니다. 그것은 가공할 양심의 가책입니다. 권총만이 모든 것을 해결해줄 수 있었습니다. 다른 방법으로는 해결이 불가능한 것을 말입니다. 배심원 여러분! 햄릿은 내세에서 존재하지만 카라마조프는 아직 얼마간은 이승에 남아 있었던 겁니다."

이폴리트 키릴로비치는 여기서 미탸의 출발 준비, 표도르 일리치의 집에서 일어난 일, 상점에서 생긴 일, 또 마부들과 벌인 흥정 등을 자세히 묘사했다. 광적 상태에 휩싸여 자신을 지킬 의지도 없었던 이 가련한 사나이는 이제 그 죄상을 부인할 수조차 없게 되어버렸다.

"그에게 자기변호가 무슨 소용이 있었겠습니까?" 하고 이폴리트 검사가 말했다. "범인이 자기라는 걸 암시를 했지만 끝까지 말은 하지 않았습니다. 그는 모크로예 마을로 들어가 거기서 자신의 극시를 끝마쳐야 했던 것입니다. 그러나 모크로예에 도착하자 '틀림없는' 그 경쟁자는 대단하지도 않았을 뿐 아니라 그 여자도 새로운 행복에 대한 그의 축사와 그들의 번영을 위한 축배를 받으려 하지 않는다는 사실을 눈치챘고, 나중에는 확신하기에 이르렀던 것입니다. 배심원 여러분! 나는 단언할 수 있습니다." 이렇게 이폴리트는 소리쳤다. "모욕받은 본성과 죄를 범한 마음이 지상의 심판보다 더 완전한 복수를 그에게 한 것입니다. 그루셴카가 '첫사랑의 남자'를 뿌리치고 자기를 새 생활로 끌어들여 행복을 약속했을 때, 드미트리 카라마조프의 공포와 정신적 고통이 얼마나 컸겠는가는 상상조차 할 수 없을 지경입니다. 이 여자, 이 사랑은 그에게 있어서 마지막 체포의 순간까지도 도저히 도달할 수 없고, 열렬히 바라고 있었지만 도저히 잡을 수 없는 그런 것이었습니다. 하지만 그때 그는 무슨 이유로 자기 목숨을 끊지 않았을까요? 바로 사랑을 향한 열렬한 욕망과, 이 욕망을 충족시킬 수 있을지도 모른다는 희망이 그것을 저지했던 것입니다. 그는 왁자한 파티 분위기에 취해 사랑하는 사람 곁에 꼭 붙어 있었습니다. 그녀 역시 흥청대는 파티를 즐기고 있었습니다. 그러자 그 순간 체포의 공포도 양심의 가책도, 강렬한 욕망에 압도당하고 말았던 것입니다. 그는 모크로예가 처음 온 곳이 아니고, 그곳에서 이틀 동안이나 왁자지껄하게 놀다 간 일이 있었습니다. 그래서 그는 이 낡고 큰 목조 건물의 헛간과 베란다에 이르기까지, 구석구석 모르는 곳이 없었습니다. 체포되기 바로 직전에 그는 돈을 집 안 어느 구석이나 틈바구니, 혹은 마루 밑이나 지붕 밑 같은 데 감춰두었을 거라는 게 제 생각입니다. 그러나 그 모든 것은 끝장이 나게 되어 있습니다. 한데 피고의 주장에 의하면 그에게 그렇게 불안하고 숙명적인 시기였던 범행 한 달 전에도, 3천 루블 중의 반을 따로 주머니 속에 꿰매어 간직했다고 했습니다. 뿐만 아니라 그는 1천5백 루블을 주머니 속에 넣어두었다는 것을 예심판사에게 고백했지만, 그것은 그 순간 떠오른 영감을 받아 꾸며낸 조작일 뿐입니다. 배심원 여러분! 상기하시기 바랍니다. 카라마조프는 양극단을 동시에 볼 수 있는 사람이란 것을! 우리는 그의 집을 수색했지만 돈은 찾지 못했습니다. 아직도 그곳에는 돈이 그대로 있을지 모릅니다. 배심원 여러분! 우리는 직무를 수행하는 중에 죄인을 앞에 두고 죄인에 대한 공포를 느낄 때가 있습니다. 그것은 우리가 모든 것이 이미 다 끝났다는 것을 알면서도 여전히 투쟁하고 있고, 앞으로도 악착스레 투쟁하기 위해 몸을 도사리는 죄인의 동물적 공포에 직면한 순간이라고 할 수 있습니다. 이렇게 영혼이 비굴해진 순간, 정신적 고난과 자기보존에 대한 동물적 갈망은 정말 무서운 것으로, 예심판사조차도 전율하며 죄인을 동정할 정도이니 말입니다. 그는 몸도 마음도 공포에 마비되어, 처음에는 자기에게 몹시 불리한 말을 해댔습니다. '아, 피! 벌을 받는구나.' 하고 지껄여댔지만 곧 자신을 억제했습니다. 그러고는 단지 '아버지는 내가 죽이지 않았다!'라고 거짓 부인만을 쏟아냈을 뿐입니다. 그는 급히 처음의 불리한 외침을 취소하려고 우리의 심문을 앞질렀습니다. 말하자면 하인 그리고리가 죽은 것엔 자신의 책임이 있다는 것입니다. '그가 피를 흘린 것은 내 죕니다.

하지만 누가 아버지를 죽였을까요? 그는 심문하는 우리에게 되레 반문을 했습니다. 바로 이 부분에서 동물적인 교활함이 엿보입니다. 심문관이 이것을 노려 지나치는 말투로 질문을 던졌습니다. '그럼 혹시 스메르댜코프가 죽이진 않았을까요?' 그러자 예상한 대로 별안간 우리에게 급소를 찔린 피고는 벌컥 화를 냈습니다. '어떻게 스메르댜코프가 살인을 할 수 있는가? 그런 놈은 살인도 못할 위인이다.' 이렇게 결사적으로 우겨댔습니다. 그는 자기가 숨겨둔 가장 중요한 무기를 꺼냈지만, 정말 형편없이 엉성한 형태로 나타난 것입니다. 왜냐하면 피고가 그리고리를 넘어뜨린 후에야 스메르댜코프가 범행을 저지를 수 있었기 때문입니다. 그래서 우리는 피고에게 말해 주었습니다. 그리고리는 그 문이 열린 걸 쓰러지기 전에 보았으며, 자기 침실에서 칸막이 뒤의 스메르댜코프가 내는 신음 소리를 들었다고 증언한 것을 말입니다. 카라마조프는 아무 말도 하지 못했습니다. 나의 동료인 니콜라이 파르페노비치 씨가 이후에 말하길, 그 순간 정말 눈물이 날 정도로 피고가 불쌍했다는 것입니다. 그러자 피고는 급히 돈주머니 이야기를 꺼내어 사태를 만회하려고 했습니다. '이왕 이렇게 되었으니, 이 소설이라도 들어주시오' 라는 듯이 말입니다. 배심원 여러분! 아까도 말한 적이 있지만 1개월 전 주머니 속에 돈을 꿰매 넣었다는 이야기는 어리석은 속임수에 지나지 않으며, 도저히 있을 수 없는 조작이라는 것이 제 생각입니다. 아마 현상 모집을 하더라도 이보다 더 어리석고 허황된 말은 찾을 수 없을 것입니다. 피고에게 먼저 다음과 같은 질문을 했습니다. '그 주머니 재료는 어디서 구했으며, 누가 그것을 만들어주었습니까? 그러자 '내가 직접 꿰매 만들었습니다.' 하고 피고는 대답했습니다. '그러면 그 천 조각은 어디서 구했습니까?' 하고 물자, 피고는 화부터 낸 뒤 말합니다. '내 셔츠를 찢어서 만들었습니다.' '그랬군요. 그러면 그 찢어진 셔츠가 당신 세탁물 속에 있는지 찾아보도록 합시다.' 라고 했지요. 배심원 여러분! 만일 그 셔츠를 찾아낸다면 그것은 벌써 하나의 사실이 됩니다. 여러분! 대부분 죄인들은 사형장으로 끌려가는 순간, 인생의 가장 두려운 순간, 하찮은 일들이 마구 기억나는 법입니다. 얼핏 눈에 띈 초록 지붕이나 까치가 앉아 있던 십자가 꼭대기 같은 것들이 기억납니다. 돈주머니를 꿰맬 때 그는 딴 사람이 볼까봐 피했을 게 분명합니다. 여러분! 저는 무엇 때문에 이런 사소한 이야기를 여러분 앞에 늘어놓고 있는 것일까요?' 갑자기 이 폴리트는 이렇게 소리쳤다. "그것은 이 어리석고 허황된 소리로 피고가 완강히 고집을 부리기 때문입니다. 지난 두 달 동안, 숙명적인 그날 밤 이후 그는 아무런 해명도 못하고 있습니다. 처음의 그 진술에 들어맞는 현실적 증거를 그는 한 가지도 제시하지 못했습니다. '그러한 문제들은 사소한 것입니다. 당신들은 내가 명예를 걸고 고백한다는 것을 믿어야 합니다.' 라고 말합니다. 하지만 지금은 정의가 보상 받기 위해 울부짖고 있는 까닭에 우리는 본래의 주장을 고집할 도리밖에 없습니다. 한 치도 물러설 수 없습니다."

이폴리트는 이제 결론으로 넘어갔다. 그는 열병에라도 걸린 것 같았다. 그는 재산을 강탈할 목적으로 아들에게 죽어간 아버지의 복수를 해달라고 소리 높여 요청했다. "그 재능 있고 유능한 변호사가 어떤 말을 한다 해도 여러분은 신성한 법정에 있다는 사실을 상기해야 합니다. 여러분! 친부 살해를 정당화시키는 판결로서, 점점 커져 가는 중오의 합창을 더욱 커지게 하지는 마십시오.”

이폴리트 키릴로비치는 몹시 흥분한 상태에서 논고를 감동적으로 끝냈다. 청중에게 준 그의 인상은 정말 대단한 것이었다. 그는 논고를 마치고 급히 퇴정해버렸다.

법정에서 박수를 친 사람은 아무도 없었지만, 생각이 깊은 사람들은 모두 만족한 표정이었다. 부인들은 모든 기대를 페튜코비치에게 걸고 있었기 때문에 검사의 논고 결과를 전혀 우려하지 않았다. ‘이제 그분의 변호만 시작되면 틀림없이 이길 것’이라고 마음 놓고 있었던 것이다. 모든 사람들은 미탸를 바라보고 있었다. 잠시 휴정이 선언되었으나 그 시간은 15분이나 20분 정도밖에 되지 않았다. 방청석에서는 이야기 소리와 감탄 소리가 흘러나왔다.

“대단한 논고군요.” 한 신사가 얼굴을 찌푸리며 말했다.

“심리 해부에 너무 치우쳤어요.” 다른 목소리가 말했다.

“하지만 모든 게 진실이잖습니까! 절대적인 진실요.”

“그렇습니다, 정말 대단한 솜씨입니다.”

“끝내줬어요.”

이후 사람들 사이에 잡다한 이야기가 오갔다.

이때 종이 울리기 시작했다. 방청객들은 모두 제자리로 돌아갔다. 페튜코비치가 단 위로 올라갔다.

10. 변호사의 변론, 양날의 칼

명성이 자자한 변호사의 첫 변론이 울려 퍼지자 주위는 물을 끼얹은 듯 조용해졌다. 그의 음성은 아름답고 우렁차고, 그러면서도 인정미가 느껴졌다. 그런 그가 '이상한 힘으로 청중의 마음을 사로잡는다'는 것을 스스로도 알아차릴 수가 있었다.

그의 언변은 이폴리트 검사만큼 논리적이지는 않았지만 간단명료했다. 그의 변론은 두 부분으로 나눌 수 있었다. 앞부분은 기소 이유에 대한 반박 변론이었는데, 때로는 심술궂고 빈정거리는 느낌마저 있었다. 그러나 뒷부분에 이르자 갑자기 어조도 논법도 일변하여 비통한 느낌을 주었다.

"이번 사건 역시 마찬가집니다." 하고 그는 설명했다. "맨 처음 신문 보도를 접한 때부터 피고에게 유리한 한 가지 사실에 강한 자극을 받았습니다. 이런 사실은 변론의 마지막에 가서 공표해야 마땅하지만 서두에 미리 밝히기로 하겠습니다. 사실 이 사건은 피고를 불리하게 만드는 것들이 많이 누적되어 있습니다. 제가 급작스럽게 피고의 친척으로부터 변호를 의뢰받고 변호를 맡기로 결정한 것은 이 누적된 무서운 사실을 분쇄하기 위해서입니다."

변호사는 변론을 시작한 후 갑자기 언성을 높였다.

'배심원 여러분! 저는 이 고장에 처음 온 사람으로, 전혀 선입견이 없습니다. 그러나 이 도시에 사는 많은 사람들은 피고한테서 모멸감을 자주 느껴왔기 때문에 그에 대해 나쁜 선입견을 가지고 있는 것 같습니다. 사실 피고는 난폭하고 방종한 인간이지만 이 고장 사교계에서는 피고를 받아들이고 있었습니다. 뛰어난 재능을 가지고 계시는 기소자(검사)의 가정에서도 그는 사랑을 받고 있었으니까요(페튜코비치 변호사가 이렇게 말하자 청중 사이에서 조소가 터져나왔다). 많은 사람들이 나의 불행한 피고에 대하여 무언가 잘못된 선입견을 가지고 계신 것이 분명합니다. 물론 우리는 검사의 화려하고 빛나는 논고를 통해 피고의 성격과 범행 동기에 대한 설명을 들었습니다. 물론 사건에 대한 비판적 태도였지요. 저는 페테르부르크에서 이곳으로 출발하기 전에 이미 충고를 받았습니다. 그러나 여러분! 심리해부라는 것은 아무리 심오한 것이라 해도 '양날을 가진 칼'입니다(방청석에서 웃음이 터졌다). 물론 여러분은 이 진부한 비유를 용서해 주시리라 믿습니다. 그러나 그건 그렇다 치고, 우선 기소자의 논고 중에서 한 가지 예를 들어봅시다. 피고는 캄캄한 밤에 정원으로 달려나가 울타리를 넘어가려 할 때, 자기 발에 달라붙은 늙은 하인을 놋쇠공이로 내리친 뒤, 다시 정원으로 뛰어내려서 5분 동안이나 피해자 옆에 머물러 있었습니다. 그것은 노인이 죽었는지 어떤지를 확인하기 위해서였습니다. 그런데 기소자는 피고가 그리고리 노인 옆에 뛰어내린 것은 연민의 정에서였다는 피고의 진술을 절대로 믿으려고 하지 않습니다. '아니, 그런 순간에 어떻게 그런 감정이 일어날 수 있단 말인가? 그건 부자연스럽다. 그가 뛰어내린 것은 자신의 범행의 유일한 목격자가 살아 있는지, 죽었는지를 확인하가 위해서였다. 따라서 이것은 이미 피고가 범행을 저질렀음을 입증하는 것이다.'라고 말했습니다. 그러나 기소자가 증명한 바에 의하면, 피고는 자기가 죽인 아버지의 서재에다 범죄를 입증하는 유력한 증거물, 즉 3천 루블이 들어 있다고 쓴 봉투를 찢어버린 채 그대로 내버려두고 왔습니다. '만약 피고가 그 봉투까지 가져가버렸다면 이 세상의 누구도 그 봉투가 있었다는 것을 알지 못했을 것이고, 또 그 속에 돈이 들어 있었다는 것도 몰랐을 것이다. 따라서 그 돈을 피고가 강탈했다는 사실도 전혀 드러나지 않았을 것이다.' 이것은 기소자인 검사의 말입니다. 그렇다면 이 경우 피고는 경계심이라곤 조금도 없이 놀라고 당황한 나머지 마룻바닥에 증거물을 남긴 채 도망쳤으면서도 그로부터 불과 2분 후 또 한 사람의 인간을 내리쳐 죽였을 때에는 순식간에 타산적인 감정을 드러냈다는 것인데, 만일 그가 살인을 저지르고 나서 자신의 범행을 목격한 자의 생사를 규명하려고 담에서 뛰어내릴 정도로 잔인하고 냉혹하고 타산적이었다고 한다면, 왜 이 새로운 희생자를 위해 5분씩이나 허비하며, 새로운 증인을 만들지도 모를 그런 위험을 감수했겠습니까? 그리고 왜 피해자의 머리의 피를 손수건으로 닦아주어, 그 손수건이 후일의 증거물이 될 만한 짓을 했겠습니까? 그는 범행의 증거인 죽음을 확인하려고 뛰어내린 그가 길바닥에 또 하나의 증거품, 즉 놋쇠공이를 남겼습니다. 도대체 무엇 때문에 그런 짓을 했을까요? 그는 한 인간, 오랫동안 거느리고 있던 하인을 제 손으로 죽였다는 비통한 생각 때문에 저주의 말과 함께 그 흉기를 내던진 것입니다. 그리고 또, 그가 한 인간을 죽인 데 대해 고통과 연민을 느꼈다는 사실은 아버지를 죽인 범인이 아니라는 사실을 증명하고 있습니다. 만약 그가 아버지를 죽인 후였다면 두 번째 피해자에게 연민의 정을 느끼고 다시 뛰어내렸을 리가 없습니다. 연민은 고사하고 오히려 자기 보존의 본능이 일어났을 것입니다. 다시 되풀이합니다만 그는 그 때문에 5분씩이나 시간을 허비하지 않고 단숨에 피해자의 두개골을 깨부쉈을 겁니다. 제가 전혀 다른 심리 해석을 한 이유는 인간의 심리라는 것에 대해 다양한 해석을 내릴 수 있음을 보여드리기 위해서였습니다. 심리라는 것은 가장 성실한 사람들까지도 부지불식간에 소설가로 만들 위험성이 있습니다. 배심원 여러분! 지금 이 자리에서 심리해석의 남용과 악용을 경고하는 바입니다."

여기서 다시 청중들의 동의의 웃음소리가 터져 나왔다. 그것은 물론 검사에 대한 조소였다. 필자는 변호인의 변론 중 가장 중요한 대목만을 몇 가지 열거하기로 하겠다.

11. 돈은 없었다, 강탈 행위도 없었다

변호사의 변론 가운데 사람들을 놀라게 한 중요한 것은, 그 숙명적인 3천 루블이란 돈은 처음부터 존재하지도 않았고, 따라서 피고가 그 돈을 강탈할 리도 없었다는 설명이었다.

'배심원 여러분!' 하고 변호사는 다시 변론을 시작했다. "저는 이 사건 속에 있는 하나의 특징을 발견하고 놀라움을 금할 수 없었습니다. 기소자는 피고가 강탈 행위를 했다고 비난하면서도 사실 무엇이 강탈되었는가의 의문에 대해서는 실제적인 증거물을 제시하지 못하고 있습니다. 3천 루블이라는 돈이 강탈되었다고는 합니다만, 그 돈이 실제로 있었는지 없었는지에 대해 누구 하나 아는 사람이 없었습니다. 그 돈을 직접 눈으로 보고, 그 돈이 서명한 봉투 속에 들어 있었다고 말한 사람은 하인 스메르댜코프 한 사람뿐입니다. 그는 사건이 일어나기 전에 그것을 피고와 피고의 동생 이반에게 알렸습니다. 그리고 스베틀로바 양도 그 얘기를 들어 알고 있었습니다. 그러나 세 사람 모두 자기 눈으로 그 돈을 본 것은 아닙니다. 그런데 여기에 한 가지 의문이 생깁니다. 만약 그 돈이 정말로 있었고, 또 그 돈을 스메르 댜코프가 본 것이 사실이라면, 그가 마지막으로 그 돈을 본 것이 언제였느냐는 것입니다. 스메르댜코프는 그 돈이 이불 속 베개 밑에 있었다고 합니다. 그렇다면 피고는 그 돈을 이부자리 밑에서 꺼냈어야 합니다. 그러나 이부자리는 전혀 구겨져 있지 않았습니다. 뿐만 아니라 그날 밤에 깔았던 새하얀 시트에는 피고의 그 피투성이 손으로 더럽혀진 흔적이 전혀 없었습니다. 그렇다면 여러분은 마루에 봉투가 떨어져 있지 않았느냐고 질문을 하실 것입니다. 사실 그 봉투야말로 가장 중요한 부분입니다. 나는 아까 탁월하신 검사님께서 직접 본인의 입으로 그 봉투에 대해 언급한 것을 듣고 놀라지 않을 수가 없었습니다. 여러분도 들으셨겠지만 검사는 자기의 논고 속에서, 스메르댜코프가 범인이 아니라는 것을 증명하기 위해 그 봉투건을 설명하면서, '만일 그 봉투가 없었다면, 만일 그 봉투를 강탈자가 증거물로 마루 위에 남겨놓지 않고 그냥 가져가 버렸다면, 이 세상 어느 누구도 그 봉투가 있었다는 것을 알지 못했을 것이고, 그 속에 돈이 들어 있었다는 것도 몰랐을 것이다. 따라서 그 돈이 피고에 의해 강탈당했다는 것도 드러나지 않았을 것이다'라고 말했습니다. 저는 스메르댜코프를 만나보았습니다만 그는 그 돈을 범행이 있기 이틀 전에 보았다고 했습니다. 그렇다면 저는 다음과 같이 이 사건을 가정해 보겠습니다. 즉 표도르 파블로비치 노인이 혼자 집에 틀어박혀서 여자가 나타나기를 초조하게 기다리다가 문득 따분한 생각이 들어 갑자기 봉투를 꺼내 찢은 건 아닐까 하고요. 그는 '이따위 봉투만 보고는 믿지 않을지도 모른다. 차라리 무지갯빛 지폐 한 묶음을 보여준다면 아마 군침을 흘릴 테지.'

이렇게 생각하고 봉투를 찢어서 돈을 끄집어냈을지도 모르는 일입니다. 그는 주인이니까 보란 듯이 봉투를 마룻바닥에 내던질 수 있었을 겁니다. 어떻습니까, 여러분! 이러한 가정, 이러한 일은 얼마든지 있을 수 있는 일 아니겠습니까? 만일 이 봉투가 마룻바닥에 떨어져 있었다는 것이 그 속에 돈이 들어 있었다는 증거가 된다면, 반대로 봉투가 마룻바닥에 뒹굴고 있었다는 것은 이미 그 속에 돈이 없었기 때문이다. 즉 주인이 그 전에 돈을 빼냈다고 설명할 수 있습니다. 그러나 만일 '표도르가 봉투에서 돈을 꺼냈다면, 그 돈은 대체 어디다 두었을까? 그 집을 수색했을 때 왜 발견되지 않았을까? 라고 반박할지도 모르겠습니다만, 첫째, 그의 돈궤 속에서 일부분의 돈이 발견되었습니다. 둘째, 표도르 자신이 이미 그날 아침이나 그 전날 밤에 돈을 꺼내어 어떤 용도에다 써버렸거나 누군가에게 주었거나 아니면 어딘가에 보냈는지도 모릅니다. 그리고 끝으로 자신의 생각을 바꿔 행동 계획을 변경했으면서도 그것을 미리 스메르댜코프에게 알릴 필요가 없다고 생각했는지도 모릅니다. 이런 가정을 내릴 수 있다면 어떻게 그토록 완강하고 단호하게 피고를 유죄라고 말할 수 있겠습니까? 피고가 강도를 목적으로 아버지를 죽였다느니, 실제로 강도 행위가 행해졌다고 어떻게 말할 수 있겠느냐 말입니다. 우리는 바로 이런 방식으로 소설의 영역에 들어서 있는 것입니다. 문제는 이 사건이 한 인간의 운명, 즉 생사와 관련이 있다는 것입니다. '어쩌면 그럴는지도 모르지만 아무튼 피고는 그날 밤 유흥으로 돈을 탕진했다. 더욱이 그는 1천5백 루블을 가지고 있었다. 그렇다면 그 돈은 대체 어디서 나왔단 말인가? 하고 여러분은 말씀하실 테죠. 그러나 1천5백 루블만 발견되고, 나머지 반은 끝내 발견되지 않았다는 사실은 그 돈이 봉투 같은 데에 들어 있지 않았다는 걸 입증할 수 있는 게 아니겠습니까? 시간으로 따져 봐도 피고가 하녀들을 만난 뒤 바로 관리 표도르 일리치 씨한테 달려간 후부터는 계속 사람들 속에 섞여 있었다는 것은 예심에서도 확인된 사실입니다. 그렇다면 피고가 3천 루블의 반을 따로 떼어 시내 어딘가에 숨길 수는 없었을 것입니다. 그러니까 이 단 한 가지 가정, 즉 모크로예에 감춰두었다는 가정만 소멸된다면 강탈죄는 한순간에 소멸되고 맙니다. 만일 피고가 아무 데도 들르지 않았다는 것이 증명되었다면 도대체 그 돈은 어떤 기적을 일으켜 사라진 것일까요? 뿐만 아니라 그 날 밤까지 그가 돈이 없었다는 사실은 모두가 다 알고 있다고 말씀하십니다. 배심원 여러분! 원하신다면 말씀드리겠습니다만 이보다 더 확실한 증언은 없습니다. 그러나 검사는 자신의 소설을 더 좋아했습니다. 자신의 약혼녀가 건네준 3천 루블이란 돈을 피고는 수치심을 무릅쓰고 받을 만큼 의지력이 약한 사내니까 그 돈의 반을 따로 주머니 속에 꿰매 넣었을 리가 없다, 또 가령 꿰매 넣었다 하더라도 이틀이 멀다 하고 주머니를 끌러서 1백 루블씩 꺼내 쓸 것이므로 한 달도 안 가서 바닥이 났을 것이라고 했습니다. '피고는 범행이 있기 한 달 전, 카테리나 양한테서 받은 3천 루블을 모크로예 마을에서 1코페이카도 남기지 않고 하룻밤에 죄다 탕진해버렸다는 사실에 대해서는 얼마든지 목격자가 있다, 그러므로 피고가 그 돈의 반을 따로 떼어 놓았을 리가 없다'고 했습니다. 그러나 그 목격자라는 게 대체 어떤 사람들입니까? 이들 목격자들 중에 그 돈을 본 사람은 아무도 없습니다. 그저 짐작으로 판단한 데 지나지 않습니다. 심지어 막시모프 같은 사람은 피고에게 2만 루블이 있었다고 증언했을 정도입니다. 배심원 여러분! 심리해부는 양날의 칼 같은 것이기 때문에 저는 그 반대 측면에서 변론을 전개하여, 결론을 살펴보려고 합니다.

이 참극이 발생하기 한 달 전에 피고는 카테리나 양한테서 3천 루블의 송금을 부탁받았습니다. 그러나 과연 이 돈이 모욕과 경멸의 뜻으로 맡겨진 것이었을까요? 여기에 문제가 있습니다. 이 문제에 관한 그녀의 최초 증언은 결코 그런 것이 아니었습니다. 두 번째 증언 때에 우리는 처음으로 원망과 복수의 외침 소리를 들었습니다. 문제는 증인이 처음에 미덥지 못한 증언을 했다는 사실은, 두 번째 증언도 역시 미덥지 못한 것이라고 단정할 권리를 우리에게 부여한다. 만약 그처럼 순결하고 덕망이 높은 카테리나 양 같은 분이 피고를 파멸시킬 목적으로 법정에서 최초의 증언을 변경했다면, 이 두 번째 증언 역시 공평하고 냉정한 것이 못 된다는 것은 명백합니다. 사실 카라마조프는 양면성과 두 개의 심연을 갖춘 천성의 소유자입니다. 방탕에 대한 억제할 수 없는 욕구를 느끼고 있을 때조차도 만약 다른 부분으로부터 자극을 받기만 하면 곧 발길을 멈출 수 있는 인간입니다. 다른 부분이란 사랑을 말하는 겁니다. 화약처럼 불타오르는 새로운 사랑입니다. 그러나 이 사랑을 위해서는 돈이 필요했습니다. 그러나 시간이 흘러가는데도 표도르 파블로비치 씨는 피고에게 3천 루블을 주지 않았던 것은 물론 오히려 그의 애인을 유혹하기 위해 돈을 쓰려 한다는 소문까지 나돌았습니다. '만일 아버지가 돈을 주지 않으면 나는 카테리나에게 도둑놈이 되고 만다'고 그는 생각했습니다. 여러분! 여러분은 피고가 명예를 존중하는 감정을 가졌다는 것을 부정하십니까? 아닙니다. 그는 열정과 명예심을 가진 사람입니다. 그는 동생을 아버지한테 보내어, 마지막으로 3천 루블을 청구했음에도 대답조차 기다리지 않고 달려갔습니다. 그러고는 여러 사람이 보는 앞에서 아버지를 마구 구타했습니다. 구타까지 당한 아버지가 돈을 줄 리는 만무합니다. 그날 밤, 그는 가슴 '위쪽'을 주먹으로 치면서 자기는 비열한 인간이 되지 않으려고 노력했지만 결국 비열한 인간이 되고 말았다고 했습니다. 한데 왜 검사는 동생의 증언을 믿지 않는 겁니까? 그날 밤, 동생과 이야기를 나눈 후 피고는 숙명적인 편지를 썼습니다. 바로 그 편지가 피고의 죄를 입증하는 가장 치명적인 증거가 된 셈입니다. '사람들에게 부탁해서 돈을 빌리지 못하면, 이반이 출발하자마자 곧 아버지를 죽이고, 장밋빛 끈으로 묶은 봉투를 베개 밑에서 꺼내겠다.' 이건 완전한 살인 계획서입니다. '쓰여진 대로 실행되었다'고 검사는 외쳤습니다. 그러나 첫째, 그 편지는 취중에 씌어진 것입니다. 굉장한 흥분 상태에서 쓴 겁니다. 둘째, 봉투 얘기는 스메르댜코프한테서 듣고 썼을 뿐 그 자신이 봉투를 본 적은 없습니다. 셋째, 그 편지는 물론 피고가 썼겠지만, 과연 쓴 대로 실행되었다는 것을 무엇으로 증명하겠습니까? 피고는 정말 베개 밑에서 봉투를 꺼냈을까요? 돈을 발견했을까요? 아니, 그보다도 돈은 정말 있었을까요? 피고는 과연 그 돈을 강탈하기 위해 달려갔던 걸까요? 그가 정신없이 달려간 것은 돈을 강탈하기 위해서가 아니라 자기를 절망에 빠뜨린 여자의 행방을 알아내려는 일념에서였습니다. 그러니까 계획대로, 편지에 씌어져 있는 것과 같은 목적으로 달려간 것이 아닙니다. 다시 말해 늘 생각해 왔던 강탈을 위해서가 아니라 갑자기 질투심에 사로잡혀 자기도 모르게 달려갔던 것입니다. '어쨌든 달려가서 아버지를 죽인 다음 돈을 강탈하지 않았느냐? 고 여러분은 질문하실 테죠. 그러나 그가 정말 살인까지 했겠습니까? 나는 그의 강탈죄를 강력하게 부인하는 바입니다.

12. 그렇다, 살인도 없었다

"배심원 여러분! 이것은 한 인간의 생사에 관한 문제이니만큼 신중히 고려해 주시기 바랍니다. 되풀이하지만 그가 달려간 것은 여자를 찾기 위해, 여자의 행방을 알아내기 위해서였습니다. 그러나 여러분도 기억하시겠지만 검사는 바로 이 놋쇠공이 하나로 엄청난 심리분석을 우리에게 시도했습니다. 그건 그렇다 치고, 그 전에 술집을 쏘다니며 아버지를 죽이겠다고 떠벌리고 다니던 피고가, 범행이 있기 이틀 전, 취중에 편지를 썼을 때는 그저 술집에서 점원 한 사람과 싸움을 했을 뿐 유달리 조용하지 않았느냐고 검사 측에서는 항의를 하실 겁니다. '원래 카라마조프는 싸움을 하지 않고는 못 배기는 성미니까' 라고 검사는 말씀하셨습니다. 그러나 저는 만일 피고가 계획대로, 즉 편지에 쓴 대로 아버지를 죽이려고 생각했다면, 그는 점원과 다투지도 않았을 것이고, 술집 같은 덴 들어가지도 않았을 것이라고 대답하겠습니다. 왜냐하면 그런 범죄를 생각하는 사람은 자신의 모습을 감추는 것은 물론 '될 수 있는 대로 자신의 존재를 잊어버리려고' 애쓰기 때문입니다. 그리고 그 편지가 왜 숙명적이어야 합니까? 왜 우스꽝스런 것이라고 말하지 않는 겁니까? 그 이유는 아버지의 시체가 발견되었고, 흉기를 들고 정원에서 도망치는 피고의 모습을 목격한 사람이 있었고, 그 목격자가 피고한테서 치명상을 입었기 때문입니다. 그래서 모든 것이 웃어넘길 수 없는, 숙명적인 것이 되고 만 것입니다. 결국 이렇게 되어 '정원에 들어간 이상 그가 죽였음이 틀림없다'는 결론에 도달했습니다. 피고의 마음속에 생겨난 '경건한' 감정이나 공손한 태도에 대해서 아까 검사가 비냥거리듯이 말한 것을 상기하시기 바랍니다. 그러나 만약 실제로 그러한 감정이 있었다면 어쩌겠습니까? '그때 어머니가 나를 위해 기도해 주셨음에 틀림없다'고 피고는 예심 때 진술하였습니다. 그래서 그는 아버지 집에 스베틀로바 양이 없는 것을 확인하고 바로 도망친 것입니다. '그러나 창문 너머로는 그걸 확인할 수 없었을 것'이라고 검사는 반박하실 겁니다. 한데 왜 확인할 수 없다는 겁니까? 우리는 왜 자기가 상상하는 대로 모든 걸 짐작하고, 원하는 모습대로 가정하는 걸까요? 실생활에서는 예리한 소설가의 관찰력으로도 포착하지 못하는 사건이 수없이 발생합니다. 게다가 검사는 그의 사랑을 인정하고, 그것을 본인 특유의 심리학적 방법으로 설명하였습니다. '술이 취했을 때의 상태며, 범인이 형장으로 끌려갈 때 아직도 형장이 멀다는 데 희망을 거는 심리 작용' 등에 대해 말을 했습니다. 그렇다면 여기서 다시 묻겠습니다만, 검사는 여기서도 다른 인물을 창조해낸 게 아닐까요? 그는 그날 밤 모크로예에서 늙은 하인 그리고리를 쓰러뜨린 것을 후회하며, 자신이 가한 타격이 치명상이 아니고, 자신도 형벌을 받지 않기를 하느님께 빌었습니다. 한데 무슨 이유로 피고가 거짓말을 하고 있다고 생각하는 겁니까? 아버지의 시체가 증거가 아니냐고 여러분은 반박하시겠지요. '그가 죽이지 않고 도망쳤다면 누가 그 노인을 죽였다는 거냐? 고 말씀하실 겁니다. 되풀이해서 말씀 드리지만 바로 여기에 기소자 측의 모든 논리가 있습니다. 즉 '그가 죽이지 않았다면 도대체 누가 죽였느냐? 그 사람 대신 누가 있다는 거냐? 라는 식의 논리입니다. 검사는 그날 밤 집에 있었거나 드나든 사람을 모조리 손꼽아보였는데, 모두 다섯 사람이었음이 판명되었습니다. 그중 세 사람은 전혀 혐의가 없다는 것에 대해서는 나도 동의합니다. 즉 피살된 당사자와 그리고리 노인, 그리고 그의 아내 말입니다. 그러니까 여기서 남는 사람은 피고와 스메르댜코프입니다. 그런데 검사는 극적으로 외쳤습니다. '피고가 스메르댜코프를 지목한 것은 달리 지목할 사람이 없었기 때문이다. 만약 스메르댜코프 이외에 누군가 여섯 번째 사람이 있었다면, 피고는 스메르댜코프한테 죄를 씌우기가 부끄러워서 얼른 여섯 번째 사람을 지목했을 것'이라고 말입니다. 그러나 배심원 여러분! 나는 정반대되는 결론을 내리고 싶습니다. 여기 두 인물, 즉 피고와 스메르댜코프가 있습니다. 그런데 저의 입장에서 본다면, 당신들이 피고 한 사람에게만 죄를 씌우는 것은, 그 사람 이외엔 죄를 씌울 만한 사람을 발견하지 못했기 때문입니다. 그리고 그 이외에 죄를 씌울 만한 사람을 발견하지 못한 것은 당신들이 선입견에 사로잡혀 스메르댜코프를 완전히 혐의 밖으로 제외해 버렸기 때문입니다. 스메르댜코프를 범인으로 지목한 사람은 피고 자신과 그의 두 동생, 그리고 스베틀로바 양뿐입니다. 그런데 피고의 큰동생이 오늘 법정에서 스메르댜코프를 범인으로 지목하였습니다. 아, 물론 나도 이반 카라마조프 씨가 섬망중에 걸린 환자이며, 그의 증언이 죽은 사람에게 죄를 전가시켜 자기 형을 구하려는 절망적인 시도일지도 모른다는 재판장 및 검사 여러분의 확신을 충분히 고려하고 있습니다. 게다가 조금 전 검사가 발언한 스메르댜코프의 성격론은 참으로 섬세하고 훌륭한 이론이었습니다. 그러나 저는 검사의 재능에 놀라움을 금할 수 없으면서도, 그 성격론의 본질에는 동의할 수가 없습니다. 저는 스메르댜코프를 찾아가서 그와 얘기를 나누었습니다. 그때 그가 저에게 준 인상은 전혀 다른 것이었습니다. 그가 건강이 좋지 않다는 것은 사실입니다. 그러나 그의 성격을 말할 것 같으면 절대로 검사님께서 말씀하신 것같이 약한 인간은 아니었습니다. 저는 그가 굉장히 음흉하고 남달리 야심이 많은데다가 복수심과 질투심이 강한 인간이라는 확신을 안고 돌아왔습니다. 그는 어린 시절, 자신을 돌봐준 그리고리 노부부에게조차 존경심을 표하지 않았습니다. 그는 전부터 프랑스로 가고 싶었는데, 여비가 모자란다고 입버릇처럼 말했지요. 그는 자기 자신 이외에는 아무도 사랑하지 않았고, 이상할 정도로 자만심이 강해보였습니다. 그는 자기를 표도르 파블로비치 씨의 사생아라고 생각하고 있었으므로(여기에는 증거가 있습니다), 자기 주인의 정식 아들들과 비교해서 자기 처지를 저주했던 것입니다. 그들은 모든 걸 가지고 있는데 자신은 한낱 요리사에 지나지 않는다는 것이 불만이었지요. 그는 저에게 주인어른이 돈을 봉투에 넣는 것을 직접 거들어주었다고 말했습니다. 그는 틀림없이 그 돈의 용도를 저주했을 것입니다. 뿐만 아니라 그는 3천 루블이라는 무지갯빛 지폐더미를 처음 본 것입니다. 아아, 시기심 많고 야심이 강한 사람에겐 절대로 큰돈을 보이는 게 아닙니다. 뛰어난 재능을 지닌 검사는 스메르댜코프를 범인으로 간주할 수 있는 가능성에 대하여 온갖

'찬부' 양론을 전개한 다음, 그가 간질병 발작의 흉내를 낼 필요가 어디 있었겠느냐고 의문을 제기했습니다. 뒤이어 그는 스메르쟈코프가 범죄를 저지를 틈이 있었느냐고 반문하셨습니다만 그 시각을 지적하기는 극히 간단한 일입니다. 즉 그리고리 노인이 울타리를 넘어가려는 피고의 발을 붙잡고 이웃이 다 들릴 만큼 큰 소리로 '애비 죽일 놈!'이라고 외친 순간 그는 퍼뜩 정신을 차리고 깊은 잠에서 깨어났는지도 모릅니다. 고요한 어둠 속에서 일어난 이 심상치 않은 외침 소리가 스메르쟈코프의 눈을 뜨게 했음이 틀림없습니다. 그는 침대에서 일어나 아무 생각도 없이 거의 무의식적으로 외침 소리가 난 쪽으로 걸어 나갔습니다. 주인 그가 나타난 것을 기뻐하며 무서운 소식을 전합니다. 그는 겁에 질린 주인한테서 자세한 사정을 듣습니다. 그때 그의 병적으로 혼란된 머릿속에서는 차츰 어떤 생각이 형태를 취해 가고 있었습니다. 그것은 무서운 생각이긴 했지만, 지극히 매혹적이면서도 논리적인 것이었습니다. 즉, 주인을 죽이고 3천 루블을 강탈한 다음 그 죄를 주인 아들에게 뒤집어씌운다는 것이었습니다. 그렇게 되면 주인 아들 이외에 누구를 범인이라고 지목하겠는가, 그가 여기에 온 건 사실이니 이보다 훌륭한 증거가 어디 있겠느냐고 생각했던 것입니다. 아, 이런 급작스럽고 불가항력인 충동은 기회만 닿으면 언제든지 일어날 수 있는 사실입니다. 스메르쟈코프도 그런 충동에 지배되어 주인 방으로 들어가서 그 계획을 실행에 옮겼을 것입니다. 그렇다면 흉기는 무엇을 사용했을까요? 그건 문제될 것도 없습니다. 눈에 띄는 정원의 돌멩이로도 죽일 수 있으니까요. 그러나 무엇 때문에, 무슨 목적으로 그런 짓을 했는가? 3천 루블이라는 돈은 그가 출세하기에 충분한 돈입니다. 그리고 어쩌면 스메르댜코프만이 그 돈의 소재를 알고 있었는지도 모릅니다. '그럼 돈이 들었던 봉투는? 마룻바닥에 찢어 던진 그 봉투는?' 이런 의문이 일어날지도 모릅니다. 아까 검사는 이 봉투에 대해서 아주 치밀한 설명을 했습니다. '마룻바닥에 봉투를 버려두고 가는 것은 상습적인 도적 행위가 아니다. 카라마조프 같은 인간만이 할 수 있는 짓이다. 스메르댜코프는 아니다. 그였다면 이런 범죄의 증거품을 버리고 갔을 리가 없다.'고 말씀하셨습니다. 그런데 배심원 여러분! 아까 이 설명을 듣고 있는 동안 불현듯 어디서 들은 말 같다는 느낌이 들었습니다. 아시겠습니까? 카라마조프만이 할 수 있다는 이 봉투에 관한 가정과 추측을, 저는 바로 이틀 전에 스메르댜코프의 입을 통해 들었습니다. 더욱 나를 놀라게 한 것은, 그가 일부러 순진한 체하면서, 미리 저에게 그런 생각을 불어넣으려고 했다는 점입니다. 제 스스로가 이런 판단을 하도록 암시라도 하는 듯한 태도였습니다. 배심원 여러분! 저는 지금 제가 한 말을 한 마디도 철회하지 않겠습니다. 그러나 잠시 불행한 피고가 아버지의 피로 손을 더럽혔다는 검사 측의 논고에 동의한다고 가정해 봅시다. 되풀이해서 말씀드립니다만 저는 일순간도 피고의 결백을 의심해 본 적이 없습니다."

이때 우레와 같은 박수 소리가 일어나서 변호사의 말은 중단되었다. 그는 이 마지막 말을 진심이 담긴 어조로 말했으므로, 일동은 그가 무슨 중요한 말을 하려나보다고 느꼈던 것이다. 그러나 재판장은 박수 소리를 듣고는, 만일 또다시 '이런 일'이 되풀이되면 방청객 전원을 '퇴정시키겠다'고 큰 소리로 선언했다. 법정은 곧 물을 끼얹은 듯 조용해졌다. 페튜코비치는 지금까지와는 전혀 다른 어조로 변론을 계속했다.

13. 사상의 간통자

"배심원 여러분! 수집된 사실만이 피고를 파멸시키는 것은 아닙니다." 하고 그는 언성을 높였다. "피고를 파멸시키는 것은 오로지 한 가지 사실뿐입니다. 그것은 늙은 아버지의 시체입니다. 이것이 보통 살인죄였다고 합시다. 여러분은 모든 증거를 종합적인 산물로서가 아니라 하나하나 분리해서 그것들이 증거가 불충분한 공상적인 성질을 띤 하찮은 것임을 발견하고 기소를 기각했을 겁니다. 적어도 단순한 선입견만으로 한 인간의 운명을 파멸시키기를 주저했을 겁니다. 그러나 슬프게도 피고는 그런 선입견을 줄 만한 행동을 해왔습니다. 게다가 이것은 보통 살인이 아니라 친부 살해입니다. 아버지의 피를 흘리게한 무서운 일입니다. 어릴 때부터 오로지 자신의 기쁨과 성공을 바라고 살아온 사람의 피입니다. 아아, 그런 아버지를 죽인다는 것은 생각만 해도 끔찍한 일입니다. 배심원 여러분! 저는 지금 참된 아버지란 자식에게 어떤 존재여야 한다는 것을 대충 말씀드렸습니다. 그러나 죽은 표도르 파블로비치 씨는 방금 제가 말씀드린 그런 아버지의 개념에는 전혀 부합하지 않는 사람입니다. 아아, 배심원 여러분! 도대체 무엇 때문에 피고를 피도 눈물도 없는 이기주의자이자 괴물로 묘사하는 겁니까? 물론 그는 방종하고 거칠고 난폭합니다. 이런 그의 생활 환경에 책임져야 할 사람이 누굽니까? 그가 훌륭한 심성과 섬세한 감성을 지니고 있었음에도 불구하고 어처구니없는 교육을 받은 것은 누구 책임입니까? 누가 그에게 올바른 길을 가르쳐주었습니까? 소년 시절에 누구 하나 그를 조금이라도 사랑해 주었던 사람이 있습니까? 나의 피고는 신의 비호 아래, 야수처럼 성장했습니다. 게다가 누구도 그에게 분별력을 가르쳐 주지 않았습니다. 그는 수없이 자신의 유년 시절을 꿈처럼 회상하고는, 그 시절에 본 저주스런 환영들을 지워버리려고 애썼습니다. 그리고 자신의 아버지를 허물없이 포옹하려고 했습니다. 그런데 어찌 되었습니까? 그를 맞아준 것은 냉랭한 조소와 시기심과 금전 문제에서 생긴 책략뿐이었습니다. 그는 날마다 '코냐크를 기울이며' 지껄여대는 구역질나는 잡담과 판에 박힌 훈계를 들었으며, 나중에는 자신의 돈으로 자신의 애인을 빼앗으려는 아버지를 본 것입니다. 배심원 여러분! 나의 피고처럼 겉보기엔 잔인무도하고 충동적이고 난폭해 보이는 사람들은 실은 지극히 선량한 마음씨를 가지고 있는 경우가 많은데, 다만 그것을 겉으로 드러내지 않아 모른다는 것뿐입니다. 아아! 너무나 오해받기 쉬운 이러한 마음을 저는 끝까지 변호하렵니다. 정열적이면서도 잔인해 보이는 그들은 그 무엇, 이를테면 여자를 사랑하게 되면 큰 아픔을 느낄 정도로 열중해버리지만, 그 사랑은 정신적인 사랑입니다. 제발 웃지 마십시오. 아까 저는 피고와 카테리나 양과의 사랑에 대해서는 언급을 회피하겠다고 말했습니다. 그러나 한두 마디 정도는 하고 넘어가겠습니다. 우리가 아까 들은 것은 증언이 아니라 복수심에 불타는 여자의 광적인 부르짖음이었습니다. 만일 그 여자가 조금이라도 여유로운 생각을 가졌더라면 결코 그런 증언은 하지 않았을 것입니다. 저는 조금 전 아버지란 무엇인가에 대한 질문과 함께 그것은 위대하고 고귀한 명칭이라고 외쳤습니다. 그러나 배심원 여러분! 말은 공정하게 해야 합니다. 죽은 카라마조프 노인은 아버지라고 불릴 자격도 없습니다. 사랑은 무에서 만들어지는 것이 아닙니다. 무에서 만들 수 있는 것은 오직 하느님뿐입니다. '아버지들이여, 자식을 노엽게 하지 말지어다'('에페소서' 6장 4절) 사랑에 불타는 마음으로 어느 사도는 이렇게 쓰고 있습니다. 내가 여기서 이 거룩한 말씀을 인용한 것은 우리의 불쌍한 피고를 위해서가 아니라 세상의 모든 아버지들께 말한 것입니다. 나는 한 인간으로서, 한 시민으로서 살아 있는 모든 사람에게 호소합니다. 우리들이 지상에서 살아 갈 시간은 그리 오래지 않은데, 너무나 많은 거짓과 비행을 일삼습니다. 저는 이 자리에서 저 자신에게 허용된 기회를 이용하려는 것입니다. 하느님의 뜻으로 우리에게 주어진 이 연단은 결코 무의미하게 존재하는 게 아닙니다. 온 러시아가 이 법정에서 우리들의 목소리를 듣고 있습니다. 나는 이 법정에 모인 아버지들께 말하는 것이 아니라 이 세상의 모든 아버지들께 외치는 것입니다. '어버이는 자녀의 마음에 상처를 입히지 말지어다!'라고. 그렇습니다. 우리는 먼저 그리스도의 말씀을 실행한 후에야 비로소 자식의 의무를 물을 수가 있는 것입니다. 물론 아버지란 말에는 다른 뜻과 해석도 있을 수 있어서 자기 아버지는 비록 짐승만도 못한 악한이라 할지라도, 자기를 낳아준 이상 아버지로서 마땅한 대접을 받아야 한다고 주장하는 사람도 있습니다. 그러나 이것은 이른바 신비적 부친관으로, 이성적으로는 도저히 받아들일 수 없는 일입니다. 이것은 오로지 신앙에 의해서만 받아들여질 수 있습니다."

여기저기서 요란한 박수가 일어났으나 페튜코비치는 변론을 중단시키지 말라는 듯이 두 손을 내저었다.

"배심원 여러분! 본분을 다하지 못하는 아버지의 모습은, 특히 주변 친구들의 이상적인 아버지의 모습과 비교할 때, 자녀에게 고통스러운 의문을 불러일으킵니다. 그러나 그 자녀가 이 의문에 대한 대답이란 틀에 박힌 것이어서 '아버지가 너를 낳았다. 너는 아버지의 혈육이다. 그러니까 너는 아버지를 사랑하지 않으면 안 된다.'는 것입니다. 그러나 '아버지는 나를 낳을 때 나를 사랑했을까?' 하고 자녀는 반사적으로 의문을 품습니다. 그리고 그는 점점 더 사고를 확장하여, '아버지가 나를 낳은 것은 나를 위해서일까? 아버지는 그 결정적인 순간, 술기운에 자극을 받았을지도 모를 그 욕정의 순간에 나 같은 건 생각지도 않았을지도 모른다. 고작 나한테 음주벽을 유전시켜 주었을 뿐인데, 나는 왜 아버지를 사랑해야만 하는가?' 하고 자문할 것입니다. 아아, 여러분은 필경 이러한 의문을 잔인하고 무례한 것이라고 생각하실 테지요? 그러나 젊은이에게 지나친 자제를 요구해서는 안 됩니다. '천성을 문 밖으로 내쫓으면 이번에는 창문으로 날아들어온다.'는 말이 있습니다. 특히 우리는 '금속'이니 '유황' 따위의 이해하기 어려운 말을 두려워해서는 안 됩니다. 우리는 신비적 개념의 명령을 따르지 말고, 이성과 박애심의 명령에 따라 문제를 해결해야 합니다. 그렇다면 어떻게 해야 할까요? 아들을 아버지 앞에 세워놓고 이렇게 질문하게 하는 것입니다. '아버지, 말씀해 주십시오. 왜 저는 아버지를 사랑해야 합니까?' 그때 만일 그 아버지가 아들의 물음에 논리적인 답변을 할 수 있다면 그것은 신비적 편견에 기초를 둔 그런 가정이 아니고, 이성적인 자의식과 엄격한 박애적 기초 위에 세워진 정상적인 가정입니다. 그러나 아버지가 그것을 증명하지 못한다면 그 가정은 한순간에 파탄을 맞을 겁니다. 배심원 여러분! 우리 법정은 진리와 건전한 사상의 학교가 되지 않으면 안 됩니다."

이때 변호사의 변론은 방청인들의 열광적인 박수로 중단되었다. 재판장은 있는 힘을 다해 종을 흔들기 시작했다. 잠시 후 가까스로 소동이 가라앉자, 재판장은 퇴정을 명하겠다는 아까의 엄중한 경고를 되풀이하는 수밖에 다른 도리가 없었다. 의기양양한 페튜코비치는 흥분한 어조로 다시 변론을 계속했다.

"배심원 여러분! 여러분께서는 아들이 울타리를 넘어 아버지의 집으로 들어가서 마침내 자기를 낳은 사람이자 원수인 자의 얼굴을 마주하고 섰던 가공할 만한 밤을 기억하실 겁니다. 그때의 일은 여기서 수없이 언급되었습니다. 그러나 진실을 말하자면 그때 그가 들어간 것은 결코 돈 때문이 아닙니다. 놋쇠공이는 그저 본능적으로 들고 갔을 뿐입니다. 배심원 여러분! 이 운명적인 놋쇠공이만 그의 손에 없었다면, 그는 그저 아버지를 구타만 했을 뿐 살해하지는 않았을 것입니다. 그는 도망가면서도 얻어맞은 노인이 죽었다는 걸 몰랐습니다. 이런 살인은 살인이 아닙니다. 그러나 이런 살인이 실제로 있었던 겁니다. 배심원 여러분! 우리가 만일 그에게 유죄 판결을 내린다면 그는 자기 자신에게 이렇게 말할 것입니다. '이 사람들은 나의 양육을 위해, 나의 교육을 위해, 나를 보다 나은 사람이 되게 아무것도 해준 것이 없다. 그러고는 결국 나를 시베리아의 유형지로 보내버리려고 하는 것이다. 그들이 악하게 행동하면 나도 악해질 수밖에, 그들이 잔인하게 하면 나도 잔인해질 수밖에 없는 거다.' 배심원 여러분! 피고는 여러분의 선고를 받아들일 것입니다. 그러나 그와 동시에 여러분은 피고가 참된 인간으로 갱생할 수 있는 가능성을 파멸시키고 말 겁니다. 왜냐하면 피고는 영원히 사악하고 맹목적인 인간으로 생을 마치게 될 것이기 때문입니다. 배심원 여러분! 당신들은 인간이 상상할 수 없는 가장 무서운 형벌로 준엄하게 피고를 처벌하시렵니까? 그러면 당신들은 피고의 영혼이 움찔하며 공포에 떠는 것을 보게 될 겁니다. 배심원 여러분! 그는 거칠기는 하지만 참으로 고결한 사람입니다. 이런 부류의 사람들은 선을 향한 어마어마한 잠재력을 갖고 있습니다. 그들은 '나 자신의 셈을 다 치렀다'고 말하지 않고, '나는 모든 사람 앞에 죄를 지었다. 나는 이 세상의 어떤 사람보다 무가치한 존재'라고 말할 것입니다. 그는 후회와 감격, 타는 듯한 고통의 눈물을 흘리면서 이렇게 부르짖을 것입니다. '이 세상 사람들은 모두 나보다 낫다. 왜냐하면 그들은 나를 파멸시키기를 원치 않고 나를 구해 주려고 했기 때문이다.' 여러분은 이런 자비로운 행위를 그토록 쉽게 실행하실 수 있습니다. 왜냐하면 믿을 수 있는 증거라곤 아무것도 없는 이런 마당에 '그는 유죄'라고 단정하기는 너무나 괴로울 것이기 때문입니다. '죄 없는 한 사람을 벌하기보다는 죄 있는 열 사람을 용서해주는 게 낫다.' 이런 비천한 제가 여러분에게 우리 러시아의 재판은 범죄자를 처벌하기 위해 있는 것이 아니라 파멸한 인간의 구제에 있다는 것을 구태여 상기시킬 필요가 있을까요? 파멸한 사람을 구원하고 갱생시켜야 합니다. 나의 피고의 운명은 여러분 손에 달려 있습니다. 그리고 우리 러시아의 정의로운 운명도 여러분 손에 달려 있습니다. 여러분은 그걸 지키셔야 합니다. 그리고 그것을 지키는 사람이 있다는 것을, 그 정의가 훌륭한 사람들의 손에 쥐어져 있다는 것을 여러분은 반드시 입증해 주시리라 믿습니다."

14. 농사꾼들이 고집을 부리다

이것으로 페튜코비치 변호사의 변론은 끝났다. 그러자 방청객들은 폭풍우같이 열광했다. 남녀 할 것 없이 모두가 눈물을 흘렸다. 재판장도 압도당해 종을 울리는 것조차 망설이고 있었다. "그런 열광적인 감격을 제지한다는 것은 신성을 모독하는 것과 다를 게 없어요." 후일 이 고장 귀부인들은 이렇게 소리를 높였다. 변호사 자신도 깊은 감동에 젖어 있었다. 그러자 이때, 우리의 이폴리트 검사는 다시 한 번 '반론을 제기하려고' 자리에서 일어섰다. 그에게 증오의 시선이 쏠렸다. "어머나! 저건 또 뭐예요? 뻔뻔스럽게도 또다시 반론을 제기하려는가 보죠?" 부인들이 수군거렸다. 그러나 온 세상의 부인들이 모두 불만을 토로한다 하더라도, 그리고 그중에 이폴리트 검사의 부인까지 포함되어 있다 하더라도, 그 순간 그를 제지할 수는 없었다. 검사의 얼굴은 파랗게 질려 있었다. 그의 입에서 나온 첫마디는 뭐가 뭔지 알아들을 수 없었다. 숨을 헐떡이는데다가 발음도 분명치 않았고, 허둥대기까지 했다.

"……변호사는 내가 소설을 창작했다고 비난하고 있습니다. 그러나 그렇게 말하는 변호사야말로 연작 소설을 발표한 것이나 다름 없습니다. 그저 시적인 요소가 좀 부족한 것이 유감스러울 뿐입니다. 표도르 파블로비치 씨가 연인을 기다리다가 봉투를 찢어서 마룻바닥에 내던졌다고 한 다음 노인이 이 긴박한 순간에 지껄인 말까지 인용했습니다. 과연 이것은 시가 아니고 무엇입니까? 어리석은 백치 스메르쟈코프가 자신이 사생아라는 이유로 사회에 복수한다는 것은 바이런식 취향의 서사시가 아니고 무엇입니까? 그리고 아버지를 죽이고도 죽이지 않았다는 것은 이미 소설이랄 수도 없고, 서사시랄 수도 없는 것입니다. 이것이야말로 그 자신도 풀 수 없는 수수께끼를 던지는 스핑크스와 다를 바 없습니다. 죽였으면 어디까지나 죽인 거지, 죽였으면서도 죽이지 않았다는 것은 도대체 무슨 뜻입니까? 그리고 변호사가 무조건적으로 피고의 무죄를 주장한 것은 조금 심하다고 생각되지 않습니까? 진리와 건전한 사상의 법정에서 우리의 하느님을 그저 '십자가에 못박힌 살해자'라고 불렀습니다."

이때 재판장은 이런 경우에 흔히 하는 것처럼, 흥분을 자제하고 직무의 한계를 넘지 말라고 주의를 주었다. 그러나 법정은 쉬 가라앉지 않았다. 페튜코비치는 군이 반박하려고 하지 않았다. 그는 연단에 올라가서, 그저 한 손을 가슴에 얹으며 불쾌한 음성으로 위엄 있게 한두 마디 던졌을 뿐이었다. 그는 '소설'과 '심리분석'에 대해 가볍게 야유를 던진 다음, 어떤 대목에서 '주피터여, 그대는 노했노라! 그러므로 그대는 틀렸노라'라는 문구를 인용했다. 이 문구는 방청인들을 와자하게 웃게 했다. 그것은 이폴리트 검사가 주피터와는 전혀 닮은 데가 없었기 때문이다. 다음에 페튜코비치는 자신이 젊은 세대에게 친부 살해를 허용했다는 비난에 대해서는 구태여 반박할 필요성을 느끼지 않는다고 거드름을 피우며 말했다. 이 고장 부인들은 이폴리트 검사가 '완전히 압도당했다'고 말했다.

다음에는 피고의 발언이 허용되었다. 미탸는 일어났으나 많은 말을 하지는 않았다. 그는 심신이 몹시 지쳐 있었다. 법정에 들어올 때의 패기 있고 힘찬 모습은 전혀 찾아볼 수가 없었다.

"배심원 여러분! 심판의 날이 왔습니다. 나는 내 몸에서 하느님의 손길을 느끼고 있습니다. 방종한 사람에게 최후가 온 것입니다. 그러나 나는 하느님 앞에 섰다는 생각으로 여러분께 고합니다. '나는 아버지의 죽음에 대해서는 어떤 죄도 없습니다.' 나는 방종하긴 했지만 선을 사랑했습니다. 오늘 검사는 나 자신도 모르는 말을 해주셨습니다. 그러나 제가 아버지를 죽였다는 것은 사실이 아닙니다. 하느님 앞에 맹세합니다. 그러나 만일 벌을 주신다면, 나는 내 머리 위에서 검을 꺾고 그 조각에 입을 맞추겠습니다! 그렇지만 용서해 주십시오. 저의 신을 저한테서 빼앗지 말아주십시오."

그는 거의 쓰러지다시피 하며 자기 자리에 가서 앉았다. 드디어 배심원들이 자리에서 일어나 회의를 위해 퇴장하려고 했다. 재판장은 몹시 피로해 있었으므로, 기운 없는 목소리로 다음과 같은 주의를 주었다.

"제발 공정하게 논의해 주십시오."

배심원들이 퇴장한 후, 공판은 휴정을 선언했다. 방청인들은 자리에서 일어나기도 하고, 다리를 뻗기도 했으며, 휴게실에서 가벼운 식사를 하기도 했다. 사람들은 심장이 멈춘 듯한 심정으로 배심원들의 평결을 기다리고 있었다.

"그런데 우리 촌놈들은 어떻게 해야 할까요?" 미간을 찌푸린 한 신사가 이야기 꽃을 피우고 있는 다른 신사들 곁으로 다가가며 이렇게 말했다. 그는 뚱뚱한 몸집에 얼굴이 얽은 이 근방의 지주였다.

"하지만 촌놈들만 있는 건 아니잖습니까? 그중에는 관리도 네 명이나 끼여 있습니다."

"그래요, 관리들도 있지요." 군의원이 끼어들며 말했다.

"그런데 그 나자리예프 프로호르 이바노비치를 아십니까? 매달을 단 상인 말입니다."

"왜 그러시죠?"

"보통 영리한 사람이 아니랍니다."

"그건 그렇고, 피고는 정말 무죄가 될까요?" 또 다른 그룹에서 이 고장의 젊은 관리 한 사람이 외쳤다.

"틀림없이 무죄일 겁니다." 어떤 목소리가 자신 있게 받았다.

"무죄가 아니면 치욕입니다. 이 추태예요." 관리가 외쳤다.

"가령 그가 죽였다 하더라도 광적인 상태에서 놋쇠공이를 한 번 휘둘렀는데 그만 아버지가 쓰러진 거죠. 하지만 하인을 끌어댄 것은 좋지 않더군요. 그건 단지 우스꽝스러운 에피소드에 지나지 않아요. 제가 변호사라면 대뜸 이렇게 말하겠습니다. 죽이긴 죽였지만 무죄다. 그것뿐이다. 제기랄! 이렇게 말이오."

"변호사도 그렇게 말했지요. 그저 '그것뿐이다. 제기랄!'이라는 말은 하지 않았지만."

"아니, 미하일 세묘노이치!" 또 다른 목소리가 맞장구를 쳤다. "문제없어요, 여러분! 이 고장에선 정부의 본처 목을 자른 여배우가 사순절 기간에 무죄 방면되었으니까요."

"그러나 실제로 죽인 건 아니잖습니까?"

"어쨌든 마찬가지죠. 목을 자르려고 한 건 사실이니까."

"그 아이들 대목은 어떻습니까? 정말 멋지더군요."

"신비주의는 어떻고요! 신비주의 말예요."

"신비주의는 집어치워요. 그보다 이폴리트 씨의 입장이 되어보세요, 그의 앞으로의 운명을 상상해 보시란 말입니다. 검사 부인은 내일이라도 당장 자기가 좋아하는 미탸를 비난했다고 남편의 눈을 할퀴려 들 겁니다."

"그 부인도 여기 왔나요?"

"오긴 뭘 와요! 여기 와 있다면 당장 이 자리에서 얼굴을 할퀴 엉망이 되었을 겁니다. 치통 때문에 집에 있다나 봐요, 헤헤헤!"

그러자 한쪽 그룹에서 말했다.

"그러나 미탸는 무죄가 될지 몰라요."

"아마 내일은 술집 '수도'가 떠나갈 듯 난장판을 벌일 거요. 술잔치가 열흘은 계속될 겁니다."

"여러분! 변호사의 변론은 좋았습니다. 그러나 아버지의 머리를 놋쇠공이로 내리친다는 것은 있을 수 없는 일이에요. 그런 짓을 허용하면 세상이 어떻게 되겠습니까?"

드디어 종이 울렸다. 배심원들은 정확하게 한 시간 동안 회의를 했다. 방청객들이 다시 자리를 잡았을 때는 깊은 침묵이 법정을 지배하고 있었다. 드디어 때가 온 것이다.

"피고는 금품을 강탈할 목적으로 예정된 계획에 따라 살인을 했습니까?" 장내는 물을 끼얹은 듯이 조용해졌다. 수석 배심원은 젊은 관리였는데, 배심원 중에 제일 나이가 젊었다. 그는 무거운 장내의 정적을 깨뜨리며 또렷한 목소리로 선언했다.

"그렇습니다, 유죄입니다."

뒤이어 다른 모든 죄목에 대해서도 '역시 마찬가지로 유죄입니다. 네, 유죄입니다.' 라는 대답이 되풀이되었다. 거기에는 정상 참작이라고는 눈곱만큼도 없었다. 죽음과 같은 정적이 계속되었다. 그러나 그것은 최초의 몇 분간에 지나지 않았다. 남자 방청인 중에는 만족해하는 사람들이 많았다. 그중에는 기쁨을 감추지 못하여 연방 손을 비비대는 사람까지 있었다. 불만을 느끼는 사람들은 기가 꺾인 듯 어깨를 흠칫하기도 하고 소곤거리기도 했으나, 아직도 납득이 안 간다는 표정이었다. 그러나 부인네들은 폭동이라도 일으키지 않을까 염려될 정도였다. 처음에는 자기 귀를 의심하는 것 같았으나 이윽고 곧, "아니, 이게 무슨 일이에요? 세상에! 이런 일이 어디 있어요?" 하고 법정이 떠나갈 듯이 소리치는 것이었다. 그들은 모두 자리를 박차고 일어났다. 그들은 이제 곧 평결이 취소되고 다시 재조정되리라고 믿었던 것이 분명했다. 그런데 바로 그 순간, 갑자기 미탸가 자리에서 벌떡 일어나더니 두 손을 앞으로 쭉 내뻗으며, 가슴을 찢는 듯한 목소리로 외쳤다.

"하느님과 무서운 심판의 이름으로 맹세합니다. 나는 아버지를 죽이지 않았습니다. 카탸, 난 당신을 용서합니다. 형제여, 친구여, 또 한 사람의 여자를 불쌍히 여겨주시오!"

그는 미처 말을 다 맺지도 못하고, 법정 가득히 울려퍼지는 소리로 통곡을 하기 시작했다. 그것은 평상시의 목소리와는 전혀 다른 소리였다. 어디서 그런 목소리가 나왔는지 이상할 정도였다. 그러자 2층의 가장 뒷좌석 구석에서 귀청을 찢는 듯한 날카로운 여인의 통곡 소리가 들려왔다. 그것은 그루셴카의 목소리였다. 그녀는 누군가에게 부탁해서 변론이 시작되기 전에 다시 법정 안에 들어와 있었던 것이다. 판결의 선고는 이튿날로 연기되었다. 미탸는 법정에서 물러났다. 법정은 온통 수라장으로 변했다. 그러나 필자는 이미 밖에 나와 있었으므로 소동을 들을 수가 없었다. 다만 법정 밖 계단에서 들은 몇 사람의 외침을 기억하고 있을 뿐이다.

"아마 20년은 광산 냄새를 맡아야 할걸."

"최소한 그 이하는 아닐 거야."

"그래, 이 고장 촌놈들이 기어이 고집을 부린 거야."

"그들이 미탸를 매장시켜버린 거야."

에필로그

1. 미탸의 구출 계획

미탸의 공판이 있은 지 닷새째 되던 날, 아홉 시도 채 되지 않은 이른 아침에 알료샤는 카테리나를 찾아갔다. 그들 두 사람에게 중요한 어떤 문제에 대해 최종적인 결론을 내려야 했을 뿐 아니라 그녀에게 부탁할 일도 있었다. 그녀는 언젠가 그루센카를 맞았던 방으로 그를 맞아들였다. 바로 옆방에는 섬망증에 걸린 형 이반이 인사불성이 된 채 누워 있었다. 카테리나는 공판정에서 그런 촌극을 벌인 직후, 병마에 시달려 의식을 잃은 이반을 앞으로 일어날 세상 사람들의 비난과 지탄을 일체 무시하고 자신의 집으로 데려왔던 것이다.

그때까지 그녀의 집에 와 있던 두 친척 부인 중 한 사람은 공판 후 모스크바로 떠났으나, 다른 한 사람은 아직 그대로 남아 있었다. 그러나 두 사람이 다 떠나 버렸다 하더라도 카테리나는 병자의 머리맡에 앉아 간호를 계속했을 것이다. 이반은 바르빈스키와 게스벤슈투베한 테서 치료를 받고 있었다. 모스크바에서 초빙된 의사들은 환자의 상태에 대한 자신들의 견해를 뚜렷하게 밝히지도 않은 채 모스크바로 돌아가 버렸다. 카테리나와 알료샤는 15분 정도나 의논을 계속했다. 카테리나는 몹시 심한 병적 홍분 상태에 빠져 창백해져 있었다. 그녀는 알료샤가 무슨 용건으로 찾아왔는지를 이미 짐작하고 있었다.

"그이의 결심에 관한 일이라면 염려하지 않아도 될 거예요." 카테리나는 단호한 어조로 알료샤에게 말했다. "어차피 그이는 그렇게 행동할 수밖에 없을 테니까요. 탈주하는 길밖에 없어요. 가엾은 사람! 명예와 양심의 주인공은 드미트리 표도로비치가 아니라 저쪽 방에 누워 있는 사람 말예요. 형님을 위해 자기를 희생한 사람 말입니다. 저이는 오래 전에 저한테 이 탈주 계획을 죄다 말해 줬어요. 사실은 벌써 일을 다 꾸며놓았답니다. 당신한테도 어느 정도 알리긴 했습니다만……. 다른 죄수들과 함께 시베리아로 호송될 때, 여기서 세 번째 역에서 탈주시킬 생각인 것 같아요. 하지만 그 일은 아직 여유가 남아 있어요. 이반 형님은 벌써 그 역의 역장을 여러 번 찾아가 뵌 것 같아요. 그러나 누가 호송대 대장이 될지는 아직 알 수가 없어요. 아마 내일은 이 계획을 상세하게 설명드릴 수 있을 겁니다. 그것은 공판 전날 만일의 경우에 대비해서 이반 형님이 저한테 건네주었던 거예요. 기억하고 계시죠? 우리가 싸우고 있을 때 당신이 찾아오셨잖아요. 그이가 층계를 내려가려 할 때 당신이 오셨기에 내가 그이를 다시 불렀었죠. 기억하시죠? 그때 우리가 왜 싸웠는지 아세요?"

"모릅니다." 알료샤가 대답했다.

"그때 당신한테는 숨기고 있었지만 실은 그 탈주 계획 때문이었어요. 그이는 판결 사흘 전에 대강의 계획을 저한테 알려주었지요. 그때부터 우리는 그 일로 말다툼을 시작해서 계속 좋지 않은 상태였어요. 우리가 싸운 이유는 만일 드미트리가 유죄 판결을 받으면 그 계집과 함께 외국으로 도망칠 거라고 그이가 말했기 때문이에요. 그래서 제가 발끈 화를 냈죠. 그야 물론 그 몹쓸 계집 문제로 화를 냈지요. 특히 그 계집이 드미트리와 외국으로 탈주한다는 소식을 듣고는 정말 화가 났어요." 카테리나는 분노로 입술을 바르르 떨며 이렇게 외쳤다. "그런데 이반은 내가 그 계집 문제로 화를 내는 걸 보고 질투를 한다고 생각한 모양이에요. 그래서 그때 처음으로 말다툼이 일어난 거예요. 더욱이 예전에 이미, '나는 이제 드미트리를 사랑하지 않는다. 사랑하는 건 당신 한 사람뿐이다'라고 분명히 말해 두었는데도 말입니다. 나는 그 계집에 대한 증오심 때문에 그이한테 화를 냈던 거예요. 그 후 사흘이 지나 당신이 찾아온 그날 저녁, 그이는 봉합이 된 봉투를 가지고 왔어요. 만일 자신의 신상에 무슨 일이 생기면 뜯어보라면서요. 그 봉투 속에 상세한 탈주 계획이 적혀 있으니까 자신이 죽거나 중병에 걸리면 혼자서라도 미탸 형을 구출해 달라고 부탁했어요. 그러고는 나한테 1만 루블가량의 돈을 맡겨놓고 갔어요. 검사는 어디서 누구한테 들었는지 그이가 그 돈을 바꾸어왔다는 걸 알고, 논고 때 그 일을 끄집어냈어요. 이반은 아직도 제가 드미트리를 사랑하고 있는 줄 알고 질투하고 있으면서도 형님을 구출하는 일을 신신당부하질 않겠어요? 아니, 알렉세이 표도로비치! 당신은 이런 형태의 완전한 의미의 자기희생을 절대 이해하지 못할 거예요. 그날 저녁 당신이 들어온 뒤 그이가 돌아오면서 흘깃 나를 보는데, 그 눈길에는 증오와 멸시가 가득 차 있었어요. 그래서 어찌나 화가 났던지 당신한테 고함을 질렀던 거예요. '드미트리가 살인범이라고 단정한 사람은 바로 이 사람이에요.' 하고 말입니다. 그이를 화나게 만들려고 일부러 그런 소릴 한 거죠. 그이가 드미트리를 범인이라고 주장한 적은 한 번도 없었어요. 아아, 모든 건 나의 분노 때문에 그렇게 된 거예요. 법정에서 그런 저주스런 촌극이 벌어진 것도 실은 저 때문이었어요. 그이는 고상한 사람이어서, 제가 드미트리 형을 사랑한다 하더라도 자기는 시기심이나 복수심 때문에 형님을 파멸시키려는 것이 아니라는 걸 증명해 보이려고 했어요. 그래서 법정에까지 나갔던 거예요. 모든 건 다 제 탓이에요."

카탸가 알료샤에게 이런 고백을 한 것은 이번이 처음이었다. 그토록 자존심이 강한 그녀가 깊은 슬픔에 짓눌려 쓰러져가고 있음이 분명했다. 미탸가 유죄 판결을 받고 난 후 며칠 동안 그녀는 자신의 감정을 애써 감추려고 했다. 그녀는 법정에서의 자신의 배신 행위 때문에 몹시 괴로워하고 있었다. 알료샤는 이 번민에 휩싸인 여인을 용서해 주고 싶었다. 그래서 용건을 꺼내기가 더욱 힘들었다.

"괜찮아요. 그분에 대해선 염려할 건 없어요." 카탸는 또다시 강경한 어조로 잘라 말했다. "그분이 그런 식으로 말하는 것은 일시적인 것일 뿐이에요. 나는 그분의 성미를 잘 알아요. 그분은 탈주에 틀림없이 동의할 거예요. 중요한 것은 지금 당장 결정해야 할 문제가 아니니 그 사람한테는 아직 생각할 시간이 주어져 있다는 거죠. 그때까지는 이반 형님도 병이 나아서 모든 일을 직접 처리할 수 있을 거예요. 아무튼 안심하세요. 그분은 틀림없이 탈주에 동의할 테니까요. 여기다 그 여자를 놔두고 떠난다는 건 미탸에겐 불가능한 일이니까요. 더욱이 그 여자도 함께 유형을 떠날 것 같진 않으니까 결국 도망칠 수밖에 없는 거죠. 만일 이 경우 당신의 '재가'가 그처럼 필요한 거라면 당신도 관대한 마음으로 허락해 주셔야지요." 하고 카탸는 빈정대는 어조로 덧붙였다.

그녀는 잠시 말을 멈추고 미소를 지었다.

"그분은 그곳에서," 카탸가 다시 입을 열었다. "찬송가가 어떠니, 자신이 짊어져야 할 십자가가 어떠니, 의무가 어떠니, 하며 늘어놓고 있어요. 그날 밤 이반이 저한테 말해 줘서 잘 알아요. 이반이 어떤 얘기를 했는지 당신은 아마 모르실 거예요." 카탸는 감정을 폭발시키듯 말했다. "이반이 불행한 형님 얘기를 할 때 정말 형을 사랑하는 것 같았어요. 그러면서도 한편으로는 얼마나 형을 미워했는지 아아, 당신이 그걸 아신다면! 그런데 저는 그때 그분의 눈물 어린 얘기를 거만한 냉소를 지으면서 들었어요. 아, 몹쓸 년! 바로 이 제가 몹쓸 년이지요, 제가! 이반 형님이 섬망증을 일으킨 것은 모두 저 때문이에요." 카탸는 신경질적으로 말을 맺었다.

이 말 속에는 증오감과 모멸감이 어려 있었다. 알료샤는 카탸의 마지막 말에서 도전적인 느낌을 받았으나 그것을 문제 삼지는 않았다.

"오늘 당신을 부른 것은 당신한테서 그분을 설득하겠다는 다짐을 받기 위해서예요. 아니면 당신 역시 탈주를 비겁하고 떳떳하지 못한…… 그러니까 뭐라고 할까…… 그리스도 교인답지 못한 행동이라고 생각하시는지?" 카탸는 더 한층 도전적인 어조로 덧붙였다.

"아니, 그렇지 않습니다. 형님한테 죄다 말하겠어요." 알료샤가 중얼거렸다. "형님은 오늘 당신을 만나고 싶다고 했어요." 그는 카탸를 똑바로 보면서 말했다. 그녀는 흠칫 몸을 떨더니 소파에 앉은 채 몸을 뒤로 젖혔다.

"나를 찾는다고요? 그렇지만 어떻게 내가 갈 수 있겠어요?"

그녀는 얼굴빛이 창백해져서 중얼거렸다

"갈 수 있고말고요. 꼭 가셔야 합니다." 알료샤는 활기를 띠며 힘주어 말했다. "형님에겐 당신이 필요합니다. 형님은 지금 병에 걸려 있습니다. 형님은 많이 달라졌습니다. 당신에게 너무나 큰 죄를 지었다고 생각하는 모양입니다. 당신한테 용서를 바라는 건 아닙니다. 나는 용서받지 못할 인간이야 라고 말했으니까요. 그저 문턱에서 얼굴만 보여주시면 됩니다."

"하지만 너무 갑작스러운 일이라서……." 카탸가 중얼거렸다. "하긴 요전부터 그런 예감이 들었어요. 당신이 그런 말을 꺼내지 않을까 하고. 그러잖아도 그이가 나를 부르리라는 건 알고 있었으니까요. 하지만 그것은 불가능한 일이에요."

"형님은 당신에게 어떤 모욕을 주었는지 이제야 깨닫고 충격을 받은 모양입니다. 생전 처음 스스로에 대해 깨달은 겁니다. 당신이 거절한다면 형님은 한평생 불행한 존재로 인생을 마감하게 될 거라고 말씀하십니다. 아시겠어요? 20년 징역을 선고받은 사람이 아직도 행복을 찾으시니 가엾지 않습니까? 잘 생각해 주세요. 형님은 죄가 없으면서 파멸당한 사람입니다. 그러니 당신은 형님을 만나셔야 합니다." 알료샤는 감정에 겨워 말했다. "형님의 손은 피로 더럽혀지지 않았습니다. 정말로 결백합니다. 앞으로 형님이 받아야 할 무수한 번뇌와 고통을 위해서라도 형님을 만나주세요. 어둠의 세계로 가는 형님을 전송해 주십시오. 당신은 그럴 의무가 있습니다." 알료샤는 '의무가 있습니다' 라는 말에 특별히 힘을 주어 말했다.

"의무야 있겠지만, 그건 어려울 것 같아요." 카탸는 신음하듯 말했다. "그이가 내 얼굴을 본다면 참지 못할 것 같아요."

"두 분의 눈동자가 다시 한 번 마주쳐야 합니다. 지금 그것을 결심하지 못하면 한평생 그 일 때문에 괴로워할 것입니다."

"차라리 한평생 괴로워하는 편이 낫겠어요."

"그저 잠깐, 잠깐이면 됩니다. 형님을 불쌍히 여겨주세요, 제발!"

"불쌍한 건 오히려 나예요." 카탸는 비통한 어조로 내쏘듯 말하고는 울기 시작했다.

"어쨌든 가서야 합니다." 알료샤는 그녀의 눈물을 보고 강경하게 말했다. "그럼 형님한테 가서 당신이 꼭 오실 거라고 하겠습니다."

"안돼요. 절대로 그런 말을 해선 안돼요!" 카탸가 외쳤다. "한데 혹시 누구하고든 마주치면 어떡하죠?" 그녀는 별안간 얼굴이 창백해지면서 말했다.

"지금 가시면 누구와도 만날 염려가 없습니다. 그럼 기다리겠습니다." 알료샤는 이렇게 다짐을 받고 방에서 나갔다.

2. 거짓이 진실이 된 순간

알료샤는 미탸가 수용되어 있는 병원으로 발길을 서둘렀다. 판결을 받은 이튿날, 미탸는 신경성 열병에 걸려 그곳 시립 병원의 복역수 병동으로 옮겨졌다. 의사는 미탸를 다른 죄수들과 분리해, 전에 스메르댜코프가 입원했던 바로 그 작은 병실에 혼자 있게 했다.

미탸는 선량하고 동정심이 많은 청년이었다. 미탸와 같은 인간에겐 갑자기 살인범이나 사기꾼들 속에 끼어든다는 것은 견딜 수 없는 고통이 될 수 있었기 때문에 우선 그런 환경에 익숙해지지 않으면 안 된다는 것을 바르빈스키는 잘 알고 있었다. 가족이나 친지들의 면회는 의사와 형무소장은 물론 경찰서장한테까지도 비공식적으로 허락되어 있었다. 그러나 미탸를 찾아오는 사람은 알료샤와 그루셴카뿐이었다. 라키틴도 두 번이나 면회를 요구했으나 그때마다 미탸 쪽에서 바르빈스키에게 부탁해서 그냥 되돌려 보냈다.

알료샤가 병실에 들어갔을 때, 미탸는 환자용 가운을 입고 침대 위에 앉아 있었다. 그는 다소 열이 있는 듯 초산을 탄 물에 적신 타월을 머리에 감고 있었다. 그는 불안정한 눈빛으로 알료샤를 보았는데, 그 눈길 속에는 공포감 같은 것이 어려 있었다.

미탸는 공판 당일부터 몹시 우울해 있었다. 때로는 반 시간가량이나 입을 다문 채 자기 눈앞에 있는 사람조차 알아보지 못했다. 이따금 자기 쪽에서 침묵을 깨뜨리고 먼저 입을 열 때도 있었으나, 그럴 때면 언제나 당혹스럽고 불필요한 말을 뇌까리기 일쑤였다. 또 어떤 때는 고뇌가 가득한 눈으로 알료샤를 바라보기도 했다. 알료샤를 상대할 때보다 그루셴카와 함께 있을 때가 기분이 좋아 보였다. 사실 그루셴카와는 거의 아무 말도 하지 않았으나, 그녀가 들어오면 금세 얼굴이 환하게 밝아지는 것이었다.

알료샤는 형이 앉아 있는 침대 옆에 말없이 걸터앉았다. 미탸는 이날 초조하게 알료샤를 기다리고 있었지만, 선뜻 동생에게 질문을 할 용기가 나지 않았다. 카탸가 자기를 찾아주기로 승낙했다는 것은 미탸로서는 감히 생각조차 할 수 없는 일이었다.

"트리폰 녀석 말야," 미탸는 서두르며 입을 열었다. "그 트리폰 보리시치 녀석이 자기 여인숙을 아주 엉망으로 만들었다지 뭐냐. 검사가 그곳에 1천5백 루블을 감춰놓았다고 하니까 그 돈에 혈안이 되어 뒤졌던 거지. 집에 돌아가자마자 그런 바보짓을 했다는구나. 천하의 악당 같으니라고! 이곳 수위가 나한테 얘길 하더군. 그 마을 출신이거든."

"그보다 형님," 알료샤가 말했다. "카탸가 여기 오겠답니다. 그러나 언제 올지는 모르겠어요. 아무튼 오긴 올 겁니다, 틀림없이."

미탸는 몸을 부르르 떨었다. 이 소식은 그에게 심한 충격을 준 모양이었다. 그는 알료샤와 카탸 사이에 오간 대화를 상세하게 알고 싶지만 묻기가 두려운 눈치였다. 카탸의 입에서 잔혹하고 모욕적인 말을 듣게 된다면 단검으로 찔리는 것보다 더 치명적인 타격을 입을 것 같았기 때문이었다.

"카탸는 탈주 문제로 형님이 양심의 가책을 느끼지 않도록 잘 말해 달라고 했어요. 만일 그때까지 이반 형의 건강이 회복되지 않는다면 그 여자분이 모든 일처리를 하겠다고 합니다."

"그건 이미 너한테 들은 얘기 아니냐." 미탸는 깊은 생각에 잠겨 대꾸했다.

"그럼 형님은 이 계획을 그루셴카에게 말했습니까?"

"했어." 미탸가 고백했다. "그 여잔 오늘 오전에는 오지 않을 거야." 그는 조심스럽게 동생의 얼굴을 살폈다. "저녁에나 오겠지. 내가 어제 그 여자한테 카탸가 여러 가지로 도와주고 있다고 했더니 말없이 입만 비죽거리더구나. 그리고 한다는 소리가, '자기 하고 싶은 대로 하라죠, 뭐!' 하는 거야. 어쨌든 중대한 일이라는 건 알아챈 것 같아. 더 이상 캐묻진 못했어. 그 여자도 이젠 카탸가 사랑하는 건 내가 아니라 이반이라는 걸 깨달은 것 같더라."

"정말 그럴까요?" 알료샤는 저도 모르게 이렇게 물었다.

"하긴 어쩌면 아직 깨닫지 못했는지도 모르지. 어쨌든 그 여잔 오전 중에는 오지 않을 거야." 미탸가 말했다. "사실은 내가 그 여자한테 한 가지 부탁할 일이 있어. 그보다 알료샤, 우리 형제 중엔 이반이 제일 뛰어나. 우리 같은 건 아무래도 좋지만 이반만은 살아야 돼."

"형님, 카탸도 이반 형 때문에 굉장히 걱정하고 있었어요." 알료샤가 말했다

"그건 다른 말로 이반이 죽을 거라고 생각한다는 증거지. 죽는다고 생각하니까 무서워서 반대로 건강이 회복될 거라고 믿는 거야."

"이반 형은 워낙 강인한 체질이니까 회복될 거예요." 알료샤는 근심스러운 표정으로 말했다.

"이반은 회복될 거야. 그러나 카탸는 그가 죽을 거라고 믿어."

침묵이 흘렀다. 뭔가 중대한 문제가 미탸를 괴롭히고 있었다.

"이봐 알료샤! 난 그루셴카를 끔찍이 사랑하고 있어." 미탸는 눈물을 머금은 목소리로 말했다.

"하지만 그 여자는 형님과 함께 그리로 갈 수가 없잖습니까?"

"그래서 너한테 해둘 말이 있다." 갑자기 미탸는 쩌렁쩌렁 울리는

목소리로 말을 이었다. "만일 그리로 가는 도중이거나 그곳에 가서 간수놈들이 매질을 한다면 난 도저히 못 참을 거야. 그놈들을 죽이고, 결국은 총살을 당하고 말겠지. 그런 걸 어떻게 20년씩 견뎌낼 수 있겠니? 여기서도 이미 나를 '너'라고 부르기 시작했어. 간수놈들이 나보고 '너'라고 부른단 말이야. 간밤에 누워서 곰곰이 생각해 보았지만 아무래도 마음의 준비가 되지 않아! 도저히 감내할 자신이 없어. 그루셴카를 위해서라면 무엇이든지 다 참겠지만 매질만은 참을 수 없을 것 같아……. 하긴 그루셴카는 그리로 보내주지도 않을 테지만."

알료샤는 조용히 미소를 지었다.

"형님, 거기에 대한 제 생각을 한 번만 더 말하겠는데요. 형님은 제가 거짓말을 하지 않는다는 걸 잘 아시죠? 형님은 아직도 마음의 준비가 되어 있지 않아요. 그처럼 큰 십자가를 짊어진다는 건 형님에겐 버거운 일입니다. 형님은 스스로 고난을 안음으로써 자기 내부에 새로운 인간을 부활시키려 하고 있어요. 하지만 제 생각으로는 형님이 어디로 도망치든 간에, 그 내부의 '새로운 인간'을 잊지 않으신다면, 그것으로 족합니다. 사실 그 점에 관해서는 변호사의 말이 맞습니다. 누구나 그런 무거운 짐을 짊어질 수 있는 건 아니잖습니까? 사람에 따라서는 도저히 불가능한 경우도 있는 겁니다. 만일 형님의 탈주 때문에 다른 사람들, 즉 호송 장교나 병사가 책임을 짊어진다면, 저도 이 탈주를 허락하지는 않을 거예요." 알료샤는 빙긋 웃었다. "그러나 이것은 그 역의 역장이 이반 형님한테 한 말이지만, 요령껏 하면 시끄러운 문제가 일어나지 않고 간단한 처벌 정도로 끝난다는 겁니다. 만일 이반 형과 카테리나가 형을 위해서 이 일을 맡아달라고 한다면 난 언제든지 거기로 가서 뇌물을 바치겠습니다. 솔직히 저는 형이 어떤 행동을 취하든 형을 비판할 자격이 없습니다."

"하지만 어쨌든 나는 나 자신을 엄격하게 힐책할 거야." 미탸가 외치듯 대답했다. "나는 탈주하겠다. 이건 네가 이런 말을 하기 전부터 결심한 거야. 카라마조프 가의 미탸가 도망치지 않는다는 게 이해가 돼? '저쪽에' 가서도 죽을 때까지 내 죄과를 씻도록 노력할 거야. 이렇게 말하니 어쩐지 제수이트 교도가 된 것 같군."

"그렇군요." 알료샤가 조용히 미소를 지었다.

"내가 너를 좋아하는 건 네가 뭐든 있는 그대로 말하기 때문이야." 미탸는 웃으면서 말했다. "결국 나는 알료샤가 제수이트라는 걸 확인한 셈이군. 그런 뜻에서 너한테 키스를 퍼붓고 싶구나. 자, 그럼 다음 얘기를 들어봐. 나는 내 영혼의 나머지 반쪽도 너한테 펼쳐 보일 테니까. 알료샤, 내가 도달한 최후의 결론은 이렇다. 가령 내가 돈과 여권을 준비해서 미국으로 도망친다 해도 난 기쁨과 행복을 찾아가는 게 아니라 비참한 또 다른 징역살이를 하러 가는 간다는 생각이 들 것 같아. 알료샤, 솔직히 시베리아보다 더 비참할 거야. 나는 미국이란 나라가 도대체 마음에 안 들어. 사실 그루센카는 러시아 여자야. 머리끝부터 발끝까지 러시아 여자란 말이다." 미탸는 갑자기 눈을 번뜩이며 이렇게 외쳤다. 그 목소리는 울먹이듯 떨려 나왔다.

"그래서 나는 이렇게 결심했어. 알료샤, 내가 그루센카와 함께 그곳에 가게 되면 어딘가 인적이 드문 깊은 산골에 들어가서 새끼곰이랑 어울려 땅을 파고 농사나 지을 생각이야. 거긴 아직도 미개척지가 많을 테니까. 우린 최후의 모히칸 족들이 남아 있는 지방에 갈 작정이

야. 그리고 나도 그루센카도 곧 문법 공부를 시작하는 거야. 그렇게 3
년을 지내면서 어느 미국인 못지않게 영어를 익히는 거지. 이렇게 영
어를 익히게 되면 더 이상 미국에 남아 있을 필요가 없지. 우린 미국인
이 되어 다시 러시아로 돌아오는 거야. 걱정할 것 없어. 이 마을엔 오
지 않을 테니까. 북쪽이든 어디든 어느 먼 시골에 숨어버리겠어. 그땐
물론 나도 변하겠지만 그루센카도 변할 거야. 미국에 가 있는 동안 미
국 의사한테 부탁해서 얼굴에 혹 같은 걸 하나 만들어달라고 해야지.
기술이 발달한 곳이니까 그런 것쯤은 문제없을 거야. 그렇게 하면 아
무도 알아보지 못할 거야. 아니, 발각된다 해도 시베리아에 가는 게 고
작일 테지. 어쨌든 나는 다시 돌아와 어딘가 먼 시골구석에서 농사를
지으며 한평생 미국인 행세를 할 거야. 고국 러시아 땅에 묻힐 수 있으
니까. 이것이 내 계획이야. 이건 확정적인 거야. 너도 찬성하겠지?'

"저도 찬성합니다." 알료샤는 형에게 반대하고 싶지 않았다.

"그런데 놈들이 법정에서 죄도 없는 사람을 범죄자로 만들어 버리
다니, 어떻게 그럴 수가 있느냐 말이야!'

"그렇게 하지 않아도 형님은 유죄 판결을 받았을 겁니다." 알료샤
는 이렇게 대답하고 한숨을 내쉬었다.

"하긴 그래. 이 마을 사람들한테 미움을 많이 샀으니까. 젠장 마음
대로 하라지. 이젠 모든 게 귀찮아." 미탸는 고통스럽게 내뱉었다.

다시 대화가 끊어졌다.

"알료샤, 솔직히 말해다오. 그 여자가 여기 오는 거냐, 안 오는 거
냐? 그 여잔 뭐라고 했어?'

"분명히 오겠다고는 했지만 오늘 올지 어떨지 모르겠습니다. 그 여

자로서도 용이한 일은 아니니까요." 알료샤는 겁에 질린 표정으로 형을 바라보았다.

"물론 쉬운 일은 아닐 테지. 그러나 알료샤, 어쨌든 나는 그 문제라면 미칠 것 같다. 아아, 하느님! 제발 제 마음을 가라앉혀주소서. 나는 무얼 원하는 걸까? 물론 카탸가 찾아오길 원하는 거겠지? 카탸가 오길 원하다니! 대체 나는 제정신일까? 어쨌든 나는 카라마조프 가의 피를 이어받은 짐승 같은 놈이야. 나는 고난을 받을 자격도 없는 놈이야."

"아아, 저기 왔습니다!" 알료샤가 외쳤다.

바로 그 순간, 문지방에 카탸가 나타났다. 그녀는 그 자리에 멈춰서서, 멍한 표정으로 미탸를 보고 있었다. 미탸는 벌떡 일어섰다. 갑자기 참을 수 없다는 듯이 카탸에게 두 손을 내밀었다. 그것을 보자 카탸도 미탸에게로 달려와서 두 손을 붙잡고 침대 위에 그를 앉히고는 나란히 앉았다. 두 사람은 야릇한 미소를 지으며 서로의 얼굴을 뚫어지게 바라보고 있었다. 이렇게 2분가량이 지났다.

"나를 용서하는 거군, 그렇지?" 마침내 미탸가 중얼거렸다. 그러고는 알료샤를 돌아보며 기쁨에 일그러진 얼굴로 외쳤다.

"이봐, 넌 내가 묻는 말 들었지? 그렇지?"

"당신은 너그러운 마음씨를 지닌 분이에요. 그래서 당신을 사랑했던 거예요." 갑자기 카탸의 입에서 이런 말이 튀어나왔다. "게다가 먼저 용서를 받아야 할 사람은 당신이 아니고 저예요. 하지만 당신이 용서하건 말건 어차피 매한가지예요. 앞으로 영원히 당신은 나의 마음속에 깊은 상처로 남을 것이고, 나 역시 당신의 마음속에 똑같은 상처로 남게 될 테니까요. 하긴 그건 어쩔 수 없겠지만," 그녀는 숨을 돌리려고 말을 멈췄다. "내가 무엇 때문에 왔는지 아세요?" 그녀가 격양된 어조로 다시 말하기 시작했다. "당신의 발을 그러안으려고, 당신 손을 꼭 쥐러 왔어요. 모스크바에서처럼, 이렇게 아프도록 꼭 쥐려고 온 거예요. 그리고 미치도록 당신을 사랑한다고 말하려고 온 거예요!" 그녀는 고통으로 신음하듯 이렇게 말하고는 느닷없이 남자의 손에 입술을 비벼댔다. 그녀의 눈에서는 하염없이 눈물이 흘렀다.

알료샤는 당황한 표정으로 말없이 서 있었다. 이런 광경을 보리라곤 전혀 예측하지 못했던 것이다.

"사랑은 흘러가 버렸어요, 미탸!" 카탸는 다시 입을 열었다. "그러나 흘러가 버린 그 추억이 나한테는 더없이 귀중한 거예요. 제발 이것만은 영원히 잊지 말아주세요. 하지만 잠시 동안만이라도, 마땅히 그렇게 되었어야 했으면서도 이루지 못했던 일을 실현시켜보도록 해요." 그녀는 다시 기쁨에 넘쳐 미탸의 얼굴을 들여다보며 이렇게 속삭였다. "당신은 이제 다른 여자를 사랑하고 있고, 나도 다른 남자에게 마음을 주고 있지만, 영원히 당신을 사랑할 거예요." 그녀는 떨리는 소리로 이렇게 외쳤다.

"오, 사랑하고말고…… 당신도 알잖아, 카탸!" 그는 숨을 몰아쉬면서 이렇게 대답했다. "닷새 전 그날 저녁에도 나는 당신을 사랑했어. 당신이 졸도해서 끌려 나가던 그때도 말야. 한평생 사랑할 거야! 영원히 변함없이……."

두 사람은 거의 열병 환자의 잠꼬대와 같은 말을 주고 받았다. 어쩌면 그것은 거짓말이었는지도 모른다. 그러나 그 순간만은 모든 것이 진실이었다.

"카탸! 당신은 내가 살인자라고 믿고 있소?"

"아니에요. 한 번도 살인자라고 믿은 적이 없어요. 하지만 갑자기 당신이 미워져서 그렇게 믿으려 했던 거죠. 이 모든 걸 이해하셔야 해요. 아, 참! 잊었군요. 저는 저 자신을 벌하기 위해 여기 온 거예요."

그녀는 여태까지의 사랑의 속삭임과는 전혀 다른 어조로 말하기 시작했다.

"여자로서 얼마나 고통스러웠소." 미탸의 입에서 저도 모르게 이런 말이 튀어나왔다.

"이젠 그만 돌아가겠어요. 다시 찾아뵙겠어요. 오늘은 너무 괴로워서……."

그녀는 자리에서 일어났으나 별안간 앗, 소리를 지르며 한 걸음 뒤로 물러섰다. 인기척도 없이 그루셴카가 방 안으로 들어선 것이다. 카탸는 재빨리 출입문으로 걸어 나갔다. 그리고 그루셴카 앞에서 걸음을 멈추더니, 백지장처럼 창백한 얼굴로 이렇게 말했다.

"날 용서해 주세요."

그루셴카는 뚫어지게 카탸를 노려보더니 독기 서린 날카로운 어조로 대답했다.

"서로가 성질이 고약하긴 마찬가지군. 당신이나 나나 한 성질 하죠. 한데 누가 누굴 용서하겠어요? 그보다 저기 저분을 구해 주세요. 그러면 한평생 당신한테 감사를 드릴 테니."

"그럼 용서하고 싶지 않다는 건가?" 미탸가 그루셴카를 향해 비난하는 투로 외쳤다.

"염려 말아요. 당신을 위해 저분을 구해 드릴 테니까!" 카탸는 재빨리 속삭이고는 문 밖으로 달려 나갔다.

"카탸 쪽에서 먼저 당신한테 용서해 달라고 말하는 데도 용서할 수 없다는 건가?" 미탸는 비통한 목소리로 이렇게 외쳤다.

"형님, 이분을 나무라진 마세요. 형님에게는 그럴 자격이 없어요." 알료샤가 흥분한 어조로 말했다.

"저 거만한 여자는 입으로는 그렇게 말하지만, 마음은 딴판이란 말이에요. 하지만 당신만 구해 준다면 나도 모든 걸 용서할 수 있어요."

그루셴카는 입을 다물었다. 마음속에서 무언가가 울컥 치밀어오르는 것을 억누르는 듯이 보였다.

"알료샤, 빨리 카탸 뒤를 쫓아가!" 미탸는 동생에게 급히 당부했다 "그리고 그 여자에게 말해다오. 뭐라고 하면 좋을까? 아무튼 그대로 돌려보낼 순 없어."

"그럼 저녁에 다시 들르겠어요." 알료샤는 이렇게 대답하고 카탸를 뒤쫓아갔다. 그는 병원 담장 밖에서 간신히 카탸를 따라잡았다. 그녀는 총총 걸음으로 몹시 서두르고 있었다. 알료샤가 다가가자 빠른 소리로 이렇게 말했다.

"안돼요. 난 저 여자 앞에서 나 자신을 벌할 수 없어요. 내가 저 여자한테 용서해 달라고 한 건 어디까지나 나 자신을 벌하려는 생각에서였어요. 그런데도 저 여잔 용서하려 하질 않는군요. 저 여자의 그런 점을 나도 좋아하지만!" 카탸는 빈정대는 투로 이렇게 덧붙였다. 그 눈은 무서운 증오로 번뜩였다.

"형님으로서는 정말 뜻밖의 일이었을 거예요. 그 여자가 올 줄 몰랐을 테니까요."

"물론 그랬을 테죠. 하지만 그 얘긴 그만해둬요." 그녀는 말을 가로막았다. "그보다 당신이랑 장례식엔 가지 못할 것 같아요. 조화는 벌써 보냈어요. 그 집에 돈은 아직 남아 있겠죠? 혹시 필요하다면 그 집 식구들한테 전해 주세요. 앞으로도 나는 절대로 그 사람들을 방관하지 않을 거라고요. 자, 그럼 이제 저를 놓아주세요. 당신도 늦겠어요. 저녁 미사종이 울리고 있군요."

3. 일류샤의 장례식, 알료샤의 조사

알료샤는 결국 장례식에 늦고 말았다. 모두들 그를 기다리다 지쳐 꽃으로 장식된 조그마한 관을 성당 안으로 옮기려던 참이었다. 그것은 불쌍한 소년 일류샤의 관이었다. 일류샤의 친구인 소년들이 환성을 지르며 그를 맞아주었다. 소년들은 모두 열두 명이었는데 한결같이 어깨에 책가방을 메고 있었다.

"내가 죽으면 틀림없이 아빠가 울 테니까, 꼭 우리 아빠 옆에 있어 줘." 그들은 일류샤가 죽기 전에 한 말을 기억하고 있었다. 콜랴 크라소트킨이 그들의 우두머리였다.

"카라마조프 씨, 와주셔서 정말 기쁩니다." 알료샤에게 손을 내밀면서 콜랴가 말했다. "이 집은 정말이지 눈뜨고 볼 수 없을 정도예요. 스네기료프 씨도 오늘밤은 술을 마시지 않았어요. 그렇지만 꼭 술 취한 사람 같아요. 그보다 카라마조프 씨, 안으로 들어가시기 전에 꼭 한 가지 물어볼 말이 있어요."

"무슨 말이지?" 알료샤는 걸음을 멈추며 물었다.

"당신의 형님은 무죄입니까, 아니면 유죄입니까? 아버님을 죽인 건 형님입니까, 하인입니까? 우린 당신의 말을 믿겠습니다."

"하인이 죽인 거야. 우리 형님에겐 죄가 없어." 알료샤가 대답했다.

"나도 그럴 줄 알았어요." 스무로프라는 소년이 옆에서 소리쳤다.

"그러니까 당신 형님은 죄도 없으면서 정의를 위해 희생되는 거군요?" 콜랴가 외쳤다. "그러나 당신의 형님은 행복하십니다."

"그게 무슨 소리야?" 알료샤가 소리쳤다.

"아, 저는 언제라도 정의를 위해 희생될 수 있기를 바라니까요." 콜랴는 열광적인 말투로 이렇게 대답했다.

"하지만 이런 치욕적이고 끔찍한 사건으로 자신을 희생하는 건 좋지 않아!" 알료샤가 말했다.

"그야 물론이지만…… 저는 온 인류를 위해 죽었으면 해요. 치욕이건 뭐건 결국은 마찬가지예요. 진실로 당신 형님을 존경합니다."

"나도 존경해요." 갑자기 소년들 속에서 이렇게 외치는 소리가 들렸다.

알료샤는 방으로 들어갔다. 일류샤는 두 손을 가슴에 얹고 눈을 감은 채 하얀 명주로 감싼 하늘빛 관 속에 누워 있었다. 얼굴에는 진지하고 깊은 생각에 잠긴 듯한 표정이 담겨 있었고, 손에는 꽃다발이 쥐어져 있었다. 그것은 이날 아침 호흘라코바 부인의 딸 리자가 보낸 꽃이었다. 거기엔 카테리나가 보낸 꽃도 있었다. 알료샤가 문을 열었을 때, 스네기료프 대위는 떨리는 두 손에 꽃다발을 들고 아들의 시체 위에다 꽃송이를 뿌리고 있었다. 스네기료프의 얼굴은 생동감이 있었으나 어딘가 얼빠진 데다가 사나운 표정이었다. 그의 몸짓에도, 그리고 이따금 뇌까리는 말소리에도 반쯤 미친 사람 같은 데가 있었다. "아가야! 귀여운 아가야!" 일류샤의 유해를 보며 그는 쉴 새 없이 되뇌었다.

"여보, 나한테도 꽃을 줘요. 저 애 손에 쥐어 있는 하얀 꽃을 나한테도 줘요." 정신 이상 중세를 보이는 엄마는 훌쩍이면서 졸랐다.

"안 돼. 아무한테도 줄 수 없어. 한 송이도 줄 수 없어." 스네기료프는 냉담하게 소리쳤다. "이 꽃은 저 애 거야. 당신 꽃이 아니야."

"아빠, 엄마한테 한 송이 주세요." 니노치카가 눈물 젖은 얼굴로 아버지에게 말했다.

"절대로 줄 수 없어. 엄마한텐 정말 안 돼. 엄마는 저 애를 사랑하지 않았어. 저 애한테서 대포까지 빼앗았지만 저 애는 군말 없이 주었어." 퇴역 대위는 흐느껴 울면서 말했다.

"난 성당 묘지에는 묻지 않을 거다." 스네기료프는 화를 내며 외쳤다. "저 돌 옆에다 묻겠어. 우리들의 저 바윗돌 옆에다. 이건 일류샤의 소원이야. 묘지로는 못 가져간다."

그는 벌써 사흘 전부터 그 돌 옆에다 묻겠다고 우기는 것이었다. 그러나 알료샤, 크라소트킨, 집 주인 노파, 그 노파의 여동생, 그리고 소년들까지 모두가 반대하고 나섰다.

"목매 죽은 사람도 아닌데 그런 더러운 돌 옆에다 매장하겠다니! 참, 기가 차서!" 집 주인 노파는 완강히 반대했다. "성당 묘지에는 좋은 자리가 있어요. 거긴 십자가도 있으니 그 애를 위해 기도해줄 거예요."

퇴역 대위는 귀찮다는 듯 손을 내저으며, "그럼 어디로든 마음대로 가져가!'라고 말했다. 소년들은 관을 들었지만, 어머니 옆을 지날 때 잠깐 그녀 앞에 멈춰 서서 내려놓았다. 어머니가 일류샤와 마지막 인사를 나눌 수 있게 하기 위해서였다.

"엄마, 일류샤한테 성호를 긋고 축복해 줘요. 작별의 키스를 해줘요." 하고 니노치카가 말했다.

하지만 어머니는 자동인형처럼 쉴 새 없이 고개만 앞뒤로 흔들고 있었다. 그러나 어느새 그 얼굴은 격렬한 슬픔으로 일그러지더니 갑자기 주먹으로 가슴을 치기 시작했다.

'내가 옆에 있을 테니 염려 말아요. 나도 그리스도를 믿는 사람인 걸요.'

노파는 이렇게 말하면서 울음을 터뜨렸다. 성당은 불과 3백 걸음 정도밖에 안 되는 곳에 있었다. 날씨는 맑고 고요했으나 추웠다. 퇴역 대위 스녜기료프는 얼빠진 사람처럼 허둥지둥 관 뒤를 쫓아갔다. 여름철에 입는 짧고 낡아빠진 외투를 걸치고, 차양이 넓은 펠트 모자를 손에 들고 있었다.

"앗, 빵을 잊고 왔어, 빵을!" 그는 몹시 놀라서 소리쳤다.

그러자 소년들이 그에게 빵은 아까 직접 집어서 호주머니에 넣고 오지 않았느냐고 일러주었다. 그는 황급히 호주머니에서 빵을 꺼냈다. 그것을 확인하고 나서야 안도의 한숨을 내쉬었다.

"어느날 밤, 내가 일류샤의 침대 옆에 앉아 있으려니까 그 애가 이렇게 말하질 않겠소. '아빠, 제 무덤에 흙을 덮을 때, 빵을 부셔 무덤 위에다 뿌려주세요. 참새들이 날아오게 말이에요.' 이렇게 부탁하질 않겠어?"

이윽고 일행은 성당 한복판에 관을 내려놓았다. 소년들은 관을 둘러싸고 미사가 끝날 때까지 얌전히 서 있었다. 스네기료프는 미사가 진행되는 동안 다소 진정되긴 했으나 이따금 자신도 정체를 알 수 없는 초조감에 사로잡히곤 했다. '사도행전'의 독송이 끝난 직후 그는 자기 옆에 서 있는 알료샤에게 사도행전의 독송 방법이 엉터리라고 속삭였다. 찬송가가 울려퍼지자 그도 함께 따라 부르는가 했더니, 어느 순간 무릎을 꿇고 성당의 돌바닥에 이마를 맞대고는 그대로 엎드렸다.

마침내 장례식이 시작되어 일동의 손에 촛불이 쥐어졌다. 그러자 그때까지 넋을 잃고 있던 아버지가 또다시 안절부절 못하기 시작했다. 가슴을 에는 듯한 구슬픈 장송곡이 그를 심하게 자극한 모양이었다.

참석자들이 유해에 마지막 인사를 하고 관의 뚜껑을 덮으려 하자, 그는 두 팔로 관을 끌어안고는 아들의 입술에 미친 듯 키스를 퍼부었다. 그러고는 꽃을 뚫어지게 바라보다가 문득 뭔가 생각을 해냈는지 잠시 동안 자기 주변에서 일어나고 있는 일들을 잊어버린 것 같았다.

비싼 묘지비는 카테리나가 지불해 주기로 했다. 절차대로 의식이 끝나자 묘지의 인부들이 구덩이 속에다 관을 내려놓았다. 그때 스네기료프가 손에 꽃을 쥔 채 지나치게 허리를 굽혀 구덩이 속을 들여다보는 바람에 소년들은 깜짝 놀라 스네기료프의 외투자락을 잡아 뒤로 끌어당겼다. 무덤이 다 마무리되고 빵도 넉넉히 뿌렸음을 확인하자 그는 몸을 돌려 천천히 집을 향해 걸어갔다. 그의 걸음걸이는 점점 빨라지더니, 나중에는 거의 뛰다시피 했다. 소년들과 알료샤는 그 뒤를 쫓아갔다.

"아내에게 꽃을, 아내에게 꽃을 줘야 해. 아까는 너무 무안을 줬어." 하고 외쳐대기 시작했다.

"모자를 써야죠. 이렇게 추운데." 한 소년이 말했다. 그러나 그는 마치 심술이라도 부리는 듯 모자를 홱 눈 위에다 던지고는, "모자 따윈 필요 없어!" 라고 소리쳤다. 스무로프가 모자를 집어 들고 그의 뒤를 따랐다. 소년들은 하나같이 울고 있었다. 그 중에서도 콜랴와 트로이의 창건자를 알고 있다는 소년이 가장 슬프게 울었다.

집의 절반까지 왔을때 퇴역 대위는 무슨 상념이 떠오른 듯 얼마 동안 그대로 서 있더니, 갑자기 성당 쪽으로 몸을 돌리고 방금 떠나온 묘지를 향해 달려갔다. 그러고는 몸부림을 치면서 울부짖더니, "아가야, 일류샤! 얘, 아가야!" 하고 외치기 시작했다. 알료샤와 콜랴가 그를 안아 일으키더니, 그래서는 안 된다고 구슬렀다.

"대위님, 그만하세요. 이만한 일도 못 참으세요, 용감하신 분이!" 콜랴가 중얼거렸다.

"그러다가는 꽃도 못 쓰게 돼요." 알료샤가 말했다. "부인이 꽃을 기다리고 있잖아요. '부인' 은 아까 당신이 일류샤의 꽃을 주지 않았기 때문에 지금 앉아서 울고 있을 거에요. 그리고 집에는 일류샤가 누워 있던 침대가 아직도 그대로 있어요."

"그래 참, '아내' 에게 가봐야지!" 스네기료프는 순간 그 생각이 떠올랐다. "그 애의 침대를 치워버렸는지도 몰라." 그는 침대를 정말 치워버렸을까 봐 겁이 났는지 이렇게 덧붙이고는 벌떡 일어나 집을 향해 달려갔다. 퇴역 대위는 허겁지겁 문을 열고 아내에게 외쳤다.

"여보! 일류샤가 당신한테 꽃을 보내주었어. 다리가 아픈 당신이 가엾다면서." 그는 눈 위에 쓰러지면서 가지가 꺾인 꽃다발을 아내에게 내밀며 소리쳤다.

그러나 바로 그 순간, 그는 일류샤의 침대 옆 한구석에, 죽은 아들의 장화가 가지런히 놓여 있는 것을 발견했다. 그것은 집주인 노파가 조금 전에 놓아둔 것으로, 색이 바래 낡아빠진 것이었다.

"아가야, 아가야! 귀여운 아가야! 네 발은 어디 갔니? 당신은 그 애를 어디로 데려갔어요?" 아내가 애끓는 소리로 이렇게 울부짖었다.

그러자 니노치카도 목놓아 울기 시작했다. 콜랴는 밖으로 달려 나갔다. 뒤따라 다른 소년들도 나왔다. 알료샤도 밖으로 나와 버렸다.

"실컷 울도록 해." 알료샤가 콜랴에게 말했다. "무슨 말로도 위로가 될 순 없으니까."

"너무나 비참해요." 콜랴도 그것을 시인했다. "저, 카라마조프 씨!" 그는 다른 사람에게 들리지 않도록 목소리를 낮추어 말했다. "정말이지 슬퍼서 견딜 수가 없군요. 만일 일류샤를 되살릴 수만 있다면 이 세상의 모든 것을 바칠 용의가 있어요."

"나 역시 마찬가지야." 알료샤가 대답했다.

"카라마조프 씨, 어떻게 생각하세요? 오늘 저녁에도 여길 와야겠죠? 아무래도 대위님은 술을 많이 마실 것 같아요."

"아마 그럴지도 모르지. 그럼 우리 두 사람만 오는 게 어때? 모두 함께 몰려오면 일류샤 생각이 날 테니까."

알료샤는 자신의 의견을 피력했다.

"지금 저기서 집주인 할머니가 식사 준비를 하고 있어요. 추도식을 올릴 모양이에요. 신부님도 오시겠지요? 우리도 지금 저길 가봐야 할까요?"

"물론 가봐야지." 알료샤가 대답했다.

"하지만 이상해요. 카라마조프 씨, 이렇게 슬픈 시기엔 느닷없이 블린(핫 케이크의 일종) 같은 걸 내놓다니! 종교적 입장에서도 자연스럽지 못한 것 같아요."

"연어도 나올 거야." 트로이의 창건자가 누군지 알고 있는 소년이 불쑥 이렇게 말했다.

"이봐, 카르타쇼프! 제발 부탁인데, 그런 실없는 말로 남의 대화에 끼어들지 말아줘. 네가 있는지 없는지조차 알려고도 하지 않을 때는 더욱 그래."

콜랴는 그 소년에게 이렇게 쏘아붙였다.

소년은 홍당무처럼 얼굴을 붉혔으나 감히 대꾸를 하지 못했다.

그러는 동안 일동은 오솔길을 따라 천천히 걷고 있었다. 이때 스무로프가 큰 소리로 외쳤다.

"아, 이게 일류샤의 돌이에요. 저 밑에 묻히고 싶다고 했어요."

모두 말없이 커다란 돌 옆에 멈춰 섰다. 알료샤가 돌을 보았다. 그러자 언젠가 스네기료프가 일류샤와 얘기하던 광경이 기억 속에 생생하게 되살아났다. 일류샤가 아버지한테 매달려 울면서, "아빠, 아빠! 그 녀석이 아빠에게 그런 모욕을 줄 수 있어요?" 했던 말이.

알료샤는 일류샤 친구들의 밝고 사랑스러운 얼굴들을 둘러보면서 이렇게 말했다. "얘들아, 너희들에게 한 마디 하고 싶은 말이 있다."

소년들은 알료샤를 에워쌌고, 기대에 찬 눈길을 그에게 쏟았다.

"얘들아, 우리는 얼마 후면 헤어져야 한다. 이제 조금 있으면 나는 두 형님과도 헤어지지 않으면 안 돼. 한 형님은 멀리 유형지로 떠날 거고, 또 한 형님은 지금 중병으로 누워 계신다. 하지만 나는 이 고장을 떠나야 해. 그러니 우리는 여기 일류샤의 돌 옆에서 먼저 일류샤를, 다음은 우리가 서로를 영원히 잊지 않는다고 맹세하자. 우리는 앞으로 무슨 일이 있더라도 저 불쌍한 소년을 여기 묻었다는 것을 잊지 않도록 하자. 너희들도 기억하듯 전에 우리는 저 다리 옆에서 그 애한테 돌을 던졌지만, 나중에는 모두가 그를 사랑하게 됐어. 그는 훌륭한 소년이었고, 착하고 용감했어. 사랑하는 아이들아! 너희들도 언젠가는 내가 한 말을 이해할 때가 있을 것야. 이런 아름다운 추억이 단 하나라도 우리의 마음속에 남아 있다면, 그 추억이 언젠가는 우리를 구해줄 거다. 어쩌면 우린 나쁜 사람이 될지도 모른다. 나쁜 일을 물리칠 수 없을지도 모르고, 타인의 눈물을 비웃을지도 모른다. 아까 콜랴는 '인류를 위해 고난을 받겠다'고 외쳤지만, 어쩌면 그런 사람에 대해서 심술궂은 조소를 퍼부을지도 몰라. 그리고 생각을 바꾸어 '그렇지, 나도 그땐 선량하고 용감하고 정직했지.' 하고 말할 거야. 하긴 마음속으로 비웃는 거야 무방해. 사람은 원래 선하고 훌륭한 것을 비웃고 싶어 하는 버릇이 있으니까. 그건 경박한 마음에서 비롯되는 거야. 그러나 얘들아! 어쩌다 비웃고 싶은 마음이 들면 그때는, '안 돼! 비웃는 건 좋지 않아. 이건 비웃을 일이 아니니까!' 하고 다짐해야 해."

"틀림없이 그럴 겁니다. 그 말을 이해합니다." 콜랴가 눈을 반짝이며 소리쳤다.

소년들은 모두 감동에 겨워 뚫어지게 알료샤를 바라보았다.

"내가 이런 말을 하는 건 우리가 나쁜 사람이 될까봐 두려워서야."

알료샤가 계속했다. "얘들아, 맹세하지만 너희들 한 사람 한 사람을 절대 잊지 않을 거야. 아까 콜랴가 카르탸쇼프에게 '네가 이 세상에 있는지 없는지 알고 싶지도 않다'고 했지만, 카르탸쇼프가 이 세상에 존재하고 있다는 것, 그리고 트로이의 창건자를 대답했을 때처럼 얼굴을 붉히지 않고, 쾌활하고 선량하고 아름다운 눈으로 나를 바라보고 있었다는 것을 나를 잊지 못할 거야. 아, 사랑하는 아이들아! 우리는 모두 일류샤처럼 관대하고 용감한 사람이 되자. 콜랴처럼 영리하고 대담하고 관대한 사람이 되자(물론 콜랴는 앞으로 더욱 총명해지겠지만). 그리고 카르탸쇼프처럼 겸손하고 사랑스런 사람이 되도록 노력하자. 우리에겐 정말이지 귀중한 소년이었어. 우리는 영원히 그를 잊지 말자."

'네, 그래요. 영원히!' 소년들은 모두 한 목소리로 외쳤다.

"그 얼굴도, 입고 있던 옷도, 해진 구두도, 관도, 그리고 죄 많은 불쌍한 아버지도 기억하자."

"네, 기억해요. 그 애는 용감했어요."

'난 얼마나 일류샤가 좋았는지 몰라!' 콜랴가 소리쳤다.

"얘들아! 절대 인생을 두려워하지 마라. 우리가 훌륭하고 참된 일을 시작하면 인생은 진정으로 아름다워질 거야."

"그래요, 그래요!' 소년들은 열광적으로 외쳤다.

"카라마조프 씨, 우린 모두 당신을 사랑해요." 한 소년이 울먹이는 소리로 외쳤다. 그것은 카르탸쇼프의 목소리 같았다.

"카라마조프 만세!' 콜랴가 감격해서 외쳤다.

"영원히 살아 있기를!' 소년들은 또다시 반복했다.

"카라마조프 씨!" 콜랴가 소리쳤다. "우린 모두 죽은 뒤 부활하여 생명을 얻을 것이라고 교회에서 가르치고 있는데 그건 정말입니까?"

"우리는 틀림없이 부활하여 즐겁고 유쾌하게 옛날 얘기를 하게 될 거다." 알료샤는 기쁨이 넘치는 얼굴로 이렇게 대답했다.

"아아, 그렇게 되면 얼마나 좋을까!" 콜랴는 저도 모르게 소리쳤다.

"자, 이젠 그만하고, 일류샤의 추도장으로 가보자. 그리고 마음 놓고 블린을 먹는 거야. 그건 옛날부터 내려오는 풍습이니까, 거기에도 좋은 의미가 있어." 알료샤가 웃었다. "자, 가자. 이제부터는 이렇게 서로 손을 잡고 가는 거야."

"영원히 이렇게, 한평생 손을 잡고 갑시다. 카라마조프 만세!"

콜랴가 다시 한 번 감격해서 외쳤다. 그러자 다른 소년들도 다시 환호했다.

카라마조프 가의 형제들에 대해

『카라마조프 가의 형제들』은 도스토옙스키 최후의 작품으로 그의 모든 사상, 예술관, 종교관이 집대성된 걸작이다.

도스토옙스키의 『카라마조프 가의 형제들』은 서구에서는 셰익스피어의 비극과 단테의 『신곡』 등과 어깨를 나란히 하는 대작 중의 대작으로 평가받고 있다.

또한 이 작품은 도스토옙스키의 사상과 미학의 주요 특징을 모두 아우르고 있으며, 주요 인물들과 스토리의 역동성, 내적 서사가 일반인의 상상을 뛰어넘는 무게와 깊이로 독자들에게 충격을 가하는 문제작이다.

이 소설의 주인공들은 모두 하나같이 파격적이고, 선과 악을 뛰어넘는 극단적인 성격을 보인다. 스토리의 내적 서사를 위해 도스토옙스키는 그의 주요 인물들과 주인공을 창조하는 데 잔인할 정도의 집착을 보인다. 그래서 도스토옙스키는 '잔인한 재능을 타고난 천재'로 불리기도 한다.

그의 연인과 가족, 또는 친구에 대한 사랑과 우정도 열정과 집착이 지배적이었다. 이러한 도스토옙스키의 집착과 열정은 놀라운 예지력으로 인해 찬탄을 불러일으키기도 하고, 때로는 소름이 끼치게 하기도 한다.

　작가의 개성과 재능은 이미 레오니드 그로스만, E. H. 카, 앙드레 지드, 요네가와 마사오를 비롯한 전 세계의 그의 연구가와 전기 작가들에 의해 증언되었고, J. M. 쿠시와 같은 뛰어난 현대 작가에 의해서도 증언되었다. 한국의 김춘수 시인은 시집 『들림, 도스토옙스키』를 내놓으며 자신은 도스토옙스키를 읽을 때마다 '들리게 된다.' 고 고백하고, 도스토옙스키의 주요 주인공을 시적으로 형상화하여 한 권의 시집을 엮어 내기도 했다.

　등이 휘도록 죄를 짊어지고
　라스꼴리니꼬프는 시베리아로 가고,
　죄를 씻는다고 드미뜨리도
　짧은 허리를 추스르며 시베리아로 갔다.
　가고 싶은 시베리아, 그러나
　나 누루무치와 내 동생 우루무치는
　허리가 긴 족속, 죄를 짓고도
　아무르 강을 건너지 못한다.
　다리가 짧다.　　　　　　　　　　　－ 김춘수의 『허리가 긴』에서 발췌

　도스토옙스키의 소설 속 인물들은 거의 모두 러시아의 민중, 비극적인 인텔리, 몰락한 귀족과 그 자녀들이 주인공이다. 그들은 당시 유럽 문화와 문명의 영향을 받고 급속히 서구화 ·합리화·물질화·속물화되어 가던 러시아 사회 속에서 고통 받고 신음하는 모습으로 그려져 있다. 결국 작가의 사상과 미학은 늘 모순과 갈등으로 점철된 인간 존재의 근원적 문제와 19세기 유럽 산업 사회와 과도기적 러시아 사회의 어두운 모습에 초점이 맞춰져 동요하는 역사의 흐름을 드러내 보이고 있다.

작가는 자신의 거의 모든 소설과 평론집 『작가의 일기』을 통해 비극적 러시아 역사를 전개했다. 즉 서구 유물론과 합리주의에서 유래된 러시아와 유럽의 사회주의, 공리주의, 배금사상의 위험성을 경고하고 러시아 민족 정신의 갱생을 부르짖었다.

궁극적으로는 인위적 유토피아가 아닌 인본주의에 바탕을 둔 '유토피아 세계', 그리스도가 부활한 진정한 신과 인간의 화해가 이루어진 이상적 사회를 제시하고 있다.

그러나 도스토옙스키 미학의 특징은 매우 복합적이다. 죄와 악, 유보와 모순과 갈등을 관통하여 전개되는 상징적 철학체계가 구축되어 있다.

도스토옙스키가 사회주의와 유물론, 그리고 합리주의를 반대하고 기독교 신앙을 옹호한 점과 관련하여, 현대 자본주의 체제와 기독교계는 그에게 빚을 지고 있다고 볼 수 있다. 20세기 소련의 사회주의 체제 하에서도 솔제니친과 발렌틴, 라스푸틴, 그리고 M. 바흐친 등 수많은 러시아 작가와 사상가와 시인이 도스토옙스키 미학의 세례를 받았다. 나아가 도스토옙스키는 20세기가 시작된 이래 전 세계 연극, 미술, 영화 등 거의 모든 예술 장르를 아우르는 것은 물론 상징, 실존, 상대성, 심리 등의 세계와 과학의 담론에까지 지대한 영향을 미치고 있다.

도스토옙스키는 1878년 초부터 『카라마조프 가의 형제들』을 집필하기 시작하고, 1879년 1월부터 발표를 시작하여 1880년 11월에 완성했다. 이 책의 발간에 앞서 그는 『악령』 『미성년』을 출간했고, 1876년부터 사회평론과 철학, 문학 평론을 담은 평론집 『작가의 일기』를 매월 발간하기 시작하여 선풍적인 인기를 끌었다. 1879년 1월부터 『카라마조프 가의 형제들』이 카트코프의 『러시아 통보』지에 연재되자, 도스토옙스키의 명성은 절정에 달했다.

당시 도스토옙스키 문학의 세계에 빠져드는 독자가 늘어나면서 그들은 한 개인이 안고 있는 정신적인 문제까지 조언을 구하기 시작하여 작가 도스토옙스키는 선지자가 되어가는 듯했다. 사실 『카라마조프 가의 형제들』은 도스토옙스키가 물질적인 궁핍에 시달리지 않고 완벽하게 정상적인 상태에서 쓴 유일한 작품으로 소설미학적 완성도 면에서 최고조에 이르는 작품이다.

도스토옙스키는 이 소설을 완성한 후 긍정적 인물인 알료샤 카라마조프가 주인공이 되어 활약하는 속편을 쓸 생각이었으나 불행히도 『카라마조프 가의 형제들』을 탈고한 후 3개월 만에 세상을 떠나고 말아, 그의 방대한 계획은 실현을 보지 못했다.

『작가의 일기』의 여러 평론과 논문 속에는 이미 이 대작의 사상과 테마들의 싹이 숨겨져 있다. 도스토옙스키는 『작가의 일기』에서 당대의 사회 문제와 역사적 사건들에 대하여 작가적 혜안으로 그 이면의 의미를 탐구해 나갔다. 그는 대작을 시작하며 『작가의 일기』의 발간을 중단했는데, 이 시기에 쓴 편지 속에는 다음과 같은 구절이 있다.

「여기에는 많은 이유가 있습니다. 심신이 지친 데다 간질병 발작이 심해져 다음해에는 좀 더 자유로운 시간을 갖고 싶습니다. 지금 나의 머리와 마음속에는 하나의 장편소설이 꽉 차 있습니다.」

오래 전부터 구상된 도스토옙스키 최후의 대작의 제목은 작가의 구상 속에서 『무신론자』에 이어 『위대한 죄인의 생애』를 거쳐 『카라마조프 가의 형제들』로 귀결되었다. 결국 그의 『카라마조프 가의 형제들』은 21세기 현대에도 여전히 위대한 예술적 가치와 심오한 사상성을 지닌 세계 최대의 고전 중의 하나로 자리 잡았다.

특히 이 작품에서 작가는 인간이 가진 다양성의 한계를 넘어 인간 혼의 모순과 비상식적 세계까지 철저히 규명한 영혼의 투시자가 되었다. 도스토옙스키는 인생의 숙명적인 모순과 인간, 특히 그가 사랑한 러시아 인의 운명을 밑바닥까지 파헤쳤다. 이로써 인간과 신의 문제, 즉 과연 신은 존재하는가에 대한 영원한 인류의 숙제에 과감히 도전했다고 할 수 있다.

이 소설의 무대는 러시아의 한 시골 도시이다. 『죄와 벌』, 『악령』과 마찬가지로 살인 등 범죄 사건이 다뤄지며, 『미성년』과 마찬가지로 이 소설도 어느 한 가족을 둘러싸고 전개된다. 그러나 이 소설에는 이전의 어느 작품보다도 잡다한 타입의 상이한 성격의 인물이 등장하여 긴박하게 사건을 전개시키고 있다.

당대 러시아의 모든 고민과 부조화를 대변하듯, 작품의 무대는 가족 구성원인 늙은 홀아비 표도르 카라마조프와 그의 다양한 분신이라고 할 수 있는 자식들인 미탸, 이반, 알료샤가 등장하여 그들의 이야기가 전개된다. 그리고 이 방대한 장편의 거의 대부분이 불과 3일 동안에 일어난 사건을 다루고 있다.

한적한 시골 마을에 아버지와 세 아들은 오랜만에 한자리에 모인다. 그들은 혈육간의 애정보다는 각기 다른 이해관계와 유산 상속을 둘러싼 분쟁의 요소를 안고 모인 것이다. 여기서 세 아들 중 모스크바에서 찾아온 둘째아들 이반만이 아버지의 집에 머문다.

이 집에는 늙은 카라마조프가 백치나 다름없는 거지 여인에게서 얻은 사생아인 간질병 환자 스메르댜코프가 요리사 겸 하인으로 살고 있다. 퇴역 장교인 장남 드미트리는 다른 곳에다 숙소를 정하고, 막내 알료샤는 마을 수도원에 들어가 예비 수도사로서 조시마 장로 밑에서 신앙의 길을 걷고 있다.

이 소설의 비극적 파국의 토대는 삼각관계이다. 도스토옙스키는 이 소설에서 남녀 간의 사랑의 심리와 함께 인간관계의 내적 모순과 갈등의 원리를 집요하게 추적한다. 방탕하고 변덕이 심한 아름다운 탕녀 그루센카와의 사랑을 둘러싼 아버지 표도르 카라마조프와 첫째 아들 드미트리와의 욕정과 돈 문제가 뒤얽힌 다툼이 그것이다.

결국 어느 무서운 밤에 사생아인 스메르댜코프에 의한 부친 살인은 방탕의 극을 걷던 아버지 표도르의 삶에 마침표를 찍게 한다. 그러나 아버지를 증오하던 드미트리가 피고가 되어, 판사의 오판으로 시베리아 유형을 선고받는다.

도스토옙스키는 이 소설에서 전작인 『죄와 벌』과 마찬가지로 하나의 살인사건을 중심으로 한 형사상의 문제를 다루고 있지만, 더욱 엽기적인 프로이드적 부친살해와 함께 불공정한 재판, 즉 오판으로 끝을 맺는다. 그리고 『죄와 벌』과 마찬가지로 시베리아로 유형을 가게 되면서 윤리적 갱생의 길을 떠나게 하고 있다. 그러나 이러한 결론, 즉 드미트리가 판사의 잘못으로 시베리아 유형의 판결을 선고받고 이를 수긍하는 것은 당대의 불공정한 법제도와 사회적 틀의 허점을 고발한다.

아버지 표도르와 두 아들 미탸와 이반의 파멸은 사회적 풍자의 단계를 초월한 상징성을 띠고 있고, 주요 등장인물들의 행동은 허위와 자기기만, 미망과 불의의 세계에 대한 '최후의 심판'이라고 할 수 있다. 이는 카라마조프 가의 세계가 보인 온갖 죄악, 음탕함, 위험한 공상에 대한 심판이다. 그러나 작가는 이러한 심판 후의 죄악에 물든 지옥과 연옥을 거친 후 알료샤를 통한 부활과 유토피아 세계의 구축을 예고했다.

작가는 서문에서 이 소설의 주인공은 삼남 알료샤라고 분명히 못박고 있다. 그러나 치정과 살인이 주요 테마로 되어 있는 이 소설에서 알료샤는 주도적인 역할을 못하고 있다. 역동적 사건의 전개 속에서 주인공은 알료샤가 아니라 드미트리이고, 선과 악의 한계를 초월하는 사상적인 측면에서는 이반이다. 반면 알료샤의 역할은 다른 인물들에 비해 조금 미약하다. 그러나 그는 적극적인 '관찰자'의 영역에서 화해와 중재의 역할을 자임하고 밝은 미래를 향해 사랑을 실천하고 있다.

카라마조프 가의 '악의 근원'은 아버지 표도르에게 집중되어 있다.

몰락한 시골 귀족의 후예인 그는 진리와 선을 근본적으로 부정하는 냉소주의자이자 후안무치한 호색한이다. 그의 삶은 끝없는 육욕, 물욕, 그리고 시기심과 개인적 향락에 빠져 있다. 파렴치하고 난폭한 정욕으로 채워진 그는 급기야 돈과 여자를 놓고 아들과 싸운다.

그의 육욕에는 한계가 없어서 아무리 못생긴 여자라도 나름의 매력을 갖고 있으며, 심지어 병신이나 추악한 여자에게서도 특별한 매력을 느낀다고 실토한다. 도스토옙스키는 표도르를 전형적인 속물, 교활한 겁쟁이, 천박한 어릿광대의 전형으로 그리고 있다. 그러나 그는 어딘가 시적이고 러시아인 특유의 복합적인 기질을 지니고 있다.

표도르의 세 아들들은 이러한 '카라마조프시치나(카라마조프적 경향)'를 각기 아버지에게서 물려받고 있으나 모두가 그것에 항거한다. 장남 드미트리는 '카라마조프시치나'의 정열의 세계를 대표한다. 그는 지적인 인간은 아니지만 그렇다고 결코 우둔한 인간도 아니다. 그러나 그는 너무나 순진하고 자유분방해서 전혀 합리적인 사고를 할 수 없고 인생의 실제적인 문제, 특히 돈 문제에는 완전히 무력하나 여성들에게는 매혹적이다. 난폭할 만큼 왕성한 생명력과 강렬한 정열, 시적 민감함, 명예를 존중하는 진지한 마음, 영원한 것에 대한 순수한 동경은 연민을 불러일으킨다. 여러 요소가 혼돈 속에 뒤엉켜 동요하는 그의 성격은 완벽하게 러시아적인 것이라고 평가되기도 한다. 그의 퇴폐적인 방탕과 광기 어린 정열은 아버지의 '리비도'의 유전이다. 그러나 그 속에는 희미하긴 하지만 선의 요소가 움트고, 신성에 대한 욕구가 일렁이고 있다. 그는 살기를 느끼고 아버지를 증오하다 살부죄의 누명을 쓰고는 죄인이 되나 갑자기 인류에 대한 깊은 동정심으로 부친 살해의 선고를 수용한다.

부친 살해 선고는 사실 사생아 스메르댜코프를 사주한 둘째 아들 이반이 받아야 한다. 이반은 당대 서구파 지식인인 벨린스키의 후예들인 무신론적 합리주의와 과학주의에 빠진 혁명론자들을 대변하며,

'카라마조프시치나'의 이지의 세계를 대표한다. 그는 라스콜리니코프와 마찬가지로 매우 이지적이고 이기적이며, 또 자신의 회의론에 대해서까지 회의할 정도로 지적이기도 하다.

즉 카라마조프 가의 탐욕스러운 피가 지적인 탐구로 구현되어 무용한 아버지를 제거한다는 것을 당위적이라고 사생아 동생 스메르댜코프에게 주입시킨다. 모스크바의 최고학부에서 교육을 받은 그는 자연과학적인 입장에서 신이며 양심, 영생 등의 신비적 존재를 모두 부정하고 현실적인 빵의 문제에 몰입한다. 그래서 인간에게는 '모든 것이 다 허용된다'는 극단적인 결론에 도달했던 것이다. 이반의 이러한 논리, 즉 그리스도에 대한 반역의 논리는 이 소설의 사상 논쟁의 핵심이랄 수 있는 『대심문관』 속에 완벽하게 구현되어 있다.

작가의 결론은 고뇌와 사랑과 희생에 의해서 갱생과 진정한 자유로 이끄는, 진실한 그리스도교도다. 『카라마조프 가의 형제들』에서 그 정신은 조시마 장로로 표상되고, 이러한 신앙은 삼남 알료샤에 의해서 구현되어 갈 예정이었다. 카라마조프시치나에 맞서 알료샤는 조시마 장로의 지도 아래 무한한 용서와 사랑을 배우고, 고뇌 속에 정화와 갱생을 도모해야 함을 인류에게 가르치고자 한다.

온갖 허위와 무모한 정열과 무신론, 죄악에 물들어 신의 법에 거역하는 사람들의 파멸로 귀결되는 이 소설의 말미에서 알료샤는 약자와 어린이를 사랑하며 미래를 기약한다. 알료샤는 결국 신의 뜻에 따라 속세로 나가 무한한 관용과 겸양, 연민과 희생, 복종과 형제애를 때묻지 않은 어린이들과 함께 실천하고자 한다.

작가는 또한 이 소설 속에 구원의 여성상과 섬뜩한 아름다움의 비밀을 간직한 여성 캐릭터들을 창조하였다. 그루셴카는 『백치』의 나스타샤 필리포브나와 같은 성격의 여성상이다. 방탕한 드미트리를 사랑하며 그를 따르는 순결한 영혼의 소유자이다. 드미트리와 이반을 동시에 사랑하는 오만하면서도 이지적인 카테리나는 끔찍한 질투와 아름다움을 상징하는 여성상의 표상이다. 소설의 말미는 처참한 빈궁 속에 허덕이는 스녜기료프 퇴역 대위 가족과 눈물겹도록 순진한 소년들을 등장시켜, 카라마조프 가의 형제들과 다른 순수의 세계를 표상하며, 이야기 결말의 역학적 관계를 더욱 드라마틱하게 연출하고 있다.

끝으로 편역 대본으로는 1976년 페테르부르크 나우카 출판사 간 러시아어 원본 『도스토옙스키 전집 30권』 중에서 제14권과 제15권을 사용하였음을 밝힌다.

편역자　이길주

1821년 군의관인 미하일 안드레예비치와 어머니 마리야 표도로브나
　　　사이에서 2남으로 태어나 표도르라고 이름지어지다.

1828년 아버지와 형제들과 함께 세습 귀족으로 등록되다.

1831년 여름, 아버지가 툴라 지방의 다로보예 영지를 사들임. 8월,
　　　농부 마레이 사건 발생 (『작가 일기』 1876년 2월호에 이 사
　　　건을 소재로 한 단편 「농부 마레이」 발표).

1832년 4월, 어머니 마리야 포도로브나, 세 아들을 데리고 다로보예
　　　영지로 감. 6월, 도스토옙스키 부부가 다로보예 옆에 있는
　　　주민 1백여 명의 체레모쉬나 마을을 사들임.

1834년 형과 함께 모스크바의 체르마크 기숙학교에 입학하다.

1837년 2월, 어머니 사망하다. 페테르부르크의 코스트마로프 기숙학
　　　교에 입학하다. 그리고로비치와 알게 되다.

1838년 1월, 공병학교에 입학, 호프만, 발자크, 위고, 괴테를 읽음.

1839년 6월, 아버지가 영지인 다로보예 농노들의 원한을 사서 참살
　　　되다.

1840년 실러, 호머, 위고, 셰익스피어, 라신 및 프랑스 고전극 등을
　　　즐겨 보다. 11월에 하사관이 되고, 12월에 견습 사관이 되다.

1841년 희곡 『마리 스튜어트』 『보리스 고두노프』를 썼으나 원고는
　　　현존하지 않는다.

1842년 8월, 육군 소위로 임관하다.

1843년 8월, 공병학교를 졸업하고 페테르부르크의 공병국 제도실에 근무하다. 연말부터 이듬해 봄에 걸쳐 발자크의 『외제니 그랑데』를 번역했으며, 조르주 상드 작품의 번역도 시도했다.

1844년 10월, 중위로 승진하여 퇴역 허가를 받다. 가을, 『가난한 사람들』 집필에 착수하다.

1845년 여름에 『분신』 집필함. 투르게네프, 그의 절도 없는 생활을 비난함.

1846년 1월 『가난한 사람들』을 네크라소프가 편집하는 『조국 수기』에 발표하여 일약 인기작가가 되다.

1847년 연초, 벨린스키와 절교하다. 1월에 『아홉 통의 편지로 된 소설』을 『동시대인』에, 10월과 11월에 『여주인』를 『조국 수기』에 발표하였다.

1848년 1월, 『가난한 사람들』의 평을 『동시대인』에 발표, 2월, 『무기력』을 『조국 수기』에, 『폴준코브』를 네크라소프의 파나예프가 편집하는 『그림이 든 문집』에 발표하다. 9월에 『크리스마스트리와 결혼식』, 12월에 『백야』와 『질투심 강한 남편』을 『조국 수기』에 발표하다.

1849년 1월부터 『네토츠카 네즈바노바』를 『조국수기』에 연재하다. 이때부터 페트라셰프스키 모임에 자주 출석하다. 4월에 회합 석상에서 출판의 자유, 농노 해방, 재판제도의 개혁을 비난하였다. 한편 당국이 금하고 있던 벨린스키의 『고골을 비난하는 편지』를 낭독하였다. 4월 페트라셰프스키 회원들과 함께 체포되어 감옥에 투옥되다. 옥중에서 『어린 영웅』을 쓰다. 9월 말부터 10월 16일까지 법정에 출두하고 12월 22일에 세묘노프스키 연병장에서 총살형에 처해지기 직전에 특사를 받다. 4년간의 시베리아 유형과 4년간의 공병 근무를

언도받아. 유형지로 떠나다.

1850년 1월, 유형지에 도착하여 옴스크 감옥에 들어가다.

1854년 3월, 형기 만료와 동시에 시베리아 국경 수비대 제7대대에 편입되어 세미팔라틴스크로 옮겨가다. 봄, 이사예프 부부와 알게 되었으며 11월, 주검사 브란겔과 알게 되다.

1855년 연초, 『죽음의 집의 기록』을 마침. 5월 이사예프 일가가 구즈네츠크로 이주하다. 8월에 이사예프 죽다. 이 시기에 그의 부인 마리야 드미트리예브나에게 열렬한 구애를 하다.

1856년 2월 브란겔과 공병학교 시절의 학우 토토레벤의 형을 통하여 적색운동을 개시하다.

1857년 2월 초순, 구즈네츠크에서 마리야 이사예프와 결혼식을 올리고 세미팔라틴스크로 부인과 떠나다. 4월, 복권 허가가 내려지다. 8월, 『어린 영웅』이 『조국 수기』에 발표되다.

1859년 3월, 하사관으로 제대함. 7월, 세미팔라틴스크를 떠나 트베리에 도착하다.

1860년 9월, 『죽음의 집의 기록』을 주간지 『러시아 세계』에 발표하기 시작하다.

1861년 1월, 『시대』에 『학대받은 사람들』을 게재하기 시작하다. 4월부터 『죽음의 집의 기록』의 발표를 같은 잡지에서 함.

1862년 1월, 『죽음의 집의 기록』 제2부를 『시대』에 발표하기 시작하다. 『시대』에 『악몽 같은 이야기』 발표함.

1863년 2월과 3월에 『겨울에 적는 여름의 인상』을 『시대』에 발표하다. 이 글이 폴란드 문제를 폴란드인에게 유리하게 썼다는 이유로 『시대』 폐간. 8월, 두 번째 외국 여행에 나서다. 여행 도중에 바덴바덴에서 도박으로 재미를 보고 파리로 가서 애인 수슬로바와 만나 이탈리아로 가다. 로마에서 『노름꾼』의 구상에 열중하다. 10월 귀국하여 폐병이 악화된 아내를 간호하다.

1864년 1월 형 미하일이 경영하는 잡지 『시대』의 발행 허가가 나오다. 3월 발간과 동시에 『지하 생활의 수기』 제1부 발표하다. 3월 부인 마리아 사망하다.

1865년 3,4월에 안나 코르빈과 교제를 시작하여 4월에 구혼했으나 거절당하다. 7월, 모든 저작권을 스첼로프스키에게 3천 루블에 팔다. 같은 달, 세 번째 외국 여행에서 수슬로바와 다시 만나고 도박에 빠져 무일푼의 처지가 됨. 투르게네프에게 돈을 빌리고 9월에 구상중인 『죄와 벌』의 선불을 부탁하여 겨우 위기를 면하고 코펜하겐을 거쳐 10월 중순에 배를 타고 수도로 돌아오다.

1866년 1월, 『죄와 벌』을 『러시아 통보』지에 발표하기 시작하여 연말에 완결하다. 10월, 스첼로프스키와의 계약에 쫓겨 여자 속기사 안나 그리고리예브나 스니트키나를 고용하여 구술을 받아쓰게 하여 『노름꾼』를 완성. 11월 안나에게 구혼하다. 연말에 『노름꾼』이 실린 전집 제3권이 나오다.

1867년 2월, 안나 스니트키나와 결혼. 4월 신부와 외국으로 여행을 떠나 4년에 걸친 외국 체재가 시작되다. 4월, 드레스덴에서 미술관을 방문, 그 이후의 그의 작품에 미술관에서 받은 인상이 반영됨. 6월, 바덴바덴에서 투르게네프와 사상 차이로 충돌을 일으키다. 이후 도박에 빠져 경제적으로 곤란을 겪다. 니아젤의 박물관에 들러 한스 홀바인의 그림에 강렬한 인상을 받다. 9월, 『백치』를 집필. 12월에 최초의 초고는 버리고 새로운 구상을 착수하다.

1868년 1월에 『백치』를 『러시아 통보』에 발표하기 시작하여 연말에 완결하다.

1869년 7월, 그때까지 체재했던 피렌체를 떠나 프라하로 가다. 8월,

다시 드레스덴으로 옮기다.

1870년 1,2월에 『영원한 남편』을 『새벽』지에 게재하다. 이해 『악령』의 집필에 몰두하다.

1871년 연초부터 『악령』을 『러시아 통보』지에 발표하다.

1872년 5월, 별장지인 스타라야 루사로 가서 이후 그곳에서 일을 하게 되다. 9월 페테르부르크로 돌아오다. 11,12월 발표를 중단했던 『악령』 제3편을 『러시아 통보』에 게재하여 완결하다.

1875년 1월, 『미성년』을 발표하기 시작하다.

1876년 1월부터 『작가의 일기』를 계속 쓰다.

1877년 1년 내내 잇달아서 『작가의 일기』를 간행하다.

1878년 『카라마조프 가의 형제들』의 구상에 매달리다. 6월, 철학자 솔로비요프와 옵치나 수도원을 방문하다.(이때의 체험이 『카라마조프 가의 형제들』에 그려짐). 이때 솔로비요프에게 최후의 장편 구상에 대해 이야기하다.

1879년 1월, 『카라마조프 가의 형제들』을 『러시아 통보』에 발표하기 시작하다. 초여름에는 스타라야 루사에, 7월 하순부터 9월 초까지는 에무스에 체재하면서 『카라마조프 가의 형제들』를 써나가다.

1880년 1월부터 『카라마조프 가의 형제들』을 계속해서 『러시아 통보』에 발표하여 연말에 완결하다.

1881년 1월, 『작가의 일기』 속간에 힘쓰다. 1월 28일 밤, 페테르부르크에서 몇 번의 각혈 끝에 숨을 거두다. 1월 31일, 알렉산드르 네프스키 수도원 묘지에 안장되다. 많은 사람들이 긴 행렬을 이루어 그의 죽음을 애도함.